UNE PLACE À PRENDRE

J. K. Rowling est l'auteur de la série *Harry Potter*, publiée entre 1997 et 2007, vendue à plus de 450 millions d'exemplaires à travers le monde, traduite en 74 langues et adaptée en huit films au cinéma.

J. K. Rowling a reçu de nombreuses distinctions dont un OBE (Ordre de l'Empire britannique) pour services rendus à la littérature jeunesse, le Prix Prince des Asturies de la Concorde, la Légion d'honneur française et le Prix Hans Christian Andersen. Elle soutient plusieurs œuvres de bienfaisance par le biais de sa fondation *Volant* et est également la fondatrice de *Lumos*, un organisme caritatif dont le but est d'améliorer la vie des enfants défavorisés.

J.K. ROWLING

Une place à prendre

ROMAN TRADUIT DE L'ANGLAIS PAR PIERRE DEMARTY

GRASSET

Titre original :
THE CASUAL VACANCY
Publié par Little, Brown, filiale de Little,
Brown Book Group, à Londres, en 2012.

© J.K. Rowling, 2012.
© Éditions Grasset & Fasquelle,
pour la traduction française, 2012.
ISBN : 978-2-253-17649-7 – 1re publication LGF

À Neil

Première Partie

6.11 Une vacance fortuite est officiellement cons-
tatée :
(a) quand un élu local manque à son obligation de notifier son acceptation de mandat dans les délais impartis ; ou
(b) à réception de son avis de démission ; ou
(c) le jour de son décès…

Charles Arnold-Baker
Administration des conseils locaux,
7ᵉ édition

Dimanche

Barry Fairbrother ne voulait pas aller dîner. Une migraine épouvantable le harcelait depuis le début du week-end, et il était embarqué dans une course contre la montre pour rendre un article à temps avant le bouclage du journal local.

Mais sa femme s'était montrée un peu sèche et distante au cours du déjeuner, et Barry en avait déduit que la petite carte offerte pour leur anniversaire de mariage ne l'avait en rien absous du crime dont il s'était rendu coupable en s'enfermant toute la matinée dans son bureau. Et pour écrire un article à propos de Krystal, par-dessus le marché ; Krystal que Mary n'avait jamais aimée, même si elle affirmait le contraire.

« Mary, je t'emmène dîner, avait-il lancé avec un enthousiasme feint pour briser la glace. Dix-neuf ans, les enfants ! Dix-neuf ans, et jamais votre mère n'a été aussi belle. »

Mary s'était radoucie et avait souri ; Barry avait donc appelé le club de golf, parce que ce n'était pas loin et qu'ils étaient sûrs d'avoir une table. Il s'efforçait de réserver de menus plaisirs de ce genre à sa femme, car il avait fini par comprendre, après bientôt vingt ans de mariage, que pour ce qui était des grandes occasions, il n'avait cessé de la décevoir. Bien malgré lui, d'ailleurs ; ils avaient chacun une conception radicalement différente de ce qui comptait dans la vie, voilà tout.

Les quatre enfants de Barry et Mary avaient passé l'âge d'être gardés par une baby-sitter. Ils regardaient la télé quand il leur dit au revoir pour la dernière fois et seul Declan, le petit dernier, se retourna vers son père pour le saluer d'un geste de la main.

La migraine de Barry continuait de lui marteler les tempes tandis qu'il faisait marche arrière dans l'allée puis s'engageait dans les rues charmantes de Pagford, où ils vivaient depuis le premier jour de leur mariage. Ils descendirent Church Row, la rue en pente escarpée où s'alignaient les demeures les plus luxueuses de la petite ville, dans toute leur splendeur victorienne, massives et extravagantes ; il bifurqua au coin de l'église pseudo-gothique, où il était jadis allé voir ses jumelles jouer dans une représentation de *Joseph et l'incroyable manteau multicolore*, puis traversa le Square, la grand-place d'où l'on apercevait au loin le ténébreux squelette de l'abbaye en ruine qui dominait la bourgade, juchée au sommet d'une colline où sa silhouette se mêlait à présent au ciel pourpre.

Barry conduisait d'une main nerveuse, sans guère prêter attention aux lacets de la route qu'il connaissait par cœur ; il ne pensait qu'aux erreurs qu'il était certain d'avoir commises, dans sa hâte de terminer l'article qu'il venait d'envoyer à la *Gazette de Yarvil*. Lui qui était si ouvert et exubérant dans la vie éprouvait une certaine difficulté, chaque fois qu'il fallait prendre la plume, à exprimer sa personnalité dans toute sa faconde.

Le club de golf était à quatre minutes de route à peine du Square, juste après la frontière invisible au-delà de laquelle la petite ville se dissolvait dans un ultime éparpillement de vieux cottages. Barry gara le monospace devant le restaurant du club, le Birdie, et attendit quelques instants à côté du véhicule, le temps que Mary se remette un peu de rouge à lèvres. La fraîcheur du soir lui caressait le visage. En regardant les contours du parcours de golf se fondre dans le crépuscule, il se demanda pourquoi il n'avait pas résilié son abonnement. Il était piètre golfeur ; son swing laissait à désirer, et son handicap demeurait désespérément élevé. Sans compter qu'il était requis ailleurs par d'innombrables devoirs. En attendant, sa migraine le tourmentait plus que jamais.

Mary referma le miroir de courtoisie et sortit de la voiture. Barry appuya sur le bouton de fermeture à distance des portières ; les talons hauts de son épouse claquèrent sur le bitume, le système de verrouillage automatique du monospace émit quelques bips, et Barry se demanda si sa nausée lui passerait une fois qu'il aurait l'estomac rempli.

C'est alors qu'il fut foudroyé par une douleur comme il n'en avait jamais connu, une douleur qui lui fracassa le crâne tel un boulet de démolition. Il sentit à peine ses genoux craquer en heurtant le sol froid ; sa cervelle n'était soudain plus qu'un magma de feu et de sang ; la souffrance était insoutenable, insupportable – et pourtant il devrait la supporter, car il s'écoulerait encore une minute entière avant qu'il ne perde enfin connaissance.

Mary se mit à hurler sans discontinuer. Des hommes sortirent du bar en courant. L'un d'eux fit aussitôt demi-tour pour aller voir à l'intérieur si l'un ou l'autre des deux médecins à la retraite que comptait le club était dans les parages. Un homme et son épouse – des connaissances de Barry et Mary – entendirent le raffut depuis le restaurant où ils étaient attablés, laissèrent en plan leurs amuse-gueule et se précipitèrent dehors pour voir s'ils pouvaient se rendre utiles. Le mari dégaina son portable et composa le numéro du Samu.

L'ambulance, partie de la ville voisine de Yarvil, mit vingt-cinq minutes à arriver sur les lieux. Quand les lumières bleues étalèrent enfin leur nappe stroboscopique sur la scène, Barry était allongé par terre, immobile et inconscient, baignant dans son propre vomi ; accroupie à ses côtés, ses bas troués aux genoux, Mary lui tenait la main et murmurait son prénom en sanglotant.

Lundi

1

« Tiens-toi bien », dit Miles Mollison, debout dans la cuisine de l'une des grandes demeures de Church Row.

Il avait attendu jusqu'à six heures et demie du matin pour décrocher son téléphone. Il avait passé une mauvaise nuit, marquée par de longues plages d'éveil entrecoupées de phases de sommeil trop brèves et agitées. À quatre heures du matin, il s'était aperçu que sa femme était réveillée elle aussi, et ils étaient restés un moment à discuter dans le noir. Alors même qu'ils essayaient tous deux, en évoquant l'incident dont ils avaient été témoins, de surmonter le choc et l'effroi qu'ils avaient ressentis, Miles, titillé par de délicieux petits picotements d'excitation, frissonnait d'avance à l'idée d'annoncer la nouvelle à son père. Il s'était dit qu'il attendrait jusqu'à sept heures, mais, craignant d'être devancé par quelqu'un d'autre, il n'avait pas pu se retenir et s'était précipité sur le combiné avant l'heure dite.

« Qu'est-ce qui se passe ? » tonna Howard d'une voix légèrement nasillarde ; Miles l'avait mis sur haut-parleur afin que Samantha n'en perde pas une miette. Sa peau cuivrée rehaussée par sa robe de chambre rose pâle, elle avait profité de leur réveil précoce pour s'enduire d'une nouvelle couche d'autobronzant et redonner ainsi un peu de vigueur à son hâle naturel, qui commençait à donner des signes de fatigue. La cuisine embaumait le café instantané et la noix de coco de synthèse.

« Fairbrother est mort. Tombé raide au club de golf hier soir. J'étais avec Sam en train de dîner au Birdie.

— Fairbrother est *mort* ? » rugit Howard.

À l'inflexion de sa voix, on devinait qu'il s'était attendu à un changement radical et imminent dans la vie de Barry Fairbrother – mais de là à l'imaginer mort…

« Tombé raide sur le parking, répéta Miles.

— Bon sang, dit Howard. Il avait quoi ? la quarantaine, tout juste ? Bon sang. »

Miles et Samantha écoutèrent Howard respirer comme un canasson en bout de course. Il était toujours un peu essoufflé le matin.

« C'était quoi ? Le cœur ?

— Un truc au cerveau, ils ont dit. On a accompagné Mary à l'hôpital et… »

Mais Howard n'écoutait plus. Miles et Samantha l'entendirent parler loin du combiné.

« Barry Fairbrother ! Mort ! C'est Miles ! »

Miles et Samantha burent tranquillement leur café en attendant que Howard veuille bien revenir à l'autre bout de la ligne. La robe de chambre de Samantha s'entrouvrit quand elle s'assit à la table de la cuisine, dévoilant le haut de ses seins opulents, posés sur ses avant-bras. Sous l'effet de la pression verticale ainsi exercée, sa poitrine paraissait plus lisse et rebondie que lorsqu'elle pendait sans aucun soutien. La peau tannée du haut de son corsage s'étoilait de petites craquelures qui, même lorsqu'elles n'étaient pas comprimées, ne se résorbaient désormais plus. Elle avait, dans sa jeunesse, usé et abusé des lampes à UV.

« Hein ? fit Howard qui reprenait le fil de la conversation. L'hôpital, tu disais ?

— On est montés dans l'ambulance, Sam et moi, articula Miles. Avec Mary et la dépouille. »

Samantha ne put s'empêcher de remarquer que Miles, dans cette deuxième version des faits, mettait l'accent sur les aspects, mettons, plus commerciaux de l'épisode. Et comment lui en vouloir ? Ils avaient vécu une expérience éprouvante ; en contrepartie, ils avaient bien gagné le droit d'en parler à tout le monde. Elle n'oublierait jamais la scène : les hurlements de lamentation de Mary ; les yeux de Barry toujours à demi ouverts au-dessus du masque à oxygène posé sur son nez tel un gros museau ; l'expression sur le visage de l'ambulancier, que ni elle ni Miles n'arrivaient à déchiffrer ; les secousses du trajet dans l'habitacle encombré ; les vitres teintées ; la terreur.

« Bon sang, répéta une troisième fois Howard, ignorant Shirley, qu'on entendait derrière lui poser de timides questions, pour accorder toute son attention à Miles. Il est tombé raide mort sur le parking, tu dis ?

— Raide. Dès que je l'ai vu, j'ai compris qu'il n'y avait plus rien à faire. »

C'était son premier mensonge, et il détourna les yeux de sa femme en le prononçant. Elle le revoyait passer un bras puissant et protecteur autour des épaules tremblantes de Mary : *Il va s'en sortir... Il va s'en sortir...*

Mais à sa décharge, songea Samantha, *comment auraient-ils pu avoir la moindre certitude, dans un sens ou dans l'autre, avec tous ces masques à oxygène, toutes ces aiguilles ?* Le fait est que les premiers secours avaient donné l'impression de vouloir sauver Barry, et personne n'aurait pu affirmer que c'était perdu d'avance, personne, jusqu'au moment où la jeune interne s'était avancée vers Mary à l'hôpital. Samantha se remémorait la scène avec une épouvantable clarté : le visage de Mary, défait, pétrifié, et celui de la jeune femme en blouse blanche, derrière ses lunettes et ses cheveux si lisses : un visage calme mais circonspect... Tout le monde avait déjà vu ça cent fois à la télé, mais le voir pour de vrai...

« Pas du tout, disait Miles. Gavin jouait encore au squash avec lui jeudi dernier.

— Et il allait bien ?

— Oh ça oui ! Il a mis une dérouillée à Gavin.

— Bon sang. Comme quoi, hein ? Comme quoi. Attends, je te passe Maman, elle veut te dire un mot. »

Un bruit mat, quelques cliquetis, puis la voix douce de Shirley.

« Quel choc, Miles, c'est terrible, dit-elle. Mais toi, est-ce que ça va ? »

Samantha renversa à moitié sa tasse en buvant une gorgée ; un peu de café lui coula sur le menton et elle s'essuya le visage et la poitrine avec la manche de sa robe de chambre. Miles avait adopté le ton qu'il employait toujours avec sa mère : la voix plus grave, autoritaire, imperturbable, une voix percutante et qui allait droit au but. Parfois, surtout quand elle était ivre, Samantha imitait les conversations de Miles et Shirley. « Ne t'inquiète pas, maman. Miles est là. Ton petit soldat. — Mon chéri, tu es merveilleux : si grand, si fort, si intelligent. » En deux ou trois occasions, récemment, Samantha s'était livrée à cette petite caricature en public, et Miles avait eu du mal à dissimuler sa vexation, même s'il avait fait semblant de rire. Ils s'étaient disputés, la dernière fois, dans la voiture sur le chemin du retour.

« Vous avez fait tout le trajet jusqu'à l'hôpital ? » demanda Shirley, toujours sur haut-parleur.

Non non, répondit Samantha en pensée, *à mi-chemin, vu qu'on commençait à s'emmerder sévère, on a demandé à l'ambulance de s'arrêter pour nous laisser descendre.*

« C'était bien le moins. J'aurais aimé pouvoir faire plus. »

Samantha se leva et alla s'affairer du côté du grille-pain.

« Mary a dû vous en être très reconnaissante, j'en suis sûre », dit Shirley. Samantha glissa quatre tranches de pain dans les fentes de l'appareil et enfonça le minuteur d'un coup sec. Miles retrouva un peu de sa voix naturelle.

« Oui, enfin bon, une fois que les médecins nous ont annoncé… enfin, confirmé… qu'il était mort, Mary a réclamé Colin et Tessa Wall. Sam les a appelés, on a attendu qu'ils arrivent, et puis on est partis.

— Eh bien, Mary a eu beaucoup de chance que vous soyez là, dit Shirley. Papa veut te reparler, Miles, je te le passe. À plus tard. »

« "À plus tard" », singea Samantha à voix basse en dodelinant de la tête devant la bouilloire, dont la surface lui renvoyait le reflet distendu d'un visage bouffi par le manque de sommeil et des yeux brun foncé injectés de sang. Ne voulant pas manquer le moment où Miles annoncerait la nouvelle à son père, elle avait fini de se tartiner d'autobronzant à toute allure et, dans sa précipitation, s'était frotté un peu de lotion sur le bord des paupières.

« Et si tu passais ce soir avec Sam ? tonitruait Howard. Ah non, attends, ta mère me dit que ce soir on a bridge avec les Bulgen. Venez demain alors. Dîner. Sept heures.

— Peut-être, dit Miles en jetant un regard interrogateur à sa femme. Il faut que je vérifie avec Sam si elle n'a rien de prévu. »

Elle ne lui donna aucune indication de réponse. La conversation se termina sur une étrange impression d'inachevé.

« Ils n'en reviennent pas », dit Miles après avoir raccroché, comme si elle n'avait pas tout entendu.

Ils prirent leur petit déjeuner en silence. L'humeur de Samantha se fit moins irritable à mesure qu'elle avalait ses tartines. Elle se rappela le réveil brusque aux premières heures de l'aube, la chambre encore plongée dans la pénombre, et le soulagement absurde qu'elle avait éprouvé en sentant la présence de Miles à ses côtés, ce corps massif et moelleux qui fleurait bon le vétiver et la sueur de la veille. Puis elle s'imagina en train de raconter tout l'épisode aux clients de la boutique, l'homme qui s'était effondré à ses pieds, le trajet à tombeau ouvert pour arriver à temps à l'hôpital. Elle réfléchit à la façon dont elle pourrait s'y prendre pour décrire tel ou tel aspect de l'aventure, en particulier le moment crucial de l'annonce de la mort. Cette jeune interne si sûre d'elle – et dont la jeunesse, justement, avait rendu la scène encore plus terrible. Ils auraient vraiment mieux fait de confier ce genre de tâche à quelqu'un de plus âgé. Puis, ragaillardie pour de bon, elle se rappela qu'elle avait rendez-vous avec le représentant de chez Champêtre demain ; il avait été assez badin au téléphone et, ma foi, ce n'était pas pour lui déplaire.

« Bon, c'est pas tout ça mais faut que je me dépêche, moi », dit Miles en finissant son café et en levant les yeux vers le ciel qui s'éclaircissait derrière la fenêtre. Il poussa un long soupir et tapota l'épaule de sa femme en allant poser sa tasse et son assiette vide dans l'évier.

« Quand même, ça fait sacrément réfléchir, tout ça, pas vrai ? »

Sur quoi, secouant sa tête au cheveu ras et grisonnant, il sortit de la cuisine.

Samantha trouvait Miles parfois grotesque et, de plus en plus souvent, assommant. De temps à autre, pourtant, le côté pompeux de son époux lui procurait un certain plaisir – de même qu'elle prenait plaisir, dans les grandes occasions, à mettre un chapeau. Il était de bon aloi, après tout, de faire preuve d'un peu de solennité et de dignité ce matin. Elle termina sa tartine et débarrassa la table du petit déjeuner, tout en peaufinant les derniers détails de l'histoire telle qu'elle prévoyait de la raconter à son assistante.

2

« Barry Fairbrother est mort », dit Ruth Price d'une voix haletante.

Elle avait remonté la petite allée fleurie presque au pas de course afin de croiser son mari avant qu'il ne parte au travail. Sans même prendre la peine de s'arrêter dans le vestibule pour enlever son manteau, son écharpe et ses gants, elle fit une entrée fracassante dans la cuisine où Simon et leurs deux grands fils prenaient leur petit déjeuner.

Son mari se figea, puis reposa avec une lenteur toute théâtrale le morceau de pain beurré qu'il était sur le point d'avaler. Les garçons, tous deux vêtus de leur uniforme scolaire, regardèrent l'un après l'autre leurs parents d'un œil vaguement intrigué.

« Un anévrisme, apparemment », dit Ruth qui ôta ses gants un doigt après l'autre, déroula son écharpe et déboutonna son manteau tout en essayant de reprendre son souffle. C'était une femme menue, le teint foncé, les yeux lourds et mélancoliques, que sa blouse d'infirmière bleu foncé mettait en valeur. « Il s'est effondré devant le club de golf... Sam et Miles Mollison l'ont amené... et puis Colin et Tessa Wall sont arrivés... »

Elle fila dans le vestibule pendre ses affaires à la patère, puis surgit à nouveau dans la cuisine avant même que Simon ait terminé de poser sa question en criant.

« Nanévrisme ? C'est quoi, ça ?

— *Un. Anévrisme.* Une artère qui éclate dans le cerveau. »

Elle attrapa la bouilloire, l'alluma, puis se mit à ramasser les miettes éparpillées sur le plan de travail autour du grille-pain, sans cesser de parler.

« Ça aura sans doute provoqué une hémorragie cérébrale massive. Sa pauvre, pauvre femme... elle est complètement dévastée... »

Soudain pétrifiée, Ruth demeura un moment les yeux fixés, derrière les fenêtres de sa cuisine, sur la blancheur immaculée de sa pelouse recouverte de givre, sur les traînées de gris et de rose dans le ciel livide du petit matin, et sur le panorama grandiose qui faisait la gloire de Hilltop House, avec sa vue imprenable sur Pagford en contrebas. Mais de tout cela, elle ne voyait rien, car toutes ses pensées la ramenaient à l'hôpital, au moment où Mary était sortie de la pièce où gisait le corps de Barry, débarrassé de toute machinerie médicale désormais inutile. La compassion de Ruth Price n'était jamais aussi sincère et généreuse que lorsqu'elle s'exerçait envers ceux à qui elle s'identifiait. « Non, non, non, non », avait gémi Mary, et cet élan instinctif de dénégation avait trouvé un écho profond dans le cœur de Ruth, car elle y avait brièvement entrevu le reflet de ce que serait sa propre réaction dans une situation similaire...

Effrayée par cette idée insoutenable, elle se tourna vers Simon. Sa chevelure châtain clair était encore fournie, sa silhouette presque aussi élancée que lorsqu'il avait vingt ans, et les petites rides qu'il avait au coin des yeux ne faisaient qu'ajouter à son charme, mais Ruth, en reprenant son métier d'infirmière après une longue parenthèse, s'était retrouvée de nouveau confrontée aux mille et une façons dont le corps humain pouvait se détraquer. Elle avait été capable d'un certain recul, jadis ; aujourd'hui, elle songeait surtout à la chance qu'ils avaient, tous, d'être en vie.

« Et ils n'ont rien pu faire pour lui ? demanda Simon. Ils n'ont pas pu le reboucher, son machin, là ? »

On devinait de l'agacement dans sa voix, comme si c'était le corps médical tout entier qui, une fois de plus, avait tout fichu en l'air en tournant délibérément le dos à la solution la plus simple et la plus évidente.

Andrew jubilait, titillé par une joie cruelle. Il avait remarqué que son père, ces derniers temps, avait pris l'habitude de répliquer à sa mère, chaque fois que celle-ci employait des termes médicaux, par des suggestions vulgaires et ineptes. *Hémorragie cérébrale. Reboucher.* Sa mère, bien entendu, ne percevait rien de ces provocations. Comme toujours. Andrew, bouillonnant de haine, continua de manger ses Weetabix.

« Il était déjà trop tard pour faire quoi que ce soit quand ils nous l'ont amené, dit Ruth en laissant tomber quelques sachets dans la théière. Il est mort juste après qu'ils l'ont sorti de l'ambulance.

— Bah merde alors, dit Simon. Il avait quoi, quarante ans ? »

Mais Ruth, distraite, ne l'avait pas entendu.

« Paul, tes cheveux sont tout emmêlés derrière, est-ce que tu t'es brossé au moins ? »

Elle sortit une brosse à cheveux de son sac à main et força son cadet à la prendre.

« Aucun signe avant-coureur, rien ? demanda Simon tandis que Paul donnait quelques coups de brosse nonchalants dans sa tignasse rebelle.

— Apparemment il avait très mal à la tête depuis deux jours.

— Ah, dit Simon en mangeant sa tartine. Et il n'a rien fait ?

— Eh bien non, ça ne l'a pas inquiété plus que ça. »

Simon avala.

« Comme quoi, hein ? dit-il d'un air pénétré. Faut toujours faire attention. »

Quelle sagesse, songea Andrew dans un élan de fureur méprisante ; *quelles paroles profondes*. Donc, Barry Fairbrother ne pouvait s'en prendre qu'à lui-même si sa cervelle avait explosé. *Pauvre connard prétentieux*, hurla Andrew à son père – dans sa tête.

Simon pointa son couteau vers son fils aîné et dit : « Tiens, au fait, je voulais te dire. Devine un peu qui va devoir aller se trouver un boulot ? Tronche-de-Pizza, ici présent ! »

Surprise, Ruth dévisagea son mari puis son fils. Sur les joues empourprées d'Andrew, les boutons d'acné ressortaient comme jamais, blanchâtres et luisants, tandis qu'il baissait les yeux dans son bol de porridge beigeasse.

« Eh oui, dit Simon. Monsieur le petit branleur va enfin gagner sa croûte. Et s'il veut fumer, ça sera sur sa paye. Terminé l'argent de poche.

— *Andrew !* s'écria Ruth. Ne me dis pas que tu…

— Oh que si. Je l'ai pris la main dans le sac dans la remise à bois, dit Simon avec un air de dégoût intense.

— *Andrew !*

— T'auras plus rien, tu m'entends ? Tu veux des clopes, tu te les payes tout seul, dit Simon.

— Mais on avait dit, gémit Ruth, on avait dit, avec ses examens qui approchent…

— Oui, bah vu comment il a planté ses exams blancs, on pourra s'estimer heureux s'il décroche le moindre diplôme, celui-là. Il a qu'à se faire embaucher au McDo, tiens, ça lui fera de l'expérience, dit Simon en se levant de table et en repoussant sa chaise, ravi par le spectacle que lui offrait Andrew, la tête basse et le pourtour de son visage noiraud constellé de boutons. Parce que écoute-moi bien, petit con, si tu redoubles encore une fois, nous, il est hors de question que tu restes à notre charge. C'est maintenant ou jamais.

— Oh, Simon, dit Ruth sur un ton de reproche.

— *Quoi ?* »

Simon fit brusquement deux pas en direction de sa femme. Ruth recula et alla se plaquer contre l'évier. Paul lâcha sa brosse à cheveux rose.

« J'ai pas l'intention de financer les vices de ce petit branleur ! Non mais le culot, tu te rends compte un peu, fumer dans *ma* putain de remise à bois ! »

Simon se donna un grand coup sur la poitrine en prononçant le mot « ma » ; le choc sourd fit tressaillir Ruth.

« Moi, quand j'avais l'âge de ce petit merdeux à pustules, je rapportais une paye à la maison. Alors s'il veut cloper, ça sera de sa poche, d'accord ? *D'accord ?* »

Son visage était maintenant à moins de quinze centimètres de celui de Ruth.

« Oui, Simon », dit-elle d'une voix presque inaudible.

Andrew avait l'impression que ses entrailles se liquéfiaient sur place. Dix jours plus tôt à peine, il s'était fait une promesse ; le moment était-il arrivé, déjà ? Mais son père tourna soudain le dos à sa mère et sortit d'un pas furieux de la cuisine. Ruth, Andrew et Paul restèrent immobiles quelques instants ; on aurait dit qu'ils avaient juré de ne pas bouger en son absence.

« T'as fait le plein ? beugla Simon, comme chaque fois qu'elle rentrait d'une garde de nuit à l'hôpital.

— Oui », répondit Ruth d'une voix qui s'efforçait de paraître enjouée, normale.

La porte d'entrée grinça puis se referma en claquant.

Ruth finit de préparer le thé en attendant que l'atmosphère houleuse retombe et que la matinée reprenne son cours normal. Elle ne dit plus un mot, jusqu'au moment où Andrew s'apprêtait à sortir de la cuisine pour aller se laver les dents.

« Il s'inquiète pour toi, Andrew. Pour ta santé. »

Ben voyons, tu parles s'il s'en fout, ce gros con.

Dans sa tête, Andrew rivalisait d'obscénités avec son père. Dans sa tête, il toisait Simon d'égal à égal.

Il répondit à sa mère : « Oui, oui. Je sais. »

3

Evertree Crescent était un complexe résidentiel des années 1930, en forme de croissant de lune, situé à deux minutes de la place principale de Pagford. Au numéro 36, dans la maison la plus anciennement occupée du lotissement, Shirley Mollison, assise dans son lit, calée contre les oreillers, buvait la tasse de thé que son mari venait de lui apporter. Le reflet que lui renvoyaient les portes miroirs de la penderie était un peu flou, parce qu'elle n'avait pas ses lunettes, d'une part, mais aussi à cause de l'aura trouble dans laquelle baignait la chambre, filtrée par les rideaux à motifs fleuris. Flatté par cette lumière douce et vaporeuse, le visage rosi de Shirley, tout en fossettes, auréolé de cheveux argentés coupés court, avait quelque chose d'angélique.

La chambre était tout juste assez grande pour leurs deux lits dépareillés, disposés côte à côte : celui à une place de Shirley et celui, double, de Howard. Ce dernier était déjà levé mais son matelas restait creusé par son empreinte corpulente. Les bruits de ronronnement et de sifflement de la douche parvenaient à peine à Shirley qui, assise face à son reflet de chérubin, savourait encore la nouvelle dont l'effervescence semblait imprégner l'atmosphère, comme des bulles de champagne.

Barry Fairbrother était mort. Crevé. Clamsé. Aucun événement d'ordre national, aucune guerre, aucun krach boursier, aucune attaque terroriste n'aurait pu inspirer à Shirley la sidération, l'exaltation et la curiosité fébrile dont elle était à présent la proie.

Elle haïssait Barry Fairbrother. Shirley et son mari, qui d'ordinaire faisaient front commun au chapitre des amitiés comme des inimitiés, n'étaient pas sur la même longueur d'onde à ce sujet. Howard, de son propre aveu, était plutôt amusé par les gesticulations du petit homme barbu qui s'était pourtant opposé à lui avec acharnement, à l'autre bout des longues tables éraflées de la salle communale de Pagford ; mais Shirley ne faisait aucune distinction entre les affaires politiques et les affaires privées. Barry s'était mis en travers de la route de Howard, contrariant l'objectif le plus important de sa vie ; en conséquence de quoi, aux yeux de Shirley, Barry Fairbrother ferait à jamais figure d'ennemi juré.

Cette haine farouche puisait donc sa source dans la loyauté de Shirley à l'égard de son mari – mais pas seulement. Elle n'avait de flair que pour une seule chose, comme ces chiens entraînés à ne renifler que les substances narcotiques : elle était perpétuellement à l'affût de la moindre trace de condescendance chez autrui, et elle en avait depuis longtemps repéré le fumet nauséabond dans le comportement de Barry Fairbrother et de sa clique au Conseil paroissial. Fairbrother et compagnie, sous prétexte qu'ils étaient allés à l'université, étaient du genre à se croire supérieurs aux gens comme elle et Howard, à trouver que leur opinion avait plus d'importance. Eh bien, leur arrogance avait pris un sacré coup dans l'aile aujourd'hui ! La mort soudaine de Fairbrother confortait Shirley dans l'une de ses convictions les plus fermement enracinées : lui et sa bande pouvaient penser ce qu'ils voulaient, Barry était un homme bien frêle et médiocre comparé à son mari – lequel, outre ses nombreuses qualités, avait eu la trempe de survivre à une crise cardiaque sept ans plus tôt.

(Shirley n'avait pas cru un seul instant que Howard y succomberait, même au moment où il passait sur le billard. La présence de Howard sur terre était, pour Shirley, une évidence, au même titre que le soleil ou l'oxygène. C'est ce qu'elle avait affirmé par la suite aux amis et voisins qui avaient crié au miracle, s'étaient félicités de la chance qu'ils avaient de vivre si près du service de cardiologie de l'hôpital de Yarvil, et mon Dieu quel mauvais sang elle avait dû se faire !

« J'ai toujours su qu'il s'en sortirait, avait déclaré Shirley, imperturbable, sereine. Je n'en ai jamais douté. »

Et de fait : Howard était là, ce matin, fidèle à lui-même ; tandis que Fairbrother, lui, était à la morgue. Comme quoi…)

Soudain, emportée par la joie de ce début de journée, Shirley se remémora le lendemain de la naissance de son fils Miles. Quarante ans plus tôt, elle était assise dans son lit, exactement comme maintenant, la joue caressée par la lumière du jour qui inondait sa chambre à la maternité, les mains réchauffées par la tasse de thé qu'on lui avait apportée, prête à donner le sein au magnifique nouveau-né qu'elle attendait qu'on lui amène. La naissance, la mort : dans les deux cas, cette impression d'un surcroît de conscience, d'une intensification de l'existence en général – et de la sienne en particulier. Elle se délectait de la nouvelle de l'infortune subite de Barry Fairbrother comme elle aurait cajolé un petit bébé joufflu livré à l'admiration extatique de toutes ses amies ; et de cette immense réjouissance, elle serait la pourvoyeuse directe, la source, car elle avait été la première, ou presque, à apprendre la nouvelle.

Shirley n'avait rien laissé paraître du bonheur qui bouillonnait et pétillait en elle tant que Howard était dans la chambre. Ils s'étaient contentés d'échanger les commentaires d'usage face à toute disparition inopinée, puis il était allé prendre sa douche. Bien entendu, Shirley avait deviné, tandis qu'ils égrenaient l'un après l'autre les formules les plus convenues comme on enfile des perles sur un chapelet, que Howard devait, en secret, exulter tout autant qu'elle ; mais il aurait été impensable de laisser libre cours à l'expression d'un tel sentiment – autant se mettre à danser tout nu en hurlant des obscénités ; or, Shirley et Howard n'auraient jamais, pour rien au monde, ôté l'invisible parure de bienséance dont les bonnes manières leur commandaient de se draper en toutes circonstances.

Une nouvelle pensée joyeuse germa dans l'esprit de Shirley tandis qu'elle reposait tasse et soucoupe sur la table de chevet, sortait de son lit, enfilait sa robe de chambre en taffetas chenille, chaussait ses lunettes et s'engageait à pas feutrés dans le couloir pour aller frapper à la porte de la salle de bains.

« Howard ? »

Sur fond de douche crépitante lui parvint en guise de réponse un borborygme vaguement interrogatif.

« Tu crois que je devrais mettre quelque chose sur le site internet ? À propos de Fairbrother ?

— Bonne idée, répondit-il derrière la porte après un moment de réflexion. Excellente idée. »

Elle fila aussitôt dans le bureau – une ancienne chambre en réalité, la plus petite de la maison, libérée depuis longtemps par leur fille Patricia, qui était partie vivre à Londres et dont on évoquait rarement l'existence.

Shirley tirait une immense fierté de ses talents informatiques. Elle avait pris des cours du soir à

Yarvil, dix ans plus tôt ; elle avait été l'une des plus vieilles et la plus lente de sa classe, mais elle avait persévéré, bien déterminée à devenir l'administratrice du formidable nouveau site internet du Conseil paroissial de Pagford. Installée devant l'ordinateur, elle se connecta et alla sur la page d'accueil du Conseil.

Son bref communiqué lui vint si facilement qu'elle eut l'impression qu'il s'écrivait tout seul.

Barry Fairbrother, conseiller paroissial
C'est avec une profonde tristesse que nous avons appris le décès du conseiller Barry Fairbrother. Toutes nos pensées vont à sa famille dans cette douloureuse épreuve.

Elle se relut attentivement, appuya sur la touche « retour » et regarda le message s'afficher sur le forum du site.

La reine avait fait mettre le drapeau en berne sur le toit du palais de Buckingham au lendemain de la mort de Lady Di. Sa Majesté occupait une place tout à fait à part dans la vie intérieure de Shirley. En voyant son message affiché sur le site internet, elle éprouva une intense satisfaction, née de la certitude d'avoir agi comme il fallait – royalement...

Puis elle quitta la page du Conseil paroissial et fit apparaître à l'écran son site médical préféré, où, passant fastidieusement d'une lettre à l'autre sur son clavier, elle tapa les mots « cerveau » et « mort » dans la barre de recherche.

Les rubriques jaillirent par centaines. Shirley fit dérouler le menu infini, roulant des yeux de l'une à l'autre possibilité, incapable de déterminer à laquelle de ces innombrables afflictions mortelles, dont certaines étaient imprononçables, elle devait son bonheur présent. Shirley était bénévole à l'hôpital ; elle se piquait d'intérêt pour la chose médicale depuis qu'elle avait commencé à travailler à l'hôpital South West General, et n'hésitait pas, chaque fois qu'elle en avait l'occasion, à établir le diagnostic clinique de ses proches.

Mais impossible ce matin de se concentrer sur tous ces symptômes et ces mots à rallonge : elle n'avait la tête qu'à la grande nouvelle du jour, et à la manière dont elle allait s'y prendre pour la diffuser, dressant et recomposant déjà dans sa tête une liste de numéros de téléphone. Elle se demandait si Aubrey et Julia étaient au courant, et ce qu'ils en pensaient ; et elle se demandait si Howard la laisserait annoncer la nouvelle à Maureen, ou s'il préférerait se réserver ce plaisir.

Tout cela était *terriblement* excitant.

4

Andrew Price referma la porte de la petite maison blanche et suivit son frère dans l'allée du jardin, dont le sol pentu craquelait sous l'effet du givre, jusqu'au portail en métal glacé, encastré dans la haie, qui donnait sur la route. Ni l'un ni l'autre ne jetèrent le moindre regard au paysage familier qui s'offrait à eux en contrebas : la bourgade de Pagford dans son écrin de verdure, enserrée entre trois collines, et, au sommet de l'une d'entre elles, les ruines de l'abbaye du XIIᵉ siècle. Un bras de rivière étranglé serpentait autour de cette colline et traversait le village, enjambé par un pont en pierre tout droit sorti d'un jeu de construction. Aux yeux des deux frères, ce tableau était d'une fadeur absolue. Andrew détestait la façon qu'avait son père, les rares fois où la famille recevait des invités, de s'en attribuer tout le mérite, comme s'il avait conçu et bâti la ville de ses propres mains. Andrew avait décidé depuis peu qu'il aurait préféré un paysage d'asphalte, de vitres cassées et de graffitis ; il rêvait de Londres, et d'une vie qui aurait eu du sens.

Les deux frères continuèrent leur chemin jusqu'au croisement de la grand-route. Andrew fourra une main dans la haie, fouilla un moment, puis en ressortit un paquet de Benson à demi entamé et une boîte d'allumettes un peu humide. Après plusieurs ratés et autant d'allumettes gâchées, il réussit à allumer une cigarette. Deux ou trois longues bouffées, puis le grondement du bus scolaire vint mettre un terme à ce moment de tranquillité. Andrew éteignit soigneusement le bout de sa cigarette et en rangea la moitié restante dans son paquet.

Le bus était toujours aux deux tiers plein quand il arrivait au tournant de Hilltop House, car il était déjà passé par les fermes et les maisons alentour. Les deux frères, comme d'habitude, s'installèrent à distance l'un de l'autre, chacun sur un siège en vis-à-vis et le visage tourné vers le paysage défilant derrière la vitre du bus qui poursuivait sa route cahotante vers le centre de Pagford.

Au pied de leur colline se trouvait une maison nichée dans un jardin en forme de triangle. Les quatre enfants Fairbrother attendaient en général devant le portail, mais il n'y avait personne aujourd'hui. Les rideaux étaient tirés. Andrew se demanda si la coutume voulait qu'on reste enfermé dans le noir quand quelqu'un était mort.

Quelques semaines plus tôt, Andrew était sorti avec Niamh Fairbrother, l'une des deux jumelles de Barry, au cours d'une soirée dans la salle des fêtes de l'école, à la suite de quoi elle avait pris la désagréable habitude de lui coller au train pendant quelque temps. Les parents d'Andrew connaissaient à peine les Fairbrother ; Simon et Ruth n'avaient pour ainsi dire pas d'amis, mais semblaient nourrir une vague affection pour Barry, qui avait jadis dirigé la minuscule agence de la seule banque encore présente à Pagford. Le nom de Fairbrother revenait souvent quand il était question du Conseil paroissial, des soirées théâtrales organisées par la commune ou encore de la grande course amateur au profit des bonnes œuvres de l'église. Toutes choses dont Andrew se contrefichait et auxquelles ses parents ne prenaient aucune part, sinon, en de très rares occasions, pour mettre trois sous dans une cagnotte ou acheter quelques billets de tombola.

Tandis que le bus tournait à gauche pour descendre Church Row, Andrew se laissa aller à une petite rêverie dans laquelle son père mourait brutalement, abattu par un sniper invisible. Andrew s'imagina en train de réconforter sa mère éplorée tout en appelant les pompes funèbres. Il s'allumait une cigarette et commandait le cercueil le moins cher.

Les trois Jawanda – Jaswant, Sukhvinder et Rajpal – grimpèrent dans le bus tout en bas de Church Row. Andrew avait pris soin de laisser une place libre en face de lui, et se mit à prier pour que Sukhvinder s'y installe – non pas qu'il s'intéressât à elle (le meilleur ami d'Andrew, Fats, l'avait surnommée M&M – « Moustache et Mamelons »), mais parce qu'il guettait celle qui, si souvent, s'asseyait à côté d'elle dans le bus. Et il fallait croire que ses pouvoirs télépathiques étaient particulièrement performants ce matin, car Sukhvinder vint en effet prendre place juste en face de lui. Sans rien laisser paraître de sa jubilation, Andrew se tourna d'un air absent vers la vitre sale et serra un peu plus fort son sac à dos contre son bas-ventre afin de dissimuler l'érection qui commençait à le démanger à la faveur des soubresauts et des vibrations du bus.

Son appréhension montait d'un cran chaque fois que le lourd véhicule tressautait, manquait de caler puis repartait de plus belle le long des rues étroites, négociait le virage serré qui débouchait sur la place du village, puis s'approchait, enfin, de la rue où Elle habitait.

Jamais aucune fille n'avait suscité chez Andrew une telle fébrilité. Elle venait tout juste de débarquer à Pagford ; drôle de moment pour changer d'école, à quelques mois de la fin du lycée. Elle s'appelait Gaia, un prénom qu'Andrew ne connaissait pas mais qui lui allait à ravir, car tout en elle respirait le mystère et l'inconnu. Elle était montée dans le bus un beau matin, tout simplement, telle une incarnation suprême de ce que la nature pouvait créer de plus sublime, elle s'était assise deux rangées devant lui, et il avait passé le reste du trajet, pétrifié, à contempler l'absolue perfection de ses épaules et de sa nuque.

Ses cheveux bruns aux reflets cuivrés ondoyaient en une cascade de vagues soyeuses qui s'en allaient caresser le creux de ses omoplates ; la finesse exquise de son nez à peine retroussé soulignait d'autant le dessin saisissant de ses lèvres charnues ; dans ses grands yeux écartés, frangés de longs cils, pétillaient des iris dont la robe noisette piquetée de vert évoquait le duvet de certaines pommes rousses. Andrew ne l'avait jamais vue maquillée, et rien, nulle imperfection, pas le moindre bouton, ne venait ternir sa peau. Son visage, aux proportions inhabituelles, était un prodige de symétrie et d'étrangeté tout à la fois ; il aurait pu passer des heures à l'admirer sans jamais déceler l'origine exacte de la fascination qu'il exerçait sur lui. La semaine précédente encore, pendant un cours de biologie, le hasard, ou peut-être la providence, avait si bien configuré la disposition des tables et des élèves qu'il avait pu, deux heures durant, la dévisager à loisir. Le soir même, dans le secret de sa chambre, il avait écrit (suite à un léger moment d'absence au cours duquel il avait passé une demi-heure à fixer le mur, épisode lui-même précédé par une petite séance de masturbation) : « La beauté est géométrique. » Il avait aussitôt déchiré le bout de papier et, depuis, se sentait idiot chaque fois qu'il y repensait – mais enfin, le fait est qu'il n'avait pas tort... La beauté de Gaia était faite de mille et un détails qui, à force d'infimes ajustements, finissaient par composer un tableau d'une harmonie stupéfiante.

Elle serait là d'une minute à l'autre, et si, comme elle en avait l'habitude, elle décidait de s'asseoir à côté de la sordide et soporifique Sukhvinder, elle serait assez proche de lui pour sentir les relents de nicotine dont il était imprégné. Il aimait voir les objets inanimés se mettre en branle à son contact : le siège qui s'affaissait très légèrement quand elle s'asseyait, et la barre en acier devant la vitre qui imprimait de nouvelles ondulations à sa chevelure mordorée quand elle s'y appuyait.

Le chauffeur ralentit, et Andrew se força à ne pas regarder du côté de la portière, à donner l'impression d'être perdu dans ses pensées ; il ne tournerait la tête que lorsqu'elle monterait dans le bus, et il ferait semblant de s'apercevoir à l'instant qu'ils s'étaient arrêtés ; il croiserait son regard ; peut-être même oserait-il lui adresser un petit signe du menton. Il attendit que les portières s'ouvrent, mais le ronflement paisible du moteur ne fut pas interrompu par les bruits habituels de grincement et de frottement sourd.

Andrew regarda autour de lui et ne vit que Hope Street : une petite rue miteuse, flanquée de deux rangées de maisons étroites et serrées les unes contre les autres. Le chauffeur se pencha pour vérifier qu'il n'y avait personne. Andrew aurait voulu lui dire de patienter encore un peu – la semaine dernière, elle avait surgi au dernier moment de l'une de ces petites maisons pour rattraper le bus en courant (il avait pu alors la regarder sans le moindre scrupule, car tous les regards à ce moment-là s'étaient tournés vers elle), et cette image d'elle en train de courir avait à elle seule occupé toutes ses pensées pendant plusieurs heures – mais le chauffeur reprit en main son énorme volant et le bus repartit. Andrew se replongea dans la contemplation de la vitre sale, le cœur et le bas-ventre plus douloureux que jamais.

5

Les résidences alignées de Hope Street avaient jadis été des maisons de ferme. Au numéro 10, Gavin Hughes était en train de se raser avec une minutie bien inutile. Il était si blond, et sa barbe si clairsemée, qu'il n'avait pas besoin de se raser plus de deux fois par semaine ; mais la salle de bains, si glaciale et défraîchie fût-elle, était son seul refuge. Pour peu qu'il arrive à y rester enfermé jusqu'à huit heures, il pourrait, sitôt qu'il en serait sorti, partir tout de suite au travail sans que cela paraisse louche et, ainsi, se dérober à la discussion qu'il redoutait d'avoir avec Kay.

Discussion qu'il avait déjà savamment détournée, la veille, en entraînant Kay dans la partie de jambes en l'air la plus longue et inventive qu'ils aient connue depuis le début de leur histoire. Elle avait répondu sur-le-champ à ses avances, et avec un enthousiasme déconcertant, changeant sans cesse de position, levant bien haut ses jambes massives et musclées, se contorsionnant comme la gymnaste roumaine pour laquelle on aurait pu la prendre, avec sa peau olivâtre et ses cheveux courts d'un noir de jais. Il avait réalisé – trop tard – qu'elle interprétait cette initiative de sa part, si peu habituelle, comme l'aveu tacite de tout ce qu'il était bien déterminé, précisément, à ne pas lui dire. Elle l'avait embrassé avec passion ; ses baisers torrides et profonds avaient eu quelque chose de terriblement excitant à ses yeux, les premiers temps ; aujourd'hui, ils ne lui inspiraient plus qu'une sorte de répulsion. Il avait mis beaucoup de temps à jouir ; l'horreur de la situation dans laquelle il s'était fourré assaillait toutes ses pensées, menaçant une érection qu'il n'avait réussi à maintenir jusqu'au bout qu'au prix d'un effort surhumain. Lequel, pour comble d'ironie, s'était retourné à son désavantage : elle y avait vu le témoignage d'une fougue érotique aussi prodigieuse qu'inusitée.

Une fois l'affaire enfin bouclée, elle s'était blottie contre lui dans le noir et lui avait caressé les cheveux pendant un moment. Les yeux dans le vide, hébété, il avait peu à peu réalisé qu'au lieu de couper les ponts comme il en avait plus ou moins conçu le projet, il venait d'accomplir très exactement le contraire. Kay avait fini par s'endormir, et il s'était retrouvé le bras coincé sous son dos et la cuisse moite collée au drap, sur un matelas bosselé par des ressorts à bout de souffle ; il aurait tant voulu, à cet instant, être un salaud et filer à l'anglaise pour ne jamais plus revenir !

La salle de bains de chez Kay sentait la moisissure et la vieille éponge humide. Un nombre indéterminé de cheveux étaient en permanence incrustés sur les rebords de la baignoire. La peinture s'écaillait un peu partout.

« Il faudrait lui redonner un petit coup de propre », avait dit Kay.

Gavin avait pris soin de ne pas offrir ses services. Il s'était toujours interdit de lui dire certaines choses et se raccrochait à ces silences comme à un talisman et un garde-fou ; il s'en était fabriqué un rosaire secret dont il égrenait sans cesse les perles. Il n'avait jamais prononcé le mot « amour ». Il n'avait jamais parlé mariage. Il ne lui avait jamais demandé d'emménager à Pagford. Mais rien à faire ; il n'arrivait pas à se débarrasser d'elle, ni de la charge inexplicable qu'elle faisait peser sur ses épaules.

Dans le miroir piqué de la salle de bains, son reflet le toisait. Il avait des ombres violacées sous les yeux, et ses cheveux blonds, déjà clairsemés, devenaient chaque jour un peu plus ternes et cassants. L'ampoule pendue au plafond et la lumière impitoyable du petit matin éclairaient ce visage veule et blafard avec une cruauté chirurgicale.

Trente-quatre ans, se dit-il, *et j'en parais au moins quarante.*

Il leva son rasoir et trancha délicatement les deux gros poils blonds qui poussaient de part et d'autre de sa pomme d'Adam trop saillante.

Une rafale de coups de poing à la porte de la salle de bains. La main de Gavin ripa, et quelques gouttes de sang s'écoulèrent de son cou maigrichon pour aller consteller son impeccable chemise blanche.

« Ton mec, hurla une voix féminine manifestement furieuse, est encore dans la salle de bains et je vais être en retard !

— J'ai fini ! » cria-t-il.

La coupure était douloureuse, mais quelle importance ? Au moins lui fournissait-elle une excuse idéale : *Regarde ce que m'a fait faire ta fille. Ah ! c'est malin, maintenant je vais devoir repasser par chez moi me changer avant d'aller au boulot.* Et c'est d'un cœur

presque léger qu'il attrapa la cravate et la veste suspendues au crochet derrière la porte de la salle de
bains.

À peine avait-il ouvert que Gaia le bouscula pour
se précipiter à l'intérieur, claquer la porte et pousser
le verrou d'un geste brusque. Debout dans le minuscule couloir, où flottait une désagréable odeur de
caoutchouc brûlé, Gavin se souvint du boucan qu'ils
avaient fait la veille : la tête de lit qui tapait contre le
mur, les couinements du sommier, les grognements,
les cris et les halètements de Kay. Ils avaient tendance
à oublier, parfois, que Gaia aussi vivait dans cette
maison.

Il descendit les escaliers quatre à quatre. Kay lui
avait parlé de son intention de les poncer et de les
cirer, mais il doutait qu'elle le fasse un jour ; son
appartement londonien avait été tout aussi crasseux
et mal entretenu. Quoi qu'il en soit, il était persuadé
qu'elle s'attendait à emménager très bientôt chez lui ;
mais il ne le permettrait pas ; sa maison était son
ultime bastion, et si nécessaire, il n'hésiterait pas à
employer les grands moyens pour lui en interdire
l'accès.

« Mais qu'est-ce que tu t'es fait ? » s'écria Kay en
voyant le sang sur sa chemise. Elle portait le kimono
violet un peu vulgaire qu'il n'aimait pas – mais qui
lui allait si bien.

« Gaia m'a fait sursauter en tambourinant à la
porte. Je vais devoir repasser par chez moi me
changer.

— Oh, mais je t'avais préparé le petit déjeuner ! »
s'empressa-t-elle de dire.

Il s'aperçut alors que ce qu'il avait pris pour une odeur de pneu cramé était en réalité celle des œufs brouillés de Kay. Ils avaient l'air indigestes et carbonisés.

« Je ne peux pas, Kay, il faut que je change de chemise, j'ai une réunion très… »

Mais elle lui servait déjà une grande plâtrée gélatineuse.

« Cinq minutes, allez, tu as bien cinq minutes quand même, non ? »

Son portable se mit à vibrer et il l'extirpa de la poche de sa veste en se demandant s'il aurait l'audace de lui faire croire qu'il était appelé de toute urgence au bureau.

« Oh, mon Dieu ! s'exclama-t-il en poussant un cri d'horreur qui, en l'occurrence, n'était pas feint.

— Quoi ?

— Barry. Barry Fairbrother ! Il est… oh putain, il… il est mort ! C'est Miles. Oh putain, c'est pas vrai ! »

Elle reposa sa spatule en bois.

« C'est qui, Barry Fairbrother ?

— Un type avec qui je joue au squash. Il n'a que quarante-quatre ans ! Bon sang c'est pas possible ! »

Il relut le texto. Kay le regardait d'un air perplexe. Elle savait que Miles était le partenaire de Gavin au cabinet, mais il ne la lui avait jamais présentée. Quant à Barry Fairbrother, ce nom ne lui disait absolument rien.

Un bruit fracassant retentit soudain dans l'escalier : c'était Gaia qui descendait à toute allure.

« Tiens, des œufs, fit-elle en déboulant dans la cuisine. Comme tu m'en fais tous les matins. *Ou pas*. Et maintenant, grâce à *lui*, dit-elle en foudroyant Gavin du regard, j'ai sûrement loupé ce foutu bus.

— Oui, eh bien si mademoiselle ne passait pas autant de temps tous les matins à se coiffer ! » rétorqua sa mère en criant, mais Gaia avait déjà tourné les talons. Sans répondre, elle disparut dans le couloir en tapant des pieds et en faisant rebondir son sac à dos sur les murs, puis claqua la porte d'entrée derrière elle.

« Kay, il faut que j'y aille, dit Gavin.

— Non mais attends, j'ai tout préparé, tu peux…

— Il faut que je me change. Et puis enfin merde, Barry, c'est moi qui ai établi son testament, il faut que j'aille vérifier les papiers. Non, désolé mais il faut vraiment que je me sauve. J'arrive pas à y croire, ajouta-t-il en relisant le texto de Miles. C'est pas possible. J'ai fait une partie de squash avec lui pas plus tard que jeudi dernier. J'arrive pas à… Bon sang, c'est pas vrai. »

Un homme était mort ; il n'y avait pas grand-chose à dire face à ça ; le moindre commentaire pouvait la mettre en tort. Il déposa sur ses lèvres un rapide baiser auquel elle ne répondit pas, puis disparut à son tour dans le couloir sombre et étroit.

« Est-ce que je te vois ce… ?

— Je t'appelle dans la journée », lança-t-il par-dessus son épaule en faisant semblant de n'avoir rien entendu.

Gavin traversa la rue au pas de course pour rejoindre sa voiture et avala au passage une grande goulée d'air froid, chamboulé par la terrible nouvelle à laquelle il s'efforçait de ne pas penser, la tenant à distance telle une fiole remplie d'un liquide volatil qui risquait de lui exploser entre les mains à tout instant. En démarrant, il imagina les jumelles de Barry en train de sangloter sur leurs lits superposés, le visage enfoui dans les oreillers. C'est ainsi qu'il les avait vues, l'une au-dessus de l'autre, chacune rivée à l'écran de sa Nintendo DS, en passant devant leur chambre la dernière fois qu'il était allé dîner chez Barry.

Les Fairbrother étaient le couple le plus dévoué qu'il connaissait. Jamais plus il n'irait dîner chez eux. Il faisait toujours remarquer à Barry la chance qu'il avait ; mais la chance venait de tourner...

Quelqu'un se dirigeait vers lui sur le trottoir ; pris d'un élan de panique à l'idée que ce soit Gaia qui revenait sur ses pas pour l'agonir d'injures ou lui demander de la déposer au lycée, il fit une marche arrière un peu trop brusque et heurta le pare-chocs de la voiture garée derrière lui – la Vauxhall Corsa de Kay. Le piéton mystérieux le dépassa ; c'était une vieille dame en charentaises, toute frêle et claudicante. Les mains moites de transpiration, Gavin donna quelques coups de volant frénétiques pour déboîter puis appuya sur l'accélérateur. Il jeta un coup d'œil dans le rétroviseur et vit Gaia qui rentrait dans la maison de Kay.

Il avait du mal à respirer, la poitrine comprimée par un nœud impossible à desserrer. Barry Fairbrother était mort, et Gavin venait tout juste de comprendre qu'il avait perdu son meilleur ami.

6

Le bus scolaire avait atteint les Champs, l'immense cité qui s'étendait aux abords de Yarvil. Des maisons aux façades grises et sales, certaines recouvertes de tags et d'inscriptions obscènes ; ici et là, des fenêtres condamnées par des planches clouées ; une noria d'antennes paraboliques et du chiendent – rien de tout cela ne méritait plus l'attention d'Andrew que l'abbaye en ruine de Pagford sous son manteau de givre scintillant. Andrew avait jadis été intimidé par la cité des Champs, mais ce paysage désormais familier avait cessé depuis longtemps de l'intriguer pour sombrer à ses yeux dans la banalité la plus insignifiante.

Les trottoirs fourmillaient d'enfants et d'adolescents en route vers l'école ; certains étaient en T-shirt, malgré le froid. Andrew aperçut Krystal Weedon, emblème de la cité et objet de blagues salaces en tout genre. Elle marchait d'un pas bondissant, entre deux éclats de rire féroces, au milieu d'un petit groupe hétéroclite d'adolescents. À chacune de ses oreilles se balançaient plusieurs anneaux, et la ficelle de son string dépassait du pantalon de jogging qu'elle portait à mi-hanches. Andrew la connaissait depuis l'école primaire, et elle figurait dans la plupart des souvenirs les plus hauts en couleur qu'il conservait de cette lointaine enfance. Son nom, bien entendu, lui avait valu d'innombrables quolibets, mais au lieu de pleurer comme l'aurait fait n'importe quelle autre petite fille, Krystal, du haut de ses cinq ans, caquetait en chœur avec les autres : « *Weed-on ! Krystal Weed-on*[1] *!* » Un jour, elle avait baissé sa culotte en plein cours et mimé des poses lascives. La vision de sa vulve rose et glabre avait durablement marqué Andrew ; c'était comme si le Père Noël venait de faire irruption dans la classe ; et il se souvenait encore du visage cramoisi de Miss Oates quand elle avait expulsé Krystal et l'avait escortée *manu militari* hors de la salle de cours.

À douze ans, l'année de leur entrée à l'école poly-valente, Krystal avait été la première de toutes les filles de leur promotion à voir son corps prendre de nouvelles formes. Un jour, elle s'était attardée au fond de la classe, où les élèves étaient censés déposer leurs exercices de maths quand ils avaient terminé puis regagner leur place avec une nouvelle feuille. Andrew (toujours parmi les derniers à finir ses devoirs de maths) ne sut jamais comment tout avait démarré, mais quand il eut atteint les bacs en plas-tique où étaient rangés les exercices, soigneusement alignés au sommet des armoires dans le fond de la classe, il vit Rob Calder et Mark Richards en train de soupeser et de pétrir à tour de rôle les seins de Krys-tal. Les autres garçons regardaient le spectacle, les yeux comme des soucoupes, retranchés derrière leurs cahiers posés à la verticale sur les bureaux pour que le prof ne les voie pas, tandis que les filles faisaient semblant de n'avoir rien remarqué, même si la plu-

---

1. *Weed* : ici, participe passé du verbe *to wee*, « faire pipi ». Les enfants se moquent ainsi de Krystal Weedon, littéralement « celle qui se fait pipi dessus » ou « celle sur qui on fait pipi » (*weed on*). (*N.d.T.*)

part d'entre elles étaient rouges comme des pivoines. Andrew se rendit bientôt compte que la moitié des garçons de la classe avaient déjà eu droit à leur tour, et que le sien n'allait pas tarder. Il en avait envie et pas envie en même temps. Ce n'était pas des seins de Krystal qu'il avait peur, mais du regard de défi qu'elle lui lancerait ; il avait peur de s'y prendre de travers. Aussi, quand le très dupe et très incapable Mr Simmonds leva enfin les yeux et dit : « Ça fait une éternité que tu traînes au fond de la classe, Krystal, prends ta feuille d'exercices et retourne t'asseoir à ta place », Andrew éprouva, plus que toute autre sensation, un immense soulagement.

Par la suite, des groupes s'étaient formés, qui les avaient éloignés l'un de l'autre, mais ils étaient toujours restés dans la même section ; Andrew savait donc que Krystal était parfois là, parfois absente, et en tout cas presque toujours fourrée dans de sales draps. Elle n'avait peur de rien, à l'instar de ces garçons qui venaient à l'école bardés de tatouages qu'ils s'étaient faits eux-mêmes, toujours une lèvre fendue, la cigarette au bec, et sur qui circulaient toutes sortes de rumeurs, des histoires de rixes avec la police, de drogue et de sexe.

L'école polyvalente Winterdown était située juste à l'entrée de Yarvil. C'était un gros bâtiment à trois étages d'une laideur indicible, dont la façade consistait en une série de fenêtres séparées par des panneaux turquoise. Quand les portières du bus s'ouvrirent en grinçant, Andrew se fondit dans la masse grouillante des élèves en pull et blazer noir qui traversaient l'aire de parking pour se diriger vers les deux entrées principales. Il était sur le point de s'engouffrer dans le goulot d'étranglement qui s'était formé devant les portes à double battant lorsqu'il aperçut du coin de l'œil une Nissan Micra qui se garait, et il se détacha de la foule pour attendre son meilleur ami.

Wally, Willy, Gradub, Gros Lard, Bibendum, Pacha, Fatboy, Fats : Stuart Wall détenait le record absolu du nombre de surnoms donnés à un élève de l'école. Sa démarche chaloupée, sa silhouette efflanquée, son teint cireux et son visage anguleux, ses oreilles disproportionnées et son expression perpétuellement contrite suffisaient à le distinguer du commun, mais c'était son humour tranchant, son air distant et impassible qui le mettaient vraiment à part. Il parvenait, on ne savait trop comment, à ignorer avec superbe toutes les tares dont il était affligé et qui, chez d'autres, auraient été vécues comme un drame insurmontable. Il n'avait pas l'air le moins du monde embarrassé, par exemple, d'avoir pour père un proviseur adjoint unanimement haï et tourné en ridicule, et pour mère une conseillère d'orientation grassouillette et mal fagotée ; tout cela semblait lui inspirer la plus parfaite indifférence. Il était comme il était, fidèle à lui-même, unique en son genre : Fats, figure éminente et incontournable de l'école s'il en était. Même ceux de la cité des Champs riaient à ses vannes et veillaient – tant ils craignaient la trique froide et cruelle de sa repartie légendaire – à ne pas trop souvent se moquer de son infortunée parentèle.

Et ce matin encore, Fats se montra d'un flegme sans faille quand, sous les yeux de tous les élèves qui défilaient en horde devant lui, libérés du carcan de leur propre famille, il dut, lui, s'extraire de la Nissan non seulement en compagnie de sa mère mais aussi de son père, qui d'habitude faisaient le trajet chacun de leur côté. Andrew eut de nouveau une brève pensée pour Krystal Weedon et son string, puis Fats le rejoignit en se dandinant.

« Salut, Arf.

— Fats. »

Ils se mêlèrent à la foule, sac à dos sur l'épaule, distribuant dans leur sillage quelques taloches aux plus petits pour se frayer un chemin.

« Le Pigeon est en larmes, dit Fats tandis qu'ils grimpaient les escaliers envahis d'élèves.

— Hein ?

— Barry Fairbrother a cassé sa pipe hier soir.

— Ah oui, j'ai entendu dire. »

Fats lança à Andrew le coup d'œil narquois et goguenard qu'il réservait à ceux qui se haussaient du col, prenaient des airs et faisaient semblant d'être au courant de tout.

« Ma mère était à l'hôpital quand ils l'ont amené, dit Andrew, vexé par cette œillade. Elle travaille là-bas, je te rappelle.

— Ah oui, c'est vrai, dit Fats sans la moindre trace d'ironie cette fois. Enfin bref, tu sais que lui et le Pigeon étaient comme cul et chemise. Et maintenant, le Pigeon a l'intention d'annoncer la nouvelle devant toute l'école. C'est pas bon, Arf, crois-moi… »

Ils se séparèrent en haut des marches et chacun alla rejoindre sa classe. Dans celle d'Andrew, tout le monde ou presque était déjà là, les uns assis au bord des tables, les jambes ballantes, les autres appuyés contre les armoires sur les côtés de la salle. Les sacs à dos gisaient sous les chaises. Les discussions étaient toujours plus bruyantes et déliées à l'heure du Rassemblement, lequel offrait à tout le monde la perspective réjouissante, chaque lundi matin, de quitter les bâtiments et de prendre un peu l'air, le temps de rejoindre le gymnase. La prof principale, assise à son bureau, cochait le nom des élèves à mesure qu'ils faisaient leur apparition. Elle ne se donnait jamais la peine de faire l'appel en bonne et due forme ; c'était là l'un des nombreux petits stratagèmes qu'elle avait mis en place pour essayer de s'attirer les bonnes grâces des adolescents – et qui ne lui valaient en retour que leur mépris redoublé.

Krystal arriva juste au moment où sonnait la cloche du Rassemblement. « Chuis là, m'dame ! » criat-elle dans l'embrasure de la porte avant de faire aussitôt demi-tour. Tout le monde lui emboîta le pas, dans un brouhaha de bavardages ininterrompus. Andrew et Fats se retrouvèrent là où ils venaient de se quitter, et se laissèrent porter par la foule pour redescendre les escaliers et sortir dans la grande cour de béton gris.

Le gymnase sentait la sueur et les baskets ; sur les parois d'un blanc sinistre rebondissaient les voix voraces et entremêlées de mille deux cents écoliers. Le sol en dur, d'un gris industriel constellé de taches, était quadrillé de lignes de formes et de couleurs diverses délimitant les terrains de foot, de badminton, de tennis ou de hockey ; ce revêtement râpait impitoyablement les genoux quand on avait la mauvaise idée de faire une chute, mais c'était toujours plus confortable de poser ses fesses là-dessus que sur du parquet quand il s'agissait de rester assis pendant toute la durée du Rassemblement général. Andrew et

Fats avaient accédé au rang leur permettant de jouir du privilège de s'asseoir sur les chaises en plastique, branlant sur leurs quatre pieds en acier tubulaires, alignées au fond du gymnase et réservées aux premières et aux terminales.

Un vieux podium en bois avait été érigé à l'avant, face aux élèves, au pied duquel était assise la directrice, Mrs Shaw. Le père de Fats, Colin Wall, dit « le Pigeon », alla bientôt rejoindre sa place à côté d'elle. Il était très grand, le front large et dégarni, et il marchait d'une allure reconnaissable entre mille, les bras rigides, plaqués le long du corps, agité de soubresauts dont on voyait mal en quoi ils lui permettaient de mieux se mouvoir d'un point à un autre. Tout le monde l'appelait « le Pigeon » à cause de la maniaquerie avec laquelle il veillait à la bonne tenue de la rangée de casiers qui jouxtait son bureau et qu'il persistait à appeler le « pigeonnier ». Certaines feuilles de présence, une fois remplies, devaient aller dans telle ou telle case bien définie, d'autres étaient promptement réexpédiées dans tel ou tel département spécifique. « Faites bien attention à mettre ce document dans la bonne case du pigeonnier, Ailsa ! » « Enfin, Kevin, ne balancez pas ce dossier n'importe comment, il risque de tomber du pigeonnier ! » « Mademoiselle, enfin, vous avez bien vu que vous marchiez sur cette feuille ! Allons, ramassez-la et donnez-la-moi, que je la range bien à sa place dans le pigeonnier ! »

Aucun des enseignants n'avait adopté ce terme saugrenu – non pas tant par allergie aux fantaisies de langage, cependant, que pour bien marquer leurs distances avec le Pigeon.

« Décalez-vous, décalez-vous », dit Mr Meacher, le prof d'arts appliqués, à Andrew et Fats qui avaient laissé une chaise vide entre eux et Kevin Cooper.

Le Pigeon alla se percher derrière le podium. Les élèves ne firent pas silence aussi rapidement que s'ils avaient eu la directrice devant eux. Au moment précis où l'écho de la dernière voix se dissipa, l'une des portes à double battant du gymnase, au milieu du mur de droite, s'ouvrit à toute volée, et Gaia fit son entrée.

Elle parcourut des yeux le gymnase (cette fois encore, tous les regards s'étant tournés vers elle, Andrew s'autorisa lui aussi à la regarder ; elle était en retard, elle était l'inconnu, elle était la beauté, et peu importait ce qu'était maintenant en train de leur raconter le Pigeon) puis, d'un pas alerte mais dont la vivacité ne trahissait pas le moindre embarras (car elle aussi, comme Fats, était douée d'un flegme à toute épreuve), elle contourna la dernière rangée des élèves assemblés. Andrew ne pouvait pas se permettre de tourner la tête pour la suivre des yeux, mais il s'avisa soudain – et le choc fut si violent que ses oreilles se mirent à bourdonner – qu'en se décalant d'une chaise avec Fats, il avait laissé une place libre à côté de lui.

Il entendit des pas légers, aériens, puis, tout à coup, elle était là. Assise. À côté de lui. Elle ajusta sa chaise : son corps frôla le sien. Un infime effluve de parfum se glissa jusque dans ses narines, plus discret qu'un murmure. Andrew avait l'impression que tout le côté gauche de son corps était en train de brûler vif à son contact, et il remercia le ciel d'avoir fait en sorte que la majeure partie de ses boutons d'acné soient concentrés sur sa joue droite. Jamais il n'avait été aussi proche d'elle, et il se demanda s'il allait oser la regarder, lui adresser un signe de reconnaissance ; mais il décida aussitôt qu'il était trop tard : il était resté beaucoup trop longtemps paralysé, et le moindre geste qu'il pourrait esquisser à présent était voué à paraître terriblement artificiel.

Il fit semblant de se gratter la tempe gauche pour dissimuler son visage derrière ses doigts en éventail et, au prix d'une périlleuse gymnastique oculaire, réussit à lorgner du côté de ses mains, qu'elle avait négligemment posées l'une sur l'autre au creux de ses jambes. Elle avait les ongles courts, propres, et sans vernis. Une bague en argent, toute simple, entourait l'un de ses petits doigts.

Fats enfonça discrètement son coude dans les flancs d'Andrew.

« Enfin », dit le Pigeon – et Andrew s'aperçut que c'était la deuxième fois qu'il prononçait ce mot, et que le silence du gymnase semblait soudain plus intense, presque palpable. Plus personne ne remuait, et l'atmosphère était chargée d'une curiosité jubilatoire mêlée d'appréhension.

« Enfin, répéta de nouveau le Pigeon d'une voix qui se mit à trembler, j'ai une… j'ai une bien triste nouvelle à vous annoncer. Mr Barry Fairbrother, qui depuis ces deux dernières années entraînait l'équipe d'aviron féminine avec la ressuscit… la *réussite…* avec la réussite que l'on sait, est… »

Sa voix s'étrangla et il fit passer sa main devant ses yeux.

« … mort… »

54

Le Pigeon sanglotait devant tout le monde, sa tête chauve et bosselée affaissée sur sa poitrine. Un murmure d'effroi, concurrencé par une vague de ricanements, parcourut l'assistance sidérée, et de nombreux regards se tournèrent vers Fats, qui ne bougea pas d'un pouce et ne se départit pas de son air sublime de détachement ; un peu interloqué peut-être, mais pas troublé le moins du monde.

« … mort… », hoqueta le Pigeon, et la directrice se leva d'un air furibard.

« … mort… hier soir… »

Un gloussement bruyant résonna soudain, jailli de quelque part au milieu des rangées de chaises au fond du gymnase.

« Qui a ri ? rugit le Pigeon, et une tension savoureuse électrisa d'un coup le gymnase. COMMENT OSEZ-VOUS ? J'ai entendu rire une jeune fille. Qui est-ce ? Qui ? »

Mr Meacher avait déjà bondi et gesticulait furieusement, désignant quelqu'un du doigt dans la rangée juste derrière Andrew et Fats. Andrew sentit sa chaise bousculée à nouveau par Gaia qui, comme tout le monde, s'était retournée. Il avait l'impression d'être doué de pouvoirs sensoriels surhumains depuis qu'elle s'était assise à côté de lui ; d'éprouver de façon presque physique la manière dont son corps s'inclinait à présent vers le sien. S'il se tournait vers elle à cet instant précis, leurs deux poitrines entreraient en contact.

« Qui a ri ? » répéta le Pigeon. D'un geste absurde, il se mit sur la pointe des pieds, comme s'il espérait dénicher la coupable depuis le podium. Meacher adressait des grimaces muettes et de grands signes furieux à l'élève sur qui s'était posé son doigt accusateur.

« Qui est-ce, Mr Meacher ? » hurla le Pigeon.

Meacher avait soudain l'air hésitant ; il avait apparemment quelques difficultés à convaincre la fautive de se lever de sa chaise, mais au moment même où le Pigeon menaçait de quitter son perchoir pour aller en personne mener l'enquête, Krystal Weedon se leva d'un bond, les joues en feu, et sortit du rang en jouant violemment des coudes.

« Vous viendrez me voir dans mon bureau tout de suite après la fin du Rassemblement ! cria le Pigeon. Intolérable… une honte… manque absolu de respect ! Hors de ma vue ! »

Mais Krystal, arrivée au bout de la rangée, pivota sur ses talons, brandit le majeur en direction du Pigeon et hurla : « J'AI RIEN FAIT, 'SPÈCE DE BÂTARD ! »

Ce fut une explosion de rires et de conciliabules fiévreux ; les profs essayèrent de faire taire la foule, deux ou trois d'entre eux se levant même de leur chaise pour tenter d'intimider les élèves de leur classe, mais en vain.

Les portes du gymnase se refermèrent en battant derrière Krystal et Mr Meacher.

« Du calme ! » cria la directrice, et un silence précaire, encore chargé de murmures et d'agitation, retomba peu à peu sur le gymnase. Fats regardait droit devant lui, mais pour une fois, il y avait quelque chose de forcé dans son indifférence affichée, et son visage s'était insensiblement rembruni.

Andrew sentit Gaia se rasseoir. Il prit son courage à deux mains, tourna la tête, et réussit à se fendre d'un petit rictus. Elle lui répondit aussitôt par un sourire éclatant.

7

L'épicerie de Pagford n'ouvrait pas avant neuf heures trente, mais Howard Mollison était arrivé en avance. Il avait soixante-quatre ans, et il était d'une obésité invraisemblable. Son ventre lui descendait tel un grand tablier de chair jusqu'au milieu des cuisses, de sorte qu'on ne pouvait pas s'empêcher, la première fois qu'on le voyait, d'avoir une pensée pour son pauvre pénis : quand l'avait-il aperçu pour la dernière fois ? comment se lavait-il ? comment se débrouillait-il pour accomplir les diverses fonctions dévolues à cette partie de son anatomie ? Alliée aux considérations songeuses que sa corpulence exceptionnelle ne manquait ainsi jamais d'inspirer, la bonhomie naturelle de Howard avait le don de provoquer chez ses interlocuteurs un mélange de gêne et d'immédiate sympathie, si bien que ses clients finissaient toujours par repartir de l'épicerie avec un panier plus rempli qu'ils ne l'avaient prévu. Derrière son comptoir, Howard passait son temps à tailler le bout de gras, dans tous les sens du terme : il baratinait le client tout en faisant aller et venir, d'un doigt expert et boudiné, la meule à découper le jambon, laissant tomber de fines tranches de bacon comme autant de pétales de soie dans les grandes feuilles de cellophane qu'il tenait par en dessous, ses yeux bleus et ronds jamais à court de clins d'œil, ses nombreux mentons prêts à trembloter de concert dès que l'hilarité le prenait, ce qui lui arrivait souvent.

Howard s'était confectionné un uniforme de travail bien à lui : manches de chemise blanches, tablier vert en toile épaisse et rigide, pantalon de velours côtelé et, pour couronner le tout, une chapka dans laquelle il avait planté quelques mouches de pêche. Que ce dernier accessoire ait eu ou non pour fonction, à l'origine, d'apporter une touche humoristique à son accoutrement, aujourd'hui en tout cas, Howard prenait très au sérieux son couvre-chef. Tous les matins, debout devant le petit miroir de la salle d'eau à l'arrière du magasin, il posait la chapka sur ses généreuses boucles grises avec des gestes précis, empreints de la plus grande gravité.

Howard, aux premières heures de chaque journée travaillée, prenait un plaisir à ouvrir sa boutique que les années n'avaient pas entamé. Il adorait s'affairer dans le silence de la petite échoppe, que seul venait perturber le doux ronronnement des chambres froides ; il s'émerveillait de pouvoir en quelques gestes ramener à la vie ce décor familier, allumer les lumières, relever les stores, ôter un à un le couvercle des mille et une barquettes aux trésors que renfermait son présentoir : les artichauts à la robe chamarrée de vert et de gris pâle, les olives noires comme des onyx, les tomates séchées, recourbées tels des hippocampes vermillon allongés dans leur couche d'huile saupoudrée d'herbes et d'épices.

Ce matin, toutefois, sa joie était tempérée par un soupçon d'impatience. Son associée, Maureen, était déjà en retard ; tout comme Miles quelques heures plus tôt, Howard voulait absolument être le premier à lui annoncer la phénoménale nouvelle, et comme elle n'avait pas de téléphone portable, il était condamné à l'attendre.

Il s'arrêta quelques instants près de l'arcade qui venait tout juste d'être percée dans le mur séparant l'épicerie de la vieille cordonnerie, laquelle allait bientôt devenir le dernier café à la mode de Pagford, et vérifia la solidité de la bâche en plastique industrielle qu'on avait tendue pour empêcher la poussière des travaux de rentrer dans l'épicerie. L'ouverture du café était prévue pour Pâques, la saison d'affluence pour les touristes venus goûter aux charmes du Sud-Ouest anglais, pour qui Howard déployait chaque année dans sa devanture une corne d'abondance de produits régionaux, cidre, fromage ou encore figurines en paille de blé typiques de l'artisanat vannier local.

La sonnette retentit et il se retourna, soudain tout excité, son vieux cœur rafistolé battant la chamade.

Maureen, une petite femme à la silhouette frêle et aux épaules rondes, était la veuve du premier associé de Howard. À soixante-deux ans, elle en paraissait dix de plus, à cause de son dos voûté et en dépit de l'acharnement qu'elle mettait à se raccrocher à certains signes extérieurs de jeunesse : elle se teignait les cheveux en noir, portait des vêtements bariolés et des talons dangereusement hauts, qui lui donnaient une démarche vacillante et qu'elle s'empressait, sitôt poussée la porte de l'épicerie, de troquer pour des sandales Dr Scholl.

« Bien le bonjour, Mo », dit Howard.

Il s'était promis de ne pas gâcher son effet par excès de précipitation, mais les premiers clients n'allaient pas tarder à arriver et il avait beaucoup de choses à dire.

« Tu connais la nouvelle ? »

Elle fronça les sourcils d'un air interrogateur.

« Barry Fairbrother est mort. »

Maureen en resta bouche bée.

« *Non !* Comment ? »

Howard se tapota la tempe.

« Un truc qui aurait pété là-haut. Miles était là, il a tout vu. Parking du club de golf.

— *Non !* répéta-t-elle.

— Mort. Raide mort », précisa Howard comme s'il existait plusieurs façons possibles d'être mort et que Barry Fairbrother souffrait d'une variante tout particulièrement atroce de trépas.

Maureen, la bouche peinturlurée de rouge toujours entrouverte, se signa. On pouvait toujours compter sur sa fibre catholique pour ajouter une petite touche pittoresque à ce genre de scène.

« Miles était là ? » dit-elle d'une voix profonde et éraillée de fumeuse repentie, sous les inflexions de laquelle Howard perçut une envie dévorante de connaître tous les détails de l'histoire.

« Et si tu mettais l'eau à chauffer, Mo ? »

Il pouvait bien la faire mariner encore quelques minutes. Elle se renversa un peu de thé brûlant sur la main en se hâtant de le rejoindre pour entendre la suite de l'histoire. Ils prirent place derrière le comptoir, sur les grands tabourets en bois que Howard avait mis là pour leur permettre de se poser un peu pendant les heures creuses, et Maureen appliqua sur sa brûlure une petite poignée de glace pilée prélevée dans le bac à olives. Ils firent rapidement le tour des aspects les plus conventionnels de la tragédie : la veuve (« elle va s'effondrer, elle ne vivait que pour Barry ») ; les enfants (« quatre adolescents ; quel fardeau maintenant qu'ils n'ont plus de père ») ; la jeunesse relative du défunt (« il n'était pas beaucoup plus vieux que Miles, non ? ») ; puis, enfin, ils abordèrent les choses sérieuses, en comparaison desquelles tout le reste n'était que discutailleries oiseuses.

« Et maintenant ? demanda Maureen avec gourmandise.

— Ah, dit Howard. Maintenant. Oui. Telle est la question, n'est-ce pas ? Eh bien nous voici en situation de vacance fortuite, Mo, et ça, ça pourrait bien tout changer.

— Nous voici en situation de… ? fit Maureen, tout à coup inquiète à l'idée d'être passée à côté d'un détail crucial.

— Une vacance fortuite, répéta Howard. C'est comme ça qu'on dit quand un siège se libère au Conseil suite à un décès. C'est le terme légal », dit-il sur un ton professoral.

Howard était président du Conseil paroissial et Premier Citoyen de Pagford. Ce titre honorifique lui avait valu la remise d'un grand collier en or et en émail qui reposait à présent dans le minuscule coffre-fort que lui et Shirley avaient fait installer dans un recoin de leur penderie intégrée. Si seulement la paroisse de Pagford avait été officiellement élevée au rang de municipalité, il aurait pu se targuer d'un titre supplémentaire : celui de maire. *De facto*, cependant, et quoi qu'en disent les textes de loi, c'était bel et bien ce qu'il était. Shirley n'avait d'ailleurs pas manqué de mettre les choses au clair à ce sujet sur la page d'accueil du site internet du Conseil, où, sous la photo d'un Howard radieux et prospère, arborant son collier de Premier Citoyen, la légende précisait qu'il se tenait à la disposition des forces vives de la communauté, publiques comme privées, et qu'il était prêt à assumer toutes les fonctions auxquelles l'appelait son devoir civique. N'avait-il pas, il y a quelques semaines encore, présidé la cérémonie de remise des brevets d'aptitude à la conduite cycliste à l'école primaire de Pagford ?

Howard avala une gorgée de thé et déclara, avec un sourire destiné à atténuer d'avance la brutalité de son propos : « Fairbrother était un sacré salopard, Mo, crois-moi. Un sacré salopard.

— Oh, je sais, dit-elle. Je sais.

— Un jour ou l'autre, lui et moi, on aurait dû finir par s'expliquer, c'était inévitable. S'il avait survécu. Demande un peu à Shirley. Un vrai petit salopard de magouilleur.

— Oh, je sais.

— Enfin, nous verrons. Nous verrons. Normalement, ça devrait mettre un terme à toute cette histoire. Note bien, ça ne me réjouit pas du tout de remporter la partie de cette façon-là, ajouta-t-il en poussant un long soupir, mais bon, dans l'intérêt de Pagford... l'intérêt de la communauté... enfin ce n'est pas une si mauvaise nouvelle que ça, quoi... »

Howard regarda sa montre.

« Presque la demie, Mo. »

Ils n'ouvraient jamais en retard, ne fermaient jamais avant l'heure ; Howard menait sa boutique selon un protocole immuable et d'une exactitude digne du temple le plus strict.

Maureen alla déverrouiller la porte et relever les stores derrière lesquels, un coup de manivelle après l'autre, se dévoila peu à peu la grand-place : le Square était plus charmant et propret que jamais, grâce notamment aux efforts conjoints des propriétaires des divers commerces et résidences qui l'encerclaient. Ce n'était partout que jardinières, paniers de verdure suspendus et parterres fleuris, le tout dans un harmonieux camaïeu de couleurs dont la composition était chaque année renouvelée et soumise aux votes des bons citoyens de Pagford. Le Chanoine Noir (l'un des plus vieux pubs d'Angleterre) faisait directement face à l'épicerie Mollison & Lowe, de l'autre côté de la grand-place.

Howard entama une série d'allers-retours dans l'arrière-boutique, d'où il rapporta de longs plats rectangulaires remplis de petits pâtés fraîchement préparés, puis disposa ces derniers dans leur écrin précieux et scintillant de quartiers de citron et de baies sauvages, les uns à côté des autres, derrière la vitre du présentoir. Un peu essoufflé au terme de cet exercice, surtout après un tel marathon de conversations matinales, Howard mit la dernière touche à son assortiment de pâtés puis se figea quelques instants, les yeux rivés sur le monument aux morts érigé au centre du Square.

Pagford resplendissait ce matin, et Howard fut traversé par un sublime instant de grâce et d'exultation devant l'existence – la sienne, bien sûr, mais aussi celle de la ville dont, comme il se plaisait à l'imaginer, il était un peu le cœur battant. Il était là, au centre de toutes ces merveilles – les bancs noirs et laqués, les fleurs rouges et violettes, la lumière du soleil qui venait coiffer d'un éclat doré le sommet de la croix en pierre du monument –, et Barry Fairbrother était mort. Comment ne pas croire à l'intervention divine, face à cette redistribution soudaine des forces en présence sur le champ de bataille, ainsi qu'aimait à se le représenter Howard, où Barry et lui s'affrontaient depuis des temps immémoriaux ?

« Howard, l'interpella Maureen. *Howard !* »

Une femme traversait le Square ; une petite femme en imperméable, mince, les cheveux noirs, la peau foncée, et qui marchait en regardant le bout de ses bottes d'un air renfrogné.

« Tu crois qu'elle… ? Est-ce qu'elle est au courant ? murmura Maureen.

— Je ne sais pas », dit Howard.

Maureen, qui n'avait pas encore trouvé le temps de se glisser dans ses Dr Scholl, faillit se tordre la cheville en s'éloignant de la vitrine à petits pas pressés. Tandis qu'elle filait derrière le comptoir, Howard alla se poster, lentement, majestueusement, derrière la caisse, telle une sentinelle s'installant dans sa guérite.

La clochette tintinnabula, et le Dr Parminder Jawanda franchit le seuil de l'épicerie, le front toujours aussi soucieux. Sans prendre la peine de saluer Howard ou Maureen, elle se dirigea droit vers le rayon huiles et condiments. Maureen la suivit des yeux avec l'attention intense et avide d'un oiseau de proie observant les déplacements d'un surmulot.

« Bonjour, dit Howard quand Parminder s'approcha du comptoir, une bouteille d'huile à la main.

— Bonjour. »

Le Dr Jawanda ne le regardait presque jamais dans les yeux, pas plus lors des réunions du Conseil paroissial que lorsqu'il leur arrivait de se croiser devant la salle communale. Son incapacité foncière à dissimuler son hostilité amusait follement Howard ; il n'en était que plus jovial à son égard, élégant et courtois jusqu'à l'extravagance.

« Vous ne travaillez pas aujourd'hui ?

— Non », dit Parminder en fouillant dans son porte-monnaie.

Maureen fut incapable de se retenir.

« Terrible nouvelle, n'est-ce pas ? dit-elle de sa voix de basse rocailleuse. Ce qui est arrivé à Barry Fairbrother.

— Mmm », fit Parminder, le nez toujours fourré dans son porte-monnaie. Puis, tout de suite : « Quoi ?

— Barry Fairbrother, répéta Maureen.

— Oui, eh bien quoi ? »

Parminder avait beau vivre à Pagford depuis seize ans, elle n'avait jamais réussi à perdre son accent de Birmingham. Le long sillon vertical qui passait entre ses sourcils lui donnait un air perpétuellement tendu, tantôt de contrariété, tantôt de concentration.

« Il est mort, lâcha Maureen sans quitter de ses yeux gourmands le visage froncé du Dr Jawanda. Hier soir. Howard vient de me l'apprendre. »

Parminder demeura un instant immobile, la main plongée dans le porte-monnaie. Puis ses yeux se déportèrent très légèrement sur le côté pour aller se poser sur Howard.

« Tombé raide mort sur le parking du club de golf, confirma ce dernier. Miles était là, il a tout vu. »

Quelques secondes s'écoulèrent à nouveau en silence.

« Est-ce une plaisanterie ? demanda Parminder d'une voix forte et haut perchée.

— Bien sûr que non ce n'est pas une plaisanterie ! rétorqua Maureen, ravie de jouer les offusquées. Qui ferait une plaisanterie pareille ? »

Parminder posa sa bouteille d'huile sur la tablette en verre du comptoir avec brusquerie et sortit en trombe de l'épicerie.

« Voyez-moi ça ! s'exclama Maureen que sa propre indignation mettait au comble de l'extase. "Est-ce une plaisanterie ?" Charmant !

— C'est le choc, diagnostiqua Howard d'un ton docte en regardant Parminder traverser la grand-place en courant, les pans de son imperméable flottant derrière elle. Elle va être au moins aussi éplorée que la veuve, celle-là. Note bien, ça risque de ne pas être inintéressant – ajouta-t-il en gratouillant d'un air absent le bourrelet de son énorme panse, qui le démangeait souvent – de voir ce qu'elle… »

Il laissa sa phrase en suspens, mais aucune importance : Maureen savait exactement ce qu'il avait voulu dire. Tandis qu'ils regardaient madame la conseillère Jawanda disparaître au coin de la rue, tous deux songeaient à la vacance fortuite du siège de Barry ; et tous deux se représentaient cette place à prendre non pas comme un espace vide, mais plutôt comme un chapeau de magicien, regorgeant de possibilités.

8

Le « Vieux Presbytère » était la dernière et la plus somptueuse demeure de Church Row. Elle trônait tout en bas de la rue, noyée dans un grand jardin en angle, face à l'église St. Michael.

Parminder, qui avait parcouru les derniers mètres du trajet au pas de course, dut batailler pour tourner la clé dans la serrure capricieuse. Elle n'y croirait pas tant que la nouvelle ne lui aurait pas été confirmée par quelqu'un d'autre, peu importe qui ; mais la sonnerie inquiétante du téléphone retentissait déjà dans la cuisine.

« Oui ?

— C'est Vikram. »

Le mari de Parminder était chirurgien cardiaque. Il exerçait à l'hôpital South West General de Yarvil, et il n'appelait jamais sa femme du travail, d'habitude. Parminder serrait si fort le combiné qu'elle en avait mal aux doigts.

« J'ai appris la nouvelle par hasard. Un anévrisme, apparemment. J'ai demandé à Huw Jeffries de faire pratiquer l'autopsie en priorité. Que Mary sache ce qui s'est passé le plus tôt possible. Ils y sont déjà en ce moment, si ça se trouve.

— D'accord, murmura Parminder.

— Tessa Wall était là, lui dit-il. Appelle Tessa.

— Oui, dit Parminder. D'accord. »

Mais dès qu'elle eut raccroché, elle se laissa tomber sur l'une des chaises de la cuisine et tourna la tête vers la fenêtre, les yeux fixés sur le jardin sans rien voir, les doigts posés sur la bouche.

Le monde venait de s'écrouler. Tout était encore là, bien à sa place – les murs, les chaises, les dessins des enfants accrochés aux murs –, mais plus rien n'avait de sens. L'univers tout entier s'était désintégré d'un seul coup, atomisé puis aussitôt reconstitué, et le visage faussement solide et permanent qu'il présentait maintenant était risible ; au moindre effleurement il volerait de nouveau en éclats ; tout était soudain inconsistant et fragile.

Elle n'arrivait pas à contrôler ses pensées ; elles aussi se dissolvaient, et des fragments de souvenirs surgissaient de manière aléatoire dans son esprit pour lui échapper l'instant d'après : la soirée du Nouvel An chez les Wall, quand elle avait dansé avec Barry, et la conversation idiote qu'ils avaient eue à l'issue de la dernière réunion du Conseil paroissial.

« Votre maison ressemble à une vache, lui avait-elle dit.

— À une *vache* ? Comment ça ?

— Plus étroite à l'avant qu'à l'arrière. Ça porte chance. Mais vous donnez sur un carrefour. Ça, ça porte malheur.

— Donc, l'un dans l'autre, avait dit Barry, nous sommes en terrain neutre, ni chanceux ni malheureux. »

L'artère bouchée de son cerveau devait déjà être en train de gonfler dangereusement à ce moment-là, sans que ni l'un ni l'autre puissent s'en douter un seul instant.

Parminder sortit de la cuisine et se dirigea d'un pas mécanique vers le salon lugubre, constamment plongé dans la pénombre quel que soit le temps, à cause du grand pin sylvestre du jardin. Elle détestait cet arbre, mais ils n'y touchaient pas parce qu'ils savaient que les voisins feraient tout un foin s'ils l'abattaient.

Elle ne tenait pas en place. Elle traversa le couloir puis retourna dans la cuisine, où elle décrocha le téléphone et composa le numéro de Tessa Wall. Pas de réponse. Déjà partie au travail, bien sûr. Parminder se rassit en tremblant sur la chaise de la cuisine.

Elle éprouvait un chagrin si vaste et si violent qu'elle en était terrifiée, comme si elle s'était retrouvée nez à nez avec une créature maléfique soudain jaillie des entrailles de la maison. Barry, le petit Barry barbichu, son ami, son allié...

Son père était mort exactement de la même façon. Elle avait quinze ans, et de retour à la maison ils l'avaient trouvé étendu sur la pelouse, à côté de la tondeuse à gazon, la nuque chauffée par le soleil. Parminder détestait les morts brutales. La perspective d'une longue agonie, que tout le monde redoutait tant, avait pour elle quelque chose de rassurant ; on avait le temps de tout arranger, de tout organiser, de faire ses adieux...

Ses mains étaient toujours plaquées sur sa bouche. Elle regardait à présent le visage doux et grave du Gourou Nanak épinglé au tableau en liège...

(Vikram n'aimait pas cette photo.

« Qu'est-ce que ça fiche là, ça ?

— Je l'aime bien », avait-elle dit d'un air de défi.)

Barry, mort.

Elle résista à l'envie d'éclater en sanglots, avec une dureté que sa mère avait toujours déplorée chez elle, surtout au moment de la mort de son père, quand tout le monde autour d'elle, ses autres filles, les tantes, les cousines, se frappait la poitrine dans un grand concert de lamentations. « Et dire que tu étais sa préférée ! » Mais les larmes que Parminder n'avait pas versées étaient demeurées enfouies au plus profond d'elle-même, d'où elles avaient bientôt rejailli, transfigurées par une mystérieuse opération alchimique en une rage féroce qui déferlait périodiquement, telle une coulée de lave, sur ses enfants ou sur le personnel de l'accueil à l'hôpital.

Elle revoyait Howard et Maureen derrière le comptoir de l'épicerie, le mastodonte et l'épouvantail, et elle avait l'impression, en se rejouant la scène, qu'ils l'avaient toisée de haut en lui annonçant la mort de son ami. Dans un élan presque réconfortant de fureur et de haine, elle songea : *Ils sont ravis. Ils sont persuadés d'avoir gagné maintenant.*

Elle bondit à nouveau sur ses pieds, retourna dans le salon et prit, sur la dernière étagère de la bibliothèque, un volume des *Sainchis*, le livre de prières qu'elle venait d'acheter. Elle l'ouvrit au hasard et lut, sans éprouver la moindre surprise mais plutôt l'impression de contempler le reflet dévasté de son propre visage dans un miroir :

Ô esprit, le monde est un abîme noir et profond. De toutes parts, la Mort étend ses filets.

9

Le bureau d'orientation de l'école polyvalente Winterdown était une petite pièce renfoncée dans un recoin de la bibliothèque, dépourvue de la moindre fenêtre et éclairée par une simple lampe à néon.

Tessa Wall, conseillère d'orientation et épouse du proviseur adjoint, entra dans le bureau à dix heures trente, hébétée de fatigue, avec une grande tasse de café noir instantané qu'elle avait rapportée de la salle des profs. C'était une petite femme corpulente, au visage large et quelconque, qui se coupait elle-même les cheveux – ses mèches grisonnantes, mal taillées, partaient toujours un peu de travers –, portait des vêtements du genre artisanal et tricotés maison, et elle aimait les bijoux fantaisie en perles et en bois. La jupe longue qu'elle avait mise ce matin avait l'air confectionnée en toile de jute ; elle l'avait assortie d'un cardigan vert gazon, épais et boulocheux. Tessa s'arrêtait rarement devant les miroirs en pied, et prenait soin d'éviter les boutiques où elle n'avait aucun moyen de leur échapper.

Elle avait essayé d'adoucir le décor du bureau d'orientation, dont l'atmosphère n'était pas sans évoquer une cellule de prison, en punaisant au mur une tenture népalaise qu'elle possédait depuis ses années étudiantes : une grande toile bariolée au centre de laquelle un soleil et une lune d'un jaune rayonnant projetaient un faisceau d'ondulations stylisées. Les autres parois de plâtre brut étaient recouvertes d'affiches en tout genre dressant la liste des trucs et astuces infaillibles pour reprendre confiance en soi ou encore celle des divers numéros de téléphone à composer en cas d'urgence, physique ou psychologique. La directrice avait lâché une petite remarque sarcastique à ce sujet, la dernière fois qu'elle était passée par le bureau d'orientation.

« Et quand tout le reste a échoué, si je comprends bien, ils appellent SOS Enfance maltraitée », avait-elle dit en pointant du doigt le poster le plus imposant.

Tessa s'affala dans son fauteuil en poussant un grognement, enleva sa montre, qui lui pinçait le poignet, et la posa sur le bureau au milieu de son fatras de notes et de documents. Elle n'était pas sûre que la journée puisse se dérouler selon l'ordre prévu ; elle n'était même pas sûre que Krystal Weedon se présenterait. Krystal désertait souvent l'école à la moindre contrariété, dès qu'elle était en colère ou qu'elle s'ennuyait. Elle se faisait parfois rattraper avant d'avoir pu atteindre le portail et ramener par le col dans un grand récital de jurons et de hurlements ; d'autres fois, elle réussissait à échapper à ses geôliers et disparaissait alors dans la nature pendant plusieurs jours. Dix heures quarante ; la cloche sonna ; Tessa attendit.

Krystal fit son entrée fracassante à dix heures cinquante et une, claquant la porte derrière elle. Elle se laissa tomber sur la chaise devant le bureau de Tessa, avachie, les bras croisés sur son opulente poitrine, dans un cliquetis de boucles d'oreilles en toc.

« Pouvez dire à vot' mari, lâcha-t-elle d'une voix tremblante, que c'est pas moi qui m'est marré, putain d'merde, d'accord ?

— Pas de gros mots, s'il te plaît, Krystal, dit Tessa.

— *J'ai pas ri, d'accord ?* » hurla Krystal.

Un petit groupe d'élèves de première venaient d'entrer dans la bibliothèque, chemises à la main. Ils jetèrent un coup d'œil par le carreau de la porte ; l'un d'eux sourit en apercevant la nuque de Krystal. Tessa se leva, abaissa le store, puis revint s'asseoir devant la lune et le soleil népalais.

« Bon, Krystal. Raconte-moi un peu ce qui s'est passé.

— Eh bah y a vot' *mari* qu'était en train de causer de Mr Fairbrother, d'accord ? et moi j'entendais rien de ce qu'y racontait, d'accord ? alors Nikki m'a tout répété et putain j'arrivais pas à…

— Krystal…

— … j'arrivais pas à le croire, d'accord ? alors ouais, j'ai p'têt' crié, mais j'ai pas ri ! Sur la putain d'vie d'ma…

— … Krystal…

— *J'ai pas rigolé, d'accord ?* hurla Krystal, les bras toujours croisés sur sa poitrine, les jambes repliées en tire-bouchon sous sa chaise.

— D'accord, Krystal. »

Tessa était habituée aux crises de colère des élèves qui atterrissaient le plus régulièrement dans le bureau d'orientation. La plupart d'entre eux étaient dépourvus de toute conscience morale, ils mentaient, trichaient et faisaient les quatre cents coups comme ils respiraient, et pourtant leur fureur, quand ils étaient accusés à tort, était aussi sincère qu'illimitée. Tessa crut déceler, dans celle de Krystal, une indignation authentique, par opposition aux élans de révolte factices qu'elle savait mettre en scène comme personne. Quoi qu'il en soit, le cri que Tessa avait entendu pendant le Rassemblement lui avait paru, sur le moment, relever du choc et de la consternation plutôt que de l'hilarité ; une terreur sans nom s'était emparée d'elle quand Colin avait publiquement dénoncé ce qu'il avait interprété, lui, comme un éclat de rire.

« J'ai vu le Pigeon…

— Krystal !…

— J'ai dit à vot' putain de mar…

— Krystal, pour la dernière fois, je te demande de bien vouloir arrêter de jurer devant moi…

— J'ui ai dit que j'avais pas ri, j'ui ai dit ! Mais lui, rien à foutre, y m'a quand même collée ! »

Des larmes de rage perlèrent dans les yeux lourdement maquillés de la jeune fille. Le sang lui était monté aux joues ; elle fixait Tessa, le visage rubicond, prête à s'enfuir, à l'injurier, à lui faire un doigt d'honneur comme à son mari. Deux ans, presque deux ans qu'elles travaillaient ensemble à établir un climat de confiance mutuelle, telle une toile fragile, laborieusement tissée – et qui aujourd'hui menaçait de se déchirer.

« Je te crois, Krystal ; tu n'as pas ri, je te crois, mais s'il te plaît, arrête de jurer. »

Soudain, les petits doigts courtauds de Krystal frottaient ses yeux barbouillés de khôl. Tessa prit une poignée de Kleenex dans le tiroir de son bureau et les tendit à la jeune fille qui les attrapa sans dire merci, s'essuya le coin des yeux puis se moucha. Les mains étaient ce que Krystal avait de plus attendrissant, avec leurs ongles courts, larges, vernis à la vavite, et la façon qu'elle avait de les bouger, avec des gestes sans manières, empreints d'une naïveté toute enfantine.

Tessa attendit que Krystal ait fini de renifler et repris sa respiration. Puis elle dit : « J'ai l'impression que tu es très affectée par la mort de Mr Fairbrother…

— Ouais, d'accord, j'suis triste, rétorqua Krystal d'un ton agressif. Et après ? »

Tessa eut soudain une vision de Barry en train d'écouter cette conversation. Elle imaginait son sourire contrit ; elle croyait presque l'entendre dire « pauvre petiote ». Prise à la gorge, Tessa ferma les yeux, incapable de parler. Sentant que Krystal s'impatientait, elle compta jusqu'à dix et rouvrit les yeux. La jeune fille la dévisageait, les bras toujours croisés, les joues toujours en feu et le regard plus provocateur que jamais.

« Moi aussi je suis très triste pour Mr Fairbrother, dit Tessa. C'était un très vieil ami à nous. C'est pour cette raison que Mr Wall est un peu...

— Mais j'ui ai dit que j'avais pas...

— Krystal, s'il te plaît, laisse-moi terminer. Mr Wall est bouleversé aujourd'hui, et c'est sans doute pour cette raison qu'il... qu'il a mal compris ce qui s'était passé. Je lui parlerai.

— Putain mais si vous croyez qu'ça va changer quoi que...

— *Krystal !*

— Ça changera rien du tout. »

Krystal se mit à taper à coups saccadés du bout de sa chaussure contre le pied du bureau. Tessa souleva les coudes pour ne pas sentir les vibrations, puis répéta : « Je parlerai à Mr Wall. »

Elle s'efforça d'arborer l'expression la plus neutre possible et attendit patiemment que Krystal fasse un pas vers elle. Mais la jeune fille resta enfermée dans un silence hostile et continua à cogner du pied contre le bureau en déglutissant de temps à autre.

« Qu'est-ce qu'il avait, Mr Fairbrother ? finit-elle par demander.

— On pense qu'une artère a éclaté dans son cerveau, dit Tessa.

— Pourquoi ?

— Une anomalie qu'il avait depuis la naissance et qu'il ignorait. »

Tessa savait que Krystal avait plus d'expérience qu'elle au chapitre des morts brutales. On décédait avant l'âge, dans l'entourage de la mère de Krystal, à une fréquence inusitée, à croire que ses proches étaient embarqués dans une guerre secrète dont le reste du monde ne savait rien et qui les décimait un par un. Krystal avait raconté à Tessa qu'à six ans, elle avait trouvé le cadavre d'un jeune homme inconnu dans la salle de bains de sa mère. C'est à la suite de cet épisode que la petite serait placée pour la première fois – mais pas la dernière – chez Nana Cath. Celle-ci était un personnage récurrent dans les histoires que racontait Krystal sur son enfance ; un personnage trouble, à la fois rédempteur et maléfique.

« Putain, l'équipe est foutue, maintenant, dit Krystal.

— Mais non, voyons, dit Tessa. Et pas de gros mots, Krystal, s'il te plaît.

— Si, c'est fini. »

Tessa aurait voulu continuer de la contredire, mais l'épuisement eut raison de sa patience. Et puis Krystal n'avait pas tort, lui soufflait une petite voix provenant d'une partie distincte et plus rationnelle de son cerveau. Oui, l'école pouvait dire adieu à son équipe féminine d'aviron. Personne, à part Barry, n'aurait pu convaincre Krystal d'intégrer un groupe, quel qu'il soit, et faire en sorte qu'elle y reste. Elle plaquerait l'équipe ; Tessa le savait ; et Krystal elle-même le savait sans doute aussi. Les deux femmes restèrent assises sans rien dire pendant quelques instants. Tessa était trop fatiguée pour trouver les mots qui auraient pu inverser le cours des choses. Elle avait l'impression d'être parcourue de frissons, mise à nu et vulnérable, dépouillée de tous ses moyens. Elle n'avait pas dormi depuis vingt-quatre heures.

(Samantha Mollison avait téléphoné de l'hôpital à vingt-deux heures ; Tessa sortait alors tout juste d'un long bain et s'apprêtait à regarder les infos de la BBC. Elle s'était rhabillée en toute hâte tandis que Colin bafouillait des mots incompréhensibles et se cognait aux meubles à force de s'agiter en tous sens. Ils avaient hélé leur fils, en haut dans sa chambre, pour le prévenir qu'ils partaient, puis s'étaient précipités dans la voiture. Colin avait foncé vers Yarvil, comme s'il croyait pouvoir ramener Barry à la vie en effectuant le trajet en un temps record ; prendre de vitesse la réalité et la forcer à faire marche arrière.)

« Bon bah, si vous avez plus rien à m'dire, moi, j'me casse, dit Krystal.

— Surveille tes manières, s'il te plaît, Krystal, dit Tessa. Je suis très fatiguée ce matin. Mr Wall et moi étions à l'hôpital hier soir avec la femme de Mr Fairbrother. Ce sont de bons amis à nous. »

(Mary s'était effondrée en voyant Tessa ; elle l'avait serrée dans ses bras à l'en étouffer, enfouissant son visage dans son cou en poussant d'effroyables cris de chagrin. Alors même que ses propres larmes commençaient à tomber à grosses gouttes sur le maigre dos de Mary, Tessa avait songé que ces lamentations hystériques étaient dignes d'une « pleureuse ». Ce corps dont elle avait si souvent envié la minceur, la finesse, avait tremblé comme une feuille entre ses bras, incapable de porter le poids du malheur dont le destin venait de la frapper.

Tessa ne se rappelait pas le moment où Miles et Samantha étaient partis. Elle ne les connaissait pas très bien. Sans doute avaient-ils été soulagés de pouvoir s'en aller.)

« Je l'ai d'jà vue, sa femme, dit Krystal. Une blonde. Elle venait parfois nous regarder à l'entraînement.

— Oui », dit Tessa.

Krystal se mordillait le bout des doigts.

« Il allait m'faire parler dans l'journal, dit-elle soudain.

— Comment ça ? demanda Tessa interloquée.

— Bah, Mr Fairbrother, j'veux dire. Il allait tout arranger comme quoi j'ferais une interview. Moi toute seule. »

Un article avait paru dans le journal local quand l'équipe d'aviron de Winterdown avait remporté le championnat régional. Krystal, qui ne savait pas très bien lire, avait apporté à Tessa la coupure de presse, et Tessa l'avait lue à voix haute en poussant ici et là des exclamations triomphales et admiratives. Ç'avait été le moment le plus heureux de toute sa carrière de conseillère d'orientation.

« Ils voulaient encore t'interviewer à propos de l'aviron ? demanda Tessa. De l'équipe ?

— Non, dit Krystal. D'autres trucs. » Puis : « C'est quand, l'enterrement ?

— On ne sait pas encore », dit Tessa.

Krystal recommença à se ronger les ongles, et Tessa ne trouva pas l'énergie nécessaire pour briser la lourde chape de silence qui s'était soudain abattue entre elles.

10

L'annonce de la mort de Barry Fairbrother sur le site du Conseil paroissial ne fit pas plus de vagues qu'un minuscule galet lancé et aussitôt englouti dans l'immensité de l'océan. Néanmoins, les lignes téléphoniques de Pagford furent plus encombrées que d'habitude, ce lundi, et des petites grappes de passants s'agglutinaient ici et là dans les rues pour corroborer leurs informations les uns auprès des autres dans un conciliabule de murmures choqués.

À mesure que la nouvelle se répandait, une étrange transmutation s'opéra, donnant une dimension singulière à la signature de Barry au bas des documents empilés dans son bureau, ainsi qu'aux mails qui encombraient les boîtes de réception de ses nombreuses connaissances et qui prirent l'allure pathétique de la poignée de miettes qu'aurait laissées dans son sillage un enfant perdu en forêt. Ces gribouillis rapides, ces quelques pixels dessinés par une main désormais inerte pour l'éternité, acquirent bientôt l'aspect macabre de coquilles vides. Gavin était déjà un peu dégoûté à la vue des textos de son ami mort sur l'écran de son téléphone, et l'une des filles de l'équipe d'aviron, toujours en larmes au moment de quitter le gymnase à la fin du Rassemblement, tomba sur un formulaire signé de la main de Barry au fond de son cartable, et ses sanglots prirent des proportions insensées, à la limite de l'hystérie.

La journaliste de vingt-trois ans qui travaillait à la *Gazette de Yarvil* ne se doutait pas une seule seconde que la cervelle de Barry, hier encore en ébullition constante, n'était plus à présent qu'une lourde masse informe et spongieuse suintant sur un plateau métallique du South West General. Elle parcourut rapidement le mail qu'il lui avait envoyé une heure avant sa mort, puis l'appela sur son portable, mais personne ne décrocha. Le téléphone de Barry, qu'il avait éteint à la demande de Mary avant de partir dîner au club de golf, reposait en silence à côté du micro-ondes dans la cuisine, au milieu des autres effets personnels du défunt remis à sa veuve par l'hôpital. Personne n'y avait touché depuis. Ces objets familiers – son trousseau de clés, son téléphone, son vieux portefeuille craquelé – s'apparentaient presque désormais à des membres qu'on eût directement arrachés à son cadavre ; on aurait pu tout aussi bien remettre à la pauvre femme un sac contenant les doigts ou les poumons de son mari.

La nouvelle continua de se propager en ondes concentriques, tel un halo, diffusée par tous ceux qui étaient présents à l'hôpital la veille au soir. Des ondes qui finirent par atteindre Yarvil et les oreilles de ceux qui ne connaissaient Barry que de vue, de réputation ou de nom. Peu à peu, les faits perdirent de leur netteté ; ils étaient rapportés de manière de plus en plus vague, parfois même déformés. Dans certains récits, Barry lui-même ne jouait plus qu'un rôle de figuration, escamoté par la singularité de sa propre mort ; il se résumait à une éruption de vomi et de pisse, au désastre d'un misérable tas de chair convulsée, et l'on trouvait surtout incongru, pour ne pas dire grotesque et risible, qu'un homme soit mort de façon si sordide devant un petit club de golf aux prétentions si huppées.

C'est ainsi que Simon Price, qui avait été l'un des premiers au courant de la mort de Barry, chez lui, au sommet de la colline surplombant Pagford, apprit la nouvelle une deuxième fois, mais dans une version différente, à l'imprimerie Harcourt-Walsh de Yarvil, où il travaillait depuis l'âge où il avait quitté l'école. Il l'entendit de la bouche pleine de chewing-gum d'un jeune conducteur de chariot élévateur, que Simon, à la fin de l'après-midi, en revenant des toilettes, avait trouvé en train de rôder autour de son bureau.

Le gamin n'était pas du tout venu lui parler de Barry, au départ.

« Le truc, là, qu'vous aviez dit qu'ça pourrait vous intéresser, marmonna-t-il en entrant dans le bureau de Simon qui avait aussitôt refermé la porte, j'pourrais vous l'avoir mercredi, si ça vous branche toujours.

— Ah ? fit Simon en s'asseyant dans son fauteuil. Mais je croyais que tout était déjà prêt.

— Ouais, non, c'est prêt, mais j'peux pas récupérer la marchandise avant mercredi.

— Combien vous m'aviez dit, déjà ?

— Quatre-vingts billets, cash. »

Le gamin mastiquait vigoureusement son chewing-gum ; Simon entendait les bruits visqueux de la salive en pleine action. Il avait une sainte horreur des chewing-gums, parmi beaucoup d'autres choses.

« Mais c'est du solide, hein, on est bien d'accord ? demanda Simon. Pas une merde d'occase ?

— Direct de l'usine, dit le gamin en roulant des épaules et en faisant frotter ses semelles par terre. Du vrai de vrai, jamais sorti du carton.

— Bon, très bien, dit Simon. Apportez-le-moi mercredi.

« — Quoi, ici ? fit le gamin en écarquillant les yeux. Ah bah non, ça va pas l'faire, ça… Vous habitez où ?

— Pagford, dit Simon.

— Où ça à Pagford ? »

Simon répugnait à donner le nom de sa résidence, à un point qui frisait la superstition. Non seulement il n'aimait pas avoir de visiteurs – autant d'intrus potentiels, prêts à fourrer le nez dans sa vie privée et à mettre sa propriété sens dessus dessous –, mais Hilltop House était à ses yeux un sanctuaire qui devait à tout prix demeurer inviolé, à mille lieues de Yarvil et du tintamarre infernal de l'imprimerie.

« Je passerai le récupérer après le travail, dit Simon, ignorant la question. Vous les entreposez où ? »

Le gamin n'avait pas l'air content. Simon lui lança un regard sans appel.

« En tout cas y m'faudra l'cash d'abord, négocia le jeune préposé aux transpalettes.

— Vous aurez l'argent quand j'aurai la marchandise.

— Ah non, désolé, vieux, pas comme ça qu'ça marche. »

Simon sentait poindre la migraine. Il n'arrivait pas à s'ôter de la cervelle l'idée horrible que sa femme, dans son insouciance, y avait implantée ce matin : l'idée que tout au fond de sa cervelle, précisément, pouvait s'être nichée depuis des lustres une minuscule bombe à retardement que personne n'aurait repérée. Le vrombissement de l'énorme presse, de l'autre côté de la porte, était sans doute néfaste pour sa santé ; les assauts incessants de toute cette machinerie devaient lui avoir gravement décapé les parois artérielles depuis toutes ces années.

« Bon, d'accord », grommela-t-il en pivotant sur son fauteuil pour attraper son portefeuille dans la poche arrière de son pantalon. Le gamin s'avança jusqu'au bord du bureau, la main tendue.

« Là où c'est qu'vous vivez, à Pagford, ce serait pas dans les parages du golf, par hasard ? demanda-t-il pendant que Simon comptait les billets de dix. Non, j'dis ça, c'est parce qu'un pote à moi était là-bas hier soir, eh bah il a vu un mec crever. Putain, d'un seul coup, le mec, y gerbe sa race et pis y s'écroule et y calanche, comme ça, direct sur le parking.

— Oui, je suis au courant, dit Simon en caressant le dernier billet entre deux doigts avant de le poser sur le bureau, afin de s'assurer qu'il n'y en avait pas un autre collé en dessous.

— Un conseiller ripou, à ce qu'y paraît. Le mec qu'est mort. Bakchichs et compagnie. Grays le payait pour qu'y fasse pas affaire avec une autre boîte.

— Ah oui ? » fit Simon, feignant l'indifférence alors que cette information l'intéressait au plus haut point.

Barry Fairbrother. Qui aurait cru ?

« Bon bah j'repasserai alors, dit le gamin en empochant les quatre-vingts livres. Et pis on ira le récupérer ensemble. Mercredi. »

La porte du bureau se referma. Simon oublia bien vite son mal de crâne – à peine un petit élancement, en réalité –, sous l'emprise de cette révélation fracassante : Barry Fairbrother, escroc. Barry Fairbrother, si affairé, si sociable, si populaire et jovial – et qui se faisait graisser la patte depuis tout ce temps.

Simon n'était pas aussi stupéfait que l'auraient été tous ceux ou presque qui connaissaient Barry en apprenant une telle nouvelle – laquelle, du reste, ne diminuait en rien le bonhomme à ses yeux ; bien au contraire, il éprouvait soudain un regain de respect pour le défunt. Quiconque avait pour deux sous de jugeote travaillait, sans cesse et sans scrupules, à s'enrichir le plus possible. Simon le savait bien. Il resta un moment les yeux fixés sur son ordinateur sans rien voir de la feuille de chiffres affichée à l'écran et sans plus rien entendre du boucan de la presse derrière la vitre sale de son bureau.

Il fallait bosser du matin au soir quand on avait charge de famille, on n'avait pas le choix, d'accord ; mais Simon avait toujours su qu'il existait d'autres moyens, de meilleurs moyens ; que la vie de roi était à portée de main, suspendue à quelques centimètres de sa tête telle une grosse *piñata* qu'il aurait pu faire exploser pour en récolter la pluie de trésors – si seulement il avait eu le bras assez long, un bâton assez gros, et qu'il avait su comment s'en servir. De même que les enfants s'imaginent que le monde est une vaste scène exclusivement destinée à servir de cadre à leur propre petit théâtre, Simon croyait que le destin veillait sur lui et le guettait, semant une myriade d'indices et de signes sur son passage, et il ne pouvait pas s'empêcher de penser qu'il venait à nouveau d'être touché par la grâce de l'un de ces clins d'œil célestes.

D'autres interventions surnaturelles du même acabit avaient déjà poussé Simon, par le passé, à prendre certaines décisions que d'aucuns auraient pu juger hasardeuses. Quelques années auparavant, alors qu'il n'était encore qu'un vulgaire apprenti sans grade à l'imprimerie, croulant sous le double fardeau d'un emprunt immobilier dont il arrivait à peine à payer les traites et d'une épouse qu'il venait de mettre enceinte, il avait misé cent livres, lors du prix Grand National, sur un cheval qui s'appelait Ruthie's Baby et dont la cote prometteuse n'aurait pas pu permettre d'anticiper qu'il finirait avant-dernier. Peu de temps après avoir fait l'acquisition de Hilltop House, Simon avait englouti mille deux cents livres, avec lesquelles Ruth avait prévu d'acheter des rideaux et des tapis, dans une arnaque à la multipropriété montée par un vieux copain de Yarvil aussi filou que flamboyant. L'investissement de Simon s'était envolé en même temps que le directeur de la société, mais, s'il s'était mis dans une rage folle, hurlant des insanités et dégageant d'un coup de pied son fils cadet qui se trouvait en travers de son chemin dans les escaliers, en revanche il n'avait pas prévenu la police. Il était au courant, avant même d'y avoir investi son argent, de certaines irrégularités dans le montage de la société, et il craignait de devoir répondre à des questions un peu embarrassantes.

En contrepartie de ces calamités, cependant, combien de coups de chance ! de combines couronnées de succès ! d'intuitions qui avaient payé ! Et Simon accordait à ces dernières une importance toute particulière au moment de dresser le bilan de ses diverses opérations ; tous ces succès constituaient la raison pour laquelle il continuait à croire en son étoile, à être plus que jamais persuadé que l'univers avait de grands projets pour lui et ne le laisserait pas trimer comme un gogo pour un salaire de misère jusqu'à ce que retraite ou mort s'ensuive. Manœuvres et tuyaux ; pots-de-vin et passe-passe – tout le monde allait à la soupe. Y compris, apparemment, le petit Barry Fairbrother.

Du fond de son bureau étriqué, Simon Price se mit à songer avec convoitise à la place qui venait de se libérer à la table des affranchis, ce siège vide sur lequel pleuvaient des billets qu'il n'y avait désormais plus personne pour ramasser.

(Jadis)

Effraction

12.43 À l'encontre des individus se rendant coupables d'effraction (lesquels, en principe, doivent prendre la propriété d'autrui et ses occupants dans l'état où ils les ont trouvés)...

Charles Arnold-Baker
Administration des conseils locaux,
7ᵉ édition

1

Le Conseil paroissial de Pagford était, pour son envergure, une entité d'une force impressionnante. Il se réunissait une fois par mois dans une jolie salle communale de style victorien, et toutes les tentatives visant à réduire son budget, annexer la moindre de ses prérogatives, ou l'intégrer à la dernière administration centralisée en date, se heurtaient à une résistance farouche et échouaient les unes après les autres depuis plusieurs décennies. De tous les conseils locaux placés sous la haute autorité du Conseil communal de Yarvil, Pagford s'enorgueillissait d'être le plus rebelle, le plus tapageur et le plus indépendant.

Jusqu'à ce dimanche soir, il était composé de seize notables de la ville. L'électeur pagfordien ayant tendance à partir du principe que quiconque briguait un siège au Conseil paroissial avait nécessairement les compétences requises pour l'occuper, les seize conseillers et conseillères avaient été élus, pour ainsi dire, dans un fauteuil.

Pourtant, cette assemblée si pacifiquement constituée était aujourd'hui déchirée par une guerre civile. La pomme de discorde qui excitait les colères et les rancœurs de Pagford depuis soixante ans était arrivée à son stade ultime de pourrissement, et chacun des deux camps en présence s'était rassemblé derrière un chef charismatique.

Pour bien saisir les tenants et les aboutissants du conflit, il était indispensable de prendre la mesure de la haine que vouait Pagford à sa voisine du nord, Yarvil.

Les commerces de Yarvil, ses entreprises, ses usines, et l'hôpital South West General, constituaient le principal bassin d'emploi des Pagfordiens. La jeunesse de Pagford passait en général ses samedis soir dans les cinémas et les boîtes de nuit de Yarvil. La ville possédait une cathédrale, plusieurs parkings, et deux énormes centres commerciaux, autant d'atouts susceptibles d'attirer les touristes ayant déjà fait le tour des charmes incomparables de Pagford. Aux yeux des vrais Pagfordiens, cependant, Yarvil n'était, au mieux, qu'un mal nécessaire – et leur vision du monde était symboliquement incarnée par l'abbaye de Pargetter, qui, du sommet de sa colline, dissimulait Yarvil aux regards de Pagford et permettait à la bourgade d'imaginer – douce illusion – que sa grande rivale du nord était beaucoup plus lointaine qu'elle ne l'était en réalité.

2

Il se trouve que la colline de Pargetter dérobait aux regards un autre haut lieu – que Pagford, pour le coup, considérait comme sa propriété exclusive. Il s'agissait de Sweetlove House, un splendide manoir de style Reine-Anne aux façades couleur miel, niché dans un grand parc entouré de champs. Ce domaine était situé sur la paroisse de Pagford, à mi-chemin de la bourgade et de Yarvil.

Pendant près de deux siècles, cette demeure avait été transmise sans encombre, de génération en génération, aux héritiers de la très aristocratique famille Sweetlove, jusqu'au jour où celle-ci s'était éteinte, au début des années 1900. Il ne restait plus aujourd'hui, pour témoigner de la longue histoire unissant la destinée des Sweetlove à celle de Pagford, qu'un tombeau, le plus imposant du cimetière de St. Michael, ainsi qu'une poignée d'armoiries et de paraphes consignés dans les registres ou gravés dans la pierre des bâtiments, telles les empreintes et déjections fossilisées de quelque espèce préhistorique depuis longtemps disparue.

Après la mort du dernier des Sweetlove, le manoir avait changé de mains avec une rapidité inquiétante. Les Pagfordiens tremblaient d'appréhension à l'idée que ce site historique si cher à leur cœur soit revendu à un promoteur immobilier qui s'empresserait de le défigurer. Puis, dans les années 1950, c'est finalement un certain Aubrey Fawley qui le racheta. On ne tarda pas à découvrir que ce dernier était à la tête d'une fortune personnelle conséquente, à quoi venaient s'ajouter les dividendes qu'il tirait d'on ne sait trop quelles activités mystérieuses et londoniennes. Il avait quatre enfants et le désir ardent de trouver un foyer où s'installer de manière définitive. La bénédiction de Pagford, qui lui était acquise, prit des proportions extatiques quand le bruit se mit à courir, pour faire aussitôt le tour de la ville, qu'Aubrey Fawley, en vertu de ses liens obscurs avec

une branche germaine de la dynastie, était un descendant indirect des Sweetlove. Autant dire que c'était
pratiquement un Pagfordien de souche ; un homme
en tout cas que ses allégeances naturelles ne risquaient pas de faire pencher du côté de Yarvil. Bref,
le vieux Pagford était convaincu que l'avènement
d'Aubrey Fawley allait ressusciter sa gloire d'antan.
Comme ses ancêtres avant lui, il serait le parrain pro-
digue de la ville, dont il inonderait de sa grâce et de
son prestige les petites ruelles pavées.

Howard Mollison se souvenait encore du jour où
sa mère avait déboulé au comble de l'affolement dans
la minuscule cuisine de leur maison de Hope Street
pour annoncer qu'Aubrey avait été invité à présider
le jury du concours de composition florale de Pagford. Les haricots d'Espagne de Mrs Mollison lui
avaient valu de remporter trois grands prix consécutifs dans la catégorie légumes, et elle brûlait de recevoir cette fois le saladier de roses en plaqué argent
des mains de celui qui était déjà, à ses yeux, l'incarnation suprême du romantisme le plus délicieuse-
ment suranné.

3

Mais soudain, raconte la légende, survinrent les
ténèbres qui ne manquent jamais de s'abattre dès que
le diable fait son apparition.

Tandis que Pagford se laissait aller à la joie de voir
le domaine de Sweetlove House tomber dans si ras-

surante escarcelle, Yarvil, de son côté, s'était lancée dans la construction d'un vaste ensemble de logements sociaux à la périphérie sud de la ville. Les nouvelles rues, apprirent les Pagfordiens avec un certain désarroi, allaient empiéter sur les terres qui séparaient la commune de la paroisse.

Tout le monde était conscient que la demande en habitations à loyer modéré avait explosé depuis la fin de la guerre, mais la bourgade, après s'être laissé momentanément distraire par l'arrivée d'Aubrey Fawley, se mit à bruire de rumeurs inquiètes quant aux desseins véritables de Yarvil. Les frontières naturelles que constituaient le fleuve et la colline avaient jadis garanti la souveraineté de Pagford ; celle-ci se trouvait maintenant menacée par la vitesse à laquelle s'empilaient les briques rouges des nouveaux logements. Yarvil construisit jusqu'au dernier centimètre carré de terrain disponible, s'arrêtant *in extremis* à la lisière nord de la paroisse de Pagford.

La petite ville poussa un soupir de soulagement qui se révéla très vite prématuré. La cité Cantermill fut tout de suite jugée insuffisante au regard des besoins de la population, et Yarvil se mit aussitôt en quête de nouvelles terres à coloniser.

C'est alors qu'Aubrey Fawley (qui jusqu'à présent, aux yeux de la plupart des Pagfordiens, tenait moins de l'homme que de la créature mythique) prit la décision qui allait déclencher un conflit parti pour empoisonner la vie de la commune pendant soixante ans.

N'ayant aucun usage des quelques arpents de champs envahis par les broussailles situés derrière la nouvelle cité, il les vendit à la commune de Yarvil pour une bouchée de pain, et réinvestit son bénéfice dans la restauration des lambris fatigués de la salle des fêtes de Sweetlove House.

Pagford laissa éclater sa fureur. Les champs de Sweetlove avaient de tout temps contribué en grande part à protéger le village de la prolifération urbaine ; à présent les frontières immémoriales de la paroisse étaient mises en péril par le débarquement imminent d'une horde affamée de Yarvillois. Réunions publiques houleuses, lettres incendiaires au journal et au Conseil de Yarvil, doléances en tout genre déposées par les citoyens auprès des autorités – rien n'y fit ; rien ne pouvait endiguer la lame de fond qui allait s'abattre sur Pagford.

Les logements sociaux se remirent à pulluler, mais avec un petit changement. Au cours de la brève accalmie immobilière qui avait suivi la construction de la première cité, la commune avait réalisé qu'on pouvait bâtir moins cher. Ce ne fut plus de la brique rouge qui surgit du sol, cette fois, mais du béton moulé dans des structures en acier. Cette nouvelle cité fut baptisée « les Champs », du nom du vieux domaine sur lequel elle avait été construite, et se distinguait de sa grande sœur, la cité Cantermill, par l'infériorité de ses matériaux et de sa conception.

C'est dans l'une de ces résidences des Champs dont, à la fin des années 1960, le béton commençait déjà à se fissurer et l'acier à se voiler, qu'était né Barry Fairbrother.

En dépit des gages de bonne foi mollement fournis par le Conseil de Yarvil, qui avait promis que la gestion des nouveaux logements sociaux serait entièrement à sa charge, Pagford – comme l'avaient prédit depuis le début les villageois furieux – se retrouva bientôt noyé sous les factures. Si la plupart des services propres à la cité des Champs, ainsi que la rénovation des habitations, étaient en effet pris en charge par le Conseil de Yarvil, celui-ci, dans son immense magnanimité, délégua certaines affaires à la paroisse : l'entretien des voies de circulation pédestres, de l'éclairage et des bancs publics, des abribus et des biens communaux.

Les graffitis fleurirent sur les ponts enjambant la route de Yarvil ; les abribus des Champs furent vandalisés ; les jeunes de la cité transformèrent le terrain de jeux en un dépotoir jonché de bouteilles de bière et caillassèrent les réverbères. L'un des sentiers préférés des touristes et des promeneurs devint le point de ralliement de la jeunesse des Champs qui y passait des journées entières à traîner « et pire encore », comme le disait d'un ton funeste la mère de Howard Mollison. Il incombait au Conseil de la paroisse de Pagford de nettoyer, réparer, remplacer, et il était évident pour tout le monde dès le départ que les quelques subsides consentis du bout des doigts par Yarvil ne seraient pas à la hauteur des dépenses exigées par l'ampleur et la durée de la tâche.

Parmi tous les aspects du fardeau dont les Pagfordiens se retrouvaient ainsi chargés malgré eux, aucun n'inspirait plus de colère et de ressentiment que la nouvelle sectorisation en vertu de laquelle les enfants des Champs étaient dorénavant scolarisés à l'école primaire St. Thomas. Les petits de la cité avaient désormais le droit de porter le prestigieux uniforme bleu et blanc, de jouer dans la cour, à quelques mètres de la pierre inaugurale posée par Lady Charlotte Sweetlove lors de la fondation de la ville, et de faire retentir dans les salles de classe minuscules les stridulations assourdissantes de leur accent yarvillois.

Il fut bientôt de notoriété publique, à Pagford, que les résidences des Champs étaient devenues l'objectif ultime de toute famille yarvilloise vivant des allocations et ayant charge d'enfants en âge d'être scolarisés ; qu'un exode massif était en cours le long de la frontière séparant la cité des Champs de celle de Cantermill, qui n'était pas sans rappeler le déferlement des Mexicains au Texas. Leur merveilleuse petite école St. Thomas – formidable pôle d'attraction pour les employés travaillant à Yarvil, séduits par la taille modeste des classes, les bureaux à cylindre, les vieilles pierres du bâtiment et la pelouse luxuriante du terrain de sport – allait être envahie et piétinée par la marmaille d'une bande de parasites, de drogués et de mères de famille dont les innombrables rejetons avaient chacun un père différent.

Ce scénario cauchemardesque ne s'était jamais vraiment réalisé, car si St. Thomas présentait d'indéniables avantages, les inconvénients n'étaient pas moins nombreux : il fallait acheter l'uniforme – ou, à défaut, remplir la paperasse nécessaire pour justifier l'octroi d'une aide financière permettant d'acquérir ledit uniforme ; il fallait se procurer un abonnement pour le bus scolaire, et se lever tôt le matin pour s'assurer que les enfants arrivent à l'heure en classe. Pour certains foyers de la cité des Champs, ces obstacles étaient insurmontables, trop contraignants, et leurs enfants se rabattaient sur l'école publique lambda – sans uniforme – qu'on avait construite en même temps que la cité Cantermill. La plupart des enfants de la cité scolarisés à St. Thomas s'y intégraient parfaitement ; certains, force était de le reconnaître, étaient même tout à fait sages et bien élevés. Ainsi Barry Fairbrother, par exemple, s'était-il fait une réputation enviable au sein de l'école ; il était populaire, intelligent, et jamais en retard d'une blague pour faire rire ses petits camarades ; c'est à peine s'il remarquait que le sourire des parents d'élèves pagfordiens avait tendance à se crisper dès qu'il disait où il habitait.

Il n'en reste pas moins que St. Thomas n'avait parfois pas le choix et devait accueillir certains élèves dont, de fait, le profil et le comportement allaient à coup sûr poser des problèmes. Krystal Weedon vivait chez son arrière-grand-mère, dans sa maison de Hope Street, quand vint le moment pour elle de faire son entrée à l'école, de sorte qu'on n'aurait guère pu l'empêcher de s'inscrire à St. Thomas – même si, quand elle réemménagea chez sa mère, dans la cité, nombreux furent les Pagfordiens à espérer qu'elle profite de l'occasion pour changer d'école et ne plus jamais remettre les pieds parmi eux.

Krystal était passée par l'école comme une chèvre passe par le gosier d'un boa : de manière aussi peu discrète que plaisante pour les deux parties concernées. Non pas que Krystal eût harcelé la classe de sa présence, cela dit : elle effectua la majorité de sa carrière à St. Thomas à l'écart des autres élèves, en tête à tête avec un enseignant-éducateur.

Un hasard sournois voulut que Krystal se retrouve dans la même classe que l'aînée des petits-enfants de Howard et Shirley, Lexie Mollison. Krystal l'avait un jour frappée si fort au visage qu'elle lui avait cassé deux dents. Lesquelles étaient certes sur le point de tomber de toute façon, mais les parents et les grands-parents de Lexie ne furent pas enclins à y voir une circonstance atténuante.

Persuadés que c'étaient des classes entières de Krystals qui attendaient leurs filles à l'école poly-valente Winterdown, Miles et Samantha avaient fini par décider de les inscrire toutes les deux à St. Anne, l'école privée pour filles de Yarvil, où elles seraient internes à la semaine. Le fait que ses petites-filles aient été chassées par Krystal Weedon de l'école St. Thomas, où elles avaient pourtant leur place de droit, devint l'un des arguments le plus souvent invoqué par Howard, en société, pour démontrer l'influence néfaste de la cité sur la vie de Pagford.

5

L'indignation des Pagfordiens, après cette pre-mière salve, était bientôt retombée pour se muer en une profonde rancœur, moins spectaculaire mais tout aussi tenace. Les Champs polluaient et corrompaient le paradis paisible et merveilleux des villageois qui fulminaient, bien déterminés à se débarrasser de la cité d'une manière ou d'une autre. Mais les études de cadastre et les réformes administratives locales avaient beau se succéder, rien ne changeait : les Champs faisaient toujours partie de Pagford. Les nouveaux venus en ville apprenaient vite à haïr la cité, eux aussi, condition *sine qua non* pour s'attirer les bonnes grâces du petit noyau dur des Pagfordiens qui avaient la mainmise sur toutes les affaires de la vie quotidienne.

Mais voici enfin, plus de soixante ans après que le vieux Aubrey Fawley avait livré en pâture à Yarvil la parcelle de terre fatidique, après des décennies de travail patient, d'avancées stratégiques, de pétitions, de campagnes de sensibilisation et de manifestations organisées par des sous-comités d'action – voici enfin que les anti-Champs de Pagford étaient à deux doigts frémissants de crier victoire.

La crise obligeait les administrations locales à dégraisser, retrancher, redistribuer. Certains, parmi les caciques du Conseil communal de Yarvil, voyaient déjà l'avantage électoral qu'ils pourraient tirer de l'effondrement de la petite cité, laquelle risquait de subir de plein fouet les mesures d'austérité imposées par le gouvernement ; elle serait alors intégrée à leur circonscription, et ses habitants mécontents viendraient grossir le nombre de leurs électeurs.

Pagford avait son propre représentant au Conseil de Yarvil : Aubrey Fawley. Non pas celui qui avait rendu possible la construction des Champs, mais son fils, « Aubrey le Jeune », qui avait hérité de Sweetlove House et travaillait la semaine dans une banque de conseils juridiques et financiers à Londres. Son investissement dans les affaires locales avait quelque chose d'un acte de contrition ; il avait l'impression de devoir se racheter au nom de la famille pour les torts causés à la bourgade par la négligence coupable de son père. Lui et sa femme Julia sponsorisaient et remettaient eux-mêmes certains prix lors de la foire agricole, siégeaient dans divers comités locaux et organisaient chaque année une grande fête de Noël à laquelle on se battait pour être invité.

Howard était heureux et fier de songer qu'il pouvait compter Aubrey parmi ses plus proches alliés dans son combat acharné pour renvoyer les Champs du côté de Yarvil, car Aubrey évoluait dans les hautes sphères de la finance, ce qui inspirait à Howard un respect fasciné. Tous les soirs, après la fermeture de l'épicerie, il retirait le tiroir de sa vieille caisse enregistreuse et comptait les pièces et les billets froissés avant de les ranger dans un coffre ; Aubrey, lui, n'était jamais en contact physique avec l'argent, mais il était capable d'en déplacer des sommes astronomiques d'un continent à l'autre. Il le gérait, il le faisait fructifier, et, quand les indices étaient moins favorables, c'est d'un œil placide de grand seigneur qu'il le regardait s'envoler. Aux yeux de Howard, Aubrey possédait une aura que même la plus cataclysmique des crises financières n'aurait pas pu entamer. L'épicier de Pagford ne supportait pas le discours des gens pour qui Aubrey et ses pairs étaient entièrement responsables de la situation désastreuse dans laquelle se trouvait le pays. Personne ne venait se plaindre quand tout allait bien, disait souvent Howard, et il accordait à Aubrey le même respect qu'à un général blessé au cours d'une guerre impopulaire.

Quoi qu'il en soit, en tant que membre du Conseil de Yarvil, Aubrey avait accès à toutes sortes de chiffres, et il était en position de transmettre à Howard bon nombre de renseignements passionnants au sujet du satellite qui parasitait Pagford. Les deux hommes savaient exactement dans quelles proportions les ressources de la commune étaient dilapidées, sans aucun bénéfice ni aucune amélioration visible, dans les rues délabrées de la cité des Champs ; ils savaient que personne n'y était propriétaire de son logement (alors que les maisons en brique rouge de la cité Cantermill étaient presque toutes des propriétés privées désormais ; elles avaient même embelli au point d'en devenir méconnaissables, avec leurs bacs à fleurs, leurs jolies porches et leurs petits carrés de pelouse entretenus avec soin) ; ils savaient que près des deux tiers des habitants de la cité des Champs vivaient intégralement des aides de l'État, et qu'une quantité non négligeable d'entre eux franchissaient à un moment ou un autre les portes de la clinique de désintoxication Bellchapel.

6

Howard était hanté par les images de la cité comme par les réminiscences d'un cauchemar : fenêtres condamnées par des planches barbouillées d'obscénités ; adolescents en train de fumer et de traîner dans les abribus vandalisés ; antennes paraboliques omniprésentes, tournées vers le ciel comme les ovules dénudés de fleurs en métal sordides. Il demandait souvent, de manière purement rhétorique, pourquoi les résidents ne s'organisaient pas pour redonner un peu de lustre à leur cité – qu'est-ce qui les empêchait de rassembler leurs maigres ressources pour acheter une tondeuse à gazon ? Mais non, bien sûr : les Champs comptaient sur les conseils locaux, celui de la commune et celui de la paroisse, pour nettoyer, réparer, entretenir ; pour donner, donner encore, donner toujours plus.

Howard se souvenait alors de son enfance : Hope Street et ses petits jardinets à l'arrière des maisons, de minuscules lopins, chacun guère plus grand qu'une nappe, mais la plupart débordant, comme celui de sa mère, de haricots d'Espagne et de pommes de terre. Rien n'interdisait aux habitants de la cité, pour autant qu'il sache, de faire pousser leurs propres légumes ; rien ne leur interdisait d'inculquer un peu de discipline à leurs gamins constamment occupés à taguer les murs, enfouis sous leurs sinistres capuches ; rien ne leur interdisait de se rassembler pour former une communauté digne de ce nom, capable d'éradiquer toute cette saleté, toute cette gabegie ; rien ne leur interdisait de se lever le matin, de faire un brin de toilette et de chercher du boulot ; rien. Il n'y avait donc qu'une seule conclusion à tirer de ce tableau, se disait Howard : s'ils vivaient ainsi, c'est qu'ils le voulaient bien ; c'était leur choix, un choix délibéré, et l'état de dégradation permanente et inquiétante de la cité n'était somme toute que la manifestation physique de leur ignorance et de leur indolence.

Pagford, à l'inverse, resplendissait des mille feux d'une saine moralité, aux yeux de Howard, comme si l'âme collective de la communauté s'était incarnée dans ses ruelles pavées, ses collines, ses maisons pittoresques. La ville où Howard était né était pour lui bien plus qu'un simple ensemble de vieux bâtiments, et ne se résumait pas au fleuve impétueux et frangé de verdure qui le traversait, à la silhouette majestueuse de l'abbaye qui le surplombait, ou aux paniers fleuris suspendus aux fenêtres de sa grand-place. Non, pour lui, Pagford était une idée, un mode de vie à part entière ; une micro-civilisation qui se dressait dans son inébranlable splendeur face au déclin de la nation.

« Je suis de Pagford, déclarait-il aux touristes estivaliers. Un Pagfordien pur sucre ! » Déguisé en lieu commun, c'était là le plus beau compliment qu'il puisse se faire à lui-même. Il était né à Pagford, il mourrait à Pagford, et jamais il n'avait rêvé de quitter sa ville, jamais il n'avait été titillé par le démon du voyage et de l'exotisme, car il lui suffisait, pour découvrir de nouveaux horizons, d'observer la ronde des saisons transfigurer les forêts et le fleuve ; il lui suffisait de regarder le Square fleurir au printemps et scintiller à Noël.

Barry Fairbrother savait tout cela ; il l'avait dit lui-même. Il avait éclaté de rire à l'autre bout de la table de la salle communale, sous le nez de Howard : « Tu sais, Howard, pour moi, Pagford, c'est toi ! » Et Howard, sans se laisser désarçonner le moins du monde (car il avait toujours tenu tête à Barry, œil pour œil et blague pour blague), avait répliqué : « Je ne suis pas certain que tu l'entendais ainsi, Barry, mais je prends cela pour un grand compliment. »

À son tour de rire, aujourd'hui. Il n'avait plus qu'une seule grande ambition dans la vie, et elle était sur le point de se réaliser : le retour de la cité des Champs dans le giron yarvillois semblait imminent et assuré.

Or, deux jours avant que Barry Fairbrother ne s'écroule sur une aire de parking, Howard avait appris de source sûre que son adversaire, brisant toutes les règles de la guerre, avait contacté le journal pour leur parler de Krystal Weedon et de la chance merveilleuse et salutaire qu'elle avait eue d'être scolarisée à St. Thomas.

L'idée de voir Krystal Weedon érigée aux yeux du public en modèle éducatif, illustrant la réussite de l'intégration des Champs à la paroisse de Pagford, aurait été comique (disait Howard) si l'affaire n'avait été aussi grave. Fairbrother avait dû bourrer le crâne de Krystal pour qu'elle récite sagement son texte, et la vérité – les torrents d'injures, les cours sans cesse perturbés, les autres élèves en larmes, le ballet incessant des expulsions et des réintégrations – serait noyée sous les mensonges.

Howard faisait confiance au bon sens de ses compatriotes pagfordiens, mais il redoutait que les journalistes s'avisent de monter l'histoire en épingle et que certaines âmes vertueuses, qui ne connaissaient rien à l'affaire, décident d'y mettre leur grain de sel. Son objection relevait à la fois de la question de principe et de la rancune personnelle : il n'avait jamais oublié les sanglots de sa petite-fille blottie dans ses bras, ni les deux trous sanguinolents à la place de ses incisives, tandis qu'il essayait de la consoler en lui faisant miroiter une triple récompense de la part de la petite souris.

Mardi

1

Le surlendemain de la mort de son époux, Mary Fairbrother se réveilla à cinq heures du matin. Elle avait dormi dans le lit conjugal avec son fils de douze ans, Declan, qui s'était glissé à ses côtés en sanglotant, peu avant l'aube. Il était profondément endormi à présent ; Mary sortit de la chambre sans faire de bruit et descendit pleurer à son aise dans la cuisine. Elle était de plus en plus effondrée à mesure que les heures s'égrenaient, car chaque minute écoulée l'éloignait un peu plus de l'image de son mari vivant et lui donnait un avant-goût de l'éternité qu'elle devrait désormais passer sans lui. Elle oubliait sans cesse, le temps d'un battement de cœur, qu'il était parti pour toujours et qu'elle ne pourrait plus jamais trouver le réconfort auprès de lui.

Quand sa sœur et son beau-frère arrivèrent pour le petit déjeuner, Mary prit le téléphone de Barry et se retira dans le bureau, où elle se mit à chercher certains numéros dans le répertoire faramineux de son mari. Elle faisait défiler les noms sur l'écran depuis quelques minutes quand le portable sonna tout à coup entre ses mains.

« Oui ? murmura-t-elle.

— Oh, bonjour ! Je cherche à joindre Barry Fairbrother. Alison Jenkins, de la *Gazette de Yarvil*. »

La voix pimpante de la jeune femme retentissait à l'oreille de Mary comme une atroce fanfare triomphale, dont le boucan oblitérait le sens des mots.

« Pardon ?

— Alison Jenkins, de la *Gazette de Yarvil*. J'aurais voulu parler à Barry Fairbrother. C'est à propos de son article sur les Champs.

— Oh ? fit Mary.

— Oui, il a oublié de nous fournir les coordonnées de la jeune fille dont il parle. Nous sommes censés l'interviewer. Krystal Weedon ? »

Chaque mot était une gifle. Assise dans le vieux fauteuil pivotant de Barry, immobile et silencieuse, Mary se laissa rouer par les coups avec une faiblesse complaisante.

« Vous m'entendez ?

— Oui, dit Mary d'une voix brisée. Je vous entends.

— Je sais que Mr Fairbrother tenait absolument à être là pour l'interview de Krystal, mais le temps presse et…

— Il ne pourra pas être là, dit Mary qui se mit alors à crier. Il ne pourra plus parler de ses *foutus* Champs, ni de quoi que ce soit d'autre, plus jamais !

— Quoi ? fit la jeune femme à l'autre bout de la ligne.

— Mon mari est *mort*, d'accord ? Il est *mort*, alors j'ai bien peur que *les Champs* ne doivent continuer à se débrouiller sans lui, c'est clair ? »

Les mains de Mary tremblaient tellement que le portable lui glissa des doigts, et il lui fallut quelques instants, pendant lesquels elle savait que la journaliste l'entendait pleurer et hoqueter, pour arriver à le ramasser et à couper la communication. Puis elle se rappela soudain que Barry avait consacré l'essentiel de la journée qui serait sa dernière sur terre – et qui devait être aussi celle de leur anniversaire de mariage – à son obsession pour les Champs et pour Krystal Weedon. Sa colère éclata et elle jeta le portable à travers la pièce avec une telle violence qu'il alla percuter et décrocher un portrait de leurs quatre enfants encadré au mur. Elle se mit à hurler et à pleurer en même temps, alertant sa sœur et son beau-frère qui se précipitèrent à l'étage et entrèrent avec fracas dans le bureau.

Seuls quelques mots surnageaient dans la bouillie de mots qui se déversa de sa bouche : « Les Champs, ces foutus, *foutus* Champs…

— C'est l'endroit où moi et Barry avons grandi », murmura son beau-frère à son épouse, mais il ne poussa pas plus loin l'explication, de peur de déclencher une crise d'hystérie chez Mary.

2

Gaia et sa mère Kay Bawden, assistante sociale, étaient les deux plus récents habitants de Pagford ; elles avaient débarqué de Londres à peine quatre semaines plus tôt. Kay ne savait rien du contentieux historique entourant la cité ; les Champs n'étaient pour elle que l'endroit où vivaient la majorité des familles dont elle s'occupait. Et tout ce qu'elle savait de Barry Fairbrother, c'est que sa mort avait été à l'origine de la scène désastreuse qui s'était déroulée dans sa cuisine et soldée par la fuite de son amant, Gavin, lequel l'avait plantée là toute seule avec ses œufs brouillés et les grandes espérances, soudain annihilées, que sa fougue de la nuit précédente avait fait naître en elle.

Kay, ce mardi-là, passa sa pause-déjeuner dans sa voiture, sur une aire de repos entre Pagford et Yarvil, un sandwich dans une main et un gros paquet de notes dans l'autre. L'une de ses collègues était partie en congé maladie pour cause de surmenage, et Kay s'était aussitôt retrouvée avec un tiers de ses dossiers sur les bras. Peu avant treize heures, elle se mit en route vers les Champs.

Ce n'était pas sa première visite dans la cité, mais elle ne connaissait pas encore très bien ses rues labyrinthiques. Elle mit donc un certain temps à trouver Foley Road, où elle repéra tout de suite de loin la maison qui, songea-t-elle, ne pouvait être que celle des Weedon. Elle avait lu le dossier ; elle savait à quoi s'attendre, et un seul coup d'œil à cette baraque suffit à la convaincre qu'on ne lui avait pas menti.

Un monceau d'ordures était entassé contre la façade : un mélange de sacs plastique remplis à craquer de déchets, de vieux vêtements et de couches sales. Quelques détritus s'en étaient détachés pour s'éparpiller sur le bout de pelouse envahi par les mauvaises herbes, mais le gros de ces immondices s'empilait en un énorme tas sous l'une des deux fenêtres du rez-de-chaussée. Un vieux pneu usé était couché au milieu de la pelouse ; on l'avait récemment déplacé, comme le prouvait l'empreinte qu'il avait laissée quelques centimètres plus loin, un cercle jaunâtre d'herbe morte et aplatie. Après avoir sonné à la porte, Kay aperçut un préservatif usagé luisant dans l'herbe à ses pieds, telle la fine membrane du cocon de quelque larve géante.

Elle éprouvait cette légère appréhension dont elle n'avait jamais tout à fait réussi à se défaire, même si celle-ci était sans commune mesure avec la nervosité qu'elle ressentait à ses débuts. Sans parler des quelques fois où, malgré son expérience et le renfort presque constant d'un collègue à ses côtés, elle avait eu vraiment peur. Des chiens dangereux ; des hommes armés de couteaux ; des enfants au corps martyrisé de blessures insensées ; elle avait tout vu, et pire encore, depuis des années qu'elle franchissait le seuil de maisons inconnues.

Personne ne vint ouvrir, mais elle entendait les pleurs d'un jeune enfant derrière la fenêtre de gauche entrouverte. Elle frappa à la porte et un petit morceau de peinture écaillée couleur crème se détacha et atterrit sur le bout de sa chaussure. Elle songea soudain à l'état de délabrement de la maison dans laquelle elle-même venait d'emménager. Elle aurait bien aimé que Gavin propose de l'aider à la retaper, mais il n'avait pas levé le petit doigt. Kay faisait parfois le compte de tout ce qu'il n'avait pas dit ou fait, comme un avare compulsant ses reconnaissances de dettes, et elle se sentait alors envahie par la colère et la déception, déterminée à se faire dédommager de tous ces manquements d'une manière ou d'une autre.

Elle frappa à nouveau, plus tôt qu'elle ne l'aurait fait en temps normal, afin de rompre le fil de ces pensées ; et cette fois, une voix lui répondit de l'intérieur de la maison : « Ça va, putain, *j'arrive*. »

La porte s'ouvrit et Kay se retrouva face à une femme qui avait l'air à la fois d'une enfant et d'une vieillarde, vêtue d'un T-shirt bleu clair sale et d'un bas de pyjama d'homme. Elle faisait la même taille que Kay, mais elle était décharnée : les os de son visage et de sa poitrine faisaient saillie sous la peau blanche et translucide. Ses cheveux, qu'elle avait manifestement teints elle-même, rêches et très rouges, avaient l'air d'une perruque posée au sommet de son crâne ; ses pupilles étaient deux têtes d'épingle, et elle n'avait presque pas de poitrine.

« Bonjour, vous êtes Terri ? Kay Bowden, des services sociaux. Je remplace Mattie Knox. »

Les bras frêles et grisâtres de la femme étaient constellés de taches aux reflets irisés ; dans le pli de l'avant-bras, une plaie purulente, rouge vif. Sur une grande partie de son bras droit et le bas de son cou, recouverts de tissu cicatriciel, la peau ressemblait à une pellicule de plastique brillant. Kay avait connu une droguée, à Londres, qui avait accidentellement mis le feu à sa maison, et elle comprit aussitôt – mais trop tard – de quoi il retournait.

« Ouais, c'est moi », dit Terri après un silence interminable. Sa voix la faisait tout de suite paraître beaucoup plus vieille ; il lui manquait plusieurs dents. Elle tourna le dos à Kay et s'enfonça d'un pas incertain dans le couloir éteint. Kay la suivit. Une odeur stagnante de nourriture avariée, de sueur et de crasse. Kay entra derrière Terri par la première porte à gauche dans un minuscule salon.

Pas de livres, pas de cadres au mur, pas de photos, pas de télévision : il n'y avait rien dans cette pièce, à part deux vieux fauteuils répugnants et quelques étagères cassées. Le sol était jonché d'immondices. Une pile de cartons flambant neufs empilés dans un coin ajoutait une touche incongrue au tableau.

Un petit garçon se tenait debout au milieu de la pièce, les jambes nues, vêtu d'un T-shirt et d'une couche-culotte près d'exploser. D'après le dossier, il avait trois ans et demi. Il geignait sans paraître en avoir lui-même conscience et sans raison, comme un bruit de moteur uniquement destiné à signaler sa présence. Il serrait dans sa main un mini-paquet de céréales.

« Et voilà le petit Robbie, je présume ? » demanda Kay.

Le petit garçon la regarda quand elle prononça son nom mais continua à marmonner.

Terri se débarrassa d'une vieille boîte à biscuits en fer-blanc tout éraflée, posée sur l'un des fauteuils défoncés, et s'assit en ramenant ses jambes contre elle tout en observant Kay du coin de ses yeux aux paupières tombantes. Kay s'installa dans l'autre fauteuil, sur l'accoudoir duquel était posé un cendrier plein à ras bord. Des mégots étaient tombés dans le fauteuil ; Kay les sentait sous ses cuisses.

« Bonjour, Robbie », dit Kay en ouvrant le dossier de Terri.

Le petit garçon continua de geindre en secouant son paquet de céréales ; on entendait quelque chose rebondir à l'intérieur.

« Qu'est-ce que tu as là-dedans ? » demanda Kay.

Il ne répondit pas mais secoua le paquet encore plus fort. Une petite figurine en plastique en surgit, fit un vol plané et alla atterrir derrière les cartons. Robbie se mit à pleurer. Kay se tourna vers Terri ; elle regardait son fils sans la moindre expression sur le visage. Puis elle finit par murmurer : « Ça va, Robbie ?

— Attends, je vais voir si on peut le récupérer, d'accord ? dit Kay, ravie d'avoir trouvé une excuse pour se lever et se débarrasser des mégots accrochés à son pantalon. Alors, voyons voir… »

Elle colla sa tête au mur pour regarder derrière les cartons. La figurine était coincée presque tout en haut. Kay glissa une main dans l'interstice. Les cartons étaient lourds et difficiles à déplacer. Elle arriva à attraper le jouet du bout des doigts et le récupéra ; c'était un bonhomme violet, gros et trapu, comme un bouddha.

« Tiens », dit-elle en le tendant à Robbie.

Le petit garçon s'arrêta de pleurer ; il reprit sa figurine, la remit dans le paquet de céréales, et recommença à le secouer.

Kay jeta un œil autour d'elle. Deux petites voitures gisaient, renversées, sous les étagères cassées.

« Tu aimes les voitures ? » demanda Kay à Robbie en les lui montrant.

Au lieu de regarder l'endroit qu'elle pointait du doigt, il la fixa avec un mélange de circonspection et de curiosité. Puis il alla ramasser l'une des petites voitures en trottinant et la brandit sous le nez de Kay.

« Vroum, dit-il. Ture.

— Exactement, dit Kay. Très bien. Voiture. Vroum vroum. »

Elle reprit sa place dans le fauteuil et sortit son carnet de son sac.

« Bon, alors, Terri. Comment ça va ? Racontez-moi un peu. »

Un silence, puis : « Ça va.

— Alors, juste pour vous expliquer : Mattie est en congé maladie, et c'est moi qui la remplace. Je vais devoir passer en revue avec vous certains des renseignements qu'elle m'a laissés, pour vérifier que rien n'a changé depuis qu'elle est venue vous voir la semaine dernière, d'accord ? Alors, voyons voir… Donc, Robbie est à la halte-garderie maintenant, c'est bien ça ? Quatre matinées et deux après-midi par semaine ? »

Terri semblait percevoir la voix de Kay de très loin. Comme si elle parlait à quelqu'un assis au fond d'un puits.

« Ouais, finit-elle par répondre.

— Et comment ça se passe, alors ? Il est content, ça lui plaît là-bas ? »

Robbie s'échinait à faire entrer la petite voiture dans la boîte de céréales ; puis il ramassa l'un des mégots tombés par terre quand Kay avait essuyé son pantalon et l'enfonça par-dessus la voiture et le bouddha violet.

« Ouais », dit Terri d'une voix à moitié endormie.

Mais Kay était en train de relire la dernière note que Mattie avait gribouillée à la hâte avant son départ en congé.

« Il ne devrait pas y être aujourd'hui, Terri ? On est mardi, ce n'est pas l'un des jours où il va à la garderie ? »

Terri semblait surtout occupée à lutter contre une furieuse envie de dormir. Deux ou trois fois, sa tête roula sur ses épaules. Mais elle finit par répondre : « C'est Krystal qui d'vait l'déposer mais elle l'a pas fait.

— Krystal, votre fille, c'est ça ? Quel âge a-t-elle ?

— Quatorze, dit Terri d'une voix pâteuse. Et demi. »

Kay vit dans son dossier que Krystal avait seize ans. Il y eut un long silence.

Deux tasses fêlées étaient posées au pied du fauteuil. Le liquide saumâtre qui flottait dans l'une d'elles ressemblait à du sang. Terri avait croisé les bras sur sa poitrine plate.

« J'l'ai habillé et tout, dit-elle, arrachant les mots à grand-peine du fond de sa conscience.

— Pardonnez-moi, Terri, mais je suis obligée de vous poser la question, dit Kay. Avez-vous pris de la drogue ce matin ? »

Terri fit passer devant son visage une main recourbée en patte d'oiseau pour protester.

« Naaan…

— Veucaca, dit Robbie en se dandinant vers la porte.

— Il a besoin d'aide ? » demanda Kay. Mais Robbie avait déjà disparu à l'étage, où elle l'entendit courir en tapant des pieds.

« Naaan, y sait chier tout seul », marmonna Terri. Elle posa sa tête alourdie de sommeil sur son poing, le coude planté dans le bras du fauteuil. Robbie se mit à crier à l'étage.

« Porte ! Porte ! »

Elles l'entendirent taper contre le panneau en bois. Terri ne bougea pas.

« Je vais peut-être aller l'aider, non ? suggéra Kay.

— Ouais », dit Terri.

Kay monta les escaliers et tourna la poignée grippée de la salle de bains pour permettre à Robbie d'entrer. Une odeur de moisi la saisit à la gorge. La baignoire était grise, incrustée de taches brunes, et on n'avait pas tiré la chasse des toilettes. Kay y remédia avant de laisser Robbie grimper sur le siège. Il se mit à grimacer et à pousser bruyamment sans se soucier le moins du monde de sa présence. Un bruit de chute dans l'eau de la cuvette, et bientôt une nouvelle note nauséabonde vint s'ajouter à l'atmosphère déjà putride de la salle de bains. Il descendit des toilettes et remonta sa couche-culotte sans prendre la peine de s'essuyer ; Kay le força à revenir et tenta de le convaincre de s'essuyer tout seul, mais il semblait tout ignorer de ce concept. Elle dut donc le faire pour lui. Il avait les fesses dans un état lamentable, pleines de croûtes, de rougeurs et d'irritations. Sa couche sentait l'eau de Javel. Elle voulut la lui enlever, mais il se mit à brailler, à se débattre, puis il se sauva pour redescendre à toute vitesse dans le salon, la couche sur les chevilles. Kay aurait voulu se laver les mains mais il n'y avait pas de savon. Elle essaya de ne pas respirer trop fort et referma la porte derrière elle.

Avant de redescendre à son tour, elle jeta un coup d'œil dans les chambres, dont les affaires débordaient et encombraient le couloir. Ils dormaient tous sur des matelas à même le sol. Robbie, apparemment, partageait la chambre de sa mère. Quelques jouets

avaient échoué au milieu des vêtements sales éparpillés dans la pièce : des jouets pour bébé, en plastique et de piètre qualité. Kay fut surprise de
constater qu'il y avait une housse de couette et des
taies d'oreiller.

Dans le salon, Robbie s'était remis à gémir et tapait
du poing contre la pile de cartons. Terri le regardait
sans bouger, les yeux à demi clos. Kay épousseta le
fauteuil avant de se rasseoir.

« Terri, vous suivez une cure de désintoxication
sous méthadone à la clinique Bellchapel, c'est bien
cela ?

— Mmm, marmonna Terri à moitié assoupie.

— Et ça se passe bien, Terri ? »

Stylo à la main, Kay attendit la réponse – comme
si elle ne l'avait pas sous les yeux.

« Vous continuez à aller à la clinique, Terri ?

— S'maine dernière. Le vendredi, j'y vais. »

Robbie tambourinait toujours sur les cartons.

« Pouvez-vous m'indiquer votre dosage de méthadone ?

— 115 milligrammes », dit Terri.

Kay remarqua sans surprise que Terri se souvenait
mieux de son dosage que de l'âge de sa propre fille.

« Mattie m'a indiqué que votre mère vous aide à
vous occuper de Robbie et Krystal ; c'est toujours le
cas ? »

Robbie propulsa son petit corps compact contre la
pile de cartons, qui vacilla.

« Fais attention, Robbie », dit Kay, et Terri ajouta :
« Touche pas à ça », sa voix éteinte trahissant pour
la première fois un vague soupçon de sollicitude à
l'égard de son fils.

Robbie se remit à taper des deux poings, pour le seul plaisir, apparemment, d'entendre le bruit creux du carton martelé.

« Terri, est-ce que votre mère continue de vous aider à vous occuper de Robbie ?

— Pas ma mère. Grand-mère.

— La grand-mère de Robbie ?

— Mais non, *ma* grand-mère. Non, elle fait pas… elle va pas bien. »

Kay jeta de nouveau un œil sur Robbie, prête à prendre des notes. Il ne souffrait pas de malnutrition ; elle l'avait tout de suite vu dans la salle de bains, en l'observant et en le touchant pour l'aider à s'essuyer. Son T-shirt était sale, mais quand elle s'était penchée au-dessus de lui, elle avait été surprise de sentir une odeur de shampooing dans ses cheveux. Il avait la peau très blanche, mais pas d'ecchymoses sur les bras ou les jambes. Restait tout de même la couche trempée et remplie à craquer ; il avait trois ans et demi.

« Faim ! cria-t-il soudain en donnant inutilement un dernier grand coup de poing dans les cartons. Faim !

— T'as qu'à bouffer un biscuit », grommela Terri sans bouger. Aux cris de Robbie succédèrent alors des sanglots bruyants et des braillements. Terri ne semblait toujours pas avoir la moindre intention de quitter son fauteuil. Impossible de s'entendre dans ce vacarme.

« Vous voulez que j'aille lui en chercher un ? cria Kay.

— Ouais. »

Kay suivit Robbie qui fonça dans la cuisine. Elle était presque aussi répugnante que la salle de bains. À part le frigo, le four et le lave-vaisselle, il n'y avait aucun appareil électroménager ; sur le plan de travail, rien qu'une pile d'assiettes sales, encore un cendrier plein, des sacs plastique et des bouts de pain rassis. Le lino était poisseux et collait aux semelles de Kay. La poubelle débordait, un carton à pizza posé en équilibre précaire sur le couvercle.

« D'dans, fit Robbie en pointant du doigt le placard suspendu sans regarder Kay. D'dans. »

Kay trouva plus de nourriture qu'elle ne s'y serait attendue, entassée dans le placard : des boîtes de conserve, deux paquets de gâteaux secs, un bocal de café instantané. Elle préleva deux biscuits dans l'un des paquets et les lui tendit ; il s'en saisit d'un geste brusque et retourna en courant dans le salon.

« Alors, Robbie, raconte-moi, tu aimes bien aller à la garderie ? » lui demanda-t-elle pendant qu'il engloutissait ses gâteaux secs, assis par terre.

Il ne répondit pas.

« Ouais, il aime bien, dit Terri qui avait l'air un peu plus réveillée que tout à l'heure. Hein, Robbie ? Il aime bien.

— Quand y est-il allé pour la dernière fois, Terri ?

— La dernière fois. Hier.

— Hier, nous étions lundi, donc ce n'est pas possible, dit Kay tout en prenant des notes. Il n'est pas inscrit à la halte-garderie, le lundi.

— Hein ?

— Je vous parle de la garderie, Terri. Robbie est censé y être aujourd'hui. Il faut que je sache quand est-ce qu'il y a été pour la dernière fois.

— Mais j'viens d'vous l'dire, non ? La dernière fois. »

Kay ne l'avait encore jamais vue les yeux aussi ouverts. Le timbre de sa voix était toujours plat, mais on sentait sourdre l'agressivité par en dessous.

« Z'êtes gouine ? demanda-t-elle.

— Non, dit Kay sans cesser d'écrire.

— Z'avez l'air d'une gouine », dit Terri.

Kay continua de prendre ses notes.

« Jus ! » cria Robbie, le menton barbouillé de chocolat.

Cette fois, Kay ne bougea pas. Au bout d'un nouveau silence prolongé, Terri s'extirpa de son fauteuil et sortit dans le couloir en titubant. Kay se pencha en avant et souleva le couvercle mal fermé de la boîte en fer-blanc que Terri avait déplacée pour s'asseoir. À l'intérieur, une seringue, un morceau de coton sale, une cuillère à moitié rouillée et un sachet en plastique opaque. Kay remit le couvercle en place, fermement, sous le regard de Robbie. Terri revint, après s'être affairée à grand bruit au fond de la maison, un verre de jus de fruits à la main, qu'elle tendit au petit garçon.

« Là », dit-elle, plus à l'attention de Kay qu'à celle de son fils, puis elle se rassit à nouveau. Elle rata le siège et se cogna contre l'accoudoir du fauteuil ; Kay entendit le choc des os contre le bois, mais Terri n'eut pas l'air d'avoir mal. Elle réussit à s'enfoncer dans les coussins à sa deuxième tentative, et se remit à fixer l'assistante sociale d'un œil indifférent et vitreux.

Kay avait lu le dossier de A à Z. Presque tout ce à quoi Terri Weedon avait pu tenir un jour dans sa vie avait disparu dans le trou noir de la drogue : Kay savait qu'elle avait perdu deux enfants ; qu'elle n'était plus liée que par un fil aux deux qu'il lui restait ; qu'elle se prostituait pour acheter sa dose d'héroïne ; qu'elle avait fait à peu près le tour de tous les petits délits imaginables ; et qu'elle essayait en ce moment de se désintoxiquer – pour la ixième fois.

Mais ne rien éprouver ; ne se soucier de rien... *À cet instant précis*, songea Kay, *elle est plus heureuse que moi.*

3

Au début de la deuxième période de cours de l'après-midi, Stuart « Fats » Wall sortit de l'école. Sa petite escapade buissonnière n'avait rien d'improvisé ; il avait décidé la veille au soir qu'il manquerait les deux heures de sciences informatiques par lesquelles devait se terminer la journée. Il aurait pu sécher n'importe quel autre cours, mais il se trouve que son meilleur ami, Andrew Price (qu'il surnommait Arf), n'était pas dans le même groupe que lui en informatique, et Fats, malgré tous ses efforts, n'avait pas réussi à se faire rétrograder pour le rejoindre dans le groupe inférieur.

Fats et Andrew savaient sans doute aussi bien l'un que l'autre que l'admiration qui faisait le ciment de leur amitié était à sens unique ; mais Fats, à défaut de vénérer son ami autant que celui-ci le vénérait, était en revanche le seul des deux à se douter qu'il avait besoin d'Andrew plus qu'Andrew n'avait besoin de lui. Ces derniers temps, Fats commençait à se demander si cette dépendance ne trahissait pas chez lui une faiblesse ; cela ne l'empêchait pas d'apprécier toujours autant la compagnie d'Andrew, mais quoi qu'il en soit, raisonnait-il, il pouvait bien sécher ces deux heures de cours pendant lesquelles, de toute façon, il aurait dû faire sans.

Fats avait appris de source sûre que l'unique moyen infaillible de quitter Winterdown sans se faire repérer d'une fenêtre était d'escalader le muret situé près du garage à vélos. C'est donc ainsi qu'il procéda, s'accrochant du bout des doigts puis se laissant tomber dans la ruelle de l'autre côté du mur. Il atterrit sans heurt, longea l'étroit sentier puis bifurqua à gauche sur la grande route vétuste et encombrée.

À présent hors de danger, il alluma une cigarette en passant devant les échoppes décrépites. Cinq pâtés de maisons plus loin, Fats tourna de nouveau à gauche et s'engagea dans la première rue de la cité des Champs. Il desserra sa cravate d'une main tout en continuant de marcher, mais ne l'enleva pas. Il se fichait de ressembler à l'écolier qu'il était. Fats n'avait d'ailleurs jamais essayé de personnaliser sa tenue, en épinglant un pin's au revers de sa veste, par exemple, ou en ajustant son nœud de cravate conformément aux exigences de la mode du jour ; il portait son uniforme scolaire avec le dédain du prisonnier.

La grande erreur commise par quatre-vingt-dix pour cent des êtres humains, selon Fats, était d'avoir honte de ce qu'ils étaient ; de mentir, de vouloir à tout prix être quelqu'un d'autre. L'honnêteté était la devise de Fats, son arme de choix et son principal moyen de défense. L'honnêteté faisait peur aux gens ; elle les choquait. Les autres, avait-il observé, étaient perpétuellement englués dans le malaise et le faux-semblant, terrorisés à l'idée qu'on découvre leur vrai visage, alors que lui, Fats, était attiré par la réalité brute, par tout ce qui était laid mais authentique, par toutes les vérités abjectes qui ne suscitaient chez les gens comme son père que dégoût et humiliation. Fats pensait souvent aux messies et aux parias ; aux hommes que la société taxait de fous ou de criminels ; aux nobles marginaux réprouvés par les masses indolentes.

La chose difficile, la chose glorieuse entre toutes, était d'être celui qu'on était vraiment, même si l'individu ainsi dévoilé devait se révéler cruel ou dangereux – *surtout* s'il devait se révéler cruel et dangereux. Il fallait du courage pour ne pas museler l'animal que chacun avait en soi. En revanche, il fallait prendre garde à ne pas se faire passer pour plus animal qu'on n'était ; s'engager dans cette voie-là, la voie de l'outrance et de l'imposture, c'était courir le risque de devenir comme le Pigeon : un menteur et un hypocrite. *Authentique* et *inauthentique* étaient des mots que Fats utilisait souvent, dans sa tête ; la signification qu'ils revêtaient à ses yeux, tels qu'il se les appliquait à lui-même comme aux autres, était d'une exactitude chirurgicale.

Il avait décidé qu'il possédait des qualités authentiques, lesquelles méritaient à ce titre d'être encouragées et cultivées ; mais aussi que certaines dispositions d'esprit, chez lui, étaient le produit artificiel de la malencontreuse éducation qu'il avait reçue, en conséquence de quoi elles étaient inauthentiques et devaient être purgées. Il s'essayait, depuis peu, à n'agir que selon ses impulsions authentiques, et à ignorer ou étouffer les sentiments de crainte et de culpabilité (inauthentiques) que de telles actions semblaient avoir la propriété d'engendrer. Indéniablement, il y arrivait de mieux en mieux à force d'entraînement. Il voulait s'endurcir, devenir invulnérable, s'affranchir de la peur des conséquences : se débarrasser des notions fallacieuses du bien et du mal.

L'une des choses qui, ces derniers temps, avaient commencé à l'agacer à propos d'Andrew – et de la dépendance qu'il éprouvait à son égard – était que celui-ci le freinait et l'empêchait d'exprimer sa personnalité dans toute son authenticité. Andrew avait sa propre vision des règles du jeu, et Fats détectait parfois chez lui un air de contrariété, d'incompréhension ou de déception, que son vieil ami avait bien du mal à dissimuler. Andrew se braquait dès qu'on poussait un peu loin la provocation et la plaisanterie. Fats ne lui en tenait pas rigueur ; il aurait été inauthentique de sa part de rentrer dans le jeu si telle n'était pas son envie profonde. Le problème, c'est qu'Andrew semblait rester accroché à la posture morale contre laquelle Fats avait justement décidé de livrer une guerre sans merci. La seule chose à faire, toute considération sentimentale mise à part, le seul geste cohérent eu égard à sa quête d'authenticité, aurait sans doute été de couper les ponts avec Andrew ; mais il continuait de préférer la compagnie de ce dernier à celle de n'importe qui d'autre.

Fats était persuadé de se connaître parfaitement ; il explorait les moindres recoins, les moindres anfractuosités de son âme, avec une attention qu'il avait depuis peu cessé d'accorder à toute autre activité. Il passait des heures à s'interroger sur ses impulsions, ses envies et ses peurs, s'efforçant de faire la part entre celles qui lui appartenaient en propre et celles qu'on lui avait inculquées. Il avait décortiqué tous les sentiments que lui inspiraient ses proches (il le savait, il en était sûr : personne, parmi les gens qu'il connaissait, n'avait jamais fait preuve d'une telle honnêteté envers soi-même ; non, ils se laissaient tous dériver, à demi hébétés, au fil de l'existence) ; et il était parvenu aux conclusions suivantes : Andrew, qu'il connaissait depuis l'âge de cinq ans, était la personne au monde pour qui il éprouvait l'affection la plus sincère ; il continuait d'avoir pour sa mère, même s'il était assez mature désormais pour ne pas être dupe d'elle, un certain attachement, qui n'était pas sa faute ; enfin, il ressentait un mépris viscéral à l'égard du Pigeon, qui incarnait le summum et le paroxysme de l'inauthenticité.

Sur sa page Facebook, qu'il entretenait avec un soin tout particulier, il avait mis en exergue une citation dénichée dans la bibliothèque de ses parents :

Je ne veux pas de « fidèles » ; je pense que je suis trop impie pour croire en moi-même... J'ai une peur horrible d'être canonisé un jour... Je ne veux pas devenir un saint, j'aime mieux être pris pour un guignol... Et peut-être suis-je, un guignol...

Andrew aimait beaucoup cette citation, et Fats aimait beaucoup qu'Andrew soit impressionné.

Le temps de passer devant le bureau des paris mutuels – quelques secondes à peine –, Fats eut une pensée fugitive pour l'ami décédé de son père, Barry Fairbrother. Trois longues foulées devant le poster des chevaux de course affiché derrière la vitre sale, et Fats revit soudain le visage barbu et jovial de Barry ; il entendait encore le Pigeon éclater du rire grotesque et monumental qui retentissait si souvent avant même que Barry n'ait fini de raconter l'une de ses blagues pitoyables, déclenché par la seule excitation de se trouver en sa présence. Fats n'avait aucune envie de s'attarder sur ces souvenirs ; il ne s'interrogea pas sur les raisons de cette réticence instinctive ; il ne se demanda pas si le défunt avait été un homme authentique ou inauthentique ; il chassa de son esprit jusqu'à l'idée même de Barry Fairbrother, ainsi que le chagrin ridicule de son père, et poursuivit son chemin.

Fats était étrangement maussade ces derniers temps, même s'il faisait toujours autant rire les autres autour de lui. En essayant de se libérer du carcan de la morale, il cherchait à ranimer quelque chose en lui dont il avait la certitude d'avoir été dépossédé, quelque chose qu'il avait perdu en quittant l'enfance. Ce que Fats voulait retrouver, c'était une sorte d'innocence, et la route qu'il avait choisi d'emprunter pour reconquérir celle-ci le conduisait à embrasser tout ce dont on lui avait appris à se méfier, tout ce qui était « mal » et qui pourtant, aujourd'hui, semblait à Fats le seul moyen véritable de parvenir à l'authenticité, à une sorte de pureté. Curieux, cette façon qu'avaient si souvent les choses d'être l'inverse de ce qu'elles semblaient, et l'inverse de ce que tout le monde disait ; Fats en venait à soupçonner qu'il suffisait de prendre chaque idée reçue et de la mettre cul par-dessus tête pour obtenir la vérité. Il voulait s'enfoncer dans le labyrinthe du monde et lutter à bras-le-corps avec les bizarreries qui se terraient dans ses ténèbres ; il voulait faire voler en éclats la piété, dévoiler les hypocrisies ; il voulait briser les tabous et presser leur cœur sanguinolent pour en tirer le nectar de la sagesse ; il voulait atteindre à un état de grâce amorale, et renaître à rebours, sur les fonts baptismaux de l'ignorance et de la simplicité.

Ainsi décida-t-il de contrevenir à l'une des rares dispositions du règlement de l'école qu'il n'eût pas encore enfreinte : il pénétra dans la cité des Champs. Ce n'était pas seulement que le pouls de la réalité semblait battre, ici plus que partout ailleurs, dans toute sa force brute ; il avait aussi le vague espoir de tomber sur certains individus dont la réputation excitait sa curiosité, et, sans vraiment se l'avouer à lui-même – car c'était là, pour une fois, un désir qu'il ne s'était jamais formulé –, il cherchait une porte ouverte, l'épiphanie d'une reconnaissance, et un foyer qui l'accueillerait auquel il ignorait jusqu'alors appartenir.

En passant à pied plutôt que dans la voiture de sa mère devant les façades couleur mastic des maisons, il remarqua que nombre d'entre elles n'étaient pas défigurées par les graffitis et le délabrement ; certaines semblaient même vouloir se donner les allures bourgeoises des demeures de Pagford, avec leurs rideaux ajourés et leurs rebords de fenêtres enjolivés de bibelots. En voiture, on était beaucoup moins attentif à ce genre de détails, car l'œil n'était jamais attiré, irrésistiblement, que par les fenêtres condamnées et les pelouses jonchées d'ordures. Les petites maisons proprettes n'avaient aucun attrait pour Fats. Ce qui le fascinait, c'étaient les endroits où le chaos et l'anarchie triomphaient, même sous la forme puérile et dégradée de quelques pauvres tags.

Non loin d'ici (il ne savait pas où exactement) vivait Dane Tully. Sa famille était tristement célèbre. Ses deux grands frères et son père avaient passé un certain temps derrière les barreaux. D'après la rumeur, la dernière fois que Dane s'était battu (avec un type de dix-neuf ans, racontait la légende, de la cité Cantermill), son père l'avait accompagné en voiture sur les lieux de l'affrontement et s'était lui aussi battu, contre le grand frère de l'adversaire de Dane. Tully avait débarqué le lendemain à Winterdown avec un œil au beurre noir, le visage tuméfié et la lèvre enflée. Tout le monde était tombé d'accord sur un point : il n'avait fait une apparition dans l'enceinte de l'établissement – ce à quoi il condescendait très rarement – que pour exhiber ses blessures de guerre.

Fats était tout à fait certain qu'il aurait agi différemment dans la même situation. Se préoccuper de ce que les autres pensaient de votre pomme réduite en compote ? Inauthentique ! Fats aurait aimé se battre, puis reprendre le cours de sa vie normale, sans que personne en sache jamais rien à moins de le croiser dans la rue par hasard.

Mais Fats n'avait jamais pris le moindre coup – même s'il multipliait les provocations à cet effet. Il se demandait, de plus en plus souvent, ce que ça lui ferait de se retrouver dans une bagarre. Il avait l'intuition que le genre d'authenticité auquel il visait n'allait pas sans une certaine violence ; ou, du moins, n'*excluait* pas la violence. Être prêt à donner des coups, et à en prendre, lui semblait relever d'une forme de courage digne de ses aspirations. Il n'avait jamais eu besoin de se servir de ses poings : sa langue avait toujours suffi. Mais le nouveau Fats avait de plus en plus de mépris pour ses talents oratoires et de plus en plus de révérence pour la brutalité authentique. La question des armes blanches était un peu plus délicate. Acheter une lame, et faire savoir à tout le monde qu'il l'avait sur lui, serait un geste criant d'inauthenticité, une façon lamentable de singer Dane Tully et ses semblables ; Fats avait l'estomac retourné à la seule idée de s'abaisser à une telle mascarade. Si jamais il se retrouvait un jour en situation d'avoir *besoin* d'une lame, alors là, ce serait différent. Fats n'excluait pas la possibilité qu'un tel jour arrive, dans sa vie, même s'il lui fallait bien admettre que cette perspective avait quelque chose d'effrayant. Fats avait peur de tout ce qui pouvait trouer ou couper la peau – les aiguilles, les couteaux. Il avait été le seul à tourner de l'œil, le jour où tout le monde avait été vacciné contre la méningite, en primaire à St. Thomas. Andrew avait trouvé une technique imparable pour faire pâlir Fats : il lui suffisait de dégainer son EpiPen, l'auto-injecteur d'adrénaline qu'il était censé avoir tout le temps sur lui à cause de sa grave allergie aux arachides. Fats avait la nausée dès qu'il le brandissait sous son nez ou faisait semblant de s'en servir comme d'une épée.

Marchant dans les rues au hasard, Fats aperçut un panneau indiquant la direction de Foley Road. La rue où habitait Krystal Weedon. Il n'était pas sûr de l'avoir vue à l'école aujourd'hui, et il n'avait pas l'intention de lui donner l'impression qu'il était venu ici à sa recherche.

Ils avaient rendez-vous vendredi. Fats avait dit à ses parents qu'il passait la soirée chez Andrew ; qu'ils avaient un exposé à préparer ensemble pour leur cours de littérature. Krystal avait l'air de comprendre ce qu'ils allaient faire ; et elle semblait partante. Elle l'avait autorisé, jusqu'à présent, à introduire deux doigts dans son vagin – chaud, ferme, glissant ; il avait dégrafé son soutien-gorge, et elle l'avait laissé poser les mains sur ses seins lourds et tièdes. C'est lui qui l'avait abordée, bille en tête, pendant la fête de Noël de Winterdown ; il était sorti de la salle de bal avec elle, sous le regard incrédule d'Andrew et de leurs camarades, et l'avait emmenée derrière l'amphithéâtre. Elle avait eu l'air tout aussi surprise que les autres, mais ne lui avait opposé, comme il l'avait espéré et escompté, presque aucune résistance. Prendre Krystal pour cible avait été un acte délibéré ; et il avait déjà prévu la réplique crâne et désinvolte qu'il lancerait à ses copains quand ils se foutraient de lui.

« Quand on veut manger un steak, on va pas dans un putain de restau végétarien. »

Devant le succès mitigé de cette analogie pourtant mûrement réfléchie, il avait dû avoir recours à une formulation un peu plus explicite.

« Continuez de vous branler, les mecs. Moi, je veux niquer. »

Ça leur avait passé d'un coup l'envie de sourire. Il était conscient de les avoir tous obligés, y compris Andrew, à ravaler leurs commentaires goguenards pour s'incliner, confondus d'admiration, devant son habileté stratégique et l'absence totale de scrupules avec laquelle il s'était lancé à la poursuite du seul et unique objectif qui vaille. Fats, personne ne pourrait dire le contraire, avait choisi le moyen le plus direct pour parvenir à ses fins ; personne, sur ce coup-là, ne pourrait l'accuser de manquer de sens pratique, et il avait bien vu que tous ses copains s'étaient soudain demandé pourquoi ils n'avaient pas eu le cran, eux, d'envisager ce stratagème pour atteindre ce but désirable entre tous.

« Sois sympa, parle pas de ça à ma mère, d'accord ? » avait murmuré Fats à Krystal, reprenant son souffle avant de replonger sa langue au fond de sa bouche humide pour une nouvelle série de longues explorations en apnée, tout en lui frottant les tétons de haut en bas avec le gras du pouce.

Elle avait laissé échapper un petit ricanement avant de recommencer à le galocher de plus belle. Elle ne lui avait pas demandé pourquoi il l'avait choisie ; elle ne lui avait rien demandé du tout, à vrai dire ; elle semblait, tout autant que lui, enchantée par les réactions de sa propre tribu, ravie de l'incompréhension de ses amies et même de leur dégoût, affiché à grand renfort de grimaces. Fats et Krystal n'avaient pas échangé trois mots au cours des trois autres sessions expérimentales auxquelles ils s'étaient livrés par la suite. L'initiative en était chaque fois revenue à Fats ; mais elle, de son côté, s'était montrée encore plus disponible que d'habitude, prenant toujours soin de traîner dans les endroits où il était sûr de la trouver. Leur rendez-vous de vendredi serait le premier dont ils étaient convenus d'avance. Il avait acheté des capotes.

Cette perspective imminente n'était pas pour rien dans sa décision de sécher le dernier cours de la journée afin d'aller se balader dans la cité, même s'il pensait très peu à Krystal (mais beaucoup en revanche à ses seins prodigieux et à ce vagin miraculeusement accessible) jusqu'au moment où il aperçut le nom de sa rue.

Fats tourna aussitôt les talons et s'alluma une autre cigarette. Il avait soudain eu l'intuition bizarre, en lisant ce panneau indiquant Foley Road, qu'il avait mal choisi son heure. La cité était banale et impénétrable aujourd'hui, et l'objet de sa quête, le graal qu'il saurait reconnaître au premier coup d'œil, espérait-il, le moment venu, était tapi quelque part et se dérobait encore à lui. Alors, il fit demi-tour et reprit le chemin de l'école.

4

Personne ne décrochait. Dans le bureau des Services de protection de l'enfance, Kay tapait sur les touches du téléphone depuis deux heures, laissait des messages, demandait à tout le monde de la rappeler : le médecin-conseil des Weedon, leur médecin de famille, la halte-garderie de Cantermill et la clinique Bellchapel. Le dossier de Terri Weedon était ouvert sur son bureau, énorme et en piteux état.

« Elle a replongé, hein ? dit Alex, l'une des femmes avec qui Kay partageait son bureau. Ils vont la dégager pour de bon, cette fois, à Bellchapel. Elle dit qu'elle est terrifiée à l'idée qu'on lui enlève Robbie, mais elle est incapable de décrocher...

— C'est sa troisième cure de désintox... », dit Una.

Après ce qu'elle avait vu cet après-midi, Kay estimait qu'il était grand temps de faire un bilan, de réunir dans une même salle tous les professionnels qui se partageaient la responsabilité des divers aspects de la vie fragmentée de Terri Weedon. Elle continuait d'appuyer sur le bouton de rappel automatique tout en compulsant d'autres dossiers ; dans le fond de la pièce, la ligne des Services de protection de l'enfance sonnait sans cesse, basculant tout de suite sur messagerie. Leur bureau était minuscule et encombré, et une odeur de lait caillé imprégnait l'atmosphère, à cause des fonds de tasse de café qu'Alex et Una avaient pris l'habitude de verser dans la terre du yucca tristement planté dans son pot au coin de la pièce.

Les notes les plus récentes de Mattie étaient désordonnées, chaotiques, bourrées de ratures, de dates incorrectes et de lacunes. Plusieurs documents essentiels manquaient au dossier, notamment une lettre envoyée quinze jours plus tôt par la clinique de désintoxication. Kay avait plus vite fait de demander les renseignements dont elle avait besoin à Una et Alex.

« Attends voir, le dernier bilan doit remonter à..., dit celle-ci en fronçant les sourcils, tournée vers le yucca. Un peu plus d'un an, je crois bien.

— Et ils ont jugé que Robbie pouvait rester avec elle, manifestement, dit Kay, le téléphone calé entre l'oreille et l'épaule tandis qu'elle essayait de retrouver les notes du dernier bilan dans le volumineux dossier.

— La question n'était pas tant de savoir s'il pouvait rester que s'il allait *revenir*. Il avait été placé en famille d'accueil, parce que Terri était hospitalisée à ce moment-là ; elle s'était fait tabasser par un client. Elle s'est sevrée, elle est sortie, et elle a fait des pieds et des mains pour récupérer Robbie. Elle s'est réinscrite à Bellchapel, elle a décroché pour de bon, elle a fait tout ce qu'il fallait. Sa mère disait qu'elle l'aiderait. Résultat, le gamin est rentré chez lui, et quelques mois plus tard, Terri a recommencé à se shooter.

— Sauf que, à ce propos, ce n'est pas sa mère qui l'aide, je me trompe ? demanda Kay qui commençait à avoir mal au crâne à force d'essayer de déchiffrer les énormes gribouillis de Mattie. Plutôt sa grand-mère, c'est ça ? L'*arrière*-grand-mère des gamins. Donc j'imagine qu'elle doit commencer à sucrer les fraises… Terri a dit qu'elle était malade ou je ne sais plus trop quoi, ce matin. Et si Terri est toute seule maintenant pour s'occuper des gosses…

— La fille a seize ans, dit Una. C'est elle qui s'occupe de Robbie, pour l'essentiel.

— Ah oui ? Eh bien ce n'est pas une réussite, dit Kay. Il était dans un état, quand je l'ai vu ce matin… »

Mais elle avait vu bien pire : traces de coups, plaies, entailles, brûlures, ecchymoses noires comme du goudron ; des gosses pouilleux, galeux ; des bébés allongés sur la moquette, recouverts de merde de chien ; des enfants qui rampaient, les jambes fracturées de partout ; et une fois (elle en faisait encore des cauchemars), un gamin enfermé pendant cinq jours dans un placard de cuisine par son beau-père psychotique. Celui-là avait eu les honneurs des infos natio nales. Le danger le plus immédiat qui menaçait la sécurité de Robbie Weedon, c'étaient les gros cartons empilés dans le salon de sa mère, qu'il avait essayé d'escalader quand il s'était aperçu que c'était un bon moyen d'attirer l'attention de Kay. Elle les avait soigneusement réarrangés en deux tas moins élevés avant de partir. Ça n'avait pas plu à Terri qu'elle touche à ses cartons ; ni qu'elle lui conseille de changer la couche trempée de Robbie. Terri avait même piqué une colère noire, quoique d'une voix toujours aussi lente et pâteuse, déversant un torrent d'injures au visage de Kay, lui disant d'aller se faire foutre et de ne plus jamais remettre les pieds chez elle.

Le portable de Kay sonna. C'était la principale responsable en charge du dossier de Terri à Bellchapel.

« Ça fait des jours que j'essaie de vous joindre », dit celle-ci d'un ton énervé. Quand elle eut enfin compris, au bout de plusieurs minutes d'explication, qu'elle n'était pas en train de parler à Mattie, elle n'en demeura pas moins agressive à l'égard de Kay.

« Ouais, on la suit toujours, mais son test est revenu positif la semaine dernière. Si elle replonge, terminé. On a vingt personnes sur liste d'attente qui ne demandent qu'à prendre sa place et qui pourraient en profiter vraiment, elles. C'est la troisième fois qu'on l'a sur les bras. »

Kay ne lui dit pas qu'elle avait vu Terri défoncée ce matin.

« Est-ce que l'une d'entre vous aurait de l'aspirine ? » demanda-t-elle à Alex et Una une fois que la bonne femme de Bellchapel lui eut fourni le détail exact des visites de Terri à la clinique, transmis le bilan de ses progrès – inexistants –, puis raccroché au nez.

Kay avala les cachets avec un fond de thé à moitié froid, ne se sentant pas le courage de se lever et d'aller jusqu'au distributeur d'eau dans le couloir. L'atmosphère était étouffante dans cette pièce, le radiateur poussé au maximum. À mesure que la lumière du jour déclinait, celle du néon au-dessus de son bureau était de plus en plus intense, jetant un éclat aveuglant, d'un blanc jaunâtre, sur son fatras de paperasses, où les mots s'alignaient les uns à la suite des autres comme le défilé interminable d'une colonie d'insectes noirs et bourdonnants.

« Tu vas voir qu'ils vont finir par fermer Bellchapel, si ça continue, dit Una tout en pianotant sur le clavier de son PC, le dos tourné à Kay. Coupes budgétaires obligent. Le programme est subventionné en partie par le Conseil. Le bâtiment appartient à la paroisse de Pagford. Paraît qu'ils ont l'intention de le rénover pour le refiler à un locataire qui leur rapporterait plus. Cette clinique, ça fait des années qu'ils essaient de s'en débarrasser. »

La migraine cognait aux tempes de Kay. Entendre le nom de la nouvelle ville dans laquelle elle vivait désormais la rendit soudain triste. Sans se donner le temps de réfléchir, elle fit ce qu'elle s'était promis de ne surtout pas faire, après qu'il eut oublié de l'appeler hier soir : elle prit son portable et composa le numéro de Gavin.

« Edward-Collins-&-Co-bonjour ! » claironna une voix féminine au bout de la troisième sonnerie. Bien entendu, dans le privé – où n'importe quel coup de fil était potentiellement synonyme d'argent –, on vous répondait tout de suite…

« Pourrais-je parler à Gavin Hughes, s'il vous plaît ? dit Kay, le dossier de Terri toujours sous les yeux.

— Qui dois-je annoncer ?

— Kay Bawden. »

Elle prit soin de ne pas relever la tête ; elle ne voulait pas croiser le regard d'Alex ou d'Una. Elle attendit un temps qui lui parut infini.

(Ils s'étaient rencontrés à Londres, à la soirée d'anniversaire du grand frère de Gavin. Kay ne connaissait personne, à part l'amie qui l'avait suppliée de l'accompagner pour ne pas se retrouver toute seule. Gavin venait de rompre avec Lisa ; il était un peu éméché mais il avait l'air de quelqu'un de bien, d'un homme fiable et conventionnel – tout l'inverse, autrement dit, des types avec qui elle avait l'habitude de sortir. Ils avaient couché ensemble le soir même, chez Kay, dans la banlieue de Hackney, et il avait eu l'air très amouraché d'elle. Son enthousiasme était demeuré intact tant qu'ils avaient vécu leur relation à distance ; il venait la voir le week-end et l'appelait régulièrement ; mais quand, par un miracle extraordinaire, elle avait trouvé un poste à Yarvil – pour un salaire moindre – et mis en vente son appartement de Hackney, soudain, ses ardeurs s'étaient un peu refroidies…)

« La ligne est occupée, voulez-vous que je vous mette en attente ?

— Oui, merci », dit Kay au comble de l'humiliation.

(Si jamais ça ne marchait pas entre elle et Gavin… Mais il *fallait* que ça marche. Elle avait déménagé pour lui, changé de boulot pour lui, forcé sa fille à s'adapter à un nouvel environnement pour lui. Il n'aurait quand même pas laissé tout ça arriver si ses intentions n'étaient pas sérieuses… Non, il avait forcément dû réfléchir aux conséquences, si jamais ils se séparaient – l'embarras atroce de se croiser en permanence, dans une ville aussi petite que Pagford… Non ?)

« Je vous le passe, dit enfin la secrétaire, et le cœur de Kay se remplit d'une nouvelle bouffée d'espoir.

— Hé, dit Gavin. Comment ça va ?

— Bien, mentit Kay (Alex et Una ne perdaient pas une miette de leur conversation). Ta journée se passe bien ?

— Débordé, dit Gavin. Et toi ?

— Ça va. »

Elle attendit, le portable écrasé contre l'oreille, en faisant semblant de l'écouter parler – mais n'écoutant que son silence.

« Je me demandais si tu voulais qu'on se voie, ce soir, finit-elle par lâcher, écœurée par elle-même.

— Euh… Je ne suis pas sûr de pouvoir », dit-il.

Comment ça, tu n'es pas sûr ? Qu'est-ce que tu as prévu d'autre ?

« Je vais peut-être devoir… C'est Mary. La femme de Barry. Elle m'a demandé de porter le cercueil. Alors il va peut-être falloir que… enfin, je crois qu'il faut que j'étudie de près ce que ça implique et tout. »

Parfois, si elle se contentait de ne rien dire en attendant que l'incohérence de ses excuses se réverbère dans le silence et lui revienne en écho, il avait honte et faisait machine arrière.

« Enfin bon, je doute que ça me prenne toute la soirée, dit-il. On pourrait se retrouver plus tard, si tu veux.

— Parfait. Tu veux venir chez moi ? Comme c'est une journée d'école, demain…

— Euh… oui, d'accord.

— Quelle heure ? demanda-t-elle en priant pour qu'il se décide à prendre au moins une décision, une seule.

— Je ne sais pas trop… Neuf heures, par là ? »

Quand il eut raccroché, Kay garda le portable appuyé contre son oreille encore quelques instants, puis dit, à voix bien haute pour qu'Alex et Una l'entendent : « Moi aussi. Alors à tout à l'heure, mon chéri. »

5

En tant que conseillère d'orientation, les horaires de Tessa étaient beaucoup plus variables que ceux de son mari. Elle attendait en général la fin des cours pour ramener son fils au volant de sa Nissan, et Colin (dont Tessa connaissait parfaitement le surnom – le surnom que le reste du monde lui avait attribué, y compris la quasi-totalité des parents d'élèves, à qui leurs enfants avaient transmis le virus – mais n'avait jamais songé à le tourner de manière affectueuse pour l'appeler, par exemple, « mon petit pigeon ») prenait la Toyota pour les rejoindre à la maison, une ou deux heures plus tard. Mais ce mardi, Colin retrouva Tessa sur le parking à seize heures vingt, alors que les élèves étaient encore attroupés devant les grilles de l'école, grimpaient dans la voiture de leurs parents ou rejoignaient leur bus.

Le ciel était d'un gris froid et métallique, comme l'envers d'un bouclier. Une brise féroce soulevait les jupes et faisait frissonner les quelques feuilles encore accrochées aux arbres décharnés par l'hiver ; un vent mauvais et glacial, qui se faufilait jusque dans les zones les plus vulnérables du corps, la nuque, les genoux, et vous empêchait même, la nuit, de vous blottir bien à l'abri au fond de vos rêves, loin de la réalité. Même une fois réfugiée dans sa voiture, après avoir refermé la portière, Tessa continuait de se sentir froissée, malmenée, comme par quelqu'un qui l'aurait bousculée dans la rue sans demander pardon.

Assis à côté d'elle sur le siège passager, les genoux surélevés de manière un peu grotesque dans l'habitacle étroit, Colin raconta à Tessa ce que le professeur de sciences informatiques était venu lui dire dans son bureau, vingt minutes plus tôt.

« … absent. Pendant toute la durée du cours. Et qu'il avait pensé qu'il devait m'en avertir aussitôt. Du coup, ça ne parlera que de ça, demain, en salle des profs. Ce qui était précisément son but, dit Colin d'une voix rageuse, et Tessa comprit qu'il n'était plus question du prof de sciences informatiques à présent. Il se fout de ma gueule, comme d'habitude. »

Son mari était livide, harassé, les yeux rougis, soulignés par des cernes noirs, et ses mains tremblotaient sur la poignée de sa sacoche. De belles mains, aux articulations saillantes et aux doigts longs et fins – pas très différentes de celles de leur fils. Tessa le leur avait fait remarquer à tous les deux, récemment ; ni l'un ni l'autre n'avaient manifesté ne serait-ce qu'un soupçon de satisfaction émue à l'idée qu'il pût y avoir la moindre ressemblance physique entre eux.

« Je ne crois pas qu'il…, commença Tessa, mais Colin avait déjà repris la parole.

— … donc, il écopera d'une retenue, comme tout le monde, et je ne vais pas me gêner pour lui coller aussi une punition à la maison. On verra bien si ça lui plaît, tiens. On verra bien si ça l'amuse. On va commencer par l'interdire de sortie pendant une semaine, histoire de voir si c'est à se fendre la poire, ça. »

Tessa, se retenant de répondre, parcourut des yeux la foule des élèves qui défilaient devant elle, tous vêtus de noir, la tête basse, tremblant de froid, le menton enfoncé dans le col de leurs manteaux trop légers, les cheveux rabattus par le vent dans leur bouche. Un élève de sixième joufflu et à l'air un peu ahuri regardait partout autour de lui, guettant la voiture qui devait passer le prendre et n'était pas encore là. Le troupeau s'écarta, et elle aperçut Fats, flanqué de son copain Arf Price, comme d'habitude, les cheveux ébouriffés par les rafales autour de son visage émacié. Parfois, sous certains angles, certaines lumières, on n'avait aucun mal à deviner à quoi il ressemblerait quand il serait vieux. Pendant une fraction de seconde, la fatigue aidant, Tessa eut l'impression d'avoir en face d'elle un parfait inconnu et trouva extraordinaire de le voir s'éloigner de la foule pour se diriger vers sa voiture, et de devoir ressortir dans cette tempête de vent, si horrible, si réelle, afin de le laisser grimper à l'arrière. Mais quand il arriva à leur hauteur et lui adressa l'espèce de rictus qui lui servait de sourire, il redevint en un éclair le petit garçon qu'elle aimait tant, qu'elle aimait malgré tout ; alors, elle ressortit et attendit stoïquement, debout contre le vent tranchant, qu'il s'engouffre dans la voiture, où son père, lui, n'avait pas esquissé le moindre mouvement.

Ils sortirent du parking juste avant les bus scolaires et traversèrent Yarvil, passèrent devant les maisons laides et délabrées de la cité des Champs, puis se dirigèrent vers la rocade qui les propulserait jusqu'à Pagford. Tessa observait Fats dans le rétroviseur. Avachi sur la banquette arrière, il regardait par la vitre, comme si ses parents étaient deux étrangers qui l'avaient pris en stop et n'étaient liés à lui que par le hasard qui l'avait mis sur leur route.

Colin attendit qu'ils aient atteint la bretelle de sortie ; puis : « Où étais-tu pendant le cours d'informatique, cet après-midi ? »

Tessa ne put s'empêcher de jeter à nouveau un coup d'œil dans le rétroviseur. Elle vit son fils bâiller. Parfois, même si elle s'en défendait avec virulence devant Colin, elle se demandait si c'était vrai, si Fats avait vraiment décidé de se lancer dans une guerre sournoise et personnelle contre son père, et de prendre toute l'école à témoin. Elle savait des choses sur son fils qu'elle n'aurait jamais apprises si elle n'avait pas été conseillère d'orientation ; les élèves lui racontaient des choses ; parfois de manière innocente, parfois avec une certaine perfidie.

M'dame, ça vous gêne pas que Fats fume ? Vous le laissez faire à la maison ?

Elle avait mis sous clé ce petit trésor de révélations illicites, obtenues bien malgré elle, et n'en avait jamais parlé, ni à son mari, ni à son fils, même si ce fardeau lui pesait.

« Suis allé me promener, dit Fats d'un ton calme. Une envie soudaine de dégourdir ces bonnes vieilles guiboles. »

Colin se dévissa le cou pour regarder Fats et se mit à hurler, les gestes entravés par son manteau, sa sacoche et sa ceinture de sécurité tendue à bloc. Quand Colin perdait ses nerfs, il montait dans les aigus, et finissait par crier d'une voix de fausset. Fats resta assis en silence, un demi-sourire insolent aux lèvres ; son père était maintenant en train de l'agonir d'insultes à pleins poumons – des insultes atténuées, sitôt qu'elles quittaient sa bouche, par la gêne et la réticence de Colin qui avait une aversion viscérale pour toute expression ordurière.

« Espèce d'égoïste, prétentieux petit... petit *con* », cria-t-il, et Tessa, les yeux si embués de larmes qu'elle ne voyait presque plus la route, était déjà sûre que Fats, le lendemain matin, rejouerait toute la scène et se lancerait dans une grande imitation de la voix timide et suraiguë de Colin en train de lui hurler dessus pour faire rigoler Andrew Price.

Fats fait super bien la démarche du Pigeon, m'dame, vous l'avez déjà vu ?

« Comment est-ce que tu peux oser me parler sur ce ton ? Comment *oses*-tu sécher les cours ? »

Colin hurlait, enrageait, et Tessa dut cligner des yeux pour ne pas éclater en sanglots en entrant dans Pagford puis en passant devant le Square, l'épicerie Mollison & Lowe, le monument aux morts et le Chanoine Noir ; elle prit Church Row à gauche après l'église St. Michael, et quand, enfin, ils arrivèrent dans l'allée de leur maison, la voix étranglée de Colin était complètement éraillée, et les joues de Tessa étaient mouillées et tirées par le sel de ses larmes. Quand ils descendirent de voiture, Fats, qui n'avait pas bougé d'un poil pendant toute la durée de la diatribe de son père, entra dans la maison avec sa propre clé et monta à l'étage d'un pas tranquille, sans se retourner.

Colin balança sa sacoche dans le couloir et fit face à Tessa. Seule la lumière de l'applique en verre dépoli au-dessus de la porte d'entrée était allumée, nimbant d'une couleur étrange, à la fois sanguine et d'un bleu spectral, le dôme dégarni de sa tête, qu'il agitait dans tous les sens.

« Tu vois ? s'écria-t-il en écartant grands les bras, tu vois ce que je suis obligé de subir ?

— Oui, dit-elle en attrapant une poignée de Kleenex dans la boîte posée sur la console de l'entrée pour s'essuyer le visage et se moucher. Oui, je vois.

— Pas une once de considération pour ce que nous traversons en ce moment ! » dit Colin, et il se mit à sangloter à son tour, de gros hoquets entrecoupés de hululements glaireux, comme un enfant souffrant d'une laryngite. Tessa se précipita vers lui et le prit dans ses bras, lui entourant le torse légèrement au-dessus du niveau des hanches – petite et tassée comme elle était, elle ne pouvait guère aller plus haut. Il se pencha, s'agrippa à elle ; il tremblait de partout et elle sentait sa poitrine se soulever sous son manteau.

Au bout de quelques minutes, elle desserra doucement son étreinte, le prit par la main pour l'emmener dans la cuisine, et lui prépara un thé.

« Je vais apporter un ragoût à Mary, dit Tessa après être restée un moment à ses côtés en lui caressant la main. Elle a la moitié de la famille chez elle. Je ne serai pas longue ; et puis on ira se coucher tôt. »

Il hocha la tête en reniflant, et elle l'embrassa sur la tempe avant d'aller ouvrir le congélateur. Quand elle se retourna, le plat lourd et glacé entre les mains, elle le vit assis à la table, serrant sa tasse entre ses doigts, les yeux fermés.

Tessa posa le ragoût, enveloppé d'un film plastique, sur les tommettes à côté de la porte d'entrée. Elle enfila le cardigan vert boulocheux qu'elle portait souvent en guise de veste, mais ne mit pas tout de suite ses chaussures. Elle monta à l'étage sur la pointe des pieds, puis elle grimpa, cette fois en prenant moins de précautions pour ne pas faire de bruit, dans le grenier transformé en loft.

Quand elle s'approcha de la porte, elle entendit un bruit furtif, comme d'un rongeur détalant à toute vitesse. Elle frappa, pour donner le temps à Fats de dissimuler ce qu'il était en train de regarder sur internet ou, peut-être, les cigarettes qu'il croyait fumer en cachette.

« Quoi ? »

Elle poussa la porte. Son fils était accroupi devant son cartable, dans une pose étudiée.

« Tu étais vraiment obligé de faire l'école buissonnière ? Aujourd'hui ? »

Fats se releva, déployant sa longue carcasse dégingandée ; il dépassait sa mère de plusieurs têtes.

« Je n'ai pas séché. Je suis arrivé en retard, c'est tout. Bennett a pas vu. C'est une tache.

— Stuart, arrête. *Arrête.* »

Elle avait parfois envie de crier aussi sur les autres gamins, à l'école. De hurler : *Il faut que tu acceptes l'idée que les autres existent. Tu as l'air de penser que la réalité est quelque chose qui se négocie, que tu peux la définir comme bon te semble et nous l'imposer. Mais tu dois te faire à l'idée que nous existons tout autant que toi ; et que tu n'es pas Dieu.*

« Ton père est bouleversé, Stu. À cause de Barry. Tu peux comprendre, ça ?

— Oui, dit Fats.

— Mets-toi à sa place, ce serait comme si, je ne sais pas, moi… comme si Arf mourait. »

Il ne répondit pas, ne manifesta aucune espèce de réaction, mais elle sentit son dédain, sa dérision.

« Je sais, je sais, tu es persuadé que toi et Arf serez toujours des êtres supérieurs, comparés à des gens comme ton père ou Barry, mais…

— Pas du tout, dit Fats – mais dans le seul but, elle le savait, de couper court à cette conversation.

— Bon, je vais apporter quelque chose à manger chez Mary. Je t'en supplie, Stuart, si tu pouvais t'abstenir de provoquer ton père pendant mon absence… S'il te plaît, Stu.

— D'accord », dit-il, moitié hilare, moitié indifférent. Elle le sentit retourner à ses propres préoccupations à la vitesse de l'éclair, avant même qu'elle n'ait refermé la porte.

6

Le vent cinglant chassa les nuages bas de la fin d'après-midi, puis retomba au crépuscule. Dans la troisième maison après celle de la famille Wall, Samantha Mollison était assise face au reflet que lui renvoyait le miroir serti d'ampoules de sa coiffeuse, déprimée par le silence et l'inactivité.

Les deux derniers jours avaient été décevants. Elle n'avait pratiquement rien vendu. Le représentant de chez Champêtre s'était révélé un type aux joues flasques et aux manières brusques, bardé d'une mallette d'échantillons remplie de soutiens-gorge tous plus laids les uns que les autres. Il réservait apparemment son charme aux préliminaires ; une fois en face d'elle, il n'avait plus été question que d'affaires, et il n'avait cessé de critiquer sa collection avec condescendance, tout en essayant de lui fourrer un bon de commande entre les mains. Elle s'était imaginé quelqu'un de plus jeune, de plus grand, de plus sexy ; elle n'avait eu qu'une seule envie : qu'il déguerpisse en quatrième vitesse de sa petite boutique, lui et sa panoplie de soutifs vulgaires.

Elle avait acheté une carte de condoléances pour Mary Fairbrother pendant la pause de midi, mais ne savait pas ce qu'elle pouvait bien lui écrire ; et après le trajet cauchemardesque à l'hôpital qu'ils avaient fait ensemble dimanche soir, une simple signature aurait tout de même semblé un peu court. Elles n'avaient jamais été proches. Tout le monde se croisait forcément de temps à autre dans une petite ville comme Pagford, mais elle et Miles n'avaient jamais vraiment *fréquenté* Barry et Mary. À tout prendre, on aurait pu même dire qu'ils appartenaient plutôt à des camps adverses, vu la haine mutuelle que se vouaient Barry et le père de Miles, Howard, dans leur querelle sans fin autour de la cité des Champs… querelle dont elle-même se fichait éperdument. Samantha se tenait bien au-dessus des mesquineries politiques locales.

Fatiguée, mal lunée et ballonnée à force de grignoter n'importe quelles cochonneries à tout bout de champ, elle n'avait pas la moindre envie d'aller dîner avec Miles chez ses beaux-parents. Elle se regarda dans la glace, plaqua les mains sur ses joues et commença à tirer doucement la peau en arrière. Une Samantha rajeunie apparut, millimètre par millimètre. Tournant lentement le visage d'un côté puis de l'autre, elle examina attentivement ce masque tendu. Mieux. Beaucoup mieux. Elle se demandait combien ça coûterait ; si ce serait très douloureux ; si elle oserait. Elle essaya d'imaginer ce que sa belle-mère dirait si elle débarquait du jour au lendemain avec un nouveau visage resplendissant. Howard et Shirley – comme celle-ci n'oubliait jamais de le rappeler à son fils et à sa bru – les aidaient à payer les études de leurs filles.

Miles entra dans la chambre ; Samantha relâcha la peau de son visage, attrapa le pot de crème anticernes et bascula un peu la tête en arrière, comme toujours avant de se maquiller – cela raffermissait la peau légèrement avachie autour de sa mâchoire et allégeait les valises qu'elle avait sous les yeux. D'infimes sillons lui partaient du coin des lèvres, qu'on pouvait aujourd'hui colmater, avait-elle lu quelque part, avec un produit synthétique par simple injection. Elle se demandait si ça ferait une grande différence ; ce serait en tout cas moins cher qu'un lifting, et Shirley ne le remarquerait peut-être même pas. Derrière le reflet de son épaule dans le miroir, elle vit Miles ôter sa chemise et sa cravate, sa bedaine débordant par-dessus la ceinture de son pantalon.

« Tu n'avais pas un rendez-vous aujourd'hui ? Un représentant ? demanda-t-il en se gratouillant les poils du nombril d'un air absent, debout devant la penderie.

— Oui, mais il n'y avait rien de bien, dit Samantha. Que de la camelote. »

Miles était fier de la profession de sa femme ; il avait grandi dans un foyer où l'on ne jurait que par la noblesse boutiquière, et il n'avait jamais perdu le respect pour le petit commerce que lui avait inculqué Howard. Sans parler des plaisanteries innombrables – et de toutes les autres formes moins subtilement déguisées d'autosatisfaction – auxquelles le domaine de compétence de Samantha lui donnait l'opportunité de se livrer. Miles ne semblait jamais se lasser de ses sempiternels calembours et autres sous-entendus graveleux.

« Mauvais bonnets ? demanda-t-il en connaisseur.

— Mauvaises coupes. Couleurs atroces. »

Samantha brossa ses épais cheveux bruns et secs puis les attacha derrière son crâne, tout en regardant Miles du coin de l'œil enfiler un pantalon en toile et un polo. Elle se sentait à cran, prête à prendre la mouche ou à s'effondrer à la moindre provocation.

Evertree Crescent n'était qu'à quelques minutes de distance, mais ils préférèrent s'y rendre en voiture plutôt que de grimper à pied la côte escarpée de Church Row. La nuit était déjà bien tombée, et au sommet de la route, ils croisèrent un homme dissimulé par la pénombre qui avait la corpulence et la démarche de Barry Fairbrother ; Samantha eut un choc et le suivit des yeux, se demandant qui ça pouvait être. Mais Miles tourna aussitôt à gauche, puis à droite moins d'une minute plus tard, à l'entrée du vieux complexe résidentiel en demi-lune.

La maison de Howard et Shirley, un bâtiment de plain-pied en briques rouges aux larges fenêtres, s'enorgueillissait d'une belle pelouse à l'avant et à l'arrière, que Miles, chaque été, tondait en bandes alternées. Au fil des longues années écoulées depuis leur installation, Howard et Shirley avaient ajouté des lanternes de jardin, une grille de portail blanche en fer forgé, et des pots en terre cuite remplis de géraniums de part et d'autre de la porte d'entrée. Ils avaient aussi fait poser une petite plaque ronde à côté de la sonnette, un morceau de bois poli sur lequel était écrit en lettres gothiques, noires, encadrées de guillemets : « *Ambleside* ».

Samantha pouvait faire preuve à l'occasion d'un sarcasme cruel aux dépens de la demeure de ses beaux-parents. Miles tolérait ses railleries, manière tacite de reconnaître que leur maison à eux, avec ses portes et son plancher dépouillés, ses tapis, ses reproductions d'œuvres d'art encadrées aux murs et son inconfortable canapé design, prouvait qu'ils avaient meilleur goût ; mais, dans le secret de son âme, il préférait celle dans laquelle il avait grandi. Presque toutes les surfaces étaient recouvertes d'une matière douce et pelucheuse ; il n'y avait jamais de courants d'air, et les fauteuils inclinables étaient merveilleusement moelleux. L'été, quand il avait fini de tondre le gazon, Shirley lui apportait une bière fraîche et il s'y vautrait en regardant le cricket sur l'écran plasma géant. L'une de ses filles venait parfois s'asseoir à côté de lui en mangeant une glace enrobée de sauce au chocolat tout spécialement préparée par Shirley pour ses petites-filles.

« Bonjour, mon chéri », dit Shirley en ouvrant la porte. Sa silhouette compacte et menue évoquait un petit poivrier ceint de son tablier brodé. Elle se dressa sur la pointe des pieds pour que son fils l'embrasse, lança un « Bonjour, Sam ! », puis tourna aussitôt les talons. « Le dîner est presque prêt. Howard ! Miles et Sam sont arrivés ! »

La maison embaumait la cire et les bons petits plats. Howard sortit de la cuisine, bouteille de vin dans une main, tire-bouchon dans l'autre. D'un geste accoutumé, Shirley s'effaça d'un pas en retrait dans la salle à manger pour permettre à Howard, dont les flancs touchaient presque les deux côtés du couloir, de passer, puis elle disparut dans la cuisine en trottinant.

« Ah ! les voilà, mes deux bons Samaritains ! tonna Howard. Et alors, Sammy, dis-moi un peu, comment se porte le marché de la lingerie en ces temps de crise ? Pas trop… pris à la *gorge* ?

— Oh, vous savez, Howard, on fait ce qu'on peut… face à tous ces *gros bonnets* de l'industrie… », dit Samantha.

Howard partit d'un formidable éclat de rire, et Samantha était à peu près certaine qu'il l'aurait gratifiée d'une claque sur les fesses s'il n'avait pas eu les mains prises par sa bouteille et son tire-bouchon. Elle tolérait sans trop rien dire ces petites tapes et autres pincements de derrière, qu'elle interprétait comme d'inoffensifs sursauts de lubricité de la part d'un homme désormais trop vieux et trop gros pour faire quoi que ce soit d'autre ; et puis ça agaçait beaucoup Shirley, ce qui faisait toujours plaisir à Samantha. Shirley n'exprimait jamais sa contrariété de manière ouverte ; pas une seconde elle n'autorisait son sourire ou sa voix douce et raisonnable à chanceler, mais chaque fois que Howard se laissait aller à l'un de ces hommages libidineux, elle décochait immanquablement à sa belle-fille, dans les minutes qui suivaient, une flèche empoisonnée, camouflée sous l'empennage de la plus irréprochable bienveillance. Elle évoquait les frais de scolarité de plus en plus exorbitants des filles, s'inquiétait avec sollicitude des progrès du régime de Samantha, demandait à Miles s'il ne trouvait pas admirable la taille de guêpe de Mary Fairbrother... Samantha subissait toutes ces remarques en souriant – et les faisait payer à Miles plus tard.

« Salut, Mo ! dit Miles en passant devant Samantha dans ce que Howard et Shirley appelaient d'un air pompeux le séjour. Je ne savais pas que tu serais là !

— Bonsoir, charmant jeune homme, dit Maureen de sa voix grave et rocailleuse. Viens par là que je t'embrasse. »

L'associée de Howard – qui avait succédé à ce poste à son défunt mari – était assise dans un coin du canapé, un minuscule verre de xérès à la main. Elle portait une robe rose fuchsia, des collants noirs et des chaussures à talons hauts en cuir verni. Sous le casque de ses cheveux noir corbeau crêpés à grands coups de laque, son visage pâle avait quelque chose de simiesque, rehaussé par l'épaisse couche de rouge à lèvres appliquée sur la bouche en cul-de-poule qu'elle tendait à présent en l'air pour que Miles y pose sa joue.

« On causait boutique. Les projets pour le nouveau café. Sam, ma chérie, ajouta Maureen en tapotant les coussins à côté d'elle. Oh, mais tu es toute jolie et bronzée ! Encore les restes d'Ibiza ? Viens donc t'asseoir là. Quel choc, cette histoire au club de golf. Ça a dû être terrible pour vous.

— Oui, c'est vrai », dit Samantha.

Et elle se mit à raconter la mort de Barry – ce qu'elle n'avait encore fait devant personne à voix haute –, sous le regard fébrile de Miles qui attendait la première occasion pour l'interrompre. Howard servit à tout le monde de grands verres de pinot gris en écoutant attentivement le récit de Samantha. Peu à peu, sous l'effet de l'intérêt soutenu de Howard et Maureen et du feu apaisant de l'alcool, la tension qui pesait sur les épaules de Samantha depuis deux jours s'évapora, laissant s'épanouir à sa place une fragile sensation de bien-être.

La pièce était chaleureuse et d'une propreté immaculée. Sur les étagères, de part et d'autre de la cheminée à gaz, étaient exposés divers bibelots en porcelaine – des objets de commémoration, pour la plupart, en souvenir de l'anniversaire ou de tel et tel événement marquant du règne d'Élisabeth II. Sur les rayonnages d'une petite bibliothèque, dans le coin, se côtoyaient les biographies de la famille royale et les beaux livres de recettes qui n'avaient pas trouvé leur place dans la cuisine. Les étagères et les murs étaient tapissés de photos : Miles et sa petite sœur Patricia, dans un cadre jumeau, le sourire jusqu'aux oreilles dans leurs uniformes scolaires assortis ; Lexie et

Libby, les deux filles de Miles et Samantha, déclinées à tous les âges, de la petite enfance à l'adolescence. Samantha n'apparaissait que sur une seule des photos de famille, même si c'était l'une des plus grandes et des plus en vue du salon : la photo de son mariage, seize ans plus tôt. Miles était jeune et beau, ses yeux bleus plissés et fixés droit devant lui, tandis que ceux de Samantha étaient à moitié fermés, saisis au milieu d'un clignement de paupières ; elle tournait le visage, le menton dédoublé par le mouvement de la tête qu'elle faisait pour sourire à un autre objectif ; les coutures de sa robe en satin blanc semblaient près d'exploser sur ses seins déjà gonflés par son début de grossesse ; elle avait l'air énorme.

D'une main frêle comme une patte d'oiseau, Maureen jouait avec la chaîne qu'elle portait en permanence autour du cou, à laquelle étaient accrochés un crucifix et l'alliance de son mari. Quand Samantha arriva au moment de son récit où le médecin annonçait à Mary qu'ils n'avaient rien pu faire, Maureen posa son autre main sur le genou de Samantha et le serra.

« À table ! » appela Shirley. Samantha était peut-être venue à ce dîner à reculons, mais le fait est qu'elle se sentait mieux à présent qu'à aucun autre moment au cours de ces deux derniers jours. Maureen et Howard la traitaient à la fois en invalide et en héroïne, et tous deux lui passèrent la main dans le dos quand elle se leva pour rejoindre la salle à manger.

Shirley avait tamisé les lumières et allumé de longues bougies roses assorties au papier peint et à ses plus belles serviettes de table. La fumée qui s'échappait de leurs assiettes à soupe dans le clair-obscur de la pièce donnait à tous les visages – même au faciès large et rubicond de Howard – un air fantomatique. Comme ce serait drôle, songea Samantha qui avait presque terminé son verre de vin, si Howard annonçait tout à coup qu'ils allaient se livrer à une petite séance de spiritisme et invoquer le spectre de Barry pour lui demander sa propre version de ce qui s'était passé au club de golf.

« Eh bien, dit Howard d'une voix grave, je crois que nous devrions lever nos verres à Barry Fairbrother. »

Samantha s'empressa de porter le sien à ses lèvres, pour que Shirley ne remarque pas qu'il était déjà pratiquement vide.

« On est presque certain que c'était une rupture d'anévrisme », annonça Miles à l'instant où tous les verres se reposèrent sur la nappe. Il n'avait confié cette information à personne, pas même à sa femme, et il avait bien fait, car Samantha, si elle avait su, aurait risqué d'en parler avant lui à Maureen et Howard, et lui ruiner ainsi tout son effet. « Gavin a téléphoné à Mary pour lui transmettre les condoléances du cabinet et lui parler du testament, et Mary le lui a confirmé. En gros, ça signifie qu'une artère à l'intérieur de son crâne a gonflé et éclaté. (Il avait cherché l'orthographe et la définition du mot « anévrisme » sur internet, au bureau, après avoir parlé à Gavin.) Ça aurait pu arriver n'importe quand. Une anomalie congénitale ou un truc dans le genre, il paraît.

— Épouvantable », dit Howard ; mais, remarquant que le verre de Samantha était vide, il se souleva de sa chaise pour le remplir. Shirley mangea sa soupe en silence pendant un moment, les sourcils presque relevés jusqu'à la racine des cheveux. Samantha avala une grande gorgée de vin d'un air de défi.

« Hé, vous savez quoi ? fit-elle d'une voix un peu cotonneuse. J'ai cru le voir sur la route, tout à l'heure. Dans le noir. Barry.

— L'un de ses frères, j'imagine, dit Shirley d'un ton dédaigneux. Ils se ressemblent tous. »

Mais le croassement de Maureen recouvrit la voix de Shirley.

« Moi aussi j'ai cru voir Ken, le lendemain de sa mort ! Comme je vous vois en ce moment ! Debout dans le jardin, les yeux fixés sur moi à travers la fenêtre de la cuisine. Au milieu de ses rosiers. »

Personne ne réagit ; tout le monde avait déjà entendu cette histoire. Une minute s'écoula, au rythme des cuillerées de soupe aspirées à grand bruit ; puis Maureen se remit à croasser.

« Gavin est assez proche des Fairbrother, n'est-ce pas, Miles ? Il joue au squash avec Barry, c'est ça ? Enfin… *jouait*, devrais-je plutôt dire…

— Ouais, Barry lui fichait sa raclée une fois par semaine. Gavin doit jouer comme un pied ; Barry avait dix ans de plus que lui. »

Sur le visage des trois femmes autour de la table, à la lueur des bougies, passa quasiment la même expression amusée, mêlée d'une touche de condescendance. Elles avaient en commun – à défaut d'autre chose – une curiosité un peu perverse pour le jeune collègue filiforme de Miles. Dans le cas de Maureen, celle-ci ne s'expliquait que par son insatiable appétit pour les potins de Pagford, et les tribulations d'un jeune célibataire étaient du pain bénit à cet égard. Shirley, pour sa part, prenait un plaisir particulier à entendre parler des faiblesses et des déconvenues de Gavin, car elles rehaussaient d'autant, par un effet de contraste délectable, la gloire et la prestance des deux divinités jumelles qui gouvernaient son existence, Howard et Miles. Chez Samantha, en revanche, la passivité et la veulerie de Gavin éveillaient une cruauté féline ; elle mourait d'envie qu'une femme se charge pour elle de le tirer de son hébétude à grands coups de gifle, de lui remettre la tête sur les épaules ou, de manière générale, de le tailler en pièces. Elle le malmenait un peu elle-même, chaque fois qu'elle avait l'occasion de le croiser, et se plaisait à imaginer qu'il la trouvait impressionnante et intraitable.

« À propos, comment ça se passe en ce moment, demanda Maureen, avec son amie londonienne ?

— Elle n'est plus à Londres, Mo ; elle a emménagé à Pagford, dit Miles. Hope Street. Et si tu veux mon avis, maintenant, il se dit qu'il aurait mieux fait de se casser une jambe, le jour où il l'a rencontrée. Tu connais Gavin – plus poule mouillée, on fait pas… »

Ils se connaissaient depuis l'école, mais Miles avait toujours été quelques classes au-dessus de Gavin, et il restait toujours une trace de cette relation d'ancien à bizuth dans la façon dont il parlait aujourd'hui de son associé.

« Brune ? Les cheveux très courts ?

— C'est ça, dit Miles. Assistante sociale. Chaussures plates.

— Alors on a sûrement dû la voir à l'épicerie, tu ne crois pas, How ? dit Maureen soudain tout excitée. Encore que, comme ça, à vue de nez, ça m'étonnerait qu'elle soit du genre à faire la cuisine, celle-là… »

À la soupe succéda un rôti de porc. Avec la complicité de Howard, Samantha glissait doucement dans un état d'ébriété béate, mais quelque chose en elle résistait et lui lançait des appels de détresse comme un homme à la mer. Elle essaya de le noyer dans le vin.

Un silence s'invita à la table, s'étalant devant les convives telle une nappe propre et repassée de frais, prête pour un nouveau service, et cette fois, tout le monde semblait savoir que c'était à Howard de lancer le prochain sujet de conversation. Il continua d'engloutir son dîner pendant quelques instants, à grosses bouchées arrosées de grandes rasades de vin, sans paraître s'apercevoir que tous les regards étaient tournés vers lui. Puis, devant son assiette à moitié finie, il s'essuya la commissure des lèvres avec le coin de sa serviette et finit par prendre la parole.

« Oui, ça va être intéressant de voir ce qui va se passer maintenant au Conseil. » Il fut obligé de s'interrompre pour ravaler un rot puissant ; l'espace d'une seconde, il sembla sur le point de vomir. Il se frappa la poitrine. « Excusez-moi. Oui, je disais. Très intéressant. Maintenant que Fairbrother a disparu – dit-il en oubliant à dessein le prénom de son ancien adversaire, signe qu'on était passé aux discussions sérieuses –, je ne vois pas bien comment son article pourrait être publié. À moins que Beine-à-Jouir ne reprenne le flambeau, évidemment », ajouta-t-il.

Howard avait surnommé Parminder Jawanda « Beine-à-Jouir Bhutto » après sa première apparition au Conseil paroissial. Ce calembour avait beaucoup de succès dans les rangs des anti-Champs.

« La tête qu'elle a faite, dit Maureen à Shirley. La tête qu'elle a faite quand on lui a appris la nouvelle… À croire que… Enfin, moi, ce que j'en dis… J'ai toujours pensé… Bref, vous savez bien… »

Samantha dressa l'oreille, mais les insinuations de Maureen étaient absurdes. Parminder était mariée au plus bel homme de Pagford : Vikram. Grand, bien bâti, un nez aquilin, de longs cils noirs, et ce sourire entendu mâtiné d'indolence… Pendant des années, Samantha s'était passé la main dans les cheveux et avait éclaté de rire plus que de nécessaire chaque fois qu'elle croisait Vikram dans la rue et s'arrêtait pour faire un brin de conversation avec lui – Vikram, dont le corps n'était pas sans lui rappeler celui de Miles avant que celui-ci n'arrête le rugby et prenne de la bedaine.

Samantha s'était laissé dire, peu de temps après que Vikram et Parminder étaient devenus leurs voisins, que leur union était le fruit d'un mariage arrangé. Elle avait trouvé cette idée prodigieusement érotique. Recevoir l'*ordre* d'épouser Vikram, être *obligée* de coucher avec Vikram… Elle s'était concocté un petit fantasme, dans lequel on la faisait entrer dans une chambre, voilée telle une vierge condamnée à son destin… et soudain elle levait les yeux et découvrait que son destin, c'était… *ça* ! Sans parler de son métier, qui ne faisait qu'ajouter au frisson : avec des responsabilités pareilles, même un type beaucoup plus laid aurait eu du charme…

(C'est Vikram qui avait réalisé le quadruple pontage de Howard, sept ans plus tôt. En conséquence de quoi, il ne pouvait pas franchir le seuil de l'épice-rie Mollison & Lowe sans être aussitôt assailli par un déluge d'amabilités facétieuses et enthousiastes.

« Coupez la file et passez devant, je vous en prie, Mr Jawanda ! Allons, allons, mesdames, faites place, s'il vous plaît – non, Mr Jawanda, j'insiste – cet homme m'a rafistolé le palpitant et sauvé la vie – alors, cher docteur, qu'est-ce que ce sera aujourd'hui ? »

Howard ne laissait jamais Vikram repartir sans quelques victuailles gratis et lui servait systématique-ment de plus grandes quantités que ce qu'il avait commandé. Toutes ces simagrées, se disait Samantha, avaient eu pour seul résultat d'effrayer Vikram qui ne mettait presque plus jamais les pieds dans l'épicerie.)

Elle avait perdu le fil de la conversation, mais c'était sans importance. Les autres continuaient à dégoiser à propos de Barry Fairbrother et de ce qu'il était allé raconter au journal local ou quelque chose comme ça…

« … et j'aurais été bien obligé d'avoir une petite discussion avec lui à ce propos, s'insurgeait Howard. C'était une façon tout à fait déloyale d'agir. Enfin, enfin… tout ça, c'est du passé, désormais. Non, ce qu'il faut savoir, maintenant, c'est qui va remplacer Fairbrother. Ne sous-estimons pas Beine-à-Jouir. Ce serait une grave erreur. Elle est peut-être boulever-sée, mais méfiance. À l'heure qu'il est, je ne serais pas surpris qu'elle soit déjà en train de bouger ses pions, donc il faut qu'on se mette très vite d'accord, nous aussi, sur un bon candidat. Le plus tôt sera le mieux. Simple question de bon sens politique.

— Attends, qu'est-ce qui va se passer, exactement ? demanda Miles. Une élection ?

— Peut-être, dit Howard d'un air éclairé, mais j'en doute. Ce n'est qu'une vacance de siège fortuite, après tout. Si les gens ne veulent pas d'une élection – attention, là encore, ne sous-estimons pas Beine-à-Jouir – mais si elle n'arrive pas à trouver neuf personnes pour déposer une demande de scrutin, eh bien la question se résumera à la cooptation d'un nouveau conseiller. Auquel cas, on aurait besoin de neuf votes pour ratifier la cooptation. Neuf, c'est le quorum. Le mandat de Fairbrother court encore pendant trois ans. Ça vaut le coup. Et ça pourrait tout faire basculer, si on mettait quelqu'un de notre bord à la place de Fairbrother. »

Les doigts boudinés de Howard tapotaient les parois de son verre de vin à un rythme saccadé tandis qu'il fixait des yeux son fils, de l'autre côté de la table. Shirley et Maureen s'étaient elles aussi tournées vers Miles, et ce dernier, se dit Samantha, regardait son père comme un bon gros labrador guettant sa croquette en frétillant d'excitation.

Avec un léger temps de retard, dû à l'alcool, Samantha comprit ce qui était en train de se passer, et d'où venait le parfum étrangement cérémonieux qui flottait dans l'air autour de la table. Après l'avoir libérée, son ivresse l'inhibait au contraire, tout à coup, car elle n'était pas du tout certaine de pouvoir articuler trois mots après avoir ingurgité plus d'une bouteille de vin et observé un si long silence. C'est donc en pensée plutôt qu'à voix haute qu'elle exprima son opinion.

Eh bah en tout cas, t'as foutrement intérêt à leur dire que tu vas devoir en discuter d'abord avec ta femme, Miles.

7

Tessa Wall ne voulait pas s'éterniser chez Mary – elle n'aimait pas beaucoup laisser son mari et Fats tout seuls à la maison –, mais sa visite de courtoisie avait fini par se prolonger pendant deux bonnes heures. La résidence des Fairbrother était envahie par les lits de camp et les sacs de couchage ; toute la famille s'était réunie autour de la faille béante qu'avait laissée la mort sur son passage, mais ni le vacarme ni l'agitation permanente qui régnaient dans la maison ne parvenaient à masquer le trou noir dans lequel avait disparu Barry.

Seule avec ses pensées pour la première fois depuis la mort de son ami, Tessa redescendit Church Row dans l'obscurité, les pieds douloureux, son cardigan inutile contre le froid. On n'entendait rien, hormis le cliquetis des perles de bois autour de son cou et le bruit étouffé des postes de télévision allumés dans les maisons devant lesquelles elle passait.

Tout à coup, Tessa songea : *Je me demande si Barry savait.*

L'idée ne lui était encore jamais venue que son mari ait pu confier à Barry le grand secret de sa vie, le secret terrible qu'elle avait enterré, enfoui dans les profondeurs de son mariage. Elle et Colin n'en parlaient jamais (même si ce spectre hantait souvent leurs conversations de son parfum diffus, surtout ces derniers temps…).

Mais ce soir, Tessa avait cru voir Mary tiquer quand elle avait prononcé le nom de Fats…

Tu es épuisée, tu t'imagines des choses, se dit Tessa avec une résolution forcée. L'instinct de réserve était si puissant, si profondément enraciné chez Colin, qu'il n'aurait jamais rien dit ; pas même à Barry, qu'il idolâtrait. Tessa tremblait à l'idée que Barry ait pu être au courant… à l'idée que sa bienveillance envers Colin ait pu être l'expression de sa pitié envers ce qu'elle lui avait fait…

En entrant dans le salon, elle découvrit son mari assis devant la télé, lunettes sur le nez, écoutant les infos d'une oreille distraite. Il avait une liasse de feuilles imprimées posée sur les genoux et un stylo à la main. Tessa fut soulagée de ne pas voir Fats dans les parages.

« Comment va-t-elle ? demanda Colin.

— Eh bien… pas terrible, tu t'en doutes », dit Tessa. Elle se laissa tomber dans l'un des vieux fauteuils avec un petit soupir de délivrance et enleva ses bottes usées jusqu'à la corde. « Mais le frère de Barry est formidable.

— C'est-à-dire ?

— Eh bien… je ne sais pas, moi… il aide. »

Elle ferma les yeux, se frotta les ailes du nez et les paupières avec le pouce et l'index.

« J'ai toujours trouvé qu'il n'était pas très fiable, dit Colin.

— Ah bon ? fit Tessa qui gardait sciemment les yeux fermés pour rester encore un peu dans le noir.

— Oui. Tu te rappelles le jour où il a dit qu'il viendrait arbitrer ce match contre Paxton High ? Et qu'il a annulé une demi-heure avant, et que du coup Bateman avait dû le remplacer au pied levé ? »

Tessa refréna une envie subite de s'énerver. Colin avait une fâcheuse tendance à porter des jugements catégoriques sur les gens, fondés sur des premières impressions, des faits isolés. Il ne paraissait pas comprendre que la nature humaine était extraordinairement changeante, ni avoir conscience que derrière chaque visage en apparence quelconque se cachait un monde intérieur aussi unique et foisonnant que le sien.

« Écoute, en tout cas il est adorable avec les enfants, dit Tessa avec prudence. Il faut que j'aille me coucher. »

Mais elle resta assise, immobile, concentrée sur les diverses parties de son corps qui la faisaient souffrir : les pieds, le bas du dos, les épaules.

« Tess, je pensais à quelque chose…

— Hmm ? »

Les yeux de Colin rétrécis derrière le foyer de ses lunettes lui donnaient un peu l'air d'une taupe, et son front dégarni n'en paraissait que plus grand et bulbeux.

« Tout ce que Barry essayait de faire au Conseil paroissial. Tout ce pour quoi il se battait. Les Champs. La clinique de désintox. Je n'ai pas arrêté de penser à ça toute la journée. » Il prit une grande inspiration. « Je crois que j'ai décidé de reprendre le flambeau. »

Une immense vague de stupéfaction déferla sur Tessa. Elle demeura quelques instants clouée dans son fauteuil, incapable de parler. Elle dut fournir un effort incommensurable pour garder un visage neutre, professionnel.

« Je suis certain que c'est ce que Barry aurait voulu », dit Colin. Il avait l'air à la fois bizarrement excité et un peu sur la défensive.

Jamais, murmura à Tessa la petite voix la plus honnête de son for intérieur, *jamais au grand jamais, Barry n'aurait voulu que tu fasses une chose pareille. Il aurait compris que tu es la dernière personne au monde qui devrait faire une chose pareille…*

« Eh bien, dit-elle. Bon, mais… Écoute, je sais que Barry était très… mais c'est une énorme responsabilité, Colin. Et puis Parminder n'a pas disparu. Elle est toujours là, elle, et elle continuera à s'efforcer de mener à bien tous les grands projets de Barry. »

J'aurais dû appeler Parminder, se dit Tessa en prononçant ces mots, le ventre serré par un élan de culpabilité. *Oh, bon sang, pourquoi n'ai-je pas pensé à appeler Parminder ?*

« Mais elle va avoir besoin de soutien ; elle ne pourra jamais leur tenir tête à elle toute seule, dit Colin. Et je peux t'assurer que Howard Mollison est en ce moment même en train de se trouver une potiche pour remplacer Barry. Il a probablement déjà…

— Oh, Colin…

— J'en suis sûr, je te dis ! Tu le connais ! »

Les feuilles de Colin glissèrent de ses genoux, sans même qu'il s'en aperçoive, et s'éparpillèrent au sol en une grande cascade blanche.

« Je veux faire ça pour Barry. Reprendre les choses là où il les a laissées. Faire en sorte que tout ce qu'il a accompli ne parte pas en fumée. Les arguments, je les connais. Il a toujours dit que ça lui avait offert des opportunités qu'il n'aurait jamais pu avoir autrement, et regarde tout ce qu'il a donné à la communauté en retour ! Non, c'est décidé, je me lance. Demain, je vais me renseigner sur les démarches.

— Très bien », dit Tessa. De longues années d'expérience lui avaient enseigné qu'il ne fallait jamais contredire Colin trop vite quand il était pris par l'enthousiasme d'une nouvelle idée, car cela ne faisait que le conforter dans sa résolution. Et ces mêmes années d'expérience avaient appris à Colin que Tessa faisait souvent mine d'être d'accord dans un premier temps, avant de soulever ses objections. Ce genre d'échanges étaient toujours imprégnés en toile de fond par la réminiscence mutuelle et tacite du secret qu'ils partageaient depuis si longtemps. Tessa avait l'impression de lui être redevable ; et lui, de mériter son dû.

« C'est quelque chose que j'ai vraiment envie de faire, Tessa.

— Je comprends, Colin. »

Elle se leva péniblement de son fauteuil et se demanda si elle aurait la force de monter les escaliers.

« Tu viens te coucher ?

— Dans deux minutes. Je voudrais finir de lire ça d'abord. »

Il ramassait les feuilles étalées par terre ; son nouveau projet suicidaire semblait lui avoir insufflé une énergie fébrile.

Tessa se déshabilla lentement dans leur chambre. La force de gravité était en train de gagner la partie ; elle avait un mal fou à lever les bras et les jambes, à obliger la fermeture éclair récalcitrante à se plier à sa volonté… Elle passa sa robe de chambre et alla dans la salle de bains, d'où elle entendit Fats remuer à l'étage au-dessus. Elle se sentait souvent seule et fourbue ces jours-ci, à faire constamment la navette entre son fils et son mari, qui semblaient vivre chacun dans leur bulle, aussi étrangers l'un à l'autre qu'un logeur à son locataire.

Tessa voulut enlever sa montre, puis se rappela qu'elle l'avait égarée la veille. Tellement fatiguée... elle n'arrêtait pas de perdre des choses... et comment avait-elle pu oublier d'appeler Parminder ? Au bord des larmes, inquiète et tendue, elle se glissa sous les couvertures.

Mercredi

1

Krystal Weedon avait passé les deux dernières nuits chez son amie Nikki, suite à une dispute encore plus violente que d'habitude avec sa mère. Tout avait commencé quand Krystal, en rentrant chez elle après avoir traîné dans le quartier avec ses copines, avait trouvé Terri en train de discuter avec Obbo sur le pas de la porte. Tout le monde connaissait Obbo dans la cité, son visage bouffi, la dent en moins que dévoilait son rictus, ses verres en cul de bouteille et sa vieille veste en cuir crasseuse.

« Alors tu m'les gardes bien au chaud, juste l'histoire de deux jours, d'accord, Ter ? Y a un peu de thune à la clé pour toi, OK ?

— Qu'elle garde quoi ? » avait demandé Krystal. Robbie était passé entre les jambes de Terri pour aller s'agripper aux genoux de sa sœur. Il n'aimait pas quand des hommes venaient à la maison. Et il avait ses raisons.

« Rien. Des ordinateurs.

— Fais pas ça », avait dit Krystal à Terri.

Elle ne voulait pas que sa mère ait du liquide à disposition. Elle n'aurait pas été étonnée qu'Obbo saute l'étape intermédiaire et la récompense directement de ce petit service avec un sachet d'héro.

« Les prends pas. »

Mais Terri avait dit oui. Toute sa vie, Krystal avait vu sa mère dire oui à tout et à tout le monde : elle était d'accord, elle acceptait, elle acquiesçait. *Ouais, sûr, vas-y, c'est bon, pas d'problème.*

Krystal était ressortie un peu plus tard traîner avec ses copines près des balançoires sous le ciel crépusculaire. Elle était nerveuse et irritable. Elle avait encore du mal à croire que Mr Fairbrother était mort, mais elle n'arrêtait pas de ressentir des crampes à l'estomac, comme des coups de poing, qui lui donnaient une envie furieuse de se défouler sur quelqu'un. Et puis elle se sentait un peu mal à l'aise et coupable d'avoir volé la montre de Tessa Wall. Mais pourquoi cette conne l'avait posée devant Krystal et fermé les yeux, aussi ? À quoi elle s'attendait ?

La présence des autres n'arrangeait rien. Jemma n'arrêtait pas de la soûler avec Fats Wall ; Krystal avait fini par exploser et se jeter sur elle ; Nikki et Leanne avaient dû la retenir. Alors elle était repartie chez elle en furie, et en arrivant, elle avait vu que les ordinateurs d'Obbo étaient déjà là. Robbie essayait de grimper sur les cartons entassés dans le salon, où Terri était affalée dans son fauteuil, le regard vitreux et absent, son attirail éparpillé à ses pieds. Comme elle le craignait, Obbo avait payé Terri avec un sachet d'héroïne.

« Putain mais t'es conne ou quoi, 'spèce de pauv' junkie, tu vas encore t'faire virer de la putain de clinique ! »

Mais l'héroïne avait déjà emporté la mère de Krystal loin, très loin, là où plus rien ne pouvait l'atteindre. Elle parvint à se concentrer assez pour traiter Krystal de salope et de petite pute, mais d'une voix blanche et détachée. Krystal gifla Terri ; Terri dit à Krystal d'aller se faire mettre et de crever la gueule ouverte.

« OK, c'est bon, j'me casse, t'auras qu'à t'occuper de lui pour une fois au lieu d'te shooter, sale pouffiasse de merde ! » hurla Krystal. Robbie courut après elle dans le couloir en pleurant, mais elle sortit et lui claqua la porte au nez.

La maison de Nikki était la préférée de Krystal. Ce n'était pas aussi propre que chez Nana Cath, mais l'ambiance était plus chaleureuse, pleine de vie et de bruits joyeux. Nikki avait deux frères et une sœur ; Krystal dormait par terre, sur une couette repliée en guise de matelas, entre les lits des deux sœurs. Les murs étaient recouverts de photos découpées dans des magazines, qui formaient un collage géant de garçons désirables et de filles sublimes. L'idée n'était jamais venue à Krystal de décorer les murs de sa propre chambre.

Mais la culpabilité la rongeait ; elle revoyait le visage terrorisé de Robbie quand elle avait claqué la porte ; alors, ce mercredi matin, elle rentra chez elle. De toute façon, la famille de Nikki n'avait pas très envie qu'elle reste plus de deux jours de suite. Nikki lui avait dit un jour, avec sa franchise habituelle, que sa mère ne voyait pas d'inconvénient à ce qu'elle vienne chez eux, mais à condition que ce ne soit pas trop souvent, qu'elle arrête de prendre leur maison pour une auberge et de débarquer à minuit passé.

Terri semblait toujours aussi ravie de revoir sa fille. Elle évoqua la visite de la nouvelle assistante sociale, et Krystal se demanda avec angoisse ce que cette femme avait bien pu penser de la maison, dont l'état de décrépitude était encore plus effroyable que d'ordinaire, ces derniers temps. Elle était surtout inquiète à l'idée qu'elle ait vu Robbie, alors que celui-ci aurait dû se trouver à la halte-garderie, où il était inscrit depuis qu'il avait été placé en famille d'accueil. Terri avait pris l'engagement de continuer à le mettre là-bas – c'était l'une des conditions essentielles auxquelles elle avait consenti pour le récupérer, l'année précédente. Krystal était également furieuse que l'assistante sociale ait vu Robbie porter une couche, après tous les efforts qu'elle avait faits pour lui apprendre à devenir propre.

« Et elle a dit quoi ? demanda-t-elle à Terri.

— Qu'elle allait revenir. »

Krystal avait un mauvais pressentiment. Leur assistante sociale habituelle était plutôt du genre à laisser les Weedon se débrouiller sans trop interférer. Elle était désordonnée, se trompait tout le temps dans les noms, confondait leur situation avec celle d'autres familles, et se contentait de sonner à la porte tous les quinze jours sans raison apparente, sinon pour vérifier que Robbie était toujours en vie.

Cette nouvelle menace ne fit rien pour arranger l'humeur de Krystal. Quand Terri n'était pas défoncée, elle redoutait le tempérament de sa fille et se laissait mener à la baguette. Profitant de l'un de ces courts répits pour exercer son autorité, Krystal ordonna à Terri d'aller s'habiller de manière décente, força Robbie à mettre un pantalon propre, lui rappela qu'il n'avait pas le droit de faire pipi dans celui-là, et l'emmena à la halte-garderie. Il fondit en larmes quand elle s'apprêta à partir ; elle commença par s'énerver, mais finit par s'accroupir devant lui en lui promettant de revenir le chercher à treize heures, et il la laissa s'en aller.

Puis Krystal sécha les cours, quand bien même le mercredi était son jour d'école préféré, parce qu'elle avait EPS et séance d'orientation ce jour-là, et décida de faire un peu de ménage dans la maison. Elle nettoya la cuisine à grands seaux de produit désinfectant parfumé aux aiguilles de pin, jeta tous les vieux restes et les mégots dans des sacs-poubelle, planqua la boîte à biscuits dans laquelle Terri rangeait son attirail, et transbahuta les ordinateurs restants (trois d'entre eux avaient déjà été récupérés) dans le placard du couloir.

Tout en raclant les assiettes incrustées de nourriture desséchée, Krystal pensait à l'équipe d'aviron. Elle aurait eu entraînement le lendemain, si Mr Fairbrother avait été encore vivant. D'habitude, il passait la prendre et la raccompagnait dans son monospace, parce qu'elle n'avait pas d'autre moyen de se rendre jusqu'au canal de Yarvil. Elle faisait le trajet avec ses filles jumelles, Siobhan et Niamh, ainsi que Sukhvinder Jawanda. Krystal ne fréquentait jamais ces trois filles à l'école, mais depuis qu'elles faisaient partie de la même équipe, elles se lançaient toujours un petit salut quand elles se croisaient dans les couloirs. Krystal s'était attendue à ce qu'elles la regardent de haut, mais en fait elles étaient sympas, une fois qu'on les connaissait… Elles riaient à ses blagues. Elles avaient adopté certaines de ses expressions. Elle était devenue, en quelque sorte, la chef de file de l'équipe.

Personne n'avait jamais eu de voiture dans la famille de Krystal. En se concentrant, elle arrivait à retrouver l'odeur du monospace, même au milieu de la cuisine nauséabonde de Terri. Elle adorait cette odeur de plastique tiède. Jamais plus elle ne remonterait dans cette voiture. Ils avaient aussi fait de plus longs trajets, pour se rendre à des compétitions, à bord d'un minibus loué par Mr Fairbrother qui embarquait alors l'équipe au grand complet, et il leur était même arrivé, quand l'école où ils devaient se rendre était vraiment éloignée, de passer la nuit sur place. Toutes les filles à l'arrière du bus chantaient *Umbrella*, la chanson de Rihanna dont elles avaient fait leur hymne rituel et porte-bonheur, et c'est Krystal, en solo, qui faisait le rap de Jay-Z au début. Mr Fairbrother était plié en quatre, la première fois qu'il l'avait entendue chanter :

Uh huh uh huh, Rihanna...
Good girl gone bad –
Take three –
Action.
No clouds in my storms...
Let it rain, I hydroplane into fame
Comin' down with the Dow Jones...

(Ah ha ah ha, Rihanna...
Petite fille plus si sage –
Troisième prise –
Action.
Pas de nuages dans mes orages...
Balancez la mousson, à moi la gloire en hydravion –
J'plonge avec le Dow Jones...)

Krystal n'avait jamais rien compris aux paroles.

Le Pigeon leur avait envoyé une lettre à toutes, pour leur dire que les activités de l'équipe étaient suspendues jusqu'à ce qu'ils trouvent un nouvel entraîneur. Mais ils ne trouveraient pas de nouvel entraîneur. C'était du foutage de gueule, tout ça. Et tout le monde le savait.

C'était l'équipe de Mr Fairbrother, son projet personnel, sa marotte. Nikki et les autres s'étaient copieusement moquées de Krystal quand elle l'avait rejointe. Leurs sarcasmes dissimulaient en vérité une forme d'incrédulité et, plus tard, d'admiration, car l'équipe avait remporté des médailles. (Krystal les conservait dans une boîte volée chez Nikki. Elle chapardait tout le temps des objets appartenant aux gens qu'elle aimait. La boîte en question était en plastique et décorée de roses : une boîte à bijoux de petite fille. La montre de Tessa était désormais lovée à l'intérieur.)

Leur grande heure de gloire avait été de battre les petites pétasses coincées de St. Anne ; le plus beau jour de la vie de Krystal. La directrice de l'école avait fait monter toute l'équipe sur l'estrade devant les élèves réunis pour le Rassemblement (Krystal était morte de honte ; Nikki et Leanne étaient écroulées de rire) et elles avaient reçu une ovation… Ce n'était pas rien, que Winterdown ait mis une raclée à St. Anne.

Mais tout ça était terminé, tout, les voyages en minibus, les compétitions, les honneurs du journal local. Elle était contente à l'idée de refaire une interview. Mr Fairbrother avait dit qu'il serait là, à ses côtés. Elle et lui, rien que tous les deux.

« Ouais mais de quoi ils veulent me parler, genre ?

— De ta vie. Ils s'intéressent à ta vie. »

Comme une star. Krystal n'avait pas de quoi s'acheter des magazines, mais elle en voyait plein chez Nikki, et chez le docteur, quand elle y emmenait Robbie. Ce serait encore mieux que la fois où ils avaient interviewé toute l'équipe. Elle bouillait d'excitation, mais avait réussi à rester bouche cousue ; même auprès de Nikki ou de Leanne, elle ne s'en était pas vantée. Elle voulait leur faire la surprise. Elle avait bien fait de ne rien dire. Maintenant elle ne serait plus jamais dans le journal.

Krystal avait l'impression d'avoir un trou au milieu du ventre. Elle essaya de ne plus penser à Mr Fairbrother en continuant son grand ménage dans la maison ; elle nettoyait partout, sans méthode mais avec obstination, tandis que sa mère, assise dans la cuisine, fumait et regardait par la fenêtre.

Peu avant midi, une femme s'arrêta devant chez eux au volant d'une vieille Vauxhall bleue. Krystal l'aperçut depuis la fenêtre de la chambre de Robbie. Elle avait les cheveux noirs, très courts, et portait un pantalon noir aussi, un collier de perles vaguement ethnique, et un grand sac fourre-tout en bandoulière, qui avait l'air bourré de dossiers.

Krystal redescendit en courant.

« J'crois que c'est elle, dit-elle à Terri qui était toujours dans la cuisine. La fille des services sociaux. »

La femme frappa à la porte et Krystal alla lui ouvrir.

« Bonjour. Kay. Je remplace Mattie. Vous devez être Krystal ?

— Ouais », dit-elle sans prendre la peine de retourner son sourire à Kay. Elle la fit entrer dans le salon et la vit réagir devant la propreté soudaine et un peu approximative des lieux : le cendrier avait été vidé ; tout le bazar jusqu'à présent éparpillé dans la pièce avait été empilé en vrac sur les étagères branlantes. La moquette était toujours sale, parce que l'aspirateur ne marchait pas, et la serviette et le tube de pommade au zinc gisaient par terre, à côté de la baignoire en plastique renversée, sur laquelle Robbie avait posé l'une de ses deux petites voitures. Krystal avait essayé de distraire son attention en la lui mettant entre les mains pendant qu'elle lui récurait le derrière.

« Robbie est à la garderie, dit-elle à Kay. J'l'ai emmené. J'ui ai mis un pantalon. Elle arrête pas d'lui mettre des couches mais j'ui ai dit qu'fallait plus. J'ui ai mis d'la crème sur les fesses. Ça va aller, c'est juste des boutons à cause des couches. »

Kay lui sourit à nouveau. Krystal regarda par-dessus son épaule et cria : « *M'man !* »

Terri sortit de la cuisine et les rejoignit. Elle portait un vieux sweat-shirt sale et un jean, et le seul fait d'être à peu près habillée lui donnait déjà meilleure mine.

« Bonjour, Terri, dit Kay.

— 'alut, dit Terri en tirant une grande bouffée de cigarette.

— Vas-y, pose-toi, ordonna Krystal à sa mère, qui obéit et alla s'asseoir dans la même position que la fois précédente, recroquevillée au fond de son fauteuil. Voulez une tasse de thé ou genre aut' chose ? demanda Krystal à Kay.

— Un thé, avec grand plaisir, répondit-elle en s'asseyant et en ouvrant son sac. Merci ! »

Krystal sortit de la pièce à pas pressés. Elle tendit l'oreille pour essayer d'entendre ce que Kay racontait à sa mère.

« Vous ne vous attendiez sans doute pas à me revoir si tôt, Terri, disait-elle (avec un accent bizarre, genre de Londres, on aurait dit, comme la nouvelle à l'école, là, la petite pute qui se la pétait à mort et devant qui tous les mecs bavaient), mais après ma visite d'hier, j'étais très inquiète pour Robbie. Il est retourné à la halte-garderie, me disait Krystal ?

— Ouais, dit Terri. Elle l'a emmené. Elle est rentrée ce matin.

— Rentrée ? Où était-elle ?

— J'suis juste allée… j'suis allée dormir chez une copine, dit Krystal en se dépêchant de revenir dans le salon pour parler en son propre nom.

— Ouais mais ça y est, là, elle est rentrée ce matin », dit Terri.

Krystal repartit dans la cuisine. La théière fit un tel boucan quand l'eau parvint à ébullition qu'elle n'entendait plus rien de ce que se disaient sa mère et l'assistante sociale. Elle versa un peu de lait par-dessus les sachets de thé à toute vitesse, puis apporta les trois tasses brûlantes dans le salon juste au moment où Kay disait : « … parlé hier à Mrs Harper, de la halte-garderie…

— C'te grosse pute, dit Terri.

— Et voilà, dit Krystal à Kay en posant les tasses par terre, avant de tourner celle de leur invitée pour que l'anse soit bien face à elle.

— Merci beaucoup, dit Kay. Terri, Mrs Harper m'a dit qu'elle n'a pas beaucoup vu Robbie ces trois derniers mois. Il n'a pas fait une semaine complète depuis un certain temps, n'est-ce pas ?

— Hein ? fit Terri. Non. Ouais, enfin si. Il a juste pas été hier. Et pis quand il a eu mal à la gorge.

— Quand ça ?

— Hein ? Un mois… mois et d'mi… par là. »

Krystal s'assit sur l'accoudoir du fauteuil de sa mère. Elle fixait Kay depuis cette position surélevée, mastiquant son chewing-gum avec énergie, les bras croisés comme sa mère. Kay avait un gros dossier ouvert sur les genoux. Krystal détestait les dossiers. Tous ces trucs qu'ils écrivaient sur vous, et qu'ils mettaient là-dedans, et qu'ils utilisaient contre vous ensuite.

« C'est moi qu'emmène Robbie à la garderie, dit-elle. Avant d'aller à l'école.

— Eh bien, d'après Mrs Harper, la fréquentation de Robbie est assez décousue, dit Kay en consultant les notes qu'elle avait prises au cours de sa conversation avec la directrice de la halte-garderie. Le problème, Terri, c'est que vous avez pris l'engagement de poursuivre ce mode de garde quand vous avez récupéré Robbie l'année dernière.

— Putain, j'ai jamais…, commença Terri.

— C'est bon, tu la fermes, d'accord ? l'interrompit Krystal d'un ton sec avant de se tourner vers Kay. Non mais, le truc, c'est qu'il a été malade, voyez, les amygdales gonflées et tout, même qu'il a vu le docteur et j'ui ai filé des antibiotiques, d'accord ?

— Mais quand, au juste ?

— Bah j'dirais… y a environ trois semaines… Donc voilà, quoi…

— Quand je suis venue hier, dit Kay en s'adressant de nouveau à la mère de Robbie (Krystal mâchait son chewing-gum plus férocement que jamais, les bras serrés sur la poitrine comme une double barrière),

177

vous aviez l'air d'éprouver les plus grandes difficultés à répondre aux besoins de votre fils, Terri. »

Krystal jeta un coup d'œil à sa mère. Sa cuisse, appuyée contre l'accoudoir du fauteuil, était deux fois plus large que celle de sa mère.

« J'ai pas de… j'ai jamais… » Puis elle sembla subitement changer d'avis. « Y va bien. »

Un doute envahit peu à peu Krystal et assombrit ses pensées comme l'ombre d'un charognard décrivant des cercles autour de sa proie.

« Terri, vous étiez en état d'intoxication quand je suis venue vous voir hier, n'est-ce pas ?

— Non, putain, c'est pas vrai ! C'est des putains de… Vous dites que des putains de… J'ai rien pris, d'accord ? »

Krystal sentit un poids lui tomber sur la poitrine et ses oreilles se mettre à bourdonner. Obbo avait dû donner à sa mère non pas une dose mais un sachet entier. L'assistante sociale l'avait vue défoncée. Le test de Terri demain à Bellchapel serait positif et elle se ferait dégager, une fois de plus…

(… et sans méthadone, le cauchemar recommencerait : Terri redeviendrait incontrôlable, elle se remettrait à ouvrir grand sa bouche édentée et à sucer la queue de n'importe quel connard pour se payer de quoi se remplir les veines. Et ils lui reprendraient Robbie, et cette fois il risquait de ne plus jamais revenir. Dans un petit cœur en plastique rouge accroché au porte-clé dans la poche de Krystal, il y avait une photo de Robbie, à un an. Son cœur à elle cognait maintenant à tout rompre, comme lorsqu'elle ramait à plein régime, qu'elle plongeait ses avirons dans l'eau et tirait, tirait de toute la force de ses muscles en feu, pour battre de vitesse l'équipe adverse qu'elle regardait du coin de l'œil fendre l'onde à rebours…)

« Putain mais t'es trop…, se mit-elle à hurler, mais personne ne l'entendit car Terri était encore en train d'aboyer sur Kay, qui restait assise, sa tasse de thé entre les mains, l'air impassible.

— J'ai rien pris, z'avez aucune putain de preuve…

— Putain mais t'es trop conne ! cria Krystal encore plus fort.

— J'ai rien pris, c'est que des putains de mensonges, tout ça, hurla Terri, tel un animal pris au piège et s'enferrant de manière toujours plus inextricable à force de se débattre. Jamais, putain… j'ai jamais…

— Ils vont encore te virer de la clinique, espèce de connasse !

— J't'interdis d'me parler comme ça, putain, tu m'entends ?

— D'accord, d'accord », dit Kay en essayant de se faire entendre par-dessus le vacarme. Elle reposa sa tasse par terre et se leva, effrayée par la scène qu'elle avait déclenchée ; puis elle cria « Terri ! », horrifiée pour de bon en voyant la mère se relever dans le fauteuil et se hisser sur l'autre accoudoir, accroupie, face à sa fille – deux gargouilles, presque nez à nez, en train de se hurler dessus.

« *Krystal !* » cria Kay quand la jeune fille leva le poing.

Krystal descendit du fauteuil d'un mouvement brusque et s'éloigna de sa mère. Elle fut surprise de sentir un liquide chaud couler sur ses joues ; elle crut pendant un instant que c'était du sang, et porta la main à son visage – des larmes, ce n'étaient que des larmes, claires et brillantes sur le bout de ses doigts.

« D'accord, dit Kay d'une voix vacillante. Tout le monde se calme, s'il vous plaît.

— Ca'me-toi toi-même, putain ! » fit Krystal. Elle leva un bras tremblant pour s'essuyer le visage, puis s'approcha de nouveau du fauteuil de sa mère d'un pas déterminé. Terri sursauta, mais Krystal se contenta d'attraper le paquet de cigarettes, en retira la dernière, un briquet, et l'alluma. Puis elle repartit du côté de la fenêtre, devant laquelle elle se planta, dos à sa mère, en tirant de grandes bouffées nerveuses et en écrasant d'autres larmes dans la paume de sa main avant qu'elles ne roulent sur ses joues.

« Bon, dit Kay, toujours debout, peut-être qu'on pourrait discuter de tout ça calmement…

— C'est bon, va chier, toi, dit Terri d'une voix lasse.

— C'est de Robbie qu'il s'agit », dit Kay. Elle ne voulait pas se rasseoir ; elle avait peur de relâcher sa tension. « C'est pour ça que je suis ici. Pour m'assurer que Robbie aille bien.

— Il est pas allé à vot' putain de garderie, d'accord, et après ? dit Krystal sans bouger de la fenêtre. Y a pas mort d'homme.

— … pas mort d'homme, acquiesça Terri dans un écho à peine audible.

— Je ne vous parle pas de la garderie, dit Kay. Robbie ne bénéficiait pas de bonnes conditions d'hygiène et de confort quand je l'ai vu hier. Il est beaucoup trop vieux pour porter des couches.

— Mais j'ui ai enlevée, sa putain de couche, il est en pantalon maintenant, j'vous l'ai d'jà dit ! rétorqua Krystal sur un ton furieux.

180

— Je suis navrée, Terri, dit Kay, mais vous n'étiez pas en état de vous occuper d'un enfant en bas âge.

— J'ai pas…

— Écoutez, vous pouvez me répéter autant de fois que vous voudrez que vous n'aviez pas pris de drogue, dit Kay – et Krystal perçut pour la première fois quelque chose de réel et d'humain dans sa voix : de l'exaspération, de la colère. Mais vous allez faire un test, demain, à la clinique. Et vous savez aussi bien que moi que ce test sera positif. Ils disent que c'est votre dernière chance, que vous risquez d'être exclue de manière définitive. »

Terri s'essuya la bouche du revers de la main.

« Bon, écoutez, je vois bien que vous n'avez pas envie de perdre Robbie, ni l'une ni l'autre…

— Eh bah alors nous le prenez pas ! cria Krystal.

— Ce n'est pas aussi simple que ça », dit Kay. Elle se rassit et ramassa le dossier tombé par terre. « Quand vous avez récupéré Robbie l'année dernière, Terri, vous aviez décroché. Vous vous êtes solennellement engagée à ne plus toucher à la drogue et à suivre le programme de désintoxication, et vous avez promis de respecter d'autres conditions importantes – de mettre Robbie à la halte-garderie, par exemple…

— Ouais, et je l'ai fait…

— … au début, dit Kay. Vous l'avez fait au début, mais Terri, un gage de bonne volonté, ça n'est pas suffisant. Après ce que j'ai vu ici hier, et après les discussions que j'ai eues avec votre référent à la clinique ainsi qu'avec Mrs Harper, j'ai bien peur que nous ne devions revoir un peu la façon dont les choses fonctionnent.

— Ça veut dire quoi, ça ? dit Krystal. Encore un de vos putains de bilans, c'est ça ? Pourquoi z'en auriez besoin, d'toute façon, hein ? Pourquoi z'en auriez besoin ? Y va bien, je m'occupe de – *toi, ta gueule putain !* hurla-t-elle à Terri qui essayait de crier en chœur avec elle, avachie au fond de son fauteuil. C'est pas elle – c'est moi qui m'occupe de lui, d'accord ? » cria-t-elle à Kay en se tapant au milieu de la poitrine avec un doigt tendu, le visage empourpré, des larmes de colère tremblant au bord de ses paupières soulignées de khôl.

Krystal était souvent allée voir Robbie dans sa famille d'accueil pendant le mois qu'il avait passé loin d'eux. Il s'agrippait à elle, il voulait qu'elle reste pour le goûter, il pleurait quand elle s'en allait. Elle avait l'impression qu'on lui avait arraché la moitié des entrailles. Krystal aurait voulu que Robbie aille chez Nana Cath, comme elle durant sa propre enfance, chaque fois que Terri sombrait. Mais Nana Cath était vieille et fragile à présent, et elle ne pouvait pas s'occuper de Robbie.

« Je sais que tu aimes ton frère et que tu fais de ton mieux pour lui, Krystal, dit Kay, mais tu n'es pas la tutrice légale de…

— Et pourquoi, hein ? Putain, j'suis sa sœur, quand même, non ?

— Très bien, dit Kay d'un ton ferme. Terri, je crois qu'il faut regarder les choses en face. Si vous allez à Bellchapel demain, que vous affirmez n'avoir rien pris et que votre test est positif, vous êtes sûre et certaine de vous faire exclure du programme. Votre référent me l'a très clairement fait comprendre au téléphone. »

Recroquevillée dans le fauteuil, Terri ressemblait à une étrange créature hybride avec sa bouche édentée, à mi-chemin entre la vieillarde et la petite fille, et jetait dans le vide autour d'elle un regard absent, éperdu.

« Je pense que la seule façon de vous en sortir, continua Kay, est de jouer cartes sur table et de leur annoncer de vous-même que vous avez replongé, de reconnaître votre entière responsabilité dans cet échec, et de montrer que vous êtes décidée à tourner la page. »

Terri continua à regarder dans le vide. Elle ne connaissait qu'une seule façon de répondre aux accusations qui lui tombaient dessus en permanence : le mensonge. *Ouais, sûr, d'accord, pas d'problème, vas-y, donne*, puis : *Non, jamais, c'est pas vrai, putain jamais j'ai fait ça...*

« Y a-t-il une raison particulière qui explique que vous ayez pris de l'héroïne cette semaine, alors que vous êtes déjà sous méthadone à haute dose ? demanda Kay.

— Ouais, répondit Krystal à la place de sa mère. Ouais, c'est à cause d'Obbo qu'a débarqué, et elle est pas foutue de lui dire non, à c'connard.

— Ferme ta gueule », fit Terri, mais d'une voix dépourvue de toute énergie. Elle semblait essayer de comprendre ce que lui avait dit Kay : ce conseil bizarre et dangereux – dire la vérité...

« Obbo, répéta Kay. Qui est Obbo ?

— Un branleur, dit Krystal.

— Votre dealer ?

— Ferme ta gueule, conseilla de nouveau Terri à sa fille.

— Putain mais pourquoi tu lui as pas dit non ? cria Krystal à sa mère.

— Bon, d'accord, intervint Kay. Terri, je vais rappeler votre référent à la clinique. Je vais essayer de la convaincre, lui dire qu'à mon avis, si vous continuiez à suivre le programme, cela ne pourrait qu'être bénéfique pour l'ensemble du foyer.

— Ah bon ? Vous allez faire ça ? Vraiment ? » demanda Krystal, stupéfaite. Elle avait cru que Kay était une grosse connasse, une plus grosse connasse encore que l'autre, là, la mère de la famille d'accueil de Robbie, avec sa cuisine étincelante, et puis sa façon toute mielleuse de s'adresser à elle, qui finissait toujours par donner à Krystal l'impression d'être une sous-merde.

« Oui, dit Kay, vraiment. Mais, Terri, pour ce qui nous concerne – pour les Services de protection de l'enfance, je veux dire –, je ne plaisante pas du tout. On va devoir surveiller de très près la situation de Robbie. Il va falloir que les choses changent, Terri.

— Ouais, d'accord, j'vais l'faire », dit Terri – d'accord pour tout, d'accord avec tout le monde, comme d'habitude.

Mais Krystal dit : « Tu vas l'faire et pis t'as même intérêt, j'peux t'dire. Ouais, elle va l'faire. J'vais l'aider. Elle va l'faire. »

2

Shirley Mollison passait ses mercredis au South West General de Yarvil. Elle y accomplissait, en compagnie d'une dizaine d'autres bénévoles, diverses tâches sans responsabilité médicale – faire le tour des chambres avec le chariot de la bibliothèque, s'occuper des fleurs des patients, faire quelques emplettes à la boutique, dans le hall d'accueil, pour ceux qui ne pouvaient pas bouger de leur lit et ne recevaient pas de visites. L'activité préférée de Shirley était de prendre la commande pour les repas. Un jour, avec son bloc-notes et son badge, elle avait croisé un médecin qui l'avait prise pour un membre du personnel administratif.

L'idée de faire du bénévolat à l'hôpital était venue à Shirley au cours de la plus longue conversation qu'elle ait jamais eue avec Julia Fawley, pendant l'une des merveilleuses fêtes de Noël de Sweetlove House. Elle avait appris que Julia s'occupait d'une collecte de fonds pour l'aile pédiatrique de l'hôpital local.

« Ce qu'il nous faudrait, c'est une petite visite royale ! avait dit Julia en lorgnant du côté de la porte derrière l'épaule de Shirley. Je vais demander à Aubrey d'en toucher un mot discret à Norman Bailey. Pardonnez-moi, il faut que j'aille saluer Lawrence… »

Et elle avait planté là Shirley, qui, toute seule à côté du piano à queue, avait répondu dans le vide : « Oh, bien sûr, bien sûr. » Elle n'avait aucune idée de qui était ce Norman Bailey, mais elle était sur un nuage. Dès le lendemain, sans rien dire à Howard de ses projets, elle appela le South West General pour se renseigner sur leur programme de bénévolat. S'étant assurée qu'aucune qualification n'était requise et qu'il suffisait de posséder une moralité irréprochable, un esprit sain et une solide paire de jambes, elle avait demandé un formulaire d'inscription.

Le bénévolat avait ouvert à Shirley les portes d'un monde inconnu et glorieux. Tel était le rêve que Julia Fawley, près du piano à queue ce soir-là, lui avait fait miroiter sans s'en rendre compte : Shirley, debout, les mains pieusement serrées devant elle, badge plastifié autour du cou, tandis que la reine passait lentement en revue la troupe extatique des samaritains de l'hôpital. Elle se voyait déjà accomplir la révérence la plus impeccable dont Sa Majesté eût jamais été gratifiée, attirant ainsi son attention et la poussant à s'arrêter pour échanger quelques mots avec Shirley ; elle la félicitait pour le temps et la générosité qu'elle consacrait aux bonnes œuvres... un flash, une photo, et la une des journaux le lendemain : *« La reine en grande conversation avec Mrs Shirley Mollison, bénévole... »* Parfois, quand elle se concentrait intensément sur cette scène fantasmatique, elle était envahie par une émotion puissante et quasi mystique.

Le bénévolat avait également doté Shirley d'une nouvelle arme fabuleuse pour rabattre le caquet de Maureen. Quand la veuve de Ken s'était transformée du jour au lendemain, telle Cendrillon, d'employée d'épicerie à partenaire associée, elle s'était mise à prendre de grands airs que Shirley (sans rien en laisser paraître, derrière son sourire de chat) trouvait révoltants. Mais Shirley avait repris l'avantage ; elle travaillait désormais, elle aussi, et non pas dans un but bassement lucratif, mais par pure bonté d'âme. Le bénévolat vous avait un petit quelque chose de suprêmement élégant ; c'était ce que faisaient les femmes qui n'avaient pas besoin d'argent ; les femmes comme Julia Fawley, et comme elle-même. En outre, l'hôpital était une véritable mine d'or pour les ragots, dans laquelle Shirley pouvait puiser à loisir pour noyer les bavardages fastidieux et incessants de Maureen à propos du nouveau café.

Ce matin, Shirley fit part au superviseur des bénévoles de sa préférence pour le pavillon numéro 28, et fut comme elle le souhaitait affectée au service d'oncologie. C'est dans ce pavillon qu'elle s'était fait sa seule amie parmi tout le personnel de l'hôpital ; certaines infirmières, les plus jeunes en particulier, avaient tendance à se montrer sèches et condescendantes à l'égard des bénévoles, mais Ruth Price, qui venait de reprendre la blouse après avoir arrêté de travailler pendant seize ans, avait été adorable avec elle dès le premier jour. Elles étaient toutes les deux, comme le disait Shirley, des femmes de Pagford ; ça créait des liens.

(Même si, pour être tout à fait exact, Shirley n'était pas née à Pagford. Elle avait passé son enfance, avec sa mère et sa petite sœur, à Yarvil, dans un appartement sale et étriqué. La mère de Shirley buvait ; elle n'avait jamais divorcé du père de ses filles, que celles-ci ne voyaient jamais. Tous les hommes du coin semblaient connaître le nom de la mère de Shirley, et se fendaient d'un petit sourire en l'entendant... mais tout cela remontait à très loin, et aux yeux de Shirley, il suffisait de ne jamais parler du passé pour que celui-ci se désintègre. Elle refusait de se souvenir.)

Shirley et Ruth se saluèrent avec effusion, mais la matinée était chargée et elles n'eurent le temps que d'échanger les commentaires les plus anodins à propos de la mort soudaine de Barry Fairbrother. Elles convinrent de se retrouver à midi et demi pour déjeuner ensemble, et Shirley partit chercher son chariot de livres.

Elle était d'humeur radieuse. L'avenir resplendissait comme s'il était déjà advenu. Howard, Miles et Aubrey Fawley uniraient leurs forces pour bouter les Champs hors de Pagford à jamais, et ce serait l'occasion d'un grand dîner festif à Sweetlove House...

Shirley trouvait le manoir étourdissant de beauté : le gigantesque jardin, avec son cadran solaire, ses haies sculptées et ses petits étangs ; le grand hall lambrissé ; la photo du maître des lieux en train de plaisanter avec la princesse royale, posée sur le piano à queue dans son cadre en argent. Elle n'avait jamais décelé le moindre soupçon de condescendance dans l'attitude des Fawley envers elle ou son mari ; mais il faut dire qu'elle ne savait plus où donner de la tête, entre toutes les impressions qui se disputaient son attention chaque fois qu'elle pénétrait dans l'univers des Fawley. Elle voyait déjà la scène : tous les cinq installés autour de la table pour un dîner privé, dans l'un de ces petits salons exquis, Howard à côté de Julia, elle-même à la droite d'Aubrey, et Miles au milieu. (Dans le fantasme de Shirley, Samantha n'avait hélas pas pu se libérer ce soir-là.)

Shirley et Ruth se retrouvèrent à l'heure convenue, devant les yaourts. La cantine bruyante de l'hôpital n'était pas encore bondée comme elle le serait dans une demi-heure ; l'infirmière et la bénévole n'eurent aucun mal à trouver une table pour deux, poisseuse et recouverte de miettes, près du mur.

« Comment va Simon ? Et comment vont les garçons ? demanda Shirley une fois la table essuyée, le contenu de leurs plateaux transvasé dans les assiettes, et les deux femmes assises l'une en face de l'autre, prêtes à bavarder.

— Sim va bien, merci, bien. Il va rapporter un nouvel ordinateur à la maison aujourd'hui. Les garçons sont surexcités, je vous laisse imaginer… »

C'était on ne peut plus faux. Andrew et Paul possédaient chacun un vieux portable ; le PC flambant neuf resterait posé, esseulé, dans un coin du minuscule salon, et aucun des deux frères n'y toucherait ; de manière générale, ils s'abstenaient de toute activité risquant de les mettre en contact avec leur père. Ruth parlait souvent de ses fils à Shirley comme s'ils étaient beaucoup plus jeunes qu'ils n'étaient en réalité : dociles, partants pour tout et s'amusant d'un rien. Peut-être cherchait-elle à se rajeunir elle-même, à souligner la différence d'âge qui la séparait de Shirley – presque deux décennies – afin qu'elles ressemblent encore plus, toutes les deux, à une mère et sa fille. Ruth avait perdu sa mère dix ans plus tôt ; la présence d'une femme plus âgée dans sa vie lui manquait, et Shirley, de son côté, lui avait laissé entendre qu'elle entretenait des rapports plutôt compliqués avec sa propre fille.

« Miles et moi avons toujours été très proches. Patricia, c'est une autre histoire… Très difficile de caractère… Elle vit à Londres maintenant. »

Ruth avait envie d'en savoir plus, mais la délicatesse et la discrétion étaient deux des qualités qu'elles partageaient et appréciaient l'une chez l'autre ; cette dignité qui leur dictait de montrer un visage toujours resplendissant et imperturbable aux yeux du monde. Ruth mettait donc sa curiosité de côté, tout en espérant qu'un jour viendrait où elle en saurait plus sur Patricia et son caractère difficile.

Shirley et Ruth s'étaient prises d'une affection réciproque et instantanée parce que chacune voyait en l'autre une femme semblable à elle-même, une femme qui pouvait s'enorgueillir d'avoir su conquérir et conserver l'amour de son mari. Comme les francs-maçons, elles partageaient un même code de valeurs fondamentales, qui leur permettait de se sentir à l'aise en présence l'une de l'autre comme elles ne pouvaient jamais l'être en compagnie d'aucune autre femme. Leur complicité était d'autant plus réjouissante qu'elle se pimentait d'un zeste de sentiment de supériorité, car chacune, en secret, considérait d'un œil navré l'époux sur lequel l'autre avait porté son choix. Ruth trouvait Howard physiquement grotesque, et elle ne comprenait pas comment son amie, que l'embonpoint n'empêchait pas de rester jolie à sa façon discrète, avait pu accepter de se marier avec un homme pareil. Shirley, pour sa part, qui ne se rappelait pas avoir jamais vu Simon ni entendu son nom prononcé dans les hautes sphères de Pagford, et qui avait cru comprendre que les Price étaient dépourvus ne serait-ce que de la forme la plus rudimentaire de vie sociale, se faisait du mari de Ruth l'idée d'un reclus et d'un raté.

« Vous savez que j'étais là, quand Miles et Samantha ont amené Barry », attaqua Ruth sans préambule. Elle était beaucoup moins au fait que Shirley des raffinements de l'art de la conversation, et avait un peu de mal à cacher l'appétit dévorant qu'elle éprouvait pour les cancans de Pagford, auxquels son isolement au sommet de la colline et au bras d'un mari asocial lui interdisait éternellement l'accès. « Est-ce qu'ils ont vraiment vu ce qui s'est passé ?

— Oh oui, dit Shirley. Ils étaient en train de dîner au restaurant du club. C'était dimanche soir – les filles étaient reparties à l'internat, et Sam préfère aller manger dehors, elle ne fait pas beaucoup la cuisine... »

Petit à petit, une pause-café après l'autre, Ruth avait appris tous les petits secrets du couple formé par Miles et Samantha. Shirley lui avait dit que son fils avait été obligé d'épouser Samantha car celle-ci était tombée enceinte de Lexie.

« Ils ont fait ce qu'ils ont pu, avait-elle lâché dans un soupir plein de courage résolu. Miles a agi comme il fallait ; je n'en attendais pas moins de lui. Les filles sont adorables. C'est vraiment dommage que Miles n'ait pas eu de garçon ; ç'aurait été un père formidable pour un garçon. Mais Sam n'en voulait pas un troisième. »

Ruth chérissait chacune des critiques voilées qu'adressait Shirley à sa belle-fille. Elle détestait Samantha depuis le jour où elle l'avait rencontrée avec sa fille Lexie en accompagnant son petit Andrew, alors âgé de quatre ans, à la maternelle St. Thomas. Avec son rire tonitruant, son décolleté indécent et le répertoire de plaisanteries osées dont elle régalait les autres mamans à la sortie de l'école, Samantha avait fait à Ruth l'effet d'une dangereuse prédatrice. Pendant des années, elle l'avait regardée avec mépris bomber le torse pour fourrer à tout bout de champ ses gros seins sous le nez de Vikram Jawanda à chaque réunion de parents d'élèves, et elle faisait de

191

grands détours dans la classe en tirant Simon par la main pour éviter d'avoir à lui parler.

Shirley continuait de livrer à Ruth le récit épique et de seconde main du dernier jour de la vie de Barry, insistant sur le rôle déterminant joué par Miles qui avait eu la présence d'esprit d'appeler l'ambulance, sur le soutien qu'il avait apporté à Mary Fairbrother, sur sa détermination chevaleresque à rester à ses côtés jusqu'à l'arrivée des Wall. Ruth écoutait avec une attention mêlée d'une légère impatience ; Shirley était beaucoup plus amusante quand elle énumérait les défauts de Samantha que lorsqu'elle se pâmait devant les vertus de son fils. De plus, Ruth brûlait d'annoncer une nouvelle incroyable à Shirley.

« Et du coup il y a un siège de libre au Conseil paroissial, dit Ruth dès que son amie eut atteint le moment de son récit où Miles et Samantha quittaient la scène pour laisser la place à Colin et Tessa Wall.

— On appelle ça une vacance fortuite », dit Shirley avec indulgence.

Ruth prit une grande inspiration.

« Simon, dit-elle d'une voix frétillante d'excitation, songe à se présenter ! »

Le sourire automatique de Shirley s'afficha aussitôt sous une paire de sourcils relevés en signe de surprise polie, et elle leva sa tasse de thé pour dissimuler son visage. Ruth ne s'imaginait pas une seule seconde que son amie puisse être consternée par ce qu'elle venait de dire. Elle pensait tout naturellement que Shirley serait ravie à l'idée que leurs époux respectifs siègent côte à côte au Conseil paroissial, et elle avait même la vague intuition que Shirley pourrait jouer un rôle dans l'élection de son mari.

« Il me l'a annoncé hier soir, continua-t-elle avec une certaine solennité. Il y pense depuis un moment. »

Simon avait pensé à d'autres choses également – à la possibilité d'accepter les pots-de-vin que lui offrirait Grays pour rester la seule entreprise de bâtiment en contrat avec la ville de Pagford, par exemple –, mais Ruth les avait chassées de son esprit comme elle avait toujours choisi d'ignorer ses combines et ses frasques délictueuses.

« Je ne savais pas que Simon s'intéressait à l'action politique locale, dit Shirley d'un ton aimable et pimpant.

— Oh ! si, dit Ruth qui jusqu'à la veille n'en avait aucune idée non plus, il s'y intéresse énormément.

— Est-ce qu'il a parlé au Dr Jawanda ? demanda Shirley en reprenant une gorgée de thé. A-t-elle laissé entendre qu'elle pourrait l'aider ? »

Sur le visage de Ruth, décontenancée par cette question, passa un air candide de perplexité.

« Non, je… Simon n'est pas allé chez le médecin depuis je ne sais pas combien de temps… Enfin, je veux dire, il est en parfaite santé. »

Shirley sourit. S'il agissait seul, sans le soutien de la faction Jawanda, alors Simon représentait une menace négligeable. Elle avait même un peu pitié de Ruth, qui ne se doutait pas de la mauvaise surprise qui l'attendait. Shirley, elle qui connaissait tous les personnages les plus éminents de Pagford, aurait eu du mal à reconnaître Simon s'il était entré dans l'épicerie – alors qui diable cette pauvre Ruth voyait-elle aller voter pour ce type ? Néanmoins, il y avait une petite question de routine que Howard et Aubrey, elle le savait, auraient voulu qu'elle n'oublie pas de poser.

« Simon a toujours vécu à Pagford, n'est-ce pas ?

— Non, il est né aux Champs, dit Ruth.

— Ah. »

Shirley décolla soigneusement l'opercule de son pot de yaourt, prit sa cuillère, et avala une petite bouchée d'un air songeur. Le fait que Simon soit susceptible d'avoir un parti pris en faveur des Champs, quelles que soient ses perspectives électorales, était bon à savoir.

« Est-ce que le dépôt des candidatures se fera par le site internet du Conseil ? demanda Ruth qui ne désespérait pas d'un sursaut tardif d'enthousiasme et de soutien de la part de son amie.

— Oh, sans doute, répondit Shirley d'un air vague. J'imagine. »

3

Andrew, Fats et vingt-sept autres élèves passèrent la dernière heure de cours de ce mercredi après-midi en travaux dirigés de « crétinomatiques ». C'est ainsi que Fats avait rebaptisé l'avant-dernier groupe de niveau de maths, dirigé par l'un des membres les plus incompétents de tout le corps enseignant de Winterdown : une jeune femme au visage purpurin, à peine sortie de l'institut de formation des maîtres, qui était incapable de tenir sa classe et avait souvent l'air au bord des larmes. Fats, qui s'était fixé pour objectif de rater son année de la manière la plus spectaculaire possible, avait réussi à se faire rétrograder du meilleur groupe pour atterrir en crétinomatiques. Andrew, fâché depuis toujours avec les chiffres, vivait dans la terreur d'être relégué au tout dernier niveau, où végétaient Krystal Weedon et le cousin de celle-ci, Dane Tully.

Andrew et Fats étaient assis au fond de la classe. À l'occasion, quand il se lassait de faire le clown ou de mettre le bazar, Fats montrait à Andrew comment faire une addition. Les décibels atteignaient un niveau assourdissant. Miss Harvey criait par-dessus les hurlements pour demander le silence. Les feuilles d'exercices étaient recouvertes d'obscénités ; les élèves se levaient en permanence en faisant grincer leur chaise pour aller voir ce qui se passait d'intéressant du côté de leurs voisins ; divers missiles artisanaux fusaient dans la salle dès que Miss Harvey tournait le dos. Fats profitait de n'importe quelle interruption pour se promener entre les rangs en imitant la démarche nerveuse et rigide du Pigeon. Ici, il pouvait laisser libre cours à la veine la plus populaire de ses talents comiques ; en littérature – où il était, comme Andrew, dans le groupe de tête –, il ne s'abaissait pas à prendre le Pigeon pour cible.

Sukhvinder Jawanda était assise juste devant Andrew. Jadis, en primaire, Andrew, Fats et les autres garçons s'amusaient à tirer sa longue natte de cheveux noirs aux reflets bleus ; c'était la chose la plus facile à attraper quand on jouait à chat, et à cette époque la tentation était quasi irrésistible quand on la voyait osciller, comme à présent, tel un pendule dans son dos, à l'abri des regards du prof. Mais

195

Andrew, aujourd'hui, n'avait pas plus envie de toucher la natte que n'importe quelle autre partie du corps de Sukhvinder ; c'était l'une des très rares filles sur lesquelles son regard glissait sans même un début de commencement de curiosité. Depuis que Fats lui avait fait remarquer qu'elle avait une petite barre de duvet noir et lisse au-dessus de la lèvre supérieure, il ne voyait plus que ça. Jaswant, la grande sœur de Sukhvinder, avait une silhouette élancée, tout en courbes, la taille serrée et un visage qui, avant l'avènement de Gaia, avait paru beau à Andrew – les pommettes hautes, la peau cuivrée, et ces yeux en amande d'un brun qu'on aurait dit liquide. Naturellement, Jaswant avait toujours été au-dessus de ses rêves : elle avait deux ans de plus que lui, c'était la fille la plus intelligente de sa classe de terminale, et il émanait d'elle une aura laissant deviner qu'elle avait hautement conscience, jusqu'à la plus discrète des érections, des effets que pouvaient provoquer ses charmes.

Sukhvinder était la seule élève à ne faire absolument aucun bruit. Le dos voûté, la tête penchée sur son travail, elle paraissait enfermée dans sa propre concentration comme dans un cocon. Elle avait tiré la manche gauche de son pull jusque par-dessus sa main, l'enroulant tout autour pour former un gros poing laineux. Son immobilité totale avait presque quelque chose d'ostentatoire.

« Observons le Grand Hermaphrodite de Winterdown, placide et silencieux, murmura Fats en fixant l'arrière de la tête de Sukhvinder. Doté de moustaches mais aussi de larges mamelles, cet étrange et paradoxal animal poilu, mi-mâle mi-femelle, n'a pas fini de susciter la perplexité des scientifiques... »

Andrew ricana, mais il n'était pas tout à fait à l'aise. Les blagues de Fats l'auraient beaucoup plus amusé s'il avait pu être sûr que Sukhvinder ne les entendait pas. La dernière fois qu'il était allé chez Fats, celui-ci lui avait montré les messages qu'il envoyait régulièrement sur la page Facebook de Sukhvinder. Il avait écumé internet à la recherche d'informations et de photos relatives à l'hirsutisme, et lui envoyait chaque jour une citation ou une image.

C'était à la fois marrant et embarrassant. Et franchement, Sukhvinder ne le méritait pas ; c'était une cible trop facile. Andrew préférait quand Fats dirigeait son fiel contre les figures d'autorité, les prétentieux ou les crâneurs.

« Égaré loin de la tribu de ses congénères barbus à soutien-gorge, continua Fats, il demeure assis là, perdu dans ses pensées, et se demande peut-être si le bouc lui irait bien. »

Andrew laissa échapper un gloussement, aussitôt suivi d'un remords coupable, mais Fats, lassé de sa propre tirade, décida de passer à autre chose et se mit à transformer tous les zéros de sa feuille d'exercices en une kyrielle d'anus froncés. Andrew se reconcentra sur ses virgules décimales tout en songeant au trajet en bus pour rentrer chez lui, tout à l'heure, et à Gaia. C'était toujours beaucoup plus difficile de s'asseoir à une place qui la mette directement dans sa ligne de mire pendant le trajet de retour, car elle était souvent déjà coincée entre d'autres passagers au moment où il montait dans le bus, ou bien assise trop loin. Le moment de complicité qu'ils avaient partagé

lundi matin pendant le Rassemblement n'avait débou-
ché sur rien. Elle n'avait pas croisé son regard dans
le bus depuis, ni ce matin ni la veille, ni lâché le
moindre indice pouvant laisser penser qu'elle était
consciente de son existence. Andrew était obsédé par
Gaia depuis quatre semaines et ne lui avait pas
adressé la parole une seule fois. Il essaya de tourner
une phrase dans sa tête pour l'aborder, au milieu du
capharnaüm des crétinomatiques. « *Hé, on s'est bien
marrés lundi, pendant le Rassemblement...* »

« Sukhvinder, quelque chose ne va pas ? »

Miss Harvey, penchée à côté de la jeune fille pour
corriger ses exercices, la regardait d'un air effaré.
Andrew vit Sukhvinder hocher la tête puis enfouir
son visage entre ses mains, voûtée au-dessus de sa
table.

« Wally ! souffla Kevin Cooper, deux rangs plus
loin. Hé, Wally ! Cahouète ! »

Il essayait d'attirer leur attention sur ce que tout le
monde avait déjà compris : Sukhvinder, à en juger
par le tressautement de ses épaules, était en train de
pleurer, et Miss Harvey, paniquée, essayait de savoir
ce qui se passait. La classe entière, sentant que la
vigilance de la prof avait encore baissé d'un cran, se
déchaîna de plus belle.

« Cahouète ! Wally ! »

Andrew n'avait jamais bien compris si Kevin Cooper faisait exprès ou non d'être énervant, mais le fait
est qu'il avait le don insurpassable d'agacer tout le
monde. « Cahouète » était un très vieux surnom,
dont Andrew n'avait jamais réussi à se débarrasser
depuis le primaire ; il l'avait toujours détesté. C'est
Fats qui l'avait fait passer de mode en cessant tout

simplement de l'utiliser ; il avait toujours été l'arbitre ultime des élégances sur ce genre de sujets. Mais même sur son surnom à lui, Kevin Cooper s'était trompé : « Wally » datait de l'année précédente, et n'était resté que très brièvement en usage.

« Cahouète ! Wally !

— Mais ta gueule, tête de nœud », murmura Fats dans sa barbe. Cooper, à moitié retourné sur sa chaise, regardait Sukhvinder qui s'était recroquevillée ; son nez touchait presque la table à présent, tandis que Miss Harvey, accroupie à côté d'elle, faisait de grands gestes ridicules avec les mains, incapable de la toucher ou de lui arracher la moindre explication. D'autres élèves s'étaient retournés pour regarder cette scène un peu inhabituelle ; mais à l'avant de la classe, plusieurs garçons continuaient à chahuter, sans se préoccuper de rien d'autre que de leur propre amusement. L'un d'eux s'empara de la brosse à effacer le tableau que Miss Harvey avait laissée sur son bureau et la lança à travers la pièce.

La brosse fusa et alla se fracasser contre l'horloge murale au fond de la classe, qui se décrocha et explosa par terre en mille morceaux, déclenchant une tornade de bouts de plastique et de petites pièces en métal ; plusieurs filles, y compris Miss Harvey, sursautèrent en poussant un cri.

La porte s'ouvrit alors à toute volée et rebondit violemment contre le mur. Un brusque silence retomba sur la classe et tous les regards se tournèrent vers le Pigeon qui se tenait debout sur le seuil, cramoisi de colère.

« Qu'est-ce qui se passe ici ? Qu'est-ce que c'est que tout ce bruit ? »

Miss Harvey se redressa comme un diable dans sa boîte à côté de la table de Sukhvinder, le visage empreint d'un air coupable et terrorisé.

« Miss Harvey ! Votre classe fait un vacarme épouvantable. Que se passe-t-il ? »

Miss Harvey, pétrifiée, semblait incapable de parler. Kevin Cooper se retourna à nouveau et promena un œil goguenard sur Miss Harvey, le Pigeon, et Fats.

Ce dernier prit la parole.

« Eh bien, pour être tout à fait franc, père, nous étions en train de faire tourner cette pauvre femme en bourrique. »

Ce fut une explosion de rires. Le cou de Miss Harvey fut soudain envahi de bas en haut par une éruption de plaques violettes. Fats se balançait avec nonchalance sur les deux pieds arrière de sa chaise, le visage impassible, les yeux fixés sur le Pigeon d'un air de défi impavide.

« Ça suffit, dit le Pigeon. Si j'entends encore un bruit dans cette classe, c'est deux heures de colle pour tout le monde. C'est compris ? Tout le monde. »

Il referma la porte et les éclats de rire repartirent de plus belle.

« Vous avez entendu monsieur le proviseur adjoint ! cria Miss Harvey en regagnant son bureau à petits pas. Silence ! J'ai dit silence ! Toi, Andrew, et toi, Stuart, nettoyez-moi tout ce désordre ! Ramassez-moi ces débris ! »

Les deux garçons poussèrent de grandes exclamations théâtrales pour protester contre cette injustice, soutenus par le chœur strident de deux filles de la classe. Les vrais coupables, dont tout le monde savait que Miss Harvey avait peur, étaient tranquillement assis à leur table, le visage fendu d'un sourire. Il ne restait plus que cinq minutes avant la sonnerie ; Andrew et Fats se mirent donc à ramasser les miettes de l'horloge en traînant consciencieusement les pieds, afin de pouvoir tout laisser en plan dès que retentirait le signal de la fin des cours. Tandis que Fats se mettait une fois de plus les rieurs dans la poche en faisant la danse du Pigeon, trépignant dans tous les sens, les bras plaqués le long du corps, Sukhvinder s'essuya les yeux en catimini avec la manche de son pull, puis sombra de nouveau dans l'invisibilité.

Quand la sonnerie retentit, Miss Harvey n'essaya même pas de faire taire les rugissements ni d'endiguer la ruée des élèves vers la porte. Andrew et Fats firent disparaître à coups de pied les derniers morceaux de l'horloge cassée sous les armoires au fond de la classe, puis ramassèrent et enfilèrent leur sac à dos.

« Wally ! Wally ! cria Kevin Cooper en courant dans le couloir pour les rattraper. Hé, Wally, le Pigeon, tu l'appelles vraiment "père", chez toi ? Non mais sans déconner, c'est vrai ? »

Il était persuadé d'avoir coincé Fats, sur ce coup-là ; d'avoir trouvé la faille.

« Cooper, dit Fats en soupirant. T'es vraiment une tête de nœud. »

Et Andrew éclata de rire.

4

« Le Dr Jawanda a un petit quart d'heure de retard, dit la secrétaire à Tessa.

— Oh, ce n'est pas grave. Je ne suis pas pressée. »

C'était le début de soirée, et les fenêtres de la salle d'attente jetaient des taches de lumière bleu roi sur les murs. Il n'y avait que deux autres personnes : une vieille dame racornie et catarrheuse en chaussons, et une jeune mère qui lisait un magazine pendant que sa petite fille farfouillait dans le coffre à jouets au coin de la pièce. Tessa prit un vieux magazine sur la table basse, s'assit et feuilleta les pages, se contentant de regarder les photos. Ce léger retard lui donnait plus de temps pour réfléchir à ce qu'elle allait dire à Parminder.

Elles s'étaient brièvement parlé au téléphone ce matin. Tessa était confuse de ne pas l'avoir appelée tout de suite au moment de la mort de Barry. Parminder avait répondu que ça n'avait aucune importance, que Tessa ne devait pas s'en faire, qu'elle n'était pas fâchée du tout ; mais Tessa, forte de sa longue expérience auprès des gens les plus susceptibles et vulnérables, avait bien senti que Parminder, sous le cuir de sa carapace, était blessée. Elle avait essayé de lui expliquer qu'elle était complètement épuisée depuis ces deux derniers jours, qu'elle avait dû s'occuper de Mary, de Colin, de Fats, de Krystal Weedon ; qu'elle avait l'impression d'avoir la tête sous l'eau, d'être perdue, incapable de réfléchir, sinon aux problèmes immédiats qui lui tombaient dessus en rafale. Mais Parminder l'avait coupée en plein milieu de sa tirade désordonnée pour lui dire d'une voix calme qu'elle la verrait tout à l'heure, en consultation.

Le Dr Crawford, un ours d'homme à la barbe blanche, sortit de son cabinet, adressa un petit salut joyeux à Tessa et appela : « Maisie Lawford ? » La jeune mère eut un peu de mal à convaincre sa fille d'abandonner le vieux téléphone à roulettes qu'elle avait trouvé parmi les jouets du coffre. Sa mère la prit par la main et elle finit par se laisser emmener dans le cabinet du Dr Crawford en tournant la tête pour regarder d'un air triste le téléphone, dont elle n'avait plus aucune chance à présent de percer les secrets.

Quand la porte se fut refermée, Tessa se rendit compte qu'elle affichait un sourire niais et se dépêcha de l'effacer. Elle allait finir comme ces horribles vieilles qui roucoulaient à tout bout de champ devant les enfants et leur faisaient peur. Elle aurait tant aimé avoir une petite fille blonde et potelée à côté de son garçon tout maigre aux cheveux noirs. C'était atroce, songea Tessa en se souvenant de Fats bébé, d'avoir le cœur hanté par tous les petits fantômes de ses propres enfants, à mesure que leur vie avançait ; ils ne sauraient jamais – et n'auraient pas aimé savoir – à quel point les voir grandir était un travail de deuil permanent.

La porte de Parminder s'ouvrit ; Tessa leva les yeux.

« Mrs Weedon », dit Parminder. Son regard croisa celui de Tessa et elle lui lança un sourire qui n'en était pas un mais une simple contraction des lèvres. La vieille dame en chaussons toute rabougrie se leva avec difficulté, puis disparut à petits pas derrière la cloison de séparation à la suite de Parminder. Tessa entendit la porte se refermer d'un coup sec.

Elle lut les légendes d'une série de photos montrant les différentes tenues qu'avait portées la femme d'un joueur de foot pendant cinq jours consécutifs. Tessa regarda les longues jambes galbées de la jeune femme et se demanda si sa vie aurait été différente si elle avait eu des jambes pareilles. Elle ne pouvait pas s'empêcher de se dire que son existence en aurait été transformée du tout au tout. Ses jambes à elle étaient épaisses, informes et courtaudes ; elle les aurait volontiers dissimulées en permanence en portant des bottes, mais ce n'était pas facile d'en trouver dont la fermeture éclair arrive à franchir la barre de ses mollets. Elle se rappelait avoir dit un jour à une adolescente boulotte, dans son bureau d'orientation, que l'important dans la vie, ce n'était pas le physique mais la personnalité. *Le nombre de conneries qu'on raconte aux gosses, quand même…*, songea Tessa en tournant la page du magazine.

Une autre porte, qu'elle ne voyait pas, s'ouvrit à grand fracas. Quelqu'un criait d'une voix rauque.

« J'vais encore plus mal qu'avant à cause de vous. Ça va pas, ça. Moi j'viens pour m'faire soigner. C'est vot' boulot… c'est vot'… »

Tessa et la secrétaire échangèrent un regard, puis tournèrent la tête pour voir d'où provenait cet esclandre. Tessa entendit la voix de Parminder – ce petit accent de Birmingham dont Pagford n'avait jamais réussi à effacer la trace.

« Mrs Weedon, vous continuez à fumer, ce qui a une incidence sur la dose que je vous prescris. Si seulement vous arrêtiez le tabac – les fumeurs méta-bolisent plus vite la théophylline, donc non seule-ment les cigarettes aggravent votre emphysème, mais en plus elles empêchent le principe actif du médica-ment de…

— Arrêtez d'me crier d'ssus ! J'en ai assez d'vous ! J'vais vous dénoncer ! Vous m'avez donné des putains de mauvais cachets ! J'veux voir quelqu'un d'autre ! J'veux voir le Dr Crawford ! »

La vieille dame surgit de derrière la cloison en se dandinant, la respiration sifflante et le visage rouge.

« Elle va finir par m'faire crever, cette salope de Paki ! Vous approchez pas d'elle ! cria-t-elle à Tessa. Elle va rien faire qu'vous crever avec ses médocs, saloperie de Paki ! »

Elle sortit du cabinet en trottinant d'un pas mal assuré dans ses chaussons, vissée sur elle-même, le souffle rocailleux, en déversant une flopée de jurons aussi bruyants que le lui permettaient ses poumons assiégés par la maladie. Le battant de la porte claqua derrière elle. La secrétaire et Tessa échangèrent à nouveau un regard. Elles entendirent la porte du cabinet de Parminder se refermer.

Elle ne réapparut que cinq minutes plus tard. La secrétaire fit mine de se concentrer sur l'écran de son ordinateur.

« Mrs Wall, dit Parminder en affichant de nouveau son faux sourire.

— Qu'est-ce qui s'est passé ? demanda Tessa après s'être assise en face d'elle.

— Les nouveaux médicaments de Mrs Weedon lui donnent des maux d'estomac, dit Parminder d'une voix posée. Alors, on fait des analyses de sang aujourd'hui, c'est ça ?

— Oui, dit Tessa, à la fois intimidée et vexée par le ton froidement professionnel de Parminder. Comment vas-tu, Minda ?

— Moi ? Très bien. Pourquoi ?

— Eh bien... Barry... Je sais à quel point il comptait pour toi, et à quel point tu comptais pour lui. »

Des larmes montèrent aux yeux de Parminder, et elle essaya de les ravaler en clignant des paupières, mais trop tard – Tessa les avait vues.

« Minda », dit-elle en posant sa main potelée sur celle, toute fine, de Parminder, mais celle-ci la retira d'un geste vif comme si Tessa venait de la piquer. Puis, trahie par son propre réflexe, elle se mit à pleurer pour de bon, incapable de se cacher dans la pièce étriquée, même si elle s'était tournée autant que possible dans son fauteuil pivotant.

« Je m'en suis terriblement voulu quand je me suis aperçue que je ne t'avais pas téléphoné, dit Tessa tandis que Parminder faisait des efforts rageurs pour étouffer ses sanglots. J'avais honte, si tu savais ! Je voulais t'appeler, mentit-elle, mais nous n'avions pas fermé l'œil, nous avions passé toute la nuit à l'hôpital, et ensuite nous avons dû partir directement au travail. Colin s'est effondré pendant le Rassemblement en annonçant la nouvelle aux élèves, et il a provoqué une scène affreuse avec Krystal Weedon devant tout le monde. Et ensuite Stuart n'a rien trouvé de mieux à faire que de sécher les cours. Et Mary est dans le trente-sixième dessous... mais je suis vraiment, vraiment désolée, Minda, j'aurais dû t'appeler.

« — … icule, dit Parminder d'une voix empâtée, le visage dissimulé derrière le mouchoir qu'elle avait retiré de sa manche. Mary… c'est ça le plus important…

— Tu aurais été la première que Barry aurait voulu prévenir, dit Tessa avec tristesse et, à son grand embarras, elle se mit à pleurer à son tour. Minda, je suis désolée, sanglota-t-elle, mais il fallait que je m'occupe de Colin et de tout le reste.

— Ne sois pas bête, dit Parminder en déglutissant et en s'essuyant le coin des yeux. Regarde-nous, c'est complètement idiot… »

Non, ce n'est pas idiot. Oh, laisse-toi aller, pour une fois, Parminder…

Mais le docteur redressa ses fines épaules, se moucha un grand coup puis se rassit bien en face de Tessa.

« C'est Vikram qui te l'a dit ? demanda timidement celle-ci en attrapant du bout des doigts une nouvelle poignée de Kleenex sur le bureau de Parminder.

— Non. Howard Mollison. À l'épicerie.

— Oh, mon Dieu, Minda, je suis désolée.

— Arrête, voyons. Tout va bien. »

Parminder se sentait un peu mieux après avoir pleuré ; et mieux disposée à l'égard de Tessa, qui séchait les larmes baignant son visage aimable et sans grâce. Elle en éprouva un soulagement, car maintenant que Barry était mort, Tessa était sa seule véritable amie à Pagford. (Elle disait toujours « à Pagford », comme pour se convaincre elle-même que quelque part, au-delà des frontières de la petite ville, elle avait une myriade d'amis fidèles. Elle n'avait jamais réussi à admettre qu'en fait d'amis, elle n'avait que les souvenirs de sa bande de copains de classe à Birmingham, dont les vicissitudes de la vie l'avaient depuis longtemps éloignée ; et les quelques collègues avec qui elle avait fait ses études et son internat, qui lui envoyaient toujours une carte à Noël mais qui ne venaient jamais lui rendre visite, et qu'elle n'allait jamais voir non plus.)

« Et Colin, comment ça va ? »

Tessa poussa un petit gémissement.

« Oh, Minda… Si tu savais. Il dit qu'il veut remplacer Barry au Conseil paroissial. »

Le sillon vertical déjà prononcé entre les sourcils noirs et épais de Parminder se creusa plus encore.

« Non mais tu imagines Colin, candidat à une élection ? s'exclama Tessa, serrant dans son poing fermé son Kleenex trempé. Aux prises avec les Aubrey Fawley et les Howard Mollison ? Essayer d'être à la hauteur de Barry ? À se répéter qu'il faut qu'il gagne cette bataille pour Barry… toutes ces responsabilités…

— Colin a beaucoup de responsabilités à l'école, dit Parminder.

— Tu parles », dit Tessa sans réfléchir. Aussitôt choquée par sa propre déloyauté, elle se remit à pleurer. C'était quand même bizarre ; elle était venue au cabinet déterminée à consoler Parminder, et c'était elle à présent qui vidait son sac. « Tu sais bien comment il est, Colin, il prend tout à cœur, il prend tout *personnellement*…

— Il se débrouille très bien, tu sais, vu les circonstances, dit Parminder.

— Oh, je sais, dit Tessa d'une voix lasse, rendant les armes. Je sais. »

Colin était pour ainsi dire la seule personne au monde à qui la sévère, l'inflexible Parminder témoignait volontiers sa compassion. En retour, Colin ne supportait pas qu'on dise un mot de travers sur elle ; il était son défenseur le plus ardent à Pagford ; « excellent toubib, lançait-il à quiconque osait la critiquer en sa présence, le meilleur que j'aie jamais eu ». Parminder n'avait pas beaucoup d'alliés ; elle avait mauvaise réputation auprès de la vieille garde pagfordienne, qui lui reprochait sa pingrerie sur les antibiotiques et les renouvellements d'ordonnance.

« Si Howard Mollison arrive à obtenir ce qu'il veut, il n'y aura pas d'élection du tout, dit Parminder.

— Comment ça ?

— Il a envoyé un mail. Je l'ai reçu il y a une demi-heure. »

Parminder se tourna vers son ordinateur, composa un mot de passe, et fit apparaître sa boîte mail à l'écran. Elle fit pivoter celui-ci pour que Tessa puisse lire le message de Howard. Le premier paragraphe exprimait sa profonde tristesse après la mort de Barry. Le second suggérait que, le mandat du défunt étant entamé depuis presque un an déjà, un remplacement par cooptation serait sans doute préférable à une élection, dont l'organisation serait coûteuse.

« Il a déjà aligné ses pions, dit Parminder. Il veut placer un de ses proches avant que quiconque puisse l'en empêcher. Je ne serais pas étonnée qu'il s'agisse de Miles.

— Oh, mais non, voyons, réagit aussitôt Tessa. Miles était à l'hôpital avec Barry… non, il était bouleversé…

— Ce que tu peux être naïve, Tessa, dit Parminder, et Tessa fut choquée par le ton acerbe de son amie. Tu ne comprends pas comment fonctionne Howard Mollison. C'est un horrible type, horrible. J'aurais voulu que tu entendes ce qu'il a dit en apprenant que Barry avait écrit au journal à propos des Champs. Si tu savais ce qu'il essaie de faire avec la clinique de désintoxication. Attends un peu. Tu verras. »

Sa main tremblait tellement qu'il lui fallut un moment pour arriver à fermer le mail de Mollison.

« Tu verras, répéta-t-elle. Bon, allons-y, il faut que je libère Laura dans pas trop longtemps. Je vais vérifier ta tension d'abord. »

Parminder avait fait une faveur à Tessa en acceptant de la recevoir si tard, après l'école. L'infirmière du cabinet, qui vivait à Yarvil, déposerait le prélèvement sanguin de Tessa au labo de l'hôpital en rentrant chez elle. Nerveuse et étrangement vulnérable, Tessa remonta la manche de son vieux cardigan vert. Le Dr Jawanda lui enroula le manchon en Velcro autour du biceps. De près, la ressemblance entre Parminder et sa deuxième fille était soudain évidente, car on ne remarquait plus la différence entre leurs silhouettes (la mère était mince comme un fil de fer tandis que Sukhvinder était plutôt enrobée), et les similarités de leurs visages apparaissaient : le nez busqué, la bouche large, la lèvre inférieure épaisse, et les grands yeux ronds et noirs. Le manchon comprima douloureusement la peau flasque du bras de Tessa tandis que Parminder observait le cadran du manomètre.

« 16,5 sur 9, dit le médecin en fronçant les sourcils. C'est élevé, Tessa ; trop élevé. »

Avec des gestes rapides et sûrs, elle sortit une seringue stérile de son emballage, tendit le bras pâle et constellé de grains de beauté de Tessa, puis fit glisser l'aiguille dans le creux de l'avant-bras.

« J'emmène Stuart à Yarvil demain après-midi, dit Tessa en regardant le plafond. Acheter un costume pour l'enterrement. Je n'ose même pas imaginer la scène, s'il essaie d'y aller en jean. Colin serait fou furieux. »

Elle s'efforçait de ne pas penser au liquide sombre et mystérieux qui s'écoulait dans le petit tube en plastique. Elle avait peur que son sang la trahisse ; qu'il révèle à quel point elle n'avait pas été sage ; que toutes les barres au chocolat et tous les muffins qu'elle avait mangés resurgissent sous la forme insidieuse de glucose dans son sang.

Puis elle se dit avec amertume qu'elle aurait beaucoup moins de mal à garder ses distances avec le chocolat si sa vie était moins stressante. Elle passait l'essentiel de ses journées à essayer d'aider les autres – alors un petit muffin de temps en temps, ce n'était tout de même pas la fin du monde… En regardant Parminder étiqueter les tubes de prélèvement remplis, elle se prit à espérer ce qui, aux yeux de son mari et de son amie, aurait été une hérésie : que Howard Mollison triomphe, et qu'il n'y ait pas d'élection.

5

Simon Price quittait l'imprimerie à dix-sept heures sonnantes tous les jours, sans faute. Il avait fait son quota, et basta ; la maison l'attendait, propre, agréable, au sommet de la colline, à des années-lumière du fracas et du bourdonnement constant de l'usine de Yarvil. Rester au bureau après l'heure où il était censé débaucher (bien qu'il fût cadre à présent, Simon n'avait jamais pu se débarrasser de ses vieux réflexes d'ouvrier apprenti) aurait donné l'impression pathétique qu'il n'avait pas de vie en dehors du travail, ou pire encore, qu'il essayait de lécher le cul de la direction.

Mais aujourd'hui, Simon avait un petit détour à faire avant de rentrer chez lui. Sur le parking, il retrouva le jeune conducteur de transpalettes qui mâchait tout le temps du chewing-gum, et ils s'enfoncèrent ensemble dans la pénombre des rues, sous les indications du gamin, jusque dans la cité des Champs, passant même juste devant la maison où Simon avait grandi. Il ne l'avait pas revue depuis des années ; sa mère était morte ; son père s'était évanoui dans la nature quand il avait quatorze ans, et n'avait plus jamais donné de nouvelles depuis. Simon fut troublé et attristé de voir la maison de son enfance bardée de planches de bois et à moitié immergée dans le chiendent. Sa vieille maman avait toujours tiré une grande fierté de sa maison.

Le gamin dit à Simon de se garer au bout de Foley Road, puis sortit de la voiture et le planta derrière le volant pour se diriger vers une bicoque d'apparence encore plus sordide que les autres. La lumière du réverbère le plus proche laissait deviner une montagne d'ordures entassées sous une fenêtre du rez-de-chaussée. Simon se demanda pour la première fois si cette petite virée pour aller récupérer un ordinateur volé, qui plus est à bord de sa propre voiture, était vraiment l'idée du siècle. Depuis le temps, la cité devait sûrement s'être équipée en caméras de surveillance, pour tenir à l'œil toute la racaille à capuche qui zonait dans le coin. Il regarda autour de lui, mais ne repéra aucun dispositif ; personne ne semblait l'épier, à part une grosse bonne femme qui, le nez collé à sa fenêtre carrée aux allures de lucarne de prison, le dévisageait ouvertement. Simon lui adressa une grimace d'hostilité, mais elle continua à le fixer des yeux en fumant sa cigarette ; alors il tourna la tête, cacha son visage derrière sa main et regarda par le pare-brise.

Son passager était déjà de retour ; il sortit de la maison et revint vers la voiture, la démarche encombrée par le carton de l'ordinateur. Derrière lui, sur le seuil, Simon aperçut une adolescente, avec un petit garçon à ses pieds ; elle se retira dès qu'elle sentit les yeux de Simon sur elle, et tira le petit à l'intérieur de la maison.

Simon mit le contact et fit ronfler le moteur tandis que monsieur chewing-gum arrivait à sa hauteur.

« Attention, dit Simon en se penchant pour lui ouvrir la portière. Posez-le là, ça ira. »

Le gamin posa le carton sur le siège passager encore tiède. Simon avait prévu de l'ouvrir pour vérifier qu'il ne s'était pas fait voler son argent, mais, de plus en plus conscient de sa propre imprudence, il décida de passer outre, se contentant de donner un petit coup sur le carton – il était lourd ; il aurait du mal à le transporter tout seul. Mais il n'avait qu'une envie : déguerpir de là.

« Ça va si je vous laisse ici ? dit-il d'une voix forte comme s'il était déjà trois rues plus loin.

— Pourriez pas m'déposer à l'hôtel Crannock ?

— Désolé, mon vieux, je vais dans la direction opposée, dit Simon. Allez, merci et salut. »

Simon accéléra. Dans le rétroviseur, il vit le gamin rester sidéré sur place, l'air furieux, et sa bouche former le mot « connard ». Mais Simon s'en foutait. Il fallait qu'il parte d'ici au plus vite, avant que sa plaque d'immatriculation ne se retrouve immortalisée sur l'un de ces enregistrements de vidéosurveillance en noir et blanc tout neigeux qu'ils passaient en boucle aux infos.

Il atteignit la rocade dix minutes plus tard, mais même après avoir laissé Yarvil derrière lui, quitté la route à deux voies et rejoint la colline au sommet de laquelle il distinguait maintenant l'abbaye en ruine, il continuait de se sentir mal à l'aise, tendu, et n'éprouva pas l'élan de félicité profonde qui accompagnait en général ce moment de la soirée où, franchissant ce promontoire, il apercevait sa maison, de l'autre côté du vallon de Pagford, tel un petit mouchoir blanc piqué sur la cime opposée.

Ruth n'était de retour que depuis dix minutes, mais le dîner était déjà prêt et elle était en train de mettre la table quand Simon débarqua avec l'ordinateur ; on mangeait tôt à Hilltop House, conformément aux souhaits du maître de céans. Le petit cri d'excitation que poussa Ruth en voyant le carton agaça son mari. Elle n'avait aucune idée de l'épreuve qu'il avait traversée ; elle n'avait pas conscience un seul instant des risques qu'il prenait afin de pourvoir au confort de sa famille à moindre coût. Ruth, de son côté, avait tout de suite senti que Simon était d'humeur massacrante et, par conséquent, que l'explosion pouvait se produire à tout moment ; elle ne connaissait qu'une seule façon de réagir dans ce genre de circonstances : raconter sa journée d'un ton badin en espérant que le nuage se dissiperait dès que son mari aurait mangé un morceau – si tant est qu'aucun événement, entre-temps, ne vienne le contrarier davantage.

À dix-huit heures précises, après que Simon eut ouvert le carton et découvert qu'il manquait le mode d'emploi de l'ordinateur, la famille Price passa à table.

Andrew voyait bien que sa mère était nerveuse, car elle parlait de tout et de rien sur un ton familier, enjoué et totalement artificiel. Elle avait l'air de croire, en dépit de tout ce que ses longues années d'expérience auraient dû lui enseigner, que si elle se débrouillait pour créer une ambiance agréable et feutrée, Simon n'oserait pas la ruiner. Andrew se servit une part de hachis à la viande (préparé par Ruth et décongelé au fil de la semaine) en évitant de croiser le regard de son père. Il avait bien mieux à faire que de se préoccuper de ses parents. Gaia Bawden lui avait dit « salut » quand ils s'étaient retrouvés nez à nez devant le labo de biologie ; un salut automatique et plutôt inconséquent, cela dit ; elle ne l'avait pas regardé une seule fois de tout le cours.

Andrew aurait aimé en savoir plus sur les filles ; il n'en avait jamais fréquenté une d'assez près pour découvrir comment les choses fonctionnaient à l'intérieur de leur tête. Cette lacune béante dans sa connaissance du monde ne l'avait jamais beaucoup dérangé, jusqu'au jour où Gaia était montée dans le bus, déclenchant chez lui une curiosité aussi intense que soudaine, et qui pour la première fois se focalisait sur une fille en tant qu'individu – par opposition à la fascination impersonnelle que l'autre sexe dans son ensemble exerçait sur lui depuis plusieurs années, à son intérêt d'ordre général pour le bourgeonnement des seins et l'apparition des bretelles de soutien-gorge sous le chemisier blanc de l'uniforme scolaire, et à la perplexité mêlée de légère répugnance que lui inspirait le mystère de la menstruation.

Fats avait des cousines, qui venaient parfois chez lui. Un jour, en allant aux toilettes juste après la plus jolie d'entre elles, Andrew avait trouvé l'enveloppe transparente d'une serviette hygiénique jetée par mégarde à côté de la corbeille. Cette preuve concrète, physique, de la présence dans les parages immédiats d'une fille ayant en ce moment même ses règles avait été l'équivalent, pour le garçon de treize ans, du surgissement dans le ciel d'une comète rarissime. Il avait réussi à ne pas se laisser emporter au point de raconter à Fats ce qu'il avait vu, ce qu'il avait découvert, et ce que signifiait pour lui cette révélation fabuleuse. Il avait ramassé l'enveloppe du bout des ongles, l'avait vite lâchée dans la corbeille, puis s'était lavé les mains plus frénétiquement que jamais.

Andrew passait beaucoup de temps à regarder la page Facebook de Gaia sur son ordinateur portable.

Elle y était presque plus intimidante qu'en chair et en os. Il consacrait des heures à décortiquer les photos des gens qu'elle avait laissés derrière elle, dans la capitale. Elle venait d'un monde différent : elle avait des amis noirs, des amis asiatiques, des amis dont il était incapable de prononcer le nom. Une photo d'elle en maillot de bain s'était gravée dans son cerveau comme au fer rouge – et une autre, où on la voyait serrée contre un garçon à la peau couleur café et à la beauté révoltante. Il n'avait pas de boutons, et il avait des poils de barbe ; des vrais. L'examen approfondi de tous les messages postés sur la page de Gaia avait permis à Andrew, par recoupement, de découvrir que ce garçon avait dix-huit ans et s'appelait Marco de Luca. Il avait lu leur correspondance sur Facebook avec la concentration d'un pirate informatique cherchant à décrypter un code ultrasecret, sans parvenir à savoir, au bout du compte, si ce Marco était ou non le petit ami de Gaia.

Ces enquêtes virtuelles étaient souvent teintées d'angoisse, car Simon, qui avait une compréhension limitée du fonctionnement d'internet et s'en méfiait de manière instinctive, dans la mesure où c'était le seul domaine de la vie de ses fils sur lequel il eût moins de contrôle et de liberté qu'eux, faisait parfois irruption à l'improviste dans leurs chambres pour surveiller ce qu'ils étaient en train de regarder. Il voulait seulement, se défendait-il, s'assurer qu'ils ne faisaient pas exploser le forfait internet familial, mais Andrew savait que ce n'était en réalité qu'une façon parmi cent autres d'exercer son pouvoir sur eux, si bien que le curseur, sur l'écran, ne s'éloignait jamais trop de la petite croix qui lui permettrait de fermer la page en cas d'urgence, chaque fois qu'il s'absorbait dans les méandres du profil en ligne de Gaia.

Ruth continuait de papoter toute seule de ceci, de cela, et s'efforçait en vain d'arracher à Simon autre chose que de vagues borborygmes monosyllabiques et bougons.

« Ooooh, s'écria-t-elle tout à coup. J'ai complètement oublié de te raconter, Simon : j'ai parlé à Shirley aujourd'hui de ta possible candidature au Conseil paroissial. »

Les mots percutèrent Andrew comme un coup de poing à l'estomac.

« Tu te présentes au Conseil ? » bafouilla-t-il.

Simon haussa lentement les sourcils. L'un des muscles de sa mâchoire était agité de tics nerveux.

« Ça te pose un problème ? demanda-t-il d'une voix chargée d'agressivité.

— Pas du tout », mentit Andrew.

Putain non mais tu plaisantes, j'espère. Toi ? Candidat à une élection ? Oh, putain, non.

« C'est marrant parce qu'on dirait que ça te pose un problème, dit Simon en regardant son fils droit dans les yeux.

— Non, répéta Andrew en baissant les siens sur son hachis.

— En quoi ça te pose un problème que je me présente au Conseil ? continua Simon qui n'avait pas l'intention de lâcher l'affaire et n'attendait que la première occasion pour évacuer toute la tension de la journée dans une explosion de rage cathartique.

— Non mais ça ne me pose aucun problème, je t'assure. Je suis surpris, c'est tout.

— Ah. Aurais-je dû te consulter avant de prendre ma décision ?

— Non.

— Oh ! merci *beaucoup*, dit Simon, la mâchoire inférieure en avant, signe infaillible, en général, de l'imminence de la crise de colère. Au fait, ça y est, il a trouvé un job, le petit branleur qui vit à mes crochets ? Hein, petit con ?

— Non. »

Simon toisait Andrew, une fourchette de hachis refroidi immobilisée à mi-course entre son assiette et sa bouche. Andrew baissa les yeux et se remit à manger, déterminé à ne pas provoquer son père. La pression de l'air dans la cuisine semblait avoir augmenté d'un cran. Paul faisait crisser son couteau dans son plat.

« D'après Shirley, reprit Ruth d'une voix toujours aussi guillerette et haut perchée, bien décidée à faire comme si tout allait bien jusqu'au moment inévitable où ce ne serait plus possible, on peut passer par le site internet du Conseil, Simon. Tu devrais te déclarer tout de suite. »

Simon ne réagit pas.

Abattue par l'échec de cette ultime tentative, Ruth se tut à son tour. Elle avait bien peur de savoir ce qui mettait son mari de si mauvaise humeur. L'angoisse la dévorait ; elle s'inquiétait tout le temps, depuis toujours ; elle ne pouvait pas s'en empêcher. Elle savait qu'elle le rendait fou chaque fois qu'elle lui demandait de la rassurer. Il fallait impérativement qu'elle s'abstienne de dire quoi que ce soit.

« Sim ?

— Quoi ?

— Tout va bien, n'est-ce pas ? Pour l'ordinateur ? »

Ruth était très mauvaise actrice. Elle essayait de donner à sa voix une inflexion calme et légère, mais elle demeurait tremblante et stridente.

Ce n'était pas la première fois que de la marchandise volée franchissait le seuil de leur maison. Simon avait aussi trouvé le moyen de trafiquer le compteur électrique et faisait des petits boulots au noir, à l'imprimerie. Tout cela lui tordait le ventre, la tenait éveillée la nuit ; mais Simon méprisait les gens qui n'osaient pas prendre de risques (et l'une des raisons pour lesquelles elle était tombée amoureuse de lui, dès le début, était que ce garçon brusque et mal dégrossi, qui se montrait dédaigneux, vulgaire et agressif envers presque tout le monde, avait pris la peine de la séduire ; qu'il l'avait choisie, lui à qui il était si difficile de plaire ; qu'il avait décidé qu'elle, et elle seule, était digne de lui).

« Mais de quoi tu parles ? » demanda calmement Simon. Il lâcha son fils pour tourner son attention vers Ruth, et la fixa du même regard, intense et assassin.

« Je veux dire, nous n'aurons pas… il n'y aura pas de problème, n'est-ce pas ? »

Simon fut saisi par une envie subite de la punir pour avoir décelé ses craintes et les attiser par sa propre inquiétude.

« Ouais bah justement, je ne voulais pas en parler, mais…, dit-il lentement pour se donner le temps de concocter sa petite histoire… mais y a eu du grabuge pendant le casse. » Andrew et Paul s'arrêtèrent de manger et levèrent les yeux. « Un gardien de sécurité s'est fait tabasser. Quand je l'ai su, il était trop tard. J'espère juste que ça va pas nous retomber dessus. »

Ruth n'arrivait plus à respirer. Elle était abasourdie par le ton posé, le calme olympien avec lequel il parlait d'un acte criminel et violent. Ça expliquait pourquoi il était de si mauvaise humeur, en rentrant à la maison ; ça expliquait tout.

« C'est pourquoi il est crucial que personne ne parle de cet ordinateur, à qui que ce soit », dit Simon.

Il leur lança à tous les trois un regard sévère, pour les convaincre par la seule force de sa personnalité du danger qui planait sur eux.

« Motus et bouche cousue », acquiesça Ruth dans un souffle.

Son imagination galopante la bombardait déjà de visions d'horreur : l'arrivée de la police ; l'inspection de l'ordinateur ; l'arrestation de Simon, accusé – à tort – d'agression à main armée ; la prison.

« Vous avez entendu papa ? murmura-t-elle à ses fils. Vous ne devez dire à personne que nous avons un nouvel ordinateur.

— Ça devrait aller, dit Simon. Ça devrait aller. Du moment que tout le monde la boucle. »

Il baissa de nouveau les yeux vers son hachis. Le regard de Ruth papillonnait de son mari à ses fils. Paul poussait sa nourriture dans son assiette à petits coups de fourchette, muet, effrayé.

Mais Andrew ne croyait pas un mot de ce qu'avait dit son père.

Enfoiré de sale menteur de merde. Tu voulais juste lui faire peur.

À la fin du dîner, Simon se leva et dit : « Bon, allons voir si ça marche au moins, cette saloperie. Toi, dit-il en pointant le doigt vers Paul, sors-le du carton et va le poser sur le guéridon. Et doucement. Toi (le doigt pointé sur Andrew), tu fais de l'informatique à l'école, non ? Tu vas me montrer comment faire. »

Simon se dirigea vers le salon. Andrew savait qu'il essayait de les piéger, qu'il voulait qu'ils se plantent : Paul, qui était petit et nerveux, risquait de lâcher l'ordinateur, et lui, Andrew, était sûr de faire une connerie ou une autre. Derrière eux, dans la cuisine, Ruth empilait les assiettes, débarrassait la table. Elle, au moins, n'était plus dans la ligne de mire pour le moment.

Andrew alla aider Paul à soulever le disque dur.

« C'est bon, il peut le faire, c'est quand même pas une chochotte à ce point-là ! » dit Simon.

Par miracle, Paul, les mains tremblantes, arriva à le poser sur le guéridon sans le faire tomber ; puis il resta là, les bras ballants, empêchant son père d'accéder à l'ordinateur.

« Tire-toi de là, petit merdeux », cria Simon. Paul alla se réfugier derrière le canapé pour regarder la suite. Simon ramassa un câble au hasard et le montra à Andrew.

« Ça, je le mets où ? »

Dans ton cul, connard.

« Attends, donne, je vais…

— Je le mets où, je t'ai demandé, putain ! rugit Simon. Tu fais de l'informatique – dis-moi où je le mets ! »

Andrew se pencha pour regarder à l'arrière du disque dur ; il indiqua d'abord une mauvaise prise, mais, par chance, trouva la bonne du deuxième coup.

Ils avaient presque fini quand Ruth vint les rejoindre dans le salon. Andrew devina, d'un seul regard furtif, qu'elle ne voulait pas que l'ordinateur fonctionne ; qu'elle voulait que Simon le bazarde quelque part au plus vite, et tant pis pour les quatre-vingts livres.

Simon s'assit devant le moniteur. Après plusieurs tentatives infructueuses, il s'aperçut qu'il n'y avait pas de piles dans la souris sans fil. Il envoya Paul en trouver dare-dare à la cuisine. Il revint et tendit les piles à son père, qui les lui arracha des mains comme si son fils allait les lui voler.

La langue coincée entre la gencive et la lèvre inférieure – de sorte qu'un renflement grotesque faisait saillir sa mâchoire –, Simon installa les piles en faisant des grimaces d'effort disproportionnées. Il affichait toujours cet air brutal et dément pour prévenir qu'il était à bout de nerfs et qu'il avait bientôt atteint le point de non-retour au-delà duquel il ne répondait plus de rien. Andrew songea un instant à quitter la pièce pour laisser son père se débrouiller tout seul, afin de le priver du plaisir, auquel il tenait tant, de pouvoir accomplir sa petite démonstration de force sous l'œil d'un public admiratif ; il eut presque l'impression d'éprouver physiquement le choc de la souris contre sa tempe au moment où, en pensée, il tournait les talons.

« Putain mais… tu vas… entrer… bor… DEL ! »

Simon se mit à produire un bruit sourd et bestial, dont lui seul avait le secret, et qui allait parfaitement avec son visage bourrelé d'agressivité.

« Hrrrlll… hrrrlll… putain de saloperie de MERDE ! Tiens, fais-le, toi ! *Toi !* Oui, toi, là, avec tes doigts de petite fiotte ! »

Simon donna la souris et les piles à Paul en les lui collant d'un geste brusque sur la poitrine. Le garçon inséra les petits cylindres d'une main tremblante, referma le clapet et rendit le tout à son père.

« Merci, *Pauline*. »

La mâchoire inférieure de Simon était toujours aussi proéminente que celle d'un homme de Neandertal. On avait souvent l'impression, en le regardant faire, que les objets inanimés étaient ligués contre lui. Il posa la souris sur son tapis.

Faites que ça marche.

Une petite flèche blanche apparut à l'écran et se mit à tournoyer joyeusement dès que Simon fit bouger la souris.

La peur s'envola aussitôt, comme libérée par un ressort ; une vague de soulagement submergea les trois spectateurs ; l'australopithèque disparut et Simon retrouva son visage normal. Andrew eut la vision d'un cortège de Japonais en blouse blanche : les hommes et les femmes qui avaient assemblé cette machine sans défaut, tous dotés de doigts aussi agiles et délicats que ceux de Paul ; ils s'inclinaient devant lui, doux, respectueux, civilisés. Andrew leur adressa, à eux et à leurs familles, sa bénédiction silencieuse. Ils n'auraient jamais conscience des enjeux qu'avait représentés le fonctionnement de cet ordinateur précis.

Ruth, Andrew et Paul attendirent, concentrés, que Simon se familiarise avec la bête. Il fit surgir des menus, eut un peu de mal à les faire disparaître, appuya sur des icônes dont il ne comprenait pas la fonction, décontenancé devant les résultats obtenus par ses manipulations, mais il était redescendu des sommets dangereux où l'avait hissé sa fureur. Après avoir réussi tant bien que mal à retrouver l'écran d'accueil principal, il leva les yeux vers sa femme : « Ça marche pas mal, non ? »

— C'est formidable ! répondit aussitôt Ruth avec un sourire forcé, comme si les trente dernières minutes n'avaient jamais eu lieu, comme s'il venait d'acheter cet ordinateur dans un grand magasin et l'avait mis en route sans la moindre violence. Ça a l'air d'aller vite, hein, Simon ? Beaucoup plus vite que celui d'avant. »

Il n'a pas encore ouvert le navigateur, pauvre femme.

« Ouais, je trouve aussi. »

Il jeta un coup d'œil à ses fils.

« Ce truc est flambant neuf et coûte la peau du cul, alors vous y allez mollo, compris ? Et vous n'en parlez à personne, ajouta Simon dans un ultime sursaut de méchanceté qui glaça l'assistance. D'accord ? Vous m'avez bien compris ? »

Tout le monde hocha la tête. Le visage de Paul était tendu et figé comme un masque. À l'insu de son père, il traça un huit sur sa jambe du bout de son index effilé.

« Et fermez-moi ces putains de rideaux. Qu'est-ce qu'ils font encore ouverts à cette heure-ci ? »

On était trop occupés à regarder tes conneries pour aller les fermer, ducon.

Andrew tira les rideaux et quitta la pièce.

Même une fois réfugié dans sa chambre et allongé sur son lit, Andrew fut incapable de retrouver le fil de ses douces méditations au sujet de Gaia Bawden.

La perspective de voir son père se présenter comme candidat au Conseil avait surgi de nulle part tel un iceberg géant dont l'ombre oblitérait tout, y compris Gaia.

Toute sa vie, Andrew avait vu son père s'enfermer dans un mépris satisfait à l'égard du reste du monde, transformer sa maison en forteresse imprenable où sa volonté avait force de loi et où ses humeurs faisaient la pluie et le beau temps dans le ciel familial. En grandissant, il s'était rendu compte que cet isolement n'avait rien de normal et s'était mis à en avoir un peu honte. Les parents de ses amis lui demandaient où il habitait, incapables de situer la famille Price sur la carte de Pagford ; ils posaient des questions anodines, voulaient savoir si sa mère ou son père avaient l'intention d'assister à tel ou tel événement, de participer à telle ou telle collecte de fonds. Certains se souvenaient de Ruth, la revoyant à l'époque où elle accompagnait son fils à l'école primaire et restait un moment avec les autres mères dans la cour avant le début de la classe. Elle était beaucoup plus sociable que Simon. Si elle n'avait pas épousé un tel ours, peut-être aurait-elle ressemblé à la mère de Fats, toujours occupée à déjeuner ou dîner avec des amis, toujours affairée et connectée à la vie de Pagford.

Les très rares fois où Simon se retrouvait en contact direct avec des gens susceptibles de servir ses intérêts, il adoptait une attitude hypocrite, pompeuse et supérieure, qui rendait Andrew hystérique. Il leur coupait la parole, faisait des blagues lourdes et froissait souvent malgré lui la sensibilité de ses interlocuteurs, parce qu'il ne les connaissait pas, n'avait aucune envie de les connaître et, de toute façon, ne leur parlait que contraint et forcé. Andrew en était venu à se demander si, aux yeux de son père, les autres êtres humains existaient réellement.

D'où lui venait cette soudaine ambition de sortir de l'obscurité pour jouer sur le devant de la scène ? Andrew ne se l'expliquait pas – mais une chose était sûre : le désastre était inévitable. Andrew savait qu'il existait des parents d'un autre genre, des parents qui participaient à des courses cyclistes sponsorisées pour récolter des fonds destinés à financer les éclairages de Noël du Square, des parents qui s'occupaient des scouts, ou qui organisaient des clubs de lecture. Simon ne faisait jamais rien qui exigeât de lui de collaborer avec d'autres personnes, et n'avait jamais montré le moindre signe d'intérêt pour une activité qui ne fût pas susceptible de lui rapporter un bénéfice direct.

Des visions abominables commençaient déjà à se bousculer dans son esprit paniqué : Simon en train de prononcer un discours électoral lardé de mensonges éhontés comme ceux qu'il faisait avaler en permanence à sa femme ; Simon revêtant son masque néandertalien pour essayer d'intimider un adversaire ; Simon perdant les pédales et se mettant à cracher dans le micro un chapelet d'injures choisies : *putain de saloperie de chiotte de bordel à cul...*

Andrew fit glisser son ordinateur vers lui, mais le repoussa presque aussitôt. Il n'esquissa même pas le geste d'attraper son portable sur son bureau. La magnitude de l'angoisse et de la honte qu'il ressentait ne pouvait pas s'exprimer par mail ou par texto ; il devait y faire face seul ; même Fats n'aurait pas compris. Il ne savait pas quoi faire.

Vendredi

Le corps de Barry Fairbrother avait été emmené aux pompes funèbres. Les larges entailles dans le crâne blanc, noires et profondes comme des sillons de patins à glace, étaient camouflées par l'épaisse forêt de sa chevelure. Froid, cireux et vide, le cadavre, revêtu de la chemise et du pantalon que Barry avait mis pour sa soirée d'anniversaire de mariage, reposait dans un salon mortuaire à l'éclairage tamisé, bercé par une musique douce. Quelques touches discrètes de maquillage avaient redonné un peu d'éclat de vie à sa peau. On avait presque l'impression qu'il dormait – presque.

Les deux frères de Barry, sa veuve et ses quatre enfants vinrent lui adresser leurs derniers adieux la veille des funérailles. Mary avait douté jusqu'à la dernière minute, incapable de décider si elle devait ou non autoriser les enfants à voir la dépouille de leur père. Declan était un garçon sensible, enclin aux cauchemars. Elle était au plus haut de cette réflexion douloureuse et fébrile, vendredi après-midi, quand survint un fâcheux incident.

Colin Wall, dit « le Pigeon », avait décidé qu'il voulait lui aussi dire adieu à Barry. Mary, d'ordinaire accommodante et bienveillante, avait trouvé cette requête excessive. Elle s'était emportée au téléphone avec Tessa ; puis elle s'était remise à pleurer, expliquant qu'elle n'avait pas prévu de grande veillée funèbre, que seuls les membres de la famille avaient été conviés… Tessa s'était confondue en excuses et l'avait assurée qu'elle comprenait parfaitement, puis dut expliquer le refus de Mary à Colin, qui se retrancha dans un silence vexé.

Il voulait seulement passer quelques instants, seul, à côté du corps de Barry, et rendre un hommage silencieux à un homme qui avait occupé une place unique dans sa vie. Colin avait avoué à Barry des secrets qu'il n'avait jamais confiés à personne d'autre, et les petits yeux marron de Barry, vifs comme ceux d'un rouge-gorge, s'étaient toujours posés sur lui avec chaleur et bonté. C'était l'ami le plus proche que Colin ait jamais eu ; ils avaient été liés par une camaraderie masculine dont il n'avait jamais fait l'expérience avant de s'installer à Pagford, et qu'il était sûr de ne plus jamais connaître. Le fait d'avoir réussi – lui, Colin, l'éternel exclu, le vilain petit canard, pour qui la vie était un combat de tous les instants – à forger une telle amitié avec le joyeux, le populaire, l'optimiste Barry, lui avait toujours paru relever du miracle. Colin se drapa dans le peu de dignité qu'il lui restait, se fit le serment de ne pas en vouloir à Mary, et passa la fin de la journée à méditer, songeant à l'étonnement et à la déception qu'aurait sans nul doute éprouvés Barry devant l'attitude de sa veuve.

À cinq kilomètres de Pagford, dans un joli cottage appelé le Smithy, Gavin Hughes essayait de combattre l'humeur maussade qui s'était abattue sur lui. Mary avait appelé un peu plus tôt. D'une voix que le poids des larmes contenues rendait vacillante, elle avait expliqué que chacun des quatre enfants avait proposé des idées pour les funérailles du lendemain. Siobhan avait fait pousser un tournesol, qu'elle voulait poser sur le cercueil. Ils avaient écrit des lettres qui seraient enterrées avec leur père. Mary en avait rédigé une, elle aussi, qu'elle glisserait dans la poche de chemise de Barry, sur son cœur.

Gavin raccrocha, au bord du malaise. Il ne voulait rien savoir des lettres des enfants, ni du tournesol cultivé avec amour, mais ces images ne quittaient pas son esprit tandis qu'il mangeait son plat de lasagnes, seul dans sa cuisine. S'il avait eu la lettre de Mary entre les mains, il aurait tout fait pour éviter de la lire – mais il ne pouvait pas s'empêcher de se demander ce qu'elle avait pu écrire.

Un costume noir, protégé par une housse de pressing, était suspendu dans sa chambre, tel un invité indésirable. S'il avait été touché, dans un premier temps, par l'honneur que lui avait fait Mary en le désignant publiquement comme l'un des proches parmi les proches du populaire Barry, il était à présent terrorisé. Debout devant l'évier où il rinçait son assiette et ses couverts, Gavin en était presque arrivé au point où il aurait volontiers raté l'enterrement. Quant à l'idée de voir la dépouille de son ami défunt, elle ne lui était ni ne lui serait jamais venue à l'esprit.

Il avait eu une violente dispute avec Kay, la veille, et ils ne s'étaient pas parlé depuis. C'est elle qui avait tout déclenché en demandant à Gavin s'il désirait qu'elle l'accompagne aux funérailles.

« Ça alors, pas du tout ! » n'avait-il pu se retenir de répondre.

Il avait vu son visage se décomposer et avait aussitôt compris qu'elle avait entendu : *Ça alors, pas du tout, les gens vont croire que nous sommes en couple. Ça alors, pas du tout, pourquoi diable aurais-je envie que tu viennes ?* Ce qui était très précisément ce qu'il pensait. Mais il avait tout de même essayé de se rattraper en bluffant.

« Enfin je veux dire… tu ne le connaissais pas. Ce serait un peu bizarre, tu ne crois pas ? »

Mais Kay avait explosé ; elle avait tenté de le mettre au pied du mur, de le forcer à dire ce qu'il ressentait vraiment, ce qu'il voulait, comment il envisageait leur avenir. Il s'était défendu en usant de toutes les armes de son arsenal, se montrant tour à tour obtus, évasif et pédant – afficher une volonté farouche de trouver les mots exacts avait en effet la faculté merveilleuse de faire passer à la trappe les questions sentimentales les plus brûlantes. Elle avait fini par lui ordonner de partir de chez elle ; il avait obéi, mais il savait que ce n'était pas terminé – il ne fallait pas rêver non plus… Gavin se regardait dans le reflet de la fenêtre de la cuisine : il avait l'air épuisé et malheureux. Le destin de Barry, à qui son avenir venait subitement d'être arraché, semblait étendre son ombre sur sa propre existence telle une gigantesque falaise ; il se sentait minable et coupable – mais le fait est qu'il aurait bien aimé voir Kay faire ses valises et repartir à Londres.

La nuit tombait sur Pagford, et au Vieux Presbytère, Parminder Jawanda passait en revue sa garde-robe, se demandant comment elle devrait s'habiller pour ses derniers adieux à Barry. Elle possédait plusieurs robes et costumes tailleurs de couleur sombre qui auraient fait l'affaire, et pourtant elle continuait d'aller et venir d'un cintre à l'autre, empêtrée dans sa propre indécision.

Mets un sari. Ça agacera Shirley Mollison. Allez, vas-y, mets un sari.

Quelle idée absurde – bête et méchante – et d'autant plus qu'elle avait cru entendre la voix de Barry la lui souffler. Barry était mort ; depuis près de cinq jours, elle le pleurait amèrement, et demain, on le mettrait en terre. Cette perspective lui déplaisait. Parminder avait toujours détesté l'idée de l'inhumation, du corps enfoui tout entier au fond du sol, destiné à pourrir, envahi par les vers. Les Sikhs préféraient la crémation et la dispersion des cendres dans le tourbillon des ondes.

Elle promena son regard sur les habits de sa penderie, mais ses saris, qu'elle avait portés à d'innombrables mariages de famille et autres réunions d'anciens amis à Birmingham, se rappelaient à elle avec insistance. Pourquoi cette envie irrésistible d'en revêtir un aujourd'hui ? Il y avait là quelque chose de l'ordre de l'exhibition, qui ne lui ressemblait pas. Elle tendit la main pour caresser l'étoffe de celui qu'elle préférait, or et bleu foncé. La dernière fois qu'elle l'avait porté, c'était à la fête du Nouvel An des Fairbrother, ce fameux soir où Barry avait essayé de lui apprendre à danser le swing. L'expérience s'était soldée par un échec lamentable – notamment parce qu'il dansait lui-même très mal ; mais elle se souvenait d'avoir ri, ce soir-là, comme jamais elle ne riait d'habitude, d'un rire incontrôlable et fou, un rire de femme enivrée par l'alcool.

Le sari était élégant et féminin, d'une indulgence flatteuse pour l'embonpoint qui vient parfois aux femmes avec l'âge mûr ; la mère de Parminder, à quatre-vingt-deux ans, le portait tous les jours. Ces vertus dissimulatrices, Parminder elle-même n'en avait nul besoin : elle était aussi mince qu'à vingt ans. Mais elle finit tout de même par retirer de la penderie la longue tunique sombre au tissu si doux, et la tint contre elle, par-dessus sa robe, la laissant juste assez tomber pour que son ourlet brodé de subtils motifs vienne chatouiller ses pieds nus. Porter ce sari, ce serait adresser un clin d'œil facétieux à Barry, une manière d'évoquer en secret les plaisanteries complices dont s'était nourrie leur amitié, comme la maison-vache et toutes les petites remarques désopilantes sur Howard que lâchait Barry à la sortie de leurs interminables et sinistres réunions du Conseil.

Un poids immense pesait sur la poitrine de Parminder, mais le Gourou Granth Sahib n'avait-il pas exhorté les amis et les familles en deuil à ne jamais pleurer, mais à se réjouir au contraire de ce que leurs chers disparus étaient enfin réunis avec Dieu ? Afin de conjurer les larmes que la faiblesse lui faisait monter aux yeux, Parminder entonna en silence la prière de la nuit, le *kirtan sohila*.

Mon ami, je t'enjoins de saisir l'opportunité de ce moment pour servir les saints.

*Récolte un divin profit en ce monde et vis dans la
    paix et le confort dans le suivant.
La vie raccourcit le jour et la nuit.
Ô esprit, va à la rencontre du Gourou et mets tes
    affaires en ordre…*

Allongée sur son lit dans le noir, Sukhvinder
entendait ce que faisaient tous les membres de sa
famille. Elle percevait le murmure lointain de la télé,
juste en dessous de sa chambre, ponctué par les rires
étouffés de son frère et de son père, qui regardaient
l'une des émissions comiques du vendredi soir. Elle
distinguait la voix de sa sœur aînée qui, à l'autre bout
du couloir, pendue à son portable, discutait avec
l'une de ses nombreuses amies. Et tout près d'elle, sa
mère, qui s'affairait dans la penderie, juste derrière la
cloison de sa chambre.

Sukhvinder avait tiré les rideaux et posé un boudin
de porte sur le seuil, qui ressemblait à une espèce de
long teckel. Comme la porte de sa chambre n'avait
pas de verrou, la fonction de ce boudin était d'empêcher, ou du moins de ralentir, toute intrusion intem-
pestive ; de l'en avertir. Mais elle était sûre que personne
ne ferait irruption. Elle était là où elle devait être et
faisait ce qu'elle avait à faire. C'est ce qu'ils croyaient
tous en tout cas.

Elle venait d'accomplir l'un de ses plus atroces
rituels quotidiens : aller sur sa page Facebook et
ouvrir le nouveau message de l'expéditeur inconnu.
Elle avait beau le classer sans cesse dans la liste des
indésirables, il changeait aussitôt de profil et continuait à la bombarder de messages. Elle ne savait

jamais quand viendrait le prochain. Celui d'aujourd'hui consistait en une photo en noir et blanc, la reproduction d'un poster de cirque du XIXe siècle.

La Véritable Femme à Barbe, Miss Anne Jones Elliot.

On apercevait une femme en robe à froufrous, avec de longs cheveux noirs ainsi qu'une moustache et une barbe fournies.

Elle était convaincue que le coupable était Fats Wall, mais ça aurait pu être n'importe qui d'autre. Dane Tully et ses copains, par exemple, qui se mettaient à pousser à voix basse des grognements de babouin chaque fois qu'elle prenait la parole en cours de littérature. Ils auraient agi de même avec n'importe quel autre élève ayant la même couleur de peau – il n'y en avait pas beaucoup à Winterdown. Elle se sentait bête et humiliée, d'autant que Mr Garry ne les faisait jamais taire. Il faisait semblant de ne pas les entendre, ou de prendre leurs cris pour de simples bavardages de fond de classe. Ou peut-être pensait-il, lui aussi, que Sukhvinder Kaur Jawanda était un singe, un grand singe poilu.

Allongée sur le dos par-dessus les couvertures de son lit, Sukhvinder aurait voulu de toute son âme être morte. Si elle avait pu se suicider d'une simple pensée, par la seule force de sa volonté, elle l'aurait fait sans la moindre hésitation. La mort avait fauché Mr Fairbrother ; pourquoi ne viendrait-elle pas la chercher, elle aussi ? Ou plutôt non, encore mieux : pourquoi ne pouvaient-ils échanger leurs places ? Niamh et Siobhan retrouveraient leur père, et elle, Sukhvinder, disparaîtrait tout simplement dans le non-être : effacée, rayée de la carte.

Le dégoût qu'elle s'inspirait à elle-même l'étouffait telle une gangue d'orties, imprimant sa morsure brûlante sur chacune des parcelles de son corps. Elle devait se forcer en permanence à endurer ce supplice, à tenir bon ; à ne pas se ruer sur le seul moyen de soulagement qu'elle avait à sa disposition. Il fallait d'abord attendre que toute sa famille soit endormie. Mais rester ainsi allongée, à écouter sa propre respiration, à sentir sur les couvertures le poids inutile de son corps ignoble et répugnant, était une véritable torture. Elle aimait imaginer qu'elle se noyait, qu'elle sombrait dans les profondeurs d'une onde verte et fraîche, et qu'elle se laissait écraser par la pression de l'eau pour s'avancer peu à peu à la rencontre du néant…

Le Grand Hermaphrodite, placide et silencieux…

La honte déferla comme une éruption purulente sur son corps allongé dans le noir. Elle n'avait jamais entendu ce mot avant que Fats Wall le prononce derrière elle en cours de maths, mercredi. Elle aurait été bien en peine de consulter le dictionnaire – elle était dyslexique. Mais ça n'avait pas été nécessaire : il avait eu de lui-même la bonté de lui expliquer sa signification.

La créature poilue, mi-mâle mi-femelle…

Il était pire encore que Dane Tully, dont le répertoire sarcastique était très limité. La langue vipérine de Fats Wall trouvait des façons inédites de la tourmenter chaque fois qu'il la voyait, et elle n'arrivait pas à ignorer les insultes qu'il inventait spécialement pour elle. Elles étaient gravées dans sa mémoire, occupant toute la place que son cerveau aurait dû réserver à des pensées autrement utiles et intéressantes. Si Sukhvinder avait dû passer une interro écrite sur les surnoms dont il l'avait affublée, elle aurait décroché le premier vingt sur vingt de toute son existence. *Moustache et Mamelons. Hermaphrodite. Le Drame à Barbe.*

Poilue, grosse, débile. Moche et maladroite. Fainéante – d'après sa mère, pour le coup, dont les critiques exaspérées lui pleuvaient dessus tout aussi régulièrement. Un peu lente, disait pour sa part son père, avec une pointe de tendresse qui cachait mal son indifférence. L'indulgence avec laquelle il accueillait ses mauvaises notes ne lui coûtait pas beaucoup – il avait amplement de quoi se consoler avec ses autres enfants, Jaswant et Rajpal, tous deux premiers de leur classe dans toutes les matières.

« Mon pauvre petit pinson », lâchait Vikram d'un ton désinvolte après avoir jeté un coup d'œil à son bulletin.

Mais elle préférait encore l'indifférence de son père à la fureur de sa mère. Parminder semblait incapable de comprendre ou d'accepter que tous ses enfants ne soient pas des génies surdoués. Dès qu'un prof laissait entendre, ne serait-ce que par l'euphémisme le plus délicat, que Sukhvinder aurait pu mieux faire, la colère de Parminder éclatait, triomphale.

« "Sukhvinder se laisse facilement décourager et doit avoir plus confiance en ses capacités." Là ! Tu vois ? Ton professeur dit que tu ne te donnes pas assez de mal, Sukhvinder. »

Le seul cours dans lequel elle avait atteint le deuxième groupe de niveau, celui de sciences informatiques – Fats Wall n'étant pas dans le même groupe, elle osait parfois lever la main pour répondre aux questions –, n'avait inspiré à Parminder qu'un commentaire lapidaire : « Vu le temps que vous passez sur internet, tous les trois, je suis surprise que tu ne sois pas première de ta classe. »

Sukhvinder n'aurait jamais envisagé une seule seconde de parler à ses parents des grognements simiesques ou des moqueries incessantes de Stuart Wall. Cela serait revenu à admettre qu'en dehors de sa famille aussi on la considérait comme une nulle, une ratée. Et puis Parminder était amie avec la mère de Stuart Wall. Sukhvinder se demandait parfois pourquoi celui-ci ne semblait éprouver aucune inquiétude à ce sujet ; sans doute savait-il pertinemment qu'elle ne le dénoncerait jamais. Il lisait en elle comme dans un livre ; il voyait bien qu'elle était lâche, de même qu'il savait à quel point elle se haïssait, et il exploitait sans vergogne cette faiblesse pour faire rire Andrew Price. Sukhvinder aimait bien Andrew, autrefois – à l'époque où elle ne s'était pas encore rendu compte qu'elle était indigne d'aimer qui que ce soit ; qu'elle était risible et bizarre.

Sukhvinder entendit se rapprocher les voix de son père et de son frère qui montaient les escaliers. Le rire de Rajpal éclata au moment précis où il passait devant sa porte.

« Il est tard, entendit-elle sa mère les admonester depuis sa chambre. Vikram, ton fils devrait déjà être au lit. »

Puis la voix de son père, vibrante et chaleureuse, juste derrière sa porte : « Tu dors, mon petit pinson ? »

Tel était le surnom ironique qu'il lui avait attribué quand elle était encore bébé. Jaswant avait reçu celui de Jazzy, tandis que Sukhvinder, qui était toujours maussade, grognon, et ne décrochait jamais un sourire, était devenue le petit pinson dont jamais elle ne posséderait la proverbiale gaieté.

« Non, répondit-elle. Je viens juste de me coucher.

— Eh bien tu seras sans doute ravie d'apprendre que ton frère, ici présent… »

Mais ce qu'elle aurait sans doute été ravie d'apprendre au sujet de son frère ici présent ne parvint jamais à ses oreilles, noyé sous les cris et les rires de protestation de ce dernier ; elle entendit Vikram s'éloigner dans le couloir tout en continuant de plaisanter avec Rajpal.

Sukhvinder attendit que toute la maisonnée soit plongée dans le silence. Elle se raccrocha à la perspective imminente de sa seule consolation, comme à une bouée de sauvetage, et continua à patienter, à tenir bon jusqu'à ce que tout le monde soit couché…

(Et tandis qu'elle attendait, un incident lui revint en mémoire ; ça s'était passé un soir, il n'y avait pas si longtemps, à la fin de l'entraînement, alors que l'équipe d'aviron regagnait le parking en longeant le canal sous le ciel déjà obscurci par la nuit. Elle ressentait toujours une fatigue inouïe après l'entraînement ; elle avait mal aux bras et au ventre, mais c'était une douleur saine et agréable. Elle dormait d'un sommeil de plomb après avoir ramé tout l'après-midi. Et puis soudain, ce soir-là, Krystal, en queue de cortège avec Sukhvinder, l'avait traitée de « pauvre connasse de Paki ».

C'était sorti de nulle part. Tout le monde plaisantait avec Mr Fairbrother. Krystal faisait la mariole. Elle disait « putain » à tout bout de champ, à la place de « très », et semblait ne voir aucune différence entre ces deux mots, qu'elle utilisait de manière interchangeable. Et, de même, elle venait de dire « Paki » sans plus penser à mal que si elle avait dit « glandeuse » ou « débile ». Sukhvinder se sentit blêmir d'un seul coup et eut l'impression, comme si souvent, que ses entrailles se liquéfiaient sous l'effet d'une lame brûlante.

« *Qu'est-ce* que tu viens de dire ? »

Mr Fairbrother avait fait volte-face pour se planter devant Krystal. Personne ne l'avait encore jamais vu se mettre vraiment en colère.

« Non mais j'ai dit ça comme ça, se défendit Krystal sur un ton où se mêlaient la surprise et la provocation. Ça va, j'déconnais. Elle sait que j'déconnais. Hein ? dit-elle en se tournant vers Sukhvinder, qui marmonna lâchement qu'elle savait, oui, que Krystal plaisantait.

— Je ne veux plus jamais t'entendre employer ce terme », dit Mr Fairbrother.

Tout le monde savait à quel point il aimait Krystal. Tout le monde savait qu'il avait payé de sa poche sa participation à deux ou trois de leurs expéditions. Personne ne riait aussi fort que Mr Fairbrother, chaque fois que Krystal faisait une blague ; elle pouvait être très drôle.

Ils continuèrent de marcher, et tout le monde était gêné. Sukhvinder avait peur de regarder Krystal ; elle se sentait coupable, comme d'habitude.

Ils étaient presque arrivés au monospace quand Krystal dit, d'une voix si basse que Mr Fairbrother ne l'entendit pas : « J'déconnais. »

Et Sukhvinder répondit très vite : « Je sais.

— Ouais, enfin voilà, quoi. 'Scuse. »

À peine un monosyllabe, presque inaudible – auquel Sukhvinder jugea plus délicat de ne pas répondre. Mais ces excuses, si imparfaites soient-elles, la réconfortèrent, lui redonnèrent un peu de dignité. Dans la voiture, c'est elle qui prit l'initiative, pour la première fois, d'entonner l'hymne de l'équipe et de demander à Krystal de faire le rap de Jay-Z pour lancer la chanson.)

Lentement, très lentement, tous les membres de sa famille semblaient, enfin, se mettre au lit. Jaswant passa un long moment à s'affairer bruyamment dans la salle de bains. Sukhvinder attendit que Jaz finisse de se pomponner, que ses parents arrêtent de discuter dans leur chambre, et que la maison soit parfaitement silencieuse.

Alors, enfin, elle pouvait y aller. Elle se redressa dans son lit, prit son vieux lapin en peluche, et retira la lame de rasoir dissimulée dans un trou de son oreille. Elle l'avait volée dans la sacoche de Vikram, au fond de l'armoire de la salle de bains. Elle sortit du lit, trouva à tâtons la lampe de poche posée sur son étagère, une poignée de Kleenex, puis alla se recroqueviller dans un coin de sa chambre, dans le petit renfoncement arrondi d'où elle savait que la lumière de la lampe de poche n'atteindrait pas les interstices de l'encadrement de la porte. Le dos collé au mur, elle remonta la manche de sa chemise de nuit et examina les marques laissées par la dernière fois,

des traces en zigzag et de teinte foncée, presque cica-
trisées déjà, mais toujours visibles. Traversée par un
frisson de peur, qui était aussi la promesse du réconfort à venir, elle posa la lame au milieu de son avant-
bras et lacéra la chair.

Une douleur fulgurante, cuisante, et aussitôt le
sang ; quand la lame eut atteint le pli du coude, elle
appuya avec les Kleenex roulés en boule sur la longue entaille, en prenant bien soin de ne pas tacher sa
chemise de nuit ni la moquette. Elle attendit une ou
deux minutes, puis se taillada à nouveau, dans le sens
horizontal cette fois, en travers de la première inci-
sion, gravant ainsi dans sa chair une sorte d'échelle,
en s'interrompant régulièrement pour éponger le
sang. La lame libérait la douleur qui occupait toutes
ses pensées et la faisait hurler en silence, pour la
transformer en pure incandescence bestiale par le
truchement des nerfs et de la peau à vif. Chaque
entaille était un soulagement, une délivrance.

Enfin elle essuya la lame et regarda ce qu'elle avait
fait ; son bras, strié de coupures sanguinolentes, lui
faisait si mal que des larmes lui coulaient sur les
joues. Elle arriverait à s'endormir, pourvu que la
douleur ne la tienne pas éveillée ; mais il fallait pour
cela qu'elle attende dix ou vingt minutes, le temps
que le sang coagule à la surface de ses nouvelles coupures. Elle resta assise, les genoux sous le menton,
ferma ses yeux baignés de larmes, et pencha la tête
contre le mur, sous la fenêtre.

Une partie de la haine qu'elle s'inspirait à elle-
même s'était écoulée en même temps que son sang.
Ses pensées partirent au fil de la rêverie et elle se mit
à songer à Gaia Bawden, la nouvelle, qui s'était prise

d'une affection inexplicable pour elle. Gaia aurait pu être amie avec n'importe qui, belle comme elle était, sans parler de son accent londonien, et pourtant c'est à côté d'elle qu'elle venait s'asseoir le midi pour déjeuner, ou dans le bus. Sukhvinder ne comprenait pas pourquoi. Elle aurait presque eu envie de demander à Gaia à quoi elle jouait ; chaque jour, elle s'attendait à ce que la nouvelle se rende compte tout à coup que sa copine n'était qu'un singe poilu, une idiote qui ne méritait que mépris, sarcasmes et insultes. Elle s'apercevrait bientôt de son erreur, ça ne faisait aucun doute, et Sukhvinder ne pourrait plus se rabattre, comme d'habitude, que sur la pitié un peu lasse de ses plus vieilles amies, les jumelles Fairbrother.

Samedi

1

À neuf heures, ce matin-là, toutes les places de stationnement de Church Row étaient déjà occupées. La foule endeuillée, tout de noir vêtue, avançait – un par un, en couple ou par petits groupes –, remontait ou descendait la rue, convergeant, tel un éparpillement de limaille attirée par un aimant, vers l'église St. Michael. Le chemin menant aux portes de l'église était déjà noir de monde, puis la foule déborda ; ceux qui ne pouvaient y accéder s'égaillaient parmi les tombes, cherchaient le meilleur endroit où s'arrêter entre les caveaux, d'un pas prudent, n'osant pas fouler la terre où reposaient les morts mais ne voulant pas trop s'éloigner non plus de l'entrée de l'église. Tout le monde avait compris qu'il n'y aurait pas assez de place à l'intérieur pour accueillir tous les habitants de Pagford venus rendre un dernier hommage à Barry Fairbrother.

Ses collègues de la banque, groupés autour de la tombe la plus extravagante de la famille Sweetlove, pestaient en silence contre le représentant dépêché par la maison mère, qui ne les lâchait pas d'une semelle et les assommait de son bavardage inepte et de ses plaisanteries douteuses. Lauren, Holly et Jennifer, de l'équipe d'aviron, s'étaient éloignées de leurs parents pour se retrouver à l'ombre d'un if aux branches moussues. La troupe disparate des conseillers de la paroisse devisait solennellement au milieu de l'allée principale ; une grappe de crânes chauves et de lunettes à double foyer ; une théorie de chapeaux de paille noirs et de perles de culture. Les membres des clubs de golf et de squash s'adressaient des saluts discrets ; de vieux copains d'université se reconnaissaient de loin et se rapprochaient ; et au milieu de ce rassemblement composite, c'est tout Pagford qui semblait s'être réuni, dans ses habits les plus sombres et élégants. L'air était saturé par le bourdonnement des conversations à voix basse ; les visages papillonnaient ; tout le monde regardait ; tout le monde attendait.

Tessa Wall avait mis son plus beau manteau ; il était en laine grise et si cintré qu'elle n'arrivait pas à lever les bras plus haut que sa poitrine. Debout à côté de son fils au bord du chemin menant à l'église, elle échangeait de faibles sourires contrits et des petits signes aux gens qu'elle reconnaissait parmi la foule, tout en continuant à se disputer avec Fats en essayant de ne pas desserrer les lèvres.

« Je t'en conjure, Stu. C'était le meilleur ami de ton père. Pour une fois dans ta vie, aie un peu de respect.

— Mais merde, on ne m'avait pas prévenu que ce serait si long. Tu m'as dit que ce serait fini à onze heures et demie.

— Ne jure pas. J'ai dit que nous sortirions de l'église vers onze heures et demie…

— … et je pensais que ce serait terminé. Et du coup j'avais prévu de retrouver Arf.

— Mais enfin tu dois assister à l'enterrement, ton père porte le cercueil ! Tu n'as qu'à appeler Arf et lui dire que vous vous verrez plutôt demain.

— Demain, il peut pas. Et puis de toute façon j'ai pas mon portable sur moi. Le Pigeon m'a interdit de l'apporter à l'église.

— N'appelle pas ton père comme ça ! Tiens, prends le mien, dit Tessa en fourrant la main dans sa poche.

— Je ne connais pas son numéro par cœur », mentit froidement Fats.

Tessa et Colin avaient dîné sans leur fils, la veille, celui-ci ayant enfourché son vélo pour aller chez Andrew – ils devaient travailler ensemble sur un exposé pour leur cours de littérature. C'est en tout cas ce qu'avait raconté Fats à sa mère, et Tessa avait fait semblant de le croire. Elle était trop heureuse de ne pas l'avoir dans les pattes – comme ça au moins, il ne risquait pas de provoquer Colin.

Il avait mis le costume neuf que Tessa lui avait acheté à Yarvil. C'était déjà ça. Ses nerfs avaient lâché au troisième magasin : quoi qu'il essaie, il ressemblait à un épouvantail, mal fagoté, inélégant, et elle s'était emportée, persuadée qu'il le faisait exprès ; qu'il aurait pu insuffler un peu de volume à sa carrure, si seulement il avait bien voulu s'en donner la peine.

« Chut ! » dit Tessa – exclamation purement préventive, car Fats ne disait plus rien, mais Colin les rejoignait, aux côtés de la famille Jawanda ; il était dans un état avancé d'anxiété, et on avait l'impression qu'il confondait le rôle de porteur de cercueil avec celui d'huissier de cérémonie : en faction près de la porte de l'église, il accueillait tout le monde. Parminder, escortée d'un pas traînant par ses enfants, avait l'air sinistre et émaciée dans son sari ; Vikram, dans son costume noir, ressemblait à une vedette de cinéma.

À quelques mètres de l'entrée de l'église, Samantha Mollison attendait aux côtés de son mari ; les yeux rivés sur le ciel blanc et plombé, elle songeait à tous les rayons de soleil répandus en pure perte en ce moment même au-dessus de cette chape de nuages. Elle refusait de céder sa place sur l'allée bitumée, et au diable toutes ces vieilles qui voulaient passer pour aller se rafraîchir les chevilles dans l'herbe ; elle n'allait tout de même pas risquer de crotter ses talons hauts en cuir verni dans la terre meuble et humide.

Miles et Samantha répondaient d'un air affable aux saluts qu'on leur adressait, mais ne se parlaient pas. Ils s'étaient disputés la veille. On leur demandait parfois où étaient Lexie et Libby, qui rentraient à la maison tous les week-ends, d'habitude, mais les deux filles étaient allées passer la soirée chez des copines. Samantha savait que Miles regrettait leur absence ; il adorait jouer au bon père de famille en public. Peut-être, songea-t-elle dans un élan de fureur jouissive, leur demanderait-il, à elle et aux filles, de poser à ses côtés sur la photo qui ornerait ses tracts de campagne. Elle était impatiente de lui dire ce qu'elle pensait de cette idée.

Elle voyait bien qu'il était surpris par l'affluence. Sans doute était-il navré de ne pas jouer l'un des premiers rôles de la cérémonie funèbre – ç'aurait été pour lui l'occasion idéale de lancer en douce sa campagne pour le siège de Barry au Conseil, devant un parterre inespéré d'électeurs attentifs. Samantha se promit *in petto* de ne pas manquer de lui glisser dès que possible une petite remarque sarcastique à propos de cette opportunité ratée.

« Gavin ! s'écria Miles en apercevant une tête familière, blonde et au visage étroit.

— Oh, bonjour, Miles. Bonjour, Sam. »

La cravate noire de Gavin, toute neuve, brillait sur sa chemise blanche. Il avait des poches violettes sous les yeux. Samantha se mit sur la pointe des pieds, de sorte qu'il ne pouvait décemment pas se dérober à la bise qu'elle lui réclamait ni aux effluves de parfum qu'elle faisait flotter sous son nez.

« Quelle foule, hein ? dit Gavin en regardant autour de lui.

— Gavin va porter le cercueil », dit Miles à sa femme, sur le ton qu'il aurait employé pour annoncer qu'un petit garçon un peu simplet venait de se voir décerner un livre en récompense de ses efforts méritoires. Le fait est qu'il avait été surpris quand Gavin lui avait fait part de l'honneur qui lui avait été accordé. Miles s'était plus ou moins imaginé qu'ils prendraient place, lui et Samantha, au tout premier rang des invités de marque, auréolés du prestige et du mystère que leur conférait, à n'en pas douter, le fait d'avoir été les témoins des ultimes instants du défunt. C'eût été un beau geste de la part de Mary, ou de quelqu'un de son entourage, de lui demander, à lui, Miles, de lire un verset, ou de prononcer quelques mots, en vertu du rôle éminent qu'il avait joué au moment de la mort de Barry.

Samantha prit soin de ne marquer aucune surprise en apprenant que Gavin avait été distingué.

« Vous étiez assez proches, toi et Barry, n'est-ce pas, Gav ? »

Gavin opina. Il se sentait nerveux et un peu nauséeux. Il avait très mal dormi et s'était réveillé à l'aube d'un sommeil agité de rêves horribles dans lesquels, d'abord, il lâchait le cercueil, d'où le corps de Barry dégringolait sur le sol de l'église ; dans un autre cauchemar, il avait une panne de réveil, ratait l'enterrement et, en arrivant à St. Michael, se retrouvait devant Mary, toute seule dans le cimetière, blême et furieuse, qui lui reprochait en hurlant d'avoir tout gâché.

« Je ne sais pas trop ce que je dois faire, dit-il en jetant des regards affolés autour de lui. C'est la première fois que je fais ça.

— Tu n'as rien à faire du tout, mon vieux, dit Miles. Il n'y a qu'une seule chose qui compte, à vrai dire : ne lâche rien – hé hé hé… »

Miles avait un rire flûté, étrangement mal assorti à sa voix grave. Ni Gavin ni Samantha ne décrochèrent le plus petit sourire.

La tête de Colin Wall dépassait de la foule agglutinée. Ce grand corps bizarre, ponctué par un front haut et bosselé, évoquait toujours à Samantha le monstre de Frankenstein.

« Gavin, dit-il. Te voilà. Je crois qu'on devrait y aller, ils vont arriver d'un instant à l'autre.

« — À vos ordres, dit Gavin, soulagé de recevoir des instructions précises.

— Colin, dit Miles avec un petit hochement de tête.

— Oui, bonjour », dit Colin, fébrile, avant de tourner les talons et de se frayer un chemin en sens inverse à travers la foule endeuillée.

Puis un léger mouvement d'agitation se fit sentir, et Samantha entendit la voix puissante de Howard : « Pardonnez-moi… mille excuses… rejoindre ma famille… » La foule s'écarta pour laisser passer son ventre, et Howard apparut dans toute son énormité, sous un pardessus en velours, flanqué de Shirley et Maureen, la première en tailleur bleu marine strict et guindé, la seconde décharnée comme un rapace et coiffée d'un chapeau à voilette noire.

« Bonjour, bonjour, dit Howard en plantant un gros baiser sur chaque joue de sa bru. Et comment va ma Sammy ? »

Sa réponse fut engloutie dans la bousculade déclenchée par un mouvement de recul général ; chacun jouait discrètement des coudes pour conserver sa place ; personne ne voulait abandonner sa position, conquise de haute lutte, près de l'entrée de l'église. La foule ainsi scindée le long de l'allée révéla des têtes familières, tels les pépins d'un fruit fendu en deux. Samantha repéra les faciès bruns de la famille Jawanda au milieu des visages pâles ; Vikram, d'une beauté absurde dans son costume noir ; Parminder, vêtue d'un sari (mais pourquoi ? N'avait-elle pas conscience de faire le jeu de Howard, Shirley et consorts, dans un pareil accoutrement ?), et à côté d'elle, Tessa Wall, petit pot à tabac engoncé dans un manteau gris dont les boutons menaçaient de sauter.

Mary Fairbrother et les enfants remontaient à pas lents l'allée de l'église. Mary était d'une pâleur effroyable et semblait avoir perdu dix kilos. Était-il possible qu'elle ait autant maigri en l'espace de six jours ? Elle tenait la main de l'une des jumelles, l'autre bras passé autour des épaules de son fils cadet, tandis que l'aîné, Fergus, fermait la marche. Elle avançait les yeux fixés droit devant elle, la bouche pincée. D'autres membres de la famille les suivaient ; la procession franchit le seuil de l'église et pénétra dans la nef lugubre.

Tout le monde se pressa aussitôt vers les portes, provoquant un embouteillage des plus inappropriés. Les Mollison se retrouvèrent au coude à coude avec les Jawanda.

« Après vous, Mr Jawanda, après vous, très cher docteur… », tonna Howard en tendant le bras pour ouvrir la voie au chirurgien, tout en prenant soin de faire barrage avec son ventre afin de ne céder le passage à personne d'autre, puis il entra derrière Vikram, laissant la famille de ce dernier et la sienne leur emboîter le pas comme ils pouvaient.

Un tapis bleu roi avait été déroulé dans la travée centrale de l'église. Des étoiles dorées scintillaient sur la voûte du plafond ; la lumière des éclairages suspendus se reflétait sur les cuivres. Les vitraux étaient finement ouvragés et chatoyaient de couleurs splendides. À mi-chemin de la nef, du côté de l'épître, saint Michel, dans son armure argentée, toisait l'assistance du haut du vitrail le plus imposant, des ailes bleu ciel déployées en demi-cercle autour de ses épaules, une épée brandie dans une main, une balance dorée dans l'autre. L'un de ses pieds chaussés de sandales était posé sur le dos d'un Satan aux ailes de chauve-souris, gris sombre, qui se tordait en tous sens en essayant de se relever. Le saint avait l'air serein.

Howard s'arrêta à la hauteur de saint Michel et fit signe aux membres de sa famille de s'installer sur le banc de gauche. Vikram se tourna aussitôt vers celui de droite. Tandis que la tribu Mollison, à laquelle se joignait bien sûr Maureen, passait devant lui pour prendre place sur le banc, Howard resta planté debout au milieu de la travée, sur le tapis bleu roi, et interpella Parminder quand elle arriva devant lui.

« Affreux, tout cela. Barry. Terrible. Quel choc.

— Oui, dit-elle en le maudissant.

— Toujours pensé que ça devait être très agréable à porter, ces machins-là, ajouta-t-il en désignant le sari d'un petit coup de menton. Non ? »

Elle s'assit sans répondre à côté de Jaswant. Howard s'installa à son tour, en bout de rangée, telle une bonde humaine aux proportions prodigieuses qui bouchait le banc pour en interdire l'accès aux intrus.

Shirley baissait la tête, les yeux pieusement fixés sur ses genoux, les mains serrées ; on aurait pu croire qu'elle priait ; en réalité, elle repensait à la petite passe d'armes entre Howard et Parminder. Shirley faisait partie des quelques Pagfordiens qui déploraient en silence le fait que le Vieux Presbytère, jadis construit pour un pasteur de la Haute Église aux favoris moutonnants et ses domestiques en plastron blanc, soit aujourd'hui la demeure d'une famille d'hindous (Shirley n'avait jamais bien compris de quelle religion étaient les Jawanda). Si jamais elle et Howard s'étaient rendus au temple – à moins que ce ne fût la mosquée ?... enfin dans le lieu de culte des Jawanda –, ils auraient sans doute dû se couvrir la tête, enlever leurs chaussures et se plier à Dieu sait quelles autres obligations, sous peine de provoquer une émeute. Mais Parminder pouvait débarquer à l'église en sari, et personne n'y trouvait à redire. Et ce n'était pas faute de pouvoir s'habiller autrement, soit dit en passant – puisqu'elle mettait des vêtements normaux tous les jours pour aller travailler. Ce deux poids deux mesures lui restait en travers de la gorge ; pas un seul instant elle n'avait songé que c'était une marque d'irrespect à l'égard de *leur* religion et, par extension, à l'égard de Barry Fairbrother lui-même, pour qui elle avait pourtant, paraît-il, tant d'affection...

Shirley écarta les mains, leva la tête, et passa en revue la tenue vestimentaire des gens qui défilaient devant elle, ainsi que la taille et le nombre des couronnes déposées en hommage à Barry. Certaines avaient été entassées contre la balustrade de la clôture d'autel. Shirley repéra celle du Conseil, dont elle et Howard s'étaient occupés. C'était une grande gerbe ronde, traditionnelle, de fleurs bleues et blanches, les couleurs des armoiries de Pagford. Toutes les couronnes, la leur comme les autres, étaient à moitié escamotées par l'aviron en chrysanthèmes mordorés offert par l'équipe des filles.

Sukhvinder se retourna sur son banc pour chercher Lauren du regard ; c'était sa mère, fleuriste, qui avait confectionné l'aviron ; elle voulait faire signe à sa copine, lui montrer qu'elle l'avait remarqué et qu'elle le trouvait très réussi, mais la foule était dense et elle ne vit pas Lauren. Cet hommage remplissait Sukhvinder d'une fierté mêlée de tristesse, surtout quand elle voyait les gens se le montrer les uns aux autres en pointant le doigt à mesure qu'ils prenaient leur place. Cinq des huit filles de l'équipe avaient réuni de quoi payer l'aviron floral ; Lauren avait raconté à Sukhvinder qu'elle était allée voir Krystal Weedon pendant l'heure du déjeuner, et qu'elle s'était fait charrier par les copines de celle-ci, assises sur un petit muret, près du marchand de journaux, en train de fumer. Lauren avait demandé à Krystal si elle voulait apporter sa contribution. « Ouais, sûr », avait répondu Krystal ; mais elle n'avait rien donné, et son nom ne figurait pas sur la carte. Et Sukhvinder ne l'avait pas aperçue ici non plus ; apparemment, Krystal n'était pas venue aux funérailles.

Sukhvinder avait l'impression d'avoir l'estomac lesté de plomb, mais la douleur de ses coupures à l'avant-bras, qui l'élançait chaque fois qu'elle faisait le moindre mouvement, agissait comme un contrepoison en lui faisant oublier son propre malaise ; et puis Fats Wall, dans son costume noir brillant, n'était pas dans les parages immédiats, c'était toujours ça. Il ne lui avait pas jeté le plus petit regard quand leurs deux familles s'étaient croisées, brièvement, devant l'église ; la présence de ses parents l'avait refréné, de même qu'il se contenait parfois en présence d'Andrew Price.

Tard, la nuit précédente, son cyber-bourreau anonyme lui avait envoyé la photo en noir et blanc, datant de l'époque victorienne, d'un enfant nu recouvert de duvet sombre et soyeux. Elle l'avait vue puis effacée avant de s'habiller pour l'enterrement.

Quand avait-elle été heureuse pour la dernière fois ? Elle se rappelait que dans une autre vie, longtemps avant que les gens ne se mettent à pousser des cris de singe sur son passage, elle était venue dans cette église avec plaisir pendant des années ; elle chantait des hymnes avec entrain, à Noël, à Pâques et aux fêtes de la récolte. Elle avait toujours bien aimé saint Michel, son joli visage préraphaélite si féminin et ses boucles blondes... Mais ce matin, pour la première fois, elle le voyait d'un œil différent ; son pied posé de manière presque désinvolte sur ce diable noir et torturé, et son air impassible, lui paraissaient sinistres et arrogants.

L'église était remplie à craquer. Des bruits de chaise étouffés, l'écho des pas sur le sol et le froufrou des vêtements vibraient dans l'atmosphère confinée tandis que les plus malchanceux continuaient de s'entasser debout dans le fond de la nef et contre le mur de gauche. Quelques âmes optimistes arpentaient la travée sur la pointe des pieds, à la recherche d'une place libre sur les bancs encombrés. Howard n'avait pas bougé, imperturbable et inamovible, jusqu'au moment où Shirley lui tapota l'épaule et murmura : « *Aubrey et Julia !* »

Howard se tourna alors de toute sa masse et agita en l'air le programme de la cérémonie funèbre pour attirer l'attention des Fawley. Ils s'avancèrent d'un pas vif sur le tapis de la travée : Aubrey dans son costume noir, grand, mince, le front dégarni ; Julia, les cheveux blond-roux ramenés en chignon. Ils remercièrent Howard d'un sourire quand celui-ci se leva pour les laisser passer, obligeant toute la rangée à se déplacer afin que les Fawley puissent s'installer confortablement.

Samantha était si serrée entre Miles et Maureen qu'elle sentait l'os pointu de la hanche de cette dernière s'enfoncer dans sa chair d'un côté, et de l'autre les clés rangées dans la poche de pantalon de son mari. Furieuse, elle essaya de se ménager un centimètre d'espace supplémentaire de part et d'autre, mais ni Miles ni Maureen ne pouvaient bouger, et Samantha rongea son frein en tournant son attention vers Vikram, qui n'avait rien perdu de son charme depuis la dernière fois qu'elle l'avait vu, environ un mois plus tôt. Il était d'une beauté si éclatante et irréfutable que c'en était grotesque ; on avait presque envie d'en rire. Avec ses longues jambes, ce ventre impeccablement plat à l'endroit où sa chemise se glissait sous la ceinture du pantalon, et ces yeux charbonneux frangés d'épais cils noirs, il avait l'air d'un dieu à côté des autres hommes de Pagford, si négligés, falots et bedonnants en comparaison. Miles se pencha en avant pour échanger quelques plaisanteries à voix basse avec Julia Fawley, et ses clés frottèrent contre le haut de la cuisse de Samantha ; elle imagina Vikram en train de déchirer sa robe portefeuille bleu marine – sous laquelle, dans son fantasme, elle avait oublié de mettre le corsage assorti qui dissimulait le canyon vertigineux de son décolleté...

Les tirants de registre de l'orgue grincèrent, et le silence se fit dans l'église, à peine troublé par les bruissements des derniers retardataires. Toutes les têtes se retournèrent : le cercueil remontait la travée.

Les hommes qui le portaient étaient dissemblables à un point qui frisait le ridicule : les frères de Barry devaient faire un mètre soixante-dix à tout casser, et Colin Wall, à l'arrière, du haut de son mètre quatre-vingt-dix, menaçait de faire basculer le cercueil – lequel était non pas en bois d'acajou verni, mais en osier.

Ma parole, mais c'est un panier à pique-nique ! pensa Howard, scandalisé.

Un air de stupéfaction passa de visage en visage à mesure que le cercueil progressait dans la travée, mais certains parmi la foule étaient déjà au courant. Mary avait dit à Tessa (qui l'avait dit à Parminder) que c'était un choix de Fergus, le fils aîné de Barry : l'osier était un matériau durable, renouvelable, peu agressif pour l'environnement, et Fergus avait une fibre écologique particulièrement prononcée.

Parminder préférait ce cercueil, de très loin, aux bières massives dans lesquelles la plupart des Anglais enterraient leurs morts. Sa grand-mère, dans sa superstition, avait toujours craint que l'âme ne se retrouve piégée entre ces planches de bois lourd et solide, et déplorait l'habitude qu'avaient les croque-morts anglais de clouer les cercueils. Les porteurs déposèrent la bière sur le catafalque drapé de brocart, puis se retirèrent : le fils, les frères et le beau-frère de Barry allèrent s'asseoir avec leur famille au premier rang, et Colin fit demi-tour pour rejoindre la sienne d'un pas nerveux.

Gavin marqua deux secondes d'hésitation paniquée. Parminder vit qu'il ne savait pas où aller ; sa seule solution était de retraverser l'église en sens inverse, sous les yeux de trois cents personnes. Mais

Mary dut lui adresser un signe, car soudain il baissa la tête, le visage cramoisi, pour se glisser sur le banc réservé à la famille, à côté de la mère de Barry. Parminder n'avait parlé à Gavin qu'une seule fois dans sa vie : le jour où il était allé la voir en consultation pour une blennorragie. Elle n'avait plus jamais croisé son regard depuis.

« Je suis la résurrection et la vie, dit le Seigneur. Celui qui croit en moi vivra, quand même il serait mort ; et quiconque vit et croit en moi ne mourra jamais. »

Le prêtre n'avait pas l'air de se préoccuper du sens des mots qui sortaient de sa bouche, mais uniquement de la mélopée de sa propre voix, rythmique et incantatoire. Parminder connaissait bien son style ; elle avait assisté à d'innombrables offices de Noël avec les autres parents d'élèves de St. Thomas. Sa longue fréquentation des lieux ne l'avait toujours pas réconciliée avec le saint guerrier livide qui la toisait du haut de son vitrail, ni avec toutes ces boiseries sombres, les bancs inconfortables, l'étrange autel surmonté de sa croix en or sertie de joyaux, ou encore les hymnes funèbres, qu'elle trouvait morbides et déplaisants.

Elle cessa donc d'écouter les psalmodies théâtrales du prêtre pour tourner ses pensées, une fois de plus, vers son père. Elle l'avait aperçu depuis la fenêtre de la cuisine, face contre terre, indifférent au son de la radio posée sur le clapier à lapins et poussée à plein volume. Il était resté étendu là deux heures, pendant qu'elle faisait les boutiques avec sa mère et ses sœurs. Elle se souvenait encore de la sensation de sa main sur l'épaule de son père, sous l'étoffe de sa chemise chauffée par le soleil, quand elle l'avait secoué en criant : « *Papaaa ! Papaaaaa !* »

Les cendres de Darshan avaient été dispersées dans la Rea, le petit ruisseau triste qui traversait Birmingham. Parminder se souvenait de la surface terne et argileuse de l'onde, du ciel empesé de nuages de cette journée de juin, et du tourbillon des minuscules flocons gris et blancs qui s'étaient éloignés d'elle au fil de l'eau.

L'orgue cliqueta, crachota, et elle se mit debout en même temps que tout le monde. Elle aperçut de loin les jumelles, Niamh et Siobhan, l'arrière de leur chevelure blond-roux ; elles avaient exactement le même âge qu'elle à l'époque où elle avait perdu son père. Parminder fut soudain envahie par un élan de tendresse, une tristesse douloureuse, et l'envie confuse de les prendre dans ses bras, de leur dire qu'elle savait, qu'elle savait et qu'elle comprenait...

Morning has broken, like the first morning...

(Le matin a éclos, comme le premier matin...)

Gavin entendit un sanglot aigu de l'autre côté du banc ; la voix du plus jeune des enfants de Barry n'avait pas encore mué. C'était lui, Declan, qui avait choisi cet hymne, Gavin le savait – de même qu'il était au courant, grâce à Mary qui s'en était ouverte à lui, de tant d'autres détails déprimants de la cérémonie.

Ces funérailles étaient encore plus pénibles qu'il ne l'avait redouté. Il pensait qu'un cercueil en bois eût été plus approprié ; la présence physique du cadavre de Barry à l'intérieur de cette boîte en osier si légère se rappelait à lui de manière atroce et viscérale ; il était encore choqué, éprouvé par le poids du corps. Tous ces gens qui avaient posé sur le cercueil un regard plein de commisération tandis qu'il remontait la travée – n'avaient-ils donc pas conscience, concrètement, de ce qu'il portait sur ses épaules ?

Puis s'était produit ce terrible moment de solitude, quand il s'était rendu compte que personne ne lui avait gardé de place et qu'il allait devoir repartir tout au fond de l'église, sous les yeux de la foule, pour se mêler aux anonymes restés debout… au lieu de quoi il avait été obligé de s'asseoir au premier rang, exposé à tous les regards, et c'était plus horrible encore, comme s'il s'était retrouvé dans le wagon de tête d'un grand-huit dont il était condamné à sentir, avant tous les autres, la violence des virages et des soubresauts.

Assis à quelques mètres du tournesol de Siobhan, dont la corolle était aussi large que le couvercle d'une poêle à frire, au milieu d'une avalanche de freesias jaunes et de belles-d'un-jour, il aurait voulu, finalement, que Kay soit là avec lui ; il n'arrivait pas à le croire lui-même, et pourtant… La présence de quelqu'un à ses côtés l'aurait réconforté ; quelqu'un qui aurait pu lui garder une place, pour commencer. Il n'avait pas songé à l'image qu'il pourrait donner de lui-même, ainsi esseulé : celle d'un triste salopard.

L'hymne prit fin. Le frère aîné de Barry s'avança pour prendre la parole. Gavin ne comprenait pas comment il pouvait endurer un tel supplice, parler devant le cadavre de Barry à ses pieds, sous le tournesol (cultivé avec amour pendant des mois) ; ni comment Mary pouvait rester assise sans bouger, sans rien dire, la tête basse et les yeux rivés, semblait-il, sur les mains qu'elle avait croisées au creux de ses jambes. Gavin s'efforça de toute son âme de donner un tour brusque à ses pensées, afin de faire pièce à la solennité du moment et de ne pas subir de plein fouet l'impact de l'eulogie.

Il va raconter comment Barry et Mary se sont rencontrés, quand il en aura terminé avec le petit laïus sur les souvenirs d'enfance... le bon vieux temps, les quatre cents coups, ouais, ouais... Allez, vas-y, enchaîne, enchaîne...

Il faudrait encore remettre le cercueil dans la voiture, et aller jusqu'à Yarvil, où il serait enterré, le minuscule cimetière de St. Michael affichant complet depuis vingt ans. Gavin se voyait déjà porter en terre le cercueil en osier sous les yeux de cette foule. L'aller-retour dans la travée de l'église, à côté de ça, c'était de la petite bière...

L'une des jumelles pleurait. Du coin de l'œil, Gavin vit Mary tendre la main pour attraper celle de sa fille.

Allez, putain, accélère. Par pitié.

« Je crois qu'il ne serait pas malhonnête de dire que Barry a toujours su ce qu'il voulait », poursuivait le frère du défunt d'une voix serrée. Le récit des frasques d'enfance de Barry lui avait valu quelques rires. On sentait qu'il était à deux doigts de craquer. « Il avait vingt-quatre ans, à mon enterrement de vie de garçon. On était partis camper. Le premier soir, on quitte nos tentes et on va au pub, et là, derrière le bar, il y a cette jeune fille, blonde, très belle, la fille du proprio, étudiante, qui donne un coup de main le samedi soir. Barry a passé toute la soirée scotché au bar à discuter avec elle, au risque de la mettre dans le pétrin vis-à-vis de son père, et à faire semblant de ne pas connaître la bande de joyeux zozos qui chahutaient au fond du pub. »

Un petit rire. La tête de Mary était avachie sur sa poitrine ; ses enfants assis à côté d'elle lui tenaient chacun une main.

« Il m'a annoncé, ce soir-là, quand on est rentrés au campement, qu'il allait épouser cette fille. Je me suis dit : *Eh là, attends voir une minute, c'est moi qui suis censé être ivre mort !* » Nouveau rire étouffé. « Baz nous a obligés à revenir dans le même pub, le lendemain. Quand on est rentrés chez nous, la première chose qu'il a faite, c'est de lui envoyer une carte postale pour lui dire qu'il reviendrait le weekend suivant. Ils se sont mariés un an jour pour jour après cette soirée-là, et je crois que tous ceux qui les connaissent seront d'accord avec moi – Barry avait du goût et se trompait rarement dans ses choix. Ils ont eu quatre merveilleux enfants ensemble, Fergus, Niamh, Siobhan et Declan… »

Gavin se concentrait pour respirer lentement – inspirer, expirer, inspirer, expirer – et ne pas écouter le discours, tout en se demandant ce que son propre frère aurait bien pu trouver à dire dans les mêmes circonstances. Il n'avait pas eu la chance de Barry ; sa vie amoureuse ne se prêtait pas à de jolies légendes romantiques. Il n'était jamais tombé en entrant dans un pub sur la blonde de ses rêves, tout sourire et prête à lui servir une bonne pinte. Non, lui, il était tombé sur Lisa, pour qui il n'était apparemment jamais à la hauteur ; sept années d'âpre conflit, soldées par une chaude-pisse en guise de bouquet final ;

et puis, presque aussitôt, la rencontre avec Kay, qui depuis s'accrochait à lui comme un bulot agressif et menaçant…

Néanmoins, il l'appellerait un peu plus tard, car il ne se sentait pas capable de rentrer tout seul chez lui après une telle journée. Il serait honnête avec elle, il lui raconterait à quel point l'enterrement avait été horrible et éprouvant, et combien il aurait aimé qu'elle soit à ses côtés. Il effacerait ainsi l'ardoise laissée par leur récente dispute. Il ne voulait pas être seul ce soir.

Deux rangs derrière, Colin Wall sanglotait en poussant des petits hoquets qu'il étouffait dans un grand mouchoir humide mais que tout le monde entendait. Tessa avait posé la main sur sa cuisse et la lui serrait doucement. Elle pensait à Barry ; au soutien fidèle qu'il lui apportait vis-à-vis de Colin ; à la bonne humeur qu'il savait si bien partager avec elle pour la réconforter ; à son infinie générosité d'esprit. Elle revoyait comme si c'était hier le petit homme au visage rouge pivoine entraîner Parminder dans un swing endiablé lors de leur dernière grande fête ; elle l'entendait encore imiter les tirades furieuses de Howard Mollison contre la cité des Champs, et conseiller à Colin, avec un tact dont lui seul était capable, de poser un œil indulgent sur Fats, dont le comportement était tout bonnement celui d'un adolescent et non pas celui d'un psychopathe.

Tessa avait peur des conséquences qu'entraînerait la mort de Barry Fairbrother pour l'homme assis à côté d'elle ; peur de ne pas arriver à surmonter le déchirement provoqué par cette perte colossale dans leur vie à tous les deux ; peur que Colin ait fait au défunt une promesse qu'il serait incapable de tenir, et qu'il n'ait pas conscience que Mary, à qui il voulait tout le temps parler, n'avait pour lui aucune affection. Et dans les plis et les replis de l'angoisse et du chagrin de Tessa venait s'immiscer son éternel sujet d'inquiétude, tel un petit vermisseau venant la démanger sans relâche : Fats – et comment éviter l'explosion, et comment l'obliger à venir à l'enterrement, et comment dissimuler son absence à Colin, ce qui, au fond, serait encore le plus simple.

« Nous allons clore cette cérémonie par une chanson qu'ont choisie les filles de Barry, Niamh et Siobhan, une chanson chère à leur cœur et à celui de leur père », dit le prêtre. On devinait, à l'inflexion de sa voix, qu'il déclinait d'avance toute responsabilité pour ce qui allait suivre.

Les pulsations rythmiques soudain déversées par les haut-parleurs cachés dans l'église résonnèrent si fort que la congrégation tout entière sursauta comme un seul homme. Une voix puissante, à l'accent américain prononcé, lâcha quelques « *ah ha, ah ha* », puis Jay-Z se mit à débiter :

Petite fille plus si sage –
Troisième prise –
Action.
Pas de nuages dans mes orages…
Balancez la mousson, à moi la gloire en hydravion –
J'plonge comme le Dow Jones…

Certains crurent qu'il y avait erreur ; Howard et Shirley se lançaient des regards outrés, mais personne n'appuya sur « stop » ni ne traversa la nef à toutes jambes en s'excusant. Puis une femme, cette fois, se mit à chanter d'une voix forte et sexy :

You have my heart
And we'll never be worlds apart
Maybe in magazines
But you'll still be my star…

(Mon cœur t'appartient
Et je ne serai jamais très loin
Dans les magazines peut-être
Mais tu seras toujours la star de ma planète…)

Les porteurs avaient soulevé le cercueil en osier et redescendaient à présent la travée, suivis de Mary et des enfants.

… Now that it's raining more than ever
Know that we'll still have each other
You can stand under my umbuh-rella
You can stand under my umbuh-rella

(… Maintenant que l'averse s'abat sur nous
Sache que nous serons ensemble jusqu'au bout
Tu peux t'abriter sous mon paraplu-iiiiie
Tu peux t'abriter sous mon paraplu-iiiiie)

L'assemblée quitta l'église en lente procession, en s'efforçant de ne pas marcher au rythme de la musique.

Andrew Price prit le vélo de course de son père par le guidon et sortit à pas prudents du garage, en faisant attention de ne pas rayer la carrosserie de la voiture. Il descendit la volée de marches en pierre et franchit le portail en métal en continuant de pousser le vélo à côté de lui ; puis, dans l'allée, il posa son pied sur une pédale, se propulsa de l'autre sur quelques mètres et enfin, une fois lancé, il enfourcha la selle. Il vira à gauche au sommet de la descente vertigineuse de la colline et accéléra, sans toucher une seule fois les freins, en direction de Pagford.

Les haies et les nuages se mélangeaient sous l'effet de la vitesse ; il s'imaginait dans un vélodrome à ciel ouvert tandis que le vent fouettait ses cheveux propres et son visage encore à vif après qu'il l'eut férocement nettoyé. En arrivant à la hauteur du jardin en angle des Fairbrother, il freina un peu ; quelques mois plus tôt, il était tombé en prenant ce virage serré à trop grande vitesse et avait dû faire aussitôt demi-tour pour rentrer chez lui, le jean lacéré et le visage tout écorché…

Il entama la descente de Church Row en roue libre, une seule main posée sur le guidon, se laissant aller au plaisir de cette nouvelle accélération, même si elle n'était pas aussi impressionnante que la première, mais son enthousiasme fut bientôt tempéré par la vision d'un cercueil qu'on glissait à l'arrière d'un corbillard, à la sortie de l'église, dont les lourdes portes en bois déversaient un flot continu d'hommes et de femmes vêtus de noir. Andrew donna un furieux coup de pédale et disparut au coin de la rue. Il ne voulait pas voir Fats sortir de l'église à côté du Pigeon effondré, affublé du costume-cravate qu'il lui avait décrit avec une répugnance hilarante la veille, en cours de littérature. C'était trop embarrassant – comme s'il avait surpris son copain assis sur les toilettes en train de pousser.

Andrew fit lentement le tour du Square en ôtant d'une main les mèches de cheveux plaquées par le vent sur son visage, curieux de savoir si l'air froid avait eu un effet quelconque sur son acné purulente et si la lotion anti-bactérienne dont il s'était frotté la peau avait un tant soit peu estompé la rougeur furieuse de ses boutons. Puis il se répéta une fois encore le petit prétexte qu'il avait mis au point : il revenait de chez Fats (ce qui aurait très bien pu être le cas, rien ne l'interdisait) ; et pour rejoindre le fleuve, passer par Hope Street était tout aussi plausible que de prendre le raccourci offert par la première rue transversale. Il n'y avait donc aucune raison pour que Gaia Bawden (à condition toutefois qu'elle soit chez elle en train de regarder par la fenêtre, et à condition qu'elle l'aperçoive, et à condition qu'elle le reconnaisse) pense qu'il ne passait par là que pour la voir. Andrew ne s'attendait pas à devoir se justifier et lui expliquer pourquoi il passait en vélo dans sa rue, mais il s'accrochait à cette version mensongère parce qu'elle lui permettait, pensait-il, de prendre un air désinvolte et détaché.

Il voulait simplement savoir où était sa maison. Deux fois déjà, le week-end, il était passé en vélo dans la petite rue aux maisons accolées, tous les nerfs de son corps électrisés, mais il n'avait pas encore découvert dans quelle demeure était caché le Graal. Tout ce qu'il savait, tout ce que lui avaient appris les coups d'œil furtifs qu'il lançait par les vitres sales du bus scolaire, c'est qu'elle vivait du côté droit de la rue, à un numéro pair.

Au moment de tourner dans le virage, il essaya d'arborer un masque de circonstance, de donner à son visage l'expression d'un jeune homme qui descendrait tranquillement à vélo vers le fleuve par le chemin le plus direct, perdu dans des pensées graves – mais tout à fait disposé à s'arrêter en cours de route si jamais, par un hasard extraordinaire, il tombait sur une camarade de classe...

Elle était là. Sur le trottoir. Les jambes d'Andrew continuèrent à mouliner, mais il ne sentait plus les pédales et prit soudain conscience de l'épaisseur quasi nulle des pneus sur lesquels il roulait en équilibre. Elle fouillait dans son sac à main en cuir, la tête légèrement baissée, le visage dissimulé par un pan de ses cheveux châtains aux reflets cuivrés. Sur la porte entrouverte derrière elle, le numéro 10 ; un T-shirt noir, relevé juste au-dessus de la taille ; un liséré de chair dénudée, une grosse ceinture et un jean serré... Il était presque arrivé à sa hauteur quand elle referma la porte et se retourna ; d'un coup de tête, elle chassa les cheveux qui camouflaient son merveilleux visage, et elle dit, d'une voix claire et pimentée par son accent londonien : « Tiens, salut.

— Salut », dit-il. Ses jambes moulinaient toujours. Trois mètres, cinq mètres – mais pourquoi ne s'était-il pas arrêté ? Saisi de stupeur, il continuait d'avancer et n'osait pas se retourner ; il avait déjà atteint le bout de la rue ; *putain, c'est pas le moment de te casser la gueule* ; il bifurqua au coin de Hope Street, dans un tel état de choc qu'il n'arriva même pas à savoir s'il était soulagé ou déçu de l'avoir laissée derrière lui.

Bordel de merde.

Il continua de rouler jusqu'au petit bois au pied de la colline de l'abbaye, où le fleuve scintillait à travers l'ajour des feuillages, mais il ne voyait que Gaia dont le visage lui brûlait la rétine comme un néon. La route étroite céda la place à un sentier de terre, et le souffle léger soulevé par le vent à la surface de l'eau lui caressait le visage, lequel n'avait pas eu le temps de rougir, se disait-il, tant la scène s'était déroulée à la vitesse de l'éclair.

« Putain de merde ! » cria-t-il à pleins poumons contre le vent et la poussière du sentier désert.

Il repassa au crible de sa mémoire toutes les merveilles inattendues que lui avait offertes sa vision fugitive : son corps parfait, aux courbes soulignées par le jean serré et le coton moulant du T-shirt ; le numéro 10 derrière elle, sur une porte dont la peinture bleu délavé s'écaillait ; « tiens, salut », si facile, si naturel – les traits d'Andrew étaient donc bien consignés quelque part dans son esprit, derrière ce visage stupéfiant.

Le vélo tressautait sur le sol inégal, bosselé de cailloux. Andrew, en extase, ne sauta à bas de la selle que lorsqu'il commença à perdre l'équilibre. Il marcha parmi les arbres en poussant le vélo par le guidon, puis, arrivé sur la rive étroite du fleuve, le laissa tomber par terre au milieu des anémones des bois qui avaient éclos comme autant de minuscules étoiles blanches depuis son dernier passage en ces lieux.

Son père lui avait dit, quand il avait commencé à lui emprunter son vélo : « Tu l'attaches avec un cadenas si tu entres dans un magasin. Et je te préviens, à la moindre éraflure… »

Mais la chaîne n'était pas assez longue pour faire le tour d'un tronc d'arbre, et de toute façon, plus ses escapades l'emmenaient loin de son père, moins il le craignait. Incapable de se défaire de l'image du liséré de peau nue au niveau de la taille de Gaia et de son visage enchanteur, Andrew marcha jusqu'à l'endroit où la rive rejoignait le flanc érodé de la colline, dont la paroi abrupte surplombait les flots verts et tourbillonnants comme une falaise rocailleuse surgie de terre.

La bande la plus étroite de la rive meuble et glissante se poursuivait sur tout le pourtour de la colline. La seule façon de la franchir, quand on avait les pieds désormais deux fois plus grands qu'à l'époque où l'on s'était aventuré dans ces parages pour la première fois, était d'avancer en crabe, collé à la paroi, en s'accrochant aux racines et aux morceaux de roche qui se détachaient du flanc de la colline.

Andrew connaissait par cœur l'odeur verte et vaseuse du fleuve et de ce sol détrempé, tout comme il connaissait les sensations éprouvées chaque fois qu'il posait le pied sur cet étroit bandeau de terre et d'herbe, et que sa main cherchait à tâtons les affleurements de roche et les anfractuosités de la colline. Il avait découvert cet endroit secret avec Fats quand ils avaient onze ans. Ils savaient alors que ce qu'ils faisaient était interdit et dangereux ; on leur avait dit de se méfier du fleuve. Terrifiés par ces mises en garde, mais déterminés à ne pas s'en faire l'aveu mutuel, ils s'étaient glissés le long de ce promontoire périlleux, se raccrochant à n'importe quelle prise offerte par la paroi de pierre et, à la pointe la plus extrême et étranglée du passage, ils avaient fini par s'agripper l'un à l'autre en s'empoignant par le T-shirt de toutes leurs forces.

Ses longues années d'entraînement permirent à Andrew, en dépit de sa distraction, à longer sans peine la muraille de terre et de rocaille, la semelle des baskets à un mètre au-dessus de l'eau bouillonnante ; puis il baissa la tête, pivota sur sa hanche, et se glissa d'un seul mouvement à l'intérieur de la crevasse qu'ils avaient trouvée tant d'années plus tôt, creusée à flanc de colline. À l'époque, cette découverte leur avait paru miraculeuse, offerte par les dieux en récompense de leur audace. Aujourd'hui, il ne pouvait plus se tenir debout à l'intérieur ; mais cette espèce de caverne, à peine plus grande qu'une tente de camping, était encore assez large pour que les deux adolescents s'y tiennent allongés, côte à côte au-dessus du fleuve agité, devant le triangle de ciel qui se découpait dans l'ouverture de la roche, diapré par le tamis des arbres.

La première fois, ils avaient sondé et essayé de creuser le fond de la paroi à coups de bâton, mais ils n'avaient pas découvert de passage secret menant directement à l'abbaye au sommet de la colline ; leur exaltation n'en avait pas été moins triomphale, et ils s'étaient juré de ne jamais révéler cette cachette, à personne, jusqu'à la fin des temps. Andrew se souvenait vaguement d'un serment solennel, consacré par deux ou trois crachats et quelques jurons. Ils l'avaient baptisée la Caverne, au début, mais aujourd'hui, et depuis un certain temps déjà, cet endroit s'appelait le Pigeonnier.

Une odeur de terre émanait de ce renfoncement, quoique le plafond en pente ne fût constitué que de pierres. Une ligne horizontale verdâtre, le long de la paroi, témoignait d'une inondation passée, presque jusqu'en haut de la caverne. Le sol était jonché de mégots et des filtres en carton de leurs joints. Andrew s'assit, laissant pendre ses jambes au-dessus de l'eau verte et boueuse, et prit dans sa veste le paquet de cigarettes et le briquet qu'il avait achetés avec les dernières économies prélevées sur la somme reçue pour son anniversaire, puisqu'il n'avait plus d'argent de poche. Il s'alluma une cigarette, tira une longue bouffée, et revécut la scène glorieuse de sa rencontre avec Gaia Bawden en convoquant tous les détails emmagasinés dans sa mémoire : finesse de la taille, courbe des hanches ; cuir de la ceinture, coton du T-shirt, et peau laiteuse entre les deux ; la bouche large, les lèvres épaisses ; « tiens, salut ». C'était la première fois qu'il la voyait sans son uniforme scolaire. Où allait-elle comme ça, toute seule, avec son sac à main ? Que pouvait-elle bien avoir trouvé à faire, à Pagford, un samedi matin ? Peut-être allait-elle prendre le bus pour Yarvil ? À quoi passait-elle son temps quand il ne l'avait pas sous les yeux ? Par quelles mystérieuses activités féminines était-elle absorbée ?

Et il se demanda, pour la énième fois, s'il était vraiment concevable qu'un tel alliage de chair et d'os pût contenir une personnalité comme une autre. Seule Gaia lui avait jamais inspiré de telles réflexions : l'idée d'une séparation possible entre l'âme et le corps ne lui était jamais venue à l'esprit avant le jour où il avait posé les yeux sur elle pour la première fois. Alors même qu'il essayait d'imaginer à quoi pouvaient ressembler ses seins, et quelles sensations il éprouverait à les toucher, à en juger par les seuls indices visuels que lui avaient permis de recueillir un chemisier légèrement transparent et le soutien-gorge blanc que celui-ci laissait deviner, il se refusait à croire que l'attirance qu'il ressentait pour elle était d'ordre exclusivement physique. Elle avait une façon de se mouvoir qui déclenchait en lui autant d'émotions que la musique – qui, jusqu'alors, était ce qui l'émouvait le plus au monde. Il était impensable que le souffle animant ce corps incomparable ne fût pas, lui aussi, d'une qualité unique et exceptionnelle. Pourquoi la nature aurait-elle fabriqué un tel corps, sinon pour en faire l'écrin d'un trésor encore plus précieux ?

Andrew savait à quoi ressemblait une femme nue – l'ordinateur de Fats, dans sa chambre aménagée au grenier, n'était pas équipé d'un dispositif de contrôle parental. Ensemble, ils avaient exploré autant de sites pornographiques gratuits que possible : vulves rasées ; lèvres tirées à l'extrême, révélant les profondeurs ténébreuses de vagins béants ; fesses écartées au milieu desquelles affleurait le trou froncé de l'anus ; bouches maquillées de rouge épais d'où coulaient des giclées de sperme. L'excitation d'Andrew était toujours tempérée par sa peur panique de voir débarquer Mrs Wall, qu'on n'entendait arriver que lorsqu'elle atteignait la marche grinçante de l'escalier menant à la chambre de Fats. Il leur était arrivé de tomber sur des choses bizarres qui les avaient fait hurler de rire, même si Andrew ne savait jamais trop s'il était excité ou dégoûté (fouets, selles et harnais, cordes et tuyaux en tout genre ; et une fois – même Fats, pour le coup, n'avait pas réussi à rire –, des gros plans de chair transpercée par des aiguilles, d'étranges accessoires métalliques, et le visage pétrifié de femmes en train de hurler).

Andrew et Fats étaient devenus d'incollables experts en poitrines siliconées – énormes, rondes et rigides.

« Plastique », lâchait l'un ou l'autre d'un ton blasé devant l'écran de l'ordinateur, calfeutrés dans la chambre fermée à double tour. La blonde incriminée levait bien haut les bras en chevauchant un type poilu, et ses gros seins aux tétons brun foncé semblaient vissés sur sa cage thoracique comme deux boules de bowling, chacun souligné par un trait violacé trahissant l'endroit où avait été inséré l'implant en silicone. On devinait leur consistance à l'œil nu – la peau tendue et ferme comme si un ballon de foot avait été glissé dessous. Aux yeux d'Andrew, rien n'était plus érotique qu'une poitrine naturelle ; douce, spongieuse, peut-être un peu élastique, et les tétons, à l'inverse (espérait-il), d'une certaine dureté au toucher.

Et toutes ces images se mélangeaient dans sa tête, tard la nuit, avec les possibilités infinies offertes par la présence, dans son entourage, de filles réelles, humaines, et par les quelques sensations qu'on pouvait glaner à leur contact, à travers le tissu des vêtements, à condition de les approcher d'assez près. Niamh était la moins jolie des deux jumelles Fairbrother, mais aussi la moins farouche – en tout cas ce soir-là, pendant la fête de Noël, dans l'atmosphère étouffante de l'amphithéâtre de Winterdown. À moitié cachés derrière le rideau miteux, dans un recoin obscur, ils s'étaient frottés l'un à l'autre, et Andrew avait fourré sa langue à l'intérieur de sa bouche. Ses mains avaient réussi à se faufiler jusqu'aux bretelles de son soutien-gorge, mais pas plus loin, car elle n'arrêtait pas de se dégager. Sa principale motivation avait été de savoir que Fats, non loin de là, dans le noir, allait plus loin encore. Et à présent, son cerveau bouillonnait, électrisé par Gaia. Elle était à la fois la fille la plus sexy qu'il eût jamais vue et la source d'un désir inédit, inexplicable. Certains changements d'accords, certains rythmes, le remuaient jusqu'au tréfonds de l'âme – et il y avait quelque chose, chez Gaia Bawden, qui le bouleversait tout autant.

Il s'alluma une autre cigarette avec la fin de la précédente et jeta le mégot dans l'eau. Puis il entendit un bruissement familier ; il se pencha et vit Fats, toujours en costume d'enterrement, qui avançait de prise en prise sur le rebord étroit de la rive, punaisé à la paroi de la colline, pour rejoindre Andrew dans leur caverne.

« Fats.

— Arf. »

Andrew ramena ses jambes à l'intérieur pour permettre à son ami de se glisser dans le Pigeonnier.

« Putain de merde », lâcha Fats une fois arrivé à bon port. Son allure dégingandée, ses bras interminables, ses grandes jambes, et sa maigreur, plus frappante encore que d'ordinaire dans ce costume noir, lui donnaient un peu l'allure d'une araignée.

Andrew lui tendit une cigarette, qu'il alluma, comme à son habitude, en faisant rempart de sa paume arrondie pour protéger la flamme contre une rafale de vent inexistante, avec une légère grimace de concentration. Il tira une bouffée, souffla un rond de fumée qui s'échappa du Pigeonnier, puis desserra le nœud de sa cravate gris foncé. Il avait l'air plus âgé, et pas si grotesque que ça finalement, dans son costume aux genoux et aux coudes à présent maculés par la terre qu'il avait ramassée en crapahutant jusqu'à la caverne.

« À croire qu'ils étaient *vraiment* comme cul et chemise, dit Fats après avoir tiré une nouvelle taffe.

— Le Pigeon était dans tous ses états ?

— Dans tous ses états ? Putain, il était complètement hystérique, tu veux dire ! Il s'en est filé le hoquet, tellement il chialait. Pire que la putain de veuve. »

Andrew rigola. Fats souffla un autre rond de fumée et frotta l'une de ses oreilles disproportionnées.

« Je leur ai tiré ma révérence avant la fin. Ils l'ont même pas encore enterré. »

Ils fumèrent en silence pendant quelques instants en regardant le fleuve boueux. Andrew se répétait ces mots, « tiré ma révérence avant la fin », et songeait à l'indépendance dont Fats semblait jouir, comparé à lui. Simon et sa colère perpétuelle faisaient barrage entre Andrew et la liberté : à Hilltop House, il arrivait qu'on se fasse punir simplement parce qu'on était là, dans les parages. Un étrange petit excursus, en cours de philo et de religion, avait jadis captivé l'imagination d'Andrew : on leur avait parlé des divinités primitives, de leur fureur et de leur violence arbitraires, et des gestes par lesquels les anciennes civilisations tentaient de les apaiser. Il avait alors réfléchi à la nature de la justice telle qu'il la connaissait : son père faisait figure de dieu païen, et sa mère de grande prêtresse du culte, s'efforçant sans cesse d'interpréter et d'intercéder – elle n'y arrivait d'ailleurs pas, en général, et s'obstinait pourtant à croire, en dépit du bon sens, que la divinité à laquelle elle sacrifiait était, au fond, pleine de mansuétude et de compréhension.

Fats, la tête appuyée contre la paroi en pierre du Pigeonnier, soufflait maintenant la fumée de sa cigarette vers le plafond. Il pensait à ce qu'il voulait dire à Andrew. Il avait mentalement répété la façon dont il aborderait le sujet pendant toute la durée de la cérémonie à l'église, tandis que son père hoquetait et pleurnichait dans son mouchoir. Fats était tellement surexcité à l'idée de tout raconter à son ami qu'il avait du mal à se contenir ; mais il s'était promis de ne pas se précipiter. Le récit, aux yeux de Fats, comptait presque autant que l'acte lui-même. Il ne voulait pas donner à Andrew l'impression de l'avoir rejoint ventre à terre pour lui dire ce qui s'était passé.

« Fairbrother, il était au Conseil paroissial, tu sais ? dit Andrew.

— Ouais, dit Fats, ravi que son copain ait de lui-même trouvé un autre sujet de conversation pour retarder, à son propre insu, le moment de la révélation.

— Eh bah Simon-Bichon dit qu'il a l'intention de reprendre son siège.

— Non, Simon-Bichon, vraiment ? »

Fats adressa une grimace ébahie à Andrew.

« Putain mais qu'est-ce qui lui prend encore, à celui-là ?

— Apparemment il croit que Fairbrother touchait de la thune en douce, des mecs du bâtiment ou je sais pas quoi. » Andrew avait entendu ses parents en discuter dans la cuisine, ce matin. Ça expliquait tout. « Il veut sa part du gâteau.

— Mais non, c'était pas Barry Fairbrother, ça, rien à voir, dit Fats en riant et en laissant tomber un peu de cendre sur le sol de la caverne. Et c'était pas le Conseil paroissial non plus. C'était machin, là, comment il s'appelle… Frierly, à Yarvil. Il était au conseil d'administration de Winterdown. Même que le Pigeon a failli faire un infarct'. La presse qui l'appelle pour avoir sa réaction et tout. Frierly s'est fait lourder après ça. Il lit pas la *Gazette de Yarvil*, Simon-Bichon, ou quoi ? »

Andrew lança un regard entendu à Fats.

« Putain, c'est typique. »

Il écrasa sa cigarette par terre, embarrassé par la bêtise de son père. Simon, une fois de plus, avait tout faux. Il passait son temps à mépriser la communauté locale, à railler les préoccupations mesquines de ses concitoyens, tout fier de vivre isolé dans sa petite maison de merde au sommet de la colline – et puis, un beau jour, monsieur entendait une fausse rumeur, décidait que c'était du solide, et là-dessus, partait pour foutre la honte à toute sa famille.

« Il est grave tordu, Simon-Bichon, non ? » dit Fats.

Ils l'appelaient ainsi parce que c'était le surnom que donnait Ruth à son mari. Fats l'avait entendue l'utiliser, un jour où il était venu chez eux pour le goûter, et depuis, il n'avait jamais appelé autrement le père d'Andrew.

« Ouais, grave, dit celui-ci en se demandant s'il serait capable de dissuader son père de se présenter en lui expliquant qu'il s'était trompé.

— Tiens, à propos, drôle de coïncidence, dit Fats, parce que figure-toi que le Pigeon aussi veut se présenter. »

Fats souffla sa fumée par les narines en regardant le plafond crevassé au-dessus de la tête d'Andrew.

« Alors ? Suspense… Qui récoltera les suffrages ? Le connard ou la chochotte ? »

Andrew éclata de rire. L'une de ses plus grandes joies dans l'existence était d'entendre son copain traiter son père de connard.

« Tiens, attends, mate un peu ce que j'ai apporté. » Fats coinça sa cigarette entre ses lèvres pour palper son costume sous toutes les coutures, même s'il savait pertinemment que l'enveloppe se trouvait dans la poche intérieure de sa veste. « Là ! » Il la sortit et l'ouvrit pour montrer à Andrew ce qu'elle contenait : des petites boules brunâtres, pas plus grandes que des grains de poivre, dans un mélange poudreux de tiges et de feuilles desséchées. « Sinsemilia.

— C'est quoi ?

— Des racines et des tiges de marijuana tout ce qu'il y a de plus commun, dit Fats, spécialement préparées pour le plus grand plaisir de tes poumons !

— Mais c'est quoi la différence entre ça et le matos normal ? demanda Andrew, avec qui Fats avait déjà partagé quelques morceaux de résine de cannabis noirâtre et cireuse dans le Pigeonnier.

— Bah c'est pareil, c'est pour faire un joint, mais différent, tu vois ? » dit Fats en éteignant sa cigarette. Il sortit de sa poche un paquet de Rizla, en tira trois feuilles fragiles et les colla ensemble d'un coup de langue.

« C'est Kirby qui t'a filé ça ? » demanda Andrew en tâtant et en reniflant le contenu de l'enveloppe.

Tout le monde savait que si on cherchait de la drogue, c'était à Skye Kirby qu'il fallait s'adresser. Il était dans la classe au-dessus d'eux, en terminale. Son grand-père était un vieux hippie qui était passé plusieurs fois devant le juge pour avoir cultivé ses propres plants.

« Ouais. Mais j'ai entendu parler d'un autre mec, dans la cité, un certain Obbo, dit Fats en fendant une cigarette dans le sens de la longueur pour transvaser le tabac dans les feuilles, il paraît qu'il peut te trouver tout ce que tu veux. Putain, même de l'héro, si c'est ça que tu cherches.

— Sauf que ce n'est pas ce qu'on cherche, dit Andrew en regardant Fats.

— Nan… » Puis il reprit l'enveloppe, saupoudra un peu d'herbe par-dessus le tabac. Il roula le joint, lécha les bords du papier pour le refermer, tassa le mélange afin qu'il soit bien compact, et entortilla l'extrémité pour la tailler en pointe.

« Super », dit-il avec un petit sourire ravi.

Il avait prévu d'annoncer la grande nouvelle à Andrew après le joint, qui servirait en quelque sorte d'amuse-gueule. Il tendit la main pour qu'Andrew lui passe son briquet, inséra le bout cartonné entre ses lèvres, alluma le pétard et aspira une profonde bouffée d'un air pénétré, puis il souffla un long jet de fumée bleue, et recommença la manœuvre depuis le début.

« Mmm, fit-il en retenant la fumée dans ses poumons et en imitant le Pigeon, à qui Tessa, une année à Noël, avait offert une initiation à la dégustation du vin. Arôme herbacé... Fort en bouche... Nuances de... putain... »

Soudain en proie à une sensation puissante de tournis, alors qu'il était toujours assis, il souffla en riant.

« ... Vas-y, essaie ça. »

Andrew se pencha, prit le joint et gloussa d'avance en voyant le sourire béat de son copain, plutôt inhabituel sur ce visage en général constipé et renfrogné.

Andrew tira une taffe et sentit la drogue plonger au fond de ses poumons pour irradier dans tout son corps, qui se détendit aussitôt. Une deuxième bouffée, et il eut l'impression qu'on lui aérait le cerveau en le secouant comme un édredon jusqu'à ce qu'il se déploie sans faux pli et que tout devienne lisse, simple, facile, et beau.

« Super », dit-il en écho à Fats. Le son de sa propre voix le fit sourire. Il repassa le joint à Fats qui tendait les doigts, et savoura cette sensation de bien-être.

« Bon alors, tu veux entendre un truc intéressant ? dit Fats en souriant de manière incontrôlable.

— Vas-y.

— Je l'ai sautée hier soir. »

Andrew faillit dire « qui ? », puis son cerveau embrumé se souvint : Krystal Weedon, bien sûr ; Krystal Weedon – qui d'autre ?

« Où ça ? » demanda-t-il bêtement. Ce n'était pas du tout ça qu'il voulait savoir.

Fats, toujours en costume, s'allongea sur le dos, les pieds vers le fleuve. Sans un mot, Andrew s'allongea à côté de lui, tête-bêche – comme à l'époque lointaine où ils étaient encore gosses, les soirs où ils allaient dormir chez l'un ou chez l'autre. Andrew regardait le plafond de roche où la fumée bleue restait un moment en suspension avant de s'effilocher. Il attendait la suite.

« Ah oui, au fait, j'ai dit au Pigeon et à Tess que je passais la soirée chez toi, OK ? » Fats passa le joint à Andrew, puis croisa les mains sur sa poitrine et s'écouta raconter son histoire. « Ensuite j'ai pris le bus jusqu'à la cité. Je l'ai retrouvée devant chez Oddbins.

— Le truc où y vendent de l'alcool, là, à côté de la supérette ? » Andrew ne comprenait pas pourquoi il continuait de poser des questions idiotes.

« Ouais. On est allés sur le terrain de jeux. Y a des arbres là-bas, dans un coin, juste derrière les chiottes publiques. Nickel, discret. Il commençait à faire nuit. »

Fats changea de position et Andrew lui repassa le joint.

« Pour entrer à l'intérieur, c'est plus difficile que ce que je pensais », continua Fats. Andrew était fasciné ; il était partagé entre l'envie de rire et la peur de passer à côté de tous les détails crus que pourrait lui décrire son ami. « Elle mouillait vachement plus quand je lui mettais un doigt. »

Un gloussement monta mais se coinça aussitôt dans la poitrine d'Andrew comme un relent acide.

« Faut pousser grave pour entrer bien au fond. C'est plus étroit que ce que je croyais. »

Andrew vit un jet de fumée s'élever à l'endroit où devait se situer la tête de Fats.

« J'ai joui en dix secondes. Putain c'est trop bon, une fois que t'es dedans. »

Andrew se mordit les lèvres pour ne pas rire – Fats n'avait peut-être pas encore tout dit.

« J'ai mis une capote. Mais ce serait mieux sans. »

Il redonna le pétard à Andrew, qui tira dessus en réfléchissant. Plus difficile d'entrer que ce qu'on pensait. Terminé au bout de dix secondes. Ça n'avait pas l'air très extraordinaire, dit comme ça ; et pourtant, que n'aurait-il pas donné ? Il imagina Gaia Bawden, allongée sur le dos devant lui, et laissa échapper un petit grognement involontaire, que Fats ne parut pas entendre. Perdu dans un brouillard d'images érotiques, Andrew continua de tirer sur le joint, son sexe en érection appuyé contre le sol que son corps avait réchauffé, en écoutant le murmure rapide de l'onde, tout près de ses oreilles.

« C'est quoi qui compte, Arf ? » demanda Fats après un long moment songeur et silencieux.

La tête doucement bercée, Andrew répondit : « Le cul.

— Ouais, dit Fats, ravi. Baiser. C'est ça qui compte. Porlon… Prolonger l'espèce. À bas les capotes. Se reproduire.

— Ouais, dit Andrew en riant.

— Et la mort », dit Fats. Il avait été choqué par ce cercueil, par sa réalité concrète, et choqué de se rendre compte à quel point, entre le cadavre qui se trouvait à l'intérieur et les charognards venus se repaître du spectacle, la frontière était fragile et inconsistante. Il ne regrettait pas d'être parti avant de le voir disparaître dans les entrailles de la terre. « Obligé, non ? La mort.

— Ouais, dit Andrew soudain saisi par des visions de guerre, d'accidents de voiture, d'agonies flamboyantes, trépidantes et glorieuses.

— Ouais, dit Fats. Baiser et mourir. C'est ça, non ? Baiser et mourir. C'est ça, la vie.

— Essayer de baiser et essayer de ne pas mourir.

— Ou essayer de mourir, dit Fats. Pour certains. Prendre le risque.

— Ouais. Prendre le risque. »

Un nouveau silence. Il faisait frais dans la caverne enfumée.

« Et la musique, dit Andrew à voix basse en regardant les volutes bleues s'accrocher à la roche sombre.

— Ouais, dit Fats d'une voix lointaine. Et la musique. »

L'eau vive du fleuve continua de s'écouler devant le Pigeonnier.

DEUXIÈME PARTIE

Opinion admissible

7.33 Aucune opinion admissible exprimée sur un sujet d'intérêt public n'est passible de poursuite.

Charles Arnold-Baker
Administration des conseils locaux,
7e édition

1

Il pleuvait sur la tombe de Barry Fairbrother. L'encre bavait sur les cartes de condoléances. La corolle massive du tournesol de Siobhan résistait vaillamment à l'assaut des gouttes, mais les lys et les freesias de Mary se froissèrent bien vite, avant de se désintégrer tout à fait. L'aviron en chrysanthèmes s'assombrissait en pourrissant. La pluie faisait gonfler le fleuve, transformait les caniveaux en torrents et les routes escarpées de Pagford en pistes glissantes et luisantes. Les vitres du bus scolaire étaient obscurcies par la buée ; les paniers suspendus du Square s'étiolaient ; et Samantha Mollison, dans sa voiture, les essuie-glaces à plein régime, eut un petit accrochage en rentrant chez elle à la fin de sa journée de travail.

Un numéro de la *Gazette de Yarvil* resta coincé pendant trois jours dans la fente de la boîte aux lettres sur la porte de Mrs Catherine Weedon, de Hope Street, et devint bientôt détrempé, illisible. C'est l'assistante sociale Kay Bawden qui finit par le retirer ; elle jeta un œil par la lucarne rouillée et aperçut la vieille dame, étalée de tout son long au pied des escaliers. Un agent de police força la porte, et Mrs Weedon fut transportée en ambulance à l'hôpital South West General.

La pluie continua, obligeant le peintre en lettres engagé pour rénover l'enseigne du vieux cordonnier à remettre son ouvrage à plus tard. L'averse dura du matin au soir et se poursuivit la nuit ; on voyait des silhouettes traverser le Square voûtées comme des gnomes, et les parapluies entrer en collision sur les trottoirs étroits.

Howard Mollison trouvait apaisant le son étouffé de la pluie tambourinant au carreau terni par la grisaille du jour. Assis dans l'ancienne chambre de sa fille Patricia reconvertie en bureau, il relisait le mail que lui avait envoyé le journal local. Ils avaient décidé de publier l'article du conseiller Fairbrother en faveur du maintien des Champs dans le giron administratif de Pagford, mais, dans un souci d'équité, ils auraient voulu qu'un autre membre du Conseil défende le point de vue adverse dans le numéro suivant.

Te voilà comme l'arroseur arrosé, hein, mon petit Fairbrother ? songea un Howard tout guilleret. *Toi qui pensais pouvoir n'en faire qu'à ta tête...*

Il ferma le message et se tourna vers la petite pile de documents posée sur le côté : les lettres qu'il avait reçues au fil des jours précédents, réclamant une élection pour remplacer Barry au Conseil. D'après la constitution, il fallait neuf demandes de ce type pour que l'affaire soit automatiquement soumise aux suffrages ; il en avait reçu dix. Il les relut une par une, tandis que la voix de sa femme et celle de son associée s'entremêlaient dans la cuisine et, à elles deux, entre murmures et exclamations, décortiquaient jusqu'à l'os le scandale juteux que leur offraient en pâture l'accident de Mrs Weedon et sa découverte tardive.

« … ne claque pas la porte au nez de son propre médecin comme ça, sans une bonne raison, non ? Elle poussait des hurlements, m'a raconté Karen…

— … comme quoi on ne lui avait pas donné les bons cachets, oui, je sais, dit Shirley qui considérait que les spéculations d'ordre médical, en vertu de ses activités de bénévole à l'hôpital, relevaient de sa prérogative exclusive. J'imagine qu'ils vont lui faire toute une batterie d'examens, au General.

— Je me ferais beaucoup, beaucoup de souci, à la place du Dr Jawanda…

— Oh, elle espère sans doute que les Weedon sont trop ignorants pour envisager le procès, mais cela n'aura pas la moindre importance si jamais l'hôpital découvre qu'elle ne lui a pas prescrit le bon traitement.

— Elle sera radiée, dit Maureen en se réjouissant d'avance.

— Tout juste, dit Shirley. Et j'ai bien peur pour elle qu'un tas de gens ne se disent alors : bon débarras. *Bon débarras.* »

Howard tria méthodiquement son courrier. Il mit à part les formulaires de candidature de Miles, déjà remplis. Les autres missives provenaient de collègues du Conseil paroissial. Il n'était pas surpris le moins du monde. Dès qu'il avait reçu le mail de Parminder l'informant qu'elle avait entendu parler d'un candidat potentiel au remplacement du siège de Barry, il s'était attendu à voir ces six conseillers-là se rallier à elle pour exiger la tenue d'une élection. Il avait surnommé ce groupuscule, composé des conseillers en question, de Beine-à-Jouir elle-même, bien sûr, et d'un chef de file qui, hélas, venait de disparaître, « la Faction Rebelle ». Il posa au sommet de la pile le dossier dûment complété de leur candidat désigné : Colin Wall.

Une troisième pile accueillit quatre autres lettres, tout aussi peu inattendues que les précédentes : elles émanaient des râleurs professionnels de Pagford, les éternels insatisfaits, les adeptes du soupçon perpétuel, que Howard ne connaissait que trop bien et qui inondaient de leurs doléances prolifiques la *Gazette de Yarvil*. Chacun avait son petit domaine de compétence ésotérique et se targuait de son « indépendance d'esprit » ; c'étaient eux qu'on aurait entendus hurler au « népotisme » si Miles avait été coopté ; mais il se trouve qu'ils comptaient aussi, au sein de la communauté pagfordienne, parmi les adversaires les plus virulents de la cité des Champs.

Howard prit les deux dernières lettres et les soupesa, une dans chaque main. La première venait d'une femme qu'il ne connaissait pas et qui affirmait (Howard ne prenait jamais rien pour argent comptant) travailler à la clinique de désintoxication Bellchapel (sur la signature, son nom était précédé d'un « Miss » qui le rendait plutôt enclin à la croire de bonne foi). Après un bref moment d'hésitation, il la posa par-dessus le dossier de candidature du Pigeon.

La dernière lettre avait été rédigée sur ordinateur et n'était pas signée. Elle exigeait la tenue d'une élection dans les termes les plus brusques. On décelait une certaine hâte, un certain relâchement dans le style, et le texte était criblé de coquilles. L'auteur anonyme y dressait un éloge fervent des vertus de Barry Fairbrother, que Miles était jugé « indigne de remlpacer ». Howard se dit que son fils avait peut-être froissé l'un ou l'autre de ses clients, lequel entendait à présent se venger et risquait de les mettre dans l'embarras. Mieux valait être au courant à l'avance de ce genre d'impondérables. Toutefois, Howard se demanda si l'anonymat de cette lettre ne la rendait pas nulle et non avenue. Puis, répondant à sa propre interrogation, il la fit glisser dans le petit broyeur de documents que lui avait offert Shirley à Noël.

2

Le cabinet Edward Collins & Co. de Pagford occupait l'étage d'une maison en brique au rez-de-chaussée de laquelle officiait un opticien. Edward Collins était décédé, et son cabinet était aujourd'hui composé de deux hommes : Gavin Hughes, partenaire salarié, bureau à fenêtre unique ; et Miles Mollison, partenaire associé – deux fenêtres. Ils se partageaient les services d'une seule et même secrétaire : vingt-huit ans, célibataire, assez quelconque quoique d'une certaine élégance. Shona riait trop longtemps aux plaisanteries de Miles et traitait Gavin avec une condescendance qui frisait l'outrage à magistrat.

Le vendredi suivant les funérailles de Barry Fairbrother, Miles frappa à la porte du bureau de Gavin à treize heures et entra aussitôt, sans attendre d'y être invité. Il découvrit son partenaire en pleine contemplation, les yeux rivés sur le ciel gris foncé derrière sa fenêtre mouchetée par la pluie.

« Je descends manger un morceau, dit Miles. Si Lucy Bevan arrive en avance, tu peux lui dire que je serai de retour à quatorze heures ? Shona est sortie.

— Oui, d'accord, dit Gavin.

— Ça va ?

— Mary a appelé. Il y a un petit pépin avec l'assurance-vie de Barry. Elle veut que je l'aide à le résoudre.

— Ah, d'accord, bon eh bien tu peux t'en sortir tout seul, non ? De toute façon je suis là à deux heures. »

Miles enfila son pardessus, descendit d'un pas leste l'escalier pentu, et se dépêcha de remonter la petite rue qui menait au Square, balayée par la pluie. Une brève éclaircie troua les nuages et déversa quelques rayons de soleil sur le monument aux morts luisant et les paniers fleuris. Miles ressentit un élan de fierté atavique en traversant la grand-place pour rejoindre l'épicerie Mollison & Lowe, véritable institution de Pagford et joyau suprême de toutes les échoppes de la ville ; une fierté que l'habitude n'avait en rien émoussée, mais approfondie et intensifiée bien au contraire.

La clochette tintinnabula quand Miles ouvrit la porte. On était en plein coup de feu de midi : pas moins de huit personnes faisaient la queue devant le comptoir, et Howard, dans ses plus beaux atours mercantiles, la chapka plantée de mouches de pêche flamboyantes, y allait de son bagout des grands jours.

« ... et une barquette d'olives noires, Rosemary, voilà pour *vous*. Et avec ça ? Ce sera tout ? Ce sera tout pour Rosemary... ce qui nous fait huit livres et soixante-deux pence ; allez on dit huit et on n'en parle plus, très chère madame, au nom de notre longue et fructueuse association… »

Gloussements et gratitude ; roulements et tintements de caisse enregistreuse.

« Et voici mon avocat qui vient s'enquérir de ma situation, s'exclama Howard en adressant à Miles des petits clins d'œil hilares par-dessus les têtes alignées de la file d'attente. Si vous voulez bien m'attendre dans l'arrière-boutique, cher maître, pendant que j'essaie de ne rien dire d'incriminant à Mrs Howson… »

Miles sourit aux dames, qui le lui rendirent en battant des cils. Grand, le cheveu épais, joliment grisonnant et coupé bien ras, de grands yeux bleus tout ronds, la bedaine camouflée sous le pardessus noir – le charme de Miles ajoutait sans conteste, au milieu de l'épicerie, à celui des petits pains maison et des fromages régionaux. Il slaloma prudemment entre les tables chargées de victuailles et s'arrêta devant la grande arcade creusée dans la cloison séparant l'épicerie de l'ancienne cordonnerie, d'où, pour la première fois, la bâche en plastique avait été retirée. Maureen (Miles reconnut son écriture) avait posé un tréteau d'affichage au milieu du passage, sur lequel on pouvait lire : *Accès interdit. Ouverture prochaine… La Théière en Cuivre.* Miles jeta un coup d'œil à la pièce modeste et encore vide qui, bientôt, deviendrait le tout nouveau café de Pagford, et le meilleur ; les murs avaient été enduits et repeints, le sol recouvert d'un plancher flambant neuf, noir et verni.

Il contourna le comptoir et passa derrière Maureen, postée à la machine à découper le jambon, lui glissa une boutade pour lui donner l'occasion de pousser un gros éclat de rire égrillard, puis baissa la

tête pour franchir la porte de l'arrière-boutique étriquée et défraîchie. Le *Daily Mail* de Maureen était
posé, plié en deux, sur une table en formica ; son
manteau et celui de Howard étaient suspendus à un
crochet, et derrière une autre porte, les toilettes
exhalaient un parfum de lavande artificiel. Miles
accrocha son pardessus et tira une vieille chaise de
sous la table.

Howard apparut deux ou trois minutes plus tard
avec deux assiettes remplies de quelques mets choi-
sis.

« Alors ça y est, c'est décidé pour "La Théière en
Cuivre" ? demanda Miles.

— Bah, Mo aime bien, alors... », dit Howard en
posant une assiette devant son fils.

Il ressortit, revint avec deux bouteilles de bière, et
referma la porte du pied ; la pièce dépourvue de
fenêtres fut plongée dans une semi-pénombre que
seule venait soulager une barre de néon au plafond.
Howard s'assit en laissant échapper un grognement.
Sa voix au téléphone, en milieu de matinée, avait été
chargée de sous-entendus mystérieux, et il obligea
Miles à patienter encore un peu, le temps d'ouvrir
l'une des bouteilles.

« Wall a déposé son dossier, dit-il enfin en lui tendant sa bière.

— Ah.

— Je vais fixer une date butoir. Deux semaines à
compter d'aujourd'hui pour se déclarer candidat.

— Ça me paraît bien, dit Miles.

— Maman dit que l'autre, là, Price, est toujours
intéressé. Tu as demandé à Sam si elle connaît ce
type ?

— Non, pas encore. »

Howard gratta l'un des bourrelets de sa panse s'étalant jusqu'à lisière des genoux, et fit grincer la chaise en se rasseyant.

« Ça va, toi et Sam ? »

Miles admira, comme toujours, l'intuition quasi extralucide de son père.

« Pas formidable, non. »

Il n'aurait jamais fait un tel aveu à sa mère, car il s'efforçait de ne pas lui fournir d'armes supplémentaires – pas plus qu'à Samantha, du reste –, dans l'incessante guerre froide que les deux femmes se livraient et dont il était à la fois l'otage et le trophée.

« L'idée de ma candidature ne lui plaît pas beaucoup », expliqua-t-il. Les sourcils blonds de Howard se hissèrent sur son front tandis qu'il continuait de manger en roulant des mandibules. « Je ne sais foutrement pas ce qu'elle a en ce moment. En plein dans l'une de ses humeurs anti-Pagford, je crois… »

Howard prit tout son temps pour avaler sa bouchée. Il s'essuya le coin des lèvres avec une serviette en papier, puis rota.

« Bah, elle changera vite son fusil d'épaule une fois que ce sera fait, dit-il. Quand elle verra tous les avantages… Mondanités à gogo… Les bonnes femmes adorent ça… Pince-fesse à Sweetlove House… Elle sera dans son élément. » Il reprit une rasade et se gratta à nouveau la panse.

« Je ne vois pas du tout qui est ce Price, dit Miles pour revenir au sujet principal, mais il me semble qu'il a un gosse qui était dans la même classe que Lexie à St. Thomas.

— Né aux Champs, en tout cas, c'est ça qui compte, dit Howard. Le type est né dans la cité, et ça, ça pourrait bien tourner à notre avantage ; entre lui et Wall, ça scinderait l'électorat pro-Champs en deux.

— Ouais, dit Miles. Pas bête. »

Il n'y avait pas songé. Il était émerveillé par la finesse des rouages du cerveau de son père.

« Maman a déjà passé un coup de fil à sa femme pour lui dire de télécharger les formulaires de candidature. Je vais peut-être lui demander de la rappeler ce soir, pour lui dire qu'il a deux semaines, essayer de lui forcer un peu la main.

— Donc ça ferait trois candidats, c'est ça ? dit Miles. Avec Colin Wall.

— Y en a pas d'autres à ma connaissance. Bon, il est toujours possible, une fois que tous les détails de la procédure auront été affichés sur le site, que quelqu'un d'autre se déclare. Mais j'ai confiance, je pense qu'on a de bonnes chances. J'ai confiance. Aubrey a appelé, ajouta Howard avec cette légère pointe de suffisance qui venait relever l'inflexion de sa voix dès qu'il mentionnait Aubrey Fawley par son prénom. À fond derrière toi, ça va sans dire. Il sera de retour ce soir. Il était en ville. »

« En ville », dans la bouche d'un Pagfordien, voulait dire « Yarvil », en général. Pour Howard et Shirley – comme pour Aubrey Fawley à qui ils avaient emprunté cette habitude de langage –, cela signifiait « à Londres ».

« Il a suggéré qu'on se réunisse pour qu'on parle de tout ça ensemble. Demain, peut-être. Et peut-être même chez lui – tiens, ça plairait à Sam, ça… »

Miles, qui venait d'enfourner une bouchée de pâté de foie sur un gros morceau de pain, acquiesça d'un hochement de tête appuyé. Il aimait bien l'idée qu'Aubrey Fawley soit « à fond derrière lui ». Samantha pouvait se moquer tant qu'elle voulait de l'inféodation de ses parents aux Fawley, mais Miles avait remarqué que, les rares fois où elle s'était retrouvée devant Aubrey ou Julia, Samantha avait adopté un ton de voix un peu différent et une attitude distinctement plus réservée.

« Tiens, au fait, je voulais te raconter aussi, dit Howard en se grattant le ventre à nouveau. J'ai reçu un mail de la *Gazette de Yarvil* ce matin. Ils me demandent mon opinion au sujet des Champs. En tant que président du Conseil paroissial.

— Non, sans blague ! Mais je croyais que Fairbrother se les était mis dans la poche sur ce coup-là ?

— Sauf que l'arroseur s'est fait arroser, figure-toi ! dit Howard avec une immense satisfaction. Ils vont publier son article, et ils veulent que quelqu'un le démonte la semaine suivante. Histoire de montrer l'envers du décor. Soit dit en passant, ton aide serait la bienvenue. Si tu pouvais mettre à contribution tes talents oratoires d'avocat…

— Aucun problème, dit Miles. On pourrait parler de cette foutue clinique de désintox, tiens. Si ça, c'est pas un argument convaincant…

— Oui – très bonne idée – excellent. »

Dans son enthousiasme, il avait avalé une trop grosse bouchée, et Miles dut lui taper dans le dos pour l'empêcher de s'étouffer. Enfin, épongeant d'un coin de serviette en papier les larmes qui lui étaient montées aux yeux, Howard continua d'une voix essoufflée : « Aubrey va recommander à la commune de couper la pompe à fric, et côté Pagford, moi je me charge de faire en sorte que le bail du bâtiment ne soit pas renouvelé. En parler dans la presse ne peut pas faire de mal. Quand on pense au temps et au pognon engloutis par cette foutue clinique – et pas l'ombre d'un résultat ! J'ai les chiffres ! » Howard laissa échapper un rot sonore. « Une véritable honte. Pardon. »

3

Gavin prépara à dîner pour Kay ce soir-là, chez lui ; il ouvrit des conserves et écrasa une gousse d'ail, l'humeur rageuse.

Après une dispute, la trêve ne pouvait se signer qu'à certaines conditions. Telle était la règle, c'était bien connu. Gavin avait appelé Kay sur le chemin du retour, après l'enterrement de Barry, et lui avait dit qu'il avait regretté son absence, que la journée avait été affreuse et qu'il espérait la voir le soir même. Il lui semblait que ces humbles aveux étaient, ni plus ni moins, le prix à payer pour une soirée en paisible compagnie.

Mais Kay parut les interpréter tout autrement : comme le gage d'une renégociation de contrat. *Je t'ai manqué. Tu étais bouleversé et tu avais besoin de moi. Tu es désolé que nous n'y soyons pas allés en couple. Eh bien soit. Ne refaisons plus jamais cette erreur.* Elle le traitait, depuis, avec une certaine hauteur ; une façon un peu brusque de lui faire comprendre qu'elle avait à son égard des attentes renouvelées.

Il avait préparé des spaghettis bolognaise, et délibérément omis d'acheter un dessert ou de mettre la table avant son arrivée ; il s'était donné beaucoup de mal pour lui montrer qu'il n'avait guère fait d'efforts. Mais Kay semblait déterminée à ne rien remarquer, voire à prendre cette désinvolture pour une forme de compliment. Assise à la petite table de la cuisine, sa voix à moitié recouverte par le galop de la pluie sur le carreau de la fenêtre à tabatière, elle promenait ses regards sur tous les meubles, tous les accessoires. Elle n'était pas venue souvent ici.

« J'imagine que c'est Lisa qui a choisi ce jaune ? »

Et la voilà qui recommençait : toujours à vouloir enfreindre les tabous, comme s'ils avaient récemment franchi un nouveau palier dans l'intimité. Gavin préférait ne pas parler de Lisa dans la mesure du possible ; elle devait quand même bien le savoir, depuis le temps, non ? Il saupoudra un peu d'origan dans la sauce qui mijotait sur le feu et dit : « Non, tout ça c'était le précédent proprio. Il faudrait changer deux ou trois trucs, mais je n'ai pas encore trouvé le temps de m'en occuper.

— Oh, dit-elle en prenant une gorgée de vin. Non mais je dis ça, c'est joli. Un peu fade. »

Cette remarque eut du mal à passer ; aux yeux de Gavin, la décoration intérieure du Smithy était en tous points supérieure à celle du 10, Hope Street. Il regarda les bulles éclater dans la sauce à la surface de la poêle, le dos résolument tourné.

« Au fait, devine ? dit-elle. J'ai croisé Samantha Mollison cet après-midi. »

Gavin pivota sur ses talons. Comment Kay savait-elle seulement à quoi Samantha Mollison ressemblait ?

« Devant l'épicerie du Square, où je suis allée acheter ça, dit-elle en donnant des petits coups du bout de l'ongle sur la paroi de la bouteille de vin. Elle m'a demandé si j'étais *la petite amie de Gavin*. »

Kay prononça ces mots d'un ton sardonique, mais sur le moment, ils lui avaient fait chaud au cœur, en réalité ; elle était soulagée d'apprendre que Gavin parlait d'elle en ces termes à ses amis.

« Et tu as dit quoi ?

— J'ai dit… j'ai dit oui. »

Elle semblait décomposée tout à coup. Gavin n'avait pas voulu mettre autant d'agressivité dans sa question. Mais le fait est qu'il aurait donné cher pour éviter une rencontre entre Kay et Samantha.

« Enfin bref, continua Kay d'une voix un peu tendue, elle nous a invités à dîner vendredi – vendredi en huit.

— Oh, merde », lâcha Gavin d'un ton contrarié.

La gaieté de Kay s'était maintenant presque entièrement évaporée.

« Quoi, où est le problème ?

— Rien. C'est… non, rien, dit-il en tisonnant les spaghettis à coups de spatule en bois. C'est juste que je vois bien assez Miles comme ça pendant les heures de boulot, très franchement. »

Voilà. Voilà ce qu'il redoutait depuis le début : qu'elle s'incruste dans sa vie, et qu'ils finissent par devenir Gavin-et-Kay, évoluant ensemble dans la même sphère sociale, tant et si bien qu'il serait de plus en plus difficile de l'exclure de son existence. Comment avait-il pu laisser les choses en arriver là ?

Pourquoi l'avait-il laissée emménager à Pagford ? Mais la colère qu'il éprouvait contre lui-même ne tarda pas à se rabattre sur elle. Pourquoi était-elle à ce point incapable de voir qu'il ne voulait pas d'elle, et de s'en aller d'elle-même au lieu d'attendre qu'il se charge du sale boulot ? Il égoutta les pâtes dans l'évier, étouffant un juron quand quelques gouttes d'eau bouillante l'éclaboussèrent.

« Bon, eh bien dans ce cas tu n'as qu'à appeler Miles et Samantha pour leur dire non », dit Kay.

Sa voix s'était durcie. Fidèle à l'un de ses réflexes les plus profondément enracinés, Gavin chercha aussitôt à désamorcer le conflit imminent, en espérant que tous les problèmes se résolvent d'eux-mêmes avec le temps.

« Non, non, dit-il en frottant sa chemise mouillée avec un torchon. On ira. C'est pas grave. On ira. »

Il prit bien soin de ne pas lui cacher son manque total d'enthousiasme, afin de pouvoir s'en servir comme preuve à charge rétrospective, le moment venu. *Tu savais très bien que je n'avais aucune envie d'aller à ce dîner. Non, ce n'était pas sympa. Non, je ne veux pas qu'on se refasse ça un de ces jours.*

Ils mangèrent en silence pendant de longues minutes. Gavin avait peur qu'une nouvelle dispute éclate et que Kay l'oblige, une fois de plus, à parler de problèmes sous-jacents. Il se creusa la cervelle pour trouver un sujet de conversation, et finit par lui parler de Mary Fairbrother et de la compagnie d'assurances.

« Ils se comportent comme des salauds, dit-il. Il avait une assurance béton, mais leurs avocats font tout pour leur éviter de payer. Ils veulent démontrer qu'il avait laissé des zones d'ombre dans son bilan de santé.

— Comment ça ?

— Un oncle dans la famille, mort d'une rupture d'anévrisme lui aussi. Mary jure que Barry l'a signalé à son assureur quand il a signé son contrat, mais ça n'apparaît nulle part. Le type n'a sans doute pas percuté que ça pouvait être un truc génétique. Bon, cela dit, je n'ai aucun moyen de savoir si Barry a vraiment... »

La voix de Gavin se brisa. Horrifié et embarrassé, les joues soudain en feu, il baissa la tête vers son assiette. Une énorme boule de chagrin était coincée dans sa gorge, et il n'arrivait pas à l'en déloger. Les pieds de la chaise de Kay frottèrent contre le sol ; il espéra qu'elle allait simplement aux toilettes, mais sentit bientôt ses bras lui entourer les épaules et l'attirer contre elle. Sans réfléchir, il tendit un bras à son tour et la serra.

Ça faisait tellement de bien. Si seulement leur relation avait pu se résumer à quelques gestes de réconfort comme celui-ci, simples et silencieux. Pourquoi les êtres humains s'étaient-ils un jour mis en tête d'apprendre à parler ?

Il avait laissé tomber un petit filet de morve sur son chemisier.

« Pardon », dit-il d'une voix glaireuse en l'essuyant avec sa serviette.

Il se dégagea pour se moucher. Elle traîna sa chaise pour s'asseoir à côté de lui et posa une main sur son bras. Il l'aimait tellement plus quand elle ne disait rien, et que son visage était empreint de douceur et de sollicitude, comme à présent.

« Je n'arrive toujours pas à… c'était un type super…, bredouilla-t-il. Barry. Un type super.

— Oui, tout le monde le dit. »

Kay n'avait jamais eu l'honneur de rencontrer ce fameux Barry Fairbrother, mais elle était intriguée par ce déferlement d'émotion chez Gavin, et par l'homme qui l'avait suscité.

« Est-ce qu'il était drôle ? demanda-t-elle, car elle imaginait bien Gavin en extase devant un rigolo de service, un histrion grivois, accoudé en permanence au comptoir à faire le zouave pour amuser les foules.

— Ben oui, je crois… Enfin non, d'ailleurs, pas particulièrement. Normal. Il aimait bien rire… mais c'était surtout… surtout un type *gentil*. Il aimait les gens. Tu vois ? »

Elle attendit, mais Gavin ne semblait pas capable de décrire la gentillesse de Barry de manière plus explicite.

« Et les gosses… et Mary… pauvre Mary… bon sang, tu n'as pas idée… »

Kay continua de lui tapoter doucement le bras, mais l'ardeur de sa compassion était redescendue d'un ou deux degrés. Pas idée de quoi, se disait-elle, de ce que c'est que d'être seule ? Pas idée de la difficulté que ça représente d'être toute seule en charge d'une famille ? À quel moment s'était-il apitoyé sur son sort à *elle* ?

« Ils étaient très heureux, dit Gavin d'une voix qui se brisait à nouveau. Elle est effondrée. »

Kay lui caressa le bras sans dire un mot, en songeant qu'elle n'avait jamais pu se permettre le luxe, elle, de s'effondrer.

« Ça va mieux », dit-il en s'essuyant le nez du revers du poignet et en reprenant sa fourchette. Et d'un imperceptible frémissement du bras, il lui fit comprendre qu'il fallait qu'elle retire sa main.

4

Samantha avait invité Kay à dîner autant par esprit de vengeance que par désœuvrement. Elle y voyait un acte de représailles contre Miles, qui passait son temps à lancer de grandes manœuvres auxquelles elle devait apporter sa coopération sans jamais avoir son mot à dire ; elle voulait voir si ça lui plaisait qu'elle organise les choses derrière son dos, pour une fois, sans lui demander son avis. Et puis c'était l'occasion de tirer le tapis sous les pieds de Maureen et de Shirley, ces vieilles harpies fouineuses, qui étaient fascinées par la vie privée de Gavin mais ne savaient presque rien de ses relations avec sa petite amie londonienne. Enfin, ce dîner lui permettrait, une fois de plus, de donner quelques coups de griffe à Gavin, qui l'aideraient à s'extraire du marasme de couardise et d'indécision dans lequel pataugeait sa vie sentimentale : elle pourrait peut-être aborder le sujet du mariage devant Kay, et souligner à quel point elle était heureuse de voir Gavin s'engager enfin pour de bon.

Les plans savants que Samantha avait ainsi élaborés pour semer la zizanie dans son entourage, toutefois, lui procurèrent moins de plaisir qu'elle ne l'avait espéré. Quand, samedi matin, elle fit part à Miles de l'invitation à dîner qu'elle avait lancée, il réagit avec un enthousiasme suspect.

« Ah oui, excellente idée, ça fait une éternité qu'on n'a pas eu Gavin à la maison. Et c'est bien que tu fasses la connaissance de Kay.

— Pourquoi ?

— Eh bien... tu t'entendais très bien avec Lisa, non ?

— Miles, je détestais Lisa.

— Ah bon, d'accord... eh bien peut-être que Kay te plaira plus ! »

Elle le regarda en se demandant d'où sortait toute cette bonne humeur. Lexie et Libby, rentrées à la maison pour le week-end et condamnées à rester à l'intérieur à cause de la pluie, regardaient un DVD musical dans le salon ; une ballade saturée de guitares et poussée à plein volume s'infiltrait jusque dans la cuisine où leurs parents discutaient.

« Écoute, dit Miles en brandissant son portable, Aubrey aimerait qu'on ait une petite conversation tous les deux à propos du Conseil. Je viens d'avoir Papa, et les Fawley nous ont invités à dîner ce soir à Sweetlove...

— Non merci », le coupa Samantha. Elle se sentait soudain en proie à une colère qu'elle avait du mal à s'expliquer à elle-même. Elle sortit de la cuisine.

Ils se disputèrent toute la journée, d'une pièce à l'autre, sans jamais hausser le ton pour ne pas gâcher le week-end des filles. Samantha refusait de changer d'avis ou de se justifier. Miles, qui avait peur de s'emporter contre sa femme, se montrait tour à tour conciliant et froid.

« Et ça va avoir l'air de quoi, à ton avis, si tu ne viens pas ? lui demanda-t-il à huit heures moins dix, debout à l'entrée du salon, en costume-cravate, prêt à partir.

— Je n'ai rien à voir là-dedans, Miles, répliqua Samantha. C'est toi qui te présentes, pas moi. »

Elle prenait un immense plaisir à le voir tergiverser. Elle savait qu'il était terrifié à l'idée d'être en retard mais qu'il se demandait encore s'il arriverait à la convaincre de venir.

« Tu sais très bien qu'ils nous attendent tous les deux.

— Ah bon ? Non, je ne savais pas, je n'ai pas reçu d'invitation.

— Oh, allez, Sam, c'est bon, arrête, tu sais bien qu'ils ne nous auraient pas... enfin quoi, ça allait de soi...

— Eh bien tant pis pour eux. Je te l'ai déjà dit, je n'ai pas envie. Tu ferais mieux de te dépêcher. Tu ne vas quand même pas faire attendre Papa et Maman... »

Il partit. Elle écouta la voiture faire marche arrière dans l'allée, puis elle ouvrit une bouteille de vin dans la cuisine et la rapporta dans le salon avec un verre. Elle imaginait déjà Howard, Shirley et Miles attablés tous les trois dans la salle à manger de Sweetlove House. Shirley allait sans doute avoir son premier orgasme depuis de très nombreuses années.

Son esprit se mit à dériver, et elle ne put s'empêcher de repenser au rendez-vous qu'elle avait eu avec son comptable, un peu plus tôt dans la semaine. Elle avait eu beau fanfaronner devant Howard, elle perdait de l'argent, beaucoup d'argent. Le comptable était allé jusqu'à lui conseiller de mettre la clé sous la porte pour se rabattre sur la vente en ligne. Ce serait un aveu d'échec, et Samantha ne voulait pas en entendre parler. Rien n'aurait fait plus plaisir à Shirley, pour commencer ; Shirley qui s'était comportée en immonde salope dès le départ. *Je suis navrée, Sam, mais ce n'est pas vraiment mon goût... Un chouia trop... comment dire... olé-olé pour moi...* Mais Samantha adorait sa petite boutique rouge et noire de Yarvil ; elle adorait s'échapper de Pagford tous les jours, parler avec les clients, échanger les ragots du jour avec Carly, son assistante. Son univers aurait été minuscule sans la boutique dont elle s'occupait avec dévotion depuis quatorze ans ; il se serait résumé, en gros, à Pagford.

(Pagford, foutu Pagford. Samantha n'avait jamais eu envie de vivre là. Elle et Miles avaient prévu de prendre une année sabbatique à la fin de leurs études, pour faire le tour du monde. L'itinéraire était déjà fixé, ils avaient leurs visas. Samantha rêvait de marcher pieds nus avec lui, main dans la main, sur de longues plages de sable blanc en Australie. Et puis elle était tombée enceinte.

Elle avait fait le test, et elle était venue voir Miles à Ambleside le lendemain. Une semaine après leur cérémonie de remise des diplômes. Ils devaient s'envoler pour Singapour huit jours plus tard.

Samantha ne voulait pas en parler à Miles dans la maison de ses parents ; elle avait peur qu'ils ne surprennent leur conversation. Chaque fois que Samantha ouvrait une porte, elle avait l'impression que Shirley était tapie derrière.

Elle avait donc attendu qu'ils se soient installés à une table dans un recoin mal éclairé du Chanoine Noir. Elle revoyait encore la mâchoire de Miles se contracter au moment où elle le lui avait annoncé ; quelque chose d'indéfinissable s'était produit en lui, comme s'il avait vieilli d'un seul coup en apprenant la nouvelle.

Il n'avait pas décroché un mot pendant plusieurs secondes interminables. Puis : « Très bien. On va se marier. »

Il lui avait dit qu'il avait déjà acheté une bague, qu'il avait prévu de la demander en mariage dans un lieu approprié, au sommet d'Ayers Rock, par exemple. Il n'avait pas menti : de retour chez lui, il avait sorti la petite boîte du fond du sac à dos où il l'avait déjà cachée. C'était un petit solitaire, qu'il avait acheté dans une bijouterie de Yarvil avec une partie de l'argent hérité de sa grand-mère. Samantha, assise au bord du lit de Miles, s'était mise à pleurer sans discontinuer. Trois mois plus tard, ils étaient mariés.)

Toute seule avec sa bouteille de vin, Samantha alluma la télé. Le DVD que Lexie et Libby avaient regardé redémarra automatiquement là où il avait été interrompu : elle découvrit l'image figée de quatre jeunes gens en train de chanter, vêtus de T-shirts moulants ; on ne leur donnait pas vingt ans. Elle appuya sur la touche lecture. La chanson était suivie d'une interview du groupe. Samantha vida son verre de vin en regardant les quatre gamins plaisanter puis devenir soudain très sérieux en expliquant à quel point ils aimaient leurs fans. Elle aurait su qu'ils étaient américains, songea-t-elle, même sans le son ; leurs dents étaient parfaites.

La nuit était tombée ; elle mit le DVD sur pause, monta à l'étage, demanda aux filles d'arrêter de jouer à la PlayStation et de se mettre au lit. Puis elle redescendit dans le salon ; elle avait vidé les trois quarts de sa bouteille. Elle n'avait pas allumé la lumière. Elle appuya de nouveau sur lecture et continua à boire. À la fin du DVD, elle le remit au début et regarda le bout qu'elle avait manqué.

L'un des garçons semblait beaucoup plus mûr que les trois autres. Il avait les épaules plus larges ; ses biceps étaient bombés sous les manches courtes de son T-shirt ; un cou épais et la mâchoire carrée. Samantha le regarda se déhancher, les yeux fixés sur la caméra, l'air grave et détaché ; il avait un beau visage, tout en angles, affûté, et des sourcils noirs évasés.

Elle pensa à sa vie sexuelle avec Miles. La dernière fois qu'ils avaient fait l'amour remontait à trois semaines. La performance de son époux avait été aussi prévisible qu'une poignée de main de franc-maçon. L'un de ses dictons préférés était : « Si c'est pas cassé, pas la peine de réparer. »

Samantha fit tomber la dernière goutte de vin dans son verre et s'imagina dans les bras du gamin à l'écran. Ses seins étaient plus à leur avantage en soutien-gorge, ces temps-ci ; quand elle s'allongeait, ils s'étalaient de tous les côtés ; elle se sentait flasque et moche. Elle se représenta debout, plaquée contre un mur, une jambe relevée, la robe remontée jusqu'à la taille, et ce beau gamin musclé aux cheveux noirs, le jean baissé sur les genoux, en train de la pénétrer à grands coups de reins...

Alors même qu'une sorte de vertige la prenait au creux du ventre, très proche d'une sensation de bonheur, elle entendit la voiture se garer dans l'allée et les phares balayer le salon plongé dans l'obscurité.

Elle s'empara de la télécommande en catastrophe et bascula sur les infos ; cette opération dura beaucoup plus longtemps qu'elle n'aurait dû. Elle fit rouler la bouteille vide sous le canapé et attrapa son verre, presque vide lui aussi, en guise d'accessoire. La porte s'ouvrit, se referma. Miles entra dans son dos.

« Mais qu'est-ce que tu fais dans le noir ? »

Il alluma une lampe et elle se tourna vers lui. Sa mise était aussi impeccable que lorsqu'il était parti, abstraction faite des quelques gouttes de pluie qui mouchetaient les épaules de sa veste.

« Ton dîner s'est bien passé ?

— Très bien, dit Miles. Tout le monde a regretté ton absence. Aubrey et Julia étaient vraiment désolés que tu ne puisses pas venir.

— Ben voyons. Et je suis sûre que ta mère s'est roulée par terre en sanglotant, tellement elle devait être déçue. »

Il s'assit dans un fauteuil placé à angle droit du canapé et la regarda. Elle chassait les cheveux qui lui tombaient devant le visage.

« Qu'est-ce qui se passe, Sam ?

— Si tu n'es pas capable de le voir tout seul, Miles… »

Mais elle-même n'était pas tout à fait sûre de savoir ; ou, du moins, elle ne savait pas comment s'y prendre pour distiller cet élan de rage éparse et confuse en un reproche précis, cohérent.

« Je ne vois pas en quoi le fait que je me présente au Conseil paroissial…

— Oh, mais merde, c'est pas vrai, Miles ! cria-t-elle, un peu surprise elle-même par le volume de sa voix.

— Mais enfin explique-moi, s'il te plaît, dit-il, qu'est-ce que ça change pour toi, au juste ? »

Elle le fusilla du regard, cherchant le moyen d'exprimer sa réponse en termes suffisamment pédants pour satisfaire sa petite cervelle d'avocat, dont il se servait si souvent comme d'une espèce de pince à épiler chichiteuse pour relever les plus infimes inexactitudes de langage chez les autres, mais qu'il était en revanche à peu près incapable de faire fonctionner quand il s'agissait de voir les problèmes sous un angle plus général. Que fallait-il lui dire pour qu'il comprenne ? Que les discours incessants de Howard et Shirley au sujet du Conseil étaient chiants comme la pluie ? Que lui-même n'était guère plus passionnant, avec ses sempiternelles anecdotes sur la grande époque où il jouait au rugby, et sa façon de plastronner en permanence à propos de son travail, sans parler de ses laïus pontifiants sur la cité des Champs ?

« Eh bien, je pense…, dit Samantha dans la pénombre du salon, je pense à tous les projets que nous avions.

— Comme quoi ? Comment ça ? Mais de quoi tu parles ?

— On avait dit, continua Samantha en détachant bien les mots, les lèvres presque posées sur le bord du verre qui tremblait entre ses mains, on s'était dit, une fois que les filles seraient parties faire leurs études, qu'on voyagerait. On se l'était promis, tu te souviens ? »

La vague confuse de colère et de détresse qui la submergeait depuis que Miles avait annoncé son intention de se présenter au Conseil ne l'avait encore jamais amenée à repenser avec amertume au tour du monde dont elle avait dû faire le deuil, mais à cet instant précis, il lui semblait que c'était très précisément le fond du problème ; ou, du moins, que ce regret particulier était l'expression la plus exacte de sa frustration et de ses désirs inassouvis.

Miles avait l'air complètement désemparé.

« Mais enfin de *quoi* tu parles ?

— Quand je suis tombée enceinte de Lexie, reprit Samantha un ton plus haut, et qu'on n'a pas pu partir en voyage, et que ta saloperie de mère nous a obligés à nous marier en quatrième vitesse, et que ton père t'a trouvé un boulot chez Edward Collins, tu as dit, *nous* avons dit, qu'on le ferait plus tard, quand les filles seraient grandes ; on s'était dit qu'on larguerait les amarres et qu'on ferait tout ce qu'on n'a jamais pu faire. »

Il secoua lentement la tête.

« Première nouvelle, dit-il. Mais enfin d'où tu sors tout ça ?

— Miles, on était au Chanoine Noir. Je t'ai dit que j'étais enceinte, et tu as dit – enfin merde, quoi, Miles –, je t'ai dit que j'étais enceinte et tu m'as promis, tu m'as *promis*…

— Tu veux partir en vacances ? C'est ça ? Tu veux des vacances ?

— Mais non, Miles, putain, je ne veux pas de vacances, je veux… tu ne te souviens pas ? On s'était dit qu'on prendrait une année sabbatique, un jour, et qu'on le ferait, quand les enfants seraient grands !

— Bon, très bien, dit-il d'un ton énervé, impatient d'en terminer avec cette discussion. Parfait. Quand Libby aura dix-huit ans ; dans quatre ans, on en reparlera. Je ne vois vraiment pas en quoi le fait que je devienne conseiller a une incidence quelconque sur tout ça, mais bon...

— Non, c'est vrai, tu as raison ; on va juste *crever* d'ennui la gueule ouverte à devoir t'écouter, toi et tes parents, continuer de geindre à propos de la cité des Champs tous les jours que Dieu fait, mais à part ça...

— Tous les jours que Dieu fait ? répéta Miles avec un sourire narquois. Par opposition aux jours que... ?

— Oh, ça va, ta gueule ! répliqua-t-elle. Joue pas à ça avec moi, d'accord ? Tes finauderies à la con, ça impressionne peut-être ta mère, mais...

— Non mais écoute, franchement, je ne vois pas du tout où est le problème...

— Le *problème*, hurla-t-elle, est qu'il s'agit de notre *avenir*, Miles. *Notre* avenir. Et je n'ai pas envie d'en parler dans quatre putains d'années, je veux qu'on en parle *maintenant* !

— Je crois que tu devrais manger quelque chose, dit Miles en se levant. Tu as assez bu.

— Va te faire foutre, Miles !

— Désolé, mais si tu dois te mettre à m'insulter... »

Il tourna les talons et sortit de la pièce. Elle se retint tout juste de lui lancer son verre de vin à la tête.

Le Conseil : si jamais il y entrait, il n'en sortirait plus. Il ne renoncerait jamais à ce siège, à l'opportunité de devenir un bon gros notable de Pagford, comme son père. Il avait décidé de prêter serment à genoux devant Pagford, de faire allégeance à la ville où il était né, et à un avenir entièrement différent de celui qu'il avait fait miroiter jadis à la jeune fille assise en larmes sur son lit.

Quand avaient-ils parlé de ce tour du monde pour la dernière fois ? Elle ne savait plus trop. Ça remontait sans doute à des années et des années, mais ce soir, Samantha décida qu'elle, du moins, n'avait jamais changé d'avis. Oui, elle n'avait jamais cessé d'attendre le jour où ils feraient leurs valises pour partir à la conquête du soleil et de la liberté, à l'autre bout de la planète, loin, très loin de Pagford, de Shirley, de Mollison & Lowe, de la pluie, de ce décor mesquin et figé. Il y avait peut-être bien longtemps qu'elle n'avait pas rêvé de Singapour et des plages australiennes de sable blanc ; mais aujourd'hui, elle aurait préféré être là-bas, même avec ses grosses cuisses et ses vergetures, plutôt qu'ici, prisonnière de Pagford, condamnée à observer la lente métamorphose de Miles en Howard.

Elle s'affala dans le canapé, attrapa la télécommande, et remit le DVD de Libby. Les gamins, en noir et blanc cette fois, marchaient d'un pas nonchalant sur une longue plage déserte, et ils chantaient. Un vent léger faisait frémir les pans de la chemise ouverte du garçon aux larges épaules. Un fin liséré de poils descendait de son nombril jusqu'à l'intérieur de son jean.

5

Alison Jenkins, la journaliste de la *Gazette de Yarvil*, avait enfin réussi à trouver, parmi tous les lieux répertoriés au nom de Weedon, la maison où vivait Krystal. Cela n'avait pas été facile : personne n'était inscrit sur les listes électorales et aucun numéro de téléphone ne correspondait à cette adresse. Alison était venue frapper à la porte de la maison de Foley Road, ce dimanche, mais Krystal était sortie, et Terri, méfiante et hostile, n'avait pas voulu lui dire quand sa fille serait de retour ni même lui confirmer qu'elle habitait bien là.

La journaliste était repartie au volant de sa voiture depuis vingt minutes à peine quand Krystal rentra chez elle, et une nouvelle dispute entre la mère et la fille s'ensuivit.

« Mais pourquoi tu lui as pas dit d'attendre ? Elle voulait m'interviewer sur les Champs et tout !

— T'interviewer, *toi* ? Mon cul. Et pour quoi faire, d'abord ? »

La situation s'était envenimée et Krystal avait une fois de plus claqué la porte pour aller se réfugier chez Nikki, non sans avoir au préalable glissé le portable de sa mère dans la poche de son pantalon de survêtement. Elle le lui piquait souvent avant de partir en vadrouille – nouveau prétexte à d'interminables disputes entre Terri qui exigeait de le récupérer et sa fille qui jurait ne pas savoir où il était. Krystal espérait confusément que la journaliste, sans qu'elle sache trop par quel moyen, s'était procuré le numéro du portable et qu'elle l'appellerait directement.

Elle était dans un café bondé et bruyant du centre commercial, en train de raconter l'histoire de la journaliste à Nikki et Leanne, quand le portable sonna.

« 'lô ? C'est qui ? La journaliste ?

— … i est à l'ap… 'erri ?

— C'est Krystal. Vous êtes qui ?

— … 'uis ta… 'ante… 'œur de ta… 'ère.

— Qui ça ? » cria Krystal. Le portable collé à une oreille et l'index enfoncé dans l'autre, elle se faufila entre les tables bondées pour aller se réfugier dans un coin plus tranquille.

« Danielle, dit la femme d'une voix claire et forte, cette fois, au bout du fil. La sœur de ta mère.

— Ah, ouais », dit Krystal, déçue.

Salope de snobinarde de merde, disait toujours Terri dès que le nom de Danielle surgissait dans la conversation. Krystal n'était pas sûre de l'avoir déjà rencontrée.

« C'est à propos de ta grande-nanie.

— Qui ça ?

— *Nana Cath* », dit Danielle avec une pointe d'exaspération. Krystal alla se poster à la rambarde du balcon surplombant la grande halle du centre commercial, d'où on captait mieux. Elle se figea.

« Qu'est-ce qu'elle a ? » demanda-t-elle. Elle avait soudain l'impression que son estomac se retournait, la même sensation que quand elle était petite et qu'elle faisait des pirouettes autour des rambardes comme celle à laquelle elle était maintenant appuyée. Dix mètres plus bas, la foule déambulait dans un maelström grouillant de sacs de course, de poussettes et de gosses qu'on traînait par la main.

« Elle est au South West General. Depuis une semaine. Elle a eu une attaque.

— Depuis une semaine ? dit Krystal dont l'estomac fit un nouveau saut périlleux au fond de ses entrailles. Mais personne nous a prévenus.

— Oui, c'est que… elle arrive pas très bien à parler, mais elle a prononcé ton nom deux fois.

— Mon nom à moi ? dit Krystal en serrant le portable.

— Oui. Je crois qu'elle aimerait te voir. C'est grave. Ils disent qu'elle risque de ne pas s'en remettre.

— C'est où ? Quel service ? demanda Krystal dont les oreilles se mettaient à bourdonner.

— Pavillon 12. Soins intensifs. Les visites sont autorisées de midi à quatre heures et de six à huit. D'accord ?

— Est-ce que… ?

— Il faut que je te laisse. Je voulais simplement te prévenir, au cas où tu voudrais aller la voir. Salut. »

Et elle raccrocha. Krystal décolla le portable de sa tempe et regarda l'écran. Elle appuya plusieurs fois sur un bouton, jusqu'à ce que s'affichent les mots « numéro masqué ».

Krystal rejoignit Nikki et Leanne. Elles comprirent tout de suite que quelque chose n'allait pas.

« Vas-y, va la voir, dit Nikki en regardant l'heure sur son portable. T'y seras à deux heures. Prends le bus.

— Ouais », dit Krystal d'une voix blanche.

Elle songea à passer prendre sa mère, à l'emmener avec Robbie voir Nana Cath à l'hôpital, mais Terri et sa grand-mère avaient eu une violente dispute un an plus tôt, et ne s'étaient pas reparlé depuis. Krystal se doutait qu'elle aurait le plus grand mal à convaincre sa mère d'aller voir Nana Cath, et elle n'était même pas sûre que celle-ci serait contente de voir sa petite-fille.

C'est grave. Ils disent qu'elle risque de ne pas s'en remettre.

« T'as assez de thune ? dit Leanne en fouillant dans son sac tandis qu'elles remontaient la rue vers l'arrêt de bus.

— Ouais, dit Krystal en vérifiant. Ça coûte qu'une livre pour aller à l'hôpital, c'est ça ? »

Les trois filles eurent le temps de partager une cigarette avant que le 27 arrive. Nikki et Leanne lui adressèrent de grands signes derrière la vitre comme si elle partait pour un long voyage. Au tout dernier moment, Krystal eut soudain peur et voulut leur crier : « Venez avec moi ! » Mais le bus déboîta, et ses deux copines avaient déjà tourné le dos et s'éloignaient en bavardant.

Le siège était inconfortable, recouvert d'un vieux tissu élimé et malodorant. Le bus s'engagea en cahotant sur la route qui longeait le quartier commerçant puis bifurqua à droite dans l'une des artères principales où s'alignaient les boutiques de toutes les grandes enseignes.

La peur palpitait au creux du ventre de Krystal comme un fœtus. Elle savait que Nana Cath s'était affaiblie avec l'âge, mais c'était comme si elle s'était attendue, de manière confuse et irrationnelle, à la voir se régénérer du jour au lendemain, retrouver la jeunesse éclatante qu'elle avait si longtemps gardée ; retrouver ses cheveux noirs, son dos bien droit et sa mémoire aussi affûtée que son esprit caustique. Elle n'avait jamais songé que Nana Cath puisse mourir ; elle incarnait la vie à ses yeux, dans toute sa force invulnérable. Elle n'avait jamais accordé d'attention à la poitrine affaissée de cette vieille dame, ni aux rides innombrables qui striaient son visage ; et quand bien même elle les aurait remarquées, elle n'y aurait sans doute vu que les cicatrices glorieuses du combat qu'elle avait livré pour survivre – et qu'elle avait remporté. Personne, parmi les proches de Krystal, n'était jamais mort de vieillesse.

(On mourait jeune, dans l'entourage de sa mère, parfois même avant que le visage et le corps n'aient eu le temps de s'émacier, de se détériorer. Le cadavre que Krystal avait découvert dans la salle de bains quand elle avait six ans était celui d'un jeune homme séduisant, dont la peau blanche et lisse évoquait le marbre d'une statue ; c'est du moins le souvenir qu'elle en avait gardé. Mais ce souvenir la troublait parfois, et elle se mettait à douter. Elle n'arrivait pas bien à savoir ce qu'il fallait croire. Il lui était souvent arrivé, quand elle était petite, d'entendre des choses que les adultes, plus tard, contredisaient ou démentaient. Elle aurait juré que Terri avait dit : « C'est ton père. » Mais un autre jour, longtemps après, elle avait dit : « Qu'est-ce tu racontes encore. Ton père est pas mort, il est à Bristol, tu sais bien. » Et Krystal n'avait eu d'autre choix que de se raccrocher à un nom, Banger, le nom de l'homme qui était soi-disant son père.

Mais Nana Cath, elle, avait toujours été là, quelque part, jamais très loin. C'était grâce à elle si Krystal ne s'était pas retrouvée placée en famille d'accueil ; elle était là, elle l'attendait, prête à la prendre sous son aile protectrice, à lui offrir un asile sûr, quoique inconfortable, dans sa maison de Pagford. Elle avait débarqué dans un torrent de fureur et de jurons, tout aussi agressive envers Terri qu'à l'égard des services sociaux, et elle était repartie avec cette arrière-petite-fille qui ne débordait pas moins qu'elle de colère.

Krystal ne savait pas si elle avait aimé ou haï la petite maison de Hope Street. Elle était délabrée, ça sentait partout l'eau de Javel, et on y étouffait. En même temps, on y était en sécurité, complètement en sécurité. Il fallait montrer patte blanche pour que Nana Cath vous laisse entrer chez elle. Il y avait de vieux sels de bain carrés dans un bocal en verre posé au bout de la baignoire.)

Et s'il y avait déjà quelqu'un au chevet de Nana Cath, quand elle arriverait ? Elle n'aurait pas su reconnaître la moitié de sa propre famille, et l'idée de se retrouver face à de parfaits inconnus à qui elle était liée pourtant par les liens du sang lui faisait peur. Terri avait plusieurs demi-sœurs, nées des multiples aventures extraconjugales de son père, que Terri elle-même n'avait jamais vues ; mais Nana Cath avait essayé coûte que coûte de garder le contact avec tous les membres de sa descendance, à ne perdre de vue aucun des individus qui formaient la famille nombreuse et dispersée née des œuvres de ses fils. Au fil des années, Krystal avait vu débarquer chez Nana Cath des parents dont elle ignorait jusqu'à l'existence. Elle avait toujours l'impression qu'ils la regardaient de travers et parlaient d'elle à voix basse à Nana Cath ; elle faisait semblant de ne pas les voir et attendait qu'ils s'en aillent afin d'avoir de nouveau son arrière-grand-mère pour elle toute seule. L'idée qu'il puisse y avoir d'autres enfants dans la vie de Nana Cath lui faisait tout particulièrement horreur.

(« C'est *qui*, ça ? lui avait-elle demandé un jour, à neuf ans, en désignant d'un doigt jaloux une photo encadrée, posée sur le buffet, où l'on voyait deux petits garçons vêtus de l'uniforme de Paxton High.

— Ça, c'est mes deux arrière-petits-fils, avait répondu Nana Cath. Là c'est Dan, et là Ricky. C'est tes cousins. »

Mais Krystal ne voulait pas d'eux comme cousins, et elle ne voulait pas d'eux sur le buffet de Nana Cath.

« Et *ça*, c'est qui ? demanda-t-elle encore en montrant la photo d'une petite fille aux boucles blondes.

— Ça, c'est la fille de mon Michael, Rhiannon, quand elle avait cinq ans. T'as vu un peu comme elle était belle ? Mais cette idiote a rien trouvé d'mieux à faire que d'aller s'marier avec un nègre. »

Il n'y avait jamais eu de photo de Robbie sur le buffet de Nana Cath.

Tu sais même pas qui est le père, pas vrai, espèce de traînée ? J'te préviens, moi, j'm'en lave les mains. J'en ai ma claque, Terri, ras le bol : t'as qu'à t'en occuper toute seule.)

Le bus poursuivit sa route en brinquebalant dans les rues de la ville, au milieu de la foule du dimanche sortie faire les magasins. Quand Krystal était petite, Terri l'emmenait presque tous les week-ends au centre commercial de Yarvil, continuant à l'asseoir de force dans une poussette bien après que Krystal eut passé l'âge – c'était tellement plus simple pour voler ; il suffisait de glisser la main sous le siège de la petite et de cacher le butin parmi les sacs entassés dans le panier de la poussette. Terri allait parfois faire ses « courses » en tandem avec la seule de ses sœurs à qui elle adressait la parole, Cheryl, qui était mariée avec Shane Tully. Ils habitaient quatre rues plus loin dans la cité, et tout le quartier était épouvanté par les flots orduriers qui se déversaient de la bouche des deux sœurs quand elles se disputaient, ce qui arrivait souvent. Krystal n'avait jamais bien compris si elle était censée s'entendre avec ses cousins Tully, et ne se préoccupait plus depuis longtemps de le savoir, mais elle parlait à Dane chaque fois qu'elle le croisait. Ils avaient couché ensemble, une fois, après avoir partagé une bouteille de cidre sur le terrain de jeux, quand ils avaient quatorze ans. Ni l'un ni l'autre n'en avaient jamais reparlé. Krystal ne savait pas trop si c'était légal ou non, de se faire son cousin. Nikki avait dit quelque chose à ce sujet qui l'incitait plutôt à croire que non.

Le bus tourna dans la rue qui grimpait jusqu'à l'entrée principale de l'hôpital South West General et s'arrêta à vingt mètres d'un bâtiment massif, long et rectangulaire, tout en verre et en béton gris, entouré par des îlots de pelouse soigneusement tondue, quelques arbres discrets, et une forêt de panneaux indicateurs.

Krystal descendit du bus derrière deux vieilles dames et resta un moment devant l'arrêt, les mains dans les poches, à regarder autour d'elle. Elle avait déjà oublié le nom du service que lui avait indiqué Danielle. Elle se souvenait seulement du numéro 12. Elle s'approcha du premier panneau qui se trouvait sur son chemin, l'air de rien, et fit mine de le lire en passant, presque par inadvertance : sous ses yeux plissés s'agglutinaient des lignes entières de mots indéchiffrables et longs comme le bras, agrémentés de flèches qui partaient dans tous les sens, à gauche, à droite, en diagonale. Krystal ne savait pas bien lire ; les mots, à partir d'une certaine quantité, l'intimidaient et provoquaient son hostilité. Après plusieurs coups d'œil furtifs aux flèches, elle considéra qu'il n'y avait pas de chiffres sur ces panneaux, et décida de suivre les deux petites vieilles qui franchissaient les doubles portes vitrées du bâtiment principal.

Le hall d'accueil était noir de monde et encore plus déroutant que les panneaux indicateurs à l'extérieur. Il y avait une petite boutique animée, isolée par des panneaux de verre du sol au plafond ; des rangées de chaises en plastique prises d'assaut par des gens qui mangeaient des sandwichs ; un café bondé dans un coin ; et, au centre, une espèce de comptoir hexagonal où des femmes répondaient aux questions des uns et des autres en consultant leur ordinateur. Krystal se dirigea vers elles, les mains toujours dans les poches.

« C'est où, le pavillon 12 ? demanda-t-elle à l'une des hôtesses d'accueil d'une voix revêche.

— Troisième étage », répondit celle-ci sur le même ton.

Krystal, se refusant par orgueil à lui demander quoi que ce soit d'autre, fit demi-tour et s'éloigna, arpenta le hall quelques instants, puis repéra enfin des ascenseurs, tout au fond, et entra dans l'un d'eux qui s'apprêtait à monter.

Elle mit près d'un quart d'heure à trouver le bon pavillon. Pourquoi n'avaient-ils pas mis des flèches et des chiffres partout, au lieu de toutes ces saloperies de mots à rallonge ? Mais soudain, elle entendit des pas se rapprocher, le crissement d'une paire de baskets sur le linoléum du couloir vert pâle, puis une voix qui l'interpellait.

« Krystal ? »

C'était sa tante Cheryl : large et massive, jupe en jean et veste blanche cintrée, cheveux jaune banane, noirs à la racine. Elle était tatouée du bout des phalanges jusqu'en haut de ses bras épais, les oreilles percées de plusieurs anneaux dorés auxquels on aurait pu accrocher un rideau de douche. Elle avait une canette de Coca à la main.

« Elle s'est pas donné la peine, hein ? dit Cheryl, ses jambes nues solidement plantées dans le sol, un peu écartées, comme un garde en faction.

— Qui ça ?

— Terri. Elle a pas voulu venir ?

— Elle est pas encore au courant. J'viens juste d'apprendre ce qui s'était passé. C'est Danielle qui m'a appelée. »

Cheryl décapsula son Coca et but une longue rasade tout en toisant Krystal par-dessus le bord de sa canette, ses yeux en tête d'épingle enfoncés dans un gros visage sans grâce et marbré comme un morceau de viande séchée.

« C'est moi qu'ai dit à Danielle de t'appeler. Trois jours étalée par terre dans sa putain de baraque, qu'elle a passés, et personne l'a trouvée. Faut voir dans quel état elle est. Putain de merde. »

Krystal ne demanda pas à Cheryl pourquoi elle n'avait pas fait elle-même le bref trajet jusqu'à Foley Road pour prévenir Terri. Manifestement, les deux sœurs étaient à nouveau brouillées. On ne savait jamais où elles en étaient.

« Elle est où ? » demanda Krystal.

Cheryl l'emmena, en faisant claquer ses semelles dans le couloir.

« Hé, au fait, dit-elle sans s'arrêter de marcher. Y a une journaliste qui m'a appelée, elle t'cherchait.

— Ah ouais ?

— Elle m'a filé un numéro. »

Krystal avait envie de lui poser d'autres questions, mais elles venaient d'entrer dans un pavillon où régnait le plus grand silence, et elle eut soudain peur. Elle n'aimait pas l'odeur de cet endroit.

Nana Cath était méconnaissable. Une moitié de son visage était horriblement déformée, comme si tous les muscles avaient été tirés par un fil et distendus. Sa bouche s'écroulait d'un côté ; même son œil semblait affaissé. Elle avait des tuyaux partout ; une aiguille dans le bras. Allongée, le relief accidenté de son torse était encore plus choquant que d'habitude. Le drap était étrangement bosselé, comme si cette tête monstrueuse, fichée sur un cou décharné, sortait d'un tonneau.

Quand Krystal s'assit à côté d'elle, Nana Cath n'esquissa pas le moindre mouvement. Elle lui lança simplement un regard. Sa main frêle tremblait un peu.

« Elle parle pas, mais elle a dit ton nom, deux fois, hier soir », dit Cheryl en la regardant, toujours à moitié cachée derrière sa canette.

Krystal sentit sa poitrine se contracter. Elle ne savait pas si elle risquait de faire mal à Nana Cath en lui prenant la main. Elle tendit les doigts et les fit glisser sur le drap, mais s'arrêta juste avant d'atteindre ceux de la vieille dame.

« Rhiannon est venue, dit Cheryl. Et puis John et Sue aussi. Sue essaie de trouver Anne-Marie. »

Le cœur de Krystal fit un bond.

« Elle est où ? demanda-t-elle.

— Que'qu'part du côté de Frenchay, par là. Tu sais qu'elle a eu un bébé ?

— Ouais, on m'a dit, dit Krystal. Garçon ou fille ?

— J'sais pas », dit Cheryl en avalant une gorgée de Coca.

Elle l'avait appris par quelqu'un à l'école. *Hé, Krystal, ta sœur est en cloque !* Elle avait été tout excitée par la nouvelle. Elle allait devenir tata – même s'il était probable qu'elle ne voie jamais ce bébé. Elle fantasmait depuis toujours sur cette Anne-Marie, qui avait été enlevée à sa mère avant sa naissance ; elle s'était volatilisée, catapultée dans une autre dimension tel un personnage de conte de fées, un personnage magnifique et nimbé de mystère, comme le cadavre dans la salle de bains de Terri.

Les lèvres de Nana Cath bougèrent.

« Quoi ? dit Krystal en se penchant vers elle, partagée entre la peur et la joie de l'entendre parler.

— Tu veux que'qu'chose, Nana Cath ? » demanda Cheryl d'une voix si forte que les autres visiteurs présents dans le pavillon tournèrent la tête pour la dévisager.

Krystal n'entendait qu'une sorte de sifflement éraillé, mais Nana Cath semblait incontestablement essayer de prononcer un mot. Cheryl s'était penchée de l'autre côté, une main agrippée aux barreaux en métal de la tête de lit.

« … vrh… oh…, fit Nana Cath.

— Quoi ? » dirent Krystal et Cheryl d'une même voix.

Les yeux avaient bougé d'un millimètre ; des yeux chassieux et humides, rivés au visage de Krystal, si jeune, si lisse, penché sur celui de son arrière-grand-mère, bouche bée, entre incompréhension, espoir et terreur.

« … *viron…*, réussit à prononcer la vieille voix brisée.

— Elle sait plus ce qu'elle raconte, cria Cheryl par-dessus son épaule à l'intention du couple timide assis au chevet du lit voisin. Trois jours étalée par terre toute seule, qu'ils l'ont laissée, alors putain, forcément… »

Mais Krystal avait les yeux embués de larmes. Les hautes fenêtres du pavillon s'effacèrent dans un brouillard de lumières et d'ombres indistinctes ; il lui sembla apercevoir un rayon de soleil éblouissant à la surface d'une eau vert foncé, aussitôt pulvérisé en une myriade d'étincelles scintillantes par le choc des rames plongées dans l'onde et soulevant de grandes gerbes d'éclaboussures.

« Oui, murmura-t-elle à la vieille dame. Oui, j'fais toujours de l'aviron, Nana. »

Mais ce n'était plus vrai désormais, parce que Mr Fairbrother était mort.

6

« Merde, qu'est-ce que tu t'es fait au visage ? Tu t'es encore pété la gueule à vélo ? demanda Fats.

— Non, répondit Andrew. Simon-Bichon m'a cogné. J'essayais d'expliquer à ce gros connard qu'il avait tout faux sur Fairbrother. »

Ils étaient dans la remise, en train de remplir les paniers posés de chaque côté de la cheminée dans le salon. Simon avait pris une bûche et frappé Andrew à la tête, l'envoyant valser sur le tas de bois qui avait éraflé sa joue couverte d'acné.

Tu crois que tu sais mieux que moi ce qui se passe, hein, espèce de petit merdeux à pustules ? Si j'apprends que t'as dit un mot à qui que ce soit, un seul, sur ce qui se passe dans cette maison...

Mais j'ai pas...

Je t'écorche vif, putain, tu m'entends ? Qui te dit que Fairbrother était pas dans la combine, lui aussi, hein ? Et que l'autre enfoiré est juste le seul à avoir été assez con pour se faire choper ?

Puis, par orgueil ou provocation, ou peut-être parce que ses fantasmes d'argent facile lui avaient tellement tourné la tête que la réalité des faits ne pouvait plus rien contre les délires de son imagination, Simon avait envoyé ses formulaires de candidature. Son humiliation, dont le reste de la famille aurait sans nul doute à subir les retombées, était courue d'avance.

Sabotage. Andrew ruminait ce mot. Il voulait faire dégringoler son père du piédestal aberrant où l'avaient hissé ses rêves de richesse, et il voulait, si tant est que ce fût possible (car s'il visait la gloire, il n'était pas prêt à la payer de sa vie), s'y prendre de telle sorte que Simon ne saurait jamais d'où était venue la manœuvre et à qui il devait la ruine complète et absolue de ses ambitions.

Il ne parla de ses plans à personne, même pas à Fats, à qui pourtant il racontait tout, à quelques exceptions près – mais ces exceptions, précisément, concernaient les sujets essentiels, les grands sujets qui occupaient la quasi-totalité de sa vie intérieure. C'était très bien de se donner des raideurs dans le pantalon avec son copain en cherchant des vidéos de scènes lesbiennes sur internet ; mais de là à lui avouer l'obsession avec laquelle il réfléchissait au moyen d'engager la conversation avec Gaia Bawden… De même, c'était très marrant de se retrouver dans le Pigeonnier et de traiter son père de connard ; mais jamais il n'aurait raconté à Fats à quel point les crises de rage de Simon lui glaçaient les sangs et lui retournaient l'estomac.

C'est alors que survint le moment magique, l'événement qui changea tout. Au départ, rien de plus qu'une petite envie de nicotine et de beauté. La pluie avait enfin cessé, et les rayons hâves du soleil de printemps brillaient à travers les écailles de boue séchée sur les vitres du bus qui cahotait poussivement dans les rues étroites de Pagford. Assis à l'arrière, Andrew ne voyait pas Gaia, coincée à l'avant entre Sukhvinder et les orphelines Fairbrother, qui venaient tout juste de retourner en cours. Il ne l'avait presque pas aperçue de toute la journée et s'apprêtait à passer une soirée tout aussi morne, dont seules le consoleraient – et encore – une poignée de vieilles photos postées sur Facebook dont le charme, à force de contemplations, avait fini par s'émousser.

Le bus arrivait en vue de Hope Street quand Andrew eut soudain une révélation : ses parents n'étant ni l'un ni l'autre à la maison, personne ne s'apercevrait de son absence. Trois cigarettes, offertes par Fats, étaient blotties au fond de sa poche ; et voici que Gaia se levait, s'agrippait à la barre du siège de devant en attendant l'arrêt complet du bus, s'apprêtant à descendre tout en continuant de discuter avec Sukhvinder Jawanda.

Pourquoi pas ? *Pourquoi pas ?*

Alors, il se leva à son tour, enfila son sac à dos sur une épaule et, dès que le bus se fut arrêté, se rua dans la travée pour descendre derrière les deux filles.

« On se retrouve à la maison », lança-t-il au passage à son frère Paul qui le regarda éberlué.

Il sauta sur le trottoir ensoleillé, et le bus repartit. Il s'alluma une cigarette en protégeant la flamme avec la paume de sa main arrondie, par-dessus laquelle il put épier Gaia et Sukhvinder. Elles ne se dirigeaient pas vers la maison de Gaia, sur Hope Street, mais s'éloignaient d'un pas nonchalant du côté du Square. La cigarette à la bouche et la mine légèrement renfrognée – singeant ainsi avec une inconscience pétrie de complexes l'être le plus décomplexé qu'il eût jamais rencontré : Fats –, Andrew les suivit, dévorant des yeux la chevelure cuivrée que chaque pas faisait rebondir sur les épaules de Gaia et les ondulations de la jupe que faisait frémir chacun de ses déhanchements.

Les deux filles ralentirent aux abords du Square et se dirigèrent vers Mollison & Lowe, dont la devanture était la plus impressionnante de toutes celles de la grand-place, avec sa large enseigne bleu et or et ses quatre paniers fleuris suspendus. Andrew resta en retrait. Gaia et Sukhvinder s'arrêtèrent devant une affichette blanche collée sur la vitre du nouveau café, puis disparurent à l'intérieur de l'épicerie.

Andrew fit le tour du Square, passa devant le Chanoine Noir et l'hôtel George, puis s'immobilisa à son tour devant l'affichette. C'était une petite annonce de recrutement, rédigée à la main : le café recherchait du personnel pour le week-end.

Plus conscient que jamais de son acné, encore plus virulente que d'habitude ces jours-ci, il fit tomber d'une pichenette la braise de sa cigarette, remit celle-ci dans sa poche pour la finir plus tard, et entra.

Les filles, debout près d'une petite table sur laquelle étaient empilées des boîtes de biscuits salés et de galettes d'avoine, regardaient le type énorme derrière le comptoir, coiffé d'une chapka, qui discutait avec un client âgé. Gaia tourna la tête quand la clochette tinta.

« Salut, dit Andrew, la bouche sèche.

— Salut », répondit-elle.

Étourdi par sa propre audace, Andrew fit un pas en avant, et le sac à dos flanqué sur son épaule alla percuter le présentoir de livres à tourniquet, rempli de guides de Pagford et de *Recettes traditionnelles de l'Angleterre du Sud-Ouest*. Il rattrapa de justesse le présentoir, le remit d'aplomb, puis retira son sac avec des gestes fébriles.

« Tu viens pour le job ? lui demanda Gaia d'une voix discrète et illuminée par son miraculeux accent londonien.

— Ouais, dit-il. Toi aussi ? »

Elle hocha la tête.

« Mettez-moi tout ça sur la page des suggestions, Eddie, beuglait Howard à son client. Signalez-le sur

331

le site internet, et je ferai en sorte que ça soit inscrit à l'ordre du jour. Conseil paroissial de Pagford – en un mot – point co, point uk, slash, Suggestions. Ou alors vous cliquez sur le lien. Conseil... (il épela à nouveau lentement pendant que le vieux monsieur sortait un stylo et un bout de papier d'une main tremblotante)... paroissial... »

Howard jeta un coup d'œil en biais aux trois adolescents qui attendaient sagement près des biscuits apéritifs. Ils portaient l'uniforme de Winterdown, qui n'avait d'ailleurs d'uniforme que le nom et ne le méritait guère, tant cet accoutrement minable permettait de libertés et de variantes (alors que celui de St. Anne était de la plus stricte obédience : blazer et jupe écossaise). Mais la jeune fille blanche était superbe ; un petit bijou finement ciselé, que rehaussait encore, par comparaison, la présence à ses côtés d'un laideron de la tribu Jawanda dont Howard ne connaissait pas le nom et d'un garçon aux cheveux en poil de rat et à la peau violemment grêlée.

Un tintement de clochette, et le vieux monsieur quitta l'épicerie à petits pas couinants.

« Vous désirez ? demanda Howard en regardant Gaia.

— Oui, bonjour, dit-elle en avançant d'un pas. Euh... c'est pour le job. » Elle montra l'affichette collée sur la vitre.

« Ah oui », fit un Howard radieux. Sa nouvelle serveuse du week-end l'avait lâché quelques jours plus tôt ; elle avait plaqué le café pour aller faire caissière dans un supermarché de Yarvil. « Oui, oui, bien sûr. Alors comme ça, serveuse, ça vous plairait, hein ? Salaire mininum ; neuf heures-cinq heures et demie le samedi, midi-cinq heures et demie le dimanche. Ouverture dans deux semaines à compter d'aujourd'hui ; formation incluse. Quel âge avez-vous, ma petite ? »

Elle était parfaite, *parfaite*, exactement ce qu'il avait imaginé : un visage frais et gracieux ; il la voyait déjà dans sa robe noire serrée et son tablier blanc ourlé de dentelles. Il lui apprendrait à se servir de la caisse et lui montrerait la réserve ; ils échangeraient quelques badineries, et peut-être aurait-elle droit à une petite prime, les jours où la recette serait bonne.

Howard fit le tour du comptoir et, ignorant Sukhvinder et Andrew, prit Gaia par le bras pour lui montrer la salle, de l'autre côté de l'arcade creusée dans la cloison mitoyenne. Il n'y avait pas encore de chaises ni de tables, mais le bar avait été installé, ainsi qu'une grande fresque murale en carreaux de faïence noirs et crème juste derrière, qui représentait le Square à une lointaine époque. Des femmes en crinoline et des hommes en haut-de-forme s'égaillaient sur la place ; un fiacre venait de s'arrêter devant l'enseigne bien visible de Mollison & Lowe, et l'on apercevait, à côté de l'épicerie, le petit café : *La Théière en Cuivre*. L'artiste avait improvisé une pompe à eau décorative en lieu et place du monument aux morts.

Andrew et Sukhvinder, livrés à eux-mêmes, observaient un silence partagé entre la gêne et l'hostilité mutuelle.

« Oui ? Vous désirez ? »

Une femme voûtée, à la permanente noir corbeau, avait surgi de l'arrière-boutique. Andrew et Sukhvinder marmonnèrent qu'ils attendaient quelqu'un, puis Howard et Gaia réapparurent. Howard, en voyant Maureen, lâcha la jeune fille, dont il avait continué à tenir le bras sans s'en rendre compte pendant qu'il lui expliquait en quoi consisterait son travail de serveuse.

« J'ai peut-être trouvé quelqu'un pour la Théière, Mo, dit-il.

— Ah oui ? fit Maureen en braquant un œil gourmand sur Gaia. Vous avez de l'expérience ? »

Mais la voix tonitruante de Howard s'interposa aussitôt ; il raconta à Gaia toute l'histoire de l'épicerie, qui était à ses yeux, souligna-t-il, une des institutions – que dis-je ! un des monuments de Pagford.

« Et ce depuis trente-cinq ans ! ajouta Howard au mépris total de ce que suggérait sa fresque murale. Cette jeune demoiselle vient d'arriver en ville, Mo.

— Et vous deux, là, vous cherchez du travail aussi ? » demanda Maureen.

Sukhvinder fit non de la tête ; Andrew roula des épaules de manière sibylline ; mais Gaia se tourna vers sa copine et lui dit : « Mais si, vas-y. Tu te disais pourquoi pas… »

Howard toisa Sukhvinder, qui à l'évidence ne serait pas à son avantage dans une robe noire cintrée et un tablier à dentelles ; mais son cerveau fertile et incomparable d'astuce était en pleine ébullition. Une manière de rendre hommage au père… de tenir la mère sous bonne coupe… un service rendu spontanément… Toutes considérations esthétiques mises à part, certains arguments méritaient peut-être réflexion.

« Ma foi, si les affaires marchent comme prévu, nous n'aurons pas trop de deux serveuses, dit Howard en se grattant les mentons, les yeux posés sur Sukhvinder dont le visage, remarqua-t-il, ne gagnait guère à s'empourprer.

« Je ne…, dit-elle, mais Gaia la poussa.

— Allez. Toi et moi. »

Sukhvinder était à présent cramoisie et au bord des larmes.

« Je...

— Allez, murmura Gaia.

— Je... bon, d'accord.

— Eh bien soit, dans ce cas, nous pourrions vous prendre à l'essai, Miss Jawanda », dit Howard.

Sukhvinder, terrorisée, n'arrivait plus à respirer. Que dirait sa mère ?

« Et toi, j'imagine que tu ambitionnes le poste de commis de cuisine, hein, mon garçon ? » s'exclama Howard en se tournant vers Andrew.

Commis de cuisine ?

« Je te préviens, c'est des bras costauds qu'il nous faut, mon jeune ami, continua Howard tandis qu'Andrew le regardait d'un air ahuri – il n'avait lu que la partie de l'annonce rédigée en gros caractères. Palettes à transporter dans la réserve, caisses de bouteilles de lait à remonter de la cave, poubelles à sortir. Du travail manuel, du bon, du vrai. Tu t'en sens capable ?

— Ben... ouais », dit Andrew. Gaia serait-elle là quand il serait là ? C'était tout ce qui importait.

« Il faudra que tu arrives tôt. Huit heures, mettons. Allez, disons de huit à trois et nous verrons bien comment ça se passe. Deux week-ends à l'essai.

— Ouais, d'accord, dit Andrew.

— Et tu t'appelles ? »

Les sourcils de Howard se dressèrent quand il entendit son nom.

« Tu es le fils de Simon ? Simon Price ?

— Ouais... »

Andrew était soudain nerveux. Personne ne savait qui était son père, d'habitude.

Howard dit aux deux filles de revenir dimanche après-midi, à l'heure où la caisse enregistreuse devait être livrée ; il pourrait alors leur donner leur première leçon. On sentait qu'il brûlait de retenir Gaia pour discuter un peu plus longuement avec elle, mais un client entra, et les trois adolescents en profitèrent pour s'éclipser.

Une fois dehors, de l'autre côté de la porte en verre à clochette, Andrew ne trouva rien à dire ; mais avant qu'il ait eu le temps de rassembler ses pensées, Gaia lui adressa un insignifiant « salut » puis s'en alla avec Sukhvinder. Andrew alluma la deuxième des trois cigarettes offertes par Fats (l'heure n'était pas à un mégot déjà à moitié fumé), ce qui lui donna une excuse pour rester quelques instants figé sur place en la regardant s'éloigner sur le tapis d'ombres du Square.

« Pourquoi tout le monde l'appelle "Cahouète", lui ? demanda Gaia à Sukhvinder quand elles furent assez loin pour qu'Andrew ne les entende pas.

— Parce qu'il est allergique. » Sukhvinder était horrifiée à l'idée d'annoncer à sa mère ce qu'elle avait fait. Elle avait l'impression que sa voix ne lui appartenait pas. « Il a failli mourir un jour à St. Thomas ; quelqu'un lui avait fait manger une cacahuète en la cachant dans un chamallow.

— Oh, dit Gaia. Je me disais que ça devait être à cause de sa petite bite. »

Elle rit, et Sukhvinder se força à rire aussi, comme si c'était le genre de blagues qu'elle était habituée à entendre tous les jours.

Andrew les vit se retourner vers lui en pouffant, et comprit qu'elles étaient en train de parler de lui. Ces gloussements étaient sans doute de bon augure ; il ne connaissait peut-être pas grand-chose aux filles, mais ça au moins, il savait. Souriant tout seul dans la fraîcheur soudaine de l'après-midi, il se remit en route, sac à dos sur l'épaule et cigarette entre les doigts, traversa le Square, s'engagea dans Church Row, et en avant pour quarante minutes de grimpette jusqu'à Hilltop House.

Les haies piquetées de taches blanches par les prunelliers en fleur étaient d'une pâleur spectrale, le chemin frangé de part et d'autre de chélidoine dont les minuscules feuilles en forme de cœur scintillaient dans le crépuscule. Le parfum des charmilles, le plaisir intense de la cigarette, la promesse de week-ends en compagnie de Gaia – tous les éléments conspiraient à orchestrer une glorieuse symphonie d'allégresse et de beauté dont la grâce adoucissait les ahanements d'Andrew sur le flanc escarpé de la colline. La prochaine fois que Simon lui dirait : « Alors, t'as trouvé du boulot, Tronche-de-Pizza ? », il pourrait répondre : « Oui. » Il allait devenir, chaque week-end, le collègue de travail de Gaia Bawden.

Et, en guise de touche finale à ce tableau mirifique, il venait de trouver le moyen idéal pour donner un grand coup de poignard anonyme entre les omoplates de son père.

7

Une fois dissipé le plaisir initial que lui avait procuré son impulsion vengeresse, Samantha se mit à regretter amèrement d'avoir invité Gavin et Kay à dîner. Elle passa la matinée de ce vendredi à plaisanter avec son assistante à propos de la soirée atroce qui l'attendait, mais son humeur sombra dès qu'elle eut laissé Carly toute seule en charge de « Haut les Lolos » (la première fois qu'il avait entendu le nom de la boutique, Howard était parti d'un fou rire qui s'était soldé par une crise d'asthme ; quant à Shirley, elle grinçait des dents chaque fois qu'il était mentionné en sa présence). Derrière le volant – elle était partie un peu en avance pour éviter les bouchons du soir sur la route de Pagford, passer faire quelques courses et avoir le temps de préparer le dîner –, Samantha essaya de se remonter le moral en songeant aux questions perfides qu'elle allait pouvoir poser à Gavin. Peut-être se demanderait-elle à voix haute pourquoi Kay n'avait pas encore emménagé chez lui ? Oui, voilà, c'était très bien, ça...

En rentrant à pied du Square, un grand sac de chez Mollison & Lowe plein à craquer dans chaque main, elle croisa Mary Fairbrother près du distributeur de billets encastré sur la façade de la banque de Barry.

« Mary, bonjour... Comment allez-vous ? »

Elle avait le visage pâle et les traits creusés, les yeux cernés de poches grises. Leur conversation fut tendue, bizarre. Elles ne s'étaient pas parlé depuis le

trajet en ambulance, à part au moment des condoléances pendant les funérailles ; la scène avait été
brève et compassée.

« J'avais l'intention de venir vous voir, dit Mary,
vous avez été si gentils – et je voulais remercier
Miles…

— Oh, ne vous en faites pas pour ça, dit Samantha
avec une certaine gêne.

— Oh, mais j'aurais vraiment aimé…

— Oh, mais dans ce cas, mais je vous en prie… »

Une fois Mary partie, Samantha se rendit compte,
catastrophée, qu'elle avait peut-être induit Mary en
erreur en lui laissant entendre qu'elle pouvait passer
ce soir même, par exemple, à l'heure du dîner…

De retour chez elle, elle posa ses sacs de course
dans le couloir de l'entrée et appela aussitôt Miles au
travail pour lui raconter ce qui s'était passé, mais il
fit preuve d'une bonhomie exaspérante à l'idée
d'ajouter un cinquième couvert pour la veuve de
fraîche date.

« Je ne vois pas où est le problème, dit-il. Et puis
ça lui fera du bien de sortir un peu de chez elle.

— Mais je ne lui ai pas dit que Gavin et Kay
seraient là…

— Mary aime bien Gav, dit Miles. Ne t'inquiète
pas. »

L'attitude obtuse dans laquelle il s'entêtait, songea
Samantha, était délibérée ; sans doute sa manière de
se venger d'elle après qu'elle eut refusé de l'accompagner à Sweetlove House, l'autre soir. Elle raccrocha, puis se demanda si elle devait appeler Mary pour
lui dire de ne pas venir, mais elle avait peur de faire
preuve d'impolitesse et décida de s'en remettre à

Mary elle-même, en espérant que celle-ci ne trouve pas le courage de sortir.

Elle fit un petit détour par le salon, où elle mit le DVD de Libby à plein volume pour entendre les chansons du groupe depuis la cuisine, puis ramassa ses sacs et alla s'occuper du dîner : un ragoût, suivi d'un Mississippi Mud Pie, son dessert passe-partout. Elle aurait bien acheté l'un des énormes gâteaux de chez Mollison & Lowe, histoire de s'épargner un peu de travail aux fourneaux, mais ce serait immédiatement revenu aux oreilles de Shirley, laquelle ne ratait jamais une occasion de déplorer les habitudes culinaires de Samantha, qui avait un peu trop tendance, trouvait-elle, à se rabattre sur les surgelés et les plats préparés.

Samantha connaissait si bien ce DVD, maintenant, qu'elle était capable de visualiser les images correspondant à chacune des notes assourdissantes qui se frayaient un chemin jusque dans la cuisine. Elle l'avait regardé plusieurs fois cette semaine, pendant que Miles était dans son bureau à l'étage ou au téléphone avec Howard. Dès qu'elle entendit les premières mesures du titre sur lequel on voyait le beau gamin musclé marcher au bord de la plage, chemise ouverte aux quatre vents, elle fit un saut dans le salon, tablier autour du cou, pour le regarder tout en léchant d'un air absent le chocolat qui avait coulé sur ses doigts.

Elle avait prévu de prendre une longue douche pendant que Miles dresserait la table – elle avait oublié qu'il devait passer prendre Lexie et Libby à la sortie de St. Anne et qu'il arriverait donc tard. Quand Samantha finit par se rappeler pourquoi il mettait autant de temps, elle dut se résoudre à mettre la table elle-même à toute vitesse et à préparer le dîner des filles avant l'arrivée des invités. Quand Miles poussa la porte à dix-neuf heures trente, sa femme était en tenue de travail, en sueur, en colère, et d'humeur à lui reprocher toute cette initiative dans laquelle il n'était pour rien.

Libby, quatorze ans, passa directement dans le salon sans dire bonsoir à sa mère et retira le DVD du lecteur.

« Ah, cool, je savais plus où je l'avais mis, dit-elle. Pourquoi la télé est allumée ? Attends, j'y crois trop pas, là, tu étais en train de le *regarder* ? »

Parfois, Samantha trouvait qu'il y avait un petit quelque chose de Shirley chez sa fille cadette.

« Je regardais les infos, Libby. Je n'ai pas le temps de regarder des DVD. Allez, à table, la pizza est prête. On a des invités qui doivent arriver d'une minute à l'autre.

— Une pizza surgelée ? *Encore ?*

— Miles ! Il faut que j'aille me changer. Tu peux venir écraser les pommes de terre, s'il te plaît ? Miles ? »

Mais il avait disparu à l'étage ; Samantha fut donc obligée de s'occuper elle-même de la purée, sous le regard de ses filles attablées à l'îlot de cuisine. Libby avait posé le boîtier du DVD à la verticale contre son verre de Pepsi Light, et fixait la couverture avec des yeux comme des soucoupes.

« Mikey est *trop canon* », dit-elle en poussant une espèce de grognement lascif qui tétanisa sa mère. Mais le beau gamin musclé s'appelait Jake ; Samantha était soulagée que leur préféré ne soit pas le même.

Lexie, vociférante et débordante d'assurance comme à son habitude, parlait de l'école sans discontinuer, déversant une avalanche de renseignements à propos de filles que Samantha ne connaissait pas et dont elle avait un peu de mal à suivre les frasques, les querelles et les rabibochages.

« Bon, écoutez-moi, les filles, je vais me changer. Vous débarrassez vos assiettes quand vous avez fini, d'accord ? »

Elle baissa le feu sous la cocotte et courut grimper à l'étage. Miles était en train de boutonner sa chemise en se regardant dans le miroir de la penderie. La chambre embaumait le savon et l'après-rasage.

« Tout roule impec', chérie ?

— Oui, merci. Je suis tellement contente que tu aies eu le temps de prendre une douche, lâcha Samantha en sortant sa jupe longue et son bustier favoris avant de claquer la porte de la penderie.

— Tu n'as qu'à en prendre une maintenant.

— Ils vont arriver dans dix minutes ; je n'aurai jamais le temps de me sécher les cheveux et de me maquiller. » Elle envoya valser ses chaussures d'un coup de cheville ; l'une d'elles heurta le radiateur, qui renvoya un écho sonore. « Quand tu auras fini de te pomponner, est-ce que tu aurais l'extrême obligeance de bien vouloir descendre préparer l'apéritif ? »

Quand Miles fut sorti de la chambre, elle essaya de démêler un peu sa tignasse et de retoucher son maquillage. C'était un désastre. Elle s'était déjà changée quand elle s'aperçut que son soutien-gorge n'allait pas du tout avec son bustier moulant. Après avoir frénétiquement fouillé dans ses tiroirs, elle se rappela que celui dont elle aurait eu besoin était en train de sécher dans la buanderie ; elle se précipita dans le couloir, mais la sonnette retentit. Elle fit demi-tour en pestant. Dans la chambre de Libby, les décibels du DVD faisaient trembler les murs.

Kay et Gavin étaient arrivés à vingt heures précises, ce dernier redoutant les commentaires qu'un éventuel retard de leur part aurait pu inspirer à Samantha – sans doute n'avaient-ils pas vu le temps passer parce qu'ils étaient au lit ou en train de se chamailler... ? Elle était tout à fait du genre à se permettre de telles remarques ; à croire que le fait d'être marié présentait à ses yeux, entre autres avantages, celui de vous autoriser à fourrer le nez sans vergogne dans la vie sentimentale des autres. Elle semblait penser, par ailleurs, que ses manières vulgaires et désinhibées – notamment quand elle avait bu – étaient la marque d'un humour irrésistible.

« Bonsoir bonsoir bonsoir ! roucoula Miles en s'effaçant pour laisser passer Gavin et Kay. Entrez, entrez ! Bienvenue à la Casa Mollison ! »

Il embrassa Kay sur les deux joues et la débarrassa de la boîte de chocolats qu'elle tenait à la main.

« Pour nous ? Oh, merci beaucoup ! Ravi de faire enfin votre connaissance. Gav faisait son petit cachottier depuis beaucoup trop longtemps ! »

Miles prit la bouteille de vin des mains de Gavin puis lui donna une grande claque sur le dos, ce qui le vexa.

« Allez-y, entrez, Sam est en haut, elle nous rejoint dans une minute. Qu'est-ce que je vous sers à boire ? »

En temps normal, Kay aurait trouvé l'attitude de Miles un peu cauteleuse et familière, mais elle avait décidé d'être de bonne composition. Quand on était en couple, chacun devait côtoyer le cercle d'amis de l'autre, et s'y adapter. Cette soirée représentait un pas en avant significatif dans sa quête de légitimité et venait récompenser tout le travail accompli pour infiltrer les zones de la vie de Gavin dont il lui avait jusqu'à présent interdit l'accès ; elle voulait lui montrer qu'elle se sentait parfaitement à l'aise dans la grande maison prétentieuse des Mollison, qu'il n'avait plus aucune raison de l'exclure en permanence. Aussi afficha-t-elle son plus beau sourire pour Miles, le pria de lui servir un verre de vin rouge, et s'extasia devant le vaste salon, son parquet en pin brut, son canapé surchargé de coussins et ses reproductions encadrées.

« On est là depuis quand, voyons voir, oooh… eh bien ça va faire quatorze ans, dit Miles en débouchant la bouteille. Vous êtes sur Hope Street, vous, c'est ça ? Très jolies petites maisons, dans ce coin-là ; formidable potentiel de plus-value pour certaines, une fois retapées… »

Samantha fit son apparition, un sourire froid aux lèvres. Kay, qui ne l'avait jamais vue qu'en manteau, remarqua tout de suite son bustier orange et le soutien-gorge en dentelle dont il ne masquait aucun détail. Son visage était encore plus mat que sa poitrine tannée comme du cuir ; son maquillage, trop épais, était peu flatteur, et ses mules dorées à talons hauts, assorties aux créoles qui gigotaient au bout de ses lobes, étaient, de l'avis de Kay, vulgaires. Elle reconnut aussitôt en Samantha l'une de ces femmes qui aimaient les soirées déchaînées entre filles, qui trouvaient hilarant de faire une surprise à une copine en lui envoyant un chippendale à domicile, et qui, invitées à une fête, finissaient ivres mortes et draguaient tous les hommes mariés.

« Bonsoir, vous deux », dit Samantha. Elle fit la bise à Gavin et sourit à Kay. « Ah, formidable, vous avez déjà un verre. Miles, tu me sers la même chose que Kay ? »

Elle leur tourna le dos pour aller s'asseoir, après avoir jaugé d'un seul coup d'œil l'allure de Kay : petite poitrine, hanches lourdes, et des fesses que ce pantalon noir avait certainement pour fonction d'amincir. Elle aurait mieux fait, songea Samantha, de mettre des talons hauts, avec des jambes aussi courtaudes. Son visage était assez joli ; un teint oli-vâtre et uni, de grands yeux noirs et une bouche généreuse ; mais les cheveux à la garçonne et les chaussures plates sentaient la revendication à plein nez et manifestaient sans détour son attachement à certaines croyances sacro-saintes. Et voilà, Gavin avait recommencé : il s'était entiché, une fois de plus, d'une femme castratrice et sans humour qui allait faire de sa vie un enfer.

« Alors ! s'exclama joyeusement Samantha en levant son verre. À Gavin-et-Kay ! »

Elle vit, non sans une certaine satisfaction, se des-siner un sourire douloureux sur le visage de chien battu de Gavin ; mais avant qu'elle ait eu le temps de le tourmenter encore un peu ou de leur arracher quelques confidences intimes grâce auxquelles elle pourrait faire bisquer Shirley et Maureen, la sonnette retentit à nouveau.

Mary avait l'air plus chétive et osseuse que jamais, surtout à côté de Miles, qui l'escorta jusqu'au salon. Son T-shirt flottait, suspendu comme sur un cintre à ses clavicules saillantes.

« Oh, dit-elle en s'arrêtant net au seuil de la pièce. Je ne savais pas que vous…

— Gavin et Kay passaient juste nous faire un petit coucou, intervint Samantha un peu à l'improviste. Entrez, Mary, je vous en prie… prenez un verre…

— Mary, je vous présente Kay, dit Miles. Kay, Mary Fairbrother.

— Oh, dit Kay, prise au dépourvu ; elle pensait qu'ils ne seraient que tous les quatre. Oui, bonsoir. »

Gavin, voyant que Mary n'avait pas prévu de faire irruption dans un dîner et s'apprêtait à repartir aussi vite qu'elle était arrivée, lui fit signe de venir s'asseoir à côté de lui. Mary s'assit avec un sourire frêle. Il était fou de joie de la voir. Elle pourrait lui servir de bouclier ; Samantha elle-même serait bien obligée d'admettre qu'elle ne pouvait décemment pas se livrer à ses provocations coutumières devant une femme en deuil ; et puis l'arrivée d'un cinquième convive avait l'effet salutaire de briser la symétrie oppressante de ce dîner de couples.

« Comment ça va ? lui dit-il à voix basse. Je voulais t'appeler, justement… du nouveau sur cette histoire d'assurance…

— On n'a pas des trucs à grignoter quelque part, Sam ? » demanda Miles.

Samantha sortit du salon en maudissant son mari. L'odeur de la viande brûlée lui sauta aux narines dès qu'elle ouvrit la porte de la cuisine.

« Oh merde, merde, et merde… »

Elle avait oublié le ragoût – intégralement brûlé. Quelques morceaux de viande et de légumes racornis, seuls survivants de la catastrophe, gisaient dans le fond carbonisé de la cocotte. Samantha versa une grande giclée de vin et de bouillon, empoigna sa spatule comme un burin pour décoller les fragments incrustés sur les bords, puis mélangea vigoureusement la tambouille, le front constellé de sueur dans la chaleur de la cuisine. Le rire flûté de Miles résonna au loin. Samantha jeta quelques brocolis à longues tiges dans le cuit-vapeur, finit d'un trait son verre de vin, éventra un sac de chips tortillas, ouvrit une barquette de houmous, et renversa le tout dans des bols.

Mary et Gavin étaient toujours en train de discuter à voix basse sur le canapé quand elle revint dans le salon, tandis que Miles montrait à Kay une photo encadrée de Pagford vu du ciel et lui donnait un cours d'histoire sur la ville. Samantha posa les bols sur la table basse, se resservit un verre et se laissa tomber dans le fauteuil, sans faire la moindre tentative pour se joindre à l'une ou l'autre conversation. La présence de Mary la mettait horriblement mal à l'aise ; elle traînait un tel chagrin dans son sillage qu'elle aurait pu tout aussi bien, tant qu'à faire, arriver drapée d'un linceul. Mais pas d'inquiétude, elle partirait très certainement avant le dîner.

Gavin était bien décidé à ce que Mary reste. Tandis qu'ils évoquaient ensemble les dernières péripéties de leur bataille contre la compagnie d'assurances, il se sentait beaucoup plus détendu et maître de lui qu'il ne l'était d'ordinaire en présence de Miles et Samantha. Personne ne l'asticotait, personne ne le traitait avec condescendance, et Miles, en détournant l'attention de Kay, l'avait pour le moment dégagé de toute responsabilité vis-à-vis d'elle.

« ... et là, juste là, à côté, disait Miles en posant le doigt deux centimètres en dehors du cadre de la photo, c'est Sweetlove House, la maison des Fawley. Grand manoir Reine-Anne, fenêtres en chien-assis, pierres angulaires... époustouflant, vous devriez faire un tour, c'est ouvert au public le dimanche en été. Famille importante dans la région, les Fawley. »

« Fenêtres en chien-assis » ? « Famille importante dans la région » ? Mon Dieu, Miles, quel pauvre type tu fais...

Samantha se força à se lever du fauteuil pour retourner dans la cuisine. Le ragoût était maintenant bien fluide, mais c'était toujours l'odeur de brûlé qui dominait. Les brocolis étaient mous et fades ; la purée, froide et sèche. Mais elle s'en fichait éperdument à présent ; elle vida tout dans des plats et les lâcha d'un geste brusque sur la table de la salle à manger.

« À table ! cria-t-elle en direction du salon.

— Oh ! il faut que je me sauve, sursauta Mary, je ne voulais pas...

— Non, non, non ! dit Gavin sur un ton que Kay ne lui avait jamais entendu : aimable et réconfortant. Ça va te faire du bien de manger un peu ; les enfants se débrouilleront bien tout seuls pendant une heure. »

Miles s'empressa d'approuver, et Mary lança un regard incertain du côté de Samantha, qui n'eut d'autre choix que de mêler sa voix à ce concert enthousiaste et fila aussitôt dans la salle à manger rajouter un couvert.

Elle invita Mary à s'asseoir entre Gavin et Miles – la placer à côté d'une femme, lui sembla-t-il, aurait eu pour seul effet de souligner encore plus l'absence de son mari. Kay et Miles discutaient à présent du travail des services sociaux.

« Je ne vous envie pas », dit-il en servant à Kay une grosse louchée de ragoût. Samantha aperçut des petits flocons noirâtres de nourriture carbonisée englués dans la sauce qui s'étalait jusqu'au bord de l'assiette blanche. « Fichtrement difficile, comme boulot.

— Eh bien, le problème, surtout, c'est que nous manquons en permanence de moyens, dit Kay. Mais ça peut être gratifiant, notamment quand on a l'impression d'être utile aux gens. »

Et elle songea aux Weedon. La veille, à la clinique, le test de Terri était revenu négatif, et Robbie avait passé une semaine complète à la halte-garderie. Ces pensées réjouissantes contrebalançaient la légère irritation qu'elle éprouvait à l'égard de Gavin, qui accordait son attention exclusive à Mary depuis le début de la soirée et ne faisait rien pour la mettre à l'aise vis-à-vis de ses amis.

« Vous avez une fille, Kay, c'est bien ça ?

— Oui. Gaia. Elle a seize ans.

— Comme Lexie. Il faudrait les présenter, dit Miles.

— Divorcée ? demanda Samantha de but en blanc.

— Non, répondit Kay. Nous n'étions pas mariés. C'était mon petit ami à la fac, et nous nous sommes séparés peu après la naissance de Gaia.

— Oui, nous aussi, avec Miles, on avait à peine fini nos études. »

Kay n'était pas sûre de comprendre si Samantha essayait par là de souligner le fossé qui les séparait, en lui faisant bien remarquer qu'elle-même avait épousé le gros ramenard qui se trouvait être le père de ses enfants, tandis que Kay, elle, s'était fait plaquer… Sauf que Samantha, bien entendu, n'avait aucun moyen de savoir que Brendan l'avait quittée…

« Justement, figurez-vous que Gaia vient de se faire engager pour travailler le week-end avec votre père, dit Kay à Miles. Au nouveau café. »

Miles était aux anges. Savoir que lui et Howard faisaient tellement partie intégrante du paysage que tout le monde à Pagford était lié à eux d'une manière ou d'une autre, que ce soit en tant qu'ami, client ou employé, lui procurait un plaisir infini. Gavin, occupé depuis un moment à broyer, mâcher et mastiquer un bout de viande élastique qui refusait de s'avouer vaincu, sentit tout à coup son estomac lesté d'un poids, sans rapport cette fois avec le ragoût. Il ne savait pas que Gaia s'était fait embaucher par le père de Miles. Il avait oublié que Kay disposait d'une arme redoutable, en la personne de sa fille, pour consolider encore un peu plus sa présence à Pagford. Quand elle ne se rappelait pas à son souvenir immédiat en claquant les portes ou en lui lançant des regards hostiles et des remarques pernicieuses, Gavin avait tendance à oublier que Gaia était douée d'une existence propre ; qu'elle n'était pas un simple détail – au même titre que les draps défraîchis, la cuisine infecte et les rancœurs accumulées – dans la toile de fond miteuse sur laquelle continuait de se dérouler tant bien que mal son histoire avec Kay.

« Est-ce que Gaia se plaît à Pagford ? demanda Samantha.

— Eh bien, disons que c'est plutôt calme, par rapport à Hackney, mais elle s'adapte bien », dit Kay.

Elle prit une grande gorgée de vin pour se laver la bouche après avoir proféré ce mensonge éhonté. Une nouvelle dispute avait éclaté, ce soir même, juste avant qu'ils ne partent à leur dîner.

(« Qu'est-ce qui se passe ? » avait demandé Kay en voyant Gaia assise à la table de la cuisine, penchée sur son ordinateur portable, une robe de chambre enfilée par-dessus ses vêtements. Quatre ou cinq fenêtres de dialogue étaient ouvertes à l'écran. Kay savait que Gaia communiquait en ligne avec les amis qu'elle avait laissés à Hackney, des amis qu'elle connaissait, pour la plupart, depuis l'école primaire.

« Gaia ? »

Ce silence obstiné était un phénomène nouveau et inquiétant. Kay était plutôt habituée à des explosions de rage et de ressentiment, dirigées contre elle mais aussi et surtout contre Gavin.

« Gaia, je te parle.

— Je sais, j'ai entendu.

— Alors je te prierais d'avoir la courtoisie de me répondre. »

Quelques lignes de dialogue, en lettres noires, sautillaient dans l'une des fenêtres de l'écran, accompagnées de petites icônes rigolotes qui clignaient de l'œil et gesticulaient dans tous les sens.

« Gaia, tu veux bien me répondre, s'il te plaît ?

— Quoi ? Qu'est-ce que tu veux ?

— Je voudrais savoir comment s'est passée ta journée.

— Mal. C'était une journée de merde. Et hier aussi c'était une journée de merde. Et demain aussi ce sera une journée de merde.

— À quelle heure tu es rentrée ?

— À la même heure que tous les jours. »

Parfois, même après toutes ces années, Gaia semblait encore en vouloir à sa mère de ne pas être là quand elle rentrait à la maison, de ne pas l'accueillir comme toutes les gentilles mamans dans les contes pour enfants.

« Tu veux bien me dire pourquoi tu as passé une journée de merde ?

— Parce que tu m'as traînée dans ce trou merdique ! »

Kay se força à ne pas hausser le ton. Ces derniers temps, elles s'étaient livrées à d'épiques concours de hurlements dont tout le quartier avait dû profiter.

« Tu te rappelles que je sors avec Gavin, ce soir ? »

Gaia marmonna quelque chose que Kay ne comprit pas.

« Quoi ?

— J'ai dit : je croyais qu'il n'aimait pas sortir avec toi.

— Ça veut dire quoi, ça ? »

Mais Gaia ne répondit pas ; elle ajouta simplement une ligne à l'une des conversations dont on voyait se dérouler le fil dans les fenêtres de l'ordinateur. Kay hésitait ; elle avait à la fois envie de la bousculer et peur de ce qu'elle risquait d'entendre.

« On sera de retour vers minuit, j'imagine. »

Gaia n'avait pas répondu, et Kay était allée attendre Gavin dans le couloir.)

« Gaia s'est liée d'amitié, dit Kay à Miles, avec une fille qui vit dans la même rue que vous, justement ; comment s'appelle-t-elle, déjà – Narinder ?

— Sukhvinder, dirent Miles et Samantha en même temps.

— Très gentille fille, dit Mary.

— Vous avez rencontré son père ? demanda Samantha à Kay.

— Non.

— Chirurgien cardiaque, dit Samantha qui en était à son quatrième verre de vin. À tomber par terre.

— Oh, dit Kay.

— Une vraie star de Bollywood. »

Personne, songea Samantha, n'avait pris la peine de lui dire que le dîner était délicieux, ne serait-ce que par politesse – même si, de fait, c'était immangeable. Et si elle n'avait pas le droit de s'en prendre à Gavin, elle pouvait bien au moins lancer quelques piques à Miles.

« Vikram est la seule chose qui rende la vie tolérable dans ce patelin pourri, c'est moi qui vous le dis, continua-t-elle. Bombe sexuelle ambulante.

— Sa femme est notre médecin généraliste, dit Miles, et membre du Conseil paroissial. Vous devez être employée par le Conseil communal de Yarvil, j'imagine, Kay ?

— C'est exact. Mais je travaille surtout dans la cité des Champs. Techniquement, elle fait partie de Pagford, non ? »

Oh non, pas les Champs, pensa Samantha. *Pitié, pas les putains de Champs.*

« Ah, fit Miles avec un petit sourire entendu. Eh bien, oui, en effet, les Champs font partie de Pagford, *techniquement*. Techniquement, oui... Douloureux sujet, Kay...

— Ah bon ? Mais pourquoi ? demanda-t-elle dans l'espoir de rallier l'ensemble de la table à ce sujet de discussion plus général, car Gavin était toujours en train d'échanger des messes basses avec la veuve.

— Eh bien, voyez-vous... Tout ça remonte aux années 1950, dit Miles qui semblait parti pour livrer un discours bien rodé. À l'époque, Yarvil voulait agrandir la cité de Cantermill, et au lieu de construire plus à l'ouest, là où se trouve aujourd'hui la rocade...

— Gavin ? Mary ? Encore un peu de vin ? dit Samantha en essayant de couvrir la voix de Miles.

— ... eh bien disons qu'ils se sont livrés à une manœuvre pas tout à fait honnête ; ils ont acheté des terrains sans vraiment préciser l'usage qu'ils voulaient en faire, et s'en sont servis ensuite pour étendre la cité au-delà des limites de la paroisse de Pagford.

— Et pourquoi tu ne parles pas du vieux Fawley, hein, Miles ? » demanda Samantha. Elle avait, enfin, atteint le niveau d'ébriété jouissif à partir duquel elle n'était plus inhibée, ni par les exigences de la politesse ou de l'amabilité, ni par la peur des conséquences, et pouvait donner libre cours à sa soif de provocation, de méchanceté et de divertissement. « La vérité, c'est que le vieux Aubrey Fawley, qui était à l'époque le proprio de tout ce bazar, là, les chiens-assis et les autres machins mirifiques dont Miles vous parlait tout à l'heure, eh bien le vieux pépère, il a entubé tout le monde...

— Tu n'as pas le droit de dire ça, Sam, protesta Miles, mais la voix de sa femme recouvrit une fois de plus la sienne.

— … il a refourgué le terrain où se trouvent les Champs aujourd'hui, et au passage il s'est mis dans les poches, quoi ? vingt briques ? quelque chose comme ça ?

— Ne dis pas n'importe quoi, Sam, dans les années 1950 ?

— … sauf que, problème, pépère ne tarde pas à s'apercevoir qu'il a foutu tout le monde en rogne, et là, il fait quoi ? Rien. Il dit qu'il s'était pas rendu compte que ça poserait des problèmes, et c'est tout. Voilà. Trou du cul de la haute, oui… Et ivrogne avec ça, conclut Samantha.

— Navré mais c'est tout simplement *faux*, dit Miles d'un ton ferme. Pour comprendre le problème dans toute sa complexité, Kay, il faut connaître un peu l'histoire locale. »

Samantha, le menton dans la main, fit semblant de laisser son coude glisser de la table à force d'ennui. Kay ne pouvait se résoudre à aimer Samantha, mais ce geste la fit rire, tandis que Gavin et Mary cessaient enfin de parler entre eux.

« Nous discutons des Champs », dit Kay sur un ton destiné à rappeler à Gavin qu'elle était là ; qu'il aurait dû lui apporter un peu de soutien moral.

Miles, Samantha et Gavin se rendirent compte au même instant qu'ils n'auraient pas pu choisir sujet de conversation plus inapproprié devant Mary, elle dont le défunt mari s'était si longtemps battu avec Howard sur ce terrain.

« Apparemment le sujet est très sensible dans la région, dit Kay pour forcer Gavin à exprimer un point de vue, le ferrer dans la conversation.

— Mmm, marmonna-t-il pour toute réponse avant de se tourner de nouveau vers Mary. Et Declan, alors, comment ça se passe, dans son club de foot ? »

Kay sentit la colère la transpercer comme un coup de poignard : Mary était peut-être en deuil, mais la sollicitude de Gavin frisait l'excès de zèle. Elle n'avait pas du tout imaginé que la soirée prendrait un tel tour : elle s'attendait à un dîner à quatre, où Gavin serait bien forcé d'admettre qu'ils formaient tous deux un couple ; pour l'instant, personne en les voyant n'aurait pu se douter qu'ils étaient autre chose que de vagues connaissances. Et puis le repas était infect. Kay posa son couteau et sa fourchette en travers de son assiette aux trois quarts pleine – ce que Samantha ne manqua pas de remarquer – et se tourna de nouveau vers Miles.

« Vous avez grandi à Pagford ?

— J'en ai bien peur, oui, répondit-il avec un sourire complaisant. Né au vieil hôpital Kelland, un peu plus loin sur la route. Il a fermé dans les années 1980.

— Et vous… ? demanda Kay à Samantha qui la coupa aussitôt dans son élan.

— Moi ? Mon Dieu, non. Non, moi je suis là par accident.

— Pardonnez-moi, Samantha, dit Kay, mais je ne sais même pas ce que vous faites dans la vie ?

— J'ai ma propre…

— Elle vend des soutiens-gorge grande taille », dit Miles.

Samantha se leva brusquement et alla chercher une nouvelle bouteille de vin. Quand elle revint dans la salle à manger, Miles était en train de raconter à Kay l'anecdote cocasse, sans doute destinée à illustrer le côté petit-village-où-tout-le-monde-se-connaît de Pagford, du soir où il s'était fait arrêter en voiture par un agent de police – et figurez-vous que celui-ci était un ancien camarade qu'il connaissait depuis l'école primaire ! Samantha entendait pour la millième fois l'assommante reconstitution, à la virgule près, du dialogue loufoque qui s'en était suivi entre Miles et Steve Edwards. Elle fit le tour de la table pour remplir les verres et remarqua au passage l'air sévère de Kay, pour qui, manifestement, l'alcool au volant n'était pas un sujet de plaisanterie.

« … alors Steve sort l'éthylotest, et là, je m'apprête à souffler dedans quand tout à coup, tous les deux en même temps, nous voilà partis dans une de ces crises de fou rire ! Son équipier en reste comme deux ronds de flan, comme ça (Miles imita la tête du type ahuri qui se tournait d'un côté puis de l'autre), et Steve est plié en deux, il se pisse dessus de rire, parce qu'à ce moment-là on pense évidemment tous les deux à la même chose, ça nous rappelle la dernière fois où on s'était retrouvés dans la même situation, lui en train de maintenir un truc en place pendant que moi je soufflais dedans, une histoire qui remonte à pas loin de vingt ans, et…

— C'était une poupée gonflable, l'interrompit Samantha, le visage fermé, en retombant sur sa chaise à côté de son mari. Miles et Steve l'avaient mise dans le lit des parents de leur copain Ian, pendant la fête qu'il avait organisée chez lui pour ses dix-huit ans. Bref, fin de l'histoire, Miles s'est pris une amende de mille livres et trois points en moins sur son permis, vu que c'était la deuxième fois qu'il se faisait choper pour excès de vitesse. Donc voilà, tout ça est à se taper les cuisses. »

Le sourire crispé de Miles resta figé sur son visage, comme un ballon dégonflé oublié à la fin d'une fête. On eut l'impression qu'un courant d'air glacé passait dans la salle à manger pétrifiée de silence. Miles était peut-être le champion du monde des raseurs, mais sur ce coup-là, Kay était dans son camp : c'était le seul, autour de cette table, à faire un semblant d'effort pour promouvoir son intégration dans la vie sociale de Pagford.

« Je dois avouer que c'est assez rude, dans la cité, dit-elle pour revenir au sujet sur lequel Miles semblait le plus à l'aise et dont elle ne soupçonnait toujours pas la dimension scabreuse vis-à-vis de Mary. J'ai déjà travaillé dans de grands centres-villes ; je ne m'attendais pas à voir ce genre de déréliction dans une zone rurale, mais le fait est que ce n'est pas très différent de Londres. En moins cosmopolite, bien sûr.

— Oh, ça oui, nous avons nous aussi notre quota de drogués et de parasites, dit Miles. Je crois que je vais m'arrêter là, Sam », ajouta-t-il en repoussant son assiette, qu'il était loin d'avoir terminée.

Samantha commença à débarrasser ; Mary se leva pour l'aider.

« Non, non, Mary, je vous en prie, restez assise », dit Samantha. Kay fut agacée de voir Gavin bondir de sa chaise à son tour, chevaleresque, pour forcer Mary à se rasseoir, mais celle-ci insista.

« C'était délicieux, Sam », dit Mary dans la cuisine en raclant les assiettes au-dessus de la poubelle, au fond de laquelle atterrit la quasi-intégralité du ragoût.

« Pas du tout, c'était immonde, dit Samantha qui venait de se rendre compte, en se levant, à quel point elle était ivre. Que pensez-vous de Kay ?

— Je ne sais pas. Elle n'est pas du tout comme je me l'étais imaginée, dit Mary.

— Elle est *exactement* comme je l'avais imaginée, dit Samantha en sortant les assiettes à dessert. Un décalque de Lisa, ni plus ni moins.

— Oh ! non, ne dites pas ça, se récria Mary. Il mérite quelqu'un de bien, pour une fois. »

Ce point de vue était d'une originalité radicale aux yeux de Samantha, qui avait toujours été d'avis que la veulerie de Gavin ne méritait qu'une chose : le châtiment perpétuel.

Elles revinrent dans le salon ; Kay et Miles s'étaient lancés dans un débat passionné ; Gavin, assis sur sa chaise, ne disait pas un mot.

« … dédouaner de toute responsabilité, ce qui, si vous voulez mon avis, est une attitude d'un égocentrisme et d'une arrogance…

— Ah ! mais dites-moi, c'est très intéressant, le mot que vous venez d'utiliser – "responsabilité" –, dit Miles. Parce qu'il me semble justement que toute la question est là, vous ne croyez pas ? C'est tout le problème : où est-ce qu'on fixe la frontière ?

— Au-delà des Champs, apparemment, dit Kay avec un petit rire narquois. Ce que vous aimeriez, au fond, c'est qu'il y ait une ligne de démarcation nette et précise entre la classe moyenne possédante et les couches inf…

— Mais il y a des tas de gens de la classe ouvrière à Pagford, figurez-vous, ma chère Kay, des tas de travailleurs – la différence, c'est que la plupart d'entre eux *travaillent*, justement. Vous connaissez le pourcentage des habitants de la cité qui vivent des allocations ? Vous me parlez de responsabilité, très bien – et la responsabilité individuelle, alors ? On en a vu passer une tripotée dans les écoles du coin, pendant des années : des gosses issus de familles dans lesquelles personne ne travaille, qui n'ont pas la moindre notion de ce que ça veut dire, gagner sa vie, des générations entières de gens qui n'en fichent pas une rame, et vous voudriez qu'on paye pour...

— Donc, si je comprends bien, enchaîna Kay, votre solution, c'est de refiler la patate chaude à Yarvil, au lieu de prendre à bras-le-corps tous les...

— Mississippi Mud Pie ? » lança Samantha à la cantonade.

Gavin et Kay acceptèrent bien volontiers une petite part, merci beaucoup ; Kay, accaparée par sa discussion avec Miles, fit bouillir de rage Samantha en lui tendant son assiette sans un mot ni un regard, comme à une vulgaire serveuse.

« ... la clinique de désintoxication, par exemple, qui est absolument cruciale, or certaines personnes, à ce que j'ai cru comprendre, militent activement pour sa fermeture...

— Ah ! alors là, si vous voulez qu'on parle de Bell-chapel, eh bien alors parlons-en ! dit Miles en secouant la tête avec un sourire fielleux. Je ne sais pas si vous avez potassé vos statistiques sur la question, Kay, mais leur taux de réussite est pitoyable, franchement pitoyable. Je les connais, moi, les chiffres, je peux même vous dire que je les avais encore sous les yeux pas plus tard que ce matin, eh bien laissez-moi vous dire une bonne chose, plus vite cet endroit fermera…

— Attendez, les chiffres, les chiffres – de quels chiffres est-ce que vous parlez, au juste ?

— Mais du taux de réussite, Kay, comme je vous le disais à l'instant : du nombre de personnes qui ont été réellement sevrées, soignées…

— Excusez-moi mais c'est un point de vue d'une naïveté, ce que vous me dites ; vous croyez que la réussite se juge uniquement à l'aune de…

— Mais enfin bon sang, comment voulez-vous juger de l'efficacité d'un programme de désintoxication sinon par les chiffres ? s'offusqua un Miles au comble de l'incrédulité. Moi, tout ce que je vois, à Bellchapel, c'est qu'ils se contentent de distribuer de la méthadone à tour de bras – et à des gens que ça n'empêchera pas ensuite, pour une grande majorité d'entre eux, de continuer à se shooter, alors…

— La toxicomanie est un problème d'une immense complexité, dit Kay, et je trouve ça naïf et simpliste de voir les choses en noir et blanc comme ça – d'un côté ceux qui se droguent, de l'autre ceux qui… »

Mais Miles continuait de secouer la tête en souriant ; Kay, que sa joute verbale avec cet avocat imbu de lui-même avait jusqu'à présent réjouie, était soudain furieuse.

« Eh bien je vais vous donner un exemple concret du travail qu'accomplit Bellchapel : une famille dont je suis le dossier – une mère, sa fille adolescente et son petit garçon – eh bien, si la mère n'était pas sous méthadone, elle ferait le trottoir pour se payer sa dose ; il vaut mille fois mieux pour les enfants...

— Il vaudrait mille fois mieux pour les enfants qu'ils soient retirés à leur mère, d'après ce que vous me racontez, dit Miles.

— Et vous proposez de les mettre où, au juste ?

— Une famille d'accueil respectable, ce serait déjà pas mal pour commencer.

— Vous savez combien il y a de familles d'accueil ? Et combien d'enfants auraient besoin d'être accueillis ?

— La meilleure solution aurait été de les placer en adoption dès la naissance...

— Formidable. Attendez, donnez-moi deux secondes, le temps que je grimpe dans ma machine à remonter le temps.

— Vous savez, nous connaissons un couple qui cherchait désespérément à adopter », dit Samantha, apportant un soutien inattendu à Miles. Elle ne pardonnait pas à Kay l'épisode outrageux de l'assiette tendue ; cette femme était une insupportable pasionaria de la cause prolétarienne, exactement comme Lisa, qui avait plombé chacune de leurs rencontres avec ses grands discours politiques, ses histoires de juriste spécialisée en droit de la famille, et son mépris affiché pour la boutique de soutiens-gorge de Samantha. « Adam et Janice, rappela-t-elle en aparté à Miles, qui hocha la tête. Ils ont fait des pieds et des mains, mais pas moyen d'avoir un bébé.

— Ah oui, un *bébé* ! dit Kay en roulant des yeux, tout le monde veut un *bébé*. Robbie a presque quatre ans. Il n'est pas propre, il est en retard sur tous les plans par rapport au développement normal d'un enfant de son âge, et il a sans doute été exposé à des comportements sexuels inappropriés. Vous voulez que vos amis adoptent ce bébé-*là* ?

— Non mais s'il avait été retiré à sa mère dès la naissance...

— Elle avait décroché, au moment de sa naissance, elle faisait des progrès, dit Kay. Elle l'aimait, elle voulait le garder, et elle pourvoyait à tous ses besoins, à l'époque. Elle avait déjà élevé Krystal, grâce au soutien d'une partie de sa famille...

— Krystal ! s'écria Samantha. Oh ! mon Dieu, vous êtes en train de nous parler des *Weedon* ? »

Kay était mortifiée d'avoir cité des noms ; à Londres, ça n'avait jamais eu la moindre importance – mais à Pagford, apparemment, c'était bel et bien vrai : tout le monde connaissait tout le monde.

« Je n'aurais pas dû... »

Mais Miles et Samantha s'étaient mis à rire, et Mary avait l'air tendue. Kay, qui n'avait pas touché à sa part de gâteau, et à peine au plat principal, se rendit soudain compte qu'elle avait trop bu ; elle n'avait cessé de siroter son verre de vin, par nervosité, et venait maintenant de commettre un impair majeur. Mais il était trop tard pour y remédier ; la colère reprit bientôt le dessus, au mépris de toute autre considération.

« Krystal Weedon n'est pas, comment dire... l'incarnation la plus convaincante des talents éducatifs de cette femme, dit Miles.

— Krystal se démène comme elle peut pour que sa famille ne parte pas en lambeaux, répliqua Kay. Elle aime énormément son petit frère ; elle est terrifiée à l'idée qu'il leur soit retiré...

— Je ne confierais même pas à Krystal Weedon le soin de surveiller un œuf à la coque, dit Miles, provoquant un nouvel élan d'hilarité chez Samantha. Non, écoutez, elle aime son petit frère, d'accord, très bien ; mais enfin ce n'est pas une peluche…

— Oui, merci, je suis au courant, rétorqua sèchement Kay en repensant aux fesses plâtrées de merde de Robbie. N'empêche, grâce à elle, il reçoit de l'affection.

— Krystal a agressé notre fille Lexie, dit Samantha, donc voyez-vous, nous la connaissons sous un jour différent de celui qu'elle vous montre, j'en suis sûre…

— Écoutez, tout le monde sait bien que Krystal en a bavé, dit Miles, personne ne prétend le contraire. Non, moi, c'est la mère junkie qui me pose un problème.

— Eh bien il se trouve que ça se passe très bien pour elle en ce moment à Bellchapel, dit Kay.

— Oui, d'accord, non mais enfin, avec le *passif* qu'elle se traîne, dit Miles, il ne faut tout de même pas être sorti de la cuisse de Jupiter pour deviner qu'elle va replonger à un moment ou un autre, non ?

— Si on appliquait ce raisonnement à tout le monde, vous devriez renoncer à votre permis de conduire, parce qu'avec *votre passif*, vous êtes voué à reprendre le volant en état d'ivresse. »

Miles était soudain désemparé, mais Samantha vint à sa rescousse en répliquant froidement : « Alors là, ça n'a rien à voir.

— Ah oui, vous trouvez ? dit Kay. C'est pourtant le même principe.

— Oui, eh bien les principes, justement, je vais vous dire, c'est parfois ça qui pose problème, repartit

Miles. Dans bien des cas, si les gens faisaient preuve d'un peu de bon sens...

— ... qui n'est souvent qu'une autre façon de désigner leurs préjugés..., intervint Kay.

— Selon Nietzsche, dit une voix aiguë qui fit sursauter tout le monde, la philosophie est toujours une biographie du philosophe. »

Une Samantha miniature se tenait dans l'embrasure de la porte de la salle à manger – une adolescente plantureuse, âgée de seize ans peut-être, en jean moulant et T-shirt ; elle mangeait une grappe de raisin et paraissait très contente d'elle-même.

« Et voici Lexie, dit Miles avec fierté. Merci pour cette remarque, mon petit génie.

— De rien », répondit Lexie d'un ton espiègle avant de remonter dans sa chambre en un éclair.

Un silence pesant s'était abattu autour de la table. Sans vraiment savoir pourquoi, Samantha, Miles et Kay se tournèrent tous les trois en même temps vers Mary, qui avait l'air au bord des larmes.

« Café, dit Samantha en se levant d'un pas titubant tandis que Mary s'éclipsait dans la salle de bains.

— Venez, passons au salon, dit Miles, conscient de l'atmosphère tendue mais certain que sa bonhomie naturelle et quelques plaisanteries bien choisies sauraient ramener une ambiance plus clémente et agréable. Apportez vos verres. »

Ses convictions profondes n'avaient pas été plus ébranlées par l'argumentation de Kay qu'un rocher ne le serait par un filet de vent ; pour autant, il n'éprouvait pas d'antipathie à son égard ; plutôt une sorte de pitié. De tous les convives, il était celui que le vin éclusé à profusion au cours de la soirée avait le moins enivré, mais en arrivant au salon, il se rendit compte qu'il avait la vessie pleine à craquer.

« Si tu nous mettais un peu de musique, Gav, pendant que j'attrape les petites douceurs que vous avez apportées. »

Mais Gavin ne fit pas le moindre geste en direction des CD empilés dans leur élégante colonne en plexiglas fuselée. Il semblait attendre que Kay lui tombe dessus. Et de fait, à peine Miles eut-il disparu : « Merci, Gav, merci beaucoup. Ton soutien fait chaud au cœur. »

Gavin avait bu encore plus que Kay pendant le dîner, fêtant en secret l'heureuse fortune qui lui avait valu d'échapper *in extremis* au pilori auquel il aurait dû se retrouver cloué, offert en sacrifice à la fureur sarcastique de Samantha. Et c'est sans se démonter qu'il affronta la colère de Kay, avec une bravoure qu'il ne devait pas seulement à l'ébriété mais aussi à la force d'âme que lui avait insufflée Mary en le traitant, depuis une heure, comme un individu important, intelligent et compréhensif.

« Tu avais l'air de te débrouiller très bien toute seule », dit-il.

Ce débat féroce entre Kay et Miles, ou du moins le peu qu'il en avait entendu d'une oreille volontairement distraite, avait d'ailleurs suscité en lui une très nette impression de déjà vu ; si Mary n'avait pas été à ses côtés, il se serait presque cru revenu quelque temps en arrière, dans cette même salle à manger, lors de cette fameuse soirée où Lisa avait dit à Miles qu'il incarnait à ses yeux tous les travers de la société actuelle ; il lui avait ri au nez, elle avait perdu son calme, et ils avaient dû partir avant le café. C'était peu de temps avant que Lisa ne lui annonce qu'elle couchait avec l'un de ses collègues du cabinet, et qu'il aurait sans doute été bien avisé de passer un test pour s'assurer qu'il n'avait pas attrapé une chaude-pisse.

« Je débarque, je ne connais pas ces gens, lui dit Kay, et toi, tu n'es même pas foutu de lever le petit doigt pour me faciliter un peu les choses !

— Qu'est-ce que tu aurais voulu que je fasse ? » demanda Gavin. Il était d'un calme olympien, immunisé par le retour imminent des Mollison et de Mary, et par les quantités copieuses de chianti qui se baladaient en ce moment dans ses veines. « Je n'avais aucune envie de parler des Champs. Je me tamponne royalement de la cité des Champs. Et puis, ajouta-t-il, c'est assez indélicat d'évoquer ce sujet devant Mary ; Barry se battait, au Conseil, pour que la cité continue de faire partie de Pagford.

— Bon, et alors, pourquoi tu ne me l'as pas dit, ça ? Tu n'aurais pas pu me prévenir, je ne sais pas, moi, faire un geste, une allusion ? »

Il rit, exactement comme Miles avait ri. Mais avant qu'elle ait pu répliquer, les trois autres étaient de retour, tels les Rois mages, les bras chargés d'offrandes : Samantha apportait les tasses sur un plateau, Mary la cafetière, et Miles les chocolats de Kay. Celle-ci, en apercevant le ruban doré qui entourait la boîte, se rappela avec quel optimisme elle envisageait cette soirée au moment où elle les avait achetés. Elle tourna la tête pour dissimuler sa colère, se retenant pour ne céder ni à l'envie furieuse de hurler sur Gavin, ni à celle, aussi soudaine que déconcertante, de fondre en larmes.

« J'ai passé une charmante soirée, entendit-elle déclarer Mary qui, à l'évidence, était elle aussi à deux doigts de pleurer, mais je ne vais pas rester pour le café, je ne veux pas rentrer trop tard ; Declan est un peu… un peu fragile en ce moment. Merci mille fois, Sam, Miles, ça m'a fait du bien de… je ne sais pas… enfin, de sortir un peu.

— Attendez, je vais vous raccomp…, commença Miles, mais Gavin s'interposa aussitôt avec la plus grande fermeté.

— Ne bouge pas, Miles, je m'en charge. Je te raccompagne, Mary. C'est l'affaire de cinq minutes. Il fait plutôt noir, au sommet de la côte. »

Kay avait du mal à respirer, tout entière absorbée par la haine que lui inspiraient l'arrogant Miles, la vulgaire Samantha et la frêle, chétive Mary, mais surtout, surtout, Gavin.

« Oh ! mais oui bien sûr, s'entendit-elle dire, tous les regards s'étant braqués sur elle comme pour attendre sa permission. Bien sûr, vas-y, va raccompagner Mary chez elle, Gav. »

La porte se referma ; Gavin était parti. Miles lui servit un café. Elle regarda le liquide noir et brûlant s'écouler dans sa tasse, et prit soudain conscience, avec une peine cruelle, de tout ce qu'elle avait risqué en bouleversant sa vie de fond en comble pour l'homme qui s'éloignait à présent dans la nuit au bras d'une autre femme.

8

Colin Wall vit Gavin et Mary passer sous les fenêtres de son bureau dans le noir. Il reconnut tout de suite la silhouette de Mary, mais dut plisser les yeux pour identifier l'homme longiligne qui marchait à ses côtés, juste avant qu'ils ne sortent du halo de lumière projeté au sol par le réverbère. À moitié levé de son fauteuil pour se pencher vers la fenêtre au-dessus de son ordinateur, Colin regarda les deux silhouettes s'éloigner dans l'obscurité.

Il était profondément choqué ; il avait toujours cru que Mary s'imposait à elle-même la plus stricte ségrégation vis-à-vis des hommes ; qu'elle ne recevait que des femmes dans le sanctuaire de son foyer, dont Tessa, qui continuait à lui rendre visite un jour sur deux. Jamais il n'aurait imaginé que Mary puisse se montrer en public à la nuit tombée, et encore moins aux côtés d'un célibataire notoire. Il se sentait trahi à titre personnel ; comme si Mary, d'un point de vue purement spirituel, s'entend, l'avait trompé.

Avait-elle autorisé Gavin à voir le corps de Barry ? Gavin passait-il ses soirées assis au coin du feu dans le fauteuil préféré de son ami défunt ? Gavin et Mary étaient-ils… était-il concevable que… ? Ces choses-là, après tout, arrivaient tous les jours… Peut-être… peut-être même *avant* la mort de Barry… ?

Colin vivait dans un état de consternation permanente devant la déliquescence des mœurs de ses contemporains. Il essayait de se prémunir contre les chocs auxquels celle-ci l'exposait en imaginant toujours le pire, en convoquant d'atroces visions de dépravation et de trahison, plutôt que d'attendre que la réalité lui explose au visage comme une grenade et déchire le voile de ses illusions candides. La vie, pour Colin, n'était qu'une longue et pénible confrontation à toutes sortes de peines et de déceptions, et chacun en ce bas monde, excepté sa femme, était, jusqu'à preuve du contraire, un ennemi.

Il avait presque envie de se précipiter en bas pour dire à Tessa ce qu'il venait de voir ; peut-être serait-elle en mesure de lui fournir une explication rassurante quant aux déambulations nocturnes de Mary, et de le soulager des doutes affreux qui l'étreignaient soudain au sujet de sa fidélité, passée et présente, envers son époux. Il résista néanmoins à cette impulsion ; car il était fâché contre Tessa.

Pourquoi se montrait-elle si résolument indifférente à sa candidature au Conseil ? Ne voyait-elle donc pas à quel point il était étranglé par l'angoisse depuis qu'il avait déposé son dossier ? Angoisse à laquelle il s'était attendu, certes, mais l'anticipation ne diminuait en rien sa souffrance ; car celui qui a vu arriver de loin le train qui va le percuter n'en finit pas moins déchiqueté sur les rails. Colin, à tout prendre, souffrait même deux fois plus : hier de savoir ce qui l'attendait, aujourd'hui de l'éprouver.

Ses nouveaux fantasmes cauchemardesques avaient pour principaux personnages les Mollison et pour intrigue les mille et un stratagèmes qu'ils étaient susceptibles de mettre en œuvre pour l'attaquer. Son esprit était constamment assailli par une litanie de contre-arguments, d'explications, de justifications. Il se voyait déjà assiégé et luttant pour le salut de sa réputation. La pente paranoïaque de Colin, qui avait toujours infléchi peu ou prou son rapport au monde, devenait de plus en plus raide ; et Tessa, pendant ce temps-là, l'air de n'avoir rien remarqué, ne faisait pas le moindre geste pour l'aider à supporter le poids terrible des tourments sous lequel il était écrasé.

Il savait bien qu'elle désapprouvait sa candidature. Peut-être était-elle terrifiée, elle aussi, à l'idée que Howard Mollison ouvre d'un coup de griffe les entrailles bouffies de leur passé pour en répandre les secrets abominables sur la place publique et les livrer en pâture à tous les vautours de Pagford.

Colin avait déjà passé quelques coups de téléphone aux alliés de toujours de Barry. Il avait été surpris et réconforté de constater qu'aucun d'entre eux ne remettait en cause sa légitimité ni ne l'avait fait passer sur le gril à propos de telle ou telle question. Tous, sans la moindre exception, avaient exprimé la profonde tristesse que leur inspirait la disparition de Barry et leur intense antipathie à l'égard de Howard Mollison – « c'gros saloupiaud prétentiard », comme l'avait qualifié l'un des membres parmi les moins raffinés de l'électorat pagfordien. « V'là maint'nant qu'il essaye d'nous r'filer en douce son rej'ton, là. Même qu'y pouvait pas s'empêcher d's'e gondoler, l'jour que l'pauv' Barry a cassé sa pipe. » Colin, qui avait dressé une liste d'arguments en faveur des Champs, n'avait pas encore eu besoin de s'y référer une seule fois. Jusqu'à présent, sa principale qualité, en tant que candidat, était manifestement d'avoir été l'ami de Barry, et de ne pas s'appeler Mollison.

La réplique miniature en noir et blanc de son propre visage, sur l'écran de l'ordinateur, lui souriait.

Il avait passé toute la soirée à essayer de rédiger sa profession de foi, à laquelle il avait décidé d'adjoindre la même photo que celle qui figurait sur le site de Winterdown : de face, sourire légèrement insipide, front raide et brillant. Cette image avait pour elle d'être déjà connue du public, et de ne lui avoir à ce jour attiré ni les railleries ni la disgrâce – la prouesse n'était pas négligeable. Mais sous la photo, en lieu et place de la légende biographique d'usage, il n'avait pour l'instant réussi à écrire qu'une ou deux phrases hésitantes. Ces deux dernières heures, Colin avait jeté des grappes de mots sur l'écran, puis les avait effacées ; à un moment, il était parvenu à rédiger un paragraphe entier, qu'il avait aussitôt supprimé, lettre par lettre, en mitraillant d'un doigt nerveux la touche « retour » de son clavier.

De guerre lasse, vaincu par l'indécision et la solitude, il sauta de son fauteuil et descendit au salon. Allongée sur le canapé, Tessa semblait s'être assoupie devant la télévision.

« Ça va ? demanda-t-elle d'une voix endormie en ouvrant un œil.

— Je viens de voir Mary. Dans la rue. Avec Gavin Hughes.

— Oh, fit Tessa. Elle m'a dit je ne sais plus trop quoi tout à l'heure, qu'elle devait passer chez Miles et Samantha. Gavin devait être là-bas. Il a dû la raccompagner. »

Colin était atterré. Mary, passer chez Miles, l'homme qui voulait endosser le costume de son mari, l'adversaire de toutes les causes pour lesquelles Barry s'était battu ?

« Mais qu'est-ce qu'elle fichait chez les Mollison ?

— Ils étaient avec elle à l'hôpital, tu sais bien, dit Tessa qui se redressa sur le canapé en poussant un petit gémissement puis étira ses courtes jambes. Elle n'a pas vraiment eu l'occasion de leur reparler depuis. Elle voulait les remercier. Tu as fini d'écrire ton texte ?

— Presque. À ton avis, dans la case bio – les détails biographiques, je veux dire –, je mets les postes précédents, tu crois ? Ou seulement Winterdown ?

— Je ne pense pas que tu aies besoin de signaler autre chose que ta profession actuelle. Mais tu devrais demander à Minda. Elle… (Tessa bâilla)… elle a déjà fait ce genre de choses.

— Oui », dit Colin. Il attendit un moment, debout devant elle, mais elle ne lui proposa pas son aide, ni n'exprima la curiosité de lire ce qu'il avait écrit pour l'instant. « Oui, bonne idée, répéta-t-il d'une voix un peu plus forte. Je vais demander à Minda de me donner un coup de main. »

Tessa commença à se masser les chevilles en grognant, et Colin, plein d'orgueil froissé, quitta le salon. Sa femme n'avait aucune idée de l'état dans lequel il était, de la gravité de ses insomnies, des crampes qui lui tordaient le ventre.

Tessa avait seulement fait semblant de dormir. Les pas de Mary et Gavin l'avaient réveillée dix minutes plus tôt.

Elle connaissait à peine Gavin ; il avait quinze ans de moins qu'eux, mais la principale raison pour laquelle ils n'étaient jamais devenus proches était la jalousie qu'éprouvait Colin à l'égard de tous les autres amis de Barry.

« Il a été formidable sur cette histoire d'assurance, avait dit Mary à Tessa au téléphone, un peu plus tôt dans la journée. Il les appelle tous les jours, si j'ai bien compris, et il n'arrête pas de me dire de ne pas m'en faire pour les pénalités. Oh, mon Dieu, Tessa, si jamais ils refusent de verser l'assurance…

— Gavin va résoudre ce problème, dit Tessa. J'en suis sûre. »

Comme elle aurait aimé, se disait-elle en s'étirant sur le canapé, courbaturée et assoiffée, que Mary passe un peu de temps à la maison, histoire de changer d'air et de manger correctement, mais une barrière infranchissable s'y opposait : Mary avait du mal avec Colin ; elle le trouvait pénible. Ce léger désagrément, jusqu'à présent passé sous silence, n'avait fait surface qu'après la mort de Barry, peu à peu, tels ces vestiges que révèle la marée en se retirant. Mary, à l'évidence, ne voulait avoir affaire qu'à Tessa ; elle se montrait fuyante dès qu'il était question de mettre Colin à contribution pour quoi que ce soit, et elle écourtait la conversation chaque fois qu'elle l'avait au téléphone. Ils s'étaient vus si souvent, tous les quatre, au fil des années, et pas un seul instant Tessa n'avait deviné l'antipathie de Mary à l'égard de Colin ; sans doute avait-elle été occultée, pendant tout ce temps, par la nature éternellement enjouée de Barry.

Tessa devait faire preuve, face à cette nouvelle situation, de la plus grande prudence. Elle avait réussi à persuader Colin que Mary préférait tout simplement la compagnie des femmes. Elle avait baissé sa garde une seule fois, pendant les funérailles : Colin avait fait irruption devant Mary à la sortie de l'église et avait essayé de lui expliquer, entre deux sanglots, qu'il allait reprendre le siège de Barry au Conseil, qu'il allait poursuivre l'œuvre de Barry, qu'il allait faire en sorte que la victoire finale, dût-elle être posthume, revienne à Barry. Tessa avait vu le regard choqué et offensé de Mary, et avait pris Colin par le bras pour l'éloigner.

Une ou deux fois, depuis ce jour, Colin avait annoncé son intention d'aller voir Mary pour lui soumettre le dossier de candidature qu'il était en train de monter, et lui demander ce qu'en aurait pensé Barry ; il voulait même que Mary l'éclaire sur la façon dont Barry s'y serait pris pour le démarchage électoral. Tessa avait dû se résoudre à lui dire avec la plus grande fermeté qu'il fallait qu'il arrête de harceler Mary avec ces histoires de Conseil paroissial. Cette remontrance l'avait vexé, mais elle préférait encore le voir en colère contre elle qu'ajouter à la détresse de Mary ou la contraindre à une rebuffade, comme le jour où il avait voulu voir la dépouille de Barry.

« Non mais quand même, les Mollison ! » dit Colin en entrant à nouveau dans le salon, une tasse de thé à la main. Il n'en avait pas proposé une à Tessa ; il avait souvent des petits gestes égoïstes de ce genre, obnubilé qu'il était par ses propres soucis. « Dîner avec les Mollison, non mais je te demande un peu ! Les adversaires de toutes les causes que défendait Barry !

— Tu exagères un peu, tu ne crois pas, Col ? dit Tessa. Et puis, tu sais, cette histoire de Champs, ça n'a jamais passionné Mary autant que Barry... »

Mais Colin ne concevait l'amour que comme l'expression d'une loyauté sans faille et d'une compassion sans limite ; Mary, à cet égard, venait de faire une chute irrémédiable dans son estime.

9

« Et tu vas où comme ça ? » demanda Simon en barrant le passage, planté au milieu du couloir étroit.

La porte était ouverte, et le porche vitré, derrière lui, encombré de chaussures et de manteaux, était aveuglant dans la lumière éclatante de ce samedi matin, découpant la silhouette de Simon dans l'embrasure. Son ombre s'allongeait sur les marches de l'escalier, s'arrêtant à celle où se tenait Andrew.

« En ville, avec Fats.

— T'as fini tes devoirs ?

— Ouais. »

C'était un mensonge ; mais Simon n'irait pas vérifier.

« Ruth ? *Ruth !* »

Elle surgit devant la porte de la cuisine, tablier autour du cou, le visage rouge, les mains couvertes de farine.

« Quoi ?

— On a besoin de quelque chose en ville ?

— Hein ? Non, je ne crois pas.

— T'as l'intention de prendre mon vélo ? demanda Simon à Andrew.

— Ben ouais, je pensais…

— Le laisser chez Fats ?

— Ouais.

— À quelle heure on lui dit d'être de retour ? demanda Simon en se tournant à nouveau vers sa femme.

— Oh, je ne sais pas, Sim », dit Ruth avec impatience. Les rares fois où elle osait montrer de l'agacement devant son mari étaient quand celui-ci, les jours de relative bonne humeur, s'amusait à dicter sa loi par pure espièglerie. Andrew et Fats allaient souvent se balader en ville ensemble, et il était plus ou moins entendu qu'Andrew rentrait à la maison avant la tombée du jour.

« Cinq heures, lâcha Simon de manière arbitraire. Une minute de retard et tu es privé de sortie.

— D'accord », dit Andrew.

Sa main droite était enfouie dans la poche de sa veste, serrée autour d'un bout de papier plié qui ne quittait pas son esprit, brûlant, obsédant comme une grenade dégoupillée. La peur de perdre ce bout de papier, sur lequel étaient consignés un code rédigé avec minutie et quelques phrases raturées, réécrites et maintes fois reformulées, le hantait depuis une semaine. Il le gardait sur lui en permanence ; il dormait avec, caché à l'intérieur de sa taie d'oreiller.

Simon fit à peine un geste pour laisser passer Andrew, le forçant à le frôler pour gagner le porche, les doigts agrippés au bout de papier. Il était terrifié à l'idée que Simon lui demande de retourner ses poches, sous prétexte de vérifier s'il ne planquait pas des cigarettes.

« À plus. »

Simon ne répondit pas. Andrew alla dans le garage ; une fois à l'abri de son père, il sortit le précieux document, le déplia et le relut. Il savait que c'était irrationnel : ce bout de papier n'avait pas pu être effacé ou transformé par la seule proximité immédiate de Simon ; mais il fallait qu'il soit sûr. Tout était là ; soulagé, il le replia, l'enfonça tout au fond de sa poche, ferma celle-ci au moyen d'un bouton-pression, puis sortit du garage en poussant le vélo jusqu'au portail. Il sentait que son père le regardait derrière la verrière du porche et n'attendait qu'une chose : voir son fils se casser la gueule ou abîmer le vélo d'une façon ou d'une autre.

Aux pieds d'Andrew, Pagford baignait dans une brume légère de soleil printanier et d'air frais, piquant. Il sentit bientôt qu'il disparaissait du champ de vision de Simon ; c'était comme si un poids immense venait de s'envoler de ses épaules.

Il dévala la colline sans toucher aux freins, puis tourna dans Church Row. Arrivé à peu près au milieu de la rue, il ralentit et vira avec élégance dans l'allée de la résidence Wall, en prenant soin de contourner la voiture du Pigeon.

« Bonjour, Andy, dit Tessa en ouvrant la porte.

— 'jour, Mrs Wall. »

Andrew s'était toujours rallié à l'opinion communément admise voulant que les parents de Fats soient des gens grotesques. Tessa était boulotte, laide, elle avait une coiffure bizarre et un goût vestimentaire affligeant ; le Pigeon, pour sa part, était si coincé que c'en était risible. Et pourtant, Andrew ne pouvait pas s'empêcher de penser qu'il n'aurait peut-être pas détesté avoir les Wall pour parents. Ils étaient si civilisés, si courtois. On n'avait jamais l'impression, chez eux, que le sol menaçait de se dérober à tout instant pour s'ouvrir sur un abîme de chaos.

Fats, assis sur la dernière marche du perron, était en train d'enfiler ses baskets. Un paquet de tabac à rouler sortait de la poche poitrine de sa veste.

« Arf.

— Fats.

— Tu veux mettre le vélo de ton père dans le garage, Andy ?

— Oui, merci, Mrs Wall. »

(Elle disait toujours « ton père », songea Andrew, avec la plus irréprochable politesse. Or il savait que Tessa détestait Simon ; c'était l'une des raisons pour lesquelles il était plus que disposé à considérer d'un œil indulgent ses monstrueux accoutrements et la frange disgracieuse qui lui barrait le front.

L'antipathie de Tessa à l'égard de Simon datait du jour atroce et mémorable, bien des années plus tôt, où Fats, alors âgé de six ans, était venu passer un samedi après-midi à Hilltop House pour la première fois. Juchés en équilibre précaire au sommet d'un empilement de cartons dans le garage, d'où ils essayaient d'extraire de vieilles raquettes de badminton, les deux garçons avaient par mégarde fait dégringoler une étagère branlante.

Andrew revoyait le bidon de créosote exploser en s'écrasant sur le toit de la voiture ; il se souvenait encore de la terreur qui l'avait submergé et tétanisé, l'empêchant de trouver les mots pour faire comprendre à son copain plié de rire l'ampleur du cataclysme qu'ils venaient de déclencher.

Simon avait entendu le bruit. Il s'était précipité dans le garage et avait fondu sur eux, la mâchoire en avant, en poussant son grognement sourd et bestial, puis, dans un rugissement, il les avait menacés des plus sévères châtiments corporels, les poings serrés à quelques centimètres des deux petits visages relevés vers lui.

Fats en avait mouillé son short. Un filet d'urine avait coulé le long de son short et goutté sur le sol du garage. Ruth, alertée par les hurlements de son mari, était sortie en trombe de la cuisine pour intervenir : « Non, Sim… Sim, non… ils n'ont pas fait exprès… » Fats était blanc comme un linge et tremblait ; il voulait rentrer tout de suite chez lui ; il voulait sa maman.

Tessa était arrivée, et Fats, en larmes et le short trempé, avait couru se réfugier dans ses jupons. Ce fut la première fois de sa vie qu'Andrew vit son père, désemparé, battre en retraite. Tessa avait réussi à lui faire sentir toute sa fureur sans lever la voix, sans menaces, sans coups. Elle avait fait un chèque pour le dédommagement et obligé Simon à le prendre tandis que Ruth disait : « Non, non, c'est inutile, c'est inutile. » Simon l'avait raccompagnée à sa voiture en plaisantant, comme pour tirer un trait sur toute cette histoire ; mais Tessa l'avait fusillé d'un regard méprisant en installant Fats, toujours secoué de sanglots, sur le siège passager, puis elle avait claqué sa portière au nez de Simon qui continuait de sourire. Andrew avait vu l'expression de ses parents : Tessa allait rejoindre la petite ville nichée au fond du vallon en emportant avec elle un secret qui n'aurait jamais dû quitter les murs de la demeure posée au sommet de la colline.)

Fats faisait la danse des sept voiles devant Simon, ces temps-ci. Chaque fois qu'il venait à Hilltop House, il se mettait en quatre pour le faire rire ;

Simon, en retour, accueillait Fats à bras ouverts, et prenait un plaisir non dissimulé à écouter ses blagues les plus salaces et le récit de ses dernières frasques. Mais dès qu'il se retrouvait seul avec Andrew, Fats était le premier à reconnaître, et de tout son cœur, que Simon était le champion du monde des connards toutes catégories confondues.

« À mon avis, elle est gouine, dit Fats tandis qu'ils passaient devant le Vieux Presbytère, enfoui dans le lierre et les ombres jetées par le grand pin sylvestre.

— Qui ça, ta mère ? demanda Andrew qui l'écoutait à peine, perdu dans ses pensées.

— Hein ? sursauta Fats qui paraissait sincèrement outragé. Je t'emmerde ! non mais ça va pas ou quoi ? Non, Sukhvinder Jawanda.

— Ah, d'accord. Ouais, ouais. »

Andrew se mit à rire, et Fats, avec un petit temps de décalage, se joignit à lui.

Le bus pour Yarvil était bondé ; Andrew et Fats durent s'asseoir côte à côte, plutôt que l'un en face de l'autre, ce qu'ils préféraient d'habitude. En passant devant Hope Street, Andrew jeta un regard le long de la rue, mais il n'y avait personne. Il n'avait pas croisé Gaia en dehors de l'école depuis l'après-midi où ils s'étaient fait engager tous les deux à la Théière en Cuivre. Le café ouvrait la semaine prochaine ; il succombait à de violentes crises d'euphorie chaque fois qu'il y pensait.

« Alors, la campagne électorale de Simon-Bichon est sur les rails ? demanda Fats en roulant quelques cigarettes, la jambe tendue au milieu de l'allée ; les gens passaient par-dessus plutôt que de lui demander de la retirer. Le Pigeon est déjà en train de merder à pleins tubes, et il n'en est encore qu'à rédiger son tract.

— Ouais, il s'active », dit Andrew, les entrailles soudain dévastées par une éruption de peur panique qu'il subit en silence, sans rien en laisser paraître.

Il pensa à ses parents, installés tous les soirs depuis une semaine à la table de la cuisine ; au carton rempli de tracts à la con que Simon avait fait imprimer à son travail ; à la liste de sujets de discussion que Ruth l'avait aidé à établir, et qu'il gardait sous les yeux pour passer ses coups de fil, tous les soirs, à tous les habitants de la circonscription électorale dont il connaissait le nom. Ces démarches semblaient lui coûter un effort surhumain. Il était stressé et se montrait d'une agressivité encore plus virulente que d'habitude envers ses fils ; il donnait l'impression de porter sur ses épaules le poids d'un fardeau dont ils se seraient tous délestés sur lui. Les repas ne bruissaient que d'un seul sujet de conversation : l'élection ; ils spéculaient à n'en plus finir sur les forces auxquelles Simon devrait se mesurer ; ils prenaient pour un affront personnel la présence d'autres candidats au siège vacant de Barry Fairbrother, et semblaient persuadés que Colin Wall et Miles Mollison passaient leur temps à comploter derrière son dos, coulant des regards torves vers le sommet de la colline, déterminés à abattre l'homme de Hilltop House.

Andrew s'assura à nouveau que le bout de papier était bien au fond de sa poche. Il n'avait pas parlé à Fats de ses intentions, de crainte que celui-ci ne les ébruite ; Andrew ne savait pas trop comment s'y prendre pour que son copain saisisse bien le caractère absolument confidentiel de l'affaire, pour qu'il se souvienne que le malade mental qui l'avait jadis fait pisser dans son froc était toujours en liberté, en pleine forme, et continuait de sévir chez lui.

« Le Pigeon ne s'en fait pas trop pour Simon-Bichon, dit Fats. Apparemment, son grand adversaire, c'est Miles Mollison.

— Ouais », dit Andrew. Il avait entendu ses parents en discuter. Tous deux semblaient croire que Shirley les avait trahis ; qu'elle aurait dû empêcher son fils de se présenter contre Simon.

« Toute cette histoire, c'est devenu une vraie putain de croisade pour le Pigeon, je sais pas si tu te rends compte, dit Fats en roulant une cigarette entre son pouce et son index. Il ramasse le drapeau sur le champ d'honneur après la chute de son camarade. Ce bon vieux soldat de Barry Fairbrother. »

À l'aide d'une allumette, il enfonça les brins de tabac qui dépassaient de sa cigarette roulée.

« La femme de Miles Mollison a des nibards énormes », dit Fats.

Une vieille dame assise devant eux se retourna pour lui jeter un regard noir. Andrew se remit à rire.

« Une monumentale paire de loches bien grasses et juteuses, lança-t-il d'une voix deux fois plus forte au visage ridé comme une vieille pomme de la mamie offusquée. Du bon gros roploplo des familles à bonnet H. »

Elle fit de nouveau pivoter sa tête, lentement, pour se remettre dans le sens de la marche. Andrew crut qu'il allait s'étouffer de rire.

Ils descendirent du bus en plein centre-ville, près du centre commercial et du quartier piétonnier où se trouvaient les boutiques principales de Yarvil, et se faufilèrent dans la foule des chalands du week-end en fumant les roulées de Fats. Andrew n'avait plus un sou en poche ; le salaire que lui verserait Howard Mollison serait plus que bienvenu.

L'enseigne orange fluo d'un café internet semblait briller au loin dans le seul but de l'attirer. Il n'arrivait pas à se concentrer sur ce que lui racontait Fats. *Tu vas le faire ?* n'arrêtait-il pas de se demander. *Tu vas le faire ?*

Il ne savait pas. Ses pieds avançaient, l'enseigne grossissait à vue d'œil, lui faisait signe, le draguait…

Si j'apprends que t'as dit un mot à qui que ce soit, un seul, sur ce qui se passe dans cette maison, je t'écorche vif.

Mais s'il n'agissait pas… L'humiliation de voir Simon révéler au monde son vrai visage… Les conséquences pour la famille quand, au bout de longues semaines d'espoir et de gesticulations crétines, il subirait la défaite, l'inévitable défaite… C'est une tornade de rage et de rancœur qui s'abattrait alors sur eux, car Simon n'hésiterait pas une seule seconde à faire payer les siens pour les décisions aberrantes qu'il avait prises tout seul. La veille encore, Ruth avait claironné : « Les garçons iront distribuer tes tracts dans les rues de Pagford ! » Andrew avait vu Paul, du coin de l'œil, pâlir d'effroi et chercher désespérément le regard de son frère.

« Attends, je veux entrer là deux minutes », marmonna Andrew en tournant à droite vers le café.

Ils achetèrent un forfait de connexion et s'installèrent chacun devant un ordinateur, séparés par deux places déjà occupées. L'homme assis à la droite d'Andrew avait la quarantaine, puait la sueur et le vieux mégot, et n'arrêtait pas de renifler.

Andrew ouvrit une page internet et tapa le nom du site : Conseil... paroissial... Pagford... point... co... point... uk...

La page d'accueil arborait les armoiries bleu et blanc du Conseil, ainsi qu'une photo de Pagford prise non loin de Hilltop House, sur laquelle on voyait la silhouette de l'abbaye de Pargetter se découper dans le ciel. Le site – Andrew le savait déjà car il l'avait consulté plusieurs fois sur l'ordinateur de l'école – avait l'air vieillot et amateur. Il n'avait pas osé agir avec son portable, à la maison ; Simon était peut-être d'une ignorance crasse en la matière, mais il ne fallait pas exclure la possibilité qu'il fasse appel à un collègue de travail plus versé que lui dans les arcanes d'internet pour l'aider à enquêter, une fois la mission d'Andrew accomplie...

Même si ce café noir de monde lui garantissait un certain anonymat, il ne pourrait pas éviter que la date et l'heure apparaissent sur le message, ni démentir qu'il était à Yarvil au moment des faits ; mais Simon n'avait jamais mis les pieds dans un café internet, et il y avait de fortes probabilités pour qu'il ne sache même pas que de tels endroits existaient.

Le cœur d'Andrew battait si fort que sa poitrine en avait des contractions douloureuses. Il fit rapidement défiler la rubrique du forum, où l'on ne semblait pas beaucoup se bousculer. Il aperçut de maigres arborescences de discussion, sous des intitulés du genre Collecte des déchets – une Question, ou encore Nouveaux effectifs dans la zone de sectorisation scolaire de Crampton et Little ? Environ une contribution sur dix émanait de l'administrateur du site, qui se contentait en général de poster le compte rendu de la dernière réunion du Conseil paroissial de Pagford. Tout en bas de la page se trouvait un fil de discussion intitulé Décès du Cs. Barry Fairbrother ; il avait été consulté 152 fois et avait reçu 43 contributions. Puis, sur la deuxième page du forum, Andrew trouva ce qu'il cherchait : un message du mort.

Deux mois auparavant, le groupe d'Andrew, en cours d'informatique, avait été supervisé par un jeune prof remplaçant. Il voulait avoir l'air cool et se mettre les élèves dans la poche – mais il n'aurait jamais dû leur parler des injections SQL ; Andrew était certain de ne pas être le seul, ce jour-là, à s'être précipité sur son ordinateur en rentrant chez lui pour voir de plus près de quoi il s'agissait. Il sortit de sa poche le bout de papier sur lequel était inscrit le code qu'il avait fini par trouver à l'école, pendant ses heures perdues, et fit apparaître la page de connexion du site du Conseil. Tout reposait sur l'exactitude de son intuition : si, comme Andrew le subodorait, le site avait été conçu à une époque déjà lointaine, et par un webmaster amateur, alors il n'avait été équipé d'aucun système anti-piratage, même le plus rudimentaire.

D'un index prudent, il tapa, un à un, les caractères magiques.

Il relut le code deux fois, vérifia que chaque apostrophe était à sa place, hésita une seconde avant le moment fatidique, puis, retenant son souffle, il appuya sur la touche « entrée ».

Il sursauta, surexcité d'un seul coup comme un petit garçon, et dut résister à l'envie de pousser un cri ou de brandir le poing en l'air. Il avait réussi du premier coup à contourner les pitoyables barrières de sécurité du site, et là, sous ses yeux, à l'écran, étaient affichées toutes les données du compte de Barry Fairbrother : son nom, son mot de passe, son profil complet.

Andrew déplia le papier magique qu'il avait caché dans sa taie d'oreiller toute la semaine, et se mit au travail. Saisir le paragraphe suivant, raturé dans tous les sens, fut beaucoup plus laborieux.

Il s'était efforcé d'adopter un style aussi impersonnel et impénétrable que possible ; le ton détaché d'un présentateur de journal télévisé.

Le candidat Simon Price entend se faire élire sur un programme de réduction des frais du Conseil paroissial. Mr Price est assurément à son affaire lorsqu'il s'agit de dépenser le moins possible, et le Conseil bénéficierait sans nul doute de ses nombreux et précieux contacts en la matière. Il a réalisé de substantielles économies dans son propre foyer en équipant ce dernier de divers biens de consommation volés – dont un ordinateur, tout récemment encore – et offre ses services contre espèces sonnantes et trébuchantes à quiconque aurait besoin de travaux d'impression à moindre coût, une fois que les cadres dirigeants sont rentrés chez eux, à l'Imprimerie Harcourt-Walsh.

Andrew relut le message deux fois. Il en avait pesé chaque virgule pendant des heures dans sa tête. Il aurait pu dénoncer Simon sous bien d'autres chefs d'accusation, mais le tribunal à la barre duquel il aurait pu exposer les véritables charges qui pesaient sur son père, et présenter en guise de preuve accablante le souvenir qu'il gardait de tous les sévices physiques, de toutes les humiliations rituelles dont il avait été victime, ce tribunal-là n'existait pas. Il ne pouvait s'appuyer que sur les nombreux délits mineurs dont il avait entendu Simon se vanter, et il avait choisi ces deux exemples précis – l'ordinateur volé et les travaux d'impression au noir en dehors des heures ouvrées – parce qu'ils étaient en lien direct avec son lieu de travail. Tous les employés de l'imprimerie étaient au courant des agissements de Simon, et auraient pu en parler à n'importe qui, à leurs amis, à leur famille.

Il avait les entrailles en capilotade, comme les fois où Simon perdait vraiment les pédales et se défoulait sur tout et tous ceux qui avaient le malheur de se trouver dans les parages. Voir sa trahison en noir et blanc sur l'écran était terrifiant.

« Qu'est-ce que tu fous, bordel ? » lui murmura Fats à l'oreille.

Le type malodorant était parti ; Fats s'était rapproché ; il lisait ce qu'avait écrit Andrew.

« Putain, la vache… ! » s'écria Fats à voix basse.

Andrew avait la bouche sèche. Sa main était tranquillement posée sur la souris.

« Comment t'es entré ? demanda Fats.

— Injection SQL, répondit Andrew. T'en trouves partout sur internet. La sécurité de leur site est pourrie. »

Fats était en extase ; il avait l'air très impressionné. Andrew était à moitié flatté et à moitié effrayé par sa réaction.

« Tu me jures de n'en…

— Attends, je vais mettre un truc sur le Pigeon !

— Non ! »

La main d'Andrew glissa d'un geste vif sous les doigts de Fats qui essayait de s'emparer de la souris. Cet acte abominable de déloyauté filiale avait jailli du brouet de colère, de frustration et de peur qui mijotait au plus profond de lui depuis le jour de sa naissance, mais il ne sut pas l'exprimer devant Fats autrement qu'en lui disant : « Je fais pas juste ça pour rigoler. »

Il relut le message une troisième fois, puis ajouta un titre. Il sentait Fats, à côté de lui, trépigner comme s'ils étaient simplement en train de regarder des sites porno, comme d'habitude. Andrew eut soudain envie de l'impressionner encore plus.

« Tiens, regarde », dit-il, et il changea l'identifiant de Barry, rebaptisé Le_Fantôme_de_Barry_Fairbrother.

Fats éclata de rire. Les doigts d'Andrew frétillaient nerveusement sur la souris, qu'il faisait rouler d'un côté à l'autre du tapis. Serait-il allé jusqu'au bout si Fats n'avait pas été là ? Il ne le saurait jamais. Un clic, et un nouveau fil de discussion apparut sur le forum du site internet du Conseil paroissial de Pagford : Simon Price Candidat Indigne au Conseil.

Dehors, sur le trottoir, ils échangèrent un regard hilare, un peu déboussolés tout de même par ce qui venait de se passer. Puis Andrew emprunta les allumettes de Fats, enflamma le bout de papier sur lequel il avait gribouillé son message, et le regarda se désintégrer en une pluie de frêles flocons noirs qui tourbillonnèrent un moment sur le pavé avant de disparaître sous les pieds des passants.

10

Andrew partit de Yarvil à quinze heures trente, pour être sûr d'être à Hilltop House avant dix-sept heures. Fats l'accompagna jusqu'à l'arrêt de bus, puis, sur un apparent coup de tête, lui dit qu'il allait finalement rester encore un peu en ville.

Fats et Krystal étaient plus ou moins convenus de se retrouver dans le centre commercial. Il rebroussa chemin vers le quartier des boutiques en repensant à ce qu'avait fait Andrew dans le café internet et en essayant d'y voir un peu plus clair dans les réactions diverses que cet acte lui inspirait.

Il était bien forcé d'admettre qu'il était impressionné ; il se sentait même un peu surclassé sur son propre terrain, pour tout dire. Andrew avait prévu son coup avec la plus grande méticulosité, il avait su le garder secret, et il l'avait exécuté de main de maître : tout cela était admirable. Fats éprouvait une pointe de vexation à l'idée que son copain ait conçu ce plan sans le mettre dans la confidence, et cela le conduisit à se demander s'il n'y avait pas là motif à regretter le caractère anonyme de l'attaque d'Andrew contre son père. N'y avait-il pas dans ce geste, tout bien considéré, quelque chose d'un peu lâche et de trop sophistiqué ? N'aurait-il pas été plus authentique de menacer Simon en face, ou de lui envoyer carrément une bonne droite ?

Oui, Simon était un enfoiré – mais un enfoiré authentique ; il faisait ce qu'il voulait, quand il voulait, sans se soumettre au jeu des bienséances sociales ou des conventions morales. Fats se demandait si, au fond, il n'aurait pas dû pencher du côté de Simon, lui qu'il prenait tant de plaisir à divertir en laissant libre cours à la veine la plus vulgaire et méchante de son humour, en général aux dépens des gens qui se ridiculisaient en public ou à qui il arrivait des accidents grotesques. Fats se disait souvent qu'il aurait encore préféré se confronter à Simon – dont l'humeur instable et les coups de sang imprévisibles faisaient un adversaire valeureux, digne de lui – plutôt qu'au Pigeon.

D'un autre côté, Fats n'avait jamais oublié la chute du bidon de créosote, la bestialité de Simon à cet instant-là, son visage, ses poings, ce grognement terrifiant, il n'avait pas oublié la sensation de l'urine chaude le long de sa cuisse et encore moins (honte suprême) l'envie intense et désespérée qu'il avait eue de voir arriver sa mère, pour qu'elle l'emmène et le protège. Fats n'était pas encore parvenu à un degré d'invulnérabilité tel qu'il ne comprenait pas la soif de vengeance d'Andrew.

Il était donc rendu à son point de départ : Andrew avait accompli un geste audacieux, ingénieux, et aux conséquences potentiellement dévastatrices. Une fois de plus, Fats éprouva une pointe d'amertume à l'idée de n'avoir pas songé lui-même à un tel plan. Il avait beau essayer de ne plus s'en remettre au seul maniement des mots, dont son éducation bourgeoise lui avait inculqué la religion, il avait tout de même beaucoup de mal à renoncer à ce sport dans lequel il excellait, et tandis qu'il foulait les carreaux polis de la grande halle du centre commercial, il se surprit à improviser dans sa tête quelques formules susceptibles d'atomiser les ambitions prétentieuses du Pigeon et de le déplumer devant les foules hilares...

Il aperçut Krystal avec ses amis de la cité des Champs, agglutinés autour des bancs au milieu de l'allée centrale. Nikki, Leanne et Dane Tully étaient parmi eux. Fats ne marqua aucune hésitation, ni ne prit la peine de se donner une contenance, mais continua de marcher droit vers le petit groupe sans changer d'allure, les mains dans les poches, et se laissa dévisager des pieds à la tête par une batterie de regards curieux et critiques.

« Ça 'a, Fatboy ? l'interpella Leanne.

— Ça va ? » répondit Fats. Leanne murmura quelque chose à Nikki, qui se mit à glousser. Krystal mâchait un chewing-gum en claquant de la langue, le rose aux joues, faisait gigoter ses anneaux au bout de ses oreilles en donnant sans cesse des coups de tête pour dégager ses cheveux, et remontait son pantalon de survêtement.

« Ça va ? lui dit Fats.

— Ouais.

— Ta mère sait qu't'es sorti, Fats ? demanda Nikki.

— Ben ouais, c'est elle qui m'a amené, dit Fats d'un ton imperturbable au milieu d'un silence carnassier. Elle m'attend dehors dans la voiture ; elle m'a dit que je pouvais aller tirer un coup avant qu'on rentre prendre le thé à la maison. »

Tout le monde éclata de rire, sauf Krystal qui éructa : « Va t'faire foutre, 'spèce de bâtard, comment tu t'la pètes » ; mais elle avait l'air flattée.

« Tu fumes des roulées ? » demanda Dane Tully en lorgnant sur la poche de poitrine de Fats. Il avait une grosse croûte de sang noire sur la lèvre.

« Ouais, dit Fats.

— Mon oncle aussi c'est ce qu'y fume, dit Dane. Même, ça lui a grave bousillé les poumons. »

Il gratta sa plaie d'un air absent.

« Vous allez où, tous les deux, là ? demanda Leanne en jetant un regard à Fats puis à Krystal.

— J'sais pas », dit celle-ci en continuant à mâcher son chewing-gum et en regardant Fats du coin de l'œil.

Il ne fournit pas plus d'éclaircissement, ni à l'une ni à l'autre, mais indiqua la sortie du centre commercial d'un petit geste du pouce.

« À plus », dit Krystal d'une voix forte au reste de la bande.

Fats les salua d'une main à demi levée puis s'éloigna aux côtés de Krystal. Il entendit des rires fuser dans leur sillage, mais il s'en moquait. Il savait qu'il s'en était bien sorti.

« On va où ? demanda Krystal.

— J'sais pas, dit Fats. Tu vas où d'habitude ? »

Elle haussa les épaules et continua d'avancer en faisant claquer son chewing-gum. Ils sortirent du centre et descendirent la rue principale. Le terrain de jeux où ils étaient allés la dernière fois pour trouver un peu d'intimité n'était pas tout près.

« C'est ta mère qui t'a amené pour de vrai ? demanda Krystal.

— Putain, bien sûr que non. J'ai pris le bus, qu'est-ce que tu crois. »

Krystal encaissa la réplique sans broncher, et regarda leur reflet dans les vitrines des boutiques. Fats était tout maigre, bizarre, et il était célèbre à l'école. Même Dane le trouvait marrant.

« P'tain t'es trop conne, tu vois pas qu'y s'sert jus'
de toi ? lui avait lancé Ashlee Mellor trois jours plus
tôt, au coin de Foley Road. Bon, en même temps,
c'est normal, vu qu't'es qu'une grosse teupu, comme
ta mère. »

Ashlee faisait partie de la bande de Krystal,
jusqu'au jour où elles s'étaient disputées pour un garçon. Tout le monde savait qu'Ashlee avait un grain ;
elle pouvait partir dans des crises de rage et de
larmes à tout moment, et partageait son temps, à
Winterdown, entre cours de soutien scolaire et séances
dans le bureau de la psychologue. Pour preuve supplémentaire, si besoin était, de son inconscience
totale, elle avait défié Krystal sur son terrain, entourée de tous ses renforts, alors qu'elle-même n'en avait
aucun. Nikki, Jemma et Leanne avaient coincé
Ashlee et l'avaient immobilisée pendant que Krystal
la tabassait, jusqu'à se barbouiller les phalanges du
sang dégoulinant de la bouche de son ennemie.

Krystal ne s'était pas inquiétée des répercussions.

« Que des baltringues de merde, dès qu'ça chie y
a plus personne », avait-elle dit d'Ashlee et de sa
famille.

Mais les mots d'Ashlee avaient touché une zone
sensible et douloureuse de l'esprit de Krystal, et elle
s'était sentie réconfortée le lendemain quand Fats,
pour la première fois, lui avait donné rendez-vous le
week-end suivant. Elle avait tout de suite dit à Nikki
et Leanne qu'elle allait sortir avec Fats samedi ; leurs
regards éberlués l'avaient ravie. Et pour couronner le
tout, il avait débarqué à l'heure dite (enfin, à une
demi-heure près), devant tous ses potes, et il l'avait
emmenée. Comme s'ils sortaient vraiment ensemble.

« Alors, quoi de neuf ? » demanda Fats au moment où ils repassaient devant le café internet, après avoir parcouru cinquante mètres sans dire un mot. Il éprouvait le besoin conventionnel de maintenir un semblant de conversation, même s'il ne songeait qu'à trouver un endroit au calme plus près que le terrain de jeux, qu'il leur faudrait encore une demi-heure de marche pour atteindre. Il voulait la sauter après avoir fumé un joint avec elle ; il était curieux de savoir ce que ça faisait.

« J'suis allée voir ma nanie à l'hôpital ce matin, elle a eu une attaque », dit Krystal.

Nana Cath n'avait pas essayé de parler cette fois, mais Krystal était persuadée qu'elle avait senti sa présence. Comme elle s'y était attendue, Terri avait refusé de venir lui rendre visite ; Krystal était donc restée seule à son chevet pendant une heure avant de partir pour son rendez-vous au centre commercial.

Fats était intrigué par tous les petits détails de l'existence de Krystal – mais seulement dans la mesure où ils lui donnaient un aperçu de la vraie vie dans la cité. Les histoires de visites à l'hôpital ne l'intéressaient pas du tout.

« Et aussi, ajouta Krystal dans un irrésistible élan de fierté, j'ai été interviewée par le journal.

— Hein ? dit Fats, surpris. Pourquoi ?

— Bah j'sais pas, comme ça, pour parler des Champs, dit Krystal. Raconter comment c'est de grandir là-bas. »

(La journaliste, à force de venir sonner à leur porte, était enfin tombée sur elle, et quand Terri lui avait donné sa permission à contrecœur, elle avait emmené Krystal dans un café pour discuter. Elle n'avait pas arrêté de lui demander en quoi aller à St. Thomas l'avait aidée, si ça avait changé sa vie d'une manière ou d'une autre. Elle avait eu l'air un peu agacée et frustrée par les réponses de Krystal.

« Tu as de bonnes notes à l'école ? » avait-elle voulu savoir. Mais Krystal, tout de suite sur la défensive, avait esquivé.

« Mr Fairbrother disait que ça t'avait permis d'élargir tes perspectives. »

Krystal ne savait pas trop quoi dire sur ses perspectives. Quand elle repensait à St. Thomas, elle se souvenait surtout du bonheur de jouer dans la cour, autour du grand marronnier qui faisait pleuvoir sur leur tête d'énormes bogues luisantes chaque année ; elle n'avait jamais vu de marrons avant d'aller à St. Thomas. Elle aimait bien l'uniforme, au début ; elle aimait ressembler à tous les autres. Elle avait été tout excitée de voir le nom de son arrière-grand-père sur le monument aux morts au milieu de la grand-place : *Samuel Weedon, soldat.* Ils n'étaient que deux élèves à avoir leur nom de famille gravé sur le monument ; l'autre était le fils d'un agriculteur, qui avait appris à conduire un tracteur à neuf ans et qui avait amené un agneau en classe, un jour. Krystal n'avait jamais oublié la sensation de la laine sous sa main. Quand elle en avait parlé à Nana Cath, celle-ci lui avait dit que beaucoup de gens dans leur famille avaient été laboureurs autrefois.

Krystal aimait le fleuve, verdoyant et bouillonnant, où ils partaient parfois en promenade. Mais le mieux, c'était le base-ball et l'athlétisme. Elle était toujours la première sélectionnée quand on tirait les équipes, dans tous les sports, et elle adorait entendre les grognements dépités dans les rangs de l'équipe qui n'avait pas pu la choisir. Et elle pensait parfois à certains profs de soutien qu'elle avait eus – à Miss Jameson en particulier, qui était jeune et avait la classe, avec ses longs cheveux blonds. Krystal s'était toujours imaginé qu'Anne-Marie devait ressembler à Miss Jameson.

Et puis il y avait toutes ces bribes de connaissances qu'elle avait retenues, encore très vivantes dans son souvenir, jusque dans les plus petits détails, parfois. Les volcans, par exemple – elle savait qu'ils étaient créés par des plaques qui bougeaient sous la terre ; ils en avaient fabriqué des modèles miniatures en classe, remplis de bicarbonate de soude et de détergent, dont le mélange avait provoqué une éruption de lave mousseuse qui s'était répandue sur les socles en plastique. Krystal avait adoré ce moment. Elle savait des choses sur les Vikings aussi : ils avaient des drakkars et des casques à cornes ; elle ne se rappelait plus en revanche quand, ni pourquoi au juste, ils avaient débarqué en Grande-Bretagne.

Mais St. Thomas lui avait aussi laissé d'autres souvenirs, notamment les remarques qu'elle entendait les autres filles de la classe se murmurer entre elles sur son compte, et qui l'avaient poussée à distribuer quelques gifles… Quand les services sociaux l'avaient autorisée à retourner vivre chez sa mère, son uniforme n'avait pas tardé à rétrécir et à devenir si sale que l'école envoya des lettres d'avertissement, et Nana Cath et Terri eurent une dispute violente à ce sujet. Les autres filles ne voulaient pas d'elle dans leurs groupes, sauf pour le base-ball. Elle se souvenait encore du jour où Lexie Mollison avait donné à tous les élèves de leur classe une petite enveloppe rose renfermant une invitation à son goûter d'anniversaire et qu'elle était passée devant Krystal – c'est ainsi du moins qu'elle se remémorait cette scène – en levant le nez en l'air.

Deux ou trois personnes seulement l'avaient jamais invitée. Elle se demandait si Fats ou sa mère se rappelaient qu'elle était venue une fois à un anniversaire chez eux. Toute la classe était là, et Nana Cath avait acheté à Krystal une robe de fête. Elle se souvenait de l'immense jardin derrière la maison de Fats, du petit étang, de la balançoire et du pommier. Ils avaient mangé de la gelée et fait des courses en sac. Elle s'était fait gronder par Tessa parce qu'elle voulait tellement gagner une médaille en plastique qu'elle bousculait tous les autres enfants. L'un d'eux avait saigné du nez.

« Mais ça t'a plu, d'aller à St. Thomas, non ? demanda la journaliste.

— Ouais, répondit Krystal, mais elle savait qu'elle n'avait pas réussi à s'exprimer comme l'aurait souhaité Mr Fairbrother, et elle regrettait qu'il n'ait pas été là pour l'aider. Ouais, ça m'a plu. »)

« Pourquoi ils voulaient te faire parler des Champs ? demanda Fats.

— J'sais pas, c'était une idée de Mr Fairbrother », dit Krystal.

Après quelques minutes de silence, Fats lui demanda : « Tu fumes ?

— Genre quoi, des joints ? Ouais, avec Dane, ça m'est arrivé.

— J'en ai, là, dit Fats.

— Ah, t'as été pécho chez Skye Kirby, hein ? » Il se demanda si le soupçon de moquerie dans la voix de Krystal n'était que le fruit de son imagination ; car Skye était le fournisseur des gosses de la bourgeoisie qui voulaient s'encanailler sans trop prendre de risques. Si c'était bien ce qu'elle sous-entendait, alors il ne voyait rien à redire à cette pointe de dérision – elle était authentique.

« Pourquoi, t'as d'autres plans, toi ? demanda-t-il avec une curiosité sincère.

— J'sais pas, la fois avec Dane, c'est lui qu'en avait trouvé.

— Par Obbo ?

— C'gros bâtard de sa race…

— Pourquoi, c'est quoi le problème ? »

Mais Krystal n'avait pas de mots pour expliquer le problème Obbo ; et quand bien même, elle n'aurait pas voulu parler de ça. Obbo lui donnait envie de gerber ; parfois il débarquait chez eux et il se shootait avec Terri ; d'autres fois il venait la sauter, et Krystal le croisait dans l'escalier, en train de reboutonner sa braguette immonde, la gueule fendue d'un grand sourire sous ses culs-de-bouteille. Il proposait souvent des petits boulots à Terri – planquer des ordinateurs volés chez elle, par exemple, héberger des inconnus pour la nuit, ou encore accomplir diverses missions dont Krystal ignorait la teneur exacte mais qui conduisaient sa mère à disparaître de la maison pendant des heures.

Krystal avait fait un cauchemar, récemment, dans lequel elle voyait sa mère attachée à une espèce de cadre, les membres écartelés ; son corps n'était plus qu'un énorme trou béant, et elle ressemblait à un poulet géant déplumé ; et dans ce rêve, Obbo n'arrêtait pas d'aller et venir et de farfouiller à l'intérieur de ces entrailles caverneuses, tandis que la tête minuscule de Terri se tordait dans des grimaces sordides de terreur. Krystal s'était réveillée au bord de la nausée, furieuse et dégoûtée.

« C'est un enculé, dit-elle.

— C'est lui, le mec très grand avec la tête rasée et des tatouages jusqu'en haut de la nuque ? » demanda Fats qui avait séché une deuxième fois cette semaine et était allé se percher pendant une heure sur un muret pour observer la vie dans la cité. Ce type chauve, affairé à l'arrière d'une vieille camionnette blanche, l'avait intrigué.

« Naaan, ça c'est Pikey Pritchard, dit Krystal, t'as dû le voir sur Tarpen Road.

— Il fait quoi ? demanda Fats.

— J'sais pas, moi. T'as qu'à demander à Dane, c'est un pote au frère de Pikey. »

Mais la curiosité de Fats lui faisait plaisir ; jamais auparavant il ne s'était montré si enclin à discuter avec elle.

« Il est en conditionnelle, Pikey, dit-elle.

— Ah bon, il a fait quoi ?

— Il a explosé une bouteille sur la gueule à un mec du côté de Cross Keys.

— Pourquoi ?

— Putain qu'est-ce j'en sais, moi ? J'y étais pas, d'accord ? » dit Krystal.

Elle était heureuse ; ça la rendait toujours un peu agressive. Mis à part l'inquiétude que lui inspirait l'état de Nana Cath (mais elle était toujours vivante, après tout, et serait peut-être même bientôt rétablie), les deux dernières semaines avaient été positives. Terri était retournée à Bellchapel et suivait sérieusement le programme, et Krystal faisait en sorte que Robbie aille bien à la halte-garderie. Ses fesses étaient presque guéries. L'assistante sociale avait l'air plutôt contente – non pas qu'il faille s'attendre à trop d'enthousiasme non plus de la part de ces gens-là... Krystal était allée à l'école tous les jours, elle aussi, même si elle avait raté deux séances avec Tessa, lundi et mercredi matin. Elle ne savait pas pourquoi. Parfois on perdait l'habitude.

Elle lança un nouveau regard à Fats du coin de l'œil. Elle n'avait jamais pensé qu'il pourrait lui plaire, jusqu'au jour où il l'avait abordée dans l'amphithéâtre, pendant la soirée de Noël. Tout le monde connaissait Fats ; ses blagues faisaient le tour de l'école, un peu comme on se répétait des trucs marrants qu'on avait vus à la télé. (Krystal faisait croire à tout le monde qu'elle avait la télé chez elle. Elle la regardait assez chez ses copines, et chez Nana Cath autrefois, pour arriver à donner le change. « Ouais, c'était trop d'la merde », disait-elle, ou « J'sais, putain, moi aussi, j'étais trop morte de rire », quand les autres parlaient des émissions qu'ils avaient regardées la veille.)

Fats se demandait ce que ça faisait, de se prendre une bouteille sur le coin de la tête ; les tessons acérés qui vous tailladaient le visage ; les nerfs à vif et la morsure de l'air sur la peau lacérée ; le ruissellement du sang tiède. Il crut sentir comme des picotements autour de la bouche, à l'endroit d'une cicatrice imaginaire.

« Il a toujours une lame, Dane ? demanda-t-il.

— Comment tu sais qu'il en a une ? dit Krystal.

— Il a menacé Kevin Cooper avec.

— Ah ouais, c'est vrai, se rappela Krystal. C'est trop un bouffon, Cooper, non ?

— Grave, dit Fats.

— Dane, c'est à cause des frères Riordon qu'il a son cran d'arrêt. »

Fats aimait bien le ton simple et sans détour de Krystal ; l'évidence avec laquelle elle acceptait l'idée qu'on puisse avoir besoin d'un cran d'arrêt, à cause d'une querelle qui pouvait à tout moment dégénérer. Telle était la réalité brute de la vie ; voilà ce qui comptait vraiment… Avant l'arrivée d'Arf à la maison, aujourd'hui, le Pigeon avait harcelé Tessa pour qu'elle lui donne son avis sur une question cruciale : valait-il mieux imprimer ses tracts de campagne sur du papier jaune ou du papier blanc ?…

« Pourquoi pas là ? » suggéra Fats au bout d'un moment.

Au milieu d'un long mur, sur leur droite, un portail ouvert laissait entrapercevoir de la verdure et des pierres.

« Ouais, d'accord », dit Krystal. Elle était déjà entrée dans le cimetière, un jour, avec Nikki et Leanne ; elles s'étaient assises sur une tombe pour partager une ou deux canettes, un peu gênées quand même, jusqu'au moment où une bonne femme les avait engueulées et traitées de tous les noms. Leanne lui avait balancé une canette vide en partant.

Mais l'endroit était trop exposé, songea Fats tandis qu'ils remontaient la grande allée bitumée qui serpentait entre les sépultures ; une grande étendue d'herbe plate, parsemée de pierres tombales derrière lesquelles on ne pouvait guère se mettre à l'abri des regards. Il aperçut toutefois un petit bosquet près du mur, tout au fond. Il coupa en diagonale, suivi par Krystal les mains dans les poches, et ils slalomèrent entre les lits de gravier rectangulaires et les tombeaux craquelés aux inscriptions illisibles. C'était un grand cimetière, vaste et bien entretenu. Bientôt ils s'approchèrent des tombes les plus récentes, dont le marbre noir et les dorures gravées brillaient encore sous les fleurs nouvelles déposées en hommage aux défunts de fraîche date.

À Lyndsey Kyle, 15 septembre 1960-26 mars 2008.
Bonne Nuit Maman.

« Ouais, ici c'est bien », dit Fats qui avait repéré une petite clairière dans la pénombre entre les buissons piqués de fleurs jaunes et le mur du cimetière.

Ils se faufilèrent à demi accroupis dans l'ombre humide et s'assirent par terre, adossés à la pierre froide du mur. Les sépultures défilaient à perte de vue devant eux, à travers les branchages du bosquet, mais ils ne décelèrent aucune présence humaine. Fats se mit à rouler un joint d'une main experte, en espérant que Krystal le regardait et était impressionnée.

Mais elle avait les yeux perdus dans le vague, sous l'auvent des feuilles sombres et scintillantes ; elle pensait à Anne-Marie, qui (lui avait dit sa tante Cheryl) était venue voir Nana Cath à l'hôpital ce jeudi. Si seulement elle avait séché les cours et débarqué en même temps qu'elle, elles se seraient enfin rencontrées. Elle fantasmait depuis longtemps sur ce moment, l'instant où elle lui dirait : « J'suis ta sœur. » Anne-Marie, dans ces fantasmes, était toujours folle de joie, et par la suite elles devenaient inséparables, tant et si bien qu'elle finissait par proposer à Krystal d'emménager chez elle. L'avatar imaginaire de sa sœur vivait dans une maison semblable à celle de Nana Cath, coquette et propre, mais en beaucoup plus moderne. Ces derniers temps, Krystal avait ajouté à ce tableau onirique un couffin bordé de dentelles dans lequel dormait un petit bébé tout rose et tout mignon.

« Tiens », dit Fats en tendant le joint à Krystal. Elle tira une taffe, retint la fumée dans ses poumons pendant quelques secondes, et son visage fut bientôt transfiguré par une expression rêveuse sous l'effet magique du cannabis.

« T'as pas d'frères et sœurs, toi, hein ? lui demanda-t-elle.

— Non », dit Fats en tapotant la poche de sa veste pour vérifier qu'il n'avait pas oublié les capotes.

Krystal lui passa le joint, en proie à une agréable sensation de tournis. Fats tira une énorme bouffée et souffla quelques ronds de fumée.

« J'ai été adopté », dit-il au bout d'un moment.

Krystal gloussa.

« Ah ouais, t'as été adopté, toi ? »

Tous les sens un peu voilés, engourdis, Krystal se laissa aller aux confidences ; tout devenait facile.

« Ma sœur aussi a été adoptée, dit-elle, émerveillée par la coïncidence et ravie de parler d'Anne-Marie.

— Ouais, je dois sûrement être né dans une famille comme la tienne », dit Fats.

Mais Krystal ne l'écoutait plus ; elle avait envie de parler.

« J'ai une grande sœur et un grand frère, Liam, mais on les a pris à ma mère avant ma naissance.

— Pourquoi ? » demanda Fats.

Soudain, il l'écoutait avec la plus vive attention.

« Ma mère, elle était avec Ritchie Adams, à l'époque, dit Krystal en tirant sur le joint puis en expulsant un long jet de fumée. Un gros malade mental. Il est en taule à perpét'. Tué un mec. Super violent avec ma mère et les gosses, et puis John et Sue ont débarqué, ils les ont pris, et puis l'assistance est intervenue et pour finir John et Sue les ont gardés. »

Elle tira une nouvelle taffe en repensant à cette époque antérieure à sa naissance, qui baignait dans le sang, la rage et les ténèbres. Elle avait entendu dire des choses sur Ritchie Adams, notamment par sa tante Cheryl. Quand Anne-Marie avait un an, il écrasait ses cigarettes sur son bras et lui avait brisé les côtes à coups de pied. Il avait démoli le visage de Terri ; sa joue gauche était aujourd'hui encore un peu enfoncée par rapport à la droite. Les problèmes de drogue de Terri avaient pris des proportions catastrophiques. Tata Cheryl n'avait pas vraiment sorti les violons pour évoquer la décision d'enlever les deux enfants victimes de sévices et de négligence aux mains de leurs parents.

« Ça d'vait arriver », avait-elle simplement lâché.

John et Sue étaient des cousins éloignés qui n'avaient pas d'enfants. Krystal n'avait jamais su exactement sur quelle branche les situer dans l'arbre généalogique complexe de sa famille, ni comment ils s'étaient débrouillés au juste pour « kidnapper » les gosses, comme disait Terri. Ils avaient eu de nombreux démêlés avec les diverses autorités concernées avant de pouvoir les adopter officiellement. Terri, qui était restée avec Ritchie jusqu'au moment de son arrestation, ne voyait jamais Anne-Marie ou Liam, pour des raisons que Krystal ne comprenait pas bien ; toute cette histoire était confuse et pullulait de haines, de paroles et de menaces impardonnables, marquée par d'innombrables injonctions judiciaires et les interventions d'une véritable armada d'assistantes sociales.

« Et c'est qui alors, ton père ? demanda Fats.

— Banger », dit Krystal. Elle dut faire un effort pour se rappeler son vrai nom. « Barry, murmura-t-elle en se disant soudain qu'elle devait se tromper. Barry Coates. Sauf que j'ai pris le nom de ma mère, Weedon. »

Le souvenir du jeune homme mort d'overdose dans la salle de bains de Terri refit surface dans son esprit, flottant parmi les volutes lourdes et sucrées du joint. Elle repassa celui-ci à Fats et posa la tête en arrière contre le mur de pierre, les yeux levés vers un morceau de ciel diapré par le feuillage sombre.

Fats pensait à Ritchie Adams, qui avait tué un homme, et réfléchissait à l'éventualité que son propre père biologique soit lui aussi en prison, quelque part ; tatoué, comme Pikey, élancé, musclé. Il comparait mentalement le Pigeon et cet homme puissant, dur, authentique. Fats savait qu'il était encore tout bébé quand il avait été séparé de sa mère biologique, parce qu'il existait des photos de lui dans les bras de Tessa, plus frêle qu'un oisillon, coiffé d'un petit bonnet en laine blanc. Il était né prématuré. Tessa lui avait raconté des choses, même s'il n'avait jamais rien demandé. Sa vraie mère l'avait eu très jeune, ça, il le savait. Peut-être était-elle comme Krystal – le paillasson de l'école…

Il était bien défoncé à présent. Il glissa une main sous la nuque de Krystal, l'attira à lui et l'embrassa en enfonçant sa langue dans sa bouche. De l'autre main, il se mit à lui tripoter les seins. Il avait le cerveau en coton et tout le corps ankylosé ; même son sens du toucher semblait affecté. Il fourra maladroitement sa main à l'intérieur de son T-shirt et la fit passer sous l'armature du soutien-gorge. La bouche tiède de Krystal sentait le tabac et l'herbe ; elle avait les lèvres sèches et gercées. Fats sentit que son excitation était un peu émoussée ; il avait l'impression que toutes ses sensations étaient atténuées, comme filtrées par un voile invisible. Il mit plus de temps que la dernière fois à la déshabiller, et eut du mal à enfiler la capote, car ses doigts étaient soudain lents et malhabiles ; puis, par mégarde, il enfonça son coude de tout son poids dans la zone de chair tendre sous le bras de Krystal, qui poussa un cri de douleur.

Elle mouillait moins que la dernière fois ; il la pénétra en forçant, déterminé à obtenir ce pour quoi il était venu. Le temps semblait ralentir, poisseux comme de la colle, mais il entendait sa propre respiration saccadée, et il se sentit tout à coup mal à l'aise, car il avait l'impression d'entendre quelqu'un d'autre, accroupi dans le noir au-dessus d'eux, haleter à son oreille en les regardant. Krystal gémissait. La tête renversée en arrière, ses narines s'élargissaient et lui faisaient penser à une espèce de groin. Il souleva son T-shirt pour regarder les seins blancs et lisses qui s'agitaient un peu, encore à moitié comprimés par le soutien-gorge dégrafé. Il jouit brusquement, sans même l'avoir senti venir, et crut entendre l'intrus accroupi dans l'ombre pousser un grognement de satisfaction à sa place.

Il se dégagea en roulant sur le côté, enleva la capote et la jeta au loin, puis remonta sa braguette avec fébrilité, en regardant partout autour de lui pour s'assurer qu'ils étaient bel et bien seuls. Krystal remit son pantalon d'une main et baissa son T-shirt de l'autre, puis passa les bras dans son dos pour ragrafer son soutien-gorge.

Le ciel était devenu sombre et nuageux pendant qu'ils étaient restés cachés derrière le bosquet. Fats percevait un bourdonnement lointain dans ses oreilles ; il avait très faim ; son cerveau fonctionnait au ralenti et tous les sons lui parvenaient démultipliés. La crainte d'avoir été épié, de derrière le mur peut-être, ne le lâchait pas. Il voulait s'en aller.

« On devrait… », murmura-t-il, et sans attendre Krystal, il sortit de leur tanière en rampant puis se remit debout en époussetant ses vêtements. Un couple âgé, à cent mètres de là, était penché au-dessus d'une tombe. Il avait envie de s'enfuir, loin de ces yeux fantomatiques qui l'avaient regardé baiser avec Krystal Weedon, à moins qu'il ne les ait fantasmés… Mais en même temps, la perspective de devoir trouver le bon arrêt de bus puis de grimper dans celui qui le ramènerait à Pagford lui paraissait représenter un effort insurmontable. Il aurait voulu être directement transporté, en une fraction de seconde, dans sa chambre au grenier.

Krystal était sortie de leur cachette en titubant derrière lui. Elle tirait sur le bas de son T-shirt en regardant le terrain herbeux à ses pieds.

« Putain, marmonna-t-elle.

— Quoi ? dit Fats. Allez, viens, on se casse.

— C'est Mr Fairbrother, dit-elle sans bouger.

— Quoi ? »

Elle lui montra le tertre bombé devant eux. Il n'y avait pas encore de pierre tombale, mais des fleurs encore fraîches bordaient le pourtour de la sépulture.

« Tu vois ? dit-elle en se penchant pour lui montrer les cartes agrafées aux feuilles de cellophane dans lesquelles étaient enserrés les bouquets. Ça dit Fairbrother, là. » Elle n'eut aucun mal à reconnaître ce nom, qu'elle avait souvent vu dans les lettres envoyées par l'école pour demander à sa mère l'autorisation de la laisser partir en minibus avec l'équipe d'aviron. « "À Barry", et là c'est écrit : "À Papa", déchiffra-t-elle en se concentrant et en détachant lentement les mots. De... la... part... de... »

Mais elle fut incapable de lire les noms de Niamh et de Siobhan.

« Et alors ? » dit Fats. Mais il était pétrifié. Le cercueil en osier était là, sous leurs pieds, et à l'intérieur, le corps tout menu et le visage jovial du meilleur ami du Pigeon, qu'il avait si souvent vu chez eux, se décomposait dans la terre. *Le Fantôme de Barry Fairbrother...* Il était paniqué. Comme si c'était un acte de représailles...

« Allez, viens, répéta-t-il, mais Krystal ne bougeait toujours pas. Quoi, qu'est-ce qu'il y a ?

— Je ramais dans son équipe, j'sais pas si t'es au courant, rétorqua sèchement Krystal.

— Ah, ouais. »

Fats trépignait sur place comme un cheval énervé et cherchait à s'éloigner.

Krystal regardait la sépulture, les bras serrés autour du corps. Elle se sentait vide, triste, et sale. Elle regrettait qu'ils aient fait ça là, si près de Mr Fairbrother. Elle avait froid. Fats avait une veste ; pas elle.

« Allez », répéta à nouveau Fats.

Elle finit par le suivre et ils sortirent du cimetière sans échanger un mot. Krystal pensait à Mr Fairbrother. Il l'avait toujours appelée « Krys », ce que personne n'avait jamais fait avant lui. Elle aimait bien être Krys. Il était marrant. Elle avait envie de pleurer.

Fats, lui, se demandait comment il allait tourner cet épisode de manière à faire rigoler Andrew, comment il allait lui raconter qu'il s'était défoncé avec Krystal avant de la sauter, puis qu'il avait fait une crise de parano, persuadé que quelqu'un les avait matés, et enfin qu'ils avaient failli trébucher sur la tombe de Barry Fairbrother en sortant de leur cachette. Mais lui-même ne trouvait pas ça très drôle pour l'instant ; pas encore.

TROISIÈME PARTIE

Équivoque

7.25 Une résolution ne doit pas porter sur plus d'un seul sujet [...] L'ignorance de cette règle entraîne en général la confusion dans le débat et parfois même dans les actes...

Charles Arnold-Baker
Administration des conseils locaux,
7e édition

1

« … sortie en furie en hurlant comme un putois et en la traitant de salope de Paki – et maintenant le journal a appelé, ils veulent une réaction, parce qu'elle est… »

Parminder entendit les murmures de la secrétaire en passant devant la porte entrouverte de la salle de garde. Elle avança d'un pas furtif puis ouvrit grande la porte, surprenant l'une des secrétaires et l'infirmière en pleines messes basses. Les deux femmes se retournèrent en sursautant.

« Dr Jawan…

— Vous avez bien compris la clause de confidentialité que vous avez signée au moment où vous avez été engagée, n'est-ce pas, Karen ? »

La secrétaire avait l'air mortifiée.

« Oui, je… je n'étais pas… Laura avait déjà… Je voulais vous transmettre ce message… La *Gazette de Yarvil* a appelé. Mrs Weedon est morte, et l'une de ses petites-filles dit que…

— Et ça, c'est pour moi ? demanda froidement Parminder en pointant du doigt le dossier d'un patient que Karen tenait à la main.

— Oh… oui, dit la secrétaire, désemparée. Il voulait voir le Dr Crawford, mais…

— Vous devriez retourner à votre poste. »

Parminder prit le dossier et retourna à l'accueil en fulminant. Une fois devant les patients, elle se rendit compte qu'elle ne savait pas qui elle devait appeler, et jeta un œil sur la chemise cartonnée.

« Mr… Mr Mollison. »

Howard se leva d'un geste pesant, le sourire aux lèvres, et s'avança vers elle de son pas chaloupé. Un relent d'aversion monta dans la gorge de Parminder comme de la bile. Elle tourna les talons et entra dans son cabinet, suivie de Howard.

« Et comment va notre Parminder ? » demanda-t-il après avoir refermé la porte, s'asseyant sans y avoir été convié dans le fauteuil des patients.

C'était toujours ainsi qu'il la saluait, mais aujourd'hui, il y avait de la provocation dans sa voix.

« Qu'est-ce qui vous arrive ? demanda-t-elle avec brusquerie.

— Une petite irritation, dit-il. Juste là. J'aurais besoin d'une pommade ou quelque chose. »

Il sortit la chemise de son pantalon et la souleva de quelques centimètres. Parminder aperçut une plaque rouge vif sur la peau, à l'endroit où son ventre se repliait pour aller s'étaler tout le long des cuisses.

« Je vais vous demander de bien vouloir enlever votre chemise, dit-elle.

— Mais ça me démange seulement là.

— Il faut que je voie toute la zone. »

Il se leva en soupirant. « Vous avez reçu l'ordre du jour que j'ai envoyé ce matin ? demanda-t-il en déboutonnant sa chemise.

— Non, je n'ai pas encore regardé mes mails. »

C'était un mensonge. Parminder l'avait lu, son ordre du jour, et elle était furieuse, mais ce n'était pas le moment de discuter de ça. Elle n'appréciait pas qu'il essaie de mettre les affaires du Conseil sur le tapis pendant sa consultation ; cette façon de lui rappeler que, dans un autre contexte, elle était sa subordonnée, quand bien même ici, dans cette pièce, elle pouvait l'obliger à se déshabiller.

« Si vous voulez bien… Il faut que je regarde en dessous… »

Il souleva son grand tablier de chair ; le haut de ses jambes apparut, puis les hanches. Les bras chargés de sa propre graisse, il la regardait de haut en souriant. Elle approcha sa chaise, la tête au niveau de sa ceinture.

Un érythème sévère avait entièrement desquamé la peau dans le repli de la panse de Howard : la zone enflammée, rouge cramoisi, faisait tout le tour de son torse, tel un énorme sourire lui fendant le ventre. Un léger fumet de viande avariée se faufila jusque dans les narines de Parminder.

« Intertrigo, dit-elle, et lichen simplex, ici, à l'endroit où vous vous êtes gratté. Très bien, vous pouvez vous rhabiller. »

Il lâcha son ventre et attrapa sa chemise sans sourciller.

« Vous verrez que j'ai mis la question des bâtiments de Bellchapel à l'ordre du jour. La presse semble s'y intéresser de près en ce moment. »

Occupée à taper sur le clavier de son ordinateur, elle ne lui répondit pas.

« La *Gazette de Yarvil*, continua Howard. Je fais un article pour eux. Les deux points de vue, dit-il en reboutonnant sa chemise, sur l'affaire. »

Elle s'efforçait de ne pas l'écouter, mais son estomac se noua quand elle entendit le nom du journal.

« À quand remonte votre dernière prise de tension, Howard ? Je ne vois rien au cours des six derniers mois.

— Ne vous en faites pas pour ça. Je suis sous traitement.

— Nous devrions tout de même vérifier. Puisque
vous êtes là. »

Il poussa un nouveau soupir et releva laborieusement sa manche.

« Ils vont publier l'article de Barry avant le mien,
dit-il. Vous saviez qu'il leur avait envoyé un article ?
À propos des Champs ?

— Oui, j'étais au courant, répondit-elle malgré
elle.

— Et vous n'en auriez pas une copie, par hasard ?
Pour m'éviter d'éventuelles redites… ? »

Les doigts de Parminder tremblaient un peu sur le
manchon du tensiomètre, qui ne passait pas autour
du bras de Howard. Elle le détacha et alla en chercher un plus grand.

« Non, dit-elle en lui tournant le dos. Je ne l'ai
jamais eu sous les yeux. »

Il la regarda appuyer sur la poire et observa le
cadran avec le sourire condescendant d'un homme
assistant à un rituel païen.

« Trop élevé, annonça-t-elle en voyant l'aiguille
indiquer 17 sur 10.

— Je prends des cachets pour ça, dit-il en se frottant la peau à l'endroit où son bras avait été étranglé
par le manchon, avant de redescendre sa manche. Le
Dr Crawford a l'air satisfait. »

Elle jeta un œil sur son écran à la liste des médicaments que son collègue avait prescrits à Howard.

« Vous êtes sous amlodipine et bendrofluméthiazide pour la tension, c'est bien cela ? Et vous prenez de la simvastatine pour le cœur... pas de bêtabloquants...

— À cause de mon asthme, dit Howard en tirant sur sa manche pour la remettre bien droite.

— ... d'accord... et de l'aspirine. » Elle se tourna vers lui. « Howard, votre poids est le facteur déclencheur principal de tous vos problèmes de santé. Avez-vous déjà consulté un nutritionniste ?

— Ça fait quarante ans que je suis patron d'une épicerie, dit-il en souriant de plus belle. Je n'ai pas besoin de conseils en matière d'alimentation.

— Certains changements dans votre mode de vie pourraient faire une grosse différence. Si vous arriviez à perdre... »

Parminder crut voir un imperceptible clin d'œil, puis Howard lui dit d'une voix tranquille : « Ne vous cassez pas la tête. Tout ce dont j'ai besoin, c'est d'une pommade pour mon irritation. »

Elle passa ses nerfs sur le clavier en tapant d'un doigt furieux une ordonnance pour un antifongique et une crème stéroïde, puis l'imprima et la tendit à Howard sans un mot.

« Je vous remercie infiniment, dit-il en se soulevant de sa chaise, et très bonne journée à vous. »

2

« Qu'est-ce tu fous là, toi ? »

Le corps décharné de Terri Weedon paraissait minuscule dans l'embrasure de la porte. Elle posa ses griffes de part et d'autre du chambranle pour avoir l'air plus imposante et barrer l'entrée. Il était huit heures du matin ; Krystal venait de partir avec Robbie.

« Faut qu'j'te parle », dit sa sœur. Massive et masculine, en veste blanche et bas de survêtement, Cheryl tirait sur une cigarette et regardait Terri en plissant les yeux à travers la fumée. « Nana Cath est morte, dit-elle.

— Quoi ?

— Nana Cath est morte, répéta Cheryl plus fort. Te casse pas, va, j'sais bien qu't'en as rien à foutre. »

Mais Terri avait entendu la première fois. La nouvelle l'avait tellement choquée qu'elle n'était pas sûre d'avoir bien compris.

« T'es défoncée ? demanda Cheryl en scrutant le visage tiré et inexpressif de sa sœur.

— Nan, et j't'emmerde. »

C'était la vérité. Terri ne s'était pas shootée, ni ce matin ni à aucun moment depuis trois semaines. Elle n'en retirait aucune fierté ; il n'y avait pas de tableau d'honneur affiché dans la cuisine ; elle avait déjà réussi à décrocher pendant encore plus longtemps par le passé, des mois entiers, même. Obbo avait disparu depuis quinze jours ; ça facilitait les choses. Mais son attirail était toujours là, bien rangé dans la vieille boîte en fer-blanc, et l'envie la dévorait comme une flamme éternelle au creux de son corps maigrelet.

« Elle est morte hier. Danielle s'est pas cassé l'cul à m'prévenir avant ce matin, tu penses, dit Cheryl. Et moi qu'avais prévu d'retourner à l'hosto pour la voir aujourd'hui. Danielle veut récupérer la baraque. La maison à Nana Cath. Saloperie d'rapace. »

Terri n'avait pas mis les pieds dans la petite maison de Hope Street depuis longtemps, mais en écoutant Cheryl, elle revit soudain les bibelots sur le buffet et les voilages aux fenêtres. Elle imagina Danielle en train de fouiller et de dévaliser tous les placards.

« Les funérailles, c'est mardi à neuf heures, au crématorium.

— D'accord, dit Terri.

— C'te maison, elle est à nous autant qu'à Danielle, dit Cheryl. J'vais lui dire qu'on veut notre part. T'es pas d'accord ?

— Ouais », dit Terri.

Elle regarda la chevelure jaune canari et les tatouages de Cheryl s'éloigner, puis disparaître au coin de la rue, et elle rentra à l'intérieur.

Nana Cath – morte. Elles ne s'étaient pas parlé depuis très longtemps. *J'm'en lave les mains. J'en ai ma claque, Terri, ras le bol.* Elle avait continué à voir Krystal, en revanche, qui était devenue sa petite chérie aux yeux bleus. Elle allait regarder ses conneries de courses en kayak, là. Elle avait prononcé le nom de Krystal sur son lit de mort ; pas celui de Terri.

Eh bah c'est ça, vas-y, crève, 'spèce de vieille salope. J'en ai p'us rien à foutre. Trop tard maintenant.

La poitrine oppressée, tremblant de partout, Terri alla dans sa cuisine nauséabonde chercher des cigarettes, mais c'était la cuillère, la flamme et l'aiguille dont elle avait vraiment envie.

Trop tard, désormais, pour dire à la vieille peau de vache tout ce qu'elle aurait dû lui dire. Trop tard, désormais, pour redevenir sa Terri-Baby. *Les grandes filles pleurent pas... les grandes filles pleurent pas...* Elle n'avait découvert que bien des années plus tard que la chanson que lui fredonnait tout le temps Nana Cath de sa voix éraillée de fumeuse s'appelait en réalité « Sherry Baby ».

Les mains de Terri farfouillaient comme de la vermine dans les déchets accumulés sur le plan de travail, dont elle sortait des paquets de cigarettes, tous vides, qu'elle déchirait aussitôt l'un après l'autre. C'était sans doute Krystal qui lui avait piqué les dernières ; sale petite truie fouineuse, comme Danielle qui avait voulu leur cacher la mort de Nana Cath pour faire tranquillement main basse sur le peu que la vieille possédait.

Terri trouva un clope à moitié consumé flottant au milieu d'une assiette graisseuse ; elle l'essuya sur son T-shirt et l'alluma à la gazinière. Dans sa tête, elle entendit la voix de la petite fille de onze ans qu'elle avait été un jour.

J'voudrais qu'tu sois ma maman.

Elle ne voulait pas se souvenir. Cigarette aux lèvres, elle s'adossa à l'évier et essaya de réfléchir à ce qui allait se passer maintenant, d'imaginer la dispute qui allait éclater entre ses deux sœurs aînées. Il ne fallait pas chercher des noises à Cheryl et Shane : ils avaient tous les deux le coup de poing facile, et

Shane, il n'y avait encore pas si longtemps, avait bourré de torchons enflammés la boîte aux lettres d'un pauvre connard quelconque ; c'est pour ça qu'il avait fait son dernier séjour en date derrière les barreaux, et il serait resté en taule pour de bon si la maison du type n'avait pas été vide au moment où ça avait cramé. Mais Danielle avait des armes que Cheryl ne possédait pas : de l'argent, une maison à elle, une ligne de téléphone. Elle connaissait des gens, et savait comment leur parler. C'était le genre à avoir des doubles de clés et à vous brandir sous le nez tout un tas de paperasses incompréhensibles.

Mais Terri doutait que Danielle parvienne à récupérer la maison, même avec ses bottes secrètes. Il n'y avait pas qu'elles trois ; Nana Cath avait une tripotée de petits-enfants et d'arrière-petits-enfants. Après que Terri avait été placée, son père avait eu d'autres gosses. Neuf au total, d'après les calculs de Cheryl, de cinq mères différentes. Terri n'avait jamais rencontré ses demi-frères et sœurs, mais Krystal lui avait dit que Nana Cath les voyait parfois.

« Ah ouais ? avait-elle répliqué. Bah j'espère qu'ils vont la dépouiller jusqu'à l'os, c'te vieille salope. »

Alors comme ça elle voyait le reste de la famille – mais ce n'étaient pas des anges non plus, d'après ce qu'avait entendu dire Terri. Il n'y avait qu'avec elle, toutefois, que Nana Cath avait coupé les ponts ; avec celle qui avait été sa Terri-Baby autrefois.

Quand elle n'était pas défoncée, des idées et des souvenirs atroces surgissaient du tréfonds le plus obscur de son esprit ; des mouches noires qui lui bourdonnaient dans la cervelle et s'agrippaient aux parois de son crâne.

J'voudrais qu'tu sois ma maman.

Le débardeur que portait Terri aujourd'hui laissait voir toutes ses cicatrices au bras, au cou et dans le haut du dos, la peau déformée de plis étranges et de crevasses, comme des coulures de glace pétrifiées. Elle avait passé six semaines dans le service des grands brûlés de South West General, quand elle avait onze ans.

(« Qu'est-ce qui t'est arrivé, ma pauvre chérie ? » lui avait demandé la mère de sa voisine de chambre.

Son père lui avait projeté au visage une pleine poêlée de graisse brûlante. Son T-shirt à l'effigie du groupe Human League avait pris feu.

« 'naccident », avait marmonné Terri. C'était ce qu'elle avait raconté à tout le monde, y compris aux gens des services sociaux et aux infirmières. Elle préférait encore brûler vive plutôt que de dénoncer son père.

Sa mère était partie de la maison peu après le onzième anniversaire de Terri, abandonnant ses trois filles. Danielle et Cheryl avaient emménagé chacune dans la famille de leur petit ami respectif quelques jours plus tard. Terri était restée toute seule avec son père, pour qui elle essayait de faire la cuisine en s'accrochant à l'espoir de voir revenir sa mère. Malgré la douleur et la terreur, les premiers jours et les premières nuits passés à l'hôpital, elle était contente, car elle était certaine que sa maman apprendrait ce qui s'était passé et viendrait la chercher. Chaque fois qu'elle entendait du bruit à l'autre bout du couloir, son cœur faisait un bond dans sa poitrine.

Mais du début à la fin de ces six longues semaines de souffrances et de solitude, une seule personne lui avait rendu visite : Nana Cath. Elle avait passé des après-midi et des soirées entières, paisiblement assise au chevet de sa petite-fille, à lui rappeler tout le temps de bien dire merci aux infirmières, dont le visage fermé et sévère dissimulait des trésors insoupçonnés de bonté.

Elle lui avait apporté une pauvre poupée en plastique, vêtue d'un ciré noir brillant ; mais quand Terri l'avait déshabillée, elle s'était aperçue qu'elle ne portait rien en dessous.

« Elle a pas d'culotte, Nana. »

Et Nana Cath avait pouffé de rire. Nana Cath ne pouffait jamais de rire.

J'voudrais qu'tu sois ma maman.

Elle voulait aller vivre chez sa grand-mère. Elle le lui avait même demandé, et Nana Cath avait dit d'accord. Terri se disait parfois que ces quelques semaines à l'hôpital avaient été les plus heureuses de sa vie, malgré la souffrance. Elle était en sécurité, tout le monde était gentil avec elle, tout le monde veillait sur elle. Elle pensait qu'elle allait s'installer chez Nana Cath quand elle sortirait, dans la maison aux jolis voilages, au lieu de rentrer chez son père ; au lieu de retrouver la chambre dont la porte s'ouvrait brutalement au milieu de la nuit, décrochant à moitié le poster de David Essex qu'avait laissé Cheryl derrière elle, et révélant la silhouette de son père, la main sur la braguette, qui s'approchait du lit au fond duquel elle le suppliait d'arrêter…)

Terri laissa tomber par terre le mégot encore fumant de sa cigarette et sortit précipitamment de la cuisine. Elle avait besoin d'autre chose que de nicotine. Elle sortit de chez elle, descendit la petite allée puis bifurqua dans la rue et se mit à marcher d'un pas vif dans la même direction que Cheryl. Du coin de l'œil, elle aperçut deux de ses voisins qui papotaient à voix basse, assis sur le trottoir, en la regardant passer. *Voulez ma photo, histoire d'en profiter plus longtemps ?* Terri savait qu'elle était l'objet de tous les ragots du quartier ; elle savait ce qu'on disait d'elle ; on le lui hurlait au visage, parfois. La salope d'à côté avec son balai dans le cul n'arrêtait pas de se plaindre auprès du Conseil de l'état lamentable du jardin de Terri. *J'les emmerde, j'les emmerde, j'les emmerde tous...*

Elle courait à présent, fuyant les souvenirs qui cherchaient à la rattraper.

Tu sais même pas qui est le père, pas vrai, espèce de traînée ? J'te préviens, moi, j'm'en lave les mains. J'en ai ma claque, Terri, ras le bol.

Les derniers mots qu'elles avaient échangés. Nana Cath lui avait lancé les mêmes insultes que tous les autres, et Terri lui avait retourné le compliment.

Eh bah va t'faire foutre, vieille salope de merde, va t'faire foutre.

Elle n'avait jamais dit : « Tu m'as laissé tomber, Nana Cath. » Elle n'avait jamais dit : « Pourquoi tu m'as pas gardée avec toi ? » Elle n'avait jamais dit : « T'es la personne que j'aimais le plus au monde, Nana Cath. »

Elle priait pour qu'Obbo ait refait surface. Il était censé revenir aujourd'hui ; aujourd'hui ou demain. Il lui en fallait. Elle en avait besoin.

« Hé, Terri.

— T'as pas vu Obbo ? » demanda-t-elle au gamin assis en train de boire et de fumer sur le petit muret devant le magasin de spiritueux. Elle avait l'impression que les cicatrices sur son dos étaient de nouveau en feu.

Il secoua la tête en roulant de la mâchoire et en la reluquant. Elle se remit à courir, harcelée par les images qui se bousculaient à son esprit, l'assistante sociale, Krystal, Robbie – encore des mouches noires qui n'arrêtaient pas de lui bourdonner autour, comme les voisins aux regards méprisants, comme tous ces gens qui la jugeaient, sans comprendre – non, ils ne comprenaient pas, personne ne comprenait l'urgence terrible du besoin qui la tenaillait.

(Nana Cath était venue la chercher à sa sortie de l'hôpital et l'avait installée chez elle, dans la chambre d'amis. Terri n'avait encore jamais dormi dans une chambre aussi propre et jolie. Chaque soir, les trois nuits qu'elle y avait passées, elle s'était relevée dans son lit, après que Nana Cath fut venue l'embrasser et la border, et s'était penchée vers le rebord de la fenêtre pour réaligner tous les bibelots ; un bouquet de fleurs en verre qui tintaient dans leur vase ; un presse-papier en plastique rose dans lequel était incrusté un coquillage ; et celui que Terri préférait, un petit cheval en argile qui se cabrait en souriant bêtement.

« J'aime bien les chevaux », avait-elle dit à Nana Cath.

Elle était allée visiter la foire agricole avec sa classe, un jour, avant que sa mère ne fiche le camp. Ils avaient vu un gigantesque Shire recouvert de festons. Elle avait été la seule à oser le caresser. L'odeur du cheval de trait l'avait subjuguée. Elle avait passé les bras autour d'une de ses jambes massives, terminées par des sabots couronnés de longs poils blancs, et s'était serrée contre le crin odorant sous lequel palpitait la chair de l'animal, tandis que la maîtresse disait : « Doucement, Terri, doucement ! », et le vieux monsieur qui s'occupait du cheval lui avait souri en lui disant qu'elle ne risquait rien ; Samson n'aurait jamais fait de mal à une petite fille aussi gentille.

Le cheval en argile était d'une couleur différente : la robe jaune, la crinière et la queue noires.

« Tu peux l'garder », lui avait dit Nana Cath, et Terri avait éprouvé une joie proche de l'extase.

Mais le quatrième matin, son père avait débarqué.

« Tu rentres à la maison, avait-il dit, et l'expression de son visage l'avait terrorisée. Tu restes pas une seconde de plus chez cette putain de vieille salope, là, avec ses coups fourrés. Pas question, tu m'entends ? Pas question, p'tite traînée. »

Nana Cath était aussi terrifiée que sa petite-fille.

« Mikey, non », l'avait-elle supplié en hurlant d'une voix chevrotante, sous le regard des voisins qui avaient collé le nez à leurs fenêtres. Terri était écartelée entre Nana Cath et son père qui la tenaient chacun par un bras.

« J'te ramène à la maison ! »

Il avait cogné Nana Cath, puis traîné Terri jusqu'à la voiture. Dès qu'ils avaient franchi le seuil, il l'avait rouée de coups de la tête aux pieds.)

« T'as pas vu Obbo ? demanda Terri à la voisine de ce dernier en l'interpellant à cinquante mètres de distance. Il est revenu ?

426

« — J'sais pas », répondit la bonne femme en lui tournant le dos.

(Quand Michael n'était pas occupé à tabasser Terri, il lui faisait d'autres choses ; les choses dont elle ne pouvait pas parler. Nana Cath ne venait plus. À treize ans, Terri s'était enfuie, mais ce n'était pas chez sa grand-mère qu'elle était allée se réfugier ; elle ne voulait pas que son père la retrouve. Elle s'était fait rattraper, et on l'avait placée en foyer d'accueil.)

Terri tambourina à la porte de chez Obbo et attendit. Puis elle frappa à nouveau, mais personne ne vint lui ouvrir. Elle s'effondra sur le perron, tremblante, et fondit en larmes.

Deux filles de Winterdown qui séchaient les cours lui jetèrent un regard en passant devant elle.

« Hé, c'est la mère de Krystal Weedon, dit l'une d'elles à haute voix.

— Quoi, la grosse teupu ? » renchérit l'autre.

Terri ne trouva pas la force de leur rendre leurs insultes ; elle pleurait trop. Les deux filles s'éloignèrent en ricanant et en gloussant.

« Pute ! » cria l'une d'elles en se retournant, avant de disparaître au coin de la rue.

3

Gavin aurait pu demander à Mary de passer le voir dans son bureau pour discuter des dernières lettres échangées avec la compagnie d'assurances, mais il décida plutôt de lui rendre visite chez elle. Il avait pris soin de ne caler aucun rendez-vous en fin de journée, au cas où elle l'inviterait à rester manger un morceau ; Mary était un cordon-bleu hors pair.

À force de s'entretenir avec elle au sujet de cette histoire d'assurance, la réticence instinctive qui lui avait commandé de tenir ses distances face à la veuve éplorée, au début, s'était peu à peu dissipée. Il avait toujours aimé Mary, mais elle était restée jusqu'à présent un peu effacée en société, invisible dans l'ombre de Barry. Jamais, toutefois, elle n'avait donné l'impression d'être frustrée par ce rôle secondaire ; bien au contraire, elle semblait enchantée d'apporter une touche gracieuse au décor, en toile de fond, heureuse de rire aux plaisanteries de Barry, heureuse, tout simplement, d'être à ses côtés.

Gavin doutait que Kay se soit jamais contentée de jouer les seconds violons. Tandis qu'il faisait gronder le moteur de sa voiture en remontant Church Row, il se disait que Kay aurait sans doute été scandalisée à la seule idée d'infléchir son comportement ou de taire ses opinions pour le seul plaisir, le bonheur ou l'orgueil de son partenaire.

Il ne se rappelait pas avoir jamais été à ce point malheureux en amour. Même au plus fort du conflit passionnel qu'il avait connu avec Lisa, il y avait eu des trêves, des rires, des moments d'émotion soudaine quand les jours heureux se rappelaient à leur souvenir. Être avec Kay, c'était être en guerre. Il en oubliait même, parfois, qu'ils étaient censés éprouver des sentiments l'un envers l'autre ; avait-elle seulement un tant soit peu d'affection pour lui ?

Ils avaient eu leur pire dispute à ce jour, au téléphone, le lendemain du dîner chez Miles et Samantha. Kay avait fini par lui raccrocher au nez. Pendant vingt-quatre heures bien comptées, il avait cru que tout était fini entre eux, et bien que ce fût très exactement ce qu'il voulait, il avait ressenti plus de peur que de soulagement. Dans ses fantasmes, Kay repartait à Londres et disparaissait du paysage du jour au lendemain ; mais la réalité était tout autre : elle travaillait ici, sa fille allait à Winterdown – elle s'était enracinée à Pagford. Chaque fois qu'il s'aventurerait dans les petites rues de la bourgade, il risquerait de la croiser. Peut-être avait-elle déjà commencé à verser le philtre empoisonné de sa rancœur dans le puits du village, auquel toutes les commères iraient bientôt s'abreuver pour salir son nom ; il l'imaginait en train de répéter à Samantha, ou à la vieille fouine de l'épicerie qui lui filait la chair de poule, ce qu'elle lui avait dit au téléphone.

J'ai arraché ma fille à ses amis, j'ai plaqué mon boulot, j'ai déménagé pour toi – et toi ? tu me traites comme une vulgaire putain que tu n'aurais pas à payer.

Les gens diraient qu'il s'était mal comporté. Et peut-être n'auraient-ils pas tort… Il y avait forcément eu un tournant décisif, un moment crucial où il aurait dû se retirer, mais il ne l'avait pas vu.

Gavin avait passé tout le week-end à se morfondre en se demandant ce qu'il allait bien pouvoir faire, maintenant qu'il était en passe de devenir un sale type aux yeux du monde entier. Il n'avait encore jamais endossé ce costume. Après sa rupture avec Lisa, il n'avait reçu que des témoignages de gentillesse et de compassion, surtout de la part des Fairbrother. Dévoré de culpabilité et de crainte, il avait craqué, dimanche soir, et appelé Kay pour s'excuser.

Il était revenu à la case départ, c'est-à-dire là où il ne voulait surtout pas être, et il en voulait terriblement à Kay.

Il se gara dans l'allée des Fairbrother, comme il l'avait si souvent fait du vivant de Barry, et se dirigea vers la porte d'entrée, remarquant au passage que la pelouse avait été tondue depuis sa dernière visite. À peine avait-il retiré le doigt de la sonnette que la porte s'ouvrit.

« Bonjour, comment v… Mary ! Qu'est-ce qui se passe ? »

Ses joues étaient mouillées, et de grosses larmes brillaient comme des diamants au bord de ses paupières. Elle déglutit une ou deux fois, secoua la tête, et soudain, sans trop savoir comment, Gavin se retrouva en train de la serrer dans ses bras sur le perron.

« Mary ? Il est arrivé quelque chose ? »

Il la sentit hocher la tête contre son épaule. Conscient du spectacle qu'ils risquaient d'offrir à tous les regards en restant ainsi dehors, en plein devant la rue, Gavin, sans lâcher Mary, rentra à pas prudents dans la maison. Elle était toute petite et fragile entre ses bras ; elle s'agrippait à lui, le visage enfoui dans son manteau. Il lâcha sa serviette d'un geste aussi précautionneux que possible, mais le bruit mat de sa chute sortit Mary de sa torpeur et elle se dégagea de son étreinte, le souffle court, les deux mains plaquées sur la bouche.

« Pardon… pardon, je suis désolée… oh, mon *Dieu*, Gav…

— Quoi ? Qu'est-ce qui s'est passé ? »

Sa voix n'était plus la même ; elle était plus puissante, tout à coup, plus impérieuse, un peu comme celle de Miles quand une crise éclatait au cabinet.

« Quelqu'un a mis… je ne… Barry… quelqu'un l'a… »

Elle lui fit signe de la suivre dans le bureau ; parmi le bazar qui régnait dans la pièce étriquée, un peu vétuste mais agréable, les vieux trophées de Barry alignés sur les étagères côtoyaient une grande photo encadrée au mur où l'on voyait huit jeunes filles brandir le poing en l'air, médailles autour du cou. Mary pointa un doigt tremblant sur l'écran de l'ordinateur. Gavin, sans même enlever son manteau, s'installa dans le fauteuil et regarda la page ouverte sur internet : le forum du site du Conseil paroissial de Pagford.

« J'ét-tais à l'épicerie ce matin, et Maureen Lowe m'a dit que des gens avaient laissé p-plein de messages de con-condoléances sur le site… alors je voulais en écrire un p-pour dire m-merci. Et… regarde… »

Il venait de le voir. Simon Price Candidat Indigne au Conseil ; message posté par Le_Fantôme_de_Barry_Fairbrother.

« Nom de Dieu », dit Gavin, horrifié.

Mary fondit de nouveau en larmes. Il aurait voulu la reprendre dans ses bras, mais il n'osait pas, surtout ici, dans cette petite pièce si intime et encore imprégnée de la présence de Barry. Il se contenta de poser une main sur son poignet fluet pour la faire sortir du bureau et l'emmener dans la cuisine.

« Tu as besoin d'un verre, déclara-t-il de cette voix forte et autoritaire qu'il ne se connaissait pas. Au diable le café ! Où est la gnôle ? »

Mais elle n'eut pas le temps de répondre ; il avait vu Barry sortir ses bouteilles suffisamment de fois pour se rappeler où était le placard qu'il cherchait. Il lui prépara un gin tonic – le seul cocktail qu'il l'ait jamais vue boire avant le dîner.

« Gav, il est quatre heures de l'après-midi.

— Et alors ? On s'en tape ! s'exclama le Gavin à la voix transfigurée. Tiens, mets-toi ça derrière la cravate. »

Un éclat de rire bancal se glissa entre ses sanglots ; elle prit le verre et y trempa les lèvres. Gavin attrapa le rouleau de Sopalin pour lui essuyer les joues et les yeux.

« Tu es tellement gentil, Gav. Mais tu ne veux rien, toi ? Un café, ou… ou une bière, peut-être ? » dit-elle en laissant à nouveau échapper un rire timide.

Il alla se chercher une bouteille dans le frigo, enleva son manteau, et s'assit en face d'elle, autour de l'îlot de la cuisine. Au bout d'un moment, son verre de gin presque terminé, elle redevint calme et discrète, telle qu'il l'avait toujours connue.

« Qui a fait ça, à ton avis ? lui demanda-t-elle.

— Un enfoiré de première, dit Gavin.

— Ils se battent tous pour récupérer son siège au Conseil, maintenant. À s'écharper sur les Champs, comme d'habitude. Même lui, encore là pour mettre son grain de sel. Le Fantôme de Barry Fairbrother… Et si c'était vraiment lui qui avait laissé ce message ? »

Gavin, pas tout à fait certain que ce soit une plaisanterie, opta pour un demi-sourire qu'il pourrait effacer en un clin d'œil, au cas où…

« Tu sais, j'aimerais croire qu'il s'inquiète pour nous, là où il est ; pour moi et les enfants. Mais j'en doute. Je parie qu'il continue plutôt à s'inquiéter pour Krystal Weedon. Tu sais ce qu'il me dirait probablement, s'il était là ? »

Elle termina son verre d'un trait. Gavin n'avait pas l'impression de l'avoir trop chargé, mais elle avait les joues toutes rouges.

« Non, dit-il d'un ton prudent.

— Il me dirait qu'il y a des gens autour de moi pour me soutenir, dit Mary avec un soupçon de colère, au grand étonnement de Gavin qui n'avait jamais entendu que de la douceur dans sa voix. Oui, voilà, il me dirait sans doute : "Tu as toute la famille, nos amis, et les enfants, pour te réconforter, tandis que Krystal, elle" – et la colère monta encore d'un cran dans le ton de Mary – "Krystal n'a personne au monde pour s'occuper d'elle." Tu sais ce qu'il a passé la journée à faire, le jour de notre anniversaire de mariage ?

— Non, dit à nouveau Gavin.

— À écrire un article pour le journal, à propos de Krystal. Krystal et la cité. Cette foutue cité des Champs. Si j'en entends encore parler, je te jure, je ne réponds plus de rien... Sers-moi un autre gin. Je ne bois pas assez. »

Gavin saisit son verre d'un geste automatique et alla reprendre la bouteille dans le placard, sonné. Il lui avait toujours semblé que Mary et Barry formaient le couple idéal. Il ne lui était pas venu à l'esprit une seule seconde que Mary puisse ne pas être à cent pour cent derrière chacune des causes, chacune des croisades dans lesquelles se lançait sans cesse l'infatigable Barry.

« Entraînements d'aviron le soir, compétitions le week-end à l'autre bout de la région, continuait-elle sous le tintement des glaçons qu'il avait lâchés dans son verre, et toutes les nuits vissé à son ordinateur, à essayer de rameuter tous les soutiens possibles sur les Champs, à inscrire je ne sais quel nouveau grand projet à l'ordre du jour pour la prochaine réunion du Conseil. Et tout le monde qui s'extasie : "Est-ce qu'il n'est pas *merveilleux*, notre Barry, présent sur tous les fronts, toujours là pour aider, tellement impliqué dans la communauté…" » Elle prit une grande rasade de gin tonic. « Oh ! ça oui, merveilleux ! Absolument merveilleux ! Tellement merveilleux qu'il en est mort ! Du matin au soir, ce jour-là, le jour de notre anniversaire de mariage, à se démener pour finir à temps son article à la noix. Qu'ils n'ont même pas encore publié. »

Gavin n'arrivait pas à détacher les yeux de ce visage auquel la colère et l'alcool avaient redonné toutes ses couleurs. Elle était assise bien droite à présent, elle qui avait passé tous ces derniers jours voûtée sous le poids du chagrin.

« C'est ça qui l'a tué, dit-elle d'une voix sonore dont l'écho rebondit sur les murs de la cuisine. Il a tout donné, à tout le monde. Sauf à moi. »

Depuis les funérailles de Barry, Gavin avait maintes fois songé, avec une conscience aiguë de sa médiocrité profonde, à l'insignifiance à peu près totale que sa mort, comparée à celle de son ami, représenterait pour la communauté. En regardant Mary, il se demandait à présent s'il ne valait pas mieux, à tout prendre, ne laisser un grand vide que dans le cœur d'une seule personne. Barry avait-il donc été aveugle aux sentiments de sa femme ? N'avait-il pas compris la chance qu'il avait ?

La porte d'entrée s'ouvrit à grand fracas, et il entendit le vacarme des quatre enfants qui rentraient de l'école ; des éclats de voix, des bruits de pas, de chaussures et de sacs volant dans tous les sens.

« Salut, Gav, dit Fergus en embrassant sa mère sur le sommet du crâne, du haut de ses dix-huit ans. Maman, je rêve ou tu es en train de boire ?

— C'est ma faute, dit Gavin. Je plaide coupable. »

Tellement adorables, les petits Fairbrother. Il aimait la façon dont ils parlaient à leur mère, la façon dont ils la câlinaient, la façon dont ils s'adressaient les uns aux autres et à lui-même. Ouverts, polis, drôles. Il songea à Gaia, à ses apartés perfides, à ses silences tranchants comme des bris de verre, au mépris hargneux avec lequel elle le traitait.

« Gav, nous n'avons même pas parlé de l'assurance, dit Mary tandis que les enfants déferlaient dans la cuisine pour se servir à boire et à manger.

— Aucune importance, répondit-il sans réfléchir, avant de se raviser aussitôt. Tu veux qu'on aille dans le salon, ou… ?

— Oui, allons-y. »

Elle descendit du haut tabouret de la cuisine, vacilla un peu en posant le pied par terre, et il lui attrapa à nouveau le bras.

« Tu restes dîner, Gav ? l'interpella Fergus.

— Tu es le bienvenu », dit Mary.

Il se sentit envahi par une vague de chaleur.

« Avec grand plaisir, dit-il. Merci. »

4

« C'est bien triste, dit Howard Mollison en se balançant légèrement sur la pointe des orteils devant le manteau de cheminée. Oui, bien triste. »

Maureen venait de lui rapporter tout ce qu'il fallait savoir de la mort de Catherine Weedon ; elle le tenait de son amie Karen, la secrétaire du cabinet médical, avec qui elle s'était entretenue un peu plus tôt dans la soirée et qui lui avait tout raconté, tout, y compris les accusations de la petite-fille de Cath Weedon. Un air de réprobation jubilatoire lui chiffonnait le visage ; Samantha, qui était de très mauvaise humeur, trouvait qu'elle ressemblait à une gousse de cacahuète toute fripée. Miles émettait ici et là quelques exclamations convenues d'étonnement et de compassion, tandis que Shirley regardait le plafond d'un air impassible ; elle détestait que Maureen lui vole la vedette en débarquant avec des nouvelles qu'elle aurait dû être la première à apprendre.

« Ma mère connaissait la famille depuis longtemps, dit Howard à Samantha qui était déjà au courant. Des voisins de Hope Street. Cath était une femme bien, à sa façon, vous savez. Elle tenait une maison impeccable, et elle a continué à travailler bien après avoir dépassé la soixantaine. Oh ! ça oui, elle faisait partie des gens qui se lèvent tôt, la Cath Weedon, même si hélas je crains qu'on ne puisse pas en dire autant du reste de la famille… »

Howard aimait bien rendre à César… – du moins quand César le méritait.

« Le mari a perdu son emploi quand l'usine de sidérurgie a fermé. Très porté sur la bouteille... Ah ! ça non, elle n'a pas eu la vie facile tous les jours, Cath... »

Samantha faisait un effort surhumain pour avoir l'air vaguement intéressée, mais Maureen eut la bonne idée d'intervenir.

« Et la *Gazette* s'est emparée de l'affaire Jawanda ! croassa-t-elle. Vous imaginez un peu la tête de madame le docteur, maintenant que le journal sait tout ! La famille fait un foin pas possible – vous me direz, comment leur jeter la pierre ? Trois jours, toute seule dans cette maison ! Tu la connais, Howard ? Danielle Fowler ? C'est laquelle ? »

Shirley se leva et sortit du salon en lissant son tablier. Samantha éclusa une gorgée de vin en souriant.

« Attends voir, attends voir... », fit Howard. Il se flattait de connaître tout le monde à Pagford, mais les plus jeunes générations de la famille Weedon étaient plutôt d'obédience yarvilloise... « Ça ne peut pas être une fille, puisque Cath a eu quatre garçons... Une petite-fille, j'imagine...

— Et elle demande l'ouverture d'une enquête ! dit Maureen. Moi, ce que j'en dis, ça ne pouvait pas finir autrement. C'était écrit dès le départ. Je vais même vous dire, je suis surprise que ça n'arrive que maintenant. Le Dr Jawanda a refusé de donner des antibiotiques au fils des Hubbard, un jour, et bien sûr, le gamin a fait une crise d'asthme qui l'a envoyé tout droit à l'hôpital ! Quelqu'un sait, d'ailleurs, si elle a fait ses études de médecine en Inde, ou bien... ? »

Shirley, qui avait gardé une oreille aux aguets dans la cuisine où elle était allée remuer la sauce, était exaspérée, comme d'habitude, par le talent de Maureen pour monopoliser la conversation ; c'est ainsi du moins qu'elle s'expliquait à elle-même son énervement. Se refusant à retourner au salon tant que Maureen n'aurait pas terminé, Shirley alla dans le bureau regarder s'il y avait des défections pour la prochaine réunion du Conseil ; en tant que secrétaire, elle était déjà en train de tout organiser.

« Howard ! Miles ! Venez voir ça ! »

La voix de Shirley, si ronde et feutrée d'ordinaire, s'était soudain transformée en un piaillement strident.

Howard sortit du salon en se dandinant, suivi de Miles, qui n'avait pas encore ôté son costume de travail. Les yeux injectés de sang de Maureen, sous ses paupières à demi fermées, alourdies par des cils poissés de mascara, restèrent rivés à la porte ouverte, comme un chien de chasse à l'affût ; son envie dévorante de savoir ce que Shirley avait vu ou découvert était presque palpable. Ses doigts – une grappe de phalanges saillant sous une membrane de chair transparente et tavelée comme une peau de léopard – s'étaient agrippés à la croix et à l'alliance accrochées en pendentifs à son collier, le long duquel elle les faisait grimper puis redescendre en de fébriles va-et-vient. Quant aux deux rides profondes qui lui tailladaient les côtés de la bouche, de la commissure des lèvres jusqu'au menton, elles avaient toujours évoqué à Samantha la mâchoire articulée d'une marionnette de ventriloque.

438

Qu'est-ce que tu fous tout le temps là ? cria intérieurement Samantha à la vieille peau. *Tu trouves peut-être que Howard et Shirley ne me pourrissent pas assez l'existence à eux tout seuls, il faut en plus que tu vives collée à leurs basques en permanence ?*

Une vague de dégoût s'empara de Samantha comme une envie de vomir. Elle aurait voulu saisir à pleines mains ce salon surchauffé et regorgeant de bibeloterie pour le réduire en miettes, broyer en mille morceaux les porcelaines de Sa Majesté, la cheminée à gaz et les photos de Miles dans leurs cadres dorés ; puis elle ferait de ces débris une énorme boule, à l'intérieur de laquelle Maureen, prise au piège, pousserait ses piaulements de harpie ratatinée et maquillée à la truelle, et qu'elle soulèverait ensuite à bout de bras pour la propulser tel un boulet cosmique jusqu'au fin fond du ciel crépusculaire. Elle imaginait la sorcière maudite, emprisonnée dans ce vaisseau de meubles concassés, fuser dans l'éther, plonger dans les abysses infinis de l'océan, et laisser enfin Samantha tranquille, dans la paix silencieuse et éternelle de l'univers.

Elle n'avait pas passé un très bon après-midi. Après une nouvelle discussion terrifiante avec son comptable, elle était rentrée de Yarvil un peu hébétée. Elle aurait aimé pouvoir s'épancher auprès de Miles, mais celui-ci, après avoir posé sa serviette et retiré sa cravate dans le couloir de l'entrée, avait dit : « Tu n'as pas encore commencé à préparer le dîner, n'est-ce pas ? »

Il avait reniflé en l'air de manière ostentatoire puis répondu à sa propre question.

« Non, pas encore. Bon, tant mieux, parce qu'on est invités chez Maman et Papa. » Et avant qu'elle ait eu le temps de protester, il avait ajouté d'un ton sec : « Rien à voir avec le Conseil. C'est pour parler de l'organisation des soixante-cinq ans de Papa. »

La colère la soulageait presque ; elle éclipsait l'angoisse, la peur. Elle avait suivi Miles jusqu'à la voiture en contenant sa rage. Quand il lui avait enfin demandé, au coin d'Evertree Crescent : « Tu as passé une bonne journée ? », elle avait répondu : « Fabuleuse à en crever la gueule ouverte. »

« Je me demande ce qui se passe », dit Maureen, brisant le silence qui pesait sur le salon.

Samantha haussa les épaules. Ça ressemblait bien à sa belle-mère de convoquer ses hommes et de laisser les femmes en plan ; elle n'allait pas lui faire le plaisir de manifester une once de curiosité.

Les pas éléphantesques de Howard firent gémir les lattes du plancher sous la moquette du couloir. Maureen était bouche bée d'impatience.

« Eh bien, eh bien, eh bien ! tonna Howard en déboulant dans le salon.

— Je regardais le site du Conseil pour vérifier si personne n'avait déclaré forfait, dit Shirley qui trottinait derrière lui, un peu essoufflée. Pour la prochaine réunion…

— Quelqu'un a mis en ligne des accusations sur Simon Price, annonça Miles à Samantha en passant devant ses parents pour leur chiper le rôle du porteur de nouvelles.

— Quel genre d'accusations ? demanda Samantha.

— Recel, dit Howard qui n'entendait pas se faire voler la vedette comme ça, et coups fourrés dans le dos de ses patrons, à l'imprimerie. »

Samantha était ravie de s'apercevoir que cela ne lui faisait ni chaud ni froid. Elle voyait à peine qui était ce Simon Price.

« Le message est signé par un pseudonyme, continua Howard, et pas du meilleur goût, je trouve…

— Vulgaire, vous voulez dire ? demanda Samantha. Grosse-Bite-Baveuse, ou quelque chose dans le genre ? »

L'éclat de rire de Howard fit trembler les porcelaines du salon ; Maureen poussa un petit cri d'horreur affecté ; Miles fronça les sourcils ; Shirley avait l'air furieuse.

« Non, Sammy, pas tout à fait, dit Howard. Non, le messager se fait appeler "Le Fantôme de Barry Fairbrother".

— Oh », fit Samantha dont le rictus se volatilisa aussitôt. Ce détail était déplaisant. Elle avait été là après tout, dans cette ambulance avec Barry, quand ils lui avaient enfoncé toutes ces aiguilles et tous ces tuyaux dans le corps ; elle l'avait vu, inanimé sous le masque en plastique, en train de mourir ; elle avait vu Mary se lamenter et sangloter en lui tenant la main.

« Oh ! non alors, ça ce n'est pas bien, dit Maureen dont l'exultation perçait sous sa voix de crapaud-buffle. Non, c'est très mal, ça. Faire parler un mort. Salir son nom. Ça ne se fait pas.

— Non, en effet », acquiesça Howard. Avec des gestes presque automatiques, l'air absorbé, il alla prendre la bouteille de vin et remplir le verre de Samantha. « Mais il semblerait que certains n'aient que faire du bon goût, du moment qu'il s'agit d'écarter Simon Price de la course.

— Si je lis bien dans tes pensées, papa, dit Miles, tu ne crois pas qu'ils s'en seraient pris à moi plutôt qu'à Price ?

— Et qui te dit que ce n'est pas le cas ?

— Comment ça ? demanda Miles soudain affolé.

— Eh bien figure-toi, dit un Howard enchanté d'être redevenu le centre étincelant de tous les regards, que j'ai reçu une lettre anonyme à ton sujet il y a environ deux semaines. Rien de très précis. Juste pour dire que tu n'avais pas la carrure pour remplacer Fairbrother. Je ne serais pas surpris que cette lettre et le message posté sur le site proviennent de la même source. La question Fairbrother revient dans les deux cas, voyez-vous. »

Samantha inclina son verre d'un geste un peu trop enthousiaste, et le vin coula de part et d'autre de son menton, dessinant de manière prophétique les rides profondes qui ne tarderaient sans doute pas à lui creuser la mâchoire pour lui donner, à elle aussi, l'allure d'une poupée de ventriloque. Elle s'essuya avec sa manche.

« Et où est-elle, cette lettre ? demanda Miles qui s'efforçait visiblement de ne pas perdre son sang-froid.

— Je l'ai détruite. C'était une lettre anonyme ; ça ne compte pas.

— Nous ne voulions pas t'alarmer, mon chéri, dit Shirley en tapotant le bras de son fils.

— De toute façon, ils n'ont déniché aucun cadavre dans ton placard, le rassura Howard, sinon ils l'auraient déjà balancé, comme pour Price.

— L'épouse de Simon Price est une jeune femme charmante, dit Shirley d'une voix douce et navrée. Si vraiment son mari est un magouilleur, je ne peux pas croire que Ruth soit au courant. C'est une amie de l'hôpital, précisa-t-elle à l'intention de Maureen. Une infirmière contractuelle.

— Ce ne serait pas la première fois qu'une épouse ne remarque pas ce qui se passe juste sous son nez, répliqua Maureen, obligée de se rabattre sur la sagesse populaire pour faire pièce à la science des initiés.

— C'est proprement honteux d'utiliser le nom de Barry Fairbrother comme ça, dit Shirley qui fit semblant de ne pas avoir entendu Maureen. Aucune considération pour sa veuve, sa famille. Tout ce qui compte pour eux, c'est de gagner, et ils sont prêts à sacrifier tout le reste !

— Ça vous donne une idée des adversaires auxquels nous sommes confrontés, dit Howard en se gratouillant le repli de sa panse d'un air pénétré. D'un point de vue stratégique, c'est assez habile. J'ai tout de suite compris que Price allait diviser l'électorat pro-Champs. Beine-à-Jouir l'a compris aussi, et cherche à se débarrasser de lui ; pas folle, la guêpe…

— Mais, intervint Samantha, ça n'a peut-être rien à voir avec Parminder et sa bande, toute cette histoire. Ça pourrait venir de quelqu'un qu'on ne connaît pas, quelqu'un qui aurait une dent contre Simon Price.

— Oh, Sam, dit Shirley en secouant la tête avec un petit rire cristallin. On voit bien que tu es novice en politique. »

Oh, ta gueule, Shirley.

« Et pourquoi utiliser le nom Barry Fairbrother, dans ce cas ? renchérit Miles en se tournant vers sa femme.

— Eh bien... à cause de l'annonce sur le site ? C'est de son siège qu'il s'agit, après tout.

— Et qui irait fouiller dans le site internet du Conseil pour aller pêcher ce genre de renseignements ? Non, dit-il avec gravité, c'est quelqu'un de l'intérieur... »

Quelqu'un de l'intérieur... Libby avait dit un jour à Samantha qu'il pouvait y avoir des milliers de bactéries microscopiques à l'intérieur d'une seule goutte d'eau dans un étang. Ils étaient grotesques, tous, se dit Samantha, assis là devant les assiettes commémoratives de Shirley comme s'ils étaient réunis dans la salle de crise du 10, Downing Street, comme si une poignée de commérages minables sur le site internet du Conseil paroissial de Pagford constituaient une déclaration de guerre – comme si tout ça avait une importance quelconque.

D'un air de défi assumé, Samantha décida de ne plus leur prêter la moindre attention. Elle se tourna vers la fenêtre et fixa ses regards sur la clarté vespérale du ciel, et elle pensa à Jake, le gamin musclé du groupe préféré de Libby. À midi, pendant sa pause-déjeuner, Samantha était allée se chercher un sandwich et avait acheté un magazine de musique dans lequel Jake et son groupe étaient interviewés. Il y avait plein de photos.

« C'est pour Libby, avait-elle précisé à son assistante en revenant avec le magazine sous le bras.

— Waouh ! Montre... ? Ben mon vieux, celui-là, si je l'avais dans mon lit, je n'irais pas dormir dans la baignoire…, avait dit Carly en pointant du doigt Jake, torse nu, tête renversée en arrière, le cou tendu, large et puissant. Oh non, attends voir… ? Il n'a que vingt et un ans ! Non, quand même, je ne les prends pas au berceau… »

Carly avait vingt-six ans. Samantha se fichait éperdument de la différence d'âge entre elle et Jake. Elle avait dévoré l'article et les photos en même temps que son sandwich. Jake, les mains agrippées à une barre fixe au-dessus de sa tête, biceps gonflés à bloc sous le T-shirt noir ; Jake, chemise blanche ouverte, muscles abdominaux taillés à la serpe au-dessus de la ceinture un peu relâchée de son jean.

Samantha but le vin de Howard en regardant le ciel se farder de rose au-dessus de la haie de troènes noirs ; du même rose délicat que ses tétons, naguère, avant qu'ils ne brunissent sous l'effet des grossesses et de l'allaitement. Elle s'imagina à dix-neuf ans, face aux vingt et un printemps de Jake, la taille fine à nouveau, les courbes élancées et bien en place, le ventre plat et tendu, glissé sans la moindre peine dans son petit short blanc taille 38. Elle se souvenait avec une émotion intacte des sensations éprouvées, assise dans ce short sur les genoux d'un garçon, du contact rêche et tiède, sous les cuisses nues, du jean chauffé par le soleil, de ces grandes mains viriles posées sur ses hanches étroites. Elle imaginait le souffle de Jake dans sa nuque ; elle imaginait les yeux bleus dans lesquels elle plongeait soudain les siens, les pommettes hautes, les lèvres fermes et ciselées…

« … dans la salle communale, et pour le traiteur, nous avons choisi Bucknoles, dit Howard. On a invité tout le monde : Aubrey et Julia – tout le monde. Ce sera une double célébration : ton élection au Conseil, et ma jeunesse inentamée par cette année supplémentaire au compteur… »

Samantha était ivre et émoustillée. Quand est-ce qu'on allait passer à table ? Elle s'aperçut que Shirley avait quitté la pièce ; sans doute, espérait-elle, pour servir le dîner…

Le téléphone sonna, juste à côté du coude de Samantha qui sursauta. Personne n'eut le temps de faire un geste que Shirley était déjà là, revenue en trombe dans le salon, manique à fleurs sur une main, combiné dans l'autre.

« Résidence vingt-deux cinquante-neuf bonsoir ? chantonna Shirley en faisant grimper l'inflexion finale. Oh… bonsoir, Ruth, très chère ! »

Howard, Miles et Maureen se figèrent, attentifs. Shirley se tourna vers son mari et écarquilla les yeux, le fixant d'un regard intense comme pour lui transmettre les paroles de Ruth par télépathie.

« Oui…, flûta Shirley. Oui, tout à fait… »

Samantha, assise à côté du téléphone, entendait la voix de Ruth à l'autre bout du fil mais n'arrivait pas à saisir ce qu'elle disait.

« Oh, vraiment… ? »

Maureen était de nouveau à deux doigts de se démantibuler la mâchoire ; elle ressemblait à un oisillon préhistorique, un bébé ptérodactyle au gosier écartelé, affamé d'informations régurgitées.

« Certainement, ma chère, mais oui, je comprends bien… oh, non, ça ne devrait pas poser de problème… non, non, j'expliquerai tout à Howard. Mais non, voyons, pas du tout, ne vous en faites pas. »

Les petits yeux noisette de Shirley ne s'étaient pas détachés de ceux de Howard, bleus, énormes, exorbités.

« Ruth, ma chère, continua Shirley, Ruth, je ne voudrais pas vous inquiéter, mais… avez-vous été sur le site internet du Conseil, aujourd'hui ?… Eh bien… ce n'est pas très plaisant, j'en ai peur, mais… je crois que vous devriez être au courant… quelqu'un a écrit des choses affreuses sur Simon… écoutez, je crois que vous feriez mieux d'aller voir par vous-même, je ne voudrais pas… très bien, ma chère. Parfait. Alors à mercredi, j'espère. C'est cela, oui. Au revoir. »

Shirley raccrocha.

« Elle ne savait pas », lâcha Miles d'un ton catégorique.

Shirley secoua la tête.

« Elle appelait pour quoi, alors ?

— Son fils, dit Shirley à Howard. Ton nouveau commis de cuisine. Il est allergique aux arachides.

— Ah, dit Howard. Tout à fait fâcheux dans le commerce de bouche, ça.

— Elle voulait savoir si tu pouvais stocker quelques doses d'adrénaline dans le frigo de l'épicerie, au cas où…

— Ce qu'ils peuvent avoir comme allergies, les gosses, de nos jours », dit Maureen en reniflant.

La main de Shirley était restée posée sur le téléphone. Sans doute espérait-elle inconsciemment percevoir à travers le combiné les vibrations du tremblement de terre qui devait en ce moment même secouer Hilltop House.

5

Seule dans le salon, debout dans le halo du lampa-
daire, Ruth n'arrivait pas à retirer sa main du combiné qu'elle venait de raccrocher.

Hilltop House était une vieille demeure, petite et
compacte. On savait à tout moment où se situait chacun des quatre membres de la famille Price, car le
moindre éclat de voix, les bruits de pas et des portes
ouvertes ou refermées résonnaient dans toute la maison. Ruth savait que son mari était encore sous la
douche : elle entendait siffler et cliqueter la chaudière
située sous l'escalier. Elle avait attendu que Simon
fasse couler l'eau avant d'appeler Shirley, de peur
qu'il n'interprète ce simple coup de fil à propos de
l'EpiPen d'Andrew comme une trahison, une manière
de fraterniser avec l'ennemi.

L'ordinateur familial était installé dans un coin du
salon, où Simon pouvait le surveiller en permanence
et s'assurer que personne n'abusait du forfait internet
derrière son dos. Ruth lâcha le téléphone et se précipita sur le clavier.

Il lui fallut une éternité, lui sembla-t-il, pour accéder à la page du Conseil de Pagford. Ruth repoussa
ses lunettes sur le haut de son nez d'un doigt tremblant en faisant défiler les rubriques avant de tomber
enfin sur le forum. Sur le fond blanc de la fenêtre, les
sinistres lettres noires composant le nom de son mari
lui sautèrent à la figure : Simon Price Candidat Indigne
au Conseil.

Elle double-cliqua sur l'intitulé, fit apparaître le paragraphe dans son intégralité, et lut. La pièce se mit à tournoyer autour d'elle.

« Oh, mon Dieu », murmura-t-elle.

Le cliquetis de la chaudière s'était interrompu. Simon devait être en train d'enfiler le pyjama qu'il avait mis à tiédir sur le radiateur. Il avait déjà tiré les rideaux du salon, allumé les lampes de chevet et le poêle à bois, afin de pouvoir être tout de suite à son aise quand il redescendrait, s'affaler sur le canapé et regarder les infos.

Ruth savait qu'elle devrait lui dire. Ne pas l'avertir, le laisser découvrir ce message par lui-même, était inenvisageable ; elle aurait été incapable de le garder pour elle. Elle se sentait coupable et terrifiée, même si elle ne savait pas trop pourquoi.

Elle l'entendit descendre l'escalier à petites foulées et il apparut sur le seuil du salon, dans son pyjama bleu en coton brossé.

« Sim, murmura-t-elle.

— Quoi ? » répliqua-t-il, déjà agacé. Il sentait qu'il s'était passé quelque chose ; que le programme voluptueux qu'il s'était concocté – canapé, feu de bois, infos – était sur le point d'être compromis.

Elle leva une main fébrile vers l'écran et plaqua l'autre un peu bêtement sur sa bouche, comme une petite fille. Simon, gagné par l'appréhension de sa femme, se dirigea d'un pas martial vers l'ordinateur et regarda l'écran en fronçant les sourcils. Il ne lisait pas très vite. Il déchiffra chaque ligne du texte, mot à mot, avec une concentration fastidieuse.

Quand il eut terminé, il demeura immobile quelques instants, passant mentalement en revue tous les mouchards potentiels. Il pensa au gamin au chewing-gum, le conducteur de chariot élévateur, qu'il avait lâché au beau milieu des Champs le soir où ils étaient allés chercher l'ordinateur. Il pensa à Jim et Tommy, les acolytes avec qui il faisait tourner ses petites combines au noir à l'imprimerie. C'était forcément quelqu'un du boulot qui avait craché le morceau. La colère et la peur entrèrent en collision au fond de ses entrailles, déclenchant l'inévitable combustion.

Il courut au pied de l'escalier et hurla : « Tous les deux ! Descendez ici ! TOUT DE SUITE ! »

Ruth avait toujours la main plaquée sur la bouche. Pris d'un élan sadique, il avait envie de la lui ôter de là avec une bonne claque, de lui dire d'arrêter de jouer à la conne et de redescendre sur terre : c'est *lui* qui était dans la merde.

Andrew entra le premier dans le salon, suivi de Paul. Il aperçut les armoiries du Conseil de Pagford sur l'écran et vit sa mère figée comme une statue. S'avançant pieds nus sur la vieille moquette, il eut la sensation de dégringoler cinquante étages dans une cabine d'ascenseur dont les câbles auraient soudain cédé.

« Quelqu'un, dit Simon en toisant ses deux fils, a parlé de certaines choses évoquées dans cette maison. »

Paul était descendu avec son cahier d'exercices de chimie ; il le serrait contre lui comme un psautier. Andrew soutenait le regard de son père en s'efforçant d'afficher une expression à la fois confuse et intriguée.

« Qui est allé raconter qu'on avait un ordinateur volé ? demanda Simon.

— Pas moi », dit Andrew.

Paul regardait son père d'un air ahuri, comme si la question n'était pas encore remontée jusqu'à son cerveau. Andrew pria pour que son frère réponde. Pourquoi fallait-il qu'il soit toujours aussi lent ?

« Alors ? grogna Simon en dévisageant Paul.

— Ben non, je crois pas que…

— Tu ne *crois* pas ? Tu ne *crois* pas l'avoir dit à qui que ce soit ?

— Non, je crois pas l'avoir d…

— Oh, mais c'est très intéressant, ça, dit Simon en se mettant à marcher de long en large devant son fils. Vraiment très intéressant. »

D'une claque, il fit sauter des mains de Paul le cahier d'exercices qui vola à travers le salon.

« Eh bah vas-y, petit merdeux, réfléchis, grondat-il. Creuse ta petite cervelle de merde et réfléchis, au lieu de *croire*… Est-ce que tu as dit à quelqu'un qu'on avait un ordinateur volé, oui ou non ?

— Volé, non…, répondit Paul. Je l'ai dit à personne… même qu'on avait un nouvel ordinateur, je crois que je l'ai dit à personne…

— Je vois, dit Simon. Alors la nouvelle s'est répandue toute seule, par magie, hein, c'est ça ? »

Il pointait du doigt l'écran de l'ordinateur.

« *Quelqu'un* a parlé, bordel de merde, d'accord ? hurla-t-il. Parce que c'est partout sur ce *putain* d'internet ! Et moi j'ai plus qu'à espérer un *putain* de miracle pour *pas – me – faire – vi – rer* ! »

Simon martela ces cinq dernières syllabes en les accompagnant chacune d'un petit coup de poing sur le crâne de Paul, qui essaya en vain d'esquiver en rentrant la tête dans les épaules ; un filet liquide et noirâtre se mit à couler de sa narine gauche ; il saignait du nez plusieurs fois par semaine.

« Et *toi* ? rugit Simon en faisant volte-face vers sa femme, toujours tétanisée à côté de l'ordinateur, les yeux écarquillés derrière ses lunettes, la bouche dissimulée par sa main comme par un voile. *Toi*, tu serais pas allée faire ta putain de commère, par hasard ? »

Ruth se débâillonna.

« Mais non, Sim, murmura-t-elle, enfin je veux dire… la seule personne à qui j'ai dit qu'on avait un nouvel ordinateur, c'est Shirley, et jamais Shirley ne… »

Pauvre idiote… pauvre, pauvre cruche… mais qu'est-ce que tu avais besoin de lui raconter ça ?

« Tu as fait quoi ? demanda calmement Simon.

— Je l'ai dit à Shirley, gémit Ruth. Mais je n'ai pas dit que c'était un ordinateur volé, Sim. J'ai juste dit que tu allais le rapporter à la maison et…

— Eh bah voilà, putain, cherchez plus ! hurla Simon. Son connard de fils se présente à l'élection, évidemment qu'elle cherche à me coincer, la salope !

— Mais c'est elle qui m'a prévenue, Sim, à l'instant, elle n'aurait pas… »

Il se rua sur elle et la frappa au visage, comme il en avait envie depuis qu'il l'avait vue arborer cette expression de terreur ridicule ; ses lunettes tournoyèrent dans les airs avant de s'écraser contre la bibliothèque ; il la frappa de nouveau et elle alla s'écrouler contre le petit bureau pour ordinateur qu'elle avait été si fière d'acheter avec ses premiers mois de salaire du South West General.

Andrew s'était fait une promesse. Il avait l'impression de bouger au ralenti ; l'atmosphère était soudain glaciale, moite, un peu irréelle.

« Je t'interdis de la frapper, dit-il en s'interposant entre ses parents. Je t'inter… »

Sa lèvre se fendit, écrasée entre ses dents de devant et les phalanges de son père, et il tomba à la renverse, par-dessus sa mère couchée en travers du clavier d'ordinateur. Simon lança un nouveau coup de poing, qui atterrit sur le bras qu'Andrew avait levé pour se protéger le visage ; il essayait de se redresser, mais son père l'obligeait à rester collé au corps tremblant et recroquevillé de sa mère en les rouant tous les deux à l'aveugle de coups enragés et désordonnés…

« Tu ne m'interdis rien du tout, espèce de petit merdeux, sale petite couille molle à pustules, pauvre petit avorton de merde terminé à la pisse… »

Andrew se laissa tomber à genoux pour s'enfuir, et Simon lui donna un grand coup de pied dans les côtes. Andrew entendit son frère gémir d'une voix pathétique : « Arrêtez ! » Simon lança un nouveau coup de pied, mais Andrew réussit cette fois à l'esquiver ; les orteils de son père allèrent taper contre la brique de la cheminée, et il se mit soudain à pousser des glapissements de douleur grotesques.

Andrew s'éloigna en rampant ; Simon se tenait le pied à deux mains et sautillait sur place en hurlant des insultes d'une voix de fausset ; Ruth était allée s'effondrer dans le fauteuil pivotant, où elle sanglotait, le visage enfoui dans ses mains. Andrew se releva et avala son propre sang.

« N'importe qui aurait pu parler de cet ordinateur », dit-il d'une voix haletante, prêt à en découdre à nouveau. Il se sentait plein de courage, maintenant que la guerre était déclarée et la bataille bien engagée ; c'était l'attente qui faisait peur et mettait les nerfs à cran, quand la mâchoire de Simon commençait à saillir et qu'on entendait monter dans sa voix les rugissements de la bête assoiffée de violence. « Tu nous as dit qu'un vigile s'est fait tabasser. N'importe qui aurait pu parler. C'est pas nous...

— Tu ne... espèce de petit enculé... je me suis fracturé l'orteil ! » piaula Simon en se jetant en arrière dans un fauteuil où il continua à se masser le pied. Il avait l'air d'attendre qu'on vienne le réconforter.

Andrew imagina qu'il avait un flingue à la main ; il tirait une balle dans la tête de son père et regardait son visage exploser, sa cervelle éclabousser les murs du salon.

« Et pendant ce temps-là, cette petite morveuse de Pauline a encore ses ragnagnas ! beugla Simon en se tournant vers Paul qui se tenait le nez à pleine main, essayant en vain d'endiguer les flots de sang qui lui coulaient entre les doigts. Mais tire-toi de là, putain ! Dégage de ma moquette, sale petite pédale ! »

Paul sortit du salon ventre à terre. Andrew appuya sur sa lèvre fendue avec le bas de son T-shirt.

« Et les boulots au noir ? » sanglota Ruth, la joue écarlate et tuméfiée, les larmes roulant jusqu'au bout du menton. Andrew était furieux de la voir ainsi, humiliée, pitoyable ; mais sa colère était à moitié dirigée contre elle aussi, qui s'était mise toute seule dans le pétrin, alors que n'importe quel débile aurait su...

« Ils parlent des boulots au noir, dans le message. Shirley ne sait rien de tout ça, comment serait-elle au courant ? C'est quelqu'un de l'imprimerie qui a fait ça. Je te l'avais dit, Sim, je t'avais bien dit que tu ne devrais pas faire ce genre de choses, j'ai toujours su que ça finirait par arriver, j'avais tellement peur, je n'en dormais plus de la…

— Mais tu vas taire ta gueule au lieu de geindre comme une truie, connasse ?! Je t'ai pas entendue te plaindre quand tu dépensais le pognon ! » hurla Simon dont la mâchoire menaçait à nouveau de s'avancer… Et Andrew, lui aussi, avait envie de crier à sa mère de la fermer ; elle se mettait toujours à jacasser dans les moments où le premier imbécile venu aurait compris qu'il valait mieux se taire, et elle se taisait chaque fois qu'il aurait peut-être fallu intervenir ; elle n'avait jamais rien compris, rien appris, rien retenu.

Plus personne ne dit un mot pendant une minute. Ruth s'essuyait le coin des yeux du revers de la main en reniflant. Simon se tenait l'orteil, les dents serrées, en respirant bruyamment. Andrew, du bout de la langue, goûtait le sang qui continuait de couler de sa lèvre de plus en plus enflée et douloureuse.

« Ça va me coûter mon job, cette connerie, dit Simon en lançant des regards déments dans tous les coins de la pièce, comme s'il restait quelqu'un sur qui il aurait oublié de cogner. Déjà qu'il était question d'un putain de plan de licenciements… Cette fois, c'est la bonne. Cette fois… » Il renversa d'une grande gifle la lampe posée sur la table d'appoint au bout du canapé, qui alla rouler par terre, mais sans se briser. Il la ramassa, arracha le fil, la souleva au-dessus de sa tête et la lança au visage d'Andrew, qui esquiva le missile.

« Qui a parlé, putain ? recommença à braire Simon tandis que le pied de la lampe se fracassait contre le mur. Quelqu'un a parlé, bordel de merde !

— Mais c'est forcément un connard à l'imprimerie, réfléchis deux secondes ! cria à son tour Andrew qui sentait sa lèvre pulser et doubler de volume, comme s'il avait un quartier de mandarine à la place de la bouche. Tu crois pas que depuis le temps… tu crois pas qu'on a appris à fermer notre gueule ? »

Il avait l'impression d'observer les réactions d'un animal sauvage. Il regardait les muscles rouler sous la mâchoire de la bête, mais il voyait bien que Simon était en train de réfléchir à cette dernière remarque.

« Quand est-ce qu'il a été envoyé, ce message ? aboya-t-il à Ruth. Vas-y, putain, regarde ! C'est quoi la date qu'y a marqué ? »

Sans cesser de sangloter, elle se tourna vers l'ordinateur ; incapable de lire sans ses lunettes, à présent brisées, elle approcha son nez à deux centimètres de l'écran.

« Le 15, murmura-t-elle.

— Le 15… dimanche, dit Simon. Dimanche, c'est ça ? »

Ni Andrew ni Ruth ne le corrigèrent. Andrew n'en croyait pas ses oreilles ; un coup de chance pareil, c'était impossible… et impossible que ça tienne jusqu'au bout.

« Dimanche, répéta Simon. Donc n'importe qui aurait pu – aïe, putain, mon orteil ! cria-t-il en s'extirpant de son fauteuil pour s'avancer vers Ruth, traînant la patte et prenant bien soin d'en rajouter des tonnes. Pousse-toi de là, toi ! »

Elle se leva d'un bond, s'écarta pour lui laisser la place, et le regarda relire le message. Simon reniflait comme un bestiau pour se dégager les cloisons nasales. Andrew songea qu'il aurait pu le garrotter par-derrière, dans cette position, si seulement il avait eu une corde à piano sous la main…

« Ça vient du boulot, tout ça », annonça Simon comme s'il venait de parvenir tout seul à cette conclusion sans avoir entendu un seul instant sa femme ou son fils se tuer à lui dire la même chose. Il posa les mains sur le clavier et se tourna vers Andrew. « Comment je l'enlève ?

— Quoi ?

— Tu fais de l'informatique à l'école, oui ou merde ? Comment j'efface ce putain de message ?

— Mais tu peux pas l'ef… Tu peux pas, dit Andrew. Y a que le webmaster du site qui peut.

— Eh bah vas-y, toi, fais le master, dit Simon en quittant le fauteuil à cloche-pied puis en le pointant du doigt pour qu'Andrew s'y installe.

— Mais je peux pas ! dit-il, terrifié à l'idée que son père pique une nouvelle crise de rage. Il faut un nom d'utilisateur et le mot de passe qui va avec.

— Putain, décidément, tu sers qu'à bouffer de l'espace dans cette maison, hein ? »

Simon repassa devant son fils en boitillant et le poussa d'un coup brusque au sternum ; Andrew partit en arrière et percuta à nouveau le manteau de la cheminée.

« Passe-moi le téléphone ! » cria Simon à sa femme en se rasseyant.

Ruth alla prendre l'appareil et le tendit à Simon qui le lui arracha des mains, puis il composa un numéro.

Andrew et sa mère attendaient en silence. Simon appela Jim, puis Tommy, les deux complices de ses œuvres au noir à l'imprimerie… Il déversa sa colère et ses suspicions dans le combiné à coups de phrases sèches et entrecoupées d'injures.

Paul n'était pas revenu dans le salon. Peut-être était-il encore en train d'essayer de stopper son hémorragie nasale – ou alors, hypothèse plus probable, il avait trop peur pour redescendre. Andrew trouvait cette attitude peu avisée de la part de son frère – toujours, toujours attendre que Simon ait donné sa permission avant de quitter la pièce…

Une fois ses coups de fil terminés, Simon rendit le téléphone à Ruth sans un mot ; elle se dépêcha d'aller le reposer sur sa base.

Simon resta un moment assis en silence, plongé dans ses réflexions, l'orteil douloureux, le front perlé de sueur devant le feu de bois, fulminant de colère impuissante. Il se fichait éperdument de la raclée qu'il venait d'infliger à sa femme et à son fils, à qui il n'accorda pas une seule de ses pensées ; une chose terrible venait de lui arriver, et sa fureur, en explosant, était retombée sur ceux qui avaient le malheur d'être dans les parages à ce moment-là ; voilà tout ; c'était la vie. Et puis cette pauvre bécasse de Ruth aussi, quelle idée de lui avouer qu'elle avait raconté des choses à Shirley…

Simon reconstituait peu à peu l'enchaînement des causes et des effets, tels qu'il se les imaginait. Un enculé (sans doute le jeune mec des transpalettes avec ses chewing-gums de merde, qui avait quand même salement tiré la gueule quand Simon l'avait planté au milieu de la cité) avait parlé de lui aux Mollison (et, dans un sens – même si la logique de cette déduction n'était pas tout à fait limpide –, le fait que Ruth ait reconnu avoir évoqué l'ordinateur devant Shirley renforçait la crédibilité de cette supposition), lesquels (les Mollison, l'establishment, les gardiens perfides et sournois du pouvoir) avaient mis ce message sur leur site internet (qui était géré par cette vieille morue de Shirley – CQFD).

« C'est ta chiennasse de copine, cracha Simon à sa femme larmoyante et tremblotant de la lèvre. Ta putain de Shirley. C'est elle qui est derrière tout ça. Elle me balance des saloperies dessus pour pas que je marche sur les plates-bandes de son fils. Voilà c'est qui !

— Mais Sim… »

Tais-toi, tais-toi, mais tais-toi donc, pauvre dinde ! se dit Andrew.

« Toujours dans son camp, hein ? gronda Simon en faisant mine de se lever.

— Non ! » couina Ruth, et il se rassit, soulagé de ne pas avoir à exercer une nouvelle pression sur son orteil endolori.

Cette histoire de petits boulots au noir n'allait pas plaire du tout aux huiles de chez Harcourt-Walsh, se dit Simon. Il ne serait pas étonné que la police vienne sonner à la porte un de ces jours, histoire de jeter un œil à ce fameux ordinateur… Un besoin impérieux d'agir s'empara soudain de lui.

« Toi, dit-il en désignant Andrew. Débranche l'ordinateur. Tout, les câbles, les machins, tout le bazar. Tu viens avec moi. »

6

Dénégations, silences, mensonges et dissimulations.

Le fleuve Orr recouvrit de ses flots boueux l'épave de l'ordinateur volé, jeté du haut du vieux pont en pierre à minuit. Simon arriva au travail en boitant et raconta à tout le monde qu'il avait glissé dans l'allée du jardin. Ruth mit de la glace sur ses ecchymoses et les camoufla d'une main malhabile avec un vieux tube de fond de teint. La lèvre d'Andrew s'orna d'une croûte, comme celle de Dane Tully, et Paul, qui se remit à saigner du nez dans le bus, fut obligé de filer à l'infirmerie sitôt arrivé à l'école.

Shirley Mollison, partie faire des emplettes à Yarvil, ne répondit qu'en fin d'après-midi aux appels répétés de Ruth, dont les fils, entre-temps, étaient rentrés à la maison après leur journée de cours. Andrew épia la conversation à sens unique, assis sur les marches de l'escalier devant le salon. Il savait que sa mère essayait de résoudre le problème avant le retour de Simon, qui était très capable de lui arracher le téléphone pour hurler des insanités à son amie.

« ... des mensonges absurdes, disait-elle d'une voix pimpante, mais nous vous serions infiniment reconnaissants si vous pouviez retirer ce message du site, Shirley. »

Andrew se fendit d'un sourire qui faillit faire éclater de nouveau sa lèvre à peine cicatrisée. Il avait honte d'entendre sa mère demander un service à cette bonne femme. À cet instant précis, pris d'une colère irrationnelle, il était furieux que ce message n'ait pas déjà été effacé du site ; puis, soudain, il se rappela qu'il en était lui-même l'auteur, que tout était sa faute : le visage tuméfié de sa mère, sa propre lèvre enflée, et l'ambiance de terreur qui pesait sur la maison à la perspective du retour de Simon.

« Je sais bien que vous avez mille choses à faire…, continuait sa mère d'un ton veule, mais vous imaginez bien le tort que cela pourrait causer à Simon, si jamais les gens se mettaient à penser… »

C'était exactement ainsi, songea Andrew, que Ruth s'adressait à Simon, les rares fois où elle se sentait dans l'obligation de le confronter : servile, contrite, hésitante. Pourquoi sa mère n'ordonnait-elle pas à cette femme d'effacer le message séance tenante ? Pourquoi fallait-il qu'elle rampe, qu'elle s'excuse en permanence ? *Pourquoi ne quittait-elle pas son père ?*

Il avait toujours considéré sa mère comme un être distinct, plein de bonté et de pureté. Plus jeune, il était sidéré par le contraste entre ses parents – Simon et Ruth, c'était le noir et le blanc, le mal et le bien, la peur et la douceur. Mais en grandissant, il était devenu de plus en plus sévère à l'égard de sa mère – son aveuglement consenti, son acharnement à trouver des excuses à son père, son allégeance inébranlable à cette fausse idole.

Andrew l'entendit raccrocher, descendit l'escalier et croisa Ruth au moment où elle quittait le salon.

« Tu parlais à la femme qui s'occupe du site internet ?

— Oui, dit Ruth d'une voix lasse. Elle va enlever ce message sur Papa, et avec un peu de chance, toute cette histoire sera terminée. »

Andrew savait que sa mère était intelligente, et beaucoup plus débrouillarde que son père qui avait deux enclumes à la place des mains. Elle était capable de gagner sa vie toute seule.

« Pourquoi elle ne l'a pas enlevé tout de suite, si vous êtes amies ? » demanda-t-il en la suivant dans la cuisine. Pour la première fois de sa vie, sa pitié à l'égard de Ruth était mêlée d'un sentiment rageur de frustration.

« Elle était occupée », répliqua-t-elle sèchement.

L'un de ses yeux était encore injecté de sang.

« Tu lui as dit qu'elle pouvait avoir des problèmes pour avoir laissé des propos diffamatoires sur le site, en tant qu'administratrice du forum ? On a fait un truc en cours d'inform…

— Je viens de te dire qu'elle allait le retirer, Andrew », dit Ruth, énervée.

Devant ses fils, elle n'avait pas peur de s'emporter. Était-ce parce qu'ils ne la frappaient pas, ou y avait-il une autre raison ? Andrew savait que ses blessures devaient la faire souffrir autant que lui.

« Alors c'est qui, à ton avis, qui a écrit tous ces trucs sur Papa ? » lui demanda-t-il avec une certaine cruauté.

Elle se tourna vers lui, excédée.

« Comment veux-tu que je le sache ? Tout ce que je sais, c'est que celui qui a fait ça est quelqu'un de lâche et de méprisable. *Tout le monde* a quelque chose à cacher. Quel effet ça leur ferait, aux autres, si Papa se mettait lui aussi à raconter ce qu'il sait d'eux partout sur internet ? Mais il ne ferait jamais une chose pareille.

— Ah, parce que ce serait contre ses principes, c'est ça ? dit Andrew.

— Tu ne connais pas ton père aussi bien que tu le crois ! cria Ruth, les larmes aux yeux. Va-t'en ! Allez, file, va faire tes devoirs ou… je ne sais pas, moi… sors de là ! »

Andrew retourna dans sa chambre affamé ; il était descendu dans la cuisine chercher à manger. Il resta allongé longtemps sur son lit, se demandant si ce message n'avait pas été une très mauvaise idée, au fond, et se demandant aussi combien de fois son père devrait continuer à cogner sa famille avant que sa mère comprenne qu'il n'avait aucun principe.

Pendant ce temps-là, à deux kilomètres de Hilltop House, Shirley Mollison, dans son bureau, essayait de se rappeler comment retirer un message sur le forum. Il en recevait si peu qu'elle pouvait en général les laisser végéter sur le site pendant trois ans. Elle remit enfin la main, au fond d'un classeur à tiroirs dans le coin de la pièce, sur le guide sommaire de l'administration du site qu'elle avait elle-même rédigé quand elle avait commencé, et elle réussit, après quelques tâtonnements, à retirer le message infamant. Elle le fit uniquement parce que Ruth, pour qui elle avait de l'affection, le lui avait demandé ; à titre personnel, elle ne se sentait pas du tout concernée par cette affaire.

Mais le message avait beau avoir disparu du site, il ne serait pas aussi aisé de l'effacer de la mémoire de tous ceux qui se passionnaient pour la foire d'empoigne dont l'élection au siège vacant de Barry allait bientôt faire l'objet. Parminder Jawanda avait copié le message accusant Simon Price sur son propre ordinateur et le relisait sans cesse, scrutant chacune de ses phrases tel un médecin légiste décortiquant les fibres d'un cadavre, à l'affût de la moindre trace susceptible de trahir l'ADN littéraire de Howard Mollison. Bien sûr, il avait pris grand soin de mettre en sourdine les inflexions les plus reconnaissables de son style, mais elle était certaine de déceler sa voix pompeuse dans certains passages – « Mr Price est assurément à son affaire lorsqu'il s'agit de dépenser le moins possible », ou encore : « bénéficierait sans nul doute de ses nombreux et précieux contacts ».

« Minda, tu ne connais pas Simon Price », dit Tessa Wall. Elle et Colin avaient été invités chez les Jawanda pour un dîner informel, dans la cuisine, et à peine avaient-ils franchi le seuil du Vieux Presbytère que Parminder avait abordé le sujet bille en tête. « C'est un homme détestable, et il a pu se mettre à dos beaucoup de gens. Très honnêtement, je ne crois pas qu'il s'agisse de Howard Mollison. Je ne le vois pas user de méthodes aussi grossières.

— Détrompe-toi, Tessa, dit Parminder. Howard est prêt à tout pour que Miles soit élu. Tu verras. Colin est le prochain sur la liste... »

Tessa vit les phalanges de son mari blanchir sur le manche de sa fourchette, et maudit Parminder de ne pas avoir tourné sept fois la langue dans sa bouche. Elle était pourtant bien placée pour savoir comment était Colin – c'est elle qui lui prescrivait son Prozac.

Assis en bout de table, Vikram ne disait pas un mot. Un sourire un tantinet sardonique illuminait spontanément son beau visage. Tessa avait toujours été intimidée par le chirurgien, comme par tous les hommes séduisants. Parminder avait beau être l'une de ses meilleures amies, Tessa connaissait à peine son mari, qui travaillait jour et nuit et s'investissait beaucoup moins qu'elle dans les affaires de Pagford.

« Je t'ai parlé de l'ordre du jour ? continua Parminder. Pour la prochaine réunion ? Il propose une motion sur les Champs, qu'il veut faire examiner par le comité de Yarvil chargé de l'étude du cadastre, *et* une résolution pour résilier de force le bail de la clinique de désintoxication. Il essaie de précipiter les choses tant que le siège de Barry est vacant ! »

Elle n'arrêtait pas de se lever de table pour aller chercher tel ou tel ustensile, ouvrait plus de placards que nécessaire ; elle était distraite et brouillonne. À deux reprises, elle se leva sans savoir pourquoi et se rassit aussitôt, les mains vides. Vikram suivait tous ses déplacements, l'œil en coin sous ses longs cils soyeux.

« J'ai appelé Howard hier soir, dit Parminder, et je lui ai dit qu'à mon avis, il fallait attendre que le Conseil soit à nouveau au complet avant de voter des décisions aussi importantes. Il a éclaté de rire ; il a dit qu'on ne pouvait pas attendre. Que le comité en charge du cadastre doit bientôt rendre ses conclusions et que Yarvil a besoin de notre point de vue sur ces questions. Mais c'est surtout qu'il a peur de voir Colin accéder au siège de Barry, parce qu'à partir de ce moment-là, il n'aura plus les coudées franches pour nous imposer ses desiderata. J'ai écrit à tous ceux dont le vote nous est acquis, normalement, pour voir s'ils ne peuvent pas faire pression sur lui, lui demander de repousser le vote, au moins d'une réunion… "Le Fantôme de Barry Fairbrother", ajouta Parminder dans un souffle. Quel *salopard* ! Hors de question de le laisser se servir de la mort de Barry pour gagner la partie. Je ne le permettrai pas. »

Tessa crut voir les lèvres de Vikram frémir. Les Pagfordiens historiques, Howard Mollison en tête, pardonnaient volontiers à Vikram les crimes qu'ils ne pouvaient tolérer de la part de sa femme : la couleur de la peau, l'intelligence, l'aisance (toutes choses qui, aux narines de Shirley Mollison, vous avaient tout de même un petit parfum de m'as-tu-vu). C'était, trouvait Tessa, d'une injustice révoltante : Parminder travaillait dur, présente sur tous les fronts – fêtes de l'école, kermesses, cabinet médical, Conseil paroissial –, et n'en recevait pour toute récompense que l'immarcescible mépris de la vieille garde pagfordienne ; tandis que Vikram, dont l'implication dans la vie de la communauté était pour ainsi dire nulle, récoltait toutes les flatteries, toutes les flagorneries de la bourgade qui lui tressait ses louanges avec une morgue de propriétaire.

« Mollison est un mégalomane, dit Parminder en poussant nerveusement sa nourriture du bout de sa fourchette. Un mégalomane et une brute épaisse. »

Vikram reposa ses couverts et se redressa sur sa chaise.

« Pourquoi, dans ce cas, demanda-t-il, se contente-t-il de présider le Conseil paroissial ? Pourquoi n'a-t-il jamais essayé d'accéder au Conseil communal ?

— Parce qu'il pense que Pagford est le centre de l'univers, rétorqua Parminder du tac au tac. Tu ne comprends pas : même si on lui offrait le poste de Premier Ministre, il ne lâcherait pas le Conseil de Pagford ! Et puis de toute façon, il n'a pas *besoin* de siéger à Yarvil, puisqu'il a Aubrey Fawley dans la poche, qui se charge pour lui d'arranger ses petites affaires au niveau communal. Déjà dans les starting-blocks sur cette histoire de cadastre. Main dans la main, tous les deux. »

Parminder avait l'impression de sentir le fantôme de Barry planer au-dessus de la table de la cuisine. Il aurait tout expliqué à Vikram, et l'aurait fait bien rire au passage ; Barry savait imiter comme personne les tournures de phrase de Howard, sa démarche de pachyderme, les reflux gastriques qui interrompaient subitement ses envolées.

« Je n'arrête pas de lui dire qu'elle se laisse beau-coup trop submerger par le stress, dit Vikram à Tessa, mortifiée de se mettre aussitôt à rougir sous ce regard charbonneux. Vous êtes au courant de cette plainte grotesque – la vieille dame qui avait de l'emphysème ?

— Oui, Tessa est au courant. Tout le monde est au courant. Est-ce qu'on est vraiment obligés d'en parler à table ? » s'énerva Parminder en se levant d'un bond pour débarrasser les assiettes.

Tessa voulut lui donner un coup de main, mais Parminder, d'une voix contrariée, lui ordonna de rester assise. Vikram adressa à Tessa un léger sourire de solidarité qui fit tressaillir quelques papillons au creux de son ventre. Elle ne pouvait pas s'empêcher de se rappeler, en regardant Parminder s'agiter autour de la table, que leur couple était le fruit d'un mariage arrangé.

467

(« Ça veut simplement dire que c'est la famille qui organise la rencontre, lui avait dit un jour Parminder au début de leur amitié, un peu sur la défensive et agacée par l'expression qu'elle avait cru déceler sur le visage de Tessa. Personne ne *force* personne à se marier, tu sais… »

Mais elle avait aussi évoqué, en d'autres occasions, la pression énorme exercée par sa mère pour qu'elle prenne un époux.

« Tous les parents sikhs veulent que leurs enfants se marient. C'est une obsession chez eux », avait dit Parminder sur un ton doux-amer.)

Colin vit partir son assiette sans regrets. La nausée qui lui retournait l'estomac était encore pire que lorsqu'ils étaient arrivés chez les Jawanda. Eût-il été enfermé dans une bulle de verre aux parois impénétrables qu'il ne se serait pas senti plus radicalement séparé des trois autres convives. Il éprouvait une sensation qui ne lui était que trop familière, celle de tourner en rond dans une cellule gigantesque, pris au piège de ses propres frayeurs, qui le cernaient de toutes parts et le rendaient aveugle au monde extérieur, plongé dans les ténèbres.

Tessa ne lui était d'aucun secours : elle portait sur sa campagne électorale un regard d'une froideur délibérée et dénué de la moindre empathie. Le but initial de ce dîner était de permettre à Colin de sonder l'avis de Parminder au sujet des petits tracts qu'il avait rédigés pour lancer sa candidature. Mais Tessa refusait de s'engager à ses côtés et faisait la sourde oreille dès qu'il lui parlait de l'angoisse qui le submergeait peu à peu. Elle l'empêchait de s'en libérer.

Colin, qui s'efforçait de se mettre au diapason de cette indifférence et de se comporter comme s'il n'était pas du tout en train de crouler sous la pression qu'il s'était imposée à lui-même, n'avait pas parlé à sa femme du coup de téléphone reçu cet après-midi à l'école : une journaliste de la *Gazette de Yarvil*, qui voulait lui parler de Krystal Weedon.

L'avait-il touchée ?

Colin avait dit à la jeune femme que la direction de l'établissement ne pouvait en aucun cas lui transmettre des informations au sujet d'un élève, et qu'elle ne pouvait entrer en contact avec Krystal que par l'intermédiaire de ses parents.

« J'ai déjà parlé à Krystal, avait répondu la voix à l'autre bout du fil. Je voulais simplement avoir votre... »

Mais il avait raccroché, et la terreur, une fois de plus, avait jeté son voile obscur sur le monde entier.

Pourquoi voulaient-ils lui parler de Krystal ? Pourquoi l'avaient-ils appelé ? Avait-il fait quelque chose ? L'avait-il touchée ? L'avait-elle accusé ?

Son psy lui avait dit qu'il ne devait pas s'appesantir sur de telles suppositions. Il était censé admettre que ces pensées lui étaient venues, puis continuer à vivre normalement – mais c'était comme si on lui avait demandé de ne pas se gratter alors qu'il était en proie à la pire crise de démangeaison de toute son existence. La révélation des turpitudes de Simon Price sur la place publique l'avait abasourdi : la crainte d'être démasqué, sous l'empire de laquelle Colin avait vécu la majeure partie de sa vie, avait désormais un visage – celui d'un chérubin obèse et vieillissant dont le cerveau démoniaque, tapi derrière une paire

469

d'yeux exorbités et inquisiteurs, bouillonnait sous une paillasse de boucles grises surmontée d'une chapka. Il entendait encore Barry parler de l'intelligence stratégique redoutable du patron de l'épicerie, et décrire le réseau intriqué d'alliances qui soudait les seize membres du Conseil paroissial de Pagford.

Colin avait souvent imaginé la façon dont il découvrirait que la partie était terminée : un article circonspect dans le journal ; les têtes qui se détourneraient quand il entrerait chez Mollison & Lowe ; la directrice de l'école qui le convoquerait dans son bureau pour un entretien discret. Mille fois déjà, il avait eu la vision de sa chute, de sa honte mise à nu, offerte à tous les regards et si bien pendue à son cou, telle une cloche de lépreux, que jamais plus il ne pourrait la dissimuler. Il se ferait virer. Peut-être même finirait-il derrière les barreaux…

« Colin », dit Tessa à voix basse pour le tirer de sa rêverie ; Vikram lui proposait encore un peu de vin.

Elle savait ce qui se passait derrière ce grand front bombé ; pas en détail, mais le thème général était le même depuis des années : l'angoisse. Colin n'y pouvait rien ; il était fait ainsi. Elle avait lu un jour, il y avait fort longtemps, ces vers de W. B. Yeats qui lui avaient paru si justes : « Pitié plus qu'on ne peut dire / Se cache au cœur de l'amour. » Elle avait souri et marqué la page de son livre, car elle s'était reconnue dans ces mots : elle savait qu'elle aimait Colin, et que cet amour lui était en grande part dicté par la compassion.

Parfois, cependant, elle perdait patience. Parfois, elle aussi aurait bien aimé qu'on s'inquiète pour elle et qu'on la rassure. Colin s'était mis dans un état de panique prévisible quand elle lui avait annoncé, après avoir reçu les résultats de ses examens sanguins, qu'elle souffrait d'un diabète de type 2, mais dès qu'elle avait réussi à lui faire comprendre qu'elle n'était pas en danger de mort immédiat, elle avait été sidérée de constater à quelle vitesse il était passé à autre chose et s'était replongé corps et âme dans ses grands projets électoraux.

(Ce matin au petit déjeuner, pour la première fois, elle avait mesuré toute seule son taux de glycémie, puis elle avait sorti la seringue pré-remplie et l'avait enfoncée dans son ventre. Elle avait eu plus mal que lors de la piqûre précédente, administrée par les doigts de fée de Parminder.

Fats avait pris son bol de céréales et lui avait tourné le dos en pivotant sur sa chaise d'un mouvement brusque ; une grande giclée de lait avait éclaboussé la table, la manche de sa chemise et le sol de la cuisine. Colin avait poussé un râle de dégoût énervé quand Fats avait recraché ses cornflakes dans son bol pour demander à sa mère : « Tu es obligée de faire ce truc dégueulasse à table ?

— Tu arrêtes tout de suite avec les grossièretés et ces manières répugnantes ! avait crié Colin. Assieds-toi correctement ! Essuie-moi toutes ces saletés ! Comment oses-tu parler à ta mère sur ce ton ? Excuse-toi ! »

Tessa s'était fait saigner en retirant l'aiguille trop vite.

« Pardon... mais te voir te shooter au p'tit déj, Tess, ça me donne la gerbe, dit Fats qui était passé sous la table pour essuyer le sol avec une feuille de Sopalin.

— Ta mère ne se "shoote" pas, elle a une maladie ! avait hurlé Colin. Et arrête de l'appeler "Tess" !

— Je sais bien que tu n'aimes pas les aiguilles, Stu », avait dit Tessa, mais elle était au bord des larmes ; elle s'était fait mal, elle était un peu sonnée, elle était en colère contre son fils et contre son mari ; et ce soir, son sentiment de désarroi ne s'était toujours pas dissipé.)

Tessa se demandait pourquoi Parminder ne savait pas gré à son mari de sa sollicitude. Colin ne remarquait jamais quand elle était stressée, elle... *Peut-être*, se dit-elle dans un élan de contrariété, *y a-t-il du bon finalement dans cette histoire de mariage arrangé... Une chose est sûre en tout cas, c'est que ma mère n'aurait jamais choisi Colin pour moi...*

Parminder distribua des petits ramequins de salade de fruits en guise de dessert. Tessa se demanda, avec une pointe de vexation, ce qu'elle aurait servi si l'un de ses invités n'avait pas été diabétique, et se réconforta en songeant à la plaquette de chocolat qui l'attendait dans le frigo à la maison.

Parminder, qui avait parlé cinq fois plus que les trois autres réunis pendant toute la durée du dîner, se mettait maintenant à dégoiser sur sa fille, Sukhvinder. Elle avait déjà tout raconté à Tessa, au téléphone, de la trahison de sa cadette, et en remettait à présent une couche pour toute la tablée.

« Serveuse pour Howard Mollison. Je ne comprends pas, vraiment je ne *comprends* pas ce qu'elle a dans le crâne. Mais Vikram...

— Rien, Minda, intervint Colin, brisant le silence qu'il semblait s'être imposé depuis le début du repas. Ils n'ont rien dans le crâne. Ce sont des adolescents.

Ils ne réfléchissent pas. Ils se fichent de tout. Tous les mêmes.

— Colin, tu racontes vraiment n'importe quoi, s'énerva Tessa. Ils sont très loin d'être tous les mêmes. Nous, par exemple, nous serions ravis si Stu se trouvait un emploi pour le week-end – mais ça, bien sûr… quand les poules auront des dents…

— … mais Vikram, lui, n'y trouve rien à redire, continua Parminder sans prêter attention à cette brève interruption. Tout ça ne lui pose aucun problème, n'est-ce pas, chéri ? »

Vikram répondit sans se démonter une seconde. « Ça lui fait une expérience professionnelle. Elle n'ira sans doute pas à l'université. Ce qui n'a rien de honteux. La fac, ce n'est pas forcément pour tout le monde. J'imagine bien mon petit pinson se marier jeune et être très heureuse ainsi.

— En tablier de *serveuse*…

— Et après ? On ne peut pas engendrer que des petits génies…

— Ah ! ça, ce n'est pas demain la veille qu'on entendra Sukhvinder se faire traiter d'intellectuelle ! railla Parminder qui se mettait presque à trembler de rage et de nervosité. Ses notes sont absolument catastrophiques… aucune envie, aucune ambition… *serveuse*… "bah c'est pas grave puisque de toute façon tout le monde sait bien que je n'irai pas à l'univ…" – ah non, ça c'est certain, tu ne risques pas, avec une attitude pareille… pour *Howard Mollison*… oh ! comme il a dû exulter… ma fille, en train de lui mendier du travail… Mais qu'est-ce qui lui est passé par la tête… *Qu'est-ce* qui lui est passé par la tête ?

— Ça ne te plairait pas du tout si Stu travaillait pour quelqu'un comme Howard Mollison, dit Colin à sa femme.

— Je m'en ficherais totalement, répondit Tessa. Je serais folle de joie s'il se découvrait soudain un semblant d'intérêt pour le travail. Pour autant que je sache, la seule chose qui le passionne, c'est les jeux vidéo et... »

Mais Colin ne savait pas que Stuart fumait ; elle s'interrompit juste à temps, et Colin enchaîna : « Tout bien réfléchi, c'est exactement le genre de chose dont Stuart serait capable. Se mettre en cheville avec quelqu'un que nous n'aimons pas, rien que pour nous faire enrager. Il adorerait.

— Enfin bon sang, Colin, Sukhvinder n'essaie pas de faire *enrager* Minda ! s'offusqua Tessa.

— Alors quoi ? Tu trouves que je suis déraisonnable ? lança Parminder à Tessa.

— Mais non, pas du tout, se défendit-elle, atterrée par la vitesse à laquelle ils s'étaient laissé embarquer dans cette querelle familiale. Tout ce que je dis, c'est qu'un gosse qui a envie de travailler, à Pagford, eh bien il n'y a pas beaucoup de choix qui s'offrent à lui...

— Et pourquoi elle aurait besoin de travailler, d'abord, hein ? s'écria Parminder en levant les mains au ciel, exaspérée. On ne lui donne pas assez d'argent, peut-être ?

— L'argent qu'on gagne soi-même, ce n'est pas la même chose, tu le sais bien », dit Tessa.

Le mur en face d'elle était recouvert de photos des enfants Jawanda. Il lui était souvent arrivé, assise devant ce mur, de compter combien de fois chacun des enfants apparaissait : Jaswant, dix-huit ; Rajpal, dix-neuf ; Sukhvinder, neuf. Et il n'y avait qu'une seule photo pour immortaliser un succès individuel de Sukhvinder : celle de l'équipe d'aviron de Winterdown, le jour où les filles avaient battu St. Anne. Barry avait offert aux parents de chacune d'entre elles un tirage agrandi de cette photo, au centre de laquelle on apercevait Sukhvinder et Krystal Weedon ; elles se tenaient par les épaules, le sourire jusqu'aux oreilles, et sautaient en l'air, si bien que leur visage était un peu flou.

Barry, songea Tessa, *aurait aidé Parminder à voir les choses du bon côté*. Il avait réussi à bâtir un pont entre la mère et la fille, qui l'adoraient toutes les deux.

Tessa se demanda – et ce n'était pas la première fois – à quel point la situation était différente pour elle du fait qu'elle n'avait pas donné naissance à son fils. Lui était-il plus facile de l'accepter, dans toute son individualité, que s'il avait été sa chair et son sang ?... Son sang saturé de glucose...

Fats, depuis peu, avait cessé de l'appeler « maman ». Elle se forçait à donner l'impression qu'elle s'en fichait, pour ne pas rajouter à la colère qu'inspirait cette nouvelle habitude à Colin ; mais chaque fois que Fats disait « Tessa », c'était comme s'il lui plantait une aiguille dans le cœur.

Ils finirent tous les quatre leur salade de fruits en silence.

7

Dans la petite maison blanche juchée sur les hauteurs de la ville, Simon Price rongeait son frein. Les jours passaient. Le message de délation avait disparu de la toile, mais Simon demeurait paralysé. Retirer sa candidature serait revenu à reconnaître sa culpabilité. La police n'était pas venue sonner à la porte, tout compte fait ; Simon en était presque à regretter d'avoir jeté l'ordinateur du haut du vieux pont. D'un autre côté, était-ce son imagination qui lui jouait des tours, ou avait-il bel et bien vu un petit sourire entendu se dessiner sur le visage du caissier de la station-service au pied de la colline au moment où il lui avait tendu sa carte de crédit ? Il était toujours question de licenciements à l'imprimerie, et Simon craignait encore que l'affaire du message ne revienne aux oreilles des patrons, qui en auraient joyeusement profité pour les virer tous les trois, lui, Jim et Tommy, sans passer par la case indemnités.

Andrew observait, attendait, et désespérait chaque jour un peu plus. Il avait essayé de montrer au monde quel genre d'homme était son père, et le monde avait haussé les épaules. Andrew s'était imaginé que quelqu'un, à l'imprimerie, au Conseil, se dresserait devant Simon pour lui dire, avec la plus grande fermeté : « Non. » Pour lui dire qu'il était indigne de se présenter face à d'autres candidats, qu'il n'avait pas sa place dans cette élection, qu'il n'était pas à la hauteur, et qu'il était hors de question de le laisser se déshonorer et entraîner la disgrâce de sa famille.

Mais il ne s'était rien passé ; Simon avait simplement arrêté de parler du Conseil et de démarcher les électeurs potentiels au téléphone, et les tracts qu'il avait fait imprimer en douce au bureau étaient restés enfermés dans leur carton, sous la verrière du porche.

Et puis soudain, sans crier gare, sans tambour ni trompette – la victoire ! Ce vendredi soir, en descendant l'escalier pour aller chercher à manger dans la cuisine, Andrew entendit Simon au téléphone dans le salon, la voix tendue ; il s'arrêta pour écouter.

« ... retirer ma candidature. Oui. Eh bien, des évolutions récentes dans ma situation personnelle... Oui. Oui. Voilà, c'est ça. OK. Merci. »

Il raccrocha.

« Bon, eh ben voilà, dit Simon à Ruth. Terminé et bon débarras, si c'est à ce genre de saloperies qu'ils s'amusent... »

Andrew entendit sa mère acquiescer d'une voix sourde, et avant qu'il ait pu faire un seul geste, Simon déboula dans le couloir de l'entrée, la poitrine gonflée et la première syllabe du prénom de son fils au bord des lèvres – puis il l'aperçut, planté juste devant lui, et ravala d'un coup le hurlement qu'il s'apprêtait à pousser.

« Qu'est-ce que tu fous ? »

Le visage de Simon était à moitié dissimulé dans la pénombre ; seul un rai de lumière échappé du salon laissait deviner ses contours.

« J'allais me chercher à boire », mentit Andrew. Son père n'aimait pas que les garçons aillent se servir tout seuls à manger.

« C'est ce week-end que tu commences à bosser pour Mollison, c'est ça ?

— Oui.

— Ouais, bon alors écoute. Tu me chopes tout ce que tu peux choper sur cet enculé, d'accord ? Toutes les saloperies que tu peux trouver sur son compte, tu me les rapportes. Et sur son fils, si tu entends parler de lui.

— D'accord, dit Andrew.

— Et je balancerai tout ça sur leur saloperie de site internet, dit Simon en retournant dans le salon. *Le putain de fantôme de Barry Fairbrother.* »

Tout en chapardant quelques victuailles dont l'absence ne serait pas remarquée, un petit morceau par-ci, une petite poignée par-là, Andrew entendait résonner dans sa tête un refrain jubilatoire : *Je t'ai eu, salopard. Je t'ai eu.*

Son plan avait fonctionné à la perfection : les ambitions de son père étaient ruinées, et il ne savait pas qui était à l'origine de sa déchéance. Ce pauvre con venait même de demander à Andrew de l'aider à se venger – ce qui, soit dit en passant, était une volte-face complète, car Simon avait été furieux au début, quand son fils lui avait annoncé s'être fait engager à l'épicerie.

« Mais espèce de misérable petit crétin, et tes putains d'allergies, alors ?

— Ben je me disais que je ferais juste gaffe à pas manger de noix…

— Joue pas au con avec moi, Tronche-de-Pizza. Et si tu en manges une par accident, comme à St. Thomas, hein ? Tu crois qu'on a envie de se retaper tout ce merdier, nous ? »

Mais Ruth avait apporté son soutien à son fils : Andrew, avait-elle dit à son mari, était assez grand pour faire attention, et il savait à quoi s'en tenir. Quand Simon était parti, elle avait essayé d'expliquer à Andrew, une fois de plus, que son père était simplement inquiet pour lui.

« La seule chose qui l'inquiète, c'est de devoir louper sa connerie de *Télé Foot* pour m'emmener à l'hôpital, comme la dernière fois. »

Andrew retourna dans sa chambre, s'assit sur son lit, et dévora son butin d'une main tout en envoyant un texto à Fats de l'autre.

Il pensait que tout était terminé, plié, affaire classée. Andrew n'avait encore jamais eu l'occasion d'observer les bulles minuscules que produit la levure au début de la fermentation – et qui contiennent déjà en germe l'inévitable transformation alchimique à venir.

8

Déménager à Pagford était la pire chose qui soit jamais arrivée à Gaia Bawden. Hormis les quelques fois où elle était allée à Reading rendre visite à son père, elle n'avait jamais quitté Londres. Elle avait été si incrédule, quand Kay lui avait annoncé son intention de s'installer dans une minuscule bourgade de la région du Sud-Ouest, qu'il lui avait fallu plusieurs semaines pour prendre la menace au sérieux. Elle pensait que c'était encore une des idées farfelues de sa mère, comme la fois où elle avait acheté deux poulets pour transformer en basse-cour leur jardinet de

Hackney (les volatiles étaient morts une semaine plus tard, déchiquetés par un renard), ou le jour où elle avait décidé de carboniser la moitié de leur batterie de cuisine et de se brûler les mains au troisième degré en faisant de la marmelade, elle qui savait à peine faire cuire un œuf au plat.

Arrachée à des amis qu'elle connaissait depuis l'école primaire, à la maison dans laquelle elle vivait depuis ses huit ans, aux week-ends grâce auxquels elle découvrait, depuis peu, les mille et un plaisirs trépidants qu'offrait la vie urbaine aux gens de son âge, Gaia s'était retrouvée plongée du jour au lendemain, en dépit de ses supplications, de ses menaces et de ses protestations, dans une vie dont elle n'aurait pas pu, même dans ses pires cauchemars, soupçonner l'existence. Des rues pavées ; pas un magasin ouvert après dix-huit heures ; des réjouissances collectives qui semblaient tourner exclusivement autour de l'église ; des rues où ne résonnait souvent aucun bruit à part le pépiement des oiseaux – Gaia avait l'impression d'être tombée dans une faille spatio-temporelle et d'avoir atterri dans une contrée enlisée aux confins des siècles.

Gaia avait toujours été inséparable de sa mère (son père n'avait jamais vécu avec elles, et les deux histoires que Kay avait eues par la suite étaient restées sans lendemain) : elles se chamaillaient et se consolaient l'une l'autre comme les deux copines de chambrée auxquelles elles avaient fini par ressembler de plus en plus, au fil des années. Mais aujourd'hui, lorsque Gaia levait les yeux à la table de la salle à manger, elle ne voyait assise en face d'elle qu'une ennemie. Sa seule ambition était de rentrer à

Londres, par tous les moyens, et de rendre Kay aussi malheureuse que possible, pour se venger. Elle ne savait pas si la meilleure façon d'infliger une punition à sa mère serait de rater tous ses examens, ou de les réussir brillamment au contraire, afin d'être acceptée dans un établissement prestigieux à Londres, accessible depuis Reading, où elle essaierait de convaincre son père de l'héberger. En attendant, il fallait qu'elle survive dans un environnement étranger, où son allure et son accent – ces sésames qui, hier encore, lui ouvraient en un clin d'œil les cercles les plus fermés de la société – s'étaient soudain transformés en monnaie de singe.

Gaia n'avait aucun désir d'entrer dans la petite coterie des élèves les plus populaires de Winterdown ; elle les trouvait affligeants, avec leur accent provincial et leurs distractions pathétiques. Si elle avait résolu de poursuivre Sukhvinder Jawanda de ses assiduités amicales, c'était en partie pour montrer à tous ces gens à quel point elle trouvait leurs prétentions risibles, et en partie parce qu'elle se sentait des affinités de circonstance avec quiconque semblait avoir un statut de paria.

Mais depuis que Sukhvinder avait accepté de travailler avec Gaia comme serveuse, leur amitié avait pris une nouvelle dimension. En cours de biologie, ce jour-là, Gaia descendit pour une fois de ses grands chevaux, et Sukhvinder, qui n'avait jamais compris pourquoi cette fille, si belle, si cool, l'avait choisie pour amie du jour où elle avait débarqué à l'école, entraperçut enfin le début d'une explication à ce mystère. Gaia, tout en ajustant la lentille du microscope qu'elles se partageaient, lui murmura : « C'est grave *blanc* ici, non ? »

Sukhvinder répondit « oui » avant même de comprendre ce que son amie avait voulu dire. Gaia continua de parler, mais Sukhvinder ne l'écoutait plus qu'à moitié. « Grave blanc. » Eh bien… oui, sans doute.

À St. Thomas, un jour, on l'avait forcée à se lever devant toute la classe – dont elle était la seule élève à la peau foncée – pour parler de la religion sikh. Elle s'était mise debout, obéissante, et avait raconté l'histoire du fondateur du sikhisme, Gourou Nanak : il avait disparu dans une rivière, où tout le monde pensait qu'il s'était noyé, mais il avait refait surface au bout de trois jours, et il avait déclaré : « Il n'y a ni hindous, ni musulmans. »

Les autres élèves avaient ricané à l'idée qu'on puisse survivre trois jours sous l'eau. Sukhvinder n'avait pas eu le courage de leur rappeler que Jésus était mort puis avait ressuscité. Elle avait abrégé son récit pour se rasseoir à sa place le plus vite possible. Elle n'était allée dans un *gurdwara* qu'à de très rares occasions ; il n'y en avait pas à Pagford, et celui de Yarvil était minuscule et dominé, selon ses parents, par les Chamars, une caste différente de la leur. Sukhvinder ne voyait pas où était le problème, d'autant que Gourou Nanak avait explicitement interdit les distinctions de caste. Tout cela était très confus ; elle adorait toujours autant la chasse aux œufs de Pâques, les décorations de Noël, et trouvait que les livres expliquant la vie des gourous et les dogmes du Khalsa, que Parminder ne cessait de leur mettre entre les mains, étaient très difficiles à lire.

Quand elle allait voir la famille de sa mère à Birmingham, dans ce quartier où presque tout le monde avait la même couleur de peau qu'elle, ces rues envahies de boutiques de saris et d'épices indiennes, Sukhvinder se sentait étrangère et mal à l'aise. Ses cousins parlaient aussi bien panjabi qu'anglais ; ils menaient une vie exaltante dans une grande ville ; ses cousines étaient belles et branchées. L'accent rustre et l'ineptie vestimentaire de Sukhvinder les faisaient rire – et Sukhvinder détestait qu'on se moque d'elle. Avant que Fats Wall n'entame son régime de tortures quotidiennes, avant que leur classe ne soit divisée en groupes de niveau qui la mettaient en contact permanent avec Dane Tully, elle avait toujours aimé retrouver Pagford à son retour. La petite bourgade était encore, à l'époque, un refuge paradisiaque.

Tout en tripotant les lamelles du microscope, la tête baissée pour ne pas attirer l'attention de Mrs Knight, Gaia se confia comme jamais à Sukhvinder et lui raconta sa vie au collège Gravener, à Hackney ; ce fut un déluge de paroles excitées, un peu nerveuses. Elle lui parla des amies qu'elle avait laissées derrière elle ; l'une d'entre elles, Harpreet, portait le même prénom que la plus âgée des cousines de Sukhvinder ; il y avait aussi Sherelle, qui était noire et la plus intelligente de la bande ; et Jen, dont le frère avait été le tout premier petit ami de Gaia.

Sukhvinder était passionnée par tout ce que lui racontait son amie, et pourtant ses pensées se dispersaient, troublées par l'image d'une foule d'élèves étourdissante de diversité, un kaléidoscope vertigineux qui mettait l'œil à rude épreuve si l'on tentait de distinguer toutes les gradations de ce nuancier de peaux allant du blanc laiteux au noir d'ébène. Ici, à Winterdown, les cheveux noirs aux reflets bleutés des enfants asiatiques faisaient tache dans le pâle océan des tignasses claires. À Gravener, Fats Wall, Dane Tully et consorts auraient sans doute constitué une minorité à eux tout seuls.

Sukhvinder posa une question timide.

« Pourquoi tu as déménagé ?

— Parce que ma mère voulait se rapprocher du pauvre type qui lui sert de mec, marmonna Gaia. Gavin Hughes. Tu connais ? »

Sukhvinder fit non de la tête.

« Tu les as sûrement entendus baiser, dit Gaia. Tout le quartier en profite quand ils s'y mettent. Laisse ta fenêtre ouverte, un de ces soirs, tu verras… »

Sukhvinder essaya de ne pas avoir l'air choquée, mais l'idée d'entendre ses parents – ses parents mariés – en train de faire l'amour était déjà assez pénible… Gaia elle-même était toute rouge ; pas de gêne, se dit Sukhvinder, mais de colère. « Il va la plaquer. Elle se monte la tête. Dès qu'il a fini de la sauter, il n'a qu'une hâte, c'est de foutre le camp… »

Sukhvinder n'aurait jamais parlé de sa mère comme ça, et les jumelles Fairbrother non plus (qui étaient toujours, en théorie, ses meilleures amies). Niamh et Siobhan étaient penchées sur un autre microscope, non loin d'elles. Depuis la mort de leur père, on avait l'impression qu'elles s'étaient refermées sur elles-mêmes ; elles restaient collées l'une à l'autre et s'étaient éloignées de Sukhvinder.

Andrew Price lorgnait en permanence du côté de Gaia, coulant ses regards le long d'un étroit corridor entre tous ces visages blancs. Sukhvinder avait bien repéré son petit manège mais pensait que son amie n'avait rien remarqué ; elle se trompait. Simplement, Gaia ne se donnait pas la peine de lui retourner ses œillades ou de minauder ; elle était habituée aux regards des garçons, qui ne la lâchaient pas depuis qu'elle avait douze ans. Deux garçons de terminale faisaient irruption chaque fois qu'elle passait d'une salle de classe à une autre ; ils rôdaient dans les couloirs beaucoup plus souvent que la nécessité ne semblait l'exiger, et tous deux étaient bien plus beaux qu'Andrew. Mais en tout état de cause, aucun n'était comparable au garçon avec qui Gaia avait perdu sa virginité, peu avant de déménager à Pagford.

L'idée que Marco de Luca fût encore physiquement présent dans l'univers, séparé d'elle par deux cent onze inutiles et douloureux kilomètres, était à la limite de l'insoutenable pour Gaia.

« Il a dix-huit ans, confia-t-elle à Sukhvinder. Moitié italien. Il joue super bien au foot. D'ailleurs il va bientôt passer des essais pour entrer dans l'équipe junior d'Arsenal. »

Gaia avait fait l'amour quatre fois avec Marco avant de quitter Hackney, avec des capotes dérobées dans le tiroir de la table de chevet de Kay. Elle ne se souciait pas que sa mère le découvre ; elle avait même plutôt envie que celle-ci voie jusqu'où sa fille était allée pour imprimer sa marque au fer rouge dans la mémoire de Marco avant d'être obligée de le quitter.

Sukhvinder écoutait, fascinée, mais se retint d'avouer à Gaia qu'elle avait déjà vu le fameux Marco sur la page Facebook de sa nouvelle amie. Personne à

Winterdown ne lui arrivait à la cheville ; il ressemblait à Johnny Depp.

Avachie sur la table, Gaia tripotait d'un air songeur la molette de mise au point du microscope ; de l'autre bout de la classe, Andrew Price continuait à la zieuter dès qu'il se croyait à l'abri des regards de son copain Fats.

« Peut-être qu'il restera fidèle. Sherelle fait une teuf chez elle samedi soir. Elle l'a invité. Elle m'a juré qu'elle veillerait à ce qu'il fasse pas de conneries. Mais merde, j'aurais tellement voulu… »

Ses yeux piquetés de son se figèrent au-dessus de la table, fixés dans le vide, et Sukhvinder l'observa humblement, contemplant sa beauté, éperdue d'admiration devant son existence. L'idée d'appartenir à un autre univers, d'avoir un petit ami footballeur et une bande de copines géniales et dévouées, lui semblait, quand bien même on avait été arraché de force à cette autre vie, la plus fabuleuse et enviable des situations.

Elles allèrent déjeuner dehors pendant la pause de midi, ce que Sukhvinder ne faisait quasiment jamais ; elle mangeait en général à la cantine, avec les jumelles Fairbrother.

Elles traînaient devant le petit marchand de journaux où elles s'étaient acheté des sandwichs quand, soudain, elles entendirent un chapelet de mots débités par une voix stridente.

« Ta grosse pute de mère a tué ma nanie ! »

Tous les élèves de Winterdown agglutinés autour de l'échoppe tournèrent la tête, intrigués, cherchant d'où provenait l'esclandre, et Sukhvinder les imita, tout aussi interloquée. Puis elle aperçut Krystal Weedon, de l'autre côté de la rue, qui braquait sur elle un doigt boudiné et tendu comme un revolver. Elle était escortée de quatre autres filles, alignées à ses côtés sur le trottoir, bloquées par le flot des voitures.

« Ta salope de mère a tué ma nanie ! Elle va payer, j'te préviens, et toi aussi ! »

Sukhvinder se liquéfia sur place. Tout le monde la regardait. Deux filles de quatrième s'enfuirent à toutes jambes. Elle sentit que la foule amassée autour d'elle se transformait peu à peu en meute à l'affût, assoiffée de sang. Krystal et sa bande faisaient des petits bonds impatients sur la pointe des pieds, guettant le bon moment pour se glisser entre les voitures et traverser la rue.

« De quoi elle parle ? » demanda Gaia, mais Sukhvinder avait la bouche si sèche qu'elle fut incapable de répondre. Se mettre à courir aurait été inutile ; elle ne les aurait jamais semées. Leanne Carter était la fille la plus rapide de leur promo. L'univers tout entier semblait suspendu ; seules les voitures continuaient de filer sur la route, offrant à Sukhvinder l'ultime répit d'une poignée de secondes.

C'est alors que surgit Jaswant, accompagnée de plusieurs garçons de terminale.

« Ça va, Pinson ? demanda-t-elle à sa sœur. Quoi de neuf ? »

Jaswant n'avait pas entendu Krystal ; elle passait par là avec ses copains par le plus grand des hasards. De l'autre côté de la rue, Krystal et ses copines s'étaient regroupées en mêlée.

« Pas grand-chose », répondit Sukhvinder, étourdie de soulagement après cette intervention providentielle. Elle ne pouvait pas dire à Jaz ce qui se passait, pas devant les garçons. Deux d'entre eux faisaient plus d'un mètre quatre-vingts. Ils regardaient tous Gaia.

Jaz et ses amis entrèrent chez le marchand de journaux, et Sukhvinder les suivit en lançant un regard suppliant à Gaia. Derrière la vitrine, elles regardèrent Krystal et sa bande s'éloigner en jetant des coups d'œil par-dessus leur épaule.

« C'est quoi, cette histoire ? demanda Gaia.

— Son arrière-grand-mère était une patiente de ma mère, et elle est morte », dit Sukhvinder. Elle avait tellement envie de pleurer que les muscles de sa gorge se contractaient à lui en faire mal.

« Quelle connasse », lâcha Gaia.

Mais les sanglots contenus de Sukhvinder n'avaient pas seulement été provoqués par la frayeur rétrospective. Elle aimait beaucoup Krystal, et elle savait que Krystal l'aimait beaucoup – autrefois. Tous ces après-midi sur le canal, tous ces voyages en minibus ; elle connaissait l'anatomie du dos et des épaules de Krystal mieux que son propre corps.

Elles retournèrent à l'école en compagnie de Jaswant et de ses amis. Le plus beau des garçons engagea la conversation avec Gaia. Quand ils arrivèrent au portail, il en était à la chambrer sur son accent londonien. Krystal n'était pas dans les parages, mais Sukhvinder aperçut Fats Wall au loin, qui se dandinait à côté d'Andrew Price. Elle aurait reconnu son allure et sa démarche entre mille, avec le même instinct primaire qui vous permettait de repérer une araignée en train de ramper dans l'obscurité.

Des vagues de nausée de plus en plus puissantes déferlaient dans son estomac à mesure qu'elle se rapprochait du bâtiment de l'école. Ils seraient deux à la harceler désormais : Fats et Krystal. Tout le monde savait qu'ils sortaient ensemble, et une vision saturée de couleurs criardes surgit soudain dans l'esprit de Sukhvinder : elle, à terre, en sang, tabassée par Krystal et sa bande, sous le regard hilare de Fats Wall.

« Faut que j'aille au petit coin, dit-elle à Gaia. Je te rejoins. »

Elle s'engouffra dans les premières toilettes pour filles qui se présentèrent, s'enferma dans une des cabines et s'assit sur le couvercle abaissé. Si elle avait pu mourir... disparaître à jamais... mais le monde, dans son irréductible réalité concrète, refusait de se dissoudre autour d'elle, et son corps, son corps immonde d'hermaphrodite, continuait à vivre, avec une obstination animale...

La sonnerie de la reprise des cours retentit ; Sukhvinder se redressa d'un bond et sortit des toilettes à toute vitesse. Des files d'attente se formaient dans les couloirs. Elle leur tourna le dos à tous, et sortit de l'école d'un pas précipité.

Tout le monde séchait. Krystal séchait, Fats Wall aussi. Si seulement elle arrivait à s'échapper, à rester loin d'eux cet après-midi, elle pourrait peut-être réfléchir à un moyen de se protéger, avant de retourner en classe. Ou alors elle pourrait se jeter sous les roues d'une voiture. Elle imaginait déjà le pare-chocs la percuter et lui briser tous les os du corps. Combien de temps mettrait-elle à mourir, disloquée au milieu de la route ? Elle continuait tout de même de préférer l'idée de la noyade, du sommeil éternel dans lequel l'engloutirait une eau pure et fraîche ; un sommeil sans rêves…

« Sukhvinder ? *Sukhvinder !* »

Son estomac plongea dans ses talons. Tessa Wall traversait le parking en courant pour la rejoindre. Pendant une fraction de seconde, Sukhvinder caressa l'idée folle de s'enfuir, mais la futilité d'une telle tentative la rattrapa aussitôt et l'immobilisa sur place ; elle attendit Tessa ; elle la haïssait, cette mocheté, avec sa tête d'idiote et son fils maléfique.

« Sukhvinder, qu'est-ce que tu fais ? Où est-ce que tu vas ? »

Aucun mensonge ne lui vint à l'esprit. Elle haussa les épaules, résignée, et déposa les armes.

Tessa n'avait aucun rendez-vous jusqu'à quinze heures. Elle aurait dû escorter Sukhvinder jusqu'au bureau du principal et la dénoncer pour tentative d'évasion… Mais elle décida de l'emmener plutôt dans son propre bureau, à l'étage, où la jeune fille s'assit entre la tenture népalaise et les affiches des Services de protection de l'enfance. Elle n'était encore jamais venue ici.

Tessa se mit à parler ; elle s'interrompait de temps à autre pour lui donner l'occasion d'intervenir, puis reprenait la parole ; Sukhvinder l'écoutait, les mains moites, les yeux rivés à ses chaussures. Tessa connaissait sa mère… elle dirait tout à Parminder, elle lui dirait que sa fille avait essayé de faire l'école buissonnière… Mais si elle essayait de lui expliquer ? Tessa pourrait-elle intervenir ? Et serait-elle disposée à le faire ? Pas avec son propre fils ; elle n'avait aucun contrôle sur Fats, tout le monde le savait. Mais avec Krystal ? Krystal qui venait régulièrement la voir…

À quel point se ferait-elle rosser, si jamais elle la dénonçait ? Mais elle se ferait tabasser de toute façon, même si elle la fermait. Krystal, quelques instants auparavant, avait déjà failli lâcher sa meute à ses trousses...

« ... passé quelque chose, Sukhvinder ? »

Elle hocha la tête. Tessa l'encouragea : « Tu peux me raconter ? »

Alors, Sukhvinder raconta.

Elle était certaine de déceler, dans l'imperceptible contraction des sourcils de Tessa, autre chose que de la compassion. Peut-être pensait-elle à la réaction de Parminder quand elle apprendrait que l'affaire Catherine Weedon provoquait des scènes de chaos dans les rues... Sukhvinder, tout à l'heure, en train de prier aux toilettes pour que la mort vienne la faucher, n'avait pas oublié de s'inquiéter aussi pour cet aspect-là des choses... À moins que l'impression de malaise qui se dégageait de l'attitude de Tessa ne s'explique par sa réticence à l'idée de punir Krystal Weedon – elle devait sans doute être sa préférée, tout comme elle avait été la préférée de Mr Fairbrother...

Toute la détresse, toute la peur, toute la haine que s'inspirait à elle-même Sukhvinder furent soudain balayées par un violent sentiment d'injustice ; le nœud d'angoisses et de terreurs qui l'étranglait en permanence se défit d'un seul coup ; elle pensa à Krystal et à ses copines, prêtes à charger ; elle pensa à Fats, aux murmures fielleux qu'il soufflait dans son dos pendant chaque cours de maths, et au message qu'elle avait dû effacer de sa page Facebook la veille au soir :

Lesbianisme, subst. Orientation sexuelle des femmes attirées par d'autres femmes. Également appelé saphisme. Du nom des habitants de Lesbos.

« Je ne sais pas comment elle sait, dit Sukhvinder tandis que le sang battait à ses tympans.

— Qu'elle sait... ? demanda Tessa toujours aussi perplexe.

— Qu'il y a eu une plainte contre maman, à propos de son arrière-grand-mère. Krystal et sa mère ne parlent pas au reste de leur famille. Peut-être..., dit Sukhvinder, peut-être que c'est Fats qui lui a dit ?

— Fats ? répéta Tessa, dans l'incompréhension la plus totale.

— Ben, vous savez, comme tous les deux..., dit Sukhvinder. Lui et Krystal ? Vu qu'ils sortent ensemble ? Donc c'est peut-être lui qui lui a dit. »

Elle éprouva une satisfaction cruelle en regardant le masque calme et professionnel de Tessa voler en éclats.

9

Kay Bawden avait la ferme intention de ne plus jamais remettre les pieds chez Miles et Samantha. Elle ne leur pardonnerait jamais d'avoir été les témoins de l'inattention flagrante de Gavin à son égard, pas plus qu'elle n'oublierait le rire condescendant de Miles, son point de vue sur la clinique Bellchapel, et le mépris ricanant avec lequel lui et sa femme avaient parlé de Krystal Weedon.

Gavin avait présenté ses excuses, agrémentées de vagues manifestations d'affection, mais Kay ne pouvait pas s'empêcher de le revoir, assis sur ce canapé, collé à Mary ; bondissant pour l'aider à débarrasser la table ; la raccompagnant chez elle dans la nuit. Quand Gavin lui avait avoué, quelques jours plus tard, avoir dîné chez Mary, elle avait dû se retenir de toutes ses forces pour ne pas exploser de colère ; chez elle, à Hope Street, Gavin n'avait jamais mangé que quelques tartines de pain grillé.

Elle avait peut-être interdiction de prononcer un seul mot de travers à l'encontre de La Veuve – dont Gavin parlait de plus en plus comme s'il s'agissait de la Sainte Vierge –, mais sur les Mollison, elle n'allait pas se gêner.

« Je t'avoue que Miles ne me plaît pas beaucoup…

— Ce n'est pas non plus mon meilleur ami.

— À mon avis, ce sera une catastrophe pour la clinique, s'il est élu.

— Je doute que ça change quoi que ce soit. »

L'apathie de Gavin, son indifférence perpétuelle à la souffrance des autres, avait le don d'exaspérer Kay.

« Il n'y a pas un candidat qui serait prêt à sauver Bellchapel ?

— Colin Wall, j'imagine », dit Gavin.

Alors, ce lundi soir, à vingt heures, Kay entra dans la propriété des Wall et sonna à la porte. De leur perron, elle aperçut la Ford Fiesta rouge de Samantha Mollison, garée dans l'allée, trois maisons plus loin, et cette vision rajouta un zeste de férocité à son envie d'en découdre.

Une petite femme grassouillette vêtue d'un chemisier chiné ouvrit la porte.

« Bonjour. Je m'appelle Kay Bawden. J'aurais voulu parler à Colin Wall. »

Tessa demeura une demi-seconde plantée sans rien dire devant cette jeune femme séduisante qu'elle n'avait jamais vue de sa vie. Une idée aberrante lui traversa l'esprit : elle songea que Colin avait une liaison et que sa maîtresse était venue elle-même le lui annoncer.

« Oh… mais oui, bien sûr… entrez, entrez. Je suis sa femme, Tessa. »

Kay s'essuya consciencieusement les pieds sur le paillasson et suivit Tessa dans un salon qui était plus petit, moins cossu, mais plus confortable que celui des Mollison. Un homme était assis dans un fauteuil, grand, le front haut, carnet de notes posé sur les genoux et stylo à la main.

« Colin, voici Kay Bawden, dit Tessa. Elle voudrait te parler. »

Tessa vit s'afficher sur le visage de son mari un air d'étonnement circonspect, et comprit aussitôt que cette femme lui était tout aussi inconnue qu'à elle. *Franchement*, se dit-elle, un peu honteuse, *qu'est-ce qui a bien pu te passer par la tête ?…*

« Je suis vraiment désolée de débarquer comme ça, à l'improviste, dit Kay à Colin qui se levait pour lui serrer la main. J'aurais bien téléphoné mais vous…

— Nous sommes sur liste rouge, oui », dit Colin. Il toisait Kay de toute sa hauteur, les yeux minuscules derrière les verres épais de ses lunettes. « Mais je vous en prie, asseyez-vous.

— Merci. C'est à propos de l'élection, dit Kay. L'élection au Conseil paroissial. Vous vous présentez contre Miles Mollison, je ne me trompe pas ?

494

— C'est exact », dit Colin d'une voix nerveuse. Il savait qui était cette femme : la journaliste qui voulait lui parler de Krystal Weedon. Ils avaient retrouvé sa trace ! Tessa n'aurait jamais dû lui ouvrir...

« Je me demandais si je pouvais vous apporter mon aide d'une façon ou d'une autre, dit Kay. Je travaille pour les services sociaux, dans la cité des Champs la plupart du temps. Je pourrais vous fournir des statistiques et certaines informations au sujet de la clinique de désintoxication Bellchapel, que Mollison semble vouloir fermer. On m'a dit que vous étiez en faveur de cette clinique ? Que vous seriez partisan de la maintenir en place ? »

Colin était si soulagé qu'il en aurait poussé des cris de joie.

« Oh ! oui, dit-il, oui, tout à fait. Oui, c'était ce que mon prédécesseur – enfin je veux dire, l'homme qui occupait ce siège précédemment... Barry Fair-brother... Il était tout à fait opposé à la fermeture de la clinique. Et moi de même.

— Eh bien figurez-vous que j'ai eu l'occasion de m'entretenir avec Miles Mollison, et il m'a fait très clairement comprendre que cette clinique, à ses yeux, n'avait aucune utilité et qu'elle devait fermer. Pour être très honnête, je crois qu'il est d'une grande naïveté et qu'il ne sait rien du problème de la toxicomanie, de ses causes, de ses remèdes, et de l'importance considérable d'un endroit tel que Bellchapel. Si la paroisse refuse de renouveler le bail, et que la commune coupe les fonds, certaines personnes vulnérables risquent de se retrouver dans une situation très hasardeuse, et d'être privées de tout soutien.

— Oui, oui, je vois, dit Colin. Oh oui, je suis bien d'accord avec vous. »

Il était surpris et flatté que cette jolie jeune femme ait fait tout ce chemin, à la fin de sa journée, pour venir le trouver et lui proposer de devenir son alliée.

« Est-ce que je peux vous offrir une tasse de thé ou de café, Kay ? demanda Tessa.

— Oh, merci beaucoup, c'est très gentil, dit Kay. Eh bien, un thé, alors, merci Tessa. Sans sucre. »

Fats était dans la cuisine, en train de fureter dans le frigo. Il mangeait beaucoup et tout le temps, mais restait décharné, incapable de prendre le moindre kilo. Malgré la répugnance qu'il avait clamée haut et fort à ce sujet, il n'avait pas l'air trop perturbé par la présence des seringues à insuline de Tessa, rangées dans une boîte blanche isotherme à côté du fromage...

Tessa sortit la bouilloire en songeant de nouveau au sujet qui la travaillait sans cesse depuis son entretien avec Sukhvinder : Fats et Krystal qui « sortaient ensemble ». Elle n'avait posé aucune question à son fils, et n'en avait pas dit un mot non plus à son mari.

Plus elle y pensait, plus elle était convaincue que ça ne pouvait pas être vrai. Fats avait une si haute opinion de lui-même qu'aucune fille n'aurait pu trouver grâce à ses yeux – et une fille comme Krystal encore moins. Et puis tout de même, il ne...

Quoi ? Il ne s'abaisserait pas à ce point ? C'est ça ? C'est ça que tu penses ?

« C'est qui ? demanda Fats à Tessa, la bouche pleine de poulet froid, tandis qu'elle mettait la bouilloire à chauffer.

— Une femme qui veut aider Papa à se faire élire au Conseil, répondit Tessa en ouvrant un placard à la recherche de quelques gâteaux secs.

— Pourquoi ? Elle le kiffe ?

— Stu, arrête tes enfantillages, tu veux ? » dit Tessa d'un ton irrité.

Il piocha quelques tranches de jambon fumé à même la barquette ouverte dans le frigo et les laissa tomber, une par une, dans sa bouche déjà remplie, tel un magicien enfonçant des foulards en soie dans son poing. Fats pouvait parfois rester dix minutes la tête dans le frigo, à provoquer un véritable carnage parmi les emballages en cellophane, les pots et les paquets divers, pour enfourner directement la nourriture dans sa bouche. Cette habitude – et le comportement de Fats de manière générale – navrait profondément Colin.

« Non mais sérieux, pourquoi elle veut l'aider ? demanda-t-il après avoir avalé sa charcuterie.

— Elle tient à ce que la clinique Bellchapel reste ouverte.

— Ah bon, pourquoi, c'est une junkie ?

— Non, ce n'est pas une junkie, dit Tessa qui venait de remarquer, à son grand désarroi, que Fats avait fini les trois derniers biscuits au chocolat et laissé le paquet vide dans le placard. C'est une assistante sociale, et elle pense que la clinique fait un travail important. Papa veut qu'elle reste ouverte, lui aussi, mais Miles Mollison pense que ça ne sert à rien.

— Elle n'est sans doute pas si efficace que ça, vu le nombre de gens qui se défoncent à la colle et au crack dans la cité… »

Si Tessa lui avait dit, à l'inverse, que Colin voulait fermer la clinique, Fats aurait aussitôt trouvé un argument en faveur de son sauvetage.

« Tu sais, tu devrais devenir avocat, Stu », persifla-t-elle tandis que la bouilloire se mettait à frémir.

Quand Tessa revint dans le salon avec son plateau, Kay était en train de montrer à Colin une liasse de documents qu'elle avait sortis de son grand sac fourre-tout.

« … deux postes de conseillers spécialisés dans les questions de toxicomanie, financés en partie par le Conseil et en partie par Action contre l'Addiction, une organisation vraiment formidable. Et puis il y a une assistante sociale rattachée à la clinique, Nina, c'est elle qui m'a donné tout ça – oh, merci beaucoup », dit Kay en adressant un sourire lumineux à Tessa qui avait posé une tasse de thé sur la table devant elle.

En l'espace de quelques minutes, Kay s'était prise d'affection pour les Wall, envers qui elle éprouvait une sympathie que personne d'autre à Pagford ne lui avait encore inspirée. Tessa ne l'avait pas dévisagée des pieds à la tête quand elle était arrivée, scrutée d'un œil perfide en quête d'imperfections physiques ou de fautes de goût vestimentaires. Son mari, quoiqu'un peu nerveux, avait l'air d'un homme bien et sérieux, déterminé à faire barrage aux fossoyeurs des Champs.

« Votre accent, Kay… vous venez de Londres ? » demanda Tessa en trempant un biscuit dans son café. Kay hocha la tête. « Qu'est-ce qui vous amène à Pagford ?

— Une histoire sentimentale », répondit Kay sans le moindre plaisir, même si elle et Gavin étaient officiellement réconciliés. Elle se tourna de nouveau vers Colin. « Je ne comprends pas bien le lien entre le Conseil paroissial et la clinique...

— Oh, eh bien c'est que les bâtiments appartiennent à la paroisse, expliqua Colin. C'est une ancienne église. Et le bail doit bientôt être renouvelé.

— Donc c'est l'occasion idéale pour s'en débarrasser...

— Exactement. Quand vous êtes-vous entretenu avec Miles Mollison, m'avez-vous dit ? demanda-t-il, espérant et redoutant à parts égales que Miles ait parlé de lui.

— Nous avons dîné ensemble, vendredi de la semaine dernière, dit Kay. Gavin et moi...

— Oh ! vous êtes la petite amie de *Gavin* ! s'exclama Tessa.

— Oui ; enfin bref, le sujet est venu sur le tapis pendant ce dîner et...

— Ça, j'imagine !

— ... et Miles a évoqué le cas de Bellchapel, et je dois dire que j'ai été... comment dire... *consternée* par sa façon de présenter les choses. Je lui ai dit que je m'occupais d'une famille en ce moment – continua Kay qui se rappelait son faux pas et prit garde, cette fois, de ne prononcer le nom d'aucun membre de la famille Weedon –, et la mère risque fort de replonger si jamais elle ne peut plus avoir accès à sa méthadone.

— Ça me rappelle les Weedon, ça, dit Tessa qui commençait à avoir mal au ventre.

— Je... eh bien oui, justement, il s'agit en effet de la famille Weedon », avoua Kay.

Tessa reprit un gâteau sec.

« Je suis la conseillère de Krystal, dit-elle. Ça doit faire la deuxième fois que sa mère est à Bellchapel, non ?

— Troisième, dit Kay.

— Nous connaissons Krystal depuis qu'elle a cinq ans ; elle était dans la classe de notre fils en primaire, dit Tessa. Elle a eu une vie terrible, vraiment terrible.

— Tout à fait, dit Kay. C'est même étonnant que ce soit une si gentille fille, vu le contexte.

— Oh, je suis bien d'accord », acquiesça Colin avec enthousiasme.

Tessa, qui se souvenait que Colin avait catégoriquement refusé de lever les heures de colle de Krystal après l'affaire de l'éclat de rire pendant le Rassemblement, haussa les sourcils. Puis elle se demanda, le ventre de plus en plus serré, ce que Colin dirait si les allégations de Sukhvinder n'étaient pas une erreur ou un mensonge. Mais Sukhvinder devait forcément se tromper. C'était une fille timide, naïve. Sans doute avait-elle mal compris... elle avait entendu une vague rumeur et l'avait interprétée de travers...

« En tout cas, l'unique motivation de Terri, en ce moment, c'est la peur de perdre ses gosses, continua Kay. Elle est repartie sur la bonne voie, pour l'instant ; son référent à la clinique m'a dit sentir qu'elle avait franchi une étape décisive. Si Bellchapel ferme, tout ça s'effondre, et Dieu seul sait ce qu'il adviendra de cette famille...

— Ces éléments sont très précieux, dit Colin en hochant la tête avec gravité tout en prenant des notes sur une nouvelle page de son carnet. Vraiment très précieux. Vous me disiez que vous aviez des statistiques sur le taux de réussite ? »

Kay fouilla dans ses documents. Tessa eut l'impression que son mari essayait d'accaparer l'attention de Kay. Il avait toujours eu du mal à résister au charme et aux bonnes manières.

Tessa grignota un autre gâteau sec et songea de nouveau à Krystal. Leurs dernières séances n'avaient pas été très concluantes. Krystal s'était fermée. Aujourd'hui encore, Tessa lui avait arraché la promesse de ne plus jamais importuner ou harceler Sukhvinder Jawanda, mais elle avait bien vu, à son attitude, que Krystal se sentait trahie, que la confiance établie entre elles s'était brisée. C'était peut-être à cause des heures de colle infligées par Colin. Tessa croyait pourtant avoir noué un lien suffisamment solide avec Krystal pour résister à ce genre de péripéties – même si ce lien ne pourrait jamais être aussi fort que celui qu'elle avait forgé avec Barry.

(Tessa était là, un peu par hasard, le jour où Barry avait rapporté à l'école un rameur d'intérieur et annoncé qu'il cherchait des recrues pour former une équipe d'aviron. On l'avait appelée pour s'occuper des filles au gymnase parce que la prof d'EPS était tombée malade et que le seul remplaçant disponible était un homme.

Les filles de troisième, vêtues de leur short et de leur débardeur en Aertex, avaient gloussé, à leur arrivée au gymnase, en s'apercevant que deux hommes inconnus les attendaient en lieu et place de Miss Jarvis. Tessa avait dû réprimander Krystal, Nikki et Leanne, qui avaient joué des coudes pour se mettre au premier rang et lancer quelques remarques obscènes à propos du remplaçant, un jeune homme séduisant qui avait une malheureuse propension à rougir pour un rien.

Barry avait mis un survêtement, qui semblait accentuer encore plus que d'habitude sa petite taille et la teinte poil de carotte de ses cheveux et de sa barbe. Il avait pris sa matinée pour venir exposer son projet aux élèves. Tout le monde trouvait que c'était une idée étrange et irréaliste : on ne faisait pas d'aviron dans les écoles comme Winterdown. Niamh et Siobhan avaient l'air à la fois amusées et embarrassées par la présence de leur père.

Barry leur expliqua ce qu'il voulait faire : monter une équipe. Il avait obtenu le droit d'utiliser le vieux garage à bateaux sur le canal de Yarvil ; l'aviron était un sport fabuleux, et c'était une occasion formidable, pour elles et pour l'école, de briller. Tessa s'était postée juste à côté de Krystal et de ses copines pour les tenir en respect ; elles avaient – presque – cessé de glousser.

Barry fit une petite démonstration de rameur, puis demanda des volontaires. Personne ne bougea.

« Krystal Weedon, dit-il en la pointant du doigt. Je t'ai vue faire la mariole sur les cages à poules du terrain de jeux ; tu as la musculature idéale. Viens donc un peu par là, histoire d'essayer. »

Krystal était enchantée de faire le spectacle ; elle enfourcha le rameur et se mit en position. Malgré la présence sévère de Tessa à leurs côtés, Nikki et Leanne furent incapables de retenir un fou rire, et toute la classe les suivit.

Barry montra à Krystal comment faire. Le remplaçant, sans dire un mot, observait d'un œil professionnel et vigilant la manière dont Barry plaçait les mains de la jeune fille sur les poignées en bois.

Elle tira en arrière et fit la grimace, déclenchant une nouvelle salve de rires parmi ses camarades, Nikki et Leanne en tête.

« Regardez-moi ça ! s'exclama Barry, au comble de l'excitation. Elle est faite pour ça ! »

Krystal avait-elle vraiment un don inné pour l'aviron ? Tessa ne connaissait rien à ce sport ; elle n'aurait pas su dire.

« Redresse le dos, dit Barry, ou tu vas te blesser. Voilà. Tire… Tire… Non mais regardez un peu cette technique !… Ne me dis pas que c'est la première fois que tu fais ça ! »

Et soudain, Krystal redressa le dos et se mit à ramer pour de bon. Elle arrêta de regarder ses copines. Elle trouva son rythme.

« Excellent, dit Barry. Regardez-moi ça… *excellent*. C'est exactement comme ça qu'il faut faire ! Voilà, c'est bien. Encore. Et encore. Et…

— 'tain, ça fait mal ! cria Krystal.

— Je sais que ça fait mal, je sais. Mais c'est le prix à payer, si tu veux avoir des bras comme Jennifer Aniston ! » dit Barry.

Les élèves se remirent à rire – mais avec lui, cette fois. Comment faisait-il ? Quel était son secret ? Toujours si présent, si naturel, si étranger à toute affectation. Tessa savait à quel point les adolescents pouvaient être tétanisés par la peur du ridicule. Les gens qui ignoraient tout de cette hantise – et Dieu sait qu'ils n'étaient pas nombreux dans le monde des adultes – jouissaient d'une autorité naturelle auprès des jeunes ; ces gens-là, il aurait fallu les obliger à devenir enseignants…

« Et… repos ! » dit Barry. Krystal s'avachit sur le rameur, le visage cramoisi, et se frotta les bras. « Va falloir arrêter les clopes, Krystal, dit Barry, ce qui lui valut un grand éclat de rire de toute la classe. OK, à qui le tour ? »

Quand Krystal rejoignit ses copines dans le rang, elle ne riait plus du tout. Elle regarda chaque nouvelle élève s'essayant au rameur avec jalousie, scrutant sans cesse le visage barbu de Barry pour voir ce qu'il pensait d'elles. Quand Carmen Lewis s'y prit complètement de travers, Barry lui lança : « Vas-y, Krystal, montre-leur », et elle retourna s'asseoir sur le rameur, radieuse.

Mais à la fin de la démonstration, quand Barry demanda qui avait envie de passer des essais pour intégrer l'équipe, Krystal resta les bras croisés. Tessa la vit secouer la tête en ricanant pendant que Nikki lui murmurait quelque chose à l'oreille. Barry nota soigneusement le nom des volontaires, puis il leva la tête.

« Et *toi*, Krystal Weedon, dit-il en la pointant du doigt à nouveau. Tu viens aussi. Inutile de secouer la tête comme ça. Je serai très, très fâché si je ne te vois pas au rendez-vous. C'est du talent à l'état pur que tu as là. Et je n'aime pas quand on gâche le talent. Krys…tal, dit-il d'une voix forte en écrivant son nom, Wee… *don*. »

Krystal avait-elle songé à son talent en prenant sa douche à la fin du cours de gym ? Avait-elle passé tout le reste de la journée à penser aux dons qu'on venait de lui découvrir, comme elle aurait pensé à un garçon tombé du ciel pour qui elle aurait eu le coup de foudre ? Tessa ne savait pas. Mais à la stupéfaction générale – à l'exception de Barry, sans doute –, Krystal était venue passer les essais.)

Colin hochait vigoureusement la tête tandis que Kay lui montrait les taux de rechute enregistrés par Bellchapel.

« Il faut que Parminder voie ça, dit-il. Je vais lui en faire une copie. Oui, oui, très précieux en effet, tout ça. »

Tessa, un peu écœurée, prit un quatrième gâteau sec.

10

Parminder travaillait tard le lundi soir, et comme Vikram était en général à l'hôpital, les trois enfants Jawanda mettaient la table et se faisaient à manger tout seuls. Parfois, ils se disputaient ; à l'occasion, ils riaient ensemble ; mais aujourd'hui, chacun était absorbé dans ses pensées, et le dîner fut préparé avec une efficacité inhabituelle et presque en silence.

Sukhvinder n'avait pas raconté à son frère ni à sa sœur qu'elle avait essayé de sécher les cours ou que Krystal Weedon avait voulu la tabasser. Elle était encore plus réservée qu'à l'accoutumée, ces jours-ci, se refusant à parler, terrorisée à l'idée que ses confidences ne trahissent le monde d'étrangeté qui vivait en elle, le monde dans lequel Fats Wall semblait avoir la capacité de rentrer par effraction avec une aisance épouvantable. Néanmoins, elle savait que les événements de cette journée ne pourraient pas être éternellement passés sous silence. Tessa lui avait dit qu'elle avait l'intention d'appeler Parminder.

« Je vais devoir prévenir ta mère, Sukhvinder, c'est la procédure habituelle, mais je lui expliquerai pourquoi tu as fait ça. »

Sukhvinder avait presque éprouvé un élan de tendresse à l'égard de Tessa, même si c'était la mère de Fats Wall. Elle redoutait la réaction de Parminder, mais la promesse de Tessa d'intercéder en sa faveur avait fait naître un minuscule espoir. Quand sa mère prendrait conscience du désespoir de sa fille et des extrémités auxquelles celui-ci l'avait poussée, cette révélation sonnerait-elle enfin le glas de son implacable désapprobation, de sa déception, de ses critiques impitoyables et permanentes ?

Lorsque la porte d'entrée s'ouvrit, elle entendit sa mère parler en panjabi.

« Oh non, pas encore cette foutue ferme… », râla Jaswant qui avait collé l'oreille à la porte de la cuisine.

Les Jawanda possédaient une parcelle de terre ancestrale au Pendjab, dont l'aînée des enfants, Parminder, avait hérité à la mort de leur père, en l'absence de descendants mâles. Cette ferme occupait une place dans la conscience familiale dont Jaswant et Sukhvinder avaient discuté plusieurs fois. Elles avaient été stupéfaites, et assez amusées, de découvrir que certains membres de leur famille, en Inde, s'attendaient à les voir revenir un jour et s'installer sur ces terres. Toute sa vie, le père de Parminder avait envoyé de l'argent à la ferme. Elle était gérée et exploitée par des cousins éloignés, qui avaient l'air grincheux et pleins de rancœur. Cette ferme était le sujet de nombreuses querelles au sein de la famille de sa mère.

« Nani fait encore des siennes… », traduisit Jaswant en écoutant la voix étouffée de Parminder derrière la porte.

Parminder avait appris à son aînée quelques rudiments de panjabi, et Jaz s'était perfectionnée auprès de ses cousins. Sukhvinder était trop dyslexique pour apprendre une langue étrangère, et toute tentative en ce sens avait été très vite abandonnée.

« … Harpreet veut toujours vendre ce bout de propriété, pour la route… »

Sukhvinder entendit sa mère se débarrasser de ses chaussures. Elle aurait tellement voulu, ce soir en particulier, qu'elle n'ait pas à s'occuper de cette histoire de ferme, qui la mettait toujours d'humeur exécrable… Quand Parminder entra enfin dans la cuisine, un masque tendu sur le visage, Sukhvinder perdit tout courage.

Parminder dit bonsoir à Jaswant et Rajpal d'un petit signe de la main ; mais elle pointa du doigt Sukhvinder, puis une chaise de la cuisine, lui ordonnant ainsi sans un mot de s'asseoir et d'attendre qu'elle ait terminé son coup de fil.

Jaswant et Rajpal filèrent à l'étage. Sukhvinder resta clouée à sa chaise par l'ordre silencieux de sa mère, et elle attendit, devant le mur de photos où s'étalaient aux yeux du monde les preuves de sa nullité, comparé au reste de la famille. La conversation se prolongea encore un temps qui lui parut interminable – puis, enfin, Parminder dit au revoir et raccrocha.

Dès qu'elle se retourna vers Sukhvinder, celle-ci comprit, avant même que sa mère n'ait prononcé un seul mot, qu'elle avait eu tort de nourrir le moindre espoir.

« Bon alors, dit Parminder. Tessa m'a appelée au travail. J'imagine que tu sais de quoi il s'agit. »

Sukhvinder hocha la tête. Elle avait l'impression d'avoir une grosse boule de coton enfoncée dans la gorge.

La colère de Parminder la submergea comme une lame de fond, entraînant Sukhvinder dans ses rouleaux dévastateurs, bousculant dans tous les sens la jeune fille qui perdait pied, incapable de retrouver son équilibre.

« Pourquoi ? *Pourquoi ?* C'était pour imiter cette fille de Londres, encore ? Quoi, tu essaies de l'impressionner, c'est ça ? Jaz et Raj n'ont jamais eu un comportement pareil, jamais – alors pourquoi toi ? Mais qu'est-ce qui ne va pas chez toi, hein ? Tu es fière d'être une fainéante et une souillon ? Tu crois que c'est *cool* d'agir comme une délinquante ? Non mais tu imagines mon embarras, quand Tessa m'a appelée ? Au travail en plus – jamais eu aussi honte de toute ma vie – tu me dégoûtes, tu entends ? Quoi, on ne te donne pas assez ? On ne t'aide pas assez ? *Mais enfin c'est quoi ton problème, Sukhvinder ?* »

Désespérée, elle essaya d'interrompre la tirade de sa mère en prononçant le nom de Krystal Weedon.

« Krystal Weedon ! s'esclaffa Parminder. Cette idiote ! Mais pourquoi prêtes-tu la moindre attention à ce qu'elle raconte, celle-là ? Tu lui as dit que j'avais essayé de la sauver, sa foutue grand-mère ? Tu lui as dit, ça ?

— Je... non...

— Si tu écoutes les gens comme Krystal Weedon, tu es fichue, ma pauvre fille ! Enfin, c'est peut-être tout ce dont tu es capable, hein, Sukhvinder, c'est ça ? Tu veux sécher les cours, et travailler dans un café, et gâcher toutes les chances qu'on t'a offertes, parce que c'est plus facile, c'est ça ? C'est ça que tu as appris de Krystal Weedon à force de faire équipe avec elle ? À t'abaisser à son niveau ? »

Sukhvinder repensa à Krystal et à sa bande, piaffant d'impatience sur le trottoir d'en face, attendant que les voitures soient passées. Comment faire pour que sa mère comprenne enfin ? Une heure auparavant, elle avait encore l'infime espoir de pouvoir se confier à elle et lui parler, enfin, de ce que lui faisait subir Fats Wall...

« Hors de ma vue ! Va-t'en ! Je discuterai de tout ça avec ton père quand il rentrera – allez, file ! »

Sukhvinder monta dans sa chambre. Jaswant l'interpella derrière sa porte : « C'était quoi, ces hurlements ? »

Elle ne répondit pas, entra dans sa chambre, referma la porte et s'assit au bord de son lit.

Qu'est-ce qui ne va pas chez toi, Sukhvinder ?

Tu me dégoûtes.

Tu es fière d'être une fainéante et une souillon ?

À quoi s'attendait-elle ? Une étreinte, de la tendresse ? Mais Parminder l'avait-elle jamais serrée dans ses bras ? Elle trouverait toujours moins de réconfort auprès de sa mère que grâce à la lame de rasoir cachée dans son lapin en peluche ; mais son désir de

509

sang et de chair tailladée – qui prenait de plus en plus l'allure d'un besoin – ne pouvait être assouvi en plein jour, alors que tout le monde était là et que son père allait bientôt rentrer.

Le lac ténébreux de douleur et de désespoir qui stagnait au fond de son âme, et dont rien ne pouvait la libérer, était en feu, comme s'il n'avait été depuis toujours qu'une immense nappe de pétrole.

À son tour à elle de voir ce que ça fait.

Elle se leva, traversa sa chambre en deux foulées furieuses, s'assit à son bureau et se mit à marteler les touches de son clavier d'ordinateur.

Sukhvinder avait été tout aussi intriguée qu'Andrew Price par cet imbécile de prof remplaçant qui avait voulu les impressionner en leur faisant la démonstration de son savoir-faire informatique. Mais contrairement à Andrew et deux ou trois autres garçons de la classe ce jour-là, elle n'avait pas harcelé le prof de questions sur le piratage ; elle avait tranquillement attendu d'être rentrée chez elle pour aller pêcher de plus amples renseignements sur internet. Presque tous les sites modernes étaient immunisés contre les injections SQL classiques, mais quand Sukhvinder avait entendu sa mère parler de l'attaque anonyme sur le site du Conseil paroissial de Pagford, elle avait deviné que c'était sans doute dû à la faiblesse et à la vétusté de son système de protection.

Sukhvinder avait toujours trouvé beaucoup plus facile de taper à l'ordinateur que d'écrire à la main, et les lignes de code informatique plus faciles à déchiffrer que les longues enfilades de mots dans les livres. Elle ne mit pas longtemps à dénicher un site donnant des instructions explicites pour mettre au point une injection SQL basique. Puis elle ouvrit la page du Conseil paroissial.

Cinq minutes plus tard, elle avait piraté le site – et encore, parce qu'elle avait mal rentré le code la première fois. Elle s'aperçut avec stupéfaction que l'administrateur du site n'avait pas enlevé de la base de données le compte du Fantôme_de_Barry_Fairborther, mais s'était contenté d'effacer le message infamant. Ce serait un jeu d'enfant d'en poster un nouveau sous le même nom d'utilisateur.

Écrire ce message lui prit beaucoup plus de temps qu'elle n'en avait mis à pirater le site. Elle gardait pour elle cette accusation secrète depuis des mois – depuis le moment, lors de cette soirée du Nouvel An, où elle avait remarqué l'expression étrange de sa mère, dix minutes avant les douze coups de minuit, depuis le coin de la pièce où elle s'était réfugiée. Elle rédigea très lentement son message, avec l'aide précieuse du correcteur automatique d'orthographe.

Elle n'avait pas peur que Parminder vienne consulter l'historique de ses navigations sur son ordinateur ; sa mère savait si peu de choses sur elle, et sur ce qui se passait dans cette chambre, qu'elle n'aurait jamais l'idée de soupçonner sa crétine de fille, si fainéante et si souillon.

Sukhvinder cliqua sur la souris comme elle aurait appuyé sur une gâchette.

11

Krystal n'emmena pas Robbie à la halte-garderie ce mardi matin, mais l'habilla pour les funérailles de Nana Cath. En l'aidant à enfiler le pantalon le moins élimé de sa garde-robe, qui était trois bons centimètres trop court, elle essaya de lui expliquer qui était Nana Cath, mais en pure perte. Robbie n'avait aucun souvenir de la vieille dame ; aucune idée de ce que pouvait signifier « Nana » ; aucun moyen de savoir qu'il avait une famille en dehors de sa mère et de sa sœur. Malgré les vagues indices et les mensonges que Terri lâchait de temps à autre, Krystal savait que sa mère ignorait qui était le père de son petit garçon.

Elle entendit les pas de sa mère dans l'escalier.

« Laisse ça, dit-elle à Robbie qui essayait d'attraper une canette de bière vide sous le fauteuil de Terri. Viens là. »

Elle prit Robbie par la main et l'emmena dans le couloir. Terri portait toujours le bas de pyjama et le T-shirt sale dans lesquels elle avait dormi, et elle était pieds nus.

« Pourquoi t'es pas changée ? demanda Krystal.

— J'y vais pas, dit Terri en entrant dans la cuisine, sans un regard pour sa fille et son fils. Changé d'avis.

— Pourquoi ?

— J'veux pas », dit Terri. Elle alluma une cigarette en se penchant sur la gazinière. « Rien à fout', j'suis pas obligée. »

Krystal tenait toujours Robbie par la main ; il essayait de se dégager et se balançait en la tirant par le bras.

« Tout le monde y va, dit Krystal. Cheryl, Shane, tout le monde.

— Et alors ? » rétorqua Terri sur un ton agressif.

Krystal avait craint que sa mère ne se défile à la dernière minute. Aux funérailles, elle se retrouverait face à face avec Danielle, la sœur qui l'avait rayée de son existence, sans parler de tous les autres membres de la famille qui les avaient dépouillés. Mais Anne-Marie serait peut-être là. Krystal s'était raccrochée à cet espoir, comme à une torche dans l'obscurité, quand elle pleurait la nuit en pensant à Nana Cath et à Mr Fairbrother.

« Faut qu't'y ailles, dit-elle à sa mère.

— Nan, j'y vais pas.

— Putain mais c'est Nana Cath !

— Et alors ?

— Elle a fait beaucoup pour nous.

— Nan, elle a rien fait.

— Si, elle a fait des tas d'trucs, dit Krystal dont le visage commençait à s'empourprer, la main serrée autour de celle de Robbie.

— Pour toi, p'têt', dit Terri. Pour moi, elle a fait que dalle. Vas-y, va chialer sur sa putain d'tombe si ça t'chante. Moi j'reste ici, j'attends.

— T'attends quoi ?

— Ça m'regarde, putain. »

Une ombre familière planait au-dessus de leurs têtes.

« C'est Obbo qu't'attends, hein ?

— C'est mes affaires, répéta Terri avec une dignité pathétique.

— Viens aux funérailles, dit Krystal d'une voix plus forte.

— Vas-y toi.

— T'as pas intérêt à t'shooter, dit Krystal une octave plus haut.

— Nan », dit Terri, mais elle leur tourna le dos et regarda par le carreau sale de la fenêtre le misérable petit carré de chiendent jonché d'ordures qui leur servait de jardin.

Robbie réussit à retirer sa main et disparut dans le salon. Les poings enfoncés dans les poches de son survêtement, les épaules rentrées, Krystal essayait de prendre une décision. L'idée de ne pas aller aux funérailles lui donnait envie de pleurer, mais à sa détresse se mêlait le soulagement de ne pas se retrouver face aux regards hostiles qu'elle avait dû parfois affronter chez Nana Cath. Elle était en colère contre sa mère, mais elle éprouvait en même temps le sentiment étrange d'être de son côté. *Tu sais même pas qui est le père, pas vrai, espèce de traînée ?* Elle avait envie de rencontrer Anne-Marie, mais elle avait peur.

« Bon, d'accord, eh bah j'reste là aussi, alors.

— T'es pas obligée. T'y vas si tu veux. J'en ai rien à foutre. »

Mais Krystal, persuadée qu'Obbo allait débarquer, resta à la maison. Obbo avait disparu de la circulation depuis plus d'une semaine, appelé par Dieu sait quelle sinistre occupation. Krystal aurait voulu qu'il meure, qu'il ne revienne plus jamais.

Pour tromper son désœuvrement, elle se mit à faire le ménage, en fumant l'une des roulées que lui avait données Fats. Elle n'aimait pas ces cigarettes, mais elle aimait bien l'idée qu'il les lui ait offertes. Elle les avait rangées dans la boîte à bijoux en plastique de Nikki, à côté de la montre de Tessa.

Elle s'était dit qu'elle ne reverrait sans doute plus Fats après l'épisode du cimetière, car une fois qu'ils avaient fini de baiser, il n'avait presque plus décroché un mot, et il était parti en lui disant à peine au revoir ; mais ils s'étaient revus depuis, sur le terrain de jeux. Elle avait bien remarqué qu'il avait pris plus de plaisir cette fois-là ; ils n'avaient pas fumé, et il avait tenu plus longtemps. Il était resté allongé à côté d'elle dans l'herbe derrière les buissons, cigarette aux lèvres, et elle lui avait parlé de la mort de Nana Cath ; Fats lui avait dit que la mère de Sukhvinder Jawanda avait donné de mauvais médicaments à son arrière-grand-mère ou quelque chose dans le genre, il ne savait pas trop ce qui s'était passé au juste.

Krystal était horrifiée. Nana Cath n'aurait donc pas dû mourir ; elle aurait pu être encore là, dans sa petite maison proprette de Hope Street, prête à accueillir Krystal en cas d'urgence, à lui offrir un refuge, des draps propres, une cuisine remplie de nourriture et de porcelaines dépareillées, et la petite télé dans le coin du salon – *J'veux pas regarder ces bêtises, Krystal, éteins-moi cette cochonnerie.*

Krystal aimait bien Sukhvinder ; mais la mère de Sukhvinder avait tué Nana Cath. On ne faisait pas de différence entre les membres d'une même tribu ennemie. Krystal avait eu la ferme intention de pulvériser Sukhvinder ; mais Tessa Wall était intervenue. Krystal ne savait plus trop ce que Tessa lui avait raconté ; apparemment, Fats s'était trompé, ou en tout cas il avait mal compris. Elle avait promis à Tessa en renâclant de laisser Sukhvinder tranquille – mais ce genre de promesses n'étaient jamais que d'éphémères faux-fuyants dans l'univers labile et tumultueux de Krystal.

« Pose ça ! » cria-t-elle à Robbie qui essayait maintenant d'ouvrir la vieille boîte à biscuits en fer-blanc où Terri cachait son attirail.

Krystal lui arracha la boîte des mains et la tint devant elle à bout de bras comme si c'était une créature vivante qui se débattait entre ses doigts pour rester en vie et dont la destruction aurait des conséquences effroyables. Il y avait une image toute rayée sur le couvercle : une carriole au toit surchargé de bagages, tirée par quatre chevaux alezans et conduite par un cocher coiffé d'un haut-de-forme, clairon à la main. Elle emporta la boîte à l'étage, passant devant la cuisine où Terri était assise en train de fumer, et la cacha dans sa chambre. Robbie marchait sur ses talons.

« Aller jouer parc. »

Elle l'emmenait parfois faire de la balançoire et du manège.

« Pas aujourd'hui, Robbie. »

Il se mit à geindre jusqu'à ce qu'elle lui hurle de la fermer.

Plus tard, à la nuit tombée – après que Krystal eut fait manger à Robbie son assiette de spaghettis en conserve et lui eut donné son bain ; longtemps après la fin des funérailles de Nana Cath –, Obbo débarqua. Krystal l'aperçut de la fenêtre de la chambre de Robbie et voulut arriver la première à la porte, mais Terri la devança.

« Ça 'a, Ter ? dit-il en entrant dans la maison sans que personne l'y ait invité. Paraît qu'tu m'cherchais la s'maine dernière ? »

Krystal avait ordonné à Robbie de ne pas bouger de sa chambre, mais il l'avait suivie jusqu'en bas de l'escalier. Elle sentait le parfum de ses cheveux shampooinés sous l'odeur de tabac et de sueur rance dégagée par la vieille veste en cuir d'Obbo, lequel avait manifestement bu ; il sentait la bière et reluquait Krystal d'un œil vicelard.

« Salut Obbo », dit Terri avec une inflexion de voix que Krystal n'entendait jamais quand sa mère s'adressait à d'autres personnes. Elle était conciliante, accueillante ; elle lui signifiait qu'il avait des droits dans cette maison. « Alors, t'étais où ?

— Bristol, dit-il. Tout roule comme tu veux, Ter ?

— Elle veut rien du tout », intervint Krystal.

Il lui décocha un regard derrière ses épaisses lunettes. Robbie s'accrochait si fort à la jambe de sa sœur qu'elle sentait ses ongles s'enfoncer dans sa peau.

« Hé, Ter, c'est qui, ça ? demanda Obbo. Ta mère ? »

Terri se mit à rire. Krystal, entravée par Robbie, soutint le regard d'Obbo, qui baissa ses yeux vitreux sur le petit garçon.

« Et comment y va, mon grand fiston ?

— C'est pas ton *fiston*, connard, dit Krystal.

— Ah ouais ? Et qu'est-ce t'en sais ? lui demanda Obbo d'un ton calme, avec un petit rictus.

— Va t'faire foutre. Elle veut rien, t'as compris ? Dis-lui, toi, cria-t-elle à sa mère. Dis-lui qu'tu veux rien. »

Désemparée, prise en étau entre deux volontés bien plus fortes que la sienne, Terri bredouilla : « Nan mais y passait juste voir…

— Mon cul, ouais, dit Krystal. C'est des conneries, ça. Dis-lui. Elle veut rien, répéta-t-elle en fusillant du regard le visage ricanant d'Obbo. Ça fait des s'maines qu'elle a décroché.

— Ah ouais, c'est vrai, ça, Terri ? dit Obbo sans cesser de sourire.

— Ouais, c'est vrai, répondit Krystal à la place de sa mère qui restait muette. Elle va toujours à Bell-chapel.

— Eh bah plus pour longtemps, dit Obbo.

— J't'emmerde, dit Krystal, outrée.

— Ça va fermer, dit Obbo.

— Ah bon ? dit Terri, prise de panique. Nan mais c'est pas vrai en fait, hein ?

— Ah ben si, dit Obbo. Faut bien faire des économies, non ?

— Tu sais que dalle, lui dit Krystal. C'est des conneries, tout ça, dit-elle en se tournant vers sa mère. Ils ont rien dit, pas vrai ?

— Économies, répéta Obbo en cherchant des ciga-rettes dans le bazar de ses poches.

— Y vont faire passer ton dossier en commission, rappela Krystal à sa mère. Tu peux pas t'shooter. Tu peux pas.

— C'est quoi c't'histoire ? » demanda Obbo en tri-potant son briquet, mais ni l'une ni l'autre ne lui fournirent d'explications. Terri croisa le regard de sa fille pendant une fraction de seconde ; puis ses yeux tombèrent, à contrecœur, sur Robbie, en pyjama, toujours accroché à la jambe de sa sœur.

« Ouais, j'allais m'coucher en fait, là, Obbo, marmonna-t-elle sans le regarder. P'têt' une prochaine fois.

— Paraît qu'ta nanie est morte, dit-il. C'est Cheryl qui m'a dit. »

Une expression douloureuse déforma les traits du visage de Terri ; elle avait l'air soudain aussi vieille que Nana Cath elle-même.

« Ouais, j'vais m'coucher. Viens, Robbie. Allez viens, Robbie. »

Mais le petit garçon ne voulait pas lâcher sa sœur tant qu'Obbo était là. Terri lui tendit une main décharnée.

« Oui, allez vas-y, Robbie », lui ordonna Krystal. Parfois, selon son humeur, Terri serrait son fils contre elle comme un ours en peluche ; mieux valait qu'elle s'accroche à lui plutôt qu'à la came. « Allez, vas-y. Va avec maman. »

Rassuré par le ton de Krystal, il se laissa emmener à l'étage par sa mère.

« Allez salut », dit Krystal à Obbo sans le regarder. Elle lui tourna le dos et partit dans la cuisine fumer la dernière cigarette roulée de Fats, qu'elle alluma à la gazinière. Elle entendit la porte se refermer et éprouva une sensation de délivrance triomphale. *Qu'il aille se faire foutre.*

« Tu sais qu't'as un joli cul, Krystal ? »

Elle sursauta si violemment qu'une assiette glissa de la pile branlante de vaisselle sale et se fracassa sur le sol poisseux de la cuisine. Il n'était pas parti. Il l'avait suivie. Il lorgnait sa poitrine, moulée sous son T-shirt.

« Va t'faire, dit-elle.

« — T'es une grande fille maintenant, hein ?

— J't'emmerde.

— Paraît qu'tu fais ça gratos, dit Obbo en s'approchant. C'est con, tu pourrais t'faire plus de blé qu'ta mère.

— J't'emm... »

Sa main était posée sur son sein gauche. Elle essaya de se dégager ; il attrapa son poignet au vol. La cigarette allumée lui frôla la joue et il la cogna, deux fois, à la tempe ; une nouvelle dégringolade d'assiettes, puis, en se débattant, elle glissa et tomba en arrière ; sa tête heurta le sol de plein fouet, et il l'empêcha de se relever en s'allongeant sur elle ; elle sentit une main tirer sur le bas de son pantalon de survêtement.

« Non – putain – non ! »

Il enfonça ses phalanges dans son ventre en se débraguettant – elle essaya de hurler et il la gifla – sa puanteur lui inonda les narines quand il se pencha pour grogner à son oreille : « Tu pousses encore un cri et j't'égorge, salope. »

Il la pénétra ; Krystal avait mal ; elle l'entendait ahaner, et elle entendait ses propres gémissements, presque imperceptibles ; elle avait honte des sons qui sortaient de sa bouche, si effrayés, si minuscules.

Il jouit et se releva. Elle remonta aussitôt son pantalon de survêtement et bondit face à lui, le visage inondé de larmes, et il lui lança un nouveau regard obscène.

« J'vais l'dire à Mr Fairbrother », s'entendit-elle sangloter. Elle ne savait pas d'où sortaient ces mots idiots.

« Connais pas, c'est qui, c't'enculé ? dit Obbo en remontant sa braguette avant de s'allumer une cigarette, très lentement, en lui bloquant le passage. Encore un qui t'saute, hein, c'est ça ? P'tite pute. »

Puis il se faufila dans le couloir, et disparut.

Elle tremblait comme elle n'avait jamais tremblé de toute sa vie. Elle crut qu'elle allait vomir ; elle était encore imprégnée de son odeur. Elle avait mal à l'arrière du crâne, et au ventre ; une sensation d'humidité ; quelque chose qui coulait le long de ses jambes. Elle s'enfuit de la cuisine, regagna le salon et resta debout quelques instants au milieu de la pièce, transie de frissons, les bras serrés autour du corps ; puis elle éprouva un moment de terreur, certain qu'il allait revenir, et se précipita pour verrouiller la porte d'entrée.

De retour dans le salon, elle trouva une moitié de mégot dans le cendrier et l'alluma. La cigarette tremblante au bout des doigts, secouée de sanglots, elle s'effondra dans le fauteuil de sa mère, puis elle sursauta : des pas dans l'escalier. Terri était redescendue. Elle avait l'air confuse et inquiète.

« Qu'est-ce t'as ? »

Les mots l'étouffèrent en lui remontant du fond de la gorge.

« Y m'a… y m'a baisée.

— Quoi ? dit Terri.

— Obbo… y m'a…

— Nan, y f'rait jamais ça. »

Toujours ce même instinct de dénégation qui caractérisait l'attitude générale de Terri devant l'existence. *Y f'rait pas ça, non, j'ai jamais fait ça, non, c'est pas vrai.*

Krystal se rua sur elle et la poussa ; le corps malingre de Terri s'écroula en arrière, dans le couloir, et elle se mit à hurler et à insulter sa fille ; Krystal courut à la porte qu'elle venait de fermer, lutta pour la déverrouiller, puis réussit enfin à l'ouvrir à toute volée.

Vingt mètres plus loin, toujours en larmes dans la rue obscure, elle prit conscience qu'Obbo était peut-être encore là, aux aguets. Elle traversa le jardin d'un voisin en courant, puis emprunta des ruelles en zig-zag pour gagner la maison de Nikki, le pantalon de plus en plus humide, la nausée au bord des lèvres.

Krystal savait que c'était un viol, ce qu'il avait fait. La même chose était arrivée à la grande sœur de Leanne, sur le parking d'une boîte de nuit à Bristol. D'autres auraient appelé la police ; mais on n'invitait pas la police chez soi quand on était la fille de Terri Weedon.

J'vais l'dire à Mr Fairbrother.

Elle sanglota de plus belle. Oui, elle aurait pu le dire à Mr Fairbrother. Il savait ce que c'était, la vie, en vrai. L'un de ses frères avait fait de la taule. Il avait raconté à Krystal certains épisodes de sa jeunesse. Ça n'avait aucune commune mesure avec sa propre vie – car personne ne menait une existence aussi misérable, elle en était sûre –, mais son histoire ressemblait à celle de Nikki, de Leanne. La famille ruinée ; sa mère incapable de payer les traites de la maison achetée dans la nouvelle cité ; ils avaient vécu pendant quelque temps dans une caravane prêtée par un oncle.

Mr Fairbrother s'occupait des problèmes ; il résolvait les situations. Il était venu chez eux, il avait parlé à Terri de Krystal et de l'équipe d'aviron, parce que Terri, suite à une dispute, refusait de signer les autorisations nécessaires pour que sa fille participe aux déplacements de l'équipe. Il n'avait pas été répugné par le spectacle qu'il avait découvert en entrant dans la maison, ou du moins il n'en avait rien laissé paraître, ce qui revenait au même. Terri, elle qui n'aimait personne, ne faisait confiance à personne, avait déclaré après sa visite : « Ça a l'air d'un type bien », et elle avait fini par signer.

Mr Fairbrother lui avait dit un jour : « Ça sera plus dur pour toi que pour les autres, Krys ; ça a été plus dur pour moi. Mais tu vaux mieux que ça. Tu n'es pas obligée de finir comme ça. »

Travailler dur à l'école et tout... Voilà ce qu'il avait voulu dire. Mais c'était trop tard, et puis de toute façon, c'était des conneries. À quoi ça pourrait bien l'avancer maintenant, de lire des livres ?

Comment y va, mon grand fiston ?

C'est pas ton fiston, connard.

Ah ouais ? Et qu'est-ce t'en sais ?

La sœur de Leanne avait dû prendre la pilule du lendemain. Krystal demanderait à Leanne comment se la procurer. Elle ne pouvait pas tomber enceinte d'Obbo ; cette seule idée la faisait vomir.

Faut que j'me casse d'ici.

Elle songea à Kay, l'espace d'une seconde, mais se ravisa aussitôt ; dire à une assistante sociale qu'Obbo rentrait chez eux comme dans un moulin et violait tout le monde, c'était pire encore que de prévenir la police. Ils leur prendraient Robbie, sûr et certain.

Dans la tête de Krystal, une voix claire et lucide parlait à Mr Fairbrother, le seul adulte qui lui eût jamais adressé les mots qu'elle avait besoin d'entendre ; pas comme Mrs Wall, tellement bien intentionnée, tellement bornée ; et pas comme Nana Cath, qui refusait d'entendre la vérité.

Faut que j'emmène Robbie. Comment j'peux m'barrer ? Faut que j'me barre.

Son seul refuge, la petite maison de Hope Street, était déjà en train d'être dépecée par les rapaces de sa famille…

Elle tourna au coin d'une rue, passa sous un réverbère d'un pas furtif en jetant un œil par-dessus son épaule pour vérifier qu'il n'était pas là, à l'épier, à la suivre…

Et puis, soudain, elle trouva la solution, comme si Mr Fairbrother la lui avait soufflée.

Si Fats Wall la mettait en cloque, elle pourrait avoir un endroit à elle grâce aux services de la ville. Elle pourrait prendre Robbie, il viendrait vivre avec elle et le bébé, si jamais Terri replongeait. Et Obbo ne mettrait jamais les pieds dans cette maison, jamais. Elle installerait des verrous aux portes, des chaînes, des cadenas, et ce serait propre à l'intérieur, toujours propre, comme chez Nana Cath.

Krystal courait à moitié dans les rues noires de la cité ; peu à peu, ses sanglots ralentirent, puis cessèrent.

Les Wall lui fileraient probablement un peu d'argent. C'était bien le genre. Elle imaginait le visage de Tessa, plein de sollicitude, penché sur le berceau de l'enfant que Krystal aurait eu avec son fils.

Elle perdrait Fats, quand elle tomberait enceinte ; dès qu'ils vous en avaient mis un dans le tiroir, ils foutaient tous le camp ; elle avait vu la même histoire se répéter à tous les coups, dans la cité. Ou alors, peut-être que ça l'intéresserait ; il était si bizarre. De toute façon, elle s'en fichait. Il n'avait presque plus aucun attrait à ses yeux, sinon en tant que rouage essentiel de son plan. Ce qu'elle voulait, c'était le bébé ; ça, ce n'était pas simplement accessoire. Elle avait toujours aimé ça, les bébés ; elle avait toujours aimé Robbie. Elle prendrait soin d'eux, ensemble ; elle deviendrait en quelque sorte la Nana Cath de cette nouvelle famille – mais en mieux, en plus jeune et en plus gentille.

Anne-Marie pourrait venir leur rendre visite, dès qu'elle aurait réussi à s'éloigner de Terri. Leurs enfants seraient cousins. Krystal s'imagina aux côtés de sa sœur devant les grilles de l'école St. Thomas à Pagford, en train de faire des grands signes de la main à deux petites filles en robe bleu clair et en socquettes.

Les lumières étaient allumées chez Nikki, comme toujours. Krystal se mit à courir de toutes ses forces.

QUATRIÈME PARTIE

Démence

5.11 En droit commun, les idiots sont assujettis à une incapacité de vote légale et permanente ; en revanche, les personnes ne jouissant pas de toutes leurs facultés mentales peuvent voter durant des intervalles de lucidité.

Charles Arnold-Baker
Administration des conseils locaux,
7e édition

1

Samantha Mollison possédait désormais les trois DVD du groupe préféré de Libby. Elle les avait planqués dans sa commode, sous les chaussettes et les petites culottes, à côté de son diaphragme. Et si jamais Miles tombait dessus, elle avait une explication toute prête : c'était un cadeau de Libby. Parfois, à la boutique, quand les affaires étaient encore plus calmes que d'habitude, elle cherchait des photos de Jake sur internet. C'est au cours d'une de ces explorations virtuelles – Jake en costume mais sans chemise, Jake en jean et veste blanche – qu'elle avait découvert que le groupe allait donner un concert à Wembley dans quinze jours.

L'une de ses anciennes copines de fac vivait non loin, à West Ealing. Elle pourrait se faire héberger le temps d'une soirée, et emmener Libby sous prétexte de lui faire plaisir et de passer un peu de temps entre mère et fille. Samantha, plus excitée qu'elle ne l'avait été depuis très longtemps, avait réussi à acheter deux billets à prix d'or pour le concert. Elle rentra chez elle, ce soir-là, exaltée par son petit secret comme si elle revenait d'un rendez-vous galant.

Miles était déjà dans la cuisine, toujours en costume de bureau, le téléphone à la main. Il lui lança un regard étrange et indéchiffrable quand elle entra.

« Quoi ? dit Samantha, un peu sur la défensive.

— Je n'arrive pas à joindre Papa, dit Miles. Ça sonne tout le temps occupé. Il y a eu un nouveau message. »

Devant la réaction interloquée de sa femme, il ajouta d'un ton agacé : « Le Fantôme de Barry Fairbrother ! Un nouveau message ! Sur le site du Conseil !

— Oh, dit Samantha en enlevant son foulard. D'accord.

— Oui, je viens de croiser Betty Rossiter dans la rue, c'est elle qui m'a prévenu ; complètement survoltée, pas moyen de l'arrêter. Je suis allé voir sur le forum mais je n'ai rien trouvé. Maman a dû déjà l'enlever – en tout cas j'espère, nom de Dieu, parce qu'elle va se retrouver en première ligne si jamais Beine-à-Jouir va voir les avocats.

— Ah bon, parce que c'était sur Parminder Jawanda, le message ? » dit Samantha d'une voix délibérément indifférente. Elle ne lui demanda pas en quoi consistait l'accusation, cette fois, d'abord parce qu'elle refusait de se transformer en vieille commère fouineuse comme Shirley et Maureen, ensuite parce qu'elle était certaine de connaître déjà la réponse à cette question : Parminder était accusée d'être responsable de la mort de la vieille Cath Weedon. Au bout d'un moment, elle demanda à son mari avec une pointe d'amusement : « Ta mère serait en première ligne, tu disais ?

— Eh bien oui, comme c'est elle qui s'occupe de l'administration du site, elle est en tort si elle ne filtre pas les déclarations diffamatoires ou potentiellement diffamatoires. Je ne suis pas sûr qu'elle et Papa se rendent compte de la gravité de la situation.

— Tu pourrais être son avocat – elle adorerait ! »

Mais Miles n'avait pas entendu ; il appuyait pour la énième fois sur la touche « bis » en grommelant parce que le portable de son père sonnait occupé.

« Ça devient sérieux, cette histoire, dit-il.

— Tu avais l'air plutôt ravi quand c'était Simon Price qui se faisait attaquer. En quoi c'est différent, cette fois ?

— Si c'est une campagne contre tous les membres du Conseil, ou tous ceux qui veulent s'y présenter… »

Samantha tourna la tête pour qu'il ne la voie pas sourire. Ce n'était donc pas pour Shirley qu'il s'en faisait, en réalité…

« Et pourquoi quelqu'un irait écrire des trucs sur toi ? demanda-t-elle d'un air innocent. Tu n'as aucun vilain secret, que je sache. »

Et tu serais foutrement plus intéressant si tu en avais !

« Et cette lettre, alors ?

— Quelle lettre ?

— Mais nom de… Maman et Papa ont dit l'autre jour qu'ils avaient reçu une lettre, une lettre anonyme, sur moi ! Disant que je n'avais pas la carrure pour endosser le costume de Barry Fairbrother ! »

Samantha ouvrit le congélateur, passa en revue ce qu'il contenait – déprimant –, en laissant la porte ouverte pour empêcher Miles de voir l'expression de son visage.

« Tu crois que quelqu'un a des dossiers sur toi ? demanda-t-elle.

— Non. Mais je suis avocat, quand même, non ? Alors, forcément, il doit y avoir des gens qui m'en veulent. Je ne crois pas que ce genre de courrier anonyme… Enfin je veux dire, jusqu'à présent c'est le camp adverse qui se fait attaquer, mais il pourrait y avoir des représailles… Je n'aime pas du tout la tournure que prend toute cette histoire.

— Ah, que veux-tu, c'est comme ça, la politique ! dit Samantha sans prendre la peine de déguiser son ironie, cette fois. Des coups bas, encore des coups bas, toujours des coups bas… »

Miles quitta la pièce d'un pas énervé, mais elle s'en fichait ; ses pensées étaient déjà ailleurs – pommettes saillantes, sourcils évasés, muscles abdominaux fermes et tendus… Elle connaissait par cœur presque toutes les chansons. Elle achèterait un T-shirt du groupe pour le concert, et un pour Libby aussi. Jake se déhancherait à quelques mètres d'elle. Elle s'amuserait comme rarement elle en avait eu l'occasion ces dernières années.

Pendant ce temps-là, Howard faisait les cent pas dans l'épicerie fermée, portable collé à l'oreille. Les stores étaient baissés, les lumières allumées, et de l'autre côté de l'arcade percée dans le mur, Shirley et Maureen s'activaient dans le café, dont l'ouverture était maintenant imminente ; elles défaisaient des cartons d'assiettes en porcelaine et de verres et s'échangeaient des murmures fébriles tout en écoutant d'une oreille les réponses quasi monosyllabiques de Howard à son interlocuteur.

« Oui… mmm, mmm… oui…

— Mais des hurlements ! disait Shirley. Des hurlements *et* des jurons ! "Retirez ça tout de suite, *nom* de Dieu", disait-elle. Et moi : "Mais je vais le retirer, Dr Jawanda, je vais le retirer, et je vous prierai de ne pas user de ce genre de langage avec moi."

— Eh bien moi, je l'aurais laissé sur le site encore deux bonnes heures, si elle m'avait parlé comme ça », dit Maureen.

Shirley sourit. Justement, elle avait décidé d'aller se faire une tasse de thé et de ne pas toucher au message anonyme posté sur le forum à propos de Parminder ; elle ne l'effaça que trois quarts d'heure plus tard. Elle et Maureen avaient déjà décortiqué le sujet jusqu'à l'os ; il en restait bien encore quelques lambeaux à disséquer, mais pour l'essentiel, elles étaient rassasiées. Shirley attendait à présent, avec une curiosité vorace, de voir comment Parminder allait réagir à la divulgation de son secret.

« Ça prouve en tout cas que ce n'est pas elle qui était à l'origine du premier message contre Simon Price, dit Maureen.

— Non, à l'évidence », dit Shirley en passant un coup de chiffon sur les jolies assiettes bleu et blanc qu'elle avait choisies – contre l'avis de Maureen qui aurait préféré du rose. Parfois, sans jamais s'impliquer directement dans la gestion de l'épicerie, Shirley aimait bien rappeler à Maureen qu'elle jouissait toujours d'une influence considérable, en tant qu'épouse de Howard.

« Certes, disait celui-ci, toujours pendu au téléphone. Mais ne vaudrait-il pas mieux… ? Mmm, mmm…

— Alors c'est qui, à ton avis ? demanda Maureen.

— Je n'en sais vraiment rien, dit Shirley d'une voix affectée, comme si ce genre d'information ou de soupçon était indigne d'elle.

« — C'est quelqu'un qui connaît les Price et les Jawanda, dit Maureen.

— Oui, à l'évidence », répéta Shirley.

Howard raccrocha enfin.

« Aubrey est d'accord, dit-il aux deux femmes en entrant dans le café, le dernier numéro de la *Gazette de Yarvil* à la main. Très mauvais papier. Très mauvais. »

Shirley et Maureen mirent quelques secondes à se rappeler qu'elles étaient censées s'intéresser à l'article posthume de Barry Fairbrother paru dans le journal local. Son fantôme était mille fois plus passionnant…

« Oh, oui ; en effet, je l'ai trouvé fort médiocre quand je l'ai lu, se rattrapa Shirley.

— L'interview de Krystal Weedon est à se tordre de rire ! pouffa Maureen. Le passage où elle affirme aimer l'art ! Enfin, si on appelle "art" le fait de vandaliser les tables de l'école à coups de graffitis, moi je veux bien… »

Howard rit. Cherchant un prétexte pour leur tourner le dos, Shirley alla au comptoir et s'empara de l'EpiPen d'Andrew Price, que Ruth était venue déposer à l'épicerie ce matin. Shirley avait cherché des informations à ce propos sur son site médical préféré, et se sentait désormais en mesure de répondre à toutes les questions qu'on pourrait lui poser sur le fonctionnement de l'adrénaline. Mais personne ne lui en posa ; elle rangea donc le petit tube blanc dans le placard, dont elle ferma la porte en faisant le plus de bruit possible afin d'interrompre les plaisanteries de Maureen.

Le portable de Howard sonna dans son énorme paluche.

« Oui, allô ? Oh, Miles, oui… oui, nous sommes au courant… Maman l'a vu ce matin… » Il rit. « Oui, elle l'a retiré… Je ne sais pas… Je crois qu'il a été posté hier… Oh, je ne dirais pas ça… tout le monde savait depuis des années que Beine-à-Jouir… »

Mais Howard avait l'air de moins en moins réjoui à mesure que la conversation se poursuivait. Au bout d'un moment, il dit : « Ah… oui, je vois. Oui. Non, je n'avais pas envisagé les choses sous cet… il faudrait peut-être demander à quelqu'un de venir s'occuper de ce problème de sécurité… »

Aucune des trois personnes présentes dans l'épicerie ne prêta la moindre attention au bruit de la voiture qui traversa la grand-place sous la lumière déclinante de la fin du jour, mais celle qui se trouvait derrière le volant repéra l'ombre colossale de Howard Mollison qui s'agitait derrière les stores couleur crème. Gavin accéléra, impatient d'arriver chez Mary. Elle avait eu l'air affolée au téléphone.

« Qui fait ça ? Mais qui ? Qui me hait à ce point ?

— Personne ne te hait, avait-il dit. Qui pourrait te haïr ? Ne bouge pas… j'arrive. »

Il se gara devant la maison, claqua la portière et remonta l'allée au pas de course. Elle lui ouvrit avant même qu'il ait frappé à la porte. Ses yeux étaient à nouveau gonflés par les larmes, et elle portait une longue robe de chambre en laine qui la faisait paraître minuscule. Cet accoutrement n'avait rien de séduisant ; c'était l'antithèse du kimono violet de Kay, mais ce côté sans apprêt était le signe qu'un nouveau cap avait été franchi dans leur intimité.

Les quatre enfants étaient dans le salon. Mary lui indiqua la cuisine.

« Est-ce qu'ils savent ? lui demanda Gavin.

— Fergus, oui. Quelqu'un a l'école lui a dit. Je lui ai demandé de ne pas le répéter aux autres. Franchement, Gavin… je suis au bout du rouleau. Le mépris…

— Ce n'est pas vrai, dit-il, avant que la curiosité ne reprenne aussitôt le dessus. N'est-ce pas ?

— Non ! s'exclama-t-elle, outrée. Enfin, je veux dire… je ne sais pas… je ne la connais pas vraiment. Mais le faire *parler* comme ça… lui mettre ces mots dans la bouche… ils n'ont donc *aucun* égard pour ce que je ressens ? »

Et une fois de plus, elle fondit en larmes. Il sentit qu'il ne devait pas la prendre dans ses bras, pas avec cette robe de chambre, et fut content de s'être retenu quand Fergus entra dans la cuisine quelques instants plus tard.

« Salut, Gav. »

Il avait les traits tirés et paraissait plus vieux que ses dix-huit ans. Gavin le regarda passer un bras autour des épaules de sa mère, et elle se serra contre lui en s'essuyant les yeux avec la manche trop large de sa robe de chambre, comme une enfant.

« À mon avis, ce n'est pas la même personne, leur dit Fergus sans préambule. Je l'ai relu. Le style de ce message est différent. »

Il l'avait téléchargé sur son téléphone portable et se mit à lire à voix haute :

« *"Le Dr Parminder Jawanda, conseillère paroissiale, qui a toujours fait profession de s'occuper des pauvres et des nécessiteux de la commune, a toujours eu un motif caché. Jusqu'à ma mort…"* »

« — Fergus, arrête, dit Mary en se laissant tomber sur une chaise à la table de la cuisine. Je ne peux pas. C'est trop. Je n'en peux vraiment plus. Et son article qui paraît dans le journal le même jour… »

Tandis qu'elle sanglotait en silence, le visage enfoui dans les mains, Gavin remarqua l'exemplaire de la *Gazette de Yarvil* posé sur la table. Il ne l'avait pas lu. Sans rien lui demander ni lui proposer, il ouvrit le placard pour lui préparer un verre.

« Merci, Gav, renifla-t-elle quand il le posa devant elle.

— C'est peut-être Howard Mollison, suggéra Gavin en s'asseyant à côté d'elle. D'après ce que Barry disait de lui…

— Je ne crois pas, dit Mary en séchant ses larmes. C'est tellement grossier. Il n'a jamais rien fait de ce genre du – un hoquet lui échappa – du vivant de Barry. » Puis elle commanda à son fils d'un ton brusque : « Jette-moi ce journal, Fergus. »

Le jeune homme avait l'air perplexe et contrarié.

« Mais l'article de papa…

— Jette-le ! répéta Mary d'une voix qui frôlait l'hystérie. Je pourrai toujours le lire sur l'ordinateur, si j'en ai envie… la dernière chose qu'il ait faite de sa vie… le jour de notre anniversaire de mariage ! »

Fergus prit le journal et resta un moment debout devant sa mère qui s'était de nouveau caché le visage. Puis il lança un coup d'œil à Gavin et sortit de la cuisine, le journal à la main.

Au bout d'un moment, comprenant que Fergus ne reviendrait pas, Gavin tendit une main réconfortante et caressa doucement le bras de Mary. Ils restèrent assis quelques instants sans rien dire, et Gavin était content de ne plus avoir ce journal sous les yeux.

2

Parminder n'était pas censée travailler le lendemain matin, mais elle avait une réunion à Yarvil. Une fois les enfants partis à l'école, elle fit méthodiquement le tour de la maison, vérifia qu'elle avait tout ce qu'il lui fallait, mais quand le téléphone sonna, elle sursauta si fort qu'elle en lâcha son sac.

« Oui ? dit-elle dans une sorte de cri d'effroi qui décontenança Tessa à l'autre bout du fil.

— Minda, c'est moi… Tout va bien ?

— Oui… oui… la sonnerie m'a fait sursauter, c'est tout, dit Parminder en regardant les clés, les papiers, la petite monnaie et les tampons éparpillés sur le sol de la cuisine. Que se passe-t-il ?

— Oh, rien, dit Tessa. Je voulais juste bavarder un peu. Savoir comment tu allais. »

Le spectre du message anonyme flottait au-dessus de ce début de conversation anodine, suspendu au bout de la ligne comme un monstre ricanant. Parminder avait coupé court à toute discussion avec Tessa, la veille au téléphone. « *C'est un mensonge*, avait-elle crié, *un mensonge ignoble, et ne me dis pas que ce n'est pas Howard Mollison qui est derrière tout ça !* »

Tessa n'avait pas osé poursuivre le sujet.

« Je n'ai pas le temps, dit Parminder. J'ai une réunion à Yarvil. Un examen de dossier à propos d'un petit garçon inscrit sur la liste des enfants en danger.

— Oh, d'accord. Désolée. Plus tard, peut-être ?

— Oui, dit Parminder, voilà. Au revoir. »

Elle fourra ses affaires dans son sac à la hâte et sortit de chez elle en courant, puis, arrivée au portail du jardin, fit demi-tour pour vérifier qu'elle avait bien fermé la porte de la maison.

Au volant de sa voiture, elle s'apercevait de temps à autre qu'elle n'avait plus aucun souvenir de ce qui s'était passé au cours du dernier kilomètre et, pestant contre elle-même, elle s'obligeait à se concentrer sur la route. Mais les mots immondes du message anonyme ne cessaient de distraire son attention. Elle les connaissait déjà par cœur.

Le Dr Parminder Jawanda, conseillère paroissiale, qui a toujours fait profession de s'occuper des pauvres et des nécessiteux de la commune, a toujours eu un motif caché. Jusqu'à ma mort, elle était amoureuse de moi ; elle avait le plus grand mal à dissimuler ses sentiments chaque fois qu'elle posait les yeux sur moi, et suivait aveuglément mes instructions de vote à chaque réunion du Conseil. Maintenant que je ne suis plus là, elle n'est plus d'aucune utilité à la paroisse, car elle a perdu la boule.

Elle l'avait découvert la veille, au matin, en se rendant sur le site du Conseil pour lire le compte rendu de la dernière réunion. Le choc avait été presque physique ; elle avait eu le souffle court et précipité, tout à coup, comme pendant les moments les plus terribles de ses accouchements, lorsqu'elle avait dû s'efforcer d'aller au-delà de la douleur, de s'extraire de l'instant présent, insoutenable.

Tout le monde devait être au courant, maintenant. Impossible de se cacher.

Les pensées les plus saugrenues lui venaient en rafale à l'esprit. Par exemple, qu'aurait dit sa grand-mère si elle avait su que Parminder était publiquement accusée d'aimer le mari d'une autre – et un *gora*, par-dessus le marché ? Elle imaginait sa *Bebe* se couvrir le visage avec un pan de son sari et secouer la tête en se balançant d'avant en arrière, comme chaque fois qu'il arrivait un malheur dans la famille.

« D'autres maris, à ma place, lui avait dit Vikram hier soir avec un sourire encore plus sardonique qu'à l'accoutumée, seraient sans doute curieux de savoir si cette histoire est vraie…

— Bien sûr que non, ce n'est pas vrai ! s'était exclamée Parminder, une main tremblante posée sur la bouche. Comment peux-tu me demander une chose pareille ? Bien sûr que non ! Tu le connaissais ! C'était mon ami – juste un ami ! »

Elle passait déjà devant la clinique Bellchapel. Comment avait-elle parcouru tout ce chemin sans même s'en rendre compte ? Elle était dangereuse, derrière ce volant ; elle ne faisait pas attention.

Elle se souvint de ce fameux soir où elle était allée au restaurant avec Vikram, près de vingt ans auparavant, le soir où ils étaient convenus de se marier. Elle lui avait raconté l'émoi invraisemblable qu'elle avait causé dans sa famille en se laissant raccompagner chez elle par Stephen Hoyle, et il avait été d'accord : c'était ridicule. Il avait compris, à l'époque. Mais il ne comprenait pas aujourd'hui, quand les accusations venaient de Howard Mollison et non plus de sa famille corsetée par les conventions. Il ne comprenait pas, apparemment, à quel point les *goras* pouvaient être étroits d'esprit, menteurs et calomnieux...

Elle venait de rater le virage. *Concentre-toi. Fais attention.*

« Je suis en retard ? » dit-elle de loin à Kay en traversant le parking à toute allure. Elle n'avait rencontré l'assistante sociale qu'une seule fois auparavant, quand celle-ci était venue au cabinet pour renouveler son ordonnance de pilule.

« Pas du tout, dit Kay. Je suis venue vous attendre pour monter avec vous ; c'est un vrai labyrinthe, là-dedans... »

Le bâtiment disgracieux qui abritait les services sociaux de Yarvil était un immeuble de bureaux des années 1970. Les deux femmes pénétrèrent dans l'ascenseur, et Parminder se demanda si Kay était au courant du message anonyme posté sur le site du Conseil, ou des accusations portées contre elle par la famille Weedon. Elle s'imagina que lorsque les portes de l'ascenseur se rouvriraient, elle se retrouverait face à une armada de costumes gris prêts à l'accuser, à la condamner... Et si l'examen du dossier de Robbie Weedon n'était qu'une ruse ? Et si c'était à son propre procès qu'elle était en train de se rendre ?...

Kay lui fit traverser un couloir désert aux murs défraîchis et impersonnels, puis elles entrèrent dans la salle de réunion. Trois autres femmes les y attendaient ; elles accueillirent Parminder en souriant.

« Je vous présente Nina, qui travaille avec la mère de Robbie à Bellchapel, dit Kay en s'asseyant dos aux fenêtres voilées par des stores vénitiens. Gillian, qui supervise le service, et Louise Harper, qui s'occupe de la halte-garderie d'Anchor Road. Dr Parminder Jawanda, le médecin traitant de Robbie », ajouta Kay à l'intention des trois autres.

Parminder accepta une tasse de café. Les quatre femmes se mirent à discuter, sans se préoccuper d'elle.

(*Le Dr Parminder Jawanda, conseillère paroissiale, qui a toujours fait profession de s'occuper des pauvres et des nécessiteux de la commune...*

Qui a toujours *fait profession...* Howard Mollison, espèce de salopard. Mais il l'avait toujours trouvée hypocrite ; Barry le lui avait dit.

« Il pense que je veux voir les Yarvillois prendre le contrôle de Pagford parce que je suis originaire des Champs. Mais toi, qui viens d'une classe socioprofessionnelle irréprochable, tu n'as aucune raison d'être du côté de la cité, à ses yeux. Donc, il pense que tu es hypocrite, ou que tu remues la boue pour le seul plaisir de semer la zizanie. »)

« ... comprendre pourquoi le médecin traitant de la famille est à Pagford..., disait l'une des trois assistantes sociales que Parminder ne connaissait pas et dont elle avait déjà oublié les noms.

— Notre cabinet suit plusieurs familles de la cité des Champs, intervint aussitôt Parminder. Mais il n'y avait pas eu des problèmes entre les Weedon et leur précédent... ?

— Oui, le cabinet de Cantermill les a radiés, dit Kay derrière sa pile de dossiers, plus épaisse que celles de ses trois collègues. Terri a agressé une infirmière là-bas. Et vous les suivez depuis ?

— Presque cinq ans », dit Parminder qui avait potassé le dossier au cabinet en prévision de cette réunion.

(Elle avait vu Howard à l'église, le jour des funérailles de Barry, faire semblant de prier, ses grosses pattes croisées devant lui, les Fawley agenouillés à ses côtés. Parminder connaissait les dogmes chrétiens. *Aime ton prochain comme toi-même...* Si Howard avait été plus honnête, il se serait tourné pour adresser ses prières directement à Aubrey...

Jusqu'à ma mort, elle était amoureuse de moi ; elle avait le plus grand mal à dissimuler ses sentiments chaque fois qu'elle posait les yeux sur moi...

Avait-elle vraiment eu tant de mal que ça ?...)

« ... vu pour la dernière fois, Parminder ? demanda Kay.

— Quand sa sœur me l'a amené pour une otite, dit-elle. Il y a environ huit semaines.

— Et dans quelle condition physique était-il alors ? demanda l'une des trois autres.

— Eh bien, on ne peut pas dire qu'il soit en mauvaise santé, dit Parminder en sortant de son sac une mince liasse de notes photocopiées. Je lui ai fait un examen complet, parce que... eh bien, je connais l'historique de la famille... Son poids est correct, même si je doute que son régime alimentaire soit des plus équilibrés. Pas de poux, de lentes, ou d'autres choses de ce genre. Un peu d'érythème fessier, et je me rappelle avoir entendu sa sœur dire qu'il avait encore quelques accidents, parfois...

— Ils lui remettent régulièrement des couches, dit Kay.

— Mais à part ça, dit celle qui avait posé la première question à Parminder, vous n'auriez aucun problème de santé majeur à signaler ?

— Aucun signe de maltraitance, dit Parminder. Je me souviens de l'avoir déshabillé pour vérifier, et je n'ai vu ni ecchymoses ni traces de coups.

— Il n'y a pas d'homme dans le foyer familial, intervint Kay.

— Et son otite ? demanda la chef de service.

— Une infection bactérienne tout ce qu'il y a de plus commun, d'origine virale. Rien d'inhabituel. Typique chez un enfant de cet âge.

— Donc, en résumé…

— J'ai vu pire, dit Parminder.

— C'est sa sœur qui vous l'a amené, pas sa mère, c'est bien ce que vous avez dit ? Vous êtes également le médecin traitant de Terri ?

— Je ne me rappelle pas avoir vu Terri au cabinet ces cinq dernières années, dit Parminder à la chef de service qui se tourna vers Nina.

— Sa cure de méthadone, comment ça se passe ? »

(*Jusqu'à ma mort, elle était amoureuse de moi…*

C'est peut-être Shirley, le Fantôme, songea Parminder*, ou Maureen, et non pas Howard – elles étaient toutes les deux beaucoup plus susceptibles d'avoir épié tous ses faits et gestes quand elle était avec Barry, à l'affût du moindre détail qui pourrait alerter leur cervelle de vieilles harpies…*)

« … suivi le programme aussi longtemps, disait Nina. Elle parle beaucoup de cet examen de dossier. J'ai l'impression qu'elle a conscience de la situation, qu'elle a compris que c'était sa dernière chance. Elle ne veut pas perdre Robbie. Elle me l'a dit à plusieurs reprises. Je dois dire que vous avez su établir le contact avec elle, Kay. Je la vois vraiment essayer de se prendre en charge, pour la première fois depuis que je la connais.

— Merci, mais je ne crie pas encore victoire. La situation reste très précaire. » La modestie affichée de Kay était démentie par un irrépressible petit sourire de satisfaction. « Comment ça se passe à la halte-garderie, Louise ?

— Eh bien, Robbie est là, dit la quatrième assistante sociale. Il vient tous les jours, depuis trois semaines, ce qui représente une évolution considérable. C'est sa sœur qui l'amène. Ses vêtements sont trop petits, et sales, en général, mais il parle de ses bains et de ses repas à la maison.

— Et au niveau comportemental ?

— Il est en retard sur les courbes de développement. Son niveau de langage est très faible. Il réagit mal à toute présence masculine à la halte-garderie. Quand des pères viennent chercher leur enfant, il se tient à l'écart ; il se réfugie auprès des assistantes maternelles et devient très agité. Et une ou deux fois, dit-elle en tournant une page de son dossier, il a mimé des gestes à connotation sexuelle devant des petites filles, voire à leur encontre.

— Quelle que soit notre décision, je ne crois pas qu'on puisse le retirer de la liste des enfants en danger, dit Kay qui récolta des murmures d'approbation unanime.

— Je pense que tout dépend de Terri et de la façon dont se poursuit son programme de désintoxication, dit la chef de service à Nina. L'essentiel est qu'elle décroche de manière définitive.

— C'est indispensable, bien sûr, lui concéda Kay, mais j'ai peur que, même sevrée, elle ne soit pas tout à fait apte à s'occuper correctement de Robbie. J'ai l'impression que c'est plutôt Krystal qui prend en charge son éducation, or elle a seize ans et doit elle-même faire face à pas mal de difficultés… »

(Parminder se souvint de ce qu'elle avait dit à Sukhvinder deux jours plus tôt.

Krystal Weedon ! Cette idiote ! C'est ça que tu as appris de Krystal Weedon à force de faire équipe avec elle ? À t'abaisser à son niveau ?

Barry aimait beaucoup Krystal. Il voyait en elle des choses que personne n'avait jamais devinées.

Un jour, il y avait très longtemps, Parminder avait raconté à Barry l'histoire de Bhai Kanhaiya, le héros sikh qui soignait les blessés de guerre, qu'ils soient du camp ami ou ennemi. Quand on lui demandait pourquoi il offrait son aide sans discrimination, Bhai Kanhaiya répondait que la lumière de Dieu rayonnait dans chaque âme, et qu'il était incapable de faire la distinction entre les uns et les autres.

La lumière de Dieu rayonnait dans chaque âme.

Elle avait dit que Krystal Weedon était une idiote et laissé entendre qu'elle était d'un rang inférieur.

Barry n'aurait jamais dit une chose pareille.

Elle avait honte.)

« … quand l'arrière-grand-mère était là, qui était apparemment une solution de repli, mais…

— Elle est morte, se hâta de dire Parminder avant que quelqu'un d'autre ne soulève le sujet. Emphysème et crise cardiaque.

— Oui, dit Kay sans lever le nez de ses notes. Donc nous en revenons à Terri. Elle-même vient d'un foyer d'accueil. Elle n'a jamais suivi de cours de soutien parental ?

— Nous en proposons en effet, mais elle n'a jamais été en état, physiquement, d'y participer, dit la femme de la halte-garderie.

— Si elle acceptait de s'y rendre – et si elle y assistait réellement –, ce serait un énorme pas en avant, dit Kay.

— Si la clinique ferme, soupira Nina à l'intention de Parminder, j'imagine que c'est vous qu'elle viendra voir pour avoir sa méthadone.

— Hélas, j'ai bien peur que non, dit Kay avant que Parminder ait eu le temps de répondre.

— Que voulez-vous dire ? » demanda celle-ci d'une voix courroucée.

Les autres femmes se tournèrent vers elle.

« Eh bien, que prendre le bus et se souvenir d'un rendez-vous chez le médecin, ce n'est pas exactement le point fort de Terri, dit Kay. Pour aller à Bellchapel, elle n'a qu'à traverser la rue.

— Oh, fit Parminder, confuse. Oui. Pardon. Oui, bien sûr, vous avez sans doute raison. »

(Elle avait cru que Kay faisait allusion à la plainte déposée suite à la mort de Catherine Weedon ; qu'elle pensait que Terri Weedon ne lui ferait jamais confiance.

Concentre-toi un peu sur ce qu'elles racontent. Mais qu'est-ce qui t'arrive, enfin ?)

« Donc, pour résumer, dit la chef de service en consultant ses notes. Nous sommes en présence d'un cas de négligence parentale, atténué par quelques preuves de bonne volonté ici et là. » Elle soupira, mais il y avait plus d'exaspération que de tristesse dans sa voix. « La crise est évitée pour le moment – elle ne se drogue plus, Robbie va à la halte-garderie, ce qui nous permet de surveiller de près son évolution, et il n'y a pas d'inquiétude immédiate en ce qui concerne sa sécurité. Comme le disait Kay, il reste sur la liste des enfants en danger, bien sûr… Je crois que nous serons obligées d'en passer par une nouvelle réunion, d'ici quatre semaines… »

La discussion s'éternisa pendant encore quarante minutes, puis Kay raccompagna Parminder au parking.

« C'est vraiment très aimable à vous d'être venue en personne ; la plupart des médecins traitants se contentent d'envoyer un rapport.

— C'était ma matinée de libre », dit Parminder. Elle voulait dire par là qu'elle détestait rester chez elle à ne rien faire, ce qui expliquait sa présence ce matin, mais Kay sembla croire qu'elle lui demandait de plus amples compliments, et les lui offrit.

Devant la voiture de Parminder, Kay dit : « Vous siégez bien au Conseil de la paroisse, n'est-ce pas ? Est-ce que Colin vous a transmis les statistiques que je lui ai données sur Bellchapel ?

— Oui, tout à fait, dit Parminder. Ce serait bien que nous en discutions à l'occasion. La question est à l'ordre du jour de la prochaine réunion. »

Mais dès que Kay fut partie, non sans s'être à nouveau répandue en remerciements et après lui avoir donné ses coordonnées, Parminder se remit à penser à Barry, au Fantôme et aux Mollison. Elle traversait la cité quand la pensée toute simple qu'elle avait essayé d'enterrer, d'étouffer, parvint enfin à briser ses défenses.

Peut-être étais-je vraiment amoureuse de lui.

3

Andrew avait passé des heures à choisir la tenue qu'il porterait pour sa première journée de travail à la Théière en Cuivre. Les vêtements élus étaient posés sur le dossier de sa chaise dans sa chambre. Un bouton d'acné particulièrement purulent avait choisi son moment pour surgir, blanc et gonflé, sur sa joue gauche, et Andrew était allé jusqu'à essayer le fond de teint de Ruth, qu'il avait dérobé dans le tiroir de sa coiffeuse.

Il était en train de mettre la table dans la cuisine, ce vendredi soir, l'esprit hanté par Gaia et les sept bonnes heures qu'il passerait très bientôt à ses côtés, quand son père rentra du travail dans un état d'abattement hagard qu'Andrew ne lui avait jamais connu.

« Où est ta mère ? »

Ruth sortit à pas pressés de la penderie.

« Bonsoir, mon Simon-Bichon ! Comment s'est pa... qu'est-ce qui se passe ?

— Ils m'ont licencié. »

Saisie d'horreur, Ruth plaqua ses deux mains contre sa bouche puis se précipita vers son mari, tendit les bras autour de son cou et l'attira à elle.

« Mais pourquoi ? murmura-t-elle.

— Le message, dit Simon. Sur ce putain de site internet. Ils ont dégagé Jim et Tommy aussi. Ils nous ont pas laissé le choix – c'était le licenciement ou ils nous viraient d'office. Indemnités de merde. Même pas ce qu'ils ont filé à Brian Grant. »

Andrew s'était figé, pétrifié de culpabilité.

« Merde, dit Simon, le juron étouffé contre l'épaule de sa femme.

— Tu trouveras autre chose, murmura-t-elle.

— Pas ici », dit-il.

Il s'assit sur une chaise de la cuisine, sans prendre la peine d'enlever son manteau, et regarda autour de lui, apparemment trop sonné pour arriver à prononcer un mot. Ruth s'agitait autour de lui, effondrée, affectueuse, émue. Andrew fut rassuré de détecter, dans le regard catatonique de son père, un relent d'exagération théâtrale. Il se sentait un peu moins coupable, du coup. Il continua à mettre la table en silence.

Le dîner fut lugubre. Paul avait l'air terrorisé depuis qu'il avait appris la nouvelle, comme s'il redoutait que son père ne l'accuse d'être responsable de son licenciement. Simon prit des airs de martyr chrétien pendant le plat principal, blessé mais digne face à l'injustice de la persécution, mais bientôt – « Je vais payer quelqu'un pour péter la gueule à ce gros enculé jusqu'à ce que les yeux lui sortent par l'arrière du crâne », explosa-t-il en faisant tomber une cuillère de crumble aux pommes sur ses genoux ; et toute la famille comprit qu'il parlait de Howard Mollison.

« Tu sais, il y a eu un nouveau message sur le site du Conseil, dit Ruth à voix basse. Il n'y a pas que toi qui es visé, Sim. Shir… quelqu'un me l'a dit au travail. La même personne – le Fantôme de Barry Fairbrother – a écrit quelque chose d'horrible sur le Dr Jawanda. Howard et Shirley ont fini par appeler quelqu'un pour vérifier le site, et il s'avère que le coupable a piraté le compte de Barry Fairbrother, alors pour être sûr que ça ne se reproduise pas, tous

les paramètres ont été effacés de… de la base de données ou je ne sais quoi…

— *Et en quoi ça me va faire récupérer mon boulot,
ces conneries de merde ? »*

Ruth garda le silence pendant plusieurs minutes.

Andrew était troublé par ce qu'avait raconté sa
mère. Il était inquiétant qu'une enquête ait été lancée
sur Le_Fantôme_de_Barry_Fairbrother, et plus encore
que quelqu'un d'autre ait suivi son exemple.

Qui aurait songé à utiliser le compte de Barry Fairbrother, sinon Fats ? D'un autre côté, pourquoi Fats
s'en serait-il pris au Dr Jawanda ? À moins que ce ne
soit une nouvelle façon de harceler Sukhvinder ?
Tout ça ne disait rien qui vaille à Andrew…

« Et toi, c'est quoi ton problème ? aboya Simon.

— Rien, bredouilla Andrew, puis il essaya de faire
marche arrière. C'est juste que… le choc… ton travail…

— Oh, monsieur est *choqué*, hein ? cria Simon, faisant sursauter Paul qui lâcha sa cuillère et renversa sa
glace. (Pauline, va me nettoyer ça, espèce de petite
fiotte !) Ouais, eh bah c'est comme ça, la vie,
Tronche-de-Pizza ! hurla-t-il à Andrew. Que des
enculés de partout qui veulent te faire la peau ! Alors
toi, ajouta-t-il en pointant le doigt sur son fils aîné, tu
oublies pas de me choper toutes les saloperies que
tu peux sur Howard Mollison, ou alors c'est même
pas la peine de rentrer à la maison demain !

— Sim… »

Simon recula sa chaise, jeta sa cuillère qui rebondit
par terre avec un petit cliquetis, et sortit comme une
furie de la cuisine, en claquant la porte derrière lui.
Andrew attendit l'inévitable, et ne fut pas déçu.

« C'est un choc terrible pour lui, murmura une Ruth ébranlée à ses fils. Après toutes les années de sa vie qu'il a données à cette société… il est très inquiet, c'est normal… il se demande comment il va subvenir aux besoins de sa famille à présent… »

Quand le réveil sonna à six heures trente le lendemain matin, Andrew le fit taire d'une bonne claque presque dans la seconde et bondit littéralement de son lit. Agité comme si c'était Noël, il prit sa douche et s'habilla à toute vitesse, puis passa quarante minutes à peaufiner sa coiffure et son maquillage – une petite touche de fond de teint par-ci, par-là, sur les boutons les plus visibles…

Il s'attendait à tomber sur son père en embuscade en passant devant la chambre de ses parents, mais il ne croisa personne, et après avoir avalé son petit déjeuner en quelques secondes, il sortit le vélo de course de Simon du garage et descendit la colline à toute allure pour rejoindre Pagford.

C'était une matinée brumeuse qui laissait présager une journée ensoleillée. Les stores étaient encore baissés dans l'épicerie, mais la clochette tinta et la porte s'ouvrit quand il la poussa.

« Pas par là ! cria Howard en déboulant vers lui. Toi, tu passes par-derrière ! Et pas de vélo devant la vitrine ! Tu peux le laisser près des poubelles. »

L'arrière de l'épicerie, auquel on accédait par une étroite venelle, consistait en une minuscule courette au sol humide et pavé, clôturée de hautes palissades, quelques cabanons en plaques de métal industriel et une trappe ouvrant sur un escalier vertigineux qui menait à la cave.

« Tu n'as qu'à l'attacher quelque part par là, où tu veux, tant que ça ne gêne pas le passage », dit Howard qui avait surgi sur le seuil de l'arrière-boutique, le souffle court et le visage rougeaud. Tandis qu'Andrew s'échinait à cadenasser son vélo, Howard s'épongeait le front avec son tablier.

« Bon, commençons par la cave, dit-il en indiquant la trappe quand Andrew eut fini. Descends là-dedans, histoire de repérer les lieux. »

Il se pencha au-dessus du trou pendant qu'Andrew descendait les marches. Howard ne pouvait plus mettre les pieds dans sa propre cave depuis des années. Maureen y partait en expédition deux ou trois fois par semaine ; mais avec l'énorme stock de marchandises entreposées en prévision de l'ouverture du café, des jambes jeunes et robustes étaient devenues indispensables.

« Regarde bien partout autour de toi, cria-t-il à Andrew qui avait disparu de son champ de vision. Tu vois l'endroit où il y a tous les gâteaux et la pâtisserie ? Tu vois les gros sacs de café et les boîtes de thé ? Et dans le coin – les rouleaux de papier toilette et les sacs-poubelle ?

— Ouais, résonna la voix d'Andrew depuis les profondeurs de la cave.

— Tu peux m'appeler Mr Mollison », dit Howard d'une voix sifflante mâtinée d'un soupçon de fatuité.

Debout au fond de la cave, Andrew se demandait s'il devait se mettre au travail tout de suite.

« OK... Mr Mollison. »

Craignant que Howard n'ait perçu du sarcasme dans cette dernière réplique, il se rattrapa avec une question polie.

« Qu'est-ce qu'il y a dans ces grands placards ?

— Eh bien regarde donc, répondit Howard avec impatience. C'est pour ça que tu es là. Pour savoir où les choses se trouvent et se rangent. »

Howard écouta les bruits étouffés que faisait Andrew en ouvrant les lourdes portes, et pria pour que ce garçon ne se révèle pas à moitié crétin et incapable de se débrouiller sans qu'on lui tienne la main en permanence. L'asthme de Howard était particulièrement sévère, ce matin ; le taux de pollen dans l'air était très élevé pour la saison, sans compter tout le travail supplémentaire, l'excitation et les mille et une petites contrariétés entraînées par l'ouverture du café. Sa chemise était déjà trempée de sueur ; il serait peut-être obligé de demander à Shirley de lui en apporter une propre avant même qu'ils ne lèvent les stores.

« Voilà la camionnette ! cria Howard en entendant des bruits de pétarade au bout de la venelle. Remonte ! Il faut que tu décharges la marchandise et que tu mettes tout à la cave, d'accord ? Et rapporte-moi deux bidons de lait au passage. Tu as tout compris ?

— Oui, oui… Mr Mollison », répondit la voix d'Andrew.

Howard rentra lentement à l'intérieur et alla chercher l'inhalateur qu'il gardait toujours sur lui, au fond de sa veste suspendue dans l'arrière-boutique, derrière le comptoir de l'épicerie. Quelques inhalations plus tard, il se sentait déjà beaucoup mieux. S'essuyant à nouveau le visage avec son tablier, il s'assit sur l'une des chaises grinçantes pour se reposer un moment.

Depuis qu'il était allé voir le Dr Jawanda pour son irritation, il pensait souvent à ce qu'elle lui avait dit sur son poids – source, avait-elle affirmé, de tous ses problèmes de santé.

Absurde, évidemment. Tiens, par exemple, le gamin des Hubbard : maigre comme un haricot, il souffrait pourtant d'un asthme terrible. Howard avait toujours été corpulent, du plus loin qu'il se souvienne. Sur les rares photos où on le voyait avec son père, qui avait quitté le foyer familial quand Howard avait quatre ou cinq ans, il n'était encore que joufflu. Après le départ de son père, sa mère l'avait installé en bout de table, à la place d'honneur, entre elle-même et sa grand-mère, et se vexait s'il ne se resservait pas systématiquement. Peu à peu, il avait pris de telles proportions que l'espace entre les deux femmes s'était réduit à presque rien ; à douze ans, il était aussi lourd que le père qui les avait abandonnés. Bientôt, dans l'esprit de Howard, un solide appétit était devenu synonyme de virilité. Son obésité était l'une des caractéristiques fondamentales de sa personne. Elle s'était bâtie dans le plaisir, sous le regard bienveillant des femmes qui l'aimaient, et il n'était pas étonné le moins du monde que Beine-à-Jouir, cette rabat-joie castratrice, veuille à tout crin l'en dépouiller.

Mais parfois, dans des moments de faiblesse, quand il avait un peu de mal à respirer ou à se déplacer, Howard prenait peur. Shirley avait beau jeu de faire comme s'il n'avait jamais été en danger, mais il se souvenait des longues nuits passées sur son lit d'hôpital après son pontage, incapable de trouver le sommeil, terrifié à l'idée que son cœur lâche et s'arrête de battre d'une seconde à l'autre. Chaque fois qu'il apercevait Vikram Jawanda, il se rappelait que ces longs doigts à la peau brune s'étaient posés, physiquement posés, sur son cœur palpitant ; la jovialité avec laquelle il le traitait à chacune de leurs rencontres était une façon de mettre à distance cette terreur viscérale et instinctive. On lui avait dit, à sa sortie de l'hôpital, qu'il fallait qu'il perde du poids, mais il avait déjà perdu une douzaine de kilos du seul fait d'avoir dû ingurgiter leur nourriture immonde pendant des semaines, et Shirley s'était donné pour mission de le remplumer dès qu'il était rentré à la maison...

Howard resta assis encore quelques instants, à goûter le bonheur de respirer à nouveau normalement. Cette journée revêtait un caractère très important pour lui. Trente-cinq ans plus tôt, il avait introduit la raffinerie gastronomique à Pagford avec l'enthousiasme d'un aventurier du XVIe siècle rentrant de l'autre bout du monde les malles pleines de mets inconnus, et Pagford, après avoir observé un moment de circonspection, s'était mis à pencher un nez timide et curieux dans ses pots en polystyrène. Il songeait avec mélancolie à sa mère, qui avait été si fière de lui et de son commerce florissant. Il aurait aimé qu'elle vive assez longtemps pour connaître le café. Howard se remit debout, décrocha sa chapka et la posa délicatement sur sa tête comme s'il se couronnait lui-même.

Ses deux nouvelles serveuses arrivèrent ensemble à huit heures trente. Il leur avait réservé une surprise.

« Ah ! vous voilà, dit-il en leur tendant leurs uniformes : des robes noires à tablier en dentelle blanche, exactement comme il les avait imaginées. Ça devrait vous aller. Maureen se disait qu'elle devinerait vos tailles. Elle porte le même ensemble. »

Gaia dut se retenir de rire en voyant Maureen débarquer du café dans l'épicerie, tout sourire. Elle portait des collants noirs et des sandales Dr Scholl. Sa robe s'arrêtait cinq centimètres au-dessus de ses genoux fripés.

« Vous pouvez vous changer dans l'arrière-boutique, les filles », dit-elle en leur indiquant l'endroit d'où Howard avait fait son apparition.

Gaia était déjà en train de retirer son jean près des toilettes quand elle vit l'expression de Sukhvinder.

« Qu'est-ce qu'y a, Sooks ? » demanda-t-elle.

Ce nouveau surnom donna à Sukhvinder le courage de dire ce qu'elle aurait sans doute été incapable d'avouer autrement.

« Je ne peux pas porter ça, murmura-t-elle.

— Pourquoi ? dit Gaia. Ça t'ira très bien. »

Mais la robe noire était à manches courtes.

« Je ne peux pas.

— Mais enfin pourq... oh, mon Dieu. »

Sukhvinder avait remonté les manches de son sweat-shirt. L'intérieur de ses bras était couvert d'horribles cicatrices en zigzag, et les traces de récentes entailles à peine refermées, encore rouges, lui zébraient la peau du poignet jusqu'au pli du coude.

« Sooks, dit Gaia d'une voix douce. Eh mais à quoi tu joues, ma vieille ?... »

Sukhvinder secoua la tête, au bord des larmes.

Gaia réfléchit un moment puis dit : « Je sais... Viens voir. »

Elle enleva son T-shirt à manches longues.

Un grand coup à la porte et celle-ci, mal refermée, s'ouvrit à toute volée : Andrew, en nage, était déjà à moitié rentré dans l'arrière-salle, les bras chargés de deux énormes rouleaux de papier toilette, quand Gaia le chassa d'un cri furieux. Il recula vers Maureen.

« Elles sont en train de se changer, dit-elle sur un ton de réprobation sévère.

— Mr Mollison m'a dit de poser ça dans les toilettes. »

Oh putain, oh putain. Elle était en culotte et soutien-gorge. Il avait presque tout vu.

« Désolé ! » cria Andrew à la porte fermée. Il rougissait tellement que tout son visage tremblait sous les pulsations du sang.

« Crétin », murmura Gaia de l'autre côté de la porte. Elle tendait son T-shirt à Sukhvinder. « Tiens, mets ça sous ta robe.

— Ça va faire bizarre.

— On s'en fout. Tu n'auras qu'à en prendre un noir la semaine prochaine, ça fera comme si tu portais une robe à manches longues. On trouvera bien une explication à lui donner… »

Lorsqu'elles sortirent, vêtues de pied en cap, Gaia annonça : « Elle a de l'eczéma. Partout sur les bras. Ça fait des croûtes…

— Ah, fit Howard en regardant le T-shirt blanc de Sukhvinder puis Gaia, qui était aussi sublime qu'il l'avait espéré.

— J'en mettrai un noir la semaine prochaine, dit Sukhvinder, incapable de regarder Howard dans les yeux.

— Très bien, dit-il en donnant une petite tape sur les reins de Gaia en les envoyant au café. Préparez-vous, tout le monde ! cria-t-il à la cantonade. On y est presque... ouverture des portes, s'il te plaît, Maureen ! »

Il y avait déjà une petite grappe de clients devant la vitrine. Un écriteau annonçait : *La Théière en Cuivre, Ouverture aujourd'hui – le premier café est gratuit !*

Andrew ne revit pas Gaia avant plusieurs heures. Howard lui demandait sans cesse de faire l'aller-retour dans la cave pour rapporter du lait ou des jus de fruits et de passer la serpillière dans le petit coin-cuisine à l'arrière. Il eut sa pause-déjeuner plus tôt que les deux serveuses. Il ne l'entraperçut que lorsque Howard le convoqua au comptoir du café ; elle se dirigeait dans l'autre direction, vers l'arrière-salle, et ils se frôlèrent.

« Nous sommes pris d'assaut, Mr Price ! dit Howard qui avait retrouvé toute sa bonne humeur. Allez vous chercher un tablier propre et passez-moi un coup d'éponge sur ces tables pendant que Gaia déjeune ! »

Miles et Samantha Mollison s'étaient installés avec leurs deux filles et Shirley à une table en vitrine.

« Ça a l'air de marcher du tonnerre, non ? s'exclama Shirley en regardant autour d'elle. Mais qu'est-ce que la petite Jawanda est allée nous mettre sous sa robe ?

— Des bandages ? suggéra Miles en plissant les yeux.

— Salut, Sukhvinder ! dit Lexie qui la connaissait depuis l'école primaire.

— Ne crie pas, ma chérie », la gronda sa grand-mère, et Samantha enragea en silence.

Maureen fit le tour du comptoir et vint vers eux, dans sa robe noire trop courte et son tablier blanc ; Shirley plongea dans sa tasse de café.

« Oh, mon Dieu », dit-elle à voix basse tandis que Maureen se rapprochait, extatique.

Il fallait bien admettre, songea Samantha, que Maureen avait l'air parfaitement ridicule, surtout à côté de deux adolescentes de seize ans habillées comme elle, mais elle ne ferait pas à Shirley le plaisir de lui montrer qu'elle était d'accord. Elle tourna ostensiblement la tête et regarda le garçon qui essuyait les tables. Il était maigrelet mais avait de bonnes épaules. Elle voyait ses muscles se tendre sous son T-shirt trop large. C'était tout de même incroyable de se dire que le gros cul flasque de Miles avait jadis été aussi petit et ferme – puis le jeune garçon se retourna, et les lumières du café éclairèrent son visage constellé d'acné.

« Pas mal, non ? croassait Maureen devant Miles. Nous affichons complet depuis le début de la journée !

— Allez, les filles, dit Miles à sa famille, qu'est-ce qu'on commande pour faire gonfler la recette de Papy ? »

Samantha demandait une soupe, sans enthousiasme, quand Howard surgit de l'épicerie ; il débarquait dans le café toutes les dix minutes pour aller saluer les clients et vérifier que la caisse se remplissait.

« Succès fracassant ! dit-il à Miles en se glissant à leur table. Qu'est-ce que tu penses du lieu, Sammy ?

Tu ne l'avais pas encore vu, n'est-ce pas ? La fresque ? Les assiettes ?

— Mmm, fit Samantha. Charmant.

— Je me disais qu'on pourrait fêter mes soixante-cinq ans ici, dit Howard en grattant sans y penser l'irritation que les crèmes de Parminder n'avaient pas encore réussi à soulager, mais ce n'est pas assez grand. Je crois qu'on va devoir en rester à l'idée de la salle communale.

— C'est quand, papy ? s'écria Lexie. Je peux venir ?

— Le 29, et tu as quoi – seize ans ? Bien sûr que tu peux venir ! dit Howard d'un ton enjoué.

— Le 29 ? dit Samantha. Oh, mais… »

Shirley la fusilla du regard.

« Howard a passé des mois à tout organiser. Nous en discutons depuis une éternité.

— … c'est le soir du concert de Libby, dit Samantha.

— Quoi, un truc à l'école ? demanda Howard.

— Non, dit Libby. Maman m'a acheté des billets pour le concert de mon groupe préféré. À Londres.

— Et j'y vais avec elle, dit Samantha. Elle ne peut pas y aller toute seule.

— La mère de Harriet a dit qu'elle pourrait…

— Si tu vas à Londres, c'est *moi* qui t'accompagne, Libby.

— Le 29 ? dit Miles en lançant un regard sévère à Samantha. Le lendemain des élections ? »

Samantha lâcha le rire méprisant qu'elle avait épargné à Maureen.

« C'est le Conseil paroissial, Miles. Tu ne vas pas non plus faire des conférences de presse à tour de bras, tu sais…

— Eh bien, vous nous manquerez toutes les deux, Sammy, dit Howard qui se relevait en prenant appui sur le dossier de la chaise. Bon, faut que j'y aille, moi... très bien, Andrew, tu peux lâcher l'éponge... va voir si on a besoin de remonter quelque chose de la cave. »

Andrew fut obligé d'attendre derrière le comptoir que les clients aient fini de défiler aux toilettes. Maureen posait des sandwichs sur le plateau de Sukhvinder.

« Comment va ta mère ? demanda-t-elle soudain à la jeune fille, comme si cette question venait de lui traverser l'esprit.

— Bien, dit Sukhvinder en rougissant.

— Pas trop bouleversée par toute cette sale histoire sur le site du Conseil ?

— Non », dit Sukhvinder qui sentait les larmes lui monter aux yeux.

Andrew sortit dans la petite cour humide, qui, en début d'après-midi, était devenue tiède et ensoleillée. Il avait espéré que Gaia soit venue prendre l'air, mais elle devait être dans l'arrière-boutique de l'épicerie. Déçu, il alluma une cigarette. Il avait à peine eu le temps de tirer une bouffée que Gaia sortit du café pour finir son déjeuner, une canette de soda à la main.

« Salut, dit Andrew, la bouche sèche.

— Salut », dit-elle. Puis, au bout d'un moment : « Hé, pourquoi ton pote arrête pas de se comporter comme un gros connard avec Sukhvinder ? C'est personnel ou il est raciste ?

— Il n'est pas raciste », dit Andrew. Il retira la cigarette de ses lèvres en essayant de ne pas trembler, mais ne trouvait rien d'autre à dire. Les rayons du soleil, reflétés par les poubelles, chauffaient son dos déjà inondé de sueur ; il était si proche d'elle et de sa petite robe noire moulante qu'il en aurait tourné de l'œil, d'autant plus qu'il savait maintenant ce qu'elle portait en dessous. Il tira une nouvelle bouffée ; il ne se souvenait pas d'avoir jamais ressenti un tel éblouissement, ni une telle sensation d'être en vie.

« Mais qu'est-ce qu'il a contre elle, alors ? »

La courbe de ses hanches, sa taille si fine ; la perfection de ses grands yeux mordorés par-dessus le bord de sa canette de Sprite. Andrew avait envie de lui répondre : *Rien, c'est un enfoiré, je lui casse la gueule si tu me laisses te toucher...*

Sukhvinder débarqua à son tour, aveuglée par le soleil ; elle avait l'air d'étouffer et d'être mal à l'aise dans le T-shirt de sa copine.

« Il veut que tu rentres, dit-elle à Gaia.

— Il attendra, dit celle-ci d'un ton tranquille. Je finis ça. Je n'ai eu que quarante minutes. »

Andrew et Sukhvinder la regardèrent boire sa canette, sidérés par son arrogance et sa beauté.

« Je rêve ou l'autre vieille salope t'a dit un truc sur ta mère, à l'instant ? demanda Gaia à Sukhvinder, qui hocha la tête. Je crois que c'est son pote à *lui*, dit-elle en regardant à nouveau Andrew – lequel trouva que ce *lui* était d'un érotisme insoutenable, même si elle l'avait prononcé de manière péjorative –, qui a posté ce message sur le site à propos de ta mère.

— Sauf que c'est pas possible, dit Andrew dont la voix vacilla légèrement. Celui qui a fait ça s'en est pris aussi à mon père. Y a deux semaines.

« — Quoi ? dit Gaia. La même personne a posté quelque chose sur ton père ? »

Il hocha la tête, fou de joie d'avoir suscité son intérêt.

« Une histoire de vol, non ? demanda Sukhvinder avec une audace phénoménale.

— Ouais, dit Andrew. Même qu'il s'est fait virer de son boulot à cause de ça, hier. Donc la mère de Sukhvinder (il arriva presque à soutenir le regard incandescent de Gaia) n'est pas la seule à avoir souffert...

— Bah putain, dit Gaia en secouant sa canette vide avant de la jeter dans une poubelle. Les gens sont vraiment tarés par ici. »

4

Suite au message déposé sur le site du Conseil à propos de Parminder, les craintes et les cauchemars de Colin avaient atteint un nouveau record dans l'horreur. Il ignorait comment les Mollison se procuraient leurs informations, mais s'ils savaient ça sur Parminder...

« Bon sang, Colin ! avait dit Tessa. Ce ne sont que des ragots malveillants ! Rien de plus ! »

Mais Colin n'osait pas la croire. Il était enclin par nature à penser que tous les autres vivaient comme lui avec des secrets qui les rendaient à moitié fous. Il n'arrivait même pas à se rassurer en songeant qu'il avait passé l'essentiel de sa vie adulte à redouter des calamités qui ne s'étaient jamais produites, car la loi des statistiques voulait qu'un jour, l'une d'elles se réalise pour de bon.

Il pensait à sa dénonciation imminente – comme toujours – en revenant de chez le boucher, à quatorze heures trente, et ce n'est qu'en passant devant le nouveau café, tiré de ses rêveries par le bruit et l'agitation qui régnaient à l'intérieur, qu'il prit conscience de l'endroit où il se trouvait. Il aurait traversé de l'autre côté du Square s'il n'avait déjà atteint la vitrine de la Théière en Cuivre ; à la seule idée d'être dans les parages immédiats du clan Mollison, il était effrayé. Puis il vit quelque chose, derrière la vitre du café, qui le sidéra.

Quand il rentra chez lui, dix minutes plus tard, Tessa était dans la cuisine en train de parler au téléphone avec sa sœur. Colin déposa le gigot d'agneau dans le frigo puis monta tout en haut, dans le grenier de Fats. Il ouvrit la porte et découvrit, comme il s'y attendait, une chambre vide.

Il ne se rappelait pas à quand remontait sa dernière visite dans cette pièce. Le sol était tapissé de linge sale. Il y avait une odeur bizarre, même si Fats avait laissé la lucarne ouverte. Colin aperçut une grosse boîte d'allumettes sur le bureau. Il l'ouvrit et vit une poignée de filtres en carton tout tordus. Un paquet de feuilles à rouler était posé sans vergogne à côté de l'ordinateur.

Colin eut l'impression que son cœur s'était décroché pour aller percuter son estomac.

« Colin ? appela Tessa depuis le couloir à l'étage en dessous. Où es-tu ?

— Là-haut ! » rugit-il.

Elle apparut sur le seuil de la chambre de Fats, l'air inquiète et apeurée. Sans un mot, il prit la boîte d'allumettes et lui montra ce qu'il y avait à l'intérieur.

« Oh, dit Tessa d'une petite voix.

— Il a dit qu'il voyait Andrew Price aujourd'hui », dit Colin. Tessa était effrayée par les muscles qui s'activaient sous la peau du visage de son mari : une petite boule qui roulait d'un côté à l'autre de sa mâchoire. « Je viens de passer devant le nouveau café du Square, et Andrew Price travaille là-bas, il essuie les tables. Alors où est Stuart ? »

Depuis des semaines, Tessa faisait semblant de croire Fats quand il disait qu'il allait retrouver Andrew. Depuis des jours, elle se disait que Sukhvinder s'était trompée, qu'elle était convaincue à tort que Fats sortait (pourrait seulement condescendre à sortir) avec Krystal Weedon.

« Je ne sais pas, dit-elle. Viens, je vais te faire une tasse de thé. Je vais l'appeler.

— Je crois que je vais plutôt attendre ici, dit Colin en s'asseyant sur le lit défait de Fats.

— Allez, Colin – viens », dit Tessa.

Elle avait peur de le laisser tout seul là-haut. Elle ne savait pas ce qu'il risquait de trouver dans les tiroirs du bureau ou dans le sac à dos de Fats. Elle ne voulait pas qu'il fouille dans l'ordinateur ou sous le lit. Son attitude se résumait désormais à une chose : ne jamais regarder dans les recoins obscurs.

« Descends, Col, le supplia-t-elle.

— Non, dit Colin en croisant les bras comme un enfant bougon tout en continuant de rouler de la mâchoire. De la drogue dans sa chambre. Le fils du proviseur adjoint. »

Tessa, qui s'était assise sur la chaise de bureau, éprouva un accès de colère qu'elle connaissait bien. Elle savait que l'égocentrisme de son époux était l'une des conséquences inévitables de sa maladie, mais parfois…

« Des tas d'adolescents font des expériences…, dit-elle.

— Alors tu continues à le défendre, hein ? Tu ne te dis jamais que c'est précisément parce que tu lui trouves tout le temps des excuses qu'il se croit tout permis ? »

Elle essayait de ne pas s'énerver ; il fallait qu'elle tienne son rôle de médiatrice entre son mari et son fils.

« Je suis désolée, Colin, mais toi et ton travail n'êtes pas forcément au centre de…

— Oh, je vois. Donc, si je me fais virer…

— Mais enfin pourquoi tu te ferais virer, d'où ça sort, ça ?

— Mais nom de Dieu ! cria Colin, scandalisé. Tout ça me retombe dessus… suffisamment d'ennuis comme ça… déjà qu'il est l'un des élèves qui posent le plus de problèmes à…

— C'est faux ! cria Tessa à son tour. Il n'y a que toi pour penser que Stuart n'a pas un comportement normal pour un adolescent. Ce n'est pas Dane Tully !

— Il en prend le chemin – de la drogue dans sa chambre…

— Je t'avais bien dit qu'on aurait dû le mettre à Paxton High ! Je *savais* que tu ramènerais tout à toi s'il allait à Winterdown ! Ça t'étonne qu'il se rebelle, s'il est censé te remercier à genoux chaque fois qu'il fait un geste ? Je ne voulais pas qu'il aille dans ton école !

— Et moi, hurla Colin en se dressant, je n'ai jamais voulu de lui !

— Ne dis pas ça ! dit Tessa, le souffle soudain coupé. Je sais que tu es en colère – mais ne dis pas ça ! »

Deux étages plus bas, la porte d'entrée se referma en claquant. Tessa jeta des regards affolés autour d'elle, comme si Fats risquait de se matérialiser d'un instant à l'autre dans la pièce. Ce n'était pas seulement le bruit qui l'avait fait sursauter. Stuart ne claquait jamais la porte ; il se faufilait en général d'une pièce à l'autre, plus discret qu'un voleur.

Ses pas familiers dans l'escalier ; savait-il, ou se doutait-il qu'ils étaient dans sa chambre ? Colin attendait, les bras tendus le long du corps et les poings serrés. Tessa entendit grincer les marches de l'escalier, puis Fats apparut devant eux. Elle était certaine qu'il avait préparé d'avance l'expression de son visage : un mélange d'ennui et de dédain.

« 'jour », dit-il en regardant sa mère puis son père, rigide, immobile. Il semblait imperturbable comme Colin ne l'avait jamais été de sa vie. « Quelle surprise… »

Désespérée, Tessa essaya de lui faire comprendre de quoi il s'agissait.

« Papa était inquiet de ne pas savoir où tu étais, dit-elle d'une voix implorante. Tu as dit que tu serais avec Arf aujourd'hui, mais Papa a vu…

— Ouais, changement de programme », dit Fats.

Il regarda le coin du bureau où auraient dû se trouver ses allumettes.

« Et alors ? Tu veux bien nous dire où tu étais passé ? demanda son père, la commissure des lèvres incrustée de petites traces blanches de salive sèche.

— Ah ben ouais, si vous voulez, dit Fats ; puis il attendit.

— Stu, dit Tessa entre murmure et grondement.

— J'étais avec Krystal Weedon », dit Fats.

Oh, mon Dieu, non, songea Tessa. *Non, non, non…*

« Tu quoi ? bafouilla Colin, tellement abasourdi qu'il en oublia de mettre de l'agressivité dans sa voix.

— J'étais avec Krystal Weedon, répéta Fats un peu plus fort.

— Et depuis quand, dit Colin après une pause infinitésimale, êtes-vous amis, tous les deux ?

— Depuis un moment. »

Tessa voyait Colin batailler pour trouver le moyen de formuler une question d'une indicible absurdité.

« Tu aurais dû nous le dire, Stu, dit-elle.

— Vous dire quoi ? »

Elle craignait qu'il ne s'amuse à pousser la discussion jusqu'à de dangereuses extrémités.

« Où tu allais, dit-elle en se levant de l'air le plus naturel possible. La prochaine fois, préviens-nous. »

Elle lança un regard à Colin dans l'espoir qu'il suive le mouvement et s'en aille avec elle. Mais il demeurait planté au milieu de la chambre et posait sur Fats un regard horrifié.

« Est-ce que tu… fréquentes Krystal Weedon ? » demanda Colin.

Ils étaient face à face ; Colin le dépassait de plusieurs têtes, mais c'était Fats qui avait l'avantage.

« Est-ce que je la "fréquente" ? répéta-t-il. Qu'est-ce que tu entends exactement par "fréquenter" ?

— Tu sais très bien ce que je veux dire ! dit Colin dont le visage devenait rouge.

— Tu veux dire, est-ce que je la saute ? » demanda Fats.

Le petit cri de Tessa – « Stu ! » – fut noyé sous le hurlement de Colin : « Comment oses-tu, espèce de… ? »

Fats soutint le regard de son père en souriant. Tout en lui n'était que moquerie et défi.

« Quoi ? dit-il.

— Est-ce que tu… (Colin luttait pour trouver les mots, et son visage était maintenant cramoisi)… est-ce que tu couches avec Krystal Weedon ?

— Et quand bien même, ce serait un problème ? demanda Fats en jetant un regard à sa mère. Vous êtes tous favorables à ce qu'on aide Krystal, non ?

— À ce qu'on aide…

— Eh bien quoi, je croyais que vous faisiez tout en ce moment pour que la clinique de désintox reste ouverte, pour aider la famille de Krystal…

— Mais quel rapport ça…

— Je ne vois pas en quoi c'est un problème que je sorte avec elle.

— Ah, parce que c'est le cas ? » demanda Tessa d'une voix tranchante. Si Fats voulait amener les choses sur ce terrain-là, eh bien soit, elle le suivrait. « Et tu vas *où*, au juste, quand vous *sortez* ? Hein ? Qu'est-ce que tu fabriques avec elle, Stuart ? »

Son petit rictus la dégoûta. Il n'était pas disposé ne serait-ce qu'à feindre la moindre pudeur.

« Bah, ce qui est sûr, c'est que c'est pas ici ou chez elle qu'on *fabrique* quoi que ce soit… »

Colin avait levé le poing, et son bras tendu partit d'un coup. Il percuta la joue de Fats, qui regardait sa mère à ce moment-là et fut pris par surprise ; il vacilla sur le côté, se cogna contre le bureau et glissa par terre. Quelques secondes plus tard, il était à nouveau debout, mais Tessa s'était déjà interposée entre eux, tournée vers son fils.

Derrière elle, Colin répétait : « Espèce de petit salaud. Espèce de petit salaud.

— Ah ouais ? lança Fats qui ne souriait plus du tout. Eh bah je préfère être un salaud que d'être comme toi, pauvre connard !

— Non ! cria Tessa. Colin, sors d'ici. *Dehors !* »

Atterré, furieux et sonné, Colin resta incapable de bouger encore quelques instants, puis il sortit de la chambre d'un pas brusque ; ils l'entendirent manquer de trébucher dans l'escalier.

« Comment peux-tu ? murmura Tessa à son fils.

— Comment est-ce que je peux quoi, putain ? répliqua-t-il, et son expression lui fit tellement peur qu'elle se précipita sur la porte pour faire barrage.

— Tu profites des faiblesses de cette fille, Stuart, et tu le sais très bien, et la manière dont tu viens de parler à ton…

— Mon cul, oui, dit Fats en déambulant dans sa chambre, sans plus aucun sang-froid à présent. Je profite de rien du tout. Elle sait très bien ce qu'elle veut – c'est pas parce qu'elle vit dans la cité que – la vérité, c'est que toi et le Pigeon vous voulez pas que je la saute parce que vous pensez qu'elle est indigne de…

— C'est faux ! » s'écria Tessa – même si c'était vrai. Et elle avait beau s'inquiéter pour Krystal, elle s'inquiétait encore plus de savoir si, au moins, Fats avait la présence d'esprit de mettre des capotes.

« Vous faites une putain de belle paire d'hypocrites, tous les deux, dit-il en continuant d'arpenter la chambre. Toutes ces conneries que vous arrêtez pas de rabâcher comme quoi il faut absolument aider les Weedon, mais y en a pas un de vous deux qui…

— Ça suffit ! cria Tessa. Je t'interdis de me parler sur ce ton ! Mais tu ne vois pas… ? Tu ne comprends pas… ? Tu es donc égoïste au point de… ? »

Les mots lui manquaient. Elle tourna les talons, tira la porte d'un coup sec et disparut en la claquant derrière elle.

Sa sortie eut un effet étrange sur Fats, qui s'arrêta de faire les cent pas et resta immobile devant la porte pendant plusieurs secondes. Puis il fouilla dans ses poches, en tira une cigarette et l'alluma sans prendre la peine de souffler la fumée par la lucarne ouverte. Il se remit à arpenter sa chambre, incapable d'arrêter le flot de ses pensées : des images tremblées se bousculaient en désordre dans son cerveau, défilant à un rythme effréné.

Il se souvenait de ce vendredi soir, presque un an plus tôt, où Tessa était venue le voir dans sa chambre pour lui dire que son père voulait l'emmener jouer au foot avec Barry et ses fils le lendemain.

(« Quoi ? » Fats était sidéré. Cette proposition était sans précédent.

« Pour se défouler. Histoire de taper un peu dans le ballon…, avait dit Tessa en baissant les yeux vers la pile de linge sale éparpillée au sol afin de ne pas croiser le regard de son fils.

— Mais pourquoi ?

— Parce que Papa pense que ça pourrait être une bonne idée, avait dit Tessa en ramassant une chemise. Declan veut s'entraîner, je crois. Il a un match bientôt. »

Fats jouait plutôt bien au foot, ce qui surprenait toujours les gens ; ils se seraient plutôt attendus à ce qu'il déteste le sport et méprise l'idée de faire équipe avec qui que ce soit. Il jouait comme il parlait : avec habileté, pas mal de feintes, d'audaces et d'entourloupes pour prendre au piège les moins futés que lui, sans s'énerver quand ses stratagèmes ne marchaient pas.

« Je ne savais même pas qu'il jouait.

— Papa joue très bien au foot, il s'entraînait deux fois par semaine quand on s'est rencontrés, dit Tessa, agacée. Dix heures demain matin, d'accord ? Je vais mettre ton survêtement à la machine. »)

Fats tirait sur sa cigarette, incapable d'endiguer l'afflux des réminiscences. Pourquoi y était-il allé ? Aujourd'hui, il aurait tout bonnement refusé de se prêter au petit jeu du Pigeon ; il serait resté dans son lit en attendant que les cris cessent. Il y a un an, il n'avait pas encore saisi toute l'importance de l'authenticité.

(Ce jour-là, il avait donc quitté la maison puis marché pendant cinq longues minutes silencieuses aux côtés du Pigeon, tout aussi conscient que son père du fossé gigantesque qui les séparait.

Le terrain de sport appartenait à St. Thomas. C'était une belle journée ; il n'y avait personne sur la pelouse. Ils s'étaient répartis en deux équipes de trois – Declan était avec un copain venu passer le week-end chez les Fairbrother. Ce dernier avait rejoint l'équipe du Pigeon et de Fats, qu'il semblait vénérer comme un héros.

Fats et le Pigeon se passaient la balle sans dire un mot, tandis que Barry – le joueur le plus médiocre de tous les six, et de très loin – avait fait retentir son accent yarvillois pendant toute la partie, hurlant, consolant et encourageant son équipe en courant à perdre haleine d'un bout à l'autre du terrain délimité par leurs pulls jetés sur la pelouse. Quand Fergus avait marqué un but, Barry s'était rué sur lui pour qu'ils se cognent virilement la poitrine ; mais il avait mal calculé son coup et heurté la mâchoire de son fils avec le haut du crâne. Ils s'étaient tous les deux écroulés ; Fergus grommelait en riant ; Barry s'excusait entre deux rugissements hilares. Fats s'était forcé à sourire, puis il avait entendu le Pigeon lâcher un de ses brusques éclats de rire bizarres, et il s'était éloigné en maugréant.

Puis était arrivé ce moment horripilant et pitoyable : les deux équipes étaient à égalité, Fats avait réussi à dribbler Fergus, et le Pigeon avait crié : « Vas-y, mon grand ! »

« Mon grand. » Le Pigeon ne l'avait jamais appelé ainsi. Dans sa bouche, ce terme avait quelque chose de navrant, creux et artificiel. Il essayait de faire comme Barry ; d'imiter les exhortations enjouées et naturelles de Barry à ses fils ; d'impressionner Barry.

Le ballon avait fusé comme un boulet de canon, et Fats eut le temps – entre le moment où il décocha son tir et celui où le missile atteignit de plein fouet le visage ébahi du Pigeon qui n'avait rien vu venir, brisant ses lunettes dont un éclat de verre fit couler une goutte de sang juste sous son œil – de comprendre qu'il l'avait fait exprès ; qu'il avait *visé* le Pigeon ; que ce tir était une façon de lui rendre la monnaie de sa pièce.)

Ils n'avaient jamais rejoué au foot ensemble. Cette petite tentative de rapprochement entre père et fils avait été reléguée aux oubliettes – comme des dizaines d'autres auparavant.

Et moi, je n'ai jamais voulu de lui !

Il était certain d'avoir entendu ces mots. C'est de lui que devait parler le Pigeon. Ils étaient dans sa chambre. De qui d'autre aurait-il pu parler ?

Et après, qu'est-ce que j'en ai à branler ? se dit Fats. Il s'en doutait depuis toujours. Il ne comprenait pas pourquoi il éprouvait soudain une sensation glaciale dans la poitrine.

Fats redressa sa chaise de bureau, qu'il avait renversée quand le Pigeon l'avait frappé. La réaction authentique aurait été de pousser sa mère sur le côté pour foutre son poing dans la gueule du Pigeon. Lui péter ses lunettes, une deuxième fois. Le faire saigner. Fats était écœuré de ne pas l'avoir fait.

Mais il y avait d'autres moyens. Il entendait des choses, depuis des années. Il en savait beaucoup plus sur les phobies grotesques de son père que ses parents ne le soupçonnaient.

Les doigts de Fats n'étaient pas aussi déliés que d'habitude. Un peu de cendre tomba de la cigarette plantée entre ses lèvres tandis qu'il ouvrait la page du site internet du Conseil paroissial. Quelques semaines plus tôt, il avait fait des recherches sur les injections SQL et trouvé le code magique qu'Andrew avait refusé de lui donner. Après avoir passé en revue les derniers messages du forum, il se connecta, sans la moindre difficulté, en piratant le compte de Betty Rossiter, dont il remplaça le nom d'utilisateur par celui du Fantôme_de_Barry_Fairbrother, et il se mit à écrire.

5

Shirley Mollison était convaincue que son mari et son fils se faisaient une idée exagérée des dangers que les messages virtuels du Fantôme représentaient pour le Conseil. Elle ne voyait pas en quoi ils étaient plus néfastes que de simples ragots – or les commérages, pour autant qu'elle sache, n'étaient pas passibles de la Haute Cour de justice… Et elle savait aussi qu'aucun tribunal ne serait assez bête et déraisonnable au point de la faire comparaître pour quelques cancans écrits par d'autres : ce serait d'une injustice monstrueuse. Elle éprouvait une fierté sans égal pour son avocat de fils bardé de diplômes – mais sur ce coup-là, il avait sûrement tort.

Elle consultait le forum encore plus souvent que ne le lui avaient conseillé Miles et Howard, mais pas parce qu'elle craignait d'éventuelles retombées judiciaires. Persuadée que le Fantôme de Barry Fairbrother n'était pas encore arrivé au bout de la mission qu'il s'était donnée – écraser le camp des partisans de la cité –, elle tenait à être la toute première à découvrir son prochain message. Elle pénétrait plusieurs fois par jour à petits pas pressés dans l'ancienne chambre de Patricia pour aller sur le site du Conseil.

Un frisson la traversait parfois alors qu'elle était en train de passer l'aspirateur ou d'éplucher des pommes de terre, et elle se précipitait dans le bureau – mais son pressentiment était chaque fois déçu.

Shirley éprouvait une affinité secrète et particulière avec le Fantôme. Il avait élu *son* site pour dénoncer l'hypocrisie des adversaires de Howard, et elle s'enorgueillissait de ce choix tel un naturaliste ayant bâti un habitat où quelque espèce rare aurait daigné venir faire son nid. Mais il y avait plus encore. Shirley exultait devant la colère, la sauvagerie et l'audace du Fantôme. Elle se demandait qui se cachait derrière ce masque virtuel ; elle imaginait un homme puissant et ténébreux, tapi dans l'ombre à leurs côtés, déterminé à débroussailler le chemin de la victoire pour Howard en abattant ses ennemis, qui s'effondraient un par un, fauchés par la révélation de leurs ignobles secrets.

Mais aucun homme, à Pagford, ne lui semblait digne d'être le Fantôme ; elle aurait été déçue de découvrir qu'il s'agissait d'un des adversaires des Champs qu'elle connaissait déjà.

« *Si* c'est un homme, dit Maureen.

— Très juste, acquiesça Howard.

— C'en est un, j'en suis sûre », rétorqua froidement Shirley.

Dès que Howard fut parti au café ce dimanche matin, Shirley, toujours en robe de chambre, tasse de thé à la main, se rendit sans même réfléchir dans le bureau et ouvrit la page du Conseil.

Les Fantasmes d'un Proviseur Adjoint, message posté par Le_Fantôme de_Barry_Fairbrother.

Elle posa sa tasse d'une main tremblante, cliqua sur le lien et lut le texte, bouche bée. Puis elle courut dans le salon, attrapa le téléphone et appela le café – occupé.

À peine cinq minutes plus tard, Parminder Jawanda, qui elle aussi, depuis peu, consultait le forum à une fréquence inusitée, se rendit sur le site du Conseil et découvrit le message. Comme Shirley, sa réaction immédiate fut de se ruer sur le téléphone.

Les Wall étaient en train de prendre leur petit déjeuner, sans leur fils, qui dormait encore dans sa chambre. Quand Tessa décrocha, Parminder ne lui laissa même pas le temps de dire bonjour.

« Il y a un message à propos de Colin sur le site du Conseil. Empêche-le à tout prix de le voir. »

Tessa fit lentement pivoter deux grands yeux effrayés du côté de son mari, mais celui-ci n'était qu'à un mètre du téléphone et avait déjà tout entendu ; Parminder n'avait pas pris le soin de parler à voix basse.

« Je te rappelle, dit Tessa en raccrochant précipitamment. Colin, dit-elle en reposant le combiné d'un geste maladroit, Colin, attends… »

Mais il était déjà sorti de la cuisine, la démarche plus saccadée que jamais, les bras rigides le long du corps, et Tessa dut se lancer au pas de course pour le rattraper.

« Peut-être qu'il vaut mieux ne pas le lire, implora-t-elle tandis que sa grande main noueuse faisait glisser la souris de l'ordinateur sur le bureau, ou alors je le lis, moi, et ensuite je… »

Les Fantasmes d'un Proviseur Adjoint

Parmi les hommes briguant un certain siège au Conseil, dans l'espoir de représenter la communauté au niveau paroissial, figure le dénommé Colin Wall, Proviseur Adjoint de l'École Polyvalente Winterdown. Les électeurs seront curieux d'apprendre que Wall, par ailleurs fervent partisan de l'autoritarisme le plus strict, mène une vie fantasmatique pour le moins inhabituelle. Mr Wall a si peur qu'un élève de l'école ne l'accuse de conduite sexuelle inappropriée qu'il a souvent besoin de prendre quelques jours de congés afin de retrouver son calme. Quant à savoir si Mr Wall s'est bel et bien livré à des attouchements sur un élève de sixième, votre fantomatique serviteur en est réduit aux conjectures. La ferveur de ses fantasmes fiévreux laisse toutefois subodorer que, s'il s'en est jusqu'ici abstenu, ce n'est certes pas que l'envie lui en manque.

C'est Stuart, pensa aussitôt Tessa.

Le visage de Colin, dans le halo projeté par l'écran de l'ordinateur, était d'une pâleur spectrale. C'était la tête qu'il aurait, se disait-elle, s'il faisait une attaque.

« Colin…

— J'imagine que c'est Fiona Shaw qui a tout raconté… », murmura-t-il.

La catastrophe qu'il craignait depuis toujours avait fini par se produire. C'était terminé. Il s'était toujours dit qu'il prendrait des cachets – y en avait-il assez dans la maison ?…

Tessa, décontenancée par l'évocation de la directrice de l'école, dit : « Fiona n'oserait jamais… et puis de toute façon elle ne sait pas que…

— Elle sait que je souffre de TOC.

— Oui, mais elle ne sait pas que… que tu as peur de…

— Elle sait, dit Colin. Je le lui ai dit, la dernière fois que j'ai posé un congé maladie.

— Mais pourquoi ? s'écria Tessa. Qu'est-ce qui t'a pris d'aller lui raconter une chose pareille ?

— Je voulais lui faire comprendre à quel point ce congé était important pour moi, dit Colin d'un ton presque humble. Je pensais qu'il fallait l'informer de la gravité de la situation. »

Tessa dut se retenir de toutes ses forces pour ne pas lui hurler dessus. La vague répulsion avec laquelle Fiona le traitait et parlait de lui s'expliquait enfin ; Tessa n'aimait pas cette femme, qu'elle avait toujours trouvée dure et froide.

« Quoi qu'il en soit, dit-elle, je ne pense pas que Fiona Shaw ait quelque chose à voir avec…

— Pas directement, dit Colin en essuyant d'une main tremblante les gouttes de transpiration qui perlaient au-dessus de ses lèvres. Mais Mollison en a forcément eu vent d'une manière ou d'une autre… »

Ce n'est pas Mollison. C'est Stuart qui a écrit ça, je le sais. Tessa reconnaissait la signature de son fils derrière chacun de ces mots. Elle était même étonnée que Colin ne se soit pas aussitôt fait la même réflexion, qu'il ne fasse pas le lien entre ce message et la dispute de la veille, le coup de poing qu'il avait donné à son fils. *Il n'a même pas pu résister au plaisir de se permettre quelques allitérations… C'est lui qui a dû tous les écrire – celui sur Simon Price ; celui sur Parminder.* Tessa était épouvantée.

Mais Colin ne songeait pas à Stuart. D'autres pensées lui venaient à l'esprit, aussi vives que des souvenirs, des impressions sensorielles, des idées violentes et ignobles : une main qui se tendait puis se resserrait tandis qu'il traversait une foule compacte de jeunes corps ; un cri de douleur, le visage grimaçant d'un enfant. Puis cette question qui revenait en boucle : l'avait-il vraiment fait ? Y avait-il pris du plaisir ? Il ne s'en souvenait pas. Il savait seulement qu'il y pensait sans cesse, qu'il voyait, sentait ce geste se produire. La chair tendre sous le tissu fin d'un chemisier en coton ; la main qui touche, qui se referme, la douleur, le choc ; une violation. Combien de fois ? Il ne savait pas. Il avait passé des heures à se demander combien d'enfants savaient ; s'ils en parlaient ; et combien de temps s'écoulerait encore avant qu'il ne soit dénoncé.

Incapable de savoir combien de fois il s'était rendu coupable de cette ignominie, et incapable de se faire confiance, il s'encombrait en permanence de dossiers afin d'empêcher ses mains de se balader quand il traversait les couloirs de l'école. Il hurlait aux enfants de déguerpir, de s'écarter de son chemin. En pure perte. Il y avait toujours des traînards pour passer tout près de lui en courant, et ses mains occupées ne l'empêchaient pas d'imaginer d'autres façons d'entrer en contact illicite avec eux : un petit mouvement furtif du coude pour frôler un sein ; un pas de côté pour se cogner délibérément contre quelqu'un ; une jambe qui par mégarde se serait retrouvée en travers de la route d'un enfant dont le bas-ventre viendrait ainsi se plaquer contre sa cuisse.

« Colin », dit Tessa.

Mais il s'était remis à pleurer, sa grande et maladroite carcasse secouée par les sanglots, et quand elle le serra dans ses bras pour appuyer son visage contre le sien, elle versa elle aussi des larmes qui allèrent se mélanger aux siennes.

Quelques kilomètres plus loin, à Hilltop House, Simon Price était installé dans le salon, devant le nouvel ordinateur familial flambant neuf. Il avait regardé Andrew partir à vélo rejoindre Pagford où l'attendait le café de Howard Mollison, tout en songeant au prix exorbitant qu'il avait dû payer pour acquérir de façon légale cet ordinateur – et tout cela l'avait mis d'humeur exécrable ; il se sentait plus persécuté que jamais. Simon n'était pas allé une seule fois sur le site du Conseil depuis le soir où il avait jeté l'ordinateur volé, mais l'envie lui vint soudain, par association d'idées, de voir si le message qui avait provoqué sa ruine était toujours sur le forum et risquait donc de tomber sous les yeux de futurs employeurs potentiels.

Il n'était plus là. Simon ne savait pas qu'il le devait à sa femme ; Ruth avait trop peur de lui avouer qu'elle avait appelé Shirley, même pour la bonne cause. Légèrement rasséréné par la disparition du message, Simon chercha celui sur Parminder mais ne le trouva pas non plus.

Il était sur le point de fermer la page quand il aperçut le dernier message en date, intitulé : Les Fantasmes d'un Proviseur Adjoint.

Il le lut deux fois de suite, puis, tout seul dans son salon, il éclata de rire. Un rire sauvage et triomphal. Il ne l'avait jamais beaucoup aimé, ce grand type tout dégingandé avec son énorme front. Et il était ravi de constater que lui-même s'en était plutôt pas mal tiré, finalement, comparé aux accusations qui venaient de s'abattre sur ce pauvre bougre.

Ruth entra dans la pièce avec un sourire timide ; elle était heureuse d'entendre Simon hilare, lui qui était de si noire humeur depuis qu'il avait perdu son travail.

« Qu'est-ce qui te fait rire ?

— Le vieux de Fats, tu vois qui je veux dire ? Wall ? Le proviseur adjoint ? Eh bah c'est qu'une saloperie de pédophile ! »

Le sourire de Ruth s'évanouit. Elle se précipita sur l'ordinateur pour lire le message.

« Bon, je vais prendre ma douche », annonça un Simon tout guilleret.

Ruth attendit qu'il ait quitté le salon avant même de songer à appeler son amie Shirley pour la prévenir de ce nouveau scandale, mais la ligne des Mollison était occupée.

Shirley avait enfin réussi à joindre Howard à l'épicerie. Elle était toujours en robe de chambre ; il arpentait d'un pas nerveux la petite arrière-boutique derrière le comptoir.

« … des heures que j'essaie de te joindre…

— Mo était au téléphone. Lis-le-moi. Lentement. »

Shirley lui lut le message sur Colin en tronçonnant les phrases comme un présentateur de journal télé. Il l'interrompit avant qu'elle soit arrivée au bout.

« Tu l'as recopié à la main ?

— Pardon ?

— C'est encore à l'écran, ce que tu es en train de me lire ? Sur le site ? Tu l'as effacé ?

— J'étais en train de m'en occuper, mentit Shirley, piquée au vif. Je pensais que tu voudrais…

« — Retire-le tout de suite ! Bon sang de bois, Shirley, cette histoire prend des proportions complètement folles – ça ne peut pas continuer comme ça !

— Mais je pensais que tu aurais voulu…

— Débarrasse-nous de ce machin et on en reparlera ce soir à la maison ! » cria Howard.

Shirley était furieuse. On ne haussait jamais le ton chez les Mollison.

6

La prochaine réunion du Conseil paroissial – la première depuis la mort de Barry – serait cruciale dans la bataille qui faisait rage entre partisans et adversaires de la cité des Champs. Howard avait mis son veto au report du vote sur l'avenir de la clinique de désintoxication Bellchapel ou sur le transfert de juridiction des bâtiments en faveur de Yarvil.

Parminder suggéra donc qu'elle-même, Colin et Kay se réunissent la veille afin de mettre au point une stratégie.

« Pagford ne peut pas décréter de manière unilatérale un changement dans le découpage du cadastre, n'est-ce pas ? demanda Kay.

— Non, dit Parminder en s'armant de patience (il fallait bien pardonner à Kay sa candeur de néo-pagfordienne), mais le Conseil communal a demandé l'avis de Pagford, et Howard est déterminé à ce que ce soit *son* avis qui leur soit transmis. »

Ils s'étaient retrouvés dans le salon des Wall, Tessa ayant subtilement poussé Colin à inviter les deux autres afin de pouvoir écouter en douce la discussion. Elle leur servit un verre de vin, posa un grand bol de chips sur la table basse, puis resta assise en silence sur le canapé pendant que les trois autres parlaient.

Tessa était épuisée et en colère. Le message anonyme accusant Colin avait déclenché chez lui une crise d'angoisse d'une ampleur rarement atteinte, à tel point qu'il n'avait pas pu se rendre à l'école ces derniers jours. Parminder savait qu'il était malade – c'est elle qui avait signé l'avis médical nécessaire à son congé – mais elle l'avait convié à cette réunion sans paraître un seul instant se soucier des nouvelles effusions de paranoïa et d'inquiétude auxquelles Tessa serait confrontée ce soir.

« On perçoit un très net sentiment de désapprobation dans l'opinion vis-à-vis des manœuvres des Mollison, déclara Colin avec cette espèce de sagesse hautaine dont il se piquait parfois lorsqu'il cherchait à dissimuler ses propres peurs. J'ai le sentiment que les gens en ont plus qu'assez de les entendre parler en permanence au nom de la ville. C'est en tout cas l'impression que j'ai eue au cours de mes... enfin, en allant à la rencontre des électeurs. »

Ah ! songeait Tessa, si seulement Colin avait la bonne idée de temps en temps de mettre à contribution cette capacité à dissimuler ses craintes pour l'épargner, *elle*. Jadis, elle aimait être sa seule confidente, la seule dépositaire de ses terreurs et sa seule source de réconfort, mais ce rôle n'avait désormais plus rien de flatteur. Cette nuit encore, il l'avait réveillée à deux heures du matin et avait passé une heure et demie à se balancer d'avant en arrière, assis au bord du lit, à gémir, à pleurer, à clamer qu'il voulait mourir, qu'il n'en pouvait plus, qu'il n'aurait jamais dû se présenter au Conseil, que sa vie était foutue…

Tessa entendit Fats descendre l'escalier et se figea, mais son fils passa devant la porte ouverte du salon pour se rendre dans la cuisine en jetant à peine un regard méprisant à Colin, perché devant la cheminée sur un pouf en cuir, les genoux remontés jusqu'à la poitrine.

« Peut-être que la candidature de Miles va faire déborder le vase et que les gens vont se retourner contre lui – même les alliés naturels des Mollison ? demanda Kay, pleine d'espoir.

— C'est bien possible », dit Colin en hochant la tête.

Kay se tourna vers Parminder.

« Vous croyez que le Conseil va vraiment voter l'éviction de Bellchapel ? Je sais que les gens ont peur des seringues qui pourraient traîner et des drogués qui rôdent dans le voisinage, mais la clinique est à des kilomètres de Pagford… qu'est-ce que ça peut bien leur faire ?

— Howard et Aubrey se rendent mutuellement service », expliqua Parminder, dont le visage était tendu et les yeux assombris par les cernes. (C'est elle qui devrait assister à la réunion du Conseil le lendemain, et se battre contre Howard Mollison et sa bande, sans l'aide de Barry.) « Ils ont besoin de rogner sur le budget au niveau communal. Si Howard réussit à expulser la clinique de ses locaux actuels, qui ne coûtent pas cher, sa gestion deviendra tout de suite beaucoup plus onéreuse ; Fawley pourra donc prétexter de cette augmentation des coûts pour justifier des coupes dans le budget du Conseil. Et ensuite il fera tout ce qu'il peut pour que les Champs retournent dans le giron de Yarvil. »

Fatiguée par toutes ces explications, Parminder fit semblant de se plonger dans les nouveaux documents que Kay avait apportés sur Bellchapel afin de s'extraire de la conversation.

Qu'est-ce que je fais ici ? se demandait-elle.

Elle aurait pu être tranquillement chez elle, aux côtés de Vikram, qui regardait une émission comique à la télé avec Jaswant et Rajpal quand elle était partie. Leurs rires l'avaient ébranlée ; quand avait-elle ri pour la dernière fois ? Pourquoi était-elle ici, en train de boire un verre de piquette tiède et de se démener pour une clinique dont elle n'aurait jamais besoin et une cité où vivaient des gens qui lui auraient sûrement déplu si elle les avait rencontrés ? Elle n'était pas comme Bhai Kanhaiya, qui ne faisait aucune différence entre l'âme de ses amis et celle de ses ennemis ; elle ne voyait aucune lumière divine rayonner de l'âme de Howard Mollison. Elle avait plus de plaisir à imaginer la défaite de ce dernier qu'à la perspective de permettre aux enfants des Champs de continuer à aller à St. Thomas, ou aux habitants de la cité de continuer à soigner leur toxicomanie à Bellchapel. Non pas qu'elle eût changé d'avis ; ce projet était honorable, certes, mais elle n'y pensait plus que de manière lointaine et indifférente…

(Elle savait bien pourquoi, cependant. Elle voulait gagner pour Barry. Il lui avait tout raconté de son enfance à St. Thomas. Ses camarades l'invitaient à venir jouer chez eux ; le petit garçon qui vivait dans une caravane avec sa mère et ses deux frères avait été émerveillé par les maisonnettes confortables de Hope Street et les immenses demeures victoriennes de Church Row. Un jour, il était même allé à un goûter d'anniversaire dans la maison à tête de vache dont il finirait par devenir le propriétaire et où il élèverait ses quatre enfants.

Il était tombé amoureux de Pagford, de son fleuve, de ses champs, de ses maisons aux façades massives. Il rêvait d'avoir un jardin où jouer, un arbre aux branches duquel accrocher une balançoire, cerné par de grands espaces et de verts pâturages à perte de vue. Il ramassait sans cesse des marrons, dans les rues de Pagford, qu'il rapportait chez lui dans la cité. Après avoir été le meilleur élève de sa classe à St. Thomas, Barry avait été le premier de sa famille à aller à l'université.

L'amour et la haine, se dit Parminder, un peu effrayée par sa propre honnêteté. *L'amour et la haine – c'est pour ça que je suis là…*)

Elle tourna une page du dossier de Kay, l'air plus concentré que jamais.

Kay était ravie que le docteur examine à la loupe ses documents ; elle y avait apporté le soin le plus méticuleux. Elle était persuadée que ce dossier pourrait convaincre n'importe qui de la nécessité de sauver la clinique Bellchapel telle qu'elle fonctionnait aujourd'hui.

Mais derrière tous ces chiffres, toutes ces études de cas anonymes, tous ces témoignages rassemblés, Kay ne voyait qu'un seul visage : celui de Terri Weedon. Elle avait changé ; Kay le sentait et en éprouvait à la fois de la fierté et de l'inquiétude. La conscience de Terri semblait s'éveiller par petites touches, manifester par d'infimes lueurs son désir de reprendre sa vie en main. Deux fois, récemment, elle avait dit à Kay : « Y m'piqueront pas Robbie, j'les laisserai pas faire », et ce n'étaient plus des gémissements d'impuissance face au destin inévitable qu'on entendait dans sa voix, mais l'expression de la résolution la plus ferme.

« J'l'ai emmené à la garderie hier, avait-elle dit à Kay qui avait commis l'erreur de montrer son étonnement. Quoi, ça vous choque à c'point, bordel ? J'suis pas capab' d'l'amener à c'te putain de garderie, p'têt' ? »

Si les portes de Bellchapel se refermaient au nez de Terri, Kay était sûre et certaine que le fragile édifice bâti sur les ruines de son existence s'effondrerait comme un château de cartes. Terri semblait éprouver à l'égard de Pagford une terreur viscérale que Kay ne comprenait pas.

« J'déteste c'te saloperie d'bled de merde », avait-elle dit en entendant Kay prononcer le nom de la bourgade en passant.

Hormis le fait que sa grand-mère y avait vécu, Kay ne connaissait rien dans l'histoire de Terri qui explique cette haine, mais elle craignait qu'elle ne supporte pas de devoir se rendre là-bas une fois par semaine pour recevoir sa méthadone, et cette réticence entraînerait à terme l'anéantissement de tous les efforts accomplis, du semblant de confiance qu'elle avait retrouvé, et, dans la foulée, du bien-être relatif et précaire de toute la famille.

Colin avait pris le relais de Parminder et expliquait à Kay l'histoire de la cité ; Kay hochait la tête et pous-

sait de temps à autre des petits murmures d'approbation, mais elle s'ennuyait, et ses pensées étaient
ailleurs.

Colin était immensément flatté par l'avidité avec
laquelle cette jeune femme séduisante buvait chacune
de ses paroles. C'était la première fois, depuis qu'il
avait lu cet ignoble message – Dieu merci à présent
effacé du site –, qu'il se sentait aussi calme. Aucun
des cataclysmes qu'il avait imaginés au beau milieu
de la nuit ne s'était produit. Il ne s'était pas fait virer.
Nulle horde de citoyens ivres de rage ne s'était agglutinée autour de sa maison. Personne, sur le site du
Conseil paroissial, ni sur aucun autre site, d'ailleurs
(il avait fait plusieurs recherches sur Google), ne
réclamait son arrestation ou son incarcération.

Fats repassa devant le salon, cuillère dans la bouche
et yaourt à la main. Il jeta un œil dans la pièce et,
pendant une fraction de seconde, croisa le regard de
Colin, qui perdit aussitôt le fil de son discours.

« ... et... oui, donc, enfin voilà, en résumé »,
conclut-il piteusement. Il chercha du soutien du côté
de son épouse, mais Tessa était figée sur le canapé, le
regard perdu dans le vide. Colin était un peu vexé ;
il avait cru que sa femme serait heureuse de le voir si
requinqué, si maître de lui après l'atroce nuit blanche
qu'ils avaient passée. La peur continuait de lui
retourner le ventre, mais la présence ici ce soir de sa
camarade d'infortune et de persécution, Parminder,
et de cette charmante assistante sociale, l'aidait à
tenir le choc.

Contrairement à Kay, Tessa avait écouté avec la
plus grande attention tout ce que venait de raconter
Colin sur les Champs et le bien-fondé de leur ratta-

chement à Pagford. Ces belles paroles, pensait-elle, étaient dépourvues de la moindre conviction personnelle. Il voulait croire aux mêmes causes que Barry ; il avait l'ambition de battre les Mollison parce que telle avait été l'ambition de Barry. Colin n'aimait pas Krystal Weedon ; mais elle devait forcément avoir des qualités, pensait-il – même s'il était incapable de les voir –, puisque Barry, lui, l'aimait beaucoup. Tessa savait que son mari était un être étrange et paradoxal, mélange d'arrogance et d'humilité, d'inébranlables convictions et de fragilité.

Ils se montent complètement la tête, se dit Tessa en les regardant tous les trois s'exciter sur un graphique que Parminder avait repéré dans les documents de Kay. *Ils se croient capables de mettre un terme à soixante années de colère et de rancœur avec quelques statistiques.* Aucun d'entre eux n'était Barry. Il était l'incarnation vivante de ce qu'ils proposaient en théorie : l'arrachement à la pauvreté et l'accès à la richesse par le biais de l'éducation ; le rejet d'une vie placée sous le signe de l'impuissance et de la dépendance au profit d'une existence tout entière vouée au bien-être de la société. N'avaient-ils donc pas conscience de la médiocrité de leurs arguments, comparés à ceux dont le défunt était devenu le symbole ?

« Les gens en ont vraiment marre que les Mollison essaient de tout diriger à leur guise, disait à nouveau Colin.

— Si on leur présente tous ces éléments, ajouta Kay, je crois qu'ils seront forcés de reconnaître que la clinique accomplit un travail absolument crucial.

— Tout le monde n'a pas oublié Barry, au Conseil », dit Parminder d'une voix légèrement tremblante.

Tessa s'aperçut que ses doigts graisseux piochaient en vain dans le bol vide ; pendant que les trois autres discutaient, elle avait mangé à elle seule toutes les chips.

7

La matinée avait été douce et ensoleillée ; l'atmosphère commençait à devenir étouffante dans la salle d'informatique de l'école polyvalente Winterdown, à l'approche du déjeuner, et la lumière du jour, diffractée par les vitres sales, projetait des taches aveuglantes sur les écrans poussiéreux. Ni Fats ni Gaia n'étaient là pour distraire son attention, et pourtant Andrew Price n'arrivait pas à se concentrer. Il ne pensait qu'à une seule chose : la discussion qu'il avait entendue entre ses parents la veille au soir.

Ils envisageaient, très sérieusement, de déménager à Reading, où vivaient la sœur et le beau-frère de Ruth. L'oreille tendue vers la porte ouverte de la cuisine, Andrew s'était attardé dans le couloir minuscule, plongé dans le noir, pour les écouter : un oncle de la famille (qu'Andrew et Paul ne connaissaient presque pas, car leur père le haïssait) avait offert du travail à Simon, ou lui avait du moins fait miroiter la possibilité d'un emploi dans la région.

« C'est moins d'argent, avait dit Simon.

— Ça, tu n'en sais rien. Il n'a pas dit…

— Bien sûr que si, c'est obligé. Et la vie sera plus chère, là-bas. »

Ruth émit un vague grognement. Andrew osait à peine respirer dans le couloir ; il avait compris, au ton réservé de sa mère – elle qui s'empressait en général d'être d'accord avec tout ce que disait Simon –, qu'elle avait envie de partir.

Andrew n'arrivait pas à imaginer ses parents ailleurs qu'à Hilltop House, ni sur aucune autre toile de fond que celle offerte par Pagford. Il était persuadé depuis toujours qu'ils resteraient ici jusqu'à la fin de leur vie. Lui, Andrew, irait un jour s'installer à Londres, mais Simon et Ruth demeureraient plantés sur leur colline, comme des arbres, pour l'éternité.

Il était remonté à pas de loup dans sa chambre et avait contemplé, par la fenêtre, les lumières scintillantes de la bourgade nichée dans son vallon obscur et profond, enserré par les collines. Il avait l'impression de voir ce paysage pour la première fois de sa vie. Quelque part, là-bas, Fats fumait dans son grenier, sans doute collé à son écran, devant des sites porno. Gaia aussi était là, absorbée par d'énigmatiques rituels féminins. Andrew avait soudain songé qu'elle était passée par là, elle aussi ; elle avait été déracinée, arrachée à son milieu naturel et transplantée dans un autre. Ils avaient, enfin, quelque chose en commun ; il avait presque éprouvé une sensation de plaisir, teintée de mélancolie, à l'idée qu'en partant, il se rapprocherait ainsi d'elle, en quelque sorte.

Mais la différence, c'est qu'elle n'était pas directement responsable de son propre exil. Remué par un sentiment de malaise, il avait pris son portable et envoyé un texto à Fats : Sim-Bich a trouV 1 job @ Reading. Risk 2 dire oui.

Fats n'avait pas encore répondu, et Andrew ne l'avait pas vu de toute la matinée, parce qu'ils n'avaient aucun cours ensemble. Son travail à la Théière en Cuivre les avait aussi empêchés de se voir les deux week-ends précédents. Ils n'avaient eu qu'une seule vraie conversation, ces derniers jours : à propos du message que Fats avait posté sur le Pigeon.

« Je crois que Tessa se doute de quelque chose, avait lâché Fats avec indifférence. Elle n'arrête pas de me lancer des regards bizarres, comme si elle savait.

— Tu vas dire quoi ? » avait murmuré Andrew, effrayé.

Il savait que Fats aspirait à la gloire et à la reconnaissance, et il savait qu'il vouait un culte à la vérité, dont il avait fait son arme de prédilection, mais il n'était pas sûr que son ami ait bien compris à quel point il importait que son propre rôle dans les agissements du Fantôme de Barry Fairbrother ne soit jamais révélé. Fats n'avait jamais bien saisi ce que c'était d'avoir un père comme Simon, et il était de moins en moins facile, ces derniers temps, de lui parler.

Dès que le prof d'informatique eut tourné le dos, Andrew ouvrit son navigateur et chercha des informations sur Reading. C'était une ville gigantesque, par rapport à Pagford. Il y avait un festival annuel de musique. Londres n'était qu'à une cinquantaine de kilomètres. Il consulta les horaires de train. Peut-être irait-il dans la capitale, le week-end, comme il prenait aujourd'hui le bus pour aller à Yarvil. Mais tout cela lui semblait irréel : il n'avait jamais connu que Pagford ; il demeurait incapable d'imaginer que sa famille puisse vivre ailleurs.

À midi, Andrew sortit de l'école et partit à la recherche de Fats. Dès qu'il fut à l'écart de l'établissement, il alluma une cigarette, et fut ravi d'entendre une voix féminine l'interpeller au moment où il rangeait son briquet dans sa poche d'un air décontracté : « Hé ! » Gaia et Sukhvinder le rejoignirent.

« Salut », dit-il en soufflant la fumée sur le côté, loin du visage sublime de Gaia.

Tous trois avaient désormais en commun quelque chose qui n'appartenait qu'à eux. Ces deux week-ends au café avaient créé entre eux un lien fragile. Ils avaient entendu les mêmes laïus de Howard, ils avaient chacun subi l'indiscrétion scabreuse de Maureen sur leur vie familiale ; ils s'étaient moqués ensemble de sa robe trop courte et de ses genoux flétris, et ils s'étaient échangé, tels des aventuriers se livrant au troc avec les indigènes dans une contrée inconnue, quelques fragments de leur vie privée respective. Ainsi, par exemple, les filles savaient que le père d'Andrew s'était fait virer ; Andrew et Sukhvinder savaient que Gaia économisait son salaire afin de se payer un billet de train pour rentrer à Hackney ; et Andrew et Gaia savaient que la mère de Sukhvinder en voulait terriblement à sa fille de travailler pour Howard Mollison.

« Il est où, ton gros lourd de copain ? lui demanda Gaia tandis qu'ils se mettaient à marcher tous les trois ensemble.

— Je sais pas, dit Andrew. Je l'ai pas vu.

« — On va pas s'en plaindre, dit Gaia. Tu fumes combien par jour ?

— Je sais pas, je les compte pas, dit Andrew, transporté de joie par cet intérêt soudain. T'en veux une ?

— Non, dit-elle. J'aime pas ça. »

Si elle n'aimait pas le tabac, cela voulait-il dire qu'elle n'aimait pas non plus embrasser les gens qui fumaient ? se demanda-t-il aussitôt. Niamh Fairbrother n'avait fait aucun commentaire à ce sujet quand il lui avait enfoncé la langue dans la bouche à la fête de l'école.

« Il fume pas, Marco ? demanda Sukhvinder.

— Non, il fait tout le temps du sport. »

Andrew n'était presque plus torturé par l'existence de Marco de Luca. Le fait que Gaia soit en quelque sorte protégée par un garde-fou, en dehors des frontières de Pagford, n'était pas sans présenter certains avantages. La puissance d'impact des photos affichées sur sa page Facebook s'était réduite à presque rien, tant elles lui étaient familières désormais. Et en toute objectivité, leur correspondance était devenue nettement moins régulière et enflammée, ces derniers temps. Il ne pouvait pas savoir ce qu'ils se disaient au téléphone ou par mail, bien sûr, mais il était certain de déceler à présent sur le visage de Gaia, chaque fois qu'il était question de lui, un air de dépit.

« Tiens, le voilà », dit Gaia.

Ce n'était pas le beau Marco qu'elle avait aperçu, mais Fats Wall, en grande discussion avec Dane Tully devant le marchand de journaux.

Sukhvinder se figea sur place, mais Gaia la prit par le bras.

« Tu as le droit de marcher où tu veux, lui dit-elle en la forçant doucement à continuer d'avancer, plissant ses yeux verts pailletés d'or à mesure qu'ils se rapprochaient de l'endroit où Fats et Dane étaient en train de fumer.

— Salut, Arf, dit Fats quand ils arrivèrent à sa hauteur.

— Fats », dit Andrew.

Soucieux d'éviter tout incident, et d'empêcher notamment Fats de lancer la moindre remarque à Sukhvinder devant Gaia, il demanda : « Tu as reçu mon texto ?

— Quel texto ? dit Fats. Ah ouais, le truc sur ton père ? Alors comme ça tu fais tes valises, hein ? »

Il avait prononcé ces mots avec une indifférence hautaine qui ne pouvait être imputée, se dit Andrew, qu'à la présence de Dane Tully.

« Ouais, peut-être, dit Andrew.

— Tu vas où ? demanda Gaia.

— Mon père a trouvé du boulot à Reading.

— Ah bon ? s'écria Gaia, surprise. C'est là où vit mon père ! On pourra se croiser quand j'irai le voir là-bas. Y a un festival trop génial. Bon, tu viens, Sooks, on va se prendre un sandwich ? »

Andrew était tellement stupéfait par cette initiative spontanée que, le temps de reprendre ses esprits et de songer à lui répondre que c'était une bonne idée, elle avait déjà disparu à l'intérieur de la boutique. Pendant quelques secondes, l'arrêt de bus crasseux, le marchand de journaux, et même Dane Tully, avec ses tatouages et sa dégaine miteuse, son T-shirt et son pantalon de survêtement – toute la scène lui parut illuminée par une aura quasi céleste.

« Bon, faut que j'y aille, j'ai des trucs à faire », dit Fats.

Dane ricana, et Fats s'éloigna sans laisser le temps à Andrew de dire quoi que ce soit ou de lui proposer de l'accompagner.

Fats était sûr qu'Andrew serait troublé et vexé par cette attitude désinvolte, et il en était très content. Il ne se demanda pas d'où sortait ce sentiment de satisfaction, ni pourquoi, depuis peu, sa seule envie était de faire de la peine à tout son entourage. Il avait décidé que s'interroger sur ses propres motivations était profondément inauthentique ; ce léger amendement à sa philosophie personnelle rendait celle-ci d'autant plus facile à mettre en œuvre.

En se dirigeant vers la cité, Fats pensait à ce qui s'était passé chez lui la veille, quand sa mère était entrée dans sa chambre pour la première fois depuis que le Pigeon l'avait frappé.

(« Ce message à propos de ton père sur le site du Conseil paroissial, avait-elle dit. Il faut que je te pose la question, Stuart, et j'espère… Stuart, c'est toi qui l'as écrit ? »

Il lui avait fallu plusieurs jours pour rassembler le courage nécessaire à cette confrontation, et il était prêt.

« Non », dit-il.

Sans doute eût-il été plus authentique de dire oui, mais il avait préféré ne pas le faire, cette fois, et il ne voyait pas au nom de quoi il aurait dû se justifier.

« Ce n'est pas toi ? lui avait-elle à nouveau demandé sans changer de ton ni d'expression.

— Non, avait-il répété.

— Parce qu'il y a très, très peu de gens qui savent que Papa est… que certaines choses l'inquiètent…

— Oui, eh bah c'est pas moi.

— Ce message a été envoyé le soir où Papa et toi avez eu cette altercation et où il t'a…

— Je te dis que ce n'est pas moi.

— Tu sais qu'il est malade, Stuart.

— Ouais, je sais, tu me dis ça tout le temps.

— Je te le dis tout le temps parce que c'est vrai ! Il n'y peut rien – il est atteint d'une maladie psychologique très grave, qui le met dans une grande détresse et le fait beaucoup souffrir. »

Un bip avait retenti sur le portable de Fats ; il avait baissé les yeux et ressenti un choc brutal, comme un coup à l'estomac, en apercevant le texto d'Andrew : Arf allait partir.

« Je te parle, Stuart…

— Je sais… Quoi ?

— Tous ces messages – Simon Price, Parminder, Papa – concernent des gens que tu connais. Si c'est toi qui es derrière tout ça…

— Je t'ai déjà dit que ce n'était pas moi.

— … tu es en train de provoquer des ravages dont tu n'as même pas idée. Des ravages terribles, Stuart, dans la vie de ces gens. »

Fats essayait d'imaginer l'existence sans Andrew. Ils se connaissaient depuis qu'ils avaient quatre ans.

« Ce n'est pas moi. »)

Des ravages terribles dans la vie de ces gens.

Mais ces gens étaient responsables de leur vie, songea Fats avec mépris en bifurquant sur Foley Road. Les victimes du Fantôme de Barry Fairbrother étaient engluées dans l'hypocrisie et le mensonge, et n'aimaient pas être démasquées. De misérables insectes fuyant la lumière du jour. Ils ne connaissaient rien à la vie ; la vraie vie.

Il aperçut une maison devant laquelle un vieux pneu usé gisait sur l'herbe. Il avait le pressentiment que c'était celle de Krystal, et quand il vit le numéro sur la porte, il sut qu'il ne s'était pas trompé. Il n'était jamais venu ici auparavant. Deux semaines plus tôt, il n'aurait jamais accepté de la retrouver chez elle pendant l'heure du déjeuner, mais les choses changeaient, parfois. Il avait changé.

On racontait que sa mère était une prostituée. Une junkie – ça, tout le monde le savait. Krystal lui avait dit qu'il n'y aurait personne chez elle parce que sa mère serait à la clinique Bellchapel, où elle devait recevoir sa dose de méthadone. Fats remonta la petite allée sans ralentir, mais avec une fébrilité inattendue.

Krystal l'avait guetté de la fenêtre de sa chambre. Elle avait fermé toutes les portes en bas, afin qu'il ne voie que le couloir ; tout ce qui faisait désordre avait été camouflé, jeté en vrac dans la cuisine et le salon. La moquette était râpée et brûlée à certains endroits, et le papier peint boursouflé de taches humides, mais ça, elle n'y pouvait rien. Ils étaient à court de désinfectant parfumé aux aiguilles de pin, mais elle avait trouvé un fond d'eau de Javel, dont elle avait aspergé la cuisine et la salle de bains, les deux pièces d'où provenaient les odeurs les plus nauséabondes imprégnant la maison.

Quand il frappa à la porte, elle descendit lui ouvrir en courant. Ils n'avaient pas beaucoup de temps ; Terri serait sans doute de retour vers treize heures avec Robbie. Pas beaucoup de temps pour faire un bébé…

« Salut, dit-elle en ouvrant la porte.

— Ça va ? » dit Fats en soufflant la fumée de sa cigarette par les narines.

Il ne savait pas trop à quoi s'attendre. Il eut l'impression de pénétrer à l'intérieur d'une grande boîte vide et répugnante. Pas de meubles. Les portes fermées, à sa gauche et devant lui, avaient quelque chose d'un peu inquiétant.

« T'es toute seule ? demanda-t-il en franchissant le seuil de la maison.

— Ouais, dit Krystal. On peut monter. Dans ma chambre. »

Elle passa devant. Plus on s'enfonçait dans la maison, plus la puanteur devenait intolérable ; un mélange de crasse et de détergent. Fats essaya de ne pas s'en formaliser. Toutes les portes étaient fermées à l'étage, sauf une. Krystal entra dans la pièce.

Fats ne voulait pas être choqué, mais il n'y avait rien dans cette chambre, à part un matelas, recouvert d'un drap et d'une couette sans housse, ainsi qu'une petite pile de linge entassée dans un coin. Quelques photos arrachées dans des magazines étaient scotchées au mur ; un assortiment de chanteurs et de stars diverses.

Krystal avait réalisé ce collage la veille, en s'inspirant des murs tapissés de la chambre de Nikki. En prévision de la visite de Fats, elle voulait rendre les lieux un peu plus accueillants. Elle avait tiré les voilages ; la chambre baignait dans une lumière blafarde, légèrement bleutée.

« File-moi une clope, dit-elle. J'en crève d'envie. »

601

Il l'alluma pour elle. Il ne l'avait jamais vue aussi nerveuse. Il la préférait au naturel, quand elle la ramenait sans cesse.

« On n'a pas beaucoup de temps, dit-elle en commençant à se déshabiller, la cigarette coincée entre les lèvres. Ma mère va revenir.

— Ouais, elle est à Bellchapel, c'est ça ? dit Fats qui cherchait le moyen de la brusquer pour qu'elle retrouve son mordant.

— Ouais, dit Krystal en s'asseyant sur le matelas pour enlever son bas de survêtement.

— Et si la clinique ferme ? demanda-t-il en ôtant sa veste. Paraît que c'est en projet.

— J'sais pas », dit Krystal, mais elle avait peur. La volonté de sa mère, plus chétive et vulnérable qu'un oisillon à peine sorti de son œuf, pouvait s'effondrer à la moindre perturbation.

Elle était déjà en sous-vêtements. Fats enlevait ses chaussures quand il remarqua un objet qui dépassait de la pile des habits de Krystal : une petite boîte à bijoux en plastique, ouverte, et lovée à l'intérieur, une montre qu'il avait déjà vue quelque part.

« Eh, c'est pas à ma mère, ça ? dit-il, surpris.

— Hein ? fit Krystal, soudain en panique. Non, mentit-elle. C'était à ma Nana Cath. Touche p... ! »

Mais il l'avait déjà sortie de la boîte.

« Si, c'est la sienne », dit-il. Il avait reconnu le bracelet.

« Non, putain, c'est pas à elle ! »

Elle était terrifiée. Elle avait presque oublié qu'elle l'avait volée, et à qui. Fats ne disait rien, et Krystal n'aimait pas ça.

Fats avait l'impression que cette montre, posée dans sa main, était à la fois une forme de défi et d'accusation. Il envisagea, presque dans le même mouvement, de partir tout de suite en la glissant dans sa poche ou bien de la rendre à Krystal en haussant les épaules.

« C'est à moi », dit-elle.

Il ne voulait pas jouer au policier. Il voulait être le hors-la-loi. Mais c'est seulement lorsqu'il se rappela que cette montre était un cadeau du Pigeon qu'il se décida à la remettre dans sa boîte, avant de finir de se déshabiller. Le visage rouge vif, Krystal ôta son soutien-gorge et sa culotte, puis se glissa, nue, sous la couette.

Fats s'approcha d'elle, encore en caleçon, une capote à la main.

« On a pas b'soin d'ça, dit Krystal d'une voix tendue. J'prends la pilule maintenant.

— Ah bon ? »

Elle se décala sur le matelas pour lui faire de la place. Fats s'allongea à côté d'elle. En retirant son caleçon, il se demanda si elle mentait pour la pilule, comme elle mentait pour la montre. Mais ça faisait longtemps qu'il avait envie d'essayer sans capote.

« Viens », murmura-t-elle. Elle lui prit des mains le petit emballage carré en aluminium et le balança sur sa veste jetée par terre.

Il imagina Krystal enceinte, portant son enfant ; la tête de Tessa et du Pigeon quand ils l'apprendraient. Son gamin dans la cité. Sa chair et son sang. Tout ce que le Pigeon, lui, n'avait jamais été fichu de réussir…

Il s'allongea sur elle. Voilà, c'était ça, la vie ; la vraie vie.

À dix-huit heures trente ce soir-là, Howard et Shirley Mollison firent leur entrée dans la salle communale de Pagford. Shirley portait une énorme brassée de documents, et Howard avait sorti son grand collier aux armoiries bleu et blanc de la bourgade.

Le plancher grinça sous le poids énorme de Howard qui se dirigea vers les vieilles tables éraflées, déjà installées bout à bout, pour y prendre la place d'honneur. Howard aimait presque autant cette salle que sa propre boutique. Les scouts s'y réunissaient le mardi, et l'Institut des Femmes de Pagford le mercredi. Elle avait accueilli des tombolas, des jubilés, des mariages, des veillées funèbres, et tous ces événements avaient laissé leur trace entre ces murs d'où se dégageait un parfum composite, mélange de vieux vêtements et de percolateurs, de pâtisseries maison et d'assiettes de charcuteries, de poussière et de corps humains – mais par-dessus tout, la salle communale sentait la pierre et les boiseries ancestrales. Des lustres en cuivre frappé étaient suspendus aux poutres du plafond par d'épais fils électriques noirs, et de lourdes portes en acajou festonnées ouvraient sur la cuisine attenante.

Shirley courait d'un fauteuil à l'autre pour distribuer ses documents. Elle adorait les réunions du Conseil. Outre la fierté glorieuse qu'elle prenait à regarder son époux les présider, elle avait le grand plaisir de ne jamais y voir Maureen, qui ne détenait aucun rôle institutionnel et devait donc, par la force des choses, se contenter des rogatons d'informations que Shirley condescendait à lui transmettre.

Les collègues de Howard arrivèrent petit à petit, tout seuls ou par deux. Il les accueillait en vociférant, et ses éclats de voix se répercutaient en écho jusqu'aux chevrons du plafond. L'assemblée plénière était rarement réunie ; sur les seize conseillers, il en attendait douze aujourd'hui.

La moitié des fauteuils avaient déjà trouvé leurs occupants quand Aubrey Fawley fit son apparition, traversant la salle, comme à son habitude, d'un pas réticent qui semblait lui coûter de grands efforts ; on eût dit qu'il luttait contre de puissantes rafales de vent, qui l'obligeaient à courber l'échine et à baisser la tête.

« Aubrey ! s'exclama joyeusement Howard qui, pour la première fois, fit un pas en avant pour aller à la rencontre du nouvel arrivant. Comment allez-vous ? Comment va Julia ? Avez-vous reçu mon invitation ?

— Pardonnez-moi, je ne…

— Mon soixante-cinquième anniversaire ? Ici même, samedi, le lendemain de l'élection.

— Oh, oui, oui. Howard, il y a une jeune femme dehors – elle dit qu'elle travaille pour la *Gazette de Yarvil*. Alison quelque chose ?

— Oh, fit Howard. Étrange. Je viens justement de lui envoyer mon article, vous savez, la réponse à celui de Fairbrother… C'est peut-être de cela qu'il s'agit… Je vais aller voir. »

Il s'éloigna de son allure pachydermique, en proie à de vagues appréhensions. Il était presque à la porte quand Parminder Jawanda entra dans la salle ; la mine renfrognée, comme d'habitude, elle passa devant lui sans le saluer, et pour une fois, Howard ne lui demanda pas : « Et comment va notre Parminder ? »

Dehors, sur le trottoir, il aperçut une jeune femme blonde, trapue et carrée, qui dégageait une bonne humeur à toute épreuve où Howard reconnut aussitôt la marque d'une détermination tout à fait semblable à la sienne. Elle tenait un petit carnet à la main et regardait les initiales de la famille Sweetlove gravées sur le fronton des portes à double battant.

« Bonjour bonjour, claironna Howard d'une voix un peu essoufflée. Alison, c'est bien cela ? Howard Mollison. Ne me dites pas que vous avez fait tout ce chemin pour me dire que ma prose ne casse pas trois pattes à un canard ! »

Elle lui adressa un sourire radieux et serra la main qu'il lui tendait.

« Oh ! non, votre article nous a beaucoup plu, le rassura-t-elle. Non, je me disais simplement, vu la tournure passionnante que prend cette affaire, que j'aimerais bien assister à la réunion du Conseil. Vous n'y verriez pas d'inconvénient ? Il me semble que la presse est autorisée ; j'ai vérifié dans le règlement. »

Elle se dirigeait déjà vers la porte tout en parlant.

« Oui, oui, la presse est autorisée, dit Howard en la suivant puis en marquant une pause galante devant la porte pour la laisser passer. À moins, bien entendu, que nous ne devions nous entretenir de sujets... confidentiels. »

Elle se retourna vers lui ; même dans la pénombre du soir, son sourire était éclatant.

« Comme quoi, par exemple ? Ces histoires d'accusations anonymes sur votre forum ? Le Fantôme de Barry Fairbrother ?

— Oh ! pensez-vous donc, souffla Howard en lui retournant son sourire. Ce n'est pas ça qui va faire la une ! Une ou deux remarques idiotes sur internet !

— Il n'y en a pas eu plus que ça ? Je me suis laissé dire que tout avait été effacé du site…

— Non, non, vous vous êtes laissé dire des bêtises, ma jeune amie. Deux ou trois, à ma connaissance, pas plus. Une mauvaise plaisanterie. Pour ma part, improvisa-t-il tout à coup, je pense qu'il s'agit d'un gamin.

— Un gamin ?

— Eh bien oui, un adolescent qui s'est amusé à monter un petit canular, vous voyez le genre.

— Un adolescent qui prendrait pour cible le Conseil paroissial de Pagford ? demanda-t-elle sans quitter son sourire. J'ai entendu dire que l'une des victimes a perdu son emploi. Peut-être à cause des allégations portées à son encontre sur votre site.

— Ah ? Première nouvelle », mentit Howard. Shirley avait vu Ruth à l'hôpital, la veille, et avait rapporté toute leur conversation à son époux.

« J'ai vu que vous aviez mis le cas de la clinique Bellchapel à l'ordre du jour, dit Alison tandis qu'ils pénétraient ensemble dans la salle communale éclairée de mille feux. Vous et Mr Fairbrother avancez des arguments probants d'un côté comme de l'autre… Nous avons reçu de nombreuses lettres suite à la parution de l'article de Mr Fairbrother. Mon rédacteur en chef était ravi – tout ce qui fait réagir les lecteurs est bon à prendre !

« — Oui, j'ai vu, dit Howard. Et j'ai remarqué que la clinique ne suscite guère d'enthousiasme, n'est-ce pas ? »

Les conseillers installés autour de la table les observaient. Alison Jenkins leur rendit leurs regards, sans se départir de son imperturbable sourire.

« Ne bougez pas, je vais vous chercher de quoi vous asseoir », dit Howard. Il se dirigea vers un tas de chaises pliantes empilées dans un coin et en extirpa une en ahanant, puis installa Alison à trois mètres de la table.

« Merci. » Elle avança de deux mètres.

« Mesdames et messieurs, dit Howard, nous avons les honneurs de la presse, ce soir. Miss Alison Jenkins, de la *Gazette de Yarvil*. »

Certains conseillers manifestèrent une curiosité flattée à l'égard de la jeune journaliste, mais la plupart la toisèrent d'un air méfiant. Howard repartit vers le bout de la table, d'où Aubrey et Shirley lui lançaient des regards interrogateurs.

« Le Fantôme de Barry Fairbrother, leur dit-il à voix basse en s'asseyant avec précaution sur sa chaise en plastique (l'une d'elles avait cédé sous son poids lors de l'avant-dernière réunion). Et Bellchapel. Et voici Tony ! s'écria-t-il soudain, ce qui fit sursauter Aubrey. Entrez, Tony, entrez… Il ne manque plus que Henry et Sheila – donnons-leur encore deux minutes, si vous le voulez bien. »

Les murmures autour de la table étaient encore plus feutrés que d'habitude. Alison Jenkins prenait déjà des notes dans son carnet. *Tout ça à cause de ce fichu Fairbrother*, songea Howard dans un mouvement d'irritation. C'était sa faute si la presse s'en mêlait. Pendant une fraction de seconde, Barry et son fantôme ne firent plus qu'un dans son esprit : toujours le même empêcheur de tourner en rond, de son vivant comme d'outre-tombe.

Comme Shirley, Parminder avait apporté un épais dossier, posé devant elle en une imposante colonne de paperasses au sommet de laquelle elle avait mis la convocation officielle où figurait l'ordre du jour, qu'elle faisait à présent semblant de lire afin de se soustraire aux conversations. En réalité, elle pensait à la jeune femme qui venait de s'asseoir presque juste derrière elle. La *Gazette de Yarvil* avait parlé de la mort de Catherine Weedon et de la plainte déposée par sa famille contre son médecin traitant. Parminder n'était pas nommément citée, mais la journaliste devait sans doute savoir qui elle était. Cette Alison Jenkins avait peut-être même eu vent du message anonyme posté sur le site internet à son propos.

Calme-toi. Tu deviens aussi parano que Colin.

Howard avait déjà commencé à recenser les conseillers qui s'étaient excusés de la réunion et à pointer quelques corrections à apporter au dernier compte rendu, mais Parminder entendait à peine ce qu'il racontait, tant le sang lui tambourinait aux tempes.

« Bien, à présent, si personne n'y voit d'objection, dit Howard, nous allons traiter des points numéros huit et neuf, car monsieur le conseiller communal Fawley a du nouveau sur ces sujets et doit malheureusement nous quitter…

— … à vingt heures trente au plus tard, dit Aubrey en regardant sa montre.

— … voilà, donc à moins qu'il y ait des objections ? non ? eh bien la parole est à vous, cher ami. »

Aubrey annonça ce qu'il avait à dire sans détour ni émotion. Le cadastre allait bientôt être révisé et, pour la première fois, des voix en dehors de Pagford s'étaient élevées pour réclamer que la cité des Champs passe sous la tutelle administrative de Yarvil. Cela signifiait bien sûr qu'il faudrait absorber les coûts – relativement modestes – jusqu'ici pris en charge par Pagford, mais le jeu semblait en valoir la chandelle aux yeux de tous ceux qui espéraient profiter de cette opération pour grossir les rangs de l'opposition au sein de l'agglomération yarvilloise, où le poids de cet électorat ne serait pas négligeable, alors qu'il n'avait aucune incidence à Pagford, inébranlable bastion conservateur depuis les années 1950. On pourrait sans difficulté inscrire la manœuvre dans une logique de simplification et d'harmonisation, puisque Yarvil, en l'état actuel des choses, fournissait déjà l'essentiel des services dont bénéficiait la cité.

Si le désir de Pagford allait dans ce sens, il eût été de bon aloi, conclut Aubrey, que la paroisse en exprimât le souhait auprès du Conseil communal.

« … un message franc et clair de votre part, dit-il, et je crois vraiment que cette fois…

— Ça n'a jamais marché avant, dit un fermier auquel répondirent en écho quelques murmures d'approbation.

— Mais, mon cher John, c'est que nous n'avons jusqu'ici jamais été invités à exprimer notre opinion, dit Howard.

— Et ne faudrait-il pas que nous la définissions d'abord, cette opinion, avant de la rendre publique ? demanda Parminder d'une voix glaciale.

— Très bien, répondit Howard d'un ton neutre. Dr Jawanda, voulez-vous ouvrir le bal ?

— Je ne sais pas combien d'entre vous ont vu l'article de Barry paru dans la *Gazette* », dit Parminder. Tous les regards se tournèrent vers elle, et elle s'efforça de ne pas penser au message anonyme ni à la journaliste assise derrière elle. « Je trouve qu'il explique de manière très convaincante les diverses raisons pour lesquelles la cité des Champs devrait continuer à faire partie de Pagford. »

Parminder vit Shirley décocher un infime sourire au stylo avec lequel elle prenait des notes frénétiques.

« Quoi, en nous expliquant que ça va profiter à des gens comme Krystal Weedon ? dit une vieille dame assise à l'autre bout de la table, Betty, que Parminder avait toujours détestée.

— En nous rappelant que les habitants de la cité font partie intégrante de notre communauté, répondit-elle.

— Mais eux, ils pensent qu'ils font partie de Yarvil, dit le fermier. Depuis toujours.

— Un jour, je me souviens très bien, dit Betty, Krystal Weedon a poussé l'un de ses camarades dans le fleuve lors d'une sortie de classe.

— C'est totalement faux, s'emporta Parminder, ma fille y était – il s'agissait de deux garçons en train de se bagarrer – mais passons…

— Moi j'ai entendu dire que c'était Krystal Weedon, insista Betty.

— Eh bien vous avez mal entendu », dit Parminder. Sauf qu'elle ne l'avait pas dit – elle l'avait hurlé.

Tout le monde était choqué. Elle la première. L'écho rebondit sur les vieilles boiseries de la salle communale. Parminder, la gorge serrée, baissait la tête, les yeux rivés sur l'ordre du jour, et la voix de John lui parut très lointaine.

« Barry aurait mieux fait de parler de lui, au lieu de prendre l'exemple de cette fille. Dieu sait qu'il a profité de son passage à St. Thomas.

— Mais pour un Barry, dit une autre femme, combien de voyous ? C'est ça, le problème !

— C'est des Yarvillois, point barre, dit quelqu'un. Leur place est à Yarvil.

— C'est faux, dit Parminder en prenant sur elle pour ne pas hausser le ton, mais tout le monde se tut pour l'écouter – tout le monde attendait qu'elle se remette à hurler. C'est tout simplement faux. Prenez les Weedon. C'est précisément ce qu'essayait de démontrer l'article de Barry. La famille était installée depuis des années à Pagford, mais…

— Ils ont déménagé à Yarvil ! dit Betty.

— Ils n'avaient aucun moyen de se loger ici, dit Parminder en se forçant à rester calme, et tout le monde a refusé la construction de nouveaux logements sociaux aux abords de la ville.

— Vous n'étiez pas là, je m'excuse, dit Betty, le rose aux joues, en tournant le dos à Parminder avec ostentation. Vous ne maîtrisez pas du tout le contexte historique. »

Tout le monde s'était mis à parler en même temps : la réunion s'était fragmentée en une multitude de conciliabules isolés les uns des autres, et Parminder n'y comprenait plus rien. Cette sensation d'étranglement ne passait pas, et elle n'osait croiser le regard de personne.

« Bien, procédons à un vote à main levée, dans ce cas ! cria Howard d'une voix qui ramena le silence autour de la table. Ceux qui sont pour notifier au Conseil communal que Pagford accueillera d'un œil favorable une redéfinition des frontières de la paroisse afin que la cité des Champs soit dorénavant située en dehors de notre juridiction ? »

Parminder serra les poings si fort, sous la table, que ses ongles s'enfoncèrent dans ses paumes. Elle entendit des bruissements d'étoffe autour d'elle à mesure que les bras se levaient.

« Excellent ! dit Howard dont la jubilation triomphale résonna jusqu'au plafond. Bien, je rédigerai donc un projet de note avec Tony et Helen, que nous soumettrons à l'approbation du Conseil, puis nous l'enverrons à Yarvil. Excellent ! »

Deux ou trois conseillers applaudirent. Parminder eut soudain l'impression que tout devenait flou autour d'elle, et elle cligna des yeux. Les mots sur sa feuille se brouillaient et flottaient. Mais le silence dura si longtemps qu'elle finit par lever la tête : Howard, qui s'était un peu trop excité, avait dû sortir son inhalateur, et la plupart des conseillers le regardaient d'un œil compatissant essayer de retrouver son souffle.

« Bon, très bien, reprit-il d'une voix sifflante en rangeant l'inhalateur dans sa poche, le visage rubicond et souriant. À moins que quelqu'un veuille ajouter quelque chose… – pause d'un millième de seconde – … passons au point numéro neuf. Bellchapel. Et je repasse la parole à Aubrey. »

Barry n'aurait jamais laissé passer ça. Il se serait battu. Il aurait fait rire John et l'aurait convaincu de voter

comme nous. Il aurait dû parler de lui, pas de Krys-
tal… Je n'ai pas été la hauteur.

« Merci, Howard, dit Aubrey tandis que le sang
cognait de plus en plus fort aux tympans de Parminder,
qui enfonça encore ses ongles dans ses mains. Comme
vous le savez, nous avons dû procéder à des réductions
de budget assez drastiques au niveau communal… »

Elle était amoureuse de moi ; elle avait le plus grand
mal à dissimuler ses sentiments chaque fois qu'elle
posait les yeux sur moi…

« … et nous devons nous pencher sur un certain
nombre de projets, parmi lesquels la clinique Bellchapel, continuait Aubrey. Je voulais vous toucher un
mot à ce sujet, car, comme vous le savez tous, les
bâtiments appartiennent à la paroisse…

— … et le bail arrive à échéance, dit Howard.
Tout à fait.

— Mais ce vieil immeuble n'intéresse personne,
non ? dit un comptable à la retraite à l'autre bout de
la table. Il est en très mauvais état, d'après ce que j'ai
entendu dire.

— Oh, je suis certain que nous trouverons un nouveau locataire, plastronna Howard, mais ce n'est pas
vraiment la question. L'essentiel, c'est de déterminer
si cette clinique fait du bon tr…

— Ce n'est pas du tout ça, l'essentiel, l'interrompit
Parminder. Ce n'est pas au Conseil paroissial de décider si la clinique fait du bon ou du mauvais travail.
Ce n'est pas nous qui la finançons. Elle n'est pas sous
notre responsabilité.

— Mais les locaux nous appartiennent, dit Howard,
toujours souriant, toujours poli. Je trouve donc tout
naturel que nous examinions…

— S'il faut vraiment que nous nous penchions sur le cas de la clinique, alors je crois qu'il serait important d'avoir un regard objectif sur la situation, dit Parminder.

— Pardonnez-moi, Dr Jawanda, je suis vraiment confuse, dit Shirley en battant des cils, mais pourrais-je vous demander d'avoir l'obligeance de ne pas interrompre le président du Conseil ? Il m'est très difficile de prendre des notes si tout le monde parle en même temps. Oh, et voilà que je vous interromps à mon tour ! ajouta-t-elle en souriant. Toutes mes excuses !

— Je présume que la paroisse veut continuer à tirer profit de la location des bâtiments, poursuivit Parminder sans prêter attention à Shirley. Et nous n'avons, à l'heure actuelle, aucun repreneur, pour autant que je sache. Alors à quoi bon évoquer la résiliation du bail de la clinique ?

— Ils les soignent pas, dit Betty. Ils leur donnent encore plus de drogues, c'est tout. Moi, je serais bien contente qu'ils fichent le camp.

— Le Conseil communal est face à des choix très difficiles, dit Aubrey Fawley. Le gouvernement a besoin de faire un milliard d'économies au niveau des administrations locales. Nous ne pouvons pas continuer à fournir les mêmes prestations qu'avant. Telle est la réalité des choses. »

Parminder détestait la façon dont les autres conseillers réagissaient aux paroles d'Aubrey ; hypnotisés par les modulations de sa voix grave, ils hochaient la tête en l'écoutant avec une délectation servile qu'elle trouvait obscène – ce qui ne les aurait d'ailleurs pas surpris, venant de la part de celle qu'ils avaient surnommée (elle le savait pertinemment) « Beine-à-Jouir »…

« Toutes les études démontrent que la consommation de stupéfiants augmente en période de récession, dit Parminder.

— Ça les regarde, dit Betty. Personne ne les force à se droguer. »

Elle chercha du soutien autour de la table. Shirley lui sourit.

« Nous avons des décisions difficiles à prendre…, dit Aubrey.

— Et donc, enchaîna Parminder, vous vous êtes dit que vous alliez aider Howard à se débarrasser de la clinique en l'expulsant des locaux…

— Je trouve qu'il y a mieux à faire avec l'argent du contribuable que de le dépenser pour une bande de racailles, dit le comptable.

— Ça ne dépendrait que de moi, je leur couperais toutes leurs subventions, dit Betty.

— J'ai été convié à cette réunion afin de vous tenir au courant de ce qui se passe au niveau communal, dit calmement Aubrey. Rien de plus, Dr Jawanda.

— Helen ? » tonna Howard en pointant du doigt une autre conseillère qui avait la main en l'air depuis une minute et essayait en vain d'exprimer son point de vue.

Mais Parminder n'entendit rien de ce que cette femme avait à dire. Elle avait presque oublié les documents qui trônaient devant elle, et sur lesquels Kay Bawden avait passé tant de temps : les statistiques, les cas représentatifs de la réussite de la clinique, l'explication des mérites de la méthadone pour lutter contre l'héroïne, les études montrant le coût, financier et social, de la toxicomanie… Elle avait l'impression que tout le décor se liquéfiait autour d'elle et devenait irréel ; elle savait qu'elle allait exploser comme jamais cela ne lui était arrivé, et il n'y avait déjà plus de place pour les regrets, ni aucun moyen d'empêcher l'inévitable ; il n'y avait plus rien à faire, à part attendre le moment fatidique ; il était trop tard, beaucoup trop tard…

« … mentalité d'assisté, disait Aubrey Fowley. Des gens qui n'ont littéralement jamais travaillé de leur vie.

— Et, voyons les choses en face, ajouta Howard, la solution à ce problème est très simple. *Qu'ils arrêtent de se droguer.* »

Il se tourna avec un sourire conciliant vers Parminder. « Le sevrage, pur et simple. C'est bien le terme qui convient, n'est-ce pas, Dr Jawanda ?

— Oh, vous pensez donc qu'ils devraient prendre leurs responsabilités, s'occuper eux-mêmes de leur problème de toxicomanie et changer d'attitude ? dit Parminder.

— Ma foi, oui, en gros, c'est cela.

— Avant qu'ils ne coûtent encore plus cher à l'État.

— Exactem…

— Et vous, l'interrompit Parminder en haussant la voix, submergée par les premières déflagrations de l'explosion, vous savez combien de millions vous coûtez aux services de santé publique, *vous*, Howard Mollison, parce que vous êtes incapable d'arrêter de vous empiffrer du matin au soir ? »

Une plaque rouge vif envahit le cou de Howard et se propagea bientôt à ses joues.

« Vous savez combien ont coûté votre pontage, votre traitement, votre séjour à l'hôpital ? Et les visites permanentes dans les cabinets médicaux auxquelles vous contraignent votre asthme, votre pression artérielle et vos érythèmes cutanés, tout ça parce que vous refusez de perdre du poids ? »

Parminder hurlait à présent, couvrant les protestations qui commençaient à s'élever dans les rangs des conseillers ; Shirley s'était mise debout ; Parminder continuait de crier en empoignant par liasses entières les documents qu'elle avait éparpillés devant elle, sans même s'en apercevoir, à force de gesticulations furieuses.

« Et le secret médical, alors ? hurla à son tour Shirley. Un scandale ! C'est un véritable scandale ! »

Mais Parminder était déjà à la porte de la salle communale ; avant de franchir le seuil, elle eut encore le temps d'entendre, derrière ses propres sanglots de rage, la voix de Betty qui réclamait son expulsion immédiate du Conseil ; elle partit presque en courant ; elle savait qu'elle avait provoqué un cataclysme, et elle ne voulait plus qu'une seule chose : se laisser engloutir par les ténèbres et disparaître à jamais.

9

La *Gazette de Yarvil* opta pour la prudence et fit preuve d'une extrême retenue en rapportant les paroles échangées lors de la réunion la plus houleuse de toute l'histoire du Conseil paroissial de Pagford. Ce qui ne changea pas grand-chose à l'affaire : l'article, expurgé mais illustré par les témoignages hauts en couleur de tous ceux qui avaient assisté à la scène, déclencha une avalanche de commérages. Et pour enfoncer le clou, un autre reportage dévoilait en une les attaques anonymes perpétrées sur le site internet du Conseil au nom du défunt, lesquelles, écrivait Alison Jenkins, avaient « *donné lieu à d'intenses spéculations et soulevé chez certains une immense vague de colère. Voir notre article en page 4* ». Le nom des accusés et la nature des crimes qui leur étaient imputés avaient été passés sous silence, mais Howard, en voyant imprimés noir sur blanc dans son journal les mots « allégations très graves » et « comportements délictueux », n'en fut pas moins ébranlé – plus encore qu'il ne l'avait été à la lecture des messages eux-mêmes.

« Nous aurions dû renforcer la sécurité du site dès le premier incident », dit-il à sa femme et à son associée installées à ses côtés devant sa cheminée à gaz.

Une légère pluie printanière arrosait en silence la fenêtre, et la pelouse du jardin scintillait de mille petites aiguilles rougeoyantes. Howard avait des frissons et cherchait à absorber toute la chaleur artificielle de l'âtre. Depuis plusieurs jours, presque tous les clients de l'épicerie et du café ne parlaient que des messages anonymes, du Fantôme de Barry Fairbrother et du coup d'éclat de Parminder Jawanda lors de la réunion du Conseil. Howard était furieux que les hurlements de cette dernière aient été livrés en pâture à l'opinion publique. Pour la première fois de sa vie, il se sentait mal à l'aise dans sa propre boutique, et inquiet pour sa stature, jusqu'à présent inattaquable, dans les rangs de la bonne société pagfordienne. L'élection au siège vacant de Barry Fairbrother aurait lieu le lendemain, et Howard, hier encore excité et remonté à bloc par cette perspective, était à présent inquiet et nerveux.

« Toute cette histoire a causé beaucoup de dégâts. *Beaucoup* de dégâts », répétait-il.

Sa main s'aventura du côté de son ventre, qui le démangeait toujours autant, mais il se retint au dernier moment de se gratter, endurant le supplice avec des airs de martyr. Il n'était pas près d'oublier ce que le Dr Jawanda avait crié devant tout le Conseil et la presse réunis. Howard et Shirley avaient d'ores et déjà pris des mesures de rétorsion : ils s'étaient renseignés sur le fonctionnement de l'Ordre des Médecins, puis ils étaient allés voir le Dr Crawford pour déposer une plainte officielle à l'encontre de sa consœur. On n'avait pas revu Parminder au cabinet depuis son esclandre ; elle devait se terrer dans son coin, torturée par le remords. Mais Howard ne pouvait oublier l'expression de son visage lorsqu'elle lui avait hurlé dessus. Il avait été profondément troublé de voir autant de haine sur le visage d'un autre être humain.

« Toute cette affaire va vite se dégonfler, tentait de le rassurer Shirley.

— Je n'en suis pas si sûr, dit Howard. Pas si sûr. Tout cela donne une très mauvaise image de nous ; du Conseil. Un véritable pugilat, sous les yeux de la presse… Nous donnons l'impression d'être divisés. Aubrey m'a dit qu'ils n'étaient pas contents, au Conseil communal. Cette histoire affaiblit notre posi-

tion sur la question des Champs. Toutes ces cha-
mailleries en public, toutes ces manœuvres perfides...
Le Conseil y perd de sa crédibilité en tant que porte-
parole de la ville.

— Mais pas nous ! dit Shirley en laissant échapper
un petit rire. Personne à Pagford ne veut des Champs,
plus personne – ou presque.

— À lire cet article, on croirait que c'est nous qui
avons agressé les partisans de la cité ; que nous avons
essayé de les intimider, dit Howard qui, n'y tenant
plus, se mit à se gratter le ventre comme un enragé,
et avec d'autant plus de férocité qu'il avait longuement résisté à la tentation. Bon, d'accord, Aubrey sait
bien que nous ne sommes pour rien dans cette
affaire, mais ce n'est pas comme ça que cette journaliste voit les choses, elle. Et écoutez bien ce que je
vais vous dire : si jamais Yarvil parvient à nous faire
passer pour des idiots ou des voyous... Ça fait des
années qu'ils attendent l'occasion de nous mettre le
grappin dessus et d'absorber Pagford.

— Ça n'arrivera pas, dit aussitôt Shirley. C'est
impossible.

— Je croyais que c'était fini, soupira Howard sans
prêter attention à sa femme, l'esprit accaparé par la
cité. Je croyais que nous avions réussi. Je croyais que
nous nous étions débarrassés d'eux une bonne fois
pour toutes. »

L'article auquel il avait travaillé avec acharnement,
afin d'expliquer en quoi la cité et la clinique Bellchapel étaient un gouffre et une plaie pour Pagford, était
intégralement passé à l'as suite aux scandales provoqués par la crise d'hystérie de Parminder et par le
Fantôme de Barry Fairbrother. La jubilation qu'avait

éprouvée Howard en découvrant les accusations portées contre Simon Price n'était plus qu'un lointain souvenir – de même que ses propres atermoiements ; il ne se rappelait pas qu'il avait attendu l'intervention de l'épouse de Price pour songer à retirer du site le message infamant.

« J'ai reçu un mail du Conseil communal, dit-il à Maureen, me posant tout un tas de questions sur le site internet. Ils veulent savoir quelles mesures j'ai prises à l'encontre de ces propos diffamatoires. Ils pensent que nous sommes en tort, par défaut de vigilance sur la sécurité du site. »

Shirley, qui prit la remarque pour un reproche personnel, rétorqua froidement : « Je te l'ai déjà dit, Howard, j'ai réglé le problème. »

Un étudiant en informatique, neveu d'un couple d'amis de Howard et Shirley, était arrivé la veille, pendant que Howard était au travail. Il avait recommandé à Shirley de démonter au plus vite le site actuel, perméable à toutes sortes d'attaques, et de faire venir « quelqu'un qui s'y connaît » pour en réaliser un nouveau.

Shirley, étourdie par le déluge de jargon technique, n'avait compris qu'un mot sur dix de ce que lui avait dit le jeune homme. Elle savait à peu près ce que signifiait le terme « piratage », mais ne retira de tout ce volapuk, quand l'étudiant eut fini sa démonstration, qu'un immense sentiment de confusion, et l'impression que le Fantôme avait réussi, Dieu sait comment, à se procurer le mot de passe des utilisateurs du site, peut-être en leur posant des questions pièges au cours de conversations anodines.

Elle avait donc écrit à tous les membres inscrits sur le site pour leur demander de changer leur mot de passe et de prendre soin de ne le divulguer à personne. Voilà, en somme, ce qu'elle voulait dire quand elle affirmait avoir « réglé le problème ».

Quant à la fermeture pure et simple du site internet, dont elle était la sentinelle et l'administratrice, elle n'avait pris aucune initiative en ce sens, ni fait part de cette suggestion à Howard. Shirley craignait qu'un site bardé de mesures de sécurité, telles que ce prétentieux petit jeune homme les lui avait exposées, ne dépasse de très loin le champ de ses compétences techniques. Elle avait déjà atteint le maximum de ses capacités en la matière, et n'entendait certainement pas laisser à quelqu'un d'autre le soin d'administrer le site.

« Si Miles est élu… », commença Shirley, mais Maureen l'interrompit de sa voix éraillée : « Pourvu que cette sale histoire ne lui ait pas trop porté préjudice. Pourvu que tout cela ne se retourne pas contre lui.

— Les gens savent très bien que Miles n'a rien à voir là-dedans, dit Shirley avec assurance.

— Oui mais on ne sait jamais », dit Maureen, et Shirley eut envie de l'étrangler. Comment osait-elle venir tranquillement s'installer dans son salon et la contredire ? Et pour comble, Howard hochait la tête en signe d'assentiment avec Maureen.

« C'est bien ce qui m'inquiète, dit-il, or nous avons plus que jamais besoin de Miles. Il faut rétablir la cohésion au sein du Conseil. Après la tirade de Beine-à-Jouir – après ce scandale – nous n'avons même pas voté sur la question de Bellchapel. Nous avons besoin de Miles. »

Shirley avait déjà quitté la pièce, en signe de protestation muette contre l'alliance de Howard et de Maureen. Elle alla s'affairer dans la cuisine ; pestant en silence, elle se demanda pourquoi elle n'apportait pas que deux tasses de thé, histoire de signifier à Maureen toute l'ampleur du dédain qu'elle méritait.

Shirley n'éprouvait encore et toujours, à l'égard du Fantôme, qu'une admiration rebelle. Ses accusations avaient révélé le véritable visage de gens qu'elle détestait et méprisait, des gens nuisibles et mal intentionnés. Elle était certaine que les électeurs de Pagford seraient du même avis qu'elle et voteraient pour Miles, plutôt que pour l'ignoble Colin Wall.

« À quel moment veux-tu que nous allions voter ? » demanda Shirley à son mari en revenant dans le salon, tasses de thé cliquetant sur son plateau, sans un regard pour Maureen (car c'était le nom de *leur* fils qu'ils allaient cocher sur le bulletin).

Mais Howard, au grand agacement de sa femme, suggéra qu'ils se rendent aux urnes tous les trois ensemble après la fermeture de l'épicerie.

Miles Mollison redoutait tout autant que son père que l'atmosphère sinistre et inédite pesant sur l'élection du lendemain n'affecte ses chances de l'emporter. Ce matin encore, en entrant chez le marchand de journaux derrière le Square, il avait saisi des bribes de la conversation entre la caissière et son client, un petit homme âgé.

« … Mollison s'est toujours pris pour le roi de Pagford, disait le vieux monsieur sans se soucier de l'expression impassible de la caissière. Moi, j'aimais bien Barry Fairbrother. Une tragédie, sa disparition. Une vraie tragédie. Le petit Mollison, c'est lui qui a établi nos testaments, eh bien j'ai trouvé qu'il avait l'air très satisfait de lui-même. »

Miles, à ces mots, avait perdu toute contenance et avait dû sortir en hâte du magasin, le visage écarlate comme celui d'un petit garçon colérique. Il se demandait si ce vieux monsieur au discours feutré était l'auteur de cette fameuse lettre anonyme. Miles, qui n'avait jamais douté de sa propre amabilité, était ébranlé dans ses convictions les plus profondes, et il essayait d'imaginer ce qu'il ressentirait si jamais il ne récoltait pas une seule voix, demain.

En se déshabillant pour se mettre au lit, ce soir-là, il regarda le reflet silencieux de son épouse dans le miroir de la coiffeuse. Depuis plusieurs jours, Samantha n'était plus que sarcasmes à son endroit, chaque fois qu'il avait le malheur d'évoquer l'élection. Un peu de soutien et de réconfort, ce soir, n'aurait pas été de trop… Et puis il était excité. La dernière fois remontait à un certain temps… Sans doute à la veille de la mort de Barry, d'ailleurs, maintenant qu'il y repensait. Elle avait un peu bu ce soir-là. Elle avait souvent besoin d'un petit coup de pouce, ces temps-ci…

« Ta journée s'est bien passée à la boutique ? » lui demanda-t-il en la regardant dégrafer son soutien-gorge dans le miroir.

Samantha ne répondit pas tout de suite. Elle frotta les sillons rouges qu'avaient creusés les bretelles du soutien-gorge sous ses bras, puis dit à son mari, sans le regarder : « Je voulais te parler de ça, justement. »

Elle était furieuse de devoir aborder le sujet. Elle essayait d'échapper à cette conversation depuis des semaines.

« Roy pense que je devrais mettre la clé sous la porte. Les affaires ne marchent pas très bien. »

C'était un euphémisme ; la vérité aurait choqué Miles, autant qu'elle l'avait choquée elle-même, quand le comptable avait fini par lui exposer la situation dans les termes les moins diplomatiques. Elle s'en doutait déjà – sans en avoir vraiment conscience, pourtant… Étrange, cette façon qu'avait le cerveau de savoir des choses que le cœur refusait d'accepter…

« Oh, dit Miles. Mais tu garderais le site internet ?

— Oui, dit-elle. Oui, on garderait le site internet.

— Bon, eh bien ça au moins, c'est une bonne nouvelle », dit-il sur un ton encourageant. Il observa une minute complète de silence, en hommage à la boutique agonisante de sa femme, puis : « J'imagine que tu n'as pas vu la *Gazette* aujourd'hui ? »

Elle se retourna pour attraper sa chemise de nuit sous son oreiller et il en profita pour jeter un coup d'œil ravi à ses seins. Un petit câlin, et il retrouverait sûrement son calme…

« C'est vraiment dommage, Sam, dit-il en grimpant sur le lit derrière elle en attendant qu'elle ait fini d'enfiler sa chemise de nuit pour la prendre dans ses bras. Le magasin, je veux dire. C'était vraiment une petite boutique formidable. Et tu l'avais depuis quoi ? dix ans ?

— Quatorze. »

Elle savait ce qu'il voulait. Elle avait assez envie de lui dire d'aller se faire foutre et de partir elle-même dormir dans la chambre d'amis, mais ça poserait des problèmes : il y aurait une dispute, l'ambiance serait plombée pour plusieurs jours, et s'il y avait une chose au monde qu'elle ne voulait pas mettre en péril, c'était son expédition à Londres avec Libby, dans deux jours ; elles porteraient le T-shirt du groupe qu'elle avait acheté en double exemplaire, un pour elle et un pour sa fille, et elle passerait toute une soirée à quelques centimètres de Jake. Le bonheur de Samantha, à l'heure actuelle, se résumait tout entier à cette seule escapade. Et puis, si elle condescendait à coucher avec son mari, celui-ci lui lâcherait peut-être enfin les baskets avec l'anniversaire de Howard et cesserait de lui reprocher sa défection.

Elle le laissa donc la serrer contre lui et l'embrasser. Elle ferma les yeux, grimpa sur lui à califourchon, et s'imagina en train de chevaucher Jake sur une plage déserte de sable blanc ; elle avait de nouveau dix-neuf ans, et lui toujours vingt et un. Elle jouit en imaginant que Miles, fou de rage, les observait avec une paire de jumelles à bord d'un pédalo qui l'emmenait loin, très loin du rivage.

10

À neuf heures, le jour de l'élection, Parminder quitta le Vieux Presbytère et monta Church Row pour aller frapper à la porte de la résidence Wall. Elle attendit un moment, puis Colin vint enfin lui ouvrir.

Il avait les yeux cernés et rougis, les joues creu-
sées ; sa peau semblait plus fine, et ses vêtements trop
grands. Il n'avait pas encore repris le travail. Il était
en bonne voie de rétablissement, mais quand il avait
appris que Parminder avait trahi le secret médical en
hurlant sur Howard en public, il s'était de nouveau
effondré ; c'était comme si le Colin robuste qui, à
peine quelques soirs plus tôt, assis sur son pouf en
cuir, arrivait encore à faire croire qu'il abordait cette
élection avec la plus grande confiance, n'avait tout
bonnement jamais existé.

« Tout va bien ? demanda-t-il d'un air inquiet en
refermant la porte derrière Parminder.

— Oui, oui, ça va, dit-elle. Je me disais que tu
aimerais peut-être m'accompagner à la salle communale, pour voter.

— Je... non, dit-il dans un murmure piteux. Je suis
désolé.

— Je sais ce que tu ressens, Colin, dit Parminder
d'une petite voix étranglée. Mais si tu ne vas pas
voter, ça veut dire qu'ils ont gagné. Et je refuse de les
laisser gagner. Je vais aller là-bas et voter pour toi, et
je veux que tu viennes avec moi. »

Parminder avait été suspendue. Les Mollison
avaient porté plainte auprès de toutes les instances
médicales dont ils avaient pu dénicher les coordonnées, et le Dr Crawford lui avait conseillé de prendre
un congé. À sa grande surprise, cette suspension lui
inspirait un étrange sentiment de libération.

Mais Colin secouait la tête. Elle crut voir des
larmes perler au coin de ses yeux.

« Je ne peux pas, Minda.

— Bien sûr que si, tu peux ! dit-elle. Tu *peux* le faire, Colin ! Il faut que tu leur tiennes tête ! Pense à Barry !

— Je ne peux pas… je suis désolé… je… »

Un bruit étouffé sortit de sa gorge, puis il éclata en sanglots. Colin avait déjà pleuré devant elle, dans son cabinet ; elle l'avait vu verser bien des larmes de désespoir, écrasé sous le fardeau de terreurs qui pesait chaque jour un peu plus sur son existence.

« Allez, viens », dit-elle sans le moindre embarras. Elle lui prit le bras et l'emmena dans la cuisine, où elle lui tendit un rouleau de Sopalin et le laissa pleurer tout son soûl en hoquetant. « Où est Tessa ?

— Au travail », réussit-il à dire d'une voix saccadée en s'essuyant les yeux.

Sur la table de la cuisine était posée une invitation au soixante-cinquième anniversaire de Howard Mollison – soigneusement déchirée en deux.

« J'en ai reçu une aussi », dit Parminder. Avant de lui crier dessus : « Écoute, Colin. En allant voter…

— Je ne peux pas, murmura-t-il.

— … on leur prouve qu'ils n'ont pas gagné.

— Mais ils *ont* gagné ! »

Parminder explosa de rire. Colin demeura quelques instants bouche bée devant elle, puis s'esclaffa à son tour ; de gros éclats de rire tonitruants qui n'étaient pas sans évoquer les aboiements d'un dogue.

« Bon, d'accord, ils nous ont fait perdre notre boulot, dit Parminder, et ni toi ni moi n'osons plus mettre un pied en dehors de chez nous – mais franchement, à part ça, je nous trouve en forme olympique ! »

Colin retira ses lunettes et s'épongea le coin des yeux en lâchant un petit sourire.

« *Allez*, Colin. Je veux voter pour toi. Ce n'est pas encore fini. Quand j'ai disjoncté et que j'ai balancé à Howard Mollison devant tout le Conseil et la presse locale qu'il ne valait pas mieux qu'un junkie… »

Il éclata de rire à nouveau, et Parminder était enchantée. Elle ne l'avait pas vu aussi hilare depuis la dernière soirée du Nouvel An, aux côtés de Barry.

« … dans la foulée, ils ont oublié de voter l'éviction de la clinique Bellchapel. Alors je t'en prie. Prends ton manteau. On y va ensemble. »

Colin cessa peu à peu de renifler et de rire. Il baissa les yeux vers ses grandes mains qui s'entortillaient nerveusement, presque malgré lui, comme s'il était en train de se les laver.

« Colin, ce n'est pas terminé. Tu as fait bouger les choses. Les gens n'aiment pas les Mollison. Si tu vas jusqu'au bout, nous serons bien mieux armés pour continuer à nous battre. S'il te plaît, Colin.

— D'accord », finit-il par dire après quelques instants, épaté par sa propre audace.

Ils firent le bref trajet à pied, dans la fraîcheur de cette matinée limpide, chacun serrant à la main sa carte d'électeur. La salle communale était déserte à leur arrivée. Armés d'un feutre épais, ils tracèrent chacun une croix dans la petite case à côté du nom de Colin, puis s'en allèrent d'un pas furtif, comme s'ils venaient de se tirer sans encombre d'une situation périlleuse.

Miles Mollison n'alla voter qu'à midi. Il s'arrêta devant la porte de son partenaire avant de partir.

« Je vais voter, Gav », dit-il.

Gavin lui fit signe qu'il était au téléphone ; la compagnie d'assurances de Mary l'avait mis sur attente.

« Oh… d'accord… Shona, je vais voter », dit Miles en se tournant vers leur secrétaire.

Rien de mal à leur rappeler, à toutes fins utiles, qu'il aurait bien besoin de leur soutien… Miles descendit l'escalier à petites foulées et se dirigea vers la Théière en Cuivre, où, au cours d'une brève conversation la veille au soir, sitôt accompli leur devoir conjugal, Samantha et lui étaient convenus de se retrouver pour aller voter ensemble.

Samantha avait passé la matinée chez elle et laissé son assistante seule en charge de la boutique. Elle savait qu'elle n'allait pas pouvoir repousser indéfiniment le moment d'annoncer à Carly qu'elle serait bientôt au chômage pour cause de faillite, mais elle avait résolu d'attendre au moins jusqu'au début de la semaine suivante, après le week-end à Londres et le concert. Quand Miles arriva au café et qu'elle vit son petit sourire tout excité, elle éprouva un regain de fureur contre lui.

« Papa ne vient pas ? demanda-t-il sans préambule.

— Après la fermeture », dit Samantha.

Il n'y avait que deux vieilles dames dans les isoloirs quand Miles et son épouse entrèrent dans la salle communale. Samantha attendit son tour en regardant leur permanente grise, leurs manteaux épais et leurs chevilles – plus épaisses encore… C'est à ça qu'elle ressemblerait un jour. La plus racornie des deux petites vieilles reconnut Miles en partant et lui glissa avec un sourire radieux : « Je viens de voter pour vous !

— Eh bien je vous remercie infiniment ! » dit Miles, ravi.

Samantha entra dans l'isoloir et regarda les deux noms inscrits sur le bulletin : Miles Mollison et Colin Wall. Le crayon attaché à un morceau de ficelle demeura quelques instants suspendu entre ses doigts, puis elle gribouilla d'un trait nerveux : « Je hais ce foutu bled de Pagford », replia le bout de papier et alla le déposer dans l'urne, sans un sourire.

« Merci, ma chérie », lui dit Miles d'une voix douce en la gratifiant d'une petite caresse dans le dos.

Tessa Wall, qui pas une seule fois de toute sa vie n'avait manqué d'accomplir son devoir civique, passa devant la salle communale au volant de sa voiture en rentrant de l'école, et ne s'arrêta pas. Ruth et Simon Price passèrent la journée à discuter plus sérieusement que jamais de la possibilité de déménager à Reading. Ruth jeta à la poubelle leurs cartes d'électeur en débarrassant la table de la cuisine pour le dîner.

Gavin n'avait pas l'intention d'aller voter ; si Barry avait été encore en vie et s'était présenté à son propre siège, il y serait peut-être allé, mais il n'avait aucune envie d'aider Miles à atteindre le nouveau grand objectif de sa vie. À dix-sept heures trente, il ramassa ses affaires, contrarié et déprimé, parce qu'il devait aller dîner chez Kay, ayant fini par se retrouver à court d'excuses pour échapper à cette corvée. C'était d'autant plus énervant que la compagnie d'assurances semblait commencer à manifester quelques signes de bonne volonté, et sa seule envie était de se précipiter chez Mary pour le lui dire. Le dîner chez Kay signifiait qu'il devrait attendre jusqu'au lendemain pour parler à Mary ; il ne voulait pas gâcher la bonne nouvelle en la lui annonçant par téléphone.

Kay lui ouvrit la porte et se lança aussitôt dans une grande tirade logorrhéique ; c'était en général le signe qu'elle était de mauvaise humeur.

« Désolée, j'ai passé une journée atroce, dit-elle sans même attendre qu'il se plaigne ou qu'il ait eu le temps de lui dire bonsoir. Je suis rentrée tard, je voulais préparer le dîner un peu en avance mais bon, tant pis, entre, entre. »

À l'étage, la rythmique furieuse d'une batterie doublée d'une ligne de basse lancinante déversait un flot de bruits assourdissants. Gavin était étonné que les voisins n'aient pas encore porté plainte. Kay le vit lever les yeux vers le plafond et dit : « Oh, oui, Gaia est de mauvais poil à cause d'un garçon à Hackney ; apparemment elle vient d'apprendre qu'il sort avec une autre fille. »

Elle prit le verre de vin qu'elle s'était déjà servi et en but une longue gorgée. Elle avait mauvaise conscience d'avoir appelé Marco de Luca « un garçon », comme s'il s'agissait de n'importe qui. Il avait pratiquement emménagé chez elle, les dernières semaines avant leur départ de Londres. Kay l'avait trouvé charmant, aimable et bien élevé. Elle aurait aimé avoir un fils comme Marco.

« Elle survivra, dit-elle en retournant s'occuper de ses pommes de terre pour faire barrage aux souvenirs. Elle a seize ans. On s'en remet vite, à cet âge. Tiens, sers-toi un verre de vin. »

Gavin s'assit à la table de la cuisine. Il aurait voulu que Kay aille dire à sa fille de baisser sa musique. Entre les vibrations de la basse, le boucan des casseroles frémissantes et le bruit de soufflerie de la hotte aspirante, elle devait hurler pour se faire entendre. Il eut à nouveau une pensée pleine de regrets pour l'atmosphère paisible et mélancolique de la cuisine de Mary, pour la gratitude qu'elle lui témoignait, le besoin qu'elle avait de lui.

« Quoi ? cria-t-il, devinant à l'expression de Kay qu'elle venait de lui poser une question.

— Je te demande si tu es allé voter.

— Voter ?

— L'élection au Conseil paroissial !

— Ah. Non. Je m'en contrefous à un point, si tu savais… »

Il n'était pas sûr qu'elle l'ait entendu. Elle avait recommencé à déblatérer, mais ses paroles étaient inaudibles, à part quand elle se retournait pour poser couteaux et fourchettes sur la table.

« … absolument révoltant, d'ailleurs, que la paroisse soit de mèche avec Aubrey Fawley. À mon avis, on peut dire adieu à Bellchapel si c'est Miles qui passe… »

Elle égoutta les pommes de terre, et ses mots furent à nouveau noyés sous le fracas des éclaboussures et des patates dégringolant de la casserole.

« … si cette pauvre idiote n'avait pas perdu son sang-froid, nous aurions peut-être de meilleures chances. Je lui ai filé des tonnes de documentation sur la clinique et j'ai l'impression qu'elle ne s'en est pas du tout servie. Non, au lieu de ça, elle a hurlé à Howard Mollison qu'il était trop gros. Tu parles d'une attitude professionnelle… »

Gavin avait entendu les rumeurs sur le coup d'éclat de Parminder Jawanda. Il trouvait l'anecdote plutôt amusante.

« … toutes ces incertitudes font beaucoup de tort aux gens qui travaillent dans cette clinique, sans parler des patients… »

Mais Gavin ne parvenait à ressentir ni pitié, ni indignation ; il n'éprouvait qu'une consternation profonde en voyant à quel point Kay se passionnait pour les subtilités et les protagonistes de cette petite intrigue locale et sibylline. Son implication dans cette affaire ne faisait que confirmer la solidité sans cesse grandissante de son enracinement à Pagford. Il en faudrait beaucoup, désormais, pour la déloger.

Il tourna la tête et regarda par la fenêtre le jardin envahi de mauvaises herbes. Il avait proposé à Mary d'aider Fergus à tondre la pelouse chez elle ce week-end. Avec un peu de chance, se disait-il, Mary l'inviterait de nouveau à dîner, ce qui lui permettrait d'échapper à la fête organisée pour les soixante-cinq ans de Howard Mollison, à laquelle – contrairement à ce que Miles semblait croire – il n'avait pas la moindre envie d'aller.

« … voulais garder les Weedon, mais non, Gillian dit qu'on ne peut pas faire de favoritisme. Du *favoritisme* ! non mais tu le crois, ça ?

— Hein, pardon ?

— Je te disais que Mattie est revenue, recommença-t-elle (et il eut un peu de mal à se rappeler qu'elle parlait de la collègue dont elle avait repris les dossiers pendant son congé maladie). Je voulais continuer de travailler avec les Weedon, parce qu'il arrive parfois qu'on tisse des liens particuliers avec une famille, mais Gillian refuse. C'est dingue !

— Tu dois être la seule personne au monde qui ait jamais voulu continuer à voir les Weedon, dit Gavin. D'après ce que j'ai entendu, en tout cas. »

Kay dut se retenir pour ne pas exploser de colère. Elle retira du four les darnes de saumon. La musique de Gaia était si forte que les vibrations se transmettaient à la plaque de cuisson, qu'elle laissa tomber d'un geste brusque sur la gazinière.

« Gaia ! cria-t-elle, faisant sursauter Gavin qui eut tout juste le temps de se pousser pour la laisser sortir de la cuisine en furie. GAIA ! hurla-t-elle dans le couloir. Baisse le son ! Je ne plaisante pas ! BAISSE CETTE MUSIQUE TOUT DE SUITE ! »

Le volume décrut de quelques centièmes de décibels. Kay revint dans la cuisine en fulminant. Elles avaient eu une dispute épique, juste avant l'arrivée de Gavin. Gaia lui avait annoncé son intention d'appeler son père pour lui demander si elle pouvait aller vivre chez lui.

« Eh bah ma pauvre, ça, tu peux toujours t'accrocher ! » avait crié Kay.

Mais peut-être que Brendan dirait oui. Gaia n'avait qu'un mois quand il était parti. Il était marié aujourd'hui, et il avait eu trois autres enfants. Il possédait une maison immense et gagnait très bien sa vie. Et si jamais il disait oui à sa fille ?

Gavin était soulagé de ne pas avoir à tenir la conversation pendant le dîner ; le tintamarre en provenance de la chambre de Gaia comblait le silence et lui permettait de penser à Mary en toute quiétude. Il irait la voir demain pour lui dire que la compagnie d'assurances commençait à lâcher du lest, et elle lui témoignerait sa reconnaissance et son admiration…

Il avait presque terminé son assiette lorsqu'il s'aperçut que Kay n'avait pas touché à la sienne. Elle l'observait à l'autre bout de la table, et son expression l'inquiéta. Peut-être avait-il trahi ses pensées intimes par mégarde… ?

La musique de Gaia s'arrêta brutalement au-dessus d'eux. Le silence soudain, encore bourdonnant, terrifia Gavin ; il aurait voulu que Gaia mette autre chose, vite.

« Tu n'essaies même pas, dit Kay sur un ton navré. Tu ne fais même pas semblant, Gavin. »

Il tenta de se sortir de cette ornière par le moyen le plus facile.

« Kay, j'ai eu une longue journée, dit-il. Je suis désolé de ne pas me passionner pour toutes les avanies de la politique locale à la seconde où je…

— Je ne te parle pas de ces histoires de politique, dit-elle. Tu es là, assis, avec ton air de vouloir être ailleurs… c'est… c'est insultant pour moi… Qu'est-ce que tu veux, Gavin ? »

Il vit la cuisine de Mary. Le doux visage de Mary.

« Il faut que je te supplie à genoux pour te voir, dit Kay, et quand tu viens, tu fais tout pour bien me montrer que tu n'as aucune envie d'être là… »

Elle voulait qu'il dise : « C'est faux. » Sa toute dernière chance de se rattraper, de se récrier, venait de passer – et il ne l'avait pas saisie. Ils glissaient, à une vitesse exponentielle, vers la crise inexorable que Gavin désirait aussi ardemment qu'il la redoutait.

« Dis-moi ce que tu veux, répéta-t-elle avec lassitude. Dis-moi. »

Ils sentaient tous les deux que leur histoire était en train de s'effondrer sous le poids des aveux que

Gavin n'avait jamais voulu lâcher. Convaincu qu'il allait donc mettre fin non seulement à ses souffrances mais aussi à celles de Kay, il trouva la force de dire les mots qu'il n'avait jamais eu l'intention de prononcer à voix haute, qu'il aurait peut-être tus à jamais, mais qui, en un sens, semblaient à présent leur fournir une excuse idéale, à l'un comme à l'autre.

« Je n'ai pas voulu que ça arrive, dit-il avec gravité. Je ne voulais pas. Kay, je suis vraiment désolé, mais je crois que je suis amoureux de Mary Fairbrother. »

Il vit tout de suite qu'elle ne s'attendait pas à ça.

« Mary Fairbrother ? répéta-t-elle.

— Je crois, poursuivit-il (et il éprouvait une sorte de plaisir doux-amer à en parler, même s'il avait conscience de lui faire du mal, car il n'avait encore pu se confier à personne), je crois que ces sentiments sont en moi depuis longtemps. Je n'ai jamais voulu voir... enfin, je veux dire, quand Barry était là, je n'aurais jamais...

— Je croyais que c'était ton meilleur ami, murmura Kay.

— C'est vrai.

— Il est mort il y a quelques semaines à peine ! »

Cette remarque contraria beaucoup Gavin.

« Écoute, dit-il, j'essaie d'être honnête avec toi. J'essaie d'être juste.

— Tu essaies d'être *juste* ? »

Il avait toujours imaginé que leur histoire se finirait dans un déchaînement de violence et de hargne, mais elle se contenta de le regarder mettre son manteau sans rien dire, les larmes aux yeux.

« Je suis désolé », dit-il, et il sortit de chez elle pour la dernière fois.

Dehors, envahi par une soudaine exaltation, il se précipita vers sa voiture. La bonne nouvelle qu'il voulait annoncer à Mary à propos des assurances n'aurait pas besoin d'attendre demain, en fin de compte.

CinquiÈme Partie

Privilège

7.32 Toute personne ayant prononcé une déclaration à caractère diffamatoire peut en invoquer l'exemption en justice au nom du droit de privilège, pourvu qu'elle soit en mesure de démontrer avoir agi sans volonté de nuire et dans la poursuite de l'intérêt public.

Charles Arnold-Baker
Administration des conseils locaux,
7e édition

1

Terri Weedon avait l'habitude d'être abandonnée. La première rupture, et la plus importante, fut celle causée par le départ de sa mère, qui un beau jour, sans un au revoir, avait pris ses valises et disparu pendant que Terri était à l'école.

Après sa fugue à quatorze ans, elle avait commencé à fréquenter les foyers d'accueil et les services sociaux, où on lui avait parfois témoigné une réelle gentillesse, mais les gens qui travaillaient là-bas partaient toujours à la fin de la journée ; et chacun de ces départs ajoutait une nouvelle couche à la gangue de solitude dans laquelle elle se retrouvait peu à peu prise au piège.

Elle s'était fait des amis dans les foyers d'accueil, mais à seize ans, ils étaient livrés à eux-mêmes, et la vie les avait éloignés. Elle avait rencontré Ritchie Adams, et ils avaient eu deux enfants ensemble. De toutes petites créatures roses, d'une pureté et d'une beauté comme il n'en existait pas dans ce monde ; et c'est elle qui leur avait donné la vie ; par deux fois, pendant quelques heures glorieuses, à l'hôpital, elle avait eu l'impression de renaître.

Puis on lui avait enlevé ses enfants, et elle ne les avait jamais revus.

Banger l'avait quittée. Nana Cath l'avait quittée. Presque tout le monde l'abandonnait ; presque personne ne restait. Elle aurait dû y être habituée, depuis le temps.

Quand Mattie, l'assistante sociale qui suivait son dossier, reprit le travail, Terri demanda : « Elle est où, l'autre ?

— Kay ? Oh, c'était juste du dépannage pendant mon congé maladie, dit Mattie. Alors, où est Liam ? Non… Robbie, c'est ça ? »

Terri n'aimait pas Mattie. D'abord, elle n'avait pas d'enfants ; au nom de quoi se permettait-elle de lui dire comment élever les siens ? Qu'est-ce qu'elle pouvait bien y comprendre ? Bon, elle n'aimait pas beaucoup Kay non plus, mais… mais elle se sentait différente avec Kay, elle éprouvait de drôles de sentiments, un peu comme avec Nana Cath autrefois – avant qu'elle ne la traite de putain et lui dise qu'elle ne voulait plus jamais la voir… On sentait, avec Kay – même si elle débarquait toujours avec ses gros dossiers, comme tous les autres, même si c'était à cause d'elle que son cas était passé devant la commission – on sentait qu'elle voulait améliorer les choses pour de vrai, pas seulement pour la forme. On sentait vraiment ça. Mais elle était partie, elle aussi – *et sans doute qu'elle pense déjà même plus à nous*, se disait Terri avec colère.

Ce vendredi après-midi, Mattie annonça à Terri que la clinique Bellchapel allait sans doute fermer.

« Des histoires politiques, dit-elle d'un ton abrupt. Ils veulent économiser, mais le traitement à la méthadone n'a pas vraiment les faveurs du Conseil communal. Et puis Pagford veut les expulser des bâtiments.

Le journal a parlé de tout ça, vous avez peut-être vu ? »

Elle s'adressait parfois de cette manière à Terri, se lançant dans des bavardages presque anodins sur le mode nous-sommes-dans-la-même-galère-vous-et-moi, qui sonnaient terriblement faux quand, par ailleurs, elle venait de lui demander si elle pensait bien à nourrir son fils. Mais cette fois, c'est la nouvelle elle-même, plutôt que la façon dont elle l'annonça, qui ébranla Terri.

« La clinique va fermer ? répéta-t-elle.

— On dirait bien, oui, dit Mattie avec insouciance, mais bon, pour vous, ça ne changera rien. Enfin, si, bien sûr... »

Terri avait entamé trois cures à Bellchapel. L'ancienne église reconvertie en centre de désintoxication, avec sa poussière, ses cloisons mobiles, ses affichettes collées partout aux murs, et la salle de bains aux néons bleus (destinés à vous empêcher de trouver une veine pour vous shooter en douce), était devenue pour elle un lieu familier, presque agréable. Ces derniers temps, elle percevait un changement de ton dans la manière dont le personnel de la clinique s'adressait à elle. Tout le monde s'était attendu à ce qu'elle échoue, une fois de plus, mais à présent ils lui parlaient comme Kay lui avait parlé – comme s'il y avait une personne réelle et bien vivante sous cette enveloppe de peau grêlée, ravagée par la drogue et les brûlures.

« ... bien sûr, ça sera différent, mais vous pourrez toujours vous procurer votre méthadone auprès de votre médecin traitant », dit Mattie. Elle tourna les pages d'un dossier plein à craquer : le compte rendu administratif de la vie de Terri Weedon dans son intégralité. « Vous êtes rattachée au cabinet du Dr Jawanda, à Pagford, c'est bien cela ? Pagford... mais pourquoi aller si loin ?

— J'ai cassé la gueule à une infirmière de Cantermill », répondit Terri d'un air presque indifférent.

Quand Mattie fut partie, Terri resta longtemps affalée dans le vieux fauteuil répugnant du salon, à se ronger les ongles jusqu'au sang.

Dès que Krystal rentra à la maison, avec Robbie qu'elle était passée récupérer à la halte-garderie, elle lui dit que Bellchapel allait fermer.

« Ils ont pas encore décidé, ça, déclara Krystal d'un ton péremptoire.

— Et qu'est-ce t'en sais, toi, putain ? demanda Terri. Y vont la fermer, j'te dis, et maintenant va falloir qu'j'aille à Pagford voir cette grosse salope qu'a tué Nana Cath. Mais j'en ai rien à battre, j'irai pas.

— Tu dois y aller », dit Krystal.

Elle avait adopté ce comportement depuis quelques jours, donnant des ordres à sa propre mère comme si c'était elle, l'adulte.

« J'dois rien du tout, putain d'merde, s'énerva Terri. P'tite pétasse prétentieuse, ajouta-t-elle pour faire bonne mesure.

— Putain mais si tu replonges, dit Krystal, le visage écarlate, ils prendront Robbie ! »

Le petit garçon tenait la main de sa sœur ; il fondit en larmes.

« Tu vois ? » crièrent-elles toutes les deux en même temps.

« Mais c'est ta faute, putain ! hurla Krystal. Et puis d'toute façon, c'te doctoresse, elle a rien fait à Nana

Cath, tout ça c'est Cheryl et les autres qui racontent que des conneries.

— Ah parce que t'es une putain d'madame je-sais-tout maintenant, toi, hein ? cria Terri. Tu sais que dalle, 'spèce de p'tite… »

Krystal lui cracha dessus.

« Fous le camp ! brailla Terri en attrapant une chaussure qui traînait par terre pour la brandir d'un air menaçant devant sa fille, plus grande et plus forte qu'elle. Tire-toi !

— Tu m'étonnes que j'vais me tirer ! hurla Krystal. Même que j'pars avec Robbie, t'as qu'à rester ici pour t'faire mettre par Obbo, comme ça t'en auras un autre ! »

Elle sortit avec son petit frère en pleurs avant que Terri ait pu l'en empêcher.

Krystal se dirigea vers son refuge habituel ; elle avait oublié que Nikki, à cette heure de l'après-midi, ne serait pas chez elle mais dehors en train de traîner dans le quartier. C'est sa mère qui lui ouvrit, dans son uniforme des supérettes Asda.

« Y peut pas rester ici, lui, dit-elle à Krystal d'un ton ferme tandis que Robbie pleurnichait en essayant de retirer sa main de celle de sa sœur. Elle est où, ta mère ?

— À la maison », dit Krystal, et tous les mots qu'elle aurait voulu ajouter se volatilisèrent sous le regard sévère de la mère de Nikki.

Elle retourna donc à Foley Road avec Robbie ; Terri, l'air triomphal et mauvais, prit son fils par le bras, le tira à l'intérieur de la maison puis empêcha Krystal d'entrer.

« Ça y est, t'en as d'jà marre d't'occuper de lui, hein ? railla-t-elle tandis que Robbie se remettait à geindre. Allez, casse-toi. »

Et elle claqua la porte.

Terri fit dormir Robbie à côté d'elle sur son matelas cette nuit-là. Incapable de trouver le sommeil, elle pensait à Krystal ; elle se disait qu'elle pouvait se passer d'elle sans problème – et qu'elle lui manquait terriblement, autant que l'héro pouvait lui manquer parfois.

Krystal ne décolérait pas depuis quelque temps. Ce qu'elle avait raconté sur Obbo, la dernière fois…

(« Elle a dit que j'ai fait *quoi* ? » s'était-il exclamé avec un éclat de rire incrédule, quand Terri l'avait croisé l'autre jour dans la rue et lui avait dit que Krystal était remontée contre lui.)

… ce n'était pas possible. Il n'aurait jamais pu faire une chose pareille.

Obbo était l'une des rares personnes à ne jamais avoir lâché Terri. Elle le connaissait depuis qu'elle avait quinze ans. Ils étaient allés à l'école ensemble, ils avaient traîné ensemble dans les rues de Yarvil quand elle était en foyer d'accueil, ils avaient descendu quelques bouteilles de cidre ensemble, cachés derrière les arbres du sentier qui traversait les derniers arpents de terre arable autour de la cité des Champs. Ils avaient fumé ensemble leur premier joint.

Krystal ne l'avait jamais aimé. *Jalousie*, se disait Terri en regardant Robbie dormir dans le halo blafard du réverbère filtré par les voilages. *C'est que de la jalousie. Il m'a plus aidée que n'importe qui d'autre*, songeait-elle avec une pointe de défi, car lorsqu'elle faisait la somme de toutes les marques d'attention qu'elle avait reçues au cours de sa vie, elle n'oubliait pas de compter aussi toutes les fois où on l'avait laissée tomber ; ainsi, l'affection qu'avait pu lui prodiguer Nana Cath avait été annihilée d'un coup, le jour où elle l'avait rejetée.

Mais Obbo l'avait aidée à se cacher pour la protéger de Ritchie, le père de ses deux premiers enfants, le jour où elle avait quitté la maison, pieds nus et ensanglantée. Il lui donnait parfois des sachets de came gratis. Elle y voyait une preuve de bonté comme une autre. Ses planques étaient plus sûres que la petite maison de Hope Street où jadis, pendant trois jours miraculeux, elle avait cru enfin trouver son véritable foyer.

Krystal ne revint pas le samedi matin, mais Terri ne s'en étonna pas ; elle savait qu'elle devait être chez Nikki. Folle de rage, parce qu'il n'y avait presque plus rien à manger dans la maison, qu'elle n'avait plus de cigarettes et que Robbie réclamait sa sœur en pleurnichant, elle entra en furie dans la chambre de Krystal et fouilla à grands coups de pied dans ses affaires éparpillées, à la recherche d'un billet ou d'un clope qu'elle aurait laissé traîner. Un bruit sourd, comme une espèce de frottement étouffé, alerta son attention quand elle bazarda les vieilles affaires d'aviron de sa fille, roulées en boule, et elle aperçut la petite boîte à bijoux en plastique renversée au milieu du foutoir, contenant la médaille que Krystal avait remportée et, dessous, la montre de Tessa Wall.

Terri prit la montre et l'examina. Elle ne l'avait encore jamais vue, et se demanda où Krystal avait bien pu la dénicher. Elle pensa tout de suite qu'elle l'avait volée ; à moins que Nana Cath la lui ait offerte, ou même léguée dans son testament ? Cette possibilité était beaucoup plus troublante que celle d'un larcin. À l'idée que cette petite salope de cachottière ait dissimulé cette montre, qu'elle l'ait choyée en secret, comme un trésor, sans jamais lui en parler...

Terri la fourra dans la poche de son pantalon de survêtement et hurla à Robbie de la rejoindre pour qu'ils aillent ensemble faire quelques courses. Il mit une éternité à enfiler ses chaussures ; Terri perdit patience et le gifla. Elle aurait préféré aller en ville sans lui, mais les assistantes sociales n'aimaient pas trop qu'on laisse les gamins tout seuls à la maison, même si ça permettait de faire les choses beaucoup plus vite.

« Elle est où, Krystal ? gémit Robbie tandis qu'elle le tirait par le bras pour sortir de la maison. Je veux Krystal !

— J'sais pas où elle est, ta p'tite pétasse de sœur, d'accord ? » lui répondit-elle sèchement en le traînant sur le trottoir.

Obbo était au coin de la rue, devant le supermarché, en train de discuter avec deux types. Quand il vit Terri, il la salua d'un geste de la main, et ses deux copains s'éloignèrent.

« Comment va, Ter ?

— Super, mentit-elle. Robbie, lâche-moi. »

Il s'agrippait à sa jambe squelettique, les doigts enfoncés dans sa chair à lui en faire mal.

« Eh, je voulais t'demander, dit Obbo, tu pourrais m'garder encore deux trois trucs, là, pendant quelque temps ?

— Quoi comme genre de trucs ? demanda Terri en prenant Robbie par la main pour qu'il arrête de s'accrocher à sa jambe.

— Bah rien, juste des trucs, quoi, deux trois sacs, dit Obbo. Ça m'dépannerait grave, Ter.

— Combien d'temps ?

— Quelques jours. J't'apporte ça c'soir. D'ac ? »

Terri pensa à Krystal ; à ce qu'elle dirait si elle l'apprenait.

« Ouais, sûr », dit-elle.

Puis elle se souvint de la montre et la sortit de sa poche. « J'ai ça à vendre. À ton avis ?

— Ouais, pas mal, dit Obbo en la soupesant dans sa paume. J't'en donne vingt billets. J'te les file t'tà l'heure ? »

Terri escomptait en obtenir un meilleur prix, mais elle n'avait pas envie de le contredire.

« Ouais, OK, ça marche. »

Elle se dirigea vers l'entrée du supermarché en tenant Robbie par la main, puis, au dernier moment, elle se retourna d'un mouvement brusque.

« Mais j'suis clean, OK ? dit-elle. Alors t'apporte rien…

— Ah ouais, tu continues à prendre leur mixture, là ? dit-il en lui coulant un regard moqueur derrière ses culs-de-bouteille. Sauf que Bellchapel, j'sais pas si t'es au courant, c'est terminé. Y l'ont dit dans l'journal.

— Ouais, dit-elle d'une voix dépitée en tirant sur le bras de Robbie pour entrer dans le magasin. Ouais, je sais. »

J'irai pas à Pagford, se dit-elle en prenant un paquet de gâteaux sur un rayonnage. *J'irai pas là-bas.*

Elle était presque immunisée, depuis le temps, contre les critiques, les jugements permanents, les regards de travers des passants dans la rue, les insultes du voisinage, mais hors de question de faire tout ce trajet pour aller quémander sa dose dans ce bled de culs-serrés ; hors de question de revenir, une fois par semaine, sur les traces de son passé, là où Nana Cath avait promis de la garder et avait fini par l'abandonner. Elle serait obligée de passer devant la jolie petite école qui lui avait envoyé toutes ces lettres horribles à propos de Krystal, comme quoi ses vêtements étaient trop sales, trop petits, et son comportement inacceptable. Elle avait peur de croiser des membres de sa famille oubliés depuis belle lurette, à Hope Street, près de la maison de Nana Cath autour de laquelle ils devaient être en train de s'écharper ; peur de ce que dirait Cheryl si jamais elle apprenait que Terri avait accepté de consulter la salope de Paki qui avait tué Nana Cath. Ça ne ferait que décupler le mépris qu'ils avaient déjà pour elle, tous.

« Ça non, putain, y m'obligeront pas à aller à Pagford », marmonna-t-elle en traînant Robbie vers la caisse.

2

« Tiens-toi bien, annonça Howard Mollison sur les coups de midi, ce samedi. Maman va bientôt afficher les résultats de l'élection sur le site du Conseil. Tu veux attendre que ce soit rendu public ou je te le dis tout de suite ? »

Miles tourna instinctivement le dos à Samantha, assise en face de lui autour de l'îlot de cuisine. Ils prenaient un dernier café avant que Libby et sa mère ne partent à la gare pour rejoindre Londres et assister à leur concert. Le téléphone écrasé contre l'oreille, il dit : « Je t'écoute.

— Tu as gagné. Haut la main. Un rapport de deux voix contre une à Wall, grosso modo. »

Miles sourit tout seul à la porte de la cuisine.

« OK, dit-il en s'efforçant de garder son calme. C'est bon à savoir.

— Attends, ne quitte pas, dit Howard. Maman veut te dire un mot.

— Bravo, mon chéri, dit Shirley d'une voix pimpante. Quelle nouvelle merveilleuse. Je savais que tu y arriverais.

— Merci, maman », dit Miles.

À ces deux mots, Samantha comprit ; mais elle avait décidé de ne témoigner à son mari ni mépris ni sarcasmes. Son T-shirt du groupe était bien rangé dans sa valise ; elle était passée chez le coiffeur et s'était acheté une nouvelle paire de talons hauts. Elle n'avait qu'une hâte : partir.

« Alors ? Monsieur le conseiller paroissial Mollison ? dit-elle quand il eut raccroché.

— On dirait bien, répondit-il d'un ton méfiant.

— Félicitations, dit-elle. La fête sera donc doublement joyeuse, ce soir. Je suis désolée de manquer ça », mentit-elle en songeant à son escapade désormais imminente. Touché, Miles se pencha en avant et lui prit la main.

Libby débarqua dans la cuisine en larmes, serrant son portable dans son poing.

« Qu'est-ce qui se passe ? demanda Samantha, interloquée.

— Tu veux bien appeler la mère de Harriet ?

— Pourquoi ?

— S'il te plaît, s'il te plaît !

— Mais pourquoi, Libby ?

— Parce qu'elle veut te parler… parce que…, bredouilla Libby en s'essuyant le nez et les yeux du revers de la main… je me suis engueulée à mort avec Harriet. Tu veux bien l'appeler, s'il te plaît ? »

Samantha prit le téléphone et passa dans le salon. Elle voyait à peine qui était cette femme. Depuis que ses filles étaient parties en internat, elle n'avait pour ainsi dire plus aucun contact avec les parents de leurs amis.

« Je suis *affreusement* navrée par toute cette histoire, dit la mère de Harriet. J'ai promis à ma fille que j'en discuterais avec vous, parce que je lui ai dit… je lui ai *assuré* que ce n'est pas Libby qui ne veut pas y aller avec elle… vous savez à quel point elles sont proches, et ça me fend le cœur de les voir comme ça… »

Samantha regarda sa montre. Il fallait qu'elles partent dans dix minutes au plus tard.

« Harriet est persuadée que Libby a un deuxième billet pour le concert mais ne veut pas y aller avec elle. Je lui ai dit que ce n'était pas vrai – que c'est vous qui aviez décidé de l'accompagner pour ne pas la laisser partir toute seule, c'est bien cela ?

— Oui, bien entendu, dit Samantha, elle ne peut pas y aller toute seule.

— Je le savais, dit l'autre sur une note de triomphe un peu bizarre. Et je comprends *parfaitement* votre prudence, et croyez-moi, *jamais* je ne vous proposerais une chose pareille si je ne pensais pas que ça peut vous épargner bien des tracas. Elles sont si proches, vous savez… et Harriet est folle, mais *folle* de ce groupe idiot… et j'ai l'impression, d'après ce qu'elle vient de dire au téléphone à Harriet, que votre fille *rêve* d'y aller avec elle. Je comprends *tout à fait* que vous vouliez garder un œil sur Libby mais, voyez-vous, il se trouve que ma sœur emmène ses deux filles à ce concert, donc elles seront à tout moment accompagnées d'un adulte. Je pourrais emmener Libby et Harriet en voiture cet après-midi, on retrouverait les autres devant le stade, et nous pourrions tous passer la nuit chez ma sœur. Vous avez ma *parole* que Libby sera en permanence sous ma surveillance ou celle de ma sœur.

— Oh… mais c'est… c'est très aimable à vous. Mais c'est que mon amie…, dit Samantha soudain prise d'un étrange vertige, mon amie nous attend, vous comprenez, et…

— Mais vous pourriez toujours venir la voir… tout ce que je dis, c'est que vous n'êtes pas obligée d'assister au concert, n'est-ce pas, puisqu'il y aura toujours quelqu'un avec les filles… ? Et Harriet a envie d'y aller à un point, si vous saviez, mais à un *point*… Je n'avais pas l'intention de m'impliquer dans cette histoire, mais si c'est leur amitié qui est en jeu… »

Puis elle ajouta, sur un ton un tantinet moins mélodramatique : « Nous vous rachèterions le billet, bien entendu. »

Aucune solution de repli, aucun moyen de se défiler.

« Ah, dit Samantha. Oui. Mais je… je trouvais ça sympathique d'y aller avec elle…

— Oh, croyez-moi, elles préfèrent de loin y aller toutes les deux ensemble, dit la mère de Harriet avec la plus grande certitude. Et puis au moins, dites-vous que vous n'aurez pas à vous accroupir pendant deux heures pour vous planquer au milieu de toutes ces midinettes hystériques, ha ha ha – ma sœur n'aura aucun problème de ce côté-là, elle fait un mètre soixante. »

3

Gavin, à son grand désappointement, devait se faire une raison : il ne couperait pas à la fête d'anniversaire de Howard Mollison, en fin de compte. Si Mary, cliente du cabinet et veuve de son meilleur ami, l'avait invité à rester dîner, elle lui aurait fourni l'excuse parfaite… Mais Mary ne l'avait pas invité. Elle avait de la famille à la maison, et s'était montrée d'une étrange nervosité à son arrivée.

Elle ne veut pas qu'ils sachent, se dit-il, rassuré par la gêne avec laquelle elle le raccompagna à la porte.

Il rentra au Smithy en repensant à sa conversation avec Kay.

Je croyais que c'était ton meilleur ami. Il est mort il y a quelques semaines à peine !

Oui, et c'est pour lui que je veillais sur elle, lui répondit-il dans sa tête, *et c'est exactement ce qu'il*

aurait voulu. Nous ne nous attendions ni moi ni elle à
ce que ça arrive. Barry est mort. Ce n'est pas comme si
ça pouvait le faire souffrir…

Tout seul dans son cottage, il chercha un costume
propre pour la fête – « tenue de soirée », précisait le
carton d'invitation – en essayant d'imaginer les
gorges chaudes que la cancanière petite bourgade de
Pagford ferait de l'histoire de Gavin et Mary.

Et après ? se dit-il, époustouflé par sa propre témé-
rité. *Qu'est-ce qu'elle est censée faire ? Se morfondre*
dans la solitude pour le restant de ses jours ? Ce sont
des choses qui arrivent. Je ne faisais que veiller sur
elle…

Et malgré ses réticences à la perspective de cette
fête qui promettait d'être pénible et ennuyeuse à
mourir, il se sentait ragaillardi par de petites bulles
effervescentes de bonheur et de trépidation.

À Hilltop House, Andrew Price arrangeait sa coiffure avec le sèche-cheveux de sa mère. Jamais il
n'avait attendu une fête avec autant d'impatience que
ce soir. Howard les avait engagés tous les trois, lui,
Gaia et Sukhvinder, pour servir à boire et faire passer
les petits-fours aux invités. Le patron du café lui avait
même loué une tenue spéciale pour l'occasion : chemise blanche, pantalon noir et nœud papillon. Il tra-
vaillerait avec Gaia, non plus comme grouillot, cette
fois, mais comme serveur.

Son excitation, cependant, ne tenait pas qu'à cela.
Gaia avait rompu avec le légendaire Marco de Luca.
Il l'avait surprise en larmes dans la courette derrière
la Théière en Cuivre, cet après-midi, en sortant fumer
une cigarette.

« Tant pis pour lui », avait dit Andrew en s'efforçant de dissimuler sa jubilation.

Et elle avait dit en reniflant : « Merci, Andy. »

« Ça va, la tantouze ? » dit Simon quand Andrew éteignit enfin le sèche-cheveux. Il attendait l'occasion de lâcher cet aimable commentaire depuis plusieurs minutes, debout dans le couloir, l'œil collé à l'embrasure de la porte entrouverte pour regarder son fils se pomponner dans le miroir de la salle de bains. Andrew sursauta, puis rigola. Simon en resta comme deux ronds de flan.

« Regardez-moi ça, continua-t-il de railler son fils qui passa devant lui en sortant de la salle de bains, chemise blanche et nœud papillon déjà en place. Avec ta petite cravate de pédale, là. Une vraie fiotte. »

Et toi, t'es au chômedu, tête de gland, et c'est grâce à moi.

Les sentiments d'Andrew à l'égard de ce qu'il avait fait à son père changeaient d'une heure sur l'autre. Il était parfois rongé par une culpabilité envahissante, mais celle-ci se dissipait très vite pour laisser place à une joie triomphale dont il goûtait les délices en secret. Ce soir, son crime ne faisait qu'ajouter à l'ardeur fébrile qu'il sentait irradier dans sa poitrine, sous la blancheur immaculée de sa chemise légère, et rendait plus délectable encore la chair de poule dont sa peau se hérissa au contact de l'air du soir s'engouffrant en rafale tandis qu'il dévalait la colline, sur le vélo de son père, pour rejoindre Pagford. Il était exalté, plein d'espoir. Gaia était libre et vulnérable. Son père vivait à Reading.

Quand il arriva devant la salle communale, Shirley Mollison, vêtue d'une robe de bal, était en train d'accrocher à la grille de gigantesques ballons dorés, gonflés à l'hélium, en forme de six et de cinq.

« Bonsoir, Andrew, pépia-t-elle. Pas devant l'entrée, la bicyclette, s'il te plaît. »

En poussant son vélo jusqu'au coin de la rue, il passa devant un coupé sport BMW, vert, flambant neuf, garé quelques mètres plus loin. Il fit le tour du bolide pour en admirer les équipements luxueux avant d'entrer dans la salle.

« Et voilà Andy ! »

Andrew comprit tout de suite que sa bonne humeur et son excitation n'avaient rien à envier à celles de son patron. Howard arpentait la salle, drapé dans une immense redingote en velours ; il ressemblait à un prestidigitateur. Il n'y avait que cinq ou six personnes autour de lui ; la soirée ne commençait que dans vingt minutes. Des ballons bleus, blancs et or étaient attachés un peu partout. Une énorme table à tréteaux avait été installée, sur laquelle étaient empilées des assiettes entourées dans des torchons de cuisine, et au fond de la salle, un DJ qui n'avait plus l'air tout jeune déballait son matériel.

« Va aider Maureen, si tu veux bien, Andy. »

Elle était en train de disposer des verres à l'une des extrémités de la longue table, éclairée par la lumière crue d'un spot fixé au plafond.

« Oh ! mais c'est qu'on s'est fait beau ! » croassa-t-elle en le voyant approcher.

Elle portait une robe légère en matière extensible qui épousait les moindres aspérités de son corps squelettique, auquel s'accrochaient encore, ici et là, quelques bourrelets de chair – d'habitude insoupçonnables mais révélés, ce soir, par la coupe impitoyable de la robe moulante. Andrew entendit, sans voir d'où elle provenait, une voix lui lancer un bref « Salut » – Gaia était penchée sur un carton posé par terre, dont elle extirpait des piles d'assiettes.

« Sors les verres, s'il te plaît, Andrew, dit Maureen, et mets-les là, dans le coin où on va installer le bar. »

Il obéit. Tandis qu'il s'affairait, une femme qu'il n'avait encore jamais vue s'approcha, plusieurs bouteilles de champagne à la main.

« Il faudrait mettre ça au frigo, s'il y a ça quelque part. »

Elle avait le nez droit de Howard, les grands yeux bleus de Howard et les cheveux blonds et bouclés de Howard, mais si tous ces traits, arrondis par la graisse, prêtaient au patron de l'épicerie une douceur quasi féminine, sa fille en revanche – ce ne pouvait être que sa fille – était plutôt disgracieuse, même si ses sourcils bas, ses grands yeux et son menton en fossette lui donnaient une allure saisissante. Elle portait un pantalon et un chemisier en soie décolleté. Après avoir posé les bouteilles sur la table, elle tourna les talons. Sa prestance, et le raffinement indéfinissable de son accoutrement, frappèrent Andrew qui fut aussitôt persuadé qu'il s'agissait de la propriétaire de la BMW garée dehors.

« C'est Patricia, lui murmura Gaia à l'oreille – et un frisson le traversa de la tête aux pieds comme si elle venait de lui balancer une décharge électrique –, la fille de Howard.

— Oui, j'avais deviné », dit-il, mais il était mille fois plus passionné par Gaia elle-même et par la bouteille de vodka dont elle dévissait à présent le bouchon, dans lequel elle se servit une rasade. Il la regarda renverser la tête pour l'avaler cul sec, puis la vit frissonner l'espace d'une seconde. À peine avait-elle rebouché la bouteille que Maureen surgissait à leurs côtés, un seau à glace entre les mains.

« Regarde-moi cette vieille salope, dit Gaia tandis que Maureen s'éloignait à nouveau, et Andrew sentit le parfum de l'alcool dans son souffle. Non mais *regarde* la dégaine qu'elle se tape ! »

Il rit, se tourna, et se figea : Shirley était juste à côté d'eux, le visage fendu par son sourire de chat.

« Miss Jawanda n'est pas encore arrivée ? demanda-t-elle.

— Elle vient de m'envoyer un texto, elle arrive », dit Gaia.

Mais Shirley se fichait pas mal de savoir où était Sukhvinder. Elle avait entendu le petit aparté entre Gaia et Andrew, et leurs médisances lui avaient permis de retrouver toute sa bonne humeur, qu'avait quelque peu entamée la coquetterie ostentatoire avec laquelle Maureen paradait dans sa *toilette*. Percer l'armure d'une vanité aussi obtuse et grotesque relevait pour ainsi dire de la mission impossible, mais Shirley, en s'éloignant des deux adolescents pour aller voir le DJ, prépara la réplique qu'elle glisserait à cet effet devant Howard, dès qu'elle aurait l'occasion de lui parler seul à seul.

J'ai bien peur que nos petits jeunes ne se soient... eh bien oui, moqués, ils se sont moqués de Maureen... mais quel dommage aussi d'avoir mis cette robe... ça me désole de la voir se ridiculiser comme ça...

Shirley, qui avait besoin de retrouver son entrain, se rappela à elle-même qu'elle avait de nombreuses raisons de se réjouir, ce soir. Howard, Miles et elle seraient désormais tous les trois au Conseil ; ce serait merveilleux, tout simplement merveilleux.

Elle vérifia que le DJ savait quelle était la chanson préférée de Howard – *Green, Green Grass of Home*, dans la version de Tom Jones –, puis parcourut la salle du regard, en quête d'autres tâches à accomplir ; mais ses yeux se posèrent bientôt sur la cause du trouble qu'elle ressentait ce soir, et dont le voile avait quelque peu terni l'éclatante perfection de son bonheur, tel qu'elle l'avait imaginé et tant attendu.

Patricia, toute seule au fond de la salle, regardait le blason de Pagford accroché au mur, et ne manifestait pas le moindre désir de parler à qui que ce soit. Shirley aurait bien aimé que sa fille porte une jupe, de temps en temps. Au moins n'était-elle pas venue accompagnée – c'était déjà ça. Shirley, en voyant arriver la BMW, avait eu peur qu'il y ait quelqu'un sur le siège passager ; mais il n'y avait personne, et cette absence ne serait pas regrettée...

On n'était pas censé ne pas aimer ses enfants ; on était censé les aimer quoi qu'il arrive au contraire, même s'ils n'étaient pas tels qu'on les avait rêvés, même s'ils devenaient, en grandissant, le genre de personnes que, dans d'autres circonstances, on aurait évitées en changeant de trottoir dans la rue. Howard avait décidé de prendre les choses de manière débonnaire ; il allait même jusqu'à en plaisanter gentiment, dans le dos de Patricia. Shirley n'avait jamais réussi à atteindre un tel degré de détachement. Elle se sentit obligée de rejoindre sa fille, dans le vague espoir inconscient de dissiper le parfum d'étrangeté qui émanait d'elle – et dont elle craignait qu'il n'incommode tout le monde – par la seule proximité de son impeccable tenue vestimentaire et de son comportement irréprochable.

« Tu veux un verre, ma chérie ?

— Pas tout de suite, dit Patricia sans cesser de contempler le blason de Pagford. Soirée arrosée, hier. Je crois que je ne m'en suis pas encore tout à fait remise. On est allés boire un coup avec les collègues de Melly. »

Shirley leva la tête et adressa un sourire gêné aux armoiries.

« Melly va très bien, merci, dit Patricia.

— Oh, tant mieux, tant mieux, dit Shirley.

— L'invitation m'a beaucoup plu, à propos. Pat *et la personne de son choix.*

— Ma chérie, je suis désolée, mais tu sais bien qu'on ne peut pas… enfin tu sais… quand les gens ne sont pas mariés…

— Ah oui, je vois, tu as dû lire ça dans ton manuel de savoir-vivre, le *Debrett's*, c'est ça ? Eh bien figure-toi que Melly a préféré ne pas venir, puisque son nom ne figurait pas sur l'invitation, d'où énorme dispute, d'où ma présence ici ce soir, toute seule. Beau travail, non ? »

Patricia planta sa mère, un peu secouée, pour aller du côté du bar. Déjà toute petite, elle pouvait piquer des crises de rage proprement effrayantes.

« Vous êtes en retard, Miss Jawanda », gronda Shirley qui retrouva sa contenance en voyant arriver en catastrophe une Sukhvinder encore plus nerveuse qu'à l'accoutumée. Du reste, en retard ou pas, le seul fait de montrer le bout de son nez témoignait tout de même d'un sacré toupet de la part de cette petite, après ce que sa mère avait dit à Howard l'autre jour, ici même, dans cette salle. Elle la regarda rejoindre Andrew et Gaia en toute hâte, et se dit qu'il faudrait suggérer à Howard de se débarrasser de cette Sukhvinder. Elle était lente, et l'eczéma qu'elle cachait sous son T-shirt noir à manches longues présentait sans doute des risques en termes d'hygiène ; Shirley se promit de vérifier sur son site médical préféré si c'était contagieux.

À vingt heures, les premiers invités commencèrent à arriver. Howard demanda à Gaia de rester à ses côtés pour s'occuper du vestiaire ; il avait envie que tout le monde le voie donner des ordres à la jeune fille en petite robe noire et tablier à dentelle. Mais bientôt, elle fut débordée par le nombre de manteaux à débarrasser, et Howard dut appeler Andrew en renfort.

« Chourre une bouteille, ordonna Gaia à Andrew tandis qu'ils accrochaient les manteaux numéros trois et quatre dans le minuscule vestiaire, et planque-la dans la cuisine. On se relaiera pour aller boire un coup.

— D'accord, dit Andrew au comble de la joie.

— Gavin ! s'exclama Howard quand le partenaire de son fils arriva, seul, à vingt heures trente.

— Kay n'est pas avec vous, Gavin ? se dépêcha de lui demander Shirley (Maureen s'était cachée derrière la table du buffet pour mettre des talons aiguilles vernis ; elle avait donc tout juste le temps de lui griller la priorité pour récolter d'éventuels ragots).

— Non, elle n'a pas pu venir, hélas, dit Gavin qui se retrouva aussitôt nez à nez avec Gaia et, horrifié, dut lui tendre son manteau.

— Oh, ma mère aurait très bien pu venir, dit Gaia d'une voix claire et forte en le fusillant du regard. Mais Gavin l'a lourdée. Pas vrai, Gav ? »

Howard posa une lourde paluche sur l'épaule de Gavin comme s'il n'avait rien entendu et tonna : « Content de te voir ! Tiens, va donc te chercher un verre. »

Shirley montrait un visage impassible, mais le frisson provoqué par cette petite scène ne la quitta pas tout de suite ; la tête lui tournait, et elle accueillit les invités suivants d'un air un peu absent. Quand Maureen vint les rejoindre en trottinant dans sa robe immonde, Shirley prit un plaisir considérable à lui dire à voix basse : « Tu viens de rater un moment très gênant. *Très* gênant. Gavin et la mère de Gaia... oh là là, ma pauvre... si nous avions su...

— Hein ? Quoi ? Qu'est-ce qui s'est passé ? »

Mais Shirley secoua la tête, savourant le plaisir exquis de frustrer la curiosité de Maureen, et ouvrit grands les bras en voyant Miles, Samantha et Lexie faire leur entrée.

« Le voilà ! Monsieur le conseiller paroissial Miles Mollison ! »

Samantha regarda Shirley serrer son fils dans ses bras comme si elle se trouvait à des kilomètres de cette scène. Elle était passée si brutalement du bonheur fébrile au choc de la déception que toutes ses pensées ne formaient plus qu'un magma de bruits parasites, face auquel elle n'arrivait à percevoir le monde extérieur qu'au prix d'un effort phénoménal.

(« Mais c'est formidable ! s'était écrié Miles. Ça veut dire que tu peux venir à l'anniversaire de Papa, toi qui disais à l'instant, justement…

— Oui, avait-elle répliqué sans le laisser finir. Je sais. Génial, hein ? »

Mais quand il l'avait vue mettre le jean et le T-shirt du groupe dans lequel elle s'imaginait depuis plus d'une semaine, il était resté un peu perplexe.

« Tenue de soirée exigée, Sam…

— Miles, ça se passe dans la salle communale de Pagford.

— Je sais, mais le carton d'invitation…

— J'y vais comme ça. »)

« Bonsoir, Sammy, dit Howard. Oh, mais regardez-moi ça ; il ne fallait pas se mettre sur son trente-et-un ! »

Mais il la serra dans ses bras avec le même air lubrique que d'habitude, et ses fesses engoncées dans son jean eurent droit elles aussi à leur petite tape coutumière.

Samantha gratifia Shirley d'un sourire tendu et froid, puis passa devant elle pour aller se servir à boire. Une petite voix cruelle à l'intérieur de sa tête lui demandait : *Mais tu pensais qu'il allait se passer quoi, pendant ce concert, de toute façon ? À quoi bon ? Qu'est-ce que tu espérais ?*

Rien. M'amuser un peu.

Et se délivrer du rêve d'éclats de rire et de bras jeunes et puissants dont cette soirée aurait dû constituer l'apothéose cathartique ; sa taille redevenue fine, étreinte pour la première fois depuis longtemps, le goût enivrant de la nouveauté, de l'inconnu ; fauché en plein vol, son fantasme était redescendu en piqué pour s'écraser au sol…

Je voulais seulement regarder.

« Tu as l'air en forme, Sammy.

— Salut, Pat. »

Elle n'avait pas vu sa belle-sœur depuis plus d'un an.

Tu es la personne que j'aime le plus de toute cette famille, Pat.

Miles l'avait rejointe ; il embrassa sa sœur.

« Comment tu vas ? Et Mel ? Elle n'est pas là ?

— Non, elle n'a pas voulu venir », dit Patricia. Elle buvait du champagne mais, à voir son expression, on aurait pu croire que c'était une coupe de vinaigre. « L'invitation disait *Pat et la personne de son choix sont invitées…* Du coup, engueulade dantesque. Bravo maman.

— Oh, Pat, allez, dit Miles en souriant.

— Oh-Pat-allez quoi, putain, Miles ? »

Une jubilation furieuse s'empara de Samantha ; un prétexte pour attaquer.

« C'est une façon incroyablement grossière d'inviter la compagne de ta sœur, et tu le sais très bien, Miles. Ta mère pourrait prendre quelques leçons de bonnes manières, ça ne lui ferait pas de mal, si tu veux mon avis. »

Il avait grossi depuis l'année dernière. Un début de goitre débordait au-dessus du col de sa chemise. Son haleine devenait vite fétide. Il lui arrivait de plus en plus souvent de se mettre à sautiller sur la pointe des pieds, un tic emprunté à son père. Prise d'un dégoût subit pour son mari, elle se dirigea vers l'autre extrémité de la grande table de buffet, où Andrew et

Sukhvinder remplissaient et distribuaient les verres à tour de bras.

« Gin tonic, vous avez ça ? demanda Samantha. Un grand. »

Elle reconnut à peine Andrew. Il la servit en s'efforçant de ne pas regarder sa poitrine, dont le T-shirt laissait deviner toutes les courbes ; autant essayer de regarder le soleil sans plisser les yeux.

« Tu connais ? » lui demanda Samantha après avoir vidé d'un trait la moitié de son verre.

Andrew se mit à rougir avant d'avoir eu le temps de reprendre ses esprits, et il fut horrifié de l'entendre lâcher un petit gloussement cruel. « Le groupe, dit-elle. Je te parle du groupe.

— Ouais, je... ouais, j'ai entendu parler. Mais je... c'est pas trop mon style.

— Ah bon ? dit-elle en finissant son gin tonic. La même chose, s'il te plaît. »

Elle le remit enfin : le gamin timide de l'épicerie. Sa livrée de serveur lui donnait l'air plus vieux. Peut-être avait-il aussi pris un peu de muscle à force de trimbaler des palettes de la cave au café.

« Tiens, regardez, dit Samantha à la cantonade en repérant une silhouette qui s'éloignait d'elle pour aller se mêler à la foule. Voilà Gavin. Le type le plus emmerdant de tout Pagford – après mon cher époux, bien sûr. »

Elle s'en alla, très contente d'elle-même, son deuxième verre à la main ; le gin avait frappé exactement au bon endroit, lui insufflant l'énergie dont elle avait besoin tout en la plongeant dans une espèce de torpeur anesthésiée, et elle se dit en tournant le dos à

Andrew : *Mes nichons lui ont plu ? Voyons un peu ce qu'il pense de mon cul.*

Gavin vit approcher Samantha et essaya de la décourager en s'incrustant dans la conversation d'autres invités, n'importe lesquels ; la première personne à portée de main était Howard ; il se glissa précipitamment dans le petit groupe qui entourait son hôte.

« J'ai pris des risques, disait Howard à trois autres types ; il gesticulait, un cigare coincé entre les doigts, et une fine traînée de cendres s'était répandue sur le devant de sa redingote en velours. J'ai pris des risques et je suis allé au charbon, voilà tout. Pas plus compliqué que ça. Pas de recette miracle. Personne ne m'a jamais donné – oh, tiens, voilà Sammy. Dismoi, Samantha, qui sont ces jeunes gens ? »

Tandis que les quatre vieux messieurs baissaient les yeux comme un seul homme vers son T-shirt à l'effigie du groupe, louchant sur les visages distendus par ses seins, elle se tourna vers Gavin.

« Salut, dit-elle en se forçant à avancer la joue pour lui faire la bise. Kay n'est pas là ?

— Non, répondit Gavin d'un ton laconique.

— Nous étions en train de causer affaires, Sammy, dit Howard avec enthousiasme, et Samantha eut une pensée pour sa boutique en faillite, condamnée. Je me suis fait tout seul, reprit-il en adressant à son public un discours manifestement bien rodé. Inutile d'aller chercher midi à quatorze heures. Y a pas de secret. Je me suis fait tout seul. »

Howard, dans toute sa splendeur de velours et sa rotondité de mastodonte, ressemblait à un astre miniature, rayonnant de fierté et de satisfaction. Le brandy commençait déjà à colorer sa voix d'une intonation suave et alanguie. « J'étais prêt à prendre des risques – j'aurais pu tout perdre.

— Oui, enfin, votre *mère* aurait pu tout perdre, corrigea Samantha. Si je me souviens bien, Hilda avait hypothéqué sa maison pour financer la moitié de l'apport initial qui vous a permis d'acheter l'épicerie, je ne me trompe pas ? »

Elle vit l'œil de Howard friser pendant une fraction de seconde, mais son sourire ne vacilla pas d'une ride.

« Eh bien, grâces soient rendues à ma mère, dans ce cas, dit-il, d'avoir besogné, épargné et mis de côté le moindre sou pour aider son fils à démarrer dans la vie. Je multiplie les dons que l'on m'a prodigués, et les rends au centuple à ma famille – en finançant notamment les études de vos filles à St. Anne… Tantôt on donne, tantôt on reçoit, n'est-ce pas, Sammy ? »

Elle se serait attendue à de telles remarques dans la bouche de Shirley, mais pas de la part de son mari. Tous deux vidèrent leur verre, et Samantha regarda s'éloigner Gavin sans faire un geste pour l'en empêcher.

Gavin se demandait s'il pourrait trouver le moyen de s'éclipser sans se faire remarquer. Il était nerveux, et le boucan de la fête n'arrangeait pas les choses. Une idée atroce le travaillait depuis qu'il avait croisé Gaia en arrivant. Et si Kay avait tout raconté à sa fille ? Si celle-ci savait qu'il était amoureux de Mary Fairbrother et allait le crier sur tous les toits ? C'était le genre de vengeance dont une adolescente de seize ans pleine de rancœur était tout à fait capable.

Il ne voulait surtout pas que le Tout-Pagford ait vent de son idylle avant d'avoir l'occasion de l'annoncer lui-même. Il avait imaginé qu'il pourrait en parler d'ici plusieurs mois, un an peut-être... laisser passer le premier anniversaire de la mort de Barry... et, d'ici là, entretenir les minuscules tendrons de confiance et d'affection qu'il avait déjà plantés dans le jardin de Mary, afin que celle-ci se laisse peu à peu gagner à son tour par la réalité des sentiments que lui-même éprouvait déjà...

« Gav, tu n'as rien à boire ! s'exclama Miles. Il faut remédier au plus vite à cette situation ! »

Il entraîna son partenaire d'une main ferme jusqu'au bar et lui servit une bière tout en lui parlant, illuminé, comme Howard, par une aura presque palpable de bonheur et de fierté.

« Tu sais que j'ai été élu ? »

Non, Gavin n'était pas encore au courant, mais feindre la surprise était au-dessus de ses forces.

« Oui, oui. Félicitations.

— Comment va Mary ? demanda Miles avec une sollicitude empressée ; il avait été élu : toute la ville était son amie ce soir. Elle s'en sort ?

— Oui, je crois...

— J'ai entendu dire qu'elle envisageait de partir à Liverpool. C'est peut-être pour le mieux.

— Quoi ? sursauta Gavin.

— C'est Maureen qui me l'a dit ce matin ; apparemment, la sœur de Mary essaierait de la convaincre de repartir là-bas avec les enfants. Elle a encore beaucoup de famille à Liver...

— Mais sa vie est ici !

— Je crois que c'est surtout Barry qui aimait Pagford. Je ne suis pas certain que Mary ait envie de rester ici sans lui. »

Gaia observait Gavin par une fissure dans la porte de la cuisine. Elle tenait à la main un gobelet en carton contenant quelques rasades de la vodka subtilisée à sa demande par Andrew.

« Quel connard, dit-elle. On serait encore à Hackney s'il n'avait pas mené ma mère en bateau. Elle est vraiment trop bête. J'aurais pu lui dire qu'il n'était pas amoureux d'elle. Il ne l'emmenait jamais sortir le soir. Il se tirait dès qu'ils avaient fini de baiser. »

Andrew, qui empilait quelques sandwichs sur un plateau presque vide derrière elle, était sidéré de l'entendre employer des mots comme « baiser ». La Gaia chimérique qui occupait tous ses fantasmes était une vierge aventureuse et pleine de fantaisie érotique ; mais il ne savait pas jusqu'où la vraie Gaia était allée avec Marco de Luca. La façon dont elle parlait de sa mère laissait entendre qu'elle savait comment les hommes se comportaient après l'amour – quand ils étaient amoureux...

« Bois un coup », dit-elle à Andrew quand il s'approcha de la porte avec son plateau ; elle leva son gobelet en carton et lui fit avaler un peu de sa vodka. Elle gloussa puis se recula pour le laisser passer. « Dis à Sooks de venir trinquer avec moi ! »

La salle était bondée et bruyante. Andrew posa ses sandwichs sur la table, mais plus personne ne semblait intéressé par les victuailles ; Sukhvinder, au bar, était débordée, et de nombreux invités avaient commencé à se servir tout seuls.

« Gaia veut que tu la rejoignes dans la cuisine », lui dit Andrew, et il prit sa place. Inutile de jouer au barman ; il se contenta de remplir le plus de verres possible puis les laissa à la disposition des gens sur la table.

« Salut Cahouète ! dit Lexie Mollison. Je peux avoir un peu de champagne ? »

Ils étaient allés à St. Thomas ensemble, mais il ne l'avait pas vue depuis une éternité. Son accent avait changé depuis qu'elle allait à St. Anne. Il détestait qu'on l'appelle Cahouète.

« Là, devant toi, dit-il en pointant du doigt une coupe.

— Lexie, tu ne bois pas, intervint Samantha qui venait de surgir de la foule. Hors de question.

— Mais papy a dit…

— Je m'en fiche.

— Mais tout le monde…

— J'ai dit non ! »

Lexie s'en alla d'un pas furieux. Andrew, ravi de la voir partir, sourit à Samantha et fut étonné du sourire radieux qu'elle lui rendit.

« Tu réponds à tes parents, toi aussi ?

— Ouais, parfois », dit-il en riant. Elle avait vraiment des seins énormes.

« Mesdames et messieurs ! tonna une voix dans le micro, et tout le monde s'arrêta de parler pour écouter Howard. Je voulais vous dire quelques mots… la plupart d'entre vous savent sans doute déjà que mon fils, Miles, vient d'être élu au Conseil paroissial ! »

Quelques applaudissements crépitèrent, et Miles leva bien haut son verre au-dessus de la foule pour remercier tout le monde. Andrew fut ébahi d'entendre

Samantha glisser, à mi-voix mais de manière parfaitement audible : « Bravo ducon. »

Plus personne ne venait chercher à boire. Andrew repartit discrètement dans la cuisine. Gaia et Sukhvinder étaient toutes seules en train de vider la bouteille et de rire ; quand elles virent arriver Andrew, elles s'écrièrent en même temps : « *Andy !* »

Il se mit à rire aussi.

« Vous êtes torchées, toutes les deux ?

— Oui, dit Gaia.

— Non, dit Sukhvinder. Mais *elle*, oui, complètement bourrée.

— Je m'en fous, dit Gaia. Mollison peut me virer, si ça lui chante. Plus besoin d'économiser pour mon billet de train, maintenant…

— Il ne te virera pas, dit Andrew en se servant un gobelet de vodka. T'es sa chouchoute…

— Ouais, dit Gaia. Vieux dégueulasse… »

Et ils éclatèrent de rire tous les trois.

Derrière la porte, ils entendirent la voix rauque de Maureen, amplifiée par le micro.

« Allez, Howard ! Allez ! Un duo pour ton anniversaire ! Musique ! Mesdames-messieurs – la chanson préférée de Howard ! »

Les trois adolescents échangèrent un regard à la fois alléché et horrifié. Gaia tituba en gloussant et alla entrouvrir la porte.

Les premières mesures de *Green, Green Grass of Home* retentirent à plein volume, puis la voix de basse de Howard et l'alto râpeux de Maureen entonnèrent à l'unisson :

The old home town looks the same,
As I step down from the train…

(Rien n'a changé dans le bon vieux patelin
Que je retrouve en descendant du train…)

Gavin fut le seul à entendre jaillir quelques éclats
de rire étouffés au milieu de l'assemblée, mais quand
il se retourna, il ne vit que les battants de la porte de
la cuisine qui pivotaient légèrement sur leurs gonds.

Miles était allé discuter avec Aubrey et Julia
Fawley, qui étaient arrivés en retard, auréolés de leur
sourire le plus poli. Gavin était en proie à un mélange
familier de terreur et d'angoisse. La brève éclaircie
qui lui avait laissé entrevoir un horizon ensoleillé de
bonheur et de liberté avait été battue en brèche
par deux fronts nuageux aussi menaçants l'un que
l'autre : Gaia, qui risquait d'aller raconter partout ce
qu'il avait dit à sa mère ; et Mary, qui allait peut-être
quitter Pagford pour toujours. Qu'allait-il faire ?

Down the lane I walk, with my sweet Mary,
Hair of gold and lips like cherries…

(Je me promène dans l'allée au bras de ma douce
Mary,
Chevelure d'or et lèvres de fruits…)

« Kay n'est pas là ? »

Samantha venait d'arriver à sa hauteur ; appuyée
contre la table à côté de lui, elle souriait un peu de
travers.

« Tu m'as déjà posé cette question, dit Gavin.
Non.

675

— Tout va bien entre vous ?

— De quoi je me mêle ? »

C'était sorti malgré lui ; il en avait ras le bol de ses taquineries et de ses sarcasmes incessants. Et pour une fois, ils n'étaient que tous les deux ; Miles accordait toute son attention aux Fawley.

Elle surjoua l'étonnement offusqué. Elle avait les yeux rougis par l'alcool et lâchait ses mots l'un après l'autre avec un effort délibéré ; pour la première fois, elle le dégoûtait plus qu'elle ne l'intimidait.

« Je suis désolée, dit Samantha. Je ne voulais pas…

— … être indiscrète. Ouais, ouais, dit-il en regardant Howard et Maureen se balancer en rythme, bras dessus, bras dessous.

— Ça me ferait plaisir de te voir t'installer avec quelqu'un, c'est tout. Toi et Kay, vous aviez l'air bien ensemble.

— Oui, eh bah qu'est-ce que tu veux, c'est comme ça, j'aime ma liberté, dit Gavin. Et je ne connais pas beaucoup de mariages heureux. »

Samantha avait trop bu pour éprouver de plein fouet l'impact de cette remarque, mais eut tout de même la sensation d'être visée.

« Un couple est toujours un mystère pour les autres, dit-elle en pesant ses mots. Personne ne peut jamais vraiment savoir ce qui s'y passe, à part les deux intéressés. Alors tu devrais t'abstenir de juger, Gavin.

— Merci pour ces paroles d'une grande sagesse », dit-il, puis, à bout de patience, il posa sa bière et se dirigea d'un pas énervé vers le vestiaire.

Samantha le regarda s'en aller, certaine d'avoir remporté la manche, puis tourna son attention vers sa belle-mère, qu'elle entrapercevait au milieu de la foule en train d'écouter le duo de Howard et de Maureen. La colère de Shirley, que trahissait le sourire crispé et glacial qui n'avait pas quitté ses lèvres de toute la soirée, faisait la joie de Samantha. Howard et Maureen s'étaient plus d'une fois donnés en spectacle au fil des années ; Howard adorait chanter, et Maureen avait été choriste, jadis, dans un orchestre de jazz local. À la fin de la chanson, Shirley, en guise d'applaudissements, frappa une fois dans ses mains ; on aurait dit qu'elle convoquait un domestique. Samantha s'esclaffa puis retourna au bar, déçue de ne plus y voir le gamin au nœud papillon.

Andrew, Gaia et Sukhvinder étaient toujours écroulés de rire dans la cuisine. Ils riaient à cause du petit numéro de Howard et Maureen, et à cause de la vodka dont ils avaient éclusé les deux tiers de la bouteille, mais ils riaient surtout pour le seul plaisir de rire, mutuellement contaminés par leur hilarité, au point qu'ils avaient du mal à tenir debout.

La petite fenêtre au-dessus de l'évier, entrouverte afin que la cuisine ne se transforme pas en bain de vapeur, se mit à grincer et à trembler dans son cadre, et la tête de Fats apparut.

« 'soir », dit-il. Il avait dû grimper sur un objet quelconque, dehors, qu'on entendit s'effondrer par terre à grand fracas quand il se hissa pour se glisser par la fenêtre et atterrir avec un bruit mat sur la paillasse de l'évier, renversant au passage quelques verres qui tombèrent au sol et explosèrent en mille morceaux.

Sukhvinder s'enfuit aussitôt de la cuisine. Andrew sentit tout de suite qu'il n'avait aucune envie de voir

Fats ici. Seule Gaia semblait indifférente à son arrivée impromptue. Elle lui dit, entre deux gloussements : « Je sais pas si tu es au courant mais y a une porte.

— Sans déconner ? dit Fats. Et y a à boire aussi ?

— Celle-là est à nous, dit Gaia en serrant jalousement la bouteille de vodka. C'est Andy qui l'a piquée. Tu vas devoir t'en trouver une comme un grand.

— Pas de problème, dit Fats sans se démonter ; il ouvrit la porte de la cuisine et disparut dans la salle.

— Faut que j'aille au petit coin… », bredouilla Gaia ; elle planqua la vodka sous l'évier et sortit à son tour.

Andrew suivit le mouvement. Sukhvinder était retournée au bar, Gaia s'éclipsait aux toilettes, et Fats était appuyé contre le buffet, une bière dans une main et un sandwich dans l'autre.

« Je ne m'attendais pas à te voir ici, dit Andrew.

— Eh, j'ai été invité, mon vieux, dit Fats. C'était marqué sur le carton. Toute la famille Wall.

— Le Pigeon sait que tu es là ?

— Aucune idée, dit Fats. Il se terre. Le siège de ce bon vieux Barry lui est passé sous le nez, finalement. Tu sais que c'est la société tout entière qui va s'effondrer, maintenant que le Pigeon n'est plus au gouvernail… Putain, c'est dégueulasse, ce truc, ajouta-t-il en recrachant un bout de sandwich. Tu veux une clope ? »

Un vacarme assourdissant régnait dans la salle, et les invités étaient ivres morts, si bien que plus personne ne s'inquiétait de savoir où était Andrew. Dehors, ils tombèrent sur Patricia Mollison, toute seule à côté de sa voiture de sport, les yeux levés vers le ciel étoilé, en train de fumer.

« Je vous offre une des miennes, dit-elle en tendant son paquet, si ça vous dit. »

Après leur avoir allumé leurs cigarettes, elle resta tranquillement à côté d'eux, un poing serré au fond de sa poche. Andrew lui trouvait quelque chose d'intimidant ; il n'osait même pas jeter un regard à Fats pour jauger sa réaction.

« Moi c'est Pat, au fait, leur dit-elle au bout d'un moment. La fille de Howard et Shirley.

— Salut. Moi c'est Andrew.

— Stuart », dit Fats.

Elle ne semblait pas ressentir le besoin de prolonger la conversation. Andrew y perçut comme un compliment à leur égard et essaya d'adopter la même indifférence. Le silence fut brisé par des bruits de pas et de voix féminines qui échangeaient des murmures étouffés.

Gaia tirait Sukhvinder par la main. Elle riait, et Andrew vit qu'elle était encore sous l'emprise de la vodka.

« Eh, toi ! dit Gaia à Fats. T'es vraiment trop un connard avec Sukhvinder.

— Arrête, dit celle-ci en essayant de se dégager tandis que Gaia la tenait toujours par la main. Arrête, je ne plaisante pas… laisse-moi…

— Mais c'est vrai ! souffla-t-elle. C'est vrai, t'es trop un connard ! C'est toi qui lui envoies des trucs sur Facebook ?

— *Arrête !* » cria Sukhvinder. Elle parvint à se libérer et retourna à l'intérieur en courant.

« T'es *horrible* avec elle, dit Gaia en s'agrippant à la grille de l'entrée pour garder l'équilibre. La traiter de lesbienne et tout…

— Y a pas de mal à être lesbienne, dit Patricia en plissant les yeux derrière la fumée de sa cigarette. Enfin bon, c'est pas moi qui vais dire le contraire, c'est sûr… »

Andrew vit Fats lancer un regard en biais à Pat.

« J'ai jamais dit que c'était mal. C'était pour déconner », dit-il.

Gaia se laissa glisser le long de la grille et s'assit sur le bitume froid, la tête entre les mains.

« Ça va ? » lui demanda Andrew. Si Fats n'avait pas été là, il se serait assis à côté d'elle.

« Bourrée, bredouilla-t-elle.

— Mets-toi deux doigts au fond de la gorge, ça ira mieux, lui suggéra Patricia en lui jetant un regard dénué d'empathie.

— Sympa, la bagnole, dit Fats en lorgnant sur la BMW.

— Ouais, dit Patricia. Toute neuve. Je gagne deux fois plus de pognon que mon frère. Mais Miles, c'est l'enfant prodige. Miles le Messie… monsieur le conseiller Mollison, deuxième du nom… de Pagford. Ça vous plaît de vivre ici, à Pagford ? demanda-t-elle tandis qu'Andrew regardait Gaia inspirer profondément, la tête coincée entre les genoux.

— Non, dit Fats. C'est un bled de merde.

— Ça… Moi, dès que j'ai pu me tirer… Vous le connaissiez, Barry Fairbrother ?

— Un peu », dit Fats.

Une drôle d'intonation dans sa voix inquiéta Andrew.

« C'était mon tuteur à St. Thomas, dit Patricia, le regard dans le vide, fixé vers le bout de la rue. Un type charmant. Je serais bien revenue pour l'enterrement, mais j'étais à Zermatt avec Melly. Au fait, c'est quoi toutes ces conneries sur lesquelles ma mère n'arrête pas de déblatérer... ces histoires de Fantôme de Barry ?

— Quelqu'un laisse des messages sur le site internet du Conseil, se dépêcha d'expliquer Andrew, redoutant ce que Fats pourrait dire s'il lui laissait la parole sur ce terrain. Des rumeurs, des choses comme ça...

— Ah, d'accord. Oui, c'est le genre de trucs que ma mère adore, dit Patricia.

— Je me demande bien ce que va balancer le Fantôme, la prochaine fois..., dit Fats en coulant un regard appuyé à Andrew.

— Ça va sans doute s'arrêter, maintenant que l'élection est passée, murmura Andrew.

— Oh, ça, je ne sais pas, dit Fats. S'il reste encore des trucs qui mettent en rogne le Fantôme de ce bon vieux Barry... »

Il savait qu'il rendait son copain nerveux, et il en était très content. Andrew consacrait tout son temps à son boulot de merde, depuis peu, et bientôt il déménagerait. Fats ne lui devait rien. L'authenticité véritable n'avait que faire de notions telles que la culpabilité et la reconnaissance.

« Ça va, là-bas ? demanda Pat à Gaia qui hocha la tête, le visage toujours caché. Qu'est-ce qui t'a filé la nausée à ce point, l'alcool ou le duo ? »

Andrew se força à rire un peu, par politesse et parce qu'il voulait éviter à tout prix que la conversation se poursuive sur le thème du Fantôme de Barry Fairbrother.

« Ouais, moi aussi ça m'a retourné les tripes, dit Patricia. La vieille Maureen et mon père en train de chanter ensemble. Bras dessus, bras dessous. » Patricia tira une dernière bouffée de sa cigarette puis lâcha le mégot et l'écrasa sous son talon. « Un jour, quand j'avais douze ans, je l'ai surprise en train de lui tailler une pipe, dit-elle. Et il m'a donné un billet de cinq pour que je ne dise rien à ma mère. »

Andrew et Fats se figèrent, tellement effarés qu'ils n'osaient même pas se regarder. Patricia s'essuya le visage du revers de la main ; elle pleurait.

« Putain, j'aurais jamais dû venir, dit-elle. Je savais que j'aurais pas dû. »

Elle monta dans la BMW, et les deux garçons, sidérés, la regardèrent démarrer, déboîter puis disparaître dans la nuit.

« Bah merde alors, dit Fats.

— Je crois que je vais gerber, murmura Gaia.

— Mr Mollison veut que tu rentres – pour servir à boire. »

Message transmis, Sukhvinder repartit aussi sec à l'intérieur.

« Je peux pas », murmura Gaia.

Andrew la laissa toute seule avec Fats. Il fut assailli par le capharnaüm en poussant les portes de la salle. La fête battait son plein. Il dut s'écarter pour laisser passer Aubrey et Julia Fawley qui s'en allaient. Le dos déjà tourné à la foule, ils avaient l'air tous les deux heureux et soulagés de partir.

Samantha Mollison ne dansait pas ; elle restait appuyée contre la table du buffet où, quelques minutes à peine auparavant, étaient alignées des dizaines de boissons… Tandis que Sukhvinder s'activait pour ramasser les verres vides dans tous les coins, Andrew en sortit d'autres du dernier carton neuf, les disposa sur la table et les remplit.

« Ton nœud papillon est de travers », lui dit Samantha, et elle se pencha par-dessus la table pour le remettre droit. Embarrassé, il fila dans la cuisine dès qu'elle eut fini. Tout en chargeant le lave-vaisselle, il avala quelques gorgées de la vodka qu'il avait volée. Il voulait être ivre comme Gaia ; il voulait revivre le moment où ils étaient partis ensemble dans un fou rire incontrôlable, avant l'arrivée de Fats.

Au bout de dix minutes, il retourna vérifier si tout allait bien du côté du bar ; Samantha y était toujours accoudée, l'œil vitreux, et elle avait encore une bonne réserve d'alcool à sa disposition, sur la table. Howard se dandinait au milieu de la piste de danse, le visage en sueur ; Maureen lui glissa une remarque et il hurla de rire. Andrew se fraya un chemin parmi la foule pour ressortir.

Il ne la trouva pas tout de suite ; puis il les vit. Gaia et Fats étaient collés l'un à l'autre, à dix mètres de la porte, appuyés contre la grille, et échangeaient des baisers langoureux, entremêlant leurs langues, la bouche grande ouverte.

« Écoute, je suis désolée, mais je ne peux pas tout faire toute seule », dit Sukhvinder derrière lui d'une voix désespérée. Puis elle aperçut à son tour Gaia et Fats et poussa un cri mêlé de sanglots. Andrew rentra à l'intérieur avec elle, complètement abasourdi. Dans la cuisine, il se versa la fin de la bouteille de vodka et la but d'un trait. Avec des gestes mécaniques, il fit couler de l'eau dans l'évier et se mit à nettoyer à la main les verres qui n'avaient pas trouvé de place dans le lave-vaisselle.

L'alcool ne faisait pas le même effet que l'herbe. Il se sentait tout aussi vide, mais il avait une envie furieuse de frapper quelqu'un. Fats, par exemple.

Au bout d'un moment, il s'aperçut que l'horloge murale en plastique était passée comme par enchantement de minuit à une heure du matin, et les invités commençaient à partir.

Il était censé récupérer les manteaux. Il essaya pendant un moment, puis retourna en douce dans la cuisine, laissant Sukhvinder s'occuper toute seule du vestiaire.

Samantha était adossée au frigo, seule, un verre à la main. La vision d'Andrew était devenue étrangement saccadée, comme si une série d'images fixes défilait devant ses yeux. Gaia n'était pas revenue. Elle était sans doute partie depuis longtemps avec Fats. Samantha lui parlait. Elle était ivre morte. Lui aussi. Elle ne le mettait plus du tout mal à l'aise. Il eut l'impression qu'elle allait vomir d'un instant à l'autre.

« ... saloperie de Pagford..., bredouilla Samantha, puis : Mais t'es jeune, toi, t'as encore le temps de te barrer...

— Ouais, dit-il ; il ne sentait plus ses lèvres. Et j'le f'rai. J'le f'rai un jour... »

Elle releva la mèche qui tombait sur le front d'Andrew et lui dit qu'il était mignon. Revoyant soudain l'image de Gaia en train de rouler une pelle à Fats, il crut qu'il allait s'évanouir. La peau tiède de Samantha dégageait de lourds effluves de parfum.

« C'est de la daube, ce groupe », dit-il en montrant du doigt sa poitrine, mais il n'eut pas l'impression qu'elle l'avait entendu.

Elle avait les lèvres chaudes et craquelées, et ses seins étaient énormes, pressés contre son torse ; elle avait le dos aussi large que son...

« Putain mais qu'est-ce que... ? »

Andrew s'affala tout à coup contre l'évier tandis que Samantha se faisait sortir sans ménagement de la cuisine par un grand type aux cheveux courts et grisonnants. Andrew avait la vague sensation qu'il venait de se passer quelque chose de mal, mais la réalité extérieure semblait se fragmenter toujours plus, si bien qu'il n'eut bientôt plus le choix : il tituba jusqu'à la poubelle dans le coin de la pièce et se mit à vomir toutes ses tripes...

« Désolé, vous ne pouvez pas entrer ! entendit-il Sukhvinder dire à quelqu'un. Y a des trucs devant la porte. »

Il referma et attacha soigneusement le sac-poubelle dans lequel il avait dégobillé. Sukhvinder l'aida à nettoyer la cuisine. Il dut aller vomir encore à deux reprises, mais réussit cette fois à se traîner à temps jusqu'aux toilettes.

Il était presque deux heures du matin quand Howard, en nage mais souriant, les remercia et leur dit bonsoir.

« Excellent travail, dit-il. Eh bien à demain, alors. Très bien... où est Miss Bawden, au fait ? »

Andrew laissa à Sukhvinder le soin d'inventer un mensonge. Dans la rue, il détacha de la grille le vélo de Simon et s'enfonça dans la nuit en le poussant à côté de lui.

Le long trajet à pied jusqu'à Hilltop House lui aéra un peu la tête mais ne put apaiser ni son amertume, ni sa détresse.

Avait-il jamais dit à Fats que Gaia lui plaisait ? Peut-être pas, mais Fats le savait. Il *savait* que Fats le savait... Et si... et s'ils étaient en train de baiser, là, en ce moment même ?

De toute façon, je me tire, songea Andrew en poussant le vélo sur la pente de la colline, plié en deux et transi de frissons. *Alors je les emmerde...*

Puis il se dit : *D'ailleurs il vaudrait sans doute mieux pour moi que je me tire...* Venait-il de peloter la mère de Lexie Mollison ? Avant que son mari ne débarque et les surprenne ? Tout cela avait-il réellement eu lieu ?

Il avait peur de Miles, mais il avait aussi très envie de raconter la scène à Fats, histoire de voir la tête qu'il ferait...

Quand il arriva chez lui, épuisé, il entendit la voix de Simon l'interpeller depuis la cuisine plongée dans le noir.

« Tu as rangé mon vélo au garage ? »

Il était assis à la table de la cuisine, en train de manger un bol de céréales. À presque deux heures et demie du matin.

« J'arrive pas à dormir », dit Simon.

Une fois n'est pas coutume, il n'était pas en colère. Ruth n'était pas là ; il n'avait donc pas besoin de prouver qu'il était plus fort ou plus intelligent que ses fils. Il avait l'air abattu et tout petit.

« Je crois qu'on va devoir déménager à Reading, Tronche-de-Pizza », dit Simon. Son humeur donnait presque à ce surnom une résonance affectueuse.

Frissonnant, en proie à l'étrange impression d'être soudain vieux, traumatisé, et accablé par une immense culpabilité, Andrew eut envie de se racheter auprès de son père. Il était temps de remettre les pendules à l'heure et de faire de Simon son allié. Ils formaient une famille. Ils allaient devoir déménager ensemble. Peut-être que les choses se passeraient mieux, ailleurs…

« J'ai un truc pour toi, lui dit Andrew. Viens voir. J'ai trouvé comment faire, à l'école… »

Et il alla s'installer avec son père devant l'ordinateur.

4

Un dôme de ciel bleu voilé de brume recouvrait Pagford et les Champs. Les premiers rayons de l'aube effleuraient la vieille pierre du monument aux morts du Square, les façades en béton fissurées de Foley Road, et prêtaient une teinte or pâle aux murs blancs de Hilltop House. En montant dans sa voiture pour se rendre à l'hôpital où l'attendait encore une longue journée, Ruth Price regarda le fleuve Orr qui brillait au loin comme un serpentin argenté, et fut saisie par un sentiment de profonde injustice à l'idée que sa maison et ce panorama appartiennent bientôt à quelqu'un d'autre.

Deux kilomètres en contrebas, sur Church Row, Samantha Mollison dormait encore à poings fermés dans la chambre d'amis. La porte n'avait pas de serrure, mais elle l'avait barricadée avec un fauteuil avant de s'effondrer sur le lit à moitié habillée. Les débuts d'une violente migraine l'assaillaient dans son sommeil, et le rai de soleil qui s'était faufilé entre les rideaux mal fermés la frappait au coin des yeux comme un rayon laser. Elle remua un peu, la bouche sèche, engluée dans les profondeurs d'un demi-sommeil agité de rêves étranges et coupables.

En bas, au milieu de la cuisine aux surfaces brillantes et immaculées, Miles était assis, droit comme un i, seul, devant une tasse de thé à laquelle il n'avait pas touché ; les yeux fixés sur le frigo, il revivait le moment où il avait surpris sa femme ivre dans les bras d'un gamin de seize ans.

Trois maisons plus loin, Fats Wall fumait, allongé sur son lit, dans les vêtements qu'il avait mis pour aller à la fête de Howard Mollison. Il avait voulu rester debout toute la nuit, et il y était parvenu. Sa bouche était un peu engourdie et le picotait, tellement il avait fumé, et sa fatigue avait l'effet inverse de celui qu'il avait espéré : il était incapable de rassembler ses pensées ; mais il se sentait plus malheureux et mal à l'aise que jamais.

Colin Wall se réveilla trempé de sueur, tiré en sursaut d'un cauchemar semblable à tous ceux qui le tourmentaient depuis des années. Il commettait toujours des actes monstrueux dans ses rêves, le genre de gestes qu'il passait ses journées à redouter ; cette fois, il avait tué Barry Fairbrother, la police venait de le découvrir et de lui annoncer qu'ils savaient tout, qu'ils avaient déterré Barry et trouvé la trace du poison que Colin lui avait administré.

Les yeux rivés à l'ombre familière projetée par l'abat-jour sur le plafond, Colin se demandait pourquoi il ne lui était encore jamais venu à l'idée qu'il avait peut-être bel et bien tué Barry ; aussitôt, la question surgit à son esprit : *Et qui te dit que tu ne l'as pas tué en effet ?*

En bas, Tessa se faisait une injection d'insuline dans le ventre. Elle savait que Fats était rentré hier soir ; elle avait senti l'odeur de la fumée de cigarette en bas des escaliers qui menaient à sa chambre. Où était-il passé, et à quelle heure était-il rentré ? Ça, elle n'en savait rien ; et cela lui faisait peur. Comment en était-on arrivé là ?

Howard Mollison dormait d'un sommeil profond et bienheureux dans son lit double. Les rideaux à motifs tamisaient la lumière du jour, drapant d'un filigrane de pétales roses son corps assoupi et le protégeant d'un réveil brutal, mais les grondements et les sifflements qu'il produisait en ronflant avaient déjà réveillé sa femme. Shirley, en robe de chambre, lunettes sur le nez, mangeait des tartines et buvait son café dans la cuisine. Elle revoyait Maureen osciller au bras de son époux dans la salle des fêtes ; elle éprouvait une haine sourde et intense qui ôtait toute saveur à chaque morceau de pain beurré.

Au Smithy, à quelques kilomètres de Pagford, Gavin Hughes se savonnait sous une douche brûlante en se demandant pourquoi il n'avait jamais eu autant de courage que les autres hommes, et comment ceux-ci arrivaient à prendre la bonne décision quand ils étaient confrontés à une myriade de choix quasi illimités. Il avait le désir profond d'une vie qu'il avait entraperçue sans y avoir jamais vraiment goûté, mais il avait peur. Tout choix représentait un danger : dès lors qu'on avait choisi, il fallait renoncer à toutes les autres possibilités.

À Hope Street, Kay Bawden était allongée dans son lit, les yeux grands ouverts, épuisée ; elle écoutait le paisible murmure matinal de Pagford et regardait Gaia, qui dormait à côté d'elle dans le lit double, le visage pâle et tiré dans la lumière de l'aube. Non loin de son oreiller, par terre, se trouvait un seau, que Kay avait posé là en raccompagnant sa fille de la salle de bains à la chambre au beau milieu de la nuit, après avoir passé une heure à lui tenir les cheveux au-dessus de la cuvette des toilettes.

« Pourquoi tu nous as fait venir ici ? s'était lamentée Gaia d'une voix étranglée par la nausée et les vomissements. Lâche-moi. Lâche. Putain, je te… *Je te déteste.* »

Kay regardait le visage de sa fille assoupie et se souvenait du merveilleux petit bébé qui dormait à ses côtés, seize ans plus tôt. Elle se souvenait des larmes de Gaia le jour où Kay et Steve, avec qui elle vivait depuis huit ans, s'étaient séparés. Steve allait aux réunions de parents d'élèves de l'école de Gaia, et il lui avait appris à faire du vélo. Kay se rappelait aussi le fantasme qu'elle avait longtemps caressé (et qui lui paraissait maintenant aussi absurde que celui de la petite Gaia, à quatre ans, qui réclamait à cor et à cri une licorne) : elle s'installerait avec Gavin et offrirait à sa fille, enfin, un beau-père qui ne la quitterait pas, et une jolie maison à la campagne. Elle avait rêvé d'une vie qui ressemblerait à la conclusion d'un conte de fées, d'une vie à laquelle Gaia resterait toujours attachée ; car elle voyait approcher le départ de sa fille à la vitesse d'une météorite, et elle pressentait que l'absence de Gaia à ses côtés serait un cataclysme qui transformerait tout son univers en un champ de ruines.

Kay glissa un bras sous la couette et prit la main de Gaia. La chaleur de ce corps auquel elle avait donné le jour par accident la fit soudain fondre en larmes ; des larmes silencieuses, mais si violentes que le matelas se mit à trembler.

Et tout en bas de Church Row, Parminder Jawanda enfila un manteau par-dessus sa chemise de nuit pour aller prendre son café dans le jardin. Assise sur un banc en bois, sous un soleil lumineux mais encore froid, elle voyait bien que la journée promettait d'être belle, mais quelque chose semblait faire obstacle entre ses yeux et son cœur. Le fardeau qui lui pesait sur la poitrine frappait toutes choses d'inanité.

Elle n'avait pas été surprise par l'élection de Miles Mollison au siège de Barry, bien sûr, mais quand elle avait aperçu la petite annonce satisfaite qu'avait laissée Shirley sur le site du Conseil, elle avait de nouveau été saisie par un élan de démence semblable à celui qui, dans des proportions beaucoup plus dramatiques, l'avait submergée lors de la dernière réunion : une envie d'agression, presque aussitôt supplantée par un désespoir envahissant.

« Je vais démissionner du Conseil, avait-elle dit à Vikram. À quoi bon ?

— Mais ça te plaît », avait-il dit.

Oui, ça lui plaisait – tant que Barry était là aussi. Cette belle matinée, douce et silencieuse, se prêtait idéalement à l'évocation de son souvenir. Un petit homme à la barbe rousse ; elle le dépassait d'une demi-tête. Elle n'avait jamais ressenti la moindre attirance physique pour lui. *Mais c'était quoi, l'amour, au fond ?* songeait Parminder, tandis qu'une brise légère jouait dans la grande haie de cyprès de Leyland qui entourait l'immense jardin des Jawanda. Suffisait-il que quelqu'un ait occupé une certaine place dans votre vie, et y laisse un grand vide en disparaissant, pour parler d'amour ?

J'aimais rire, se dit Parminder. *Ça, oui, ça me manque. Rire.*

Et c'est le souvenir de tous les rires partagés avec Barry qui, enfin, fit jaillir les larmes de ses yeux. Elles coulaient le long de son nez et tombaient dans sa tasse, criblant de petits trous la surface du café avant de s'y diluer aussitôt. Elle pleurait parce qu'elle avait l'impression de ne plus jamais rire, et aussi parce que la veille au soir, tandis que la salle communale en liesse résonnait au loin d'un vacarme joyeux dont l'écho parvenait jusqu'à leurs fenêtres, Vikram avait dit : « Et si nous allions visiter Amritsar, cet été ? »

Le Temple d'Or – le lieu le plus sacré de cette religion à l'égard de laquelle il n'avait jamais témoigné que la plus parfaite indifférence. Elle avait tout de suite compris ce que Vikram essayait de faire. Le temps, soudain, s'était relâché et s'étendait à perte de vue devant elle, comme jamais auparavant dans sa vie. Ni l'un ni l'autre ne savaient ce que l'Ordre des Médecins déciderait, suite à l'infraction à l'éthique médicale dont elle s'était rendue coupable en hurlant sur Howard Mollison.

« Mandeep dit que c'est un piège à touristes », avait-elle aussitôt répliqué, tirant un trait sur Amritsar sans autre forme de procès.

Pourquoi ai-je dit ça ? se demanda Parminder en pleurant de plus belle, le café désormais froid entre ses mains. *Ce serait une bonne idée d'emmener les enfants voir Amritsar. Il essayait d'être gentil. Pourquoi n'ai-je pas dit oui ?*

Elle avait la sensation obscure d'avoir commis un acte de trahison, en refusant d'aller au Temple d'Or. Une vision du monument majestueux lui apparut soudain, troublée par les larmes : son dôme en fleur de lotus, reflété dans un miroir d'eau, dont les parois couleur de miel scintillaient sur fond de marbre blanc.

« Maman. »

Sukhvinder avait traversé le jardin sans que Parminder s'en aperçoive. Elle portait un jean et un ample sweat-shirt. Sa mère s'essuya vite le visage et plissa les yeux pour regarder Sukhvinder, dos au soleil.

« Je ne veux pas aller travailler aujourd'hui. »

Parminder répondit aussitôt, avec le même esprit de contradiction automatique qui l'avait poussée à rejeter Amritsar. « Tu t'es engagée, Sukhvinder.

— Je ne me sens pas très bien.

— Tu es fatiguée, tu veux dire. C'est toi qui as voulu prendre ce job. Tu as des obligations, tu dois t'y tenir.

— Mais…

— Tu vas travailler, lâcha Parminder d'un ton brusque, comme si elle prononçait une sentence. Il est hors de question que tu donnes aux Mollison une raison supplémentaire de se plaindre. »

Quand Sukhvinder fut rentrée dans la maison, Parminder se sentit coupable. Elle faillit rappeler sa fille, mais se ravisa et se promit plutôt de trouver le temps, un de ces jours, d'avoir une discussion tranquille avec elle, sans s'énerver.

5

Krystal remontait Foley Road sous le soleil matinal, en mangeant une banane. Ce goût, cette texture ne lui étaient pas familiers, et elle ne savait pas si elle aimait ça ou non. Terri et Krystal n'achetaient jamais de fruits.

La mère de Nikki venait de la chasser de chez elle sans cérémonie.

« On a des trucs à faire, Krystal, avait-elle dit. On doit aller chez la grand-mère de Nikki pour le dîner. »

Puis, comme pour se rattraper, elle avait donné à Krystal une banane, en guise de petit déjeuner. Krystal était partie sans faire d'histoires. Il y avait déjà tout juste assez de place à la table de la cuisine pour la famille de Nikki.

Loin d'adoucir le paysage, le soleil ne faisait que souligner plus encore la saleté et le délabrement de la cité, les fissures dans les murs de béton, les fenêtres condamnées, les détritus éparpillés.

Le Square de Pagford, à l'inverse, avait l'air repeint de frais dès qu'un rayon de soleil s'y aventurait. Deux fois par an, les élèves de l'école primaire serpentaient en file indienne dans les rues de la bourgade pour se rendre à l'église, assister à la messe de

Noël et à celle de Pâques. (Personne ne voulait jamais tenir la main de Krystal. Fats avait raconté à tout le monde qu'elle avait des puces. Elle se demandait s'il s'en souvenait.) Il y avait des paniers suspendus, remplis de fleurs ; des gerbes éclatantes de violet, de rose et de vert, et chaque fois que Krystal passait devant l'un des baquets fleuris au pied du Chanoine Noir, elle y arrachait en douce quelques pétales : frais et soyeux, ils lui glissaient entre les doigts, puis se flétrissaient bientôt, transformés au creux de sa paume en une pulpe brune dont elle finissait en général par se débarrasser en s'essuyant les mains sous le bois tiède des bancs de l'église St. Michael.

Elle entra chez elle et vit tout de suite, en jetant un coup d'œil par la porte entrouverte à sa gauche, que Terri n'était pas allée se coucher. Elle était assise dans son fauteuil, les yeux fermés, la bouche ouverte. Krystal ferma la porte d'un coup sec ; Terri ne bougea pas.

En deux pas, elle fut à ses côtés ; elle secoua son bras décharné. La tête de Terri s'affaissa sur sa poitrine cave. Elle ronflait.

Krystal la lâcha. La vision du jeune homme mort dans la salle de bains se rétracta dans les profondeurs de sa conscience aussi rapidement qu'elle en avait surgi.

« Pauvre conne », dit-elle.

Puis elle se rendit compte que Robbie n'était pas là. Elle grimpa l'escalier quatre à quatre en hurlant son nom.

« Là », l'entendit-elle répondre derrière la porte fermée de sa propre chambre.

Elle l'ouvrit d'un coup d'épaule et vit Robbie, debout au milieu de la pièce, nu. Derrière, allongé sur son matelas en train de se gratter le torse, Obbo.

« Ça va, Krys ? » dit-il avec un sourire vicieux.

Elle attrapa Robbie et le poussa dans sa chambre. Ses mains tremblaient tellement qu'elle mit un temps infini à le rhabiller.

« Est-ce qu'y t'a fait quelque chose ? murmura-t-elle à son petit frère.

— Faim », dit Robbie.

Une fois habillé, elle le prit dans ses bras et redescendit l'escalier en courant. Elle entendait Obbo s'affairer dans sa chambre.

« Qu'est-ce qu'y fout là ? hurla-t-elle à Terri qui ouvrait un œil vaseux au fond de son fauteuil. Qu'est-ce qu'y foutait avec Robbie ? »

Le petit garçon se débattit pour qu'elle le lâche ; il détestait les cris.

« Et ça, putain, c'est quoi ? hurla Krystal en apercevant, seulement maintenant, deux grands sacs noirs à moitié glissés sous le fauteuil de Terri.

— C'est rien », bredouilla sa mère.

Mais Krystal en avait déjà ouvert un.

« *C'est rien, j'te dis !* » cria Terri.

De grosses briques compactes de haschich, soigneusement emballées dans du plastique. Krystal – qui savait à peine lire, qui n'aurait pas su mettre un nom sur la moitié des légumes d'un étal de supermarché, qui ignorait comment s'appelait le Premier Ministre – savait en revanche que le contenu de ce sac, si jamais on le découvrait, enverrait directement sa mère en prison. Puis elle aperçut la boîte en fer-blanc, le cocher et les chevaux sur le couvercle, à moitié enfoncée dans le fauteuil de Terri.

« Tu t'es shootée, dit Krystal, le souffle coupé, écroulée sous le poids d'un désastre soudain et invisible ; le monde entier s'effondrait autour d'elle. Putain, tu t'es… »

Elle entendit Obbo remuer à l'étage et reprit Robbie dans ses bras. Il se mit à pleurer et à gigoter, effrayé par la hargne de sa sœur, mais elle le tenait fermement.

« Putain mais lâche-le », dit Terri, en vain. Krystal avait déjà pris la porte ; la démarche entravée par Robbie qui gémissait et se débattait dans ses bras, elle s'enfuit en dévalant la rue aussi vite que possible.

6

Shirley prit sa douche puis alla chercher des vêtements dans la penderie tandis que Howard continuait de ronfler. La cloche de l'église St. Michael sonna les matines de dix heures au moment où elle boutonnait son cardigan. Elle se disait toujours que cette cloche devait faire un boucan épouvantable pour les Jawanda, qui vivaient juste en face, et elle espérait qu'ils y entendaient la proclamation solennelle de l'attachement de Pagford aux us et traditions qui leur étaient manifestement si étrangers.

Par réflexe et habitude, Shirley sortit dans le couloir, entra dans l'ancienne chambre de Patricia et s'assit devant l'ordinateur.

Patricia aurait dû se trouver là ce matin, couchée dans le canapé-lit que Shirley lui avait préparé. Elle était soulagée d'avoir échappé à cette confrontation. Howard, qui fredonnait encore la mélodie de Green, Green Grass of Home quand ils étaient arrivés à Ambleside au beau milieu de la nuit, ne s'était avisé de l'absence de sa fille qu'au moment où Shirley avait mis la clé dans la serrure.

« Où est Pat ? avait-il demandé d'une voix sifflante en s'adossant au porche.

— Oh, elle était fâchée que Melly n'ait pas voulu venir, avait soupiré Shirley. Elles se sont disputées, je crois… J'imagine qu'elle est rentrée chez elle pour essayer de se rabibocher.

— Ah là là, on ne s'ennuie jamais avec celle-là », avait dit Howard en rebondissant d'un mur à l'autre du couloir étroit pour regagner leur chambre.

Shirley ouvrit la page de son site médical préféré. Lorsqu'elle tapa la première lettre de la maladie sur laquelle elle souhaitait obtenir des renseignements, le site bascula automatiquement sur la page consacrée à l'EpiPen ; Shirley en profita pour réviser un peu ce chapitre, au cas où l'occasion se présenterait de sauver la vie de leur jeune grouillot. Puis, elle tapa d'un doigt précautionneux le mot « eczéma », et apprit bientôt, non sans une certaine déception, que cette maladie n'était pas contagieuse et ne constituait donc pas un motif de licenciement plausible pour se débarrasser de Sukhvinder Jawanda.

Par pure habitude, elle se rendit ensuite sur le site du Conseil paroissial de Pagford, et cliqua sur l'onglet du forum.

Elle reconnaissait désormais au premier coup d'œil l'allure graphique et la longueur du nom d'utilisateur « Le_Fantôme_de_Barry_Fairbrother », de même que les amoureux transis savent reconnaître de loin la nuque, la courbe des épaules ou la démarche de l'être aimé.

Dès le titre du message que le Fantôme venait de laisser, elle se sentit transportée d'excitation ; il ne l'avait pas abandonnée. Elle savait que le scandale provoqué par le Dr Jawanda ne resterait pas impuni.

L'Affaire du Premier Citoyen de Pagford

À la première lecture, elle demeura un peu interdite ; elle s'était attendue à voir le nom de Parminder. Elle relut donc le message – et laissa échapper un cri à moitié étouffé, semblable à celui qu'elle aurait poussé si on lui avait jeté un grand seau d'eau glacée.

Howard Mollison, Premier Citoyen de Pagford, et Maureen Lowe, résidente historique de la ville, sont bien plus que de simples associés professionnels depuis des années. Il est de notoriété publique que Maureen se livre à de régulières dégustations du salami premier choix de Howard. La seule personne, semble-t-il, à ne pas être au courant n'est autre que la propre femme de Howard, Shirley.

Tétanisée sur sa chaise, Shirley se dit : *Ce n'est pas vrai.*

Ce n'était pas possible.

Oui, il lui était bien arrivé de soupçonner, une ou deux fois… et même de sonder Howard de manière indirecte, parfois…

Non, elle n'y croyait pas. Elle ne pouvait pas y croire.

Mais les autres, si. Les autres croiraient le Fantôme. Tout le monde le croyait.

Ses mains s'agitaient comme une paire de gants vide au-dessus du clavier ; les doigts tremblant, trébuchant sur les touches, elle essaya frénétiquement d'effacer le message du site. À chaque seconde qui passait, quelqu'un d'autre était susceptible de tomber dessus, d'y croire, d'éclater de rire et d'alerter le journal local... Howard et Maureen, Howard et Maureen...

Là – effacé. Shirley se rassit sur sa chaise, les yeux fixés sur l'écran, les pensées s'affolant dans sa tête comme des souris prises au piège dans un bocal en verre, cherchant à s'échapper – mais il n'y avait pas d'échappatoire, nulle prise à laquelle se raccrocher, aucun moyen de revenir en arrière, de retrouver le bonheur parfait qui était encore le sien juste avant qu'elle ne découvre cette abomination, exposée au vu et au su du monde entier...

Lui qui se moquait tout le temps de Maureen...

Non – c'est *elle* qui se moquait de Maureen ; c'était de Kenneth que se moquait en permanence Howard.

Toujours ensemble : les jours fériés, les jours ouvrés, les escapades pour le week-end...

... seule personne, semble-t-il, à ne pas être au courant...

Elle et Howard se passaient très bien de vie sexuelle ; ils faisaient lit à part depuis des années ; ils avaient un accord tacite...

... se livre à de régulières dégustations du salami premier choix de Howard...

(La mère de Shirley était là, bien vivante, dans la pièce avec elle : elle ricanait, elle s'esclaffait, elle en renversait à moitié son verre de vin... Shirley haïssait ce rire égrillard. Elle n'avait jamais supporté les gauloiseries, pas plus que le ridicule.)

Elle bondit, se prit les pieds dans la chaise, puis se précipita dans la chambre. Howard dormait toujours, allongé sur le dos, ronflant comme un porc enrhumé.

« Howard, dit-elle. *Howard.* »

Elle mit une bonne minute à le réveiller. Il était confus, désorienté, mais, penchée au-dessus de lui, elle ne voyait encore et toujours que le chevalier servant qui pourrait la sauver.

« Howard, le Fantôme de Barry Fairbrother a mis en ligne un nouveau message. »

Contrarié par ce réveil brutal, Howard grogna et bougonna dans son oreiller.

« Sur toi », dit Shirley.

Ils parlaient rarement à mots découverts, elle et Howard. Et elle avait toujours trouvé cela très bien. Mais aujourd'hui, elle n'avait pas le choix.

« Un message sur toi, répéta-t-elle, et sur Maureen. Il dit que vous... que vous avez une liaison. »

Il se défroissa le visage d'un gros coup de patte et se frotta les yeux – beaucoup plus longuement, semblat-il à Shirley, que nécessaire.

« Quoi ? dit-il sans ôter la main de son visage.

— Toi et Maureen. Une liaison.

— D'où est-ce qu'il sort ça ? »

Il ne niait pas. Il n'était pas scandalisé. Il ne hurlait pas de rire. Il voulait simplement savoir d'où le Fantôme tenait ses informations.

Jusqu'à son dernier souffle, Shirley se souviendrait de cet instant comme d'une mort ; la fin, totale et irrémédiable, de toute une vie.

7

« 'tain mais ta gueule, Robbie ! Ferme-la ! »

Krystal avait traîné son petit frère jusqu'à un arrêt de bus, à plusieurs rues de chez elle, pour éviter que Terri ou Obbo ne les trouvent. Elle était sûre de ne pas avoir assez d'argent pour un ticket, mais elle était déterminée à rejoindre Pagford. Nana Cath n'était plus là, Mr Fairbrother n'était plus là, mais Fats Wall était là, et il fallait qu'elle fasse un bébé.

« Qu'est-ce qu'y foutait dans la chambre avec toi, hein ? » cria Krystal à Robbie, mais il se mit à pleurnicher et ne lui répondit pas.

Le portable de Terri n'avait presque plus de batterie ; Krystal appela Fats mais tomba directement sur sa messagerie.

À Church Row, Fats était occupé à manger des tartines en épiant ses parents, installés dans le bureau de l'autre côté du couloir, qui s'étaient lancés dans l'une de leurs étranges conversations habituelles. La distraction était bienvenue ; elle l'empêchait de ruminer ses pensées. Le portable au fond de sa poche se mit à vibrer, mais il ne répondit pas. Il n'avait envie de parler à personne. Et ce n'était sans doute pas Andrew. Pas après ce qui s'était passé la veille.

« Colin, tu sais très bien ce que tu dois faire, disait Tessa, qui avait l'air épuisée. Je t'en prie, Colin…

— Nous avons dîné avec eux le samedi soir… la veille de sa mort. C'est moi qui ai fait la cuisine. Et si…

— Colin, *tu n'as rien mis dans la nourriture* – bon sang, et voilà, regarde ce que tu me fais faire… Je ne dois pas réagir, Colin, tu sais que je ne suis pas censée intervenir. Ce sont tes TOC qui provoquent ça…

— Mais j'aurais pu, Tess… Ça m'est venu tout à coup à l'esprit – et si j'avais mis quelque chose…

— Mais dans ce cas, pourquoi est-ce qu'on serait encore en vie, toi, moi, Mary ? Ils ont fait une autopsie, Colin !

— Oui, mais personne ne nous a donné les résultats… Mary ne nous a rien dit… Je crois que c'est pour ça qu'elle ne veut plus me parler. Elle se doute de quelque chose.

— Colin, pour l'amour du ciel… »

Tessa baissa la voix ; Fats n'entendait plus que des murmures anxieux. Son portable vibra à nouveau. Il le sortit de sa poche. Krystal. Il décrocha.

« Salut, dit-elle par-dessus les braillements d'un gamin. Tu veux qu'on s'voie ?

— J'sais pas, bâilla Fats qui avait plutôt prévu de se recoucher.

— J'monte dans l'bus pour Pagford. On pourrait s'retrouver. »

La veille, il avait plaqué Gaia Bawden contre les grilles de la salle communale, jusqu'à ce qu'elle se dégage pour vomir. Puis elle avait recommencé à l'insulter ; alors il l'avait laissée, et il était rentré chez lui.

« J'sais pas », répéta-t-il. Il était fatigué et déprimé.

« Allez », dit Krystal.

Il entendit à nouveau Colin dans le bureau. « Tu dis ça, mais si ça se trouve, c'est indétectable... Et si je...

— Colin, on ne devrait pas parler de ça – tu n'es pas censé prendre ce genre d'idées au sérieux...

— Mais comment tu peux me dire une chose pareille ? Comment veux-tu que je ne prenne pas ça au sérieux ? Si je suis responsable...

— Ouais, d'accord, dit Fats à Krystal. Rendez-vous dans vingt minutes au Square, devant le pub. »

8

Samantha fut obligée de sortir de la chambre d'amis dans laquelle elle s'était retranchée pour aller aux toilettes. Elle but de l'eau glacée au robinet de la salle de bains jusqu'à en avoir mal au ventre, avala deux paracétamols dénichés dans l'armoire à pharmacie au-dessus du lavabo, puis prit une douche.

Elle s'habilla sans se regarder dans le miroir. Elle guettait à tout moment un bruit qui trahirait la présence de Miles, mais la maison semblait déserte. Peut-être avait-il emmené Lexie quelque part, se dit-elle – loin de son ivrogne de mère, vicelarde et prédatrice de cours de récré...

(« Il était dans la classe de Lexie en primaire ! » lui avait craché Miles au visage quand ils s'étaient retrouvés seuls dans leur chambre. Elle avait attendu qu'il s'écarte de la porte, puis elle était sortie en trombe pour aller s'enfermer dans la chambre d'amis.)

Nausée et mortification la submergeaient par vagues alternées. Elle aurait voulu tout oublier, avoir perdu connaissance et ne plus rien se rappeler à son réveil, mais rien à faire, elle revoyait le visage du gamin au moment où elle lui avait sauté dessus... elle se souvenait de la sensation de ce corps pressé contre le sien... si frêle, si jeune...

Si c'était sur Vikram Jawanda qu'elle s'était jetée, au moins, cet épisode aurait eu quelque chose de digne... Elle avait besoin d'un café. Elle ne pouvait pas rester éternellement dans la salle de bains. Mais en se retournant pour ouvrir la porte, elle surprit son reflet dans le miroir, et faillit céder au découragement le plus complet. Son visage était bouffi, ses yeux gonflés, ses traits encore plus creusés que d'habitude par la fatigue et la déshydratation.

Oh, mon Dieu, qu'est-ce qu'il a dû penser de moi...

Miles était assis dans la cuisine quand elle entra. Sans lui jeter un seul regard, elle alla ouvrir le placard où se trouvait le café. Mais avant qu'elle ait atteint la poignée, il dit : « J'en ai déjà préparé.

— Merci, murmura-t-elle en se versant une tasse et en prenant soin de ne pas croiser son regard.

— J'ai envoyé Lexie chez Maman et Papa, dit Miles. Il faut qu'on parle. »

Samantha s'assit à la table de la cuisine.

« Vas-y, je t'écoute, dit-elle.

— "Vas-y, je t'écoute" ? C'est tout ce que tu as à dire ?

— C'est toi qui voulais qu'on parle.

— Hier, dit-il, pendant la soirée d'anniversaire de mon père, je te cherchais, et je t'ai trouvée en train de te faire peloter par un gamin de seize ans…

— Seize ans, oui, dit Samantha. Sexuellement majeur, donc. Ouf. »

Il la regarda d'un air consterné.

« Tu trouves ça drôle ? Si tu m'avais surpris, moi, bourré au point de ne pas avoir conscience…

— J'avais parfaitement conscience », dit Samantha.

Elle ne se comporterait pas comme Shirley, à tout dissimuler en permanence sous le joli petit napperon en dentelle de ses mensonges polis. Elle voulait être honnête, et elle voulait transpercer l'épaisse armure de complaisance sous laquelle elle ne reconnaissait plus le jeune homme qu'elle avait jadis aimé.

« Tu avais parfaitement conscience… de quoi ? » demanda Miles.

Il s'était attendu à la voir morte de honte et percluse de remords, ça crevait les yeux ; elle faillit en rire.

« D'être en train de l'embrasser », dit-elle.

Il la dévisagea, et Samantha sentit le courage lui manquer tout à coup, car elle savait ce qu'il allait dire à présent.

« Et si Lexie t'avait surprise ? »

Samantha n'avait pas de réponse à cette question. À l'idée que Lexie apprenne ce qui s'était passé, elle n'avait qu'une envie : s'enfuir en courant et ne plus jamais revenir. Et si le gamin lui racontait tout ? Ils avaient été à l'école ensemble. Elle avait oublié à quel point Pagford était petit…

« Bon sang, mais qu'est-ce qui t'arrive ?

— Je suis… malheureuse, dit Samantha.

— Pourquoi ? » demanda Miles, avant de s'empresser d'ajouter : « C'est à cause de la boutique ? C'est ça ?

— Un peu. Mais c'est surtout que je déteste vivre ici. Je déteste vivre sur le dos de tes parents. Et parfois, dit-elle lentement, je déteste me réveiller à côté de toi. »

Elle pensait qu'il allait se mettre en colère, mais non ; il lui demanda simplement, d'une voix très douce : « Ça veut dire quoi ? Que tu ne m'aimes plus, c'est ça ?

— Je ne sais pas », dit Samantha.

Cette chemise à col ouvert l'amincissait. Pour la première fois depuis très longtemps, elle crut entrapercevoir quelqu'un de familier et de vulnérable à l'intérieur du corps vieillissant qui lui faisait face à la table de la cuisine. *Et il veut toujours de moi*, se dit-elle avec étonnement en se rappelant le visage flétri qui l'avait toisée tout à l'heure dans le miroir de la salle de bains.

« Mais j'étais heureuse, ajouta-t-elle, le soir de la mort de Barry Fairbrother, que tu sois toujours là, bien vivant. Je crois que j'ai rêvé que tu étais mort, toi aussi, et ça m'a réveillée, et je sais que j'étais heureuse, à ce moment-là, de t'entendre respirer à côté de moi.

— Et c'est ça que… c'est tout ce que tu as à me dire ? Que tu es contente que je ne sois pas mort ? »

Elle avait eu tort de croire qu'il n'était pas en colère. C'est seulement qu'il était en état de choc.

« *C'est tout ce que tu as à me dire ?* Tu te comportes de manière lamentable à l'anniversaire de mon père…

— Quoi, ce serait moins lamentable si ça n'avait pas été le putain d'anniversaire de ton père ? cria-t-elle soudain, sa colère enflammée par celle de Miles. C'est ça, le vrai problème ? Que je t'aie foutu la honte devant Maman et Papa ?

— Tu embrassais *un garçon de seize ans*…

— Parfaitement, et tu sais quoi ? C'est peut-être pas le dernier ! hurla Samantha en se levant de la table et en balançant sa tasse dans l'évier ; l'anse lui resta dans les mains. Tu ne comprends pas, Miles ? J'en ai plein le cul ! Je déteste notre putain de vie, et je déteste tes putains de parents…

— … sauf quand ils payent les études de tes filles…

— … je déteste te voir te métamorphoser en une réplique de ton père sous mes yeux…

— … conneries, tu racontes n'importe quoi, ça te fait juste chier de me voir heureux alors que toi, tu ne l'es pas…

— … alors que mon cher époux n'en a rien à foutre surtout de savoir comment je…

— … plein de trucs que tu pourrais faire, mais non, madame préfère rester à la maison le cul sur sa chaise à faire la gueule…

— … t'inquiète pas, Miles, j'ai pas l'intention de rester à la maison très longtemps…

— … hors de question que je m'excuse de m'impliquer dans la vie de la communauté…

— … oui, eh bah je pensais ce que je disais, Miles :
tu n'as pas la carrure pour le remplacer !

— Quoi ? dit-il, et il renversa sa chaise en bondissant sur ses pieds, tandis que Samantha prenait la porte.

— Tu m'as très bien entendue ! cria-t-elle. Comme le disait ma lettre, Miles, tu es indigne de remplacer Barry Fairbrother. Il était sincère, lui.

— *Ta* lettre ?

— Oui, dit-elle dans un souffle, la main sur la poignée de la porte. Oui, c'est *moi* qui l'ai envoyée, cette lettre. Un petit verre de trop, un soir où tu étais au téléphone avec ta mère. Ah, et au fait, dit-elle en tirant la porte, je n'ai pas voté pour toi non plus. »

La tête qu'il tira acheva de l'exaspérer. Dans le couloir, elle enfila la première paire de chaussures qui lui tombait sous le pied – des sabots – et sortit en claquant la porte avant qu'il ait pu la rattraper.

9

Le trajet en bus ramena Krystal en enfance. Elle l'avait emprunté tant de fois pour se rendre à St. Thomas, toute seule. Elle savait à quel moment l'abbaye surgirait au détour de la route, et elle montra du doigt le vieil édifice à Robbie.

« Tu vois le grand château en ruine, là-bas ? »

Robbie avait faim, mais l'excitation de rouler en bus avait pris le dessus. Krystal lui tenait la main. Elle lui avait promis qu'elle lui trouverait à manger quand ils arriveraient, mais elle ne savait pas encore comment. Peut-être pourrait-elle emprunter à Fats de quoi lui acheter un paquet de chips – et le ticket de bus pour rentrer à la maison.

« C'est là que j'suis allée à l'école, dit-elle à Robbie qui gribouillait avec ses doigts sur les fenêtres maculées de poussière graisseuse. Et c'est là qu't'iras, toi aussi. »

Le nouveau logement qu'elle obtiendrait, dès qu'elle serait enceinte, serait probablement encore situé dans la cité des Champs ; personne ne voulait acheter là-bas, tant les maisons étaient en mauvais état. Mais Krystal était contente : même si l'endroit était délabré, au moins Robbie et le bébé pourraient être scolarisés à St. Thomas. Et puis les parents de Fats lui offriraient sans doute de quoi s'acheter un lave-linge, à la naissance de leur petit-fils ou de leur petite-fille. Peut-être même une télé.

Le bus descendait une rue en pente ; on approchait de Pagford, et le fleuve étincelant fit une brève apparition, avant que le bus ne continue de descendre vers la ville. Krystal avait été déçue, quand elle avait rejoint l'équipe d'aviron, de découvrir qu'elles ne s'entraîneraient pas sur l'Orr mais sur le vieux canal saumâtre de Yarvil.

« Ça y est, on arrive », dit-elle à Robbie quand le bus prit un lent virage pour déboucher sur la grand-place fleurie.

En donnant rendez-vous à Krystal devant le Chanoine Noir, Fats avait oublié qu'il serait à quelques pas de l'épicerie Mollison & Lowe et de la Théière en Cuivre. Le café n'ouvrait pas avant midi – dans une heure –, mais Andrew devait sans doute arriver en avance ; Fats ne savait pas quand exactement. Il n'avait aucune envie de voir son vieux copain ce matin ; il alla donc se rencogner dans la petite allée qui longeait le pub, et n'en émergea qu'à l'arrivée du bus.

Quand celui-ci fut reparti, Fats aperçut sur le trottoir Krystal et un petit garçon pouilleux.

Il les rejoignit, l'air interloqué.

« C'est mon frère », dit Krystal d'un ton agressif en réponse à l'expression qu'elle avait vue passer sur le visage de Fats.

Un nouveau petit ajustement s'opéra dans la tête de Fats quant à la signification profonde de la vie dans toute son authenticité brutale et crue. Il avait été assez séduit par l'idée de mettre Krystal enceinte (et de montrer ainsi au Pigeon ce qu'un homme, un vrai, était capable d'accomplir, presque sans aucun effort), mais ce gosse agrippé à la main et à la jambe de sa sœur le déconcertait un peu.

Fats se dit qu'il n'aurait pas dû accepter de la voir. Il se ridiculisait avec elle. À tout prendre, il aurait encore préféré la retrouver chez elle, dans cette maison sordide et répugnante, plutôt qu'ici, sur la grand-place de Pagford.

« T'as d'l'argent ? demanda Krystal.

— Hein ? » Fats était fatigué ; son esprit fonctionnait au ralenti. Il ne se rappelait plus du tout pourquoi il avait voulu passer une nuit blanche ; il avait tellement fumé qu'il en avait encore la langue pâteuse.

« De l'argent, répéta Krystal. Il a faim, et j'ai paumé un billet de cinq. J'te rembourserai. »

Fats fourra la main dans son pantalon et ses doigts touchèrent un billet tout froissé. Mais il n'avait pas envie de donner à Krystal l'impression d'être plein aux as ; il fouilla donc tout au fond de sa poche, d'où il sortit une poignée de petite monnaie.

Ils allèrent chez le marchand de journaux, à deux rues du Square, et Fats attendit devant pendant que Krystal achetait des chips et un paquet de Rolo à son petit frère. Personne ne disait un mot, même pas Robbie, qui semblait avoir peur de Fats. Enfin, quand elle eut donné ses chips au gamin, Krystal demanda : « On va où ? »

Elle n'avait quand même pas l'intention d'aller baiser quelque part, se dit Fats. Pas avec le môme dans les pattes. Il avait bien songé à l'emmener dans le Pigeonnier : c'était loin des regards, et ce serait la touche finale à la désacralisation de son amitié avec Andrew ; il ne devait rien à personne, plus rien. Mais l'idée de baiser devant un gosse de trois ans le mettait mal à l'aise.

« T'en fais pas pour lui, dit Krystal. Il a ses bonbons maintenant. Non, plus tard, dit-elle à Robbie qui réclamait en geignant les Rolo qu'elle avait gardés à la main. Quant t'auras mangé tes chips. »

Ils quittèrent le Square et se dirigèrent vers le vieux pont en pierre.

« T'en fais pas, répéta Krystal. Y fait c'qu'on lui dit. Hein, pas vrai ? dit-elle d'une voix plus forte à son petit frère.

— Veux chocolat, dit-il.

— Ouais, deux minutes. »

Elle voyait bien qu'il allait falloir caresser Fats dans le sens du poil aujourd'hui. Dans le bus, elle s'était dit que débarquer avec Robbie poserait sans doute un problème, mais elle n'avait pas eu le choix.

« Et sinon, quoi d'neuf ? demanda-t-elle.

— Suis allé à une teuf hier soir, dit Fats.

— Ah ouais ? Y avait qui ? »

Il poussa un long bâillement, et elle dut attendre quelques instants avant qu'il daigne répondre.

« Arf Price. Sukhvinder Jawanda. Gaia Bawden.

— Elle vit à Pagford ? demanda Krystal d'un ton brusque.

— Ouais. Hope Street. »

Fats savait où elle vivait parce qu'Andrew le lui avait dit pendant un moment d'inattention. Son copain ne lui avait jamais avoué que Gaia lui plaisait, mais Fats l'avait bien vu la dévisager du début à la fin du cours, les rares fois où ils étaient en classe ensemble. Il avait remarqué à quel point Andrew devenait timide, chaque fois qu'elle était dans les parages ou qu'on parlait d'elle.

Krystal, elle, pensait plutôt à la mère de Gaia : la seule assistante sociale qui lui avait jamais plu, la seule qui avait su parler à sa mère. Elle vivait donc à Hope Street – comme Nana Cath. Elle devait être là-bas en ce moment même. Et si…

Mais Kay les avait laissé tomber. Mattie était revenue. De toute façon, on n'était pas censé aller les déranger à domicile. Un jour, Shane Tully avait suivi la sienne jusque chez elle, et il avait écopé d'une injonction judiciaire lui interdisant de s'approcher d'elle. Il faut dire aussi qu'il avait déjà essayé, une autre fois, d'exploser les vitres de sa voiture à coups de brique…

Et puis, se dit Krystal en plissant les yeux quand, après un virage, le fleuve surgit soudain, brillant de mille petites taches blanches dansant à la surface de l'eau, Kay restait quand même une de ces femmes qui se trimbalaient toujours avec des dossiers, qui comptaient les points, qui jugeaient. Elle avait l'air plutôt sympa comme ça, mais aucune des solutions qu'elle était susceptible de proposer ne permettrait jamais à Krystal et Robbie de rester ensemble…

« On pourrait aller là-bas, suggéra-t-elle à Fats en lui montrant une petite butte herbeuse près du rivage, non loin du pont. Et Robbie nous attendrait sur le banc. »

De cet endroit, elle pourrait garder un œil sur lui, se dit-elle, tout en s'assurant qu'il ne voie rien ; non pas qu'il n'ait jamais été témoin de ce genre de choses, à l'époque où Terri ramenait sans cesse des inconnus à la maison…

Mais Fats était épuisé, et choqué : il ne pouvait pas faire ça comme ça, dans l'herbe, sous les yeux d'un petit garçon.

« Nan, dit-il en s'efforçant de garder un ton désinvolte.

— Y nous f'ra pas chier, dit Krystal. Il a ses Rolo. Y saura même pas », dit-elle, même si elle pensait que ce n'était pas vrai. Robbie savait trop de choses. Ils avaient eu des problèmes à la halte-garderie quand il avait fait semblant de prendre en levrette une petite fille…

Fats se souvint que la mère de Krystal était une prostituée. Ce qu'elle lui suggérait lui répugnait – mais n'était-ce pas là une réaction foncièrement inauthentique ?

« Quoi, qu'est-ce qu'y a ? demanda Krystal d'une voix hostile.

— Rien. »

Dane Tully l'aurait fait. Pikey Pritchard l'aurait fait. Le Pigeon – jamais de la vie.

Krystal accompagna Robbie jusqu'au banc. Fats se pencha derrière pour repérer les lieux ; des fourrés et des buissons noyés sous les herbes hautes ; il se dit que le gosse ne verrait peut-être rien, après tout, et de toute façon il ferait aussi vite que possible...

« Voilà, tiens, dit Krystal à Robbie en lui donnant le long tube de Rolo, qu'il attrapa avec convoitise. Tu peux tous les manger si tu restes assis là bien sagement, d'accord ? Tu bouges pas, Robbie, et moi j's'rai juste là, dans les buissons. T'as compris, Robbie ?

— Oui », dit-il d'une voix joyeuse, les joues déjà remplies de chocolat et de caramel.

Krystal se laissa à moitié glisser le long de la pente pour gagner les fourrés ; elle espérait que Fats accepterait sans trop rechigner de ne pas mettre de capote.

10

Gavin avait mis des lunettes de soleil pour se protéger de l'éclat de la lumière matinale, mais ne pouvait guère compter sur ce déguisement pour passer inaperçu : Samantha Mollison reconnaîtrait sûrement sa voiture. Quand il la vit remonter la rue, les mains dans les poches et la tête basse, Gavin vira aussitôt à gauche et, au lieu de suivre la route tout droit jusque chez Mary, traversa le vieux pont en pierre pour aller se garer dans une petite rue sur l'autre rive du fleuve.

Il ne voulait pas que Samantha le voie s'arrêter devant chez Mary. En semaine, quand il était en costume et portait sa serviette, ça n'avait aucune importance ; aucune, à l'époque où il ne s'était pas encore avoué à lui-même les sentiments qu'il éprouvait pour Mary. Désormais, ce n'était plus pareil. De toute façon, c'était une matinée merveilleuse, idéale pour se promener un peu – ce qui lui permettrait en outre de gagner du temps.

Ne me fermer à aucune éventualité…, se disait-il en traversant le pont à pied. En contrebas, près du fleuve, un petit garçon mangeait des bonbons, assis tout seul sur un banc. *Je ne suis pas tenu de dire quoi que ce soit… J'improviserai…*

Mais il avait les mains moites. Il n'avait pas fermé l'œil de la nuit, hanté par l'idée que Gaia aille raconter aux jumelles Fairbrother qu'il était amoureux de leur mère.

Mary semblait contente de le voir.

« Où est ta voiture ? demanda-t-elle en jetant un coup d'œil par-dessus son épaule.

— Je me suis garé près du fleuve, dit-il. La matinée est belle, j'ai eu envie de me dégourdir un peu les jambes, et puis je me suis dit que je pourrais venir tondre la pelouse, si tu…

— Oh, Graham s'en est chargé, dit-elle, mais c'est adorable. Mais viens, entre, je vais te faire un café. »

Elle s'affaira dans la cuisine en bavardant. Elle portait un vieux jean élimé et un T-shirt, qui laissait deviner sa maigreur, mais ses cheveux avaient retrouvé l'éclat qu'il leur avait toujours connu. Il aperçut par la fenêtre les deux jumelles, allongées sur des serviettes sur la pelouse tondue de frais, les écouteurs de leurs iPods vissés dans les oreilles.

« Comment vas-tu ? » demanda Mary en s'asseyant à côté de lui.

Il n'arrivait pas à savoir pourquoi elle avait l'air aussi préoccupée ; puis il se souvint qu'il avait trouvé le temps de lui dire, hier, lors de sa brève visite, qu'il avait rompu avec Kay.

« Oh, ça va, ça va, dit-il. C'est sans doute mieux ainsi. »

Elle sourit et lui tapota le bras.

« J'ai entendu dire, hier soir, se lança-t-il, la bouche un peu sèche, que tu allais peut-être déménager ?

— Décidément, dit-elle, les nouvelles vont vite à Pagford… C'est juste une idée. Theresa veut que je retourne m'installer à Liverpool.

— Et les enfants, qu'est-ce qu'ils en disent ?

— Oh, tu sais, de toute façon j'attendrais que les filles et Fergus aient fini leurs examens, au mois de juin. Pour Declan, ça ne pose pas de problème. Enfin bon, aucun d'entre nous n'a envie de partir… »

Elle fondit brusquement en larmes, mais il était si heureux qu'il osa tendre le bras et poser la main sur son poignet délicat.

« Bien sûr…

— … loin de la tombe de Barry.

— Ah », fit Gavin, tout son bonheur envolé d'un coup, soufflé comme une bougie.

Mary s'essuya les yeux du revers de la main. Gavin trouva sa remarque un tantinet morbide. Dans sa famille à lui, on était plutôt partisan de la crémation. L'enterrement de Barry était seulement le deuxième auquel il avait assisté de toute sa vie, et il avait trouvé cette expérience atroce. Une tombe, à ses yeux, n'était jamais qu'une sorte de croix marquant l'emplacement de l'endroit sous terre où un cadavre était en train de se décomposer ; rien de très ragoûtant là-dedans, et pourtant les gens venaient rendre visite aux morts et leur apportaient des fleurs, comme s'ils allaient bientôt se rétablir…

Mary s'était levée pour aller chercher des Kleenex. Dehors, sur la pelouse, les jumelles partageaient maintenant le même iPod, un écouteur chacune, et hochaient la tête en rythme synchronisé.

« Alors, c'est donc Miles qui va prendre la place de Barry au Conseil ? dit-elle. On entendait les bruits de la fête jusqu'ici, hier soir.

— Eh bien, en fait, c'était l'anniv… enfin… oui, en effet, dit Gavin.

— Et Pagford sera bientôt débarrassé des Champs.

— On dirait bien.

— Et maintenant que Miles est au Conseil, la fermeture de Bellchapel n'est plus qu'une formalité », dit-elle.

Gavin mettait toujours quelques secondes à se rappeler ce qu'était Bellchapel ; ces histoires ne l'intéressaient pas le moins du monde.

« Oui, j'imagine.

— Donc tout ce pour quoi Barry s'est battu – terminé. »

Ses larmes avaient séché ; c'était la colère à présent qui lui rosissait les joues.

« Je sais, dit-il. C'est vraiment triste.

— Je ne sais pas, dit-elle, le visage à présent écarlate et l'air furieux. Pourquoi faudrait-il que Pagford paye l'addition pour les Champs ? Barry ne voyait qu'un seul côté des choses. Il pensait que tous les habitants de la cité étaient comme lui. Il pensait que Krystal Weedon était comme lui, mais il se trompait. Il ne lui est jamais venu à l'esprit que les gens, là-bas, étaient peut-être très contents comme ça.

— Oui, opina Gavin qui, ravi du désaccord entre Mary et son époux défunt, voyait se dissiper entre eux l'ombre de la pierre tombale de Barry. Je comprends ton point de vue. D'après ce que j'ai entendu dire de Krystal Weedon...

— Il lui consacrait plus de temps et d'attention qu'à ses propres filles, dit Mary. Et elle qui ne donne pas un sou, rien, pour sa couronne funéraire... Les filles me l'ont dit. Toute l'équipe a mis la main à la poche – sauf Krystal. Et elle n'est même pas venue à l'enterrement, après tout ce qu'il avait fait pour elle.

— Eh oui, comme quoi, ça montre bien que...

— Excuse-moi mais je ne peux pas m'empêcher d'y penser sans cesse, dit-elle sur un ton frénétique. Je n'arrête pas de me dire qu'il aurait voulu que je continue à me soucier de sa foutue Krystal Weedon. Je n'arrive pas à l'avaler. La dernière journée de son existence – plombé par une migraine contre laquelle il n'a rien fait, trop occupé à écrire son foutu article pour le journal !...

— Je sais, dit Gavin. Je sais. Je crois, ajouta-t-il avec la sensation de hasarder un pied sur un vieux pont de corde, je crois que c'est un truc de mec. Miles est pareil. Samantha ne voulait pas qu'il se présente au Conseil, mais il y est allé quand même. Tu sais, certains hommes ne peuvent vraiment pas se passer du pouvoir...

— Mais Barry ne faisait pas du tout ça pour le pouvoir ! dit Mary, et Gavin s'empressa de faire marche arrière.

— Non, non, pas Barry, bien sûr que non. Lui, ce qu'il voulait...

— C'était plus fort que lui, dit-elle. Il pensait que les gens étaient comme lui, qu'il suffisait de leur tendre la main pour qu'ils deviennent tous des êtres merveilleux...

— Oui, dit Gavin, alors que ce qui compte, avant tout, c'est de se rappeler qu'il y en a d'autres... d'autres personnes... qui auraient besoin qu'on leur tende la main, justement... des personnes tout près de nous...

— Exactement ! dit Mary en éclatant une fois de plus en sanglots.

— Mary, dit Gavin en se levant de sa chaise pour se rapprocher d'elle (en plein milieu du pont de corde à présent, saisi par un sentiment de panique mêlé d'impatience), écoute... c'est un peu prématuré de... enfin je veux dire, je sais que... c'est beaucoup trop tôt... mais... tu rencontreras quelqu'un d'autre.

— À quarante ans, hoqueta Mary, avec quatre enfants...

— Je connais beaucoup d'hommes qui..., commença-t-il, mais ça n'allait pas ; autant ne pas lui donner l'impression qu'elle n'avait que l'embarras du choix... L'homme qui te conviendra, se reprit-il, ça ne le dérangera pas du tout que tu aies déjà des enfants... Et puis ils sont tellement adorables, tous les quatre... qui n'aurait pas envie de vivre avec eux ?

— Oh, Gavin, tu es tellement gentil », dit-elle en s'essuyant le coin des yeux.

Il passa un bras autour de ses épaules, et elle ne se dégagea pas. Ils restèrent un moment debout, sans parler, pendant qu'elle se mouchait, puis il sentit son corps se tendre, s'éloigner, et il dit : « Mary…

— Quoi ?

— Il faut que je… Mary, je crois que je suis amoureux de toi. »

Il éprouva, pendant quelques secondes, la fierté glorieuse du parachutiste qui s'arrache au sol ferme pour plonger dans l'immensité du ciel infini.

Puis elle s'écarta de lui.

« Gavin. Je…

— Je suis désolé, dit-il, paniqué tout à coup en voyant son air horrifié. Je ne voulais pas que tu l'apprennes autrement. J'ai dit à Kay que c'était pour ça que je voulais rompre, et j'avais peur que tu l'apprennes par quelqu'un d'autre. Je n'avais pas prévu de t'en parler avant des mois. Non, des années ! » ajouta-t-il pour essayer de raviver son sourire et l'humeur qui l'incitait à le trouver tellement gentil…

Mais Mary secouait la tête, les bras croisés sur sa frêle poitrine.

« Gavin, je n'aurais jamais…

— Non, je n'ai rien dit, oublie, dit-il bêtement. Oublions tout ça.

— Je croyais que tu comprenais… », dit-elle.

Il aurait dû surtout comprendre, songea-t-il, qu'elle était prisonnière de l'armure invisible et protectrice du deuil, conçue pour que rien ne puisse l'atteindre.

« Mais je comprends, dit-il avec la plus parfaite absence de sincérité, je comprends très bien. Jamais je ne te l'aurais avoué, mais…

— Barry a toujours dit que je te plaisais, dit Mary.

— Mais pas du tout ! s'empressa-t-il de se récrier.

— Gavin, je trouve que tu es quelqu'un de formidable, dit-elle à mi-voix. Mais je ne… enfin je veux dire… même si…

— Non ! s'écria-t-il pour l'empêcher d'aller plus loin. J'ai compris. Écoute, je vais y aller…

— Ce n'est pas la peine de… »

Mais il en était presque à la détester, maintenant. Il avait parfaitement entendu ce qu'elle avait essayé de lui dire : *Même si je ne portais pas le deuil de mon mari, je ne voudrais jamais de toi.*

Sa visite avait été si brève que lorsque Mary, toujours un peu secouée, vida sa tasse dans l'évier, le café était encore chaud.

11

Howard avait dit à Shirley qu'il ne se sentait pas très bien, qu'il ferait sans doute mieux de rester à la maison pour se reposer, et que la Théière en Cuivre pourrait très bien se passer de lui le temps d'un après-midi.

« Je vais prévenir Mo, dit-il.

— Non, c'est moi qui l'appelle », dit Shirley d'un ton sec.

En refermant la porte de la chambre, elle se dit : *C'est son cœur qui fatigue.*

« Voyons, Shirl, ne dis pas de bêtises », s'était-il défendu, puis : « Des sornettes, un foutu ramassis de sornettes », et elle n'avait pas insisté. À force de se contorsionner en manœuvres polies afin d'éviter tout sujet délicat (Shirley était restée littéralement muette de stupéfaction quand Patricia, à vingt-trois ans, lui avait annoncé : « Maman, je suis lesbienne »), elle ne semblait plus capable de prononcer certains mots, comme si quelque chose en elle avait été muselé de l'intérieur.

On sonna à la porte. C'était Lexie. « Papa m'a dit de venir. Ils ont un truc à faire, avec maman. Où est papy ?

— Au lit, dit Shirley. Il a un petit peu trop tiré sur la corde, hier soir…

— C'était super, hein ? dit Lexie.

— Oui, très réussi », dit Shirley en s'efforçant de contenir la tempête qui montait en elle.

Le babillage de sa petite-fille finissait toujours très vite par l'assommer.

« Allons déjeuner au café, suggéra-t-elle. Howard, dit-elle à travers la porte de la chambre, j'emmène Lexie déjeuner à la Théière. »

Il avait l'air inquiet ; tant mieux. Elle n'avait pas peur de Maureen. Elle la regarderait droit dans les yeux…

Mais en chemin, Shirley songea tout à coup que Howard aurait très bien pu appeler Maureen à la seconde où elle avait quitté la maison. Quelle bécasse… que s'était-elle donc imaginé ? que son coup de fil à Maureen pour la prévenir que Howard était souffrant les empêcherait de se parler plus tard ? Mais où avait-elle la tête, parfois ?…

Les rues de la bourgade, si familières, si chères à son cœur, lui paraissaient changées, étranges. Elle aimait passer régulièrement en revue les divers visages qu'elle présentait à ce charmant petit univers : épouse et mère, bénévole à l'hôpital, secrétaire du Conseil paroissial, Première Dame de Pagford ; et Pagford, tel un miroir raffiné et respectueux, lui avait toujours tendu en retour le reflet de sa valeur et de son rang. Mais le Fantôme, d'un coup de chiffon sale sur le tain immaculé de son existence, venait de tout effacer par sa révélation : « Son mari était l'amant de son associée, et elle n'en savait rien… »

Voilà ce que tout le monde dirait, quand on parlerait d'elle désormais ; voilà tout ce qu'on retiendrait d'elle.

Elle ouvrit la porte du café ; la clochette tinta, et Lexie dit : « Tiens, mais c'est Cahouète Price.

— Comment va Howard ? croassa Maureen.

— Il est juste fatigué, dit Shirley en se hâtant de s'installer à une table, le cœur battant si fort dans sa poitrine qu'elle se crut elle-même sur le point d'avoir une attaque.

— Eh bien tu pourras lui dire qu'aucune des deux filles n'est venue ce matin, dit Maureen d'un air fâché en s'attardant à leur table, et que ni l'une ni l'autre n'a pris la peine de prévenir non plus. Heureusement que nous n'avons pas trop de monde. »

Lexie alla au comptoir parler avec Andrew, qui du coup avait été promu serveur. Saisie de se retrouver ainsi toute seule, ce qui ne lui arrivait presque jamais, Shirley repensa à Mary Fairbrother, si hâve et si droite aux funérailles de Barry, drapée dans son veuvage comme dans une traîne royale ; la pitié, la révérence. En perdant son mari, Mary était devenue la récipiendaire passive et silencieuse de l'admiration universelle – tandis qu'elle-même, enchaînée à l'homme qui l'avait trahie, ne pouvait plus revêtir dorénavant que les habits loqueteux de la honte, livrée en pâture à la risée de ses concitoyens…

(Jadis, à Yarvil, Shirley avait dû subir les blagues salaces qu'inspirait partout la réputation de sa mère, alors qu'elle-même avait toujours été un parangon de vertu et de pureté.)

« Mon grand-père est un peu malade, disait Lexie à Andrew. Y a quoi dans ces gâteaux, là ? »

Il se baissa derrière le comptoir pour dissimuler la rougeur qui lui montait aux joues.

J'ai peloté ta mère.

Andrew avait failli se faire porter pâle, ce matin. Il avait peur que Howard le vire sur-le-champ pour avoir embrassé sa belle-fille, et il était terrorisé à l'idée de voir Miles Mollison débarquer en fureur dans le café pour lui mettre le grappin dessus. En même temps, il n'était pas naïf au point de ne pas deviner que c'était Samantha – laquelle, songeait-il non sans une certaine cruauté, devait avoir quarante ans bien tapés – qui jouerait le rôle du diable dans ce mélodrame. Sa ligne de défense était très simple : « Elle était bourrée et elle m'a sauté dessus. »

Son embarras se teintait d'un infime soupçon de fierté. Il avait hâte de voir Gaia ; il mourait d'envie de lui raconter qu'une femme, une femme d'âge mûr, l'avait chauffé à mort. Il espérait qu'ils en rigoleraient ensemble, comme ils s'étaient moqués ensemble de Maureen, mais qu'elle serait secrètement impressionnée ; et il espérait aussi, au cours de ce moment d'hilarité partagée, apprendre ce qui s'était passé au juste avec Fats ; jusqu'où elle l'avait laissé aller. Il était prêt à lui pardonner. Elle aussi avait trop bu. Mais elle n'était pas venue ce matin.

Il alla chercher une serviette en papier pour Lexie et faillit entrer en collision avec la femme de son patron, qui se tenait debout derrière le comptoir, son EpiPen à la main.

« Howard voulait que je vérifie quelque chose, lui dit Shirley. Et cette seringue n'a rien à faire ici. Je vais aller la ranger dans l'arrière-salle. »

12

Ayant dévoré la moitié de son paquet de Rolo, Robbie commença à avoir très soif. Krystal ne lui avait rien acheté à boire. Il descendit du banc et s'accroupit dans l'herbe tiède, d'où il apercevait encore la silhouette de sa sœur, allongée dans les buissons avec l'inconnu. Il attendit un moment, puis crapahuta jusqu'en bas du talus pour les rejoindre.

« Soif, se mit-il à geindre.

— Robbie, tire-toi ! hurla Krystal. Retourne t'asseoir sur le banc !

— Veux boire !

— Putain… va attendre sur le banc et j't'apporte à boire dans deux s'condes ! Vas-y, Robbie, casse-toi ! »

Il remonta le talus glissant en pleurant et se rassit sur le banc. Il avait l'habitude de ne pas obtenir ce qu'il demandait, et il était devenu désobéissant, à force ; face à l'arbitraire des coups de sang des adultes et des règles qu'ils édictaient, il avait appris à satisfaire tout seul ses petites envies, où et quand il le voulait.

Fâché contre sa sœur, il redescendit du banc et s'éloigna sur le chemin. Un homme qui portait des lunettes de soleil marchait à sa rencontre.

(Gavin avait oublié où il s'était garé. En sortant précipitamment de chez Mary, il avait descendu Church Row sans réfléchir et ne s'était aperçu qu'il marchait dans la mauvaise direction que lorsqu'il était passé devant la maison de Miles et Samantha. Il avait alors fait un détour pour rejoindre le pont, afin de ne pas repasser devant la résidence de la famille Fair-brother.

Il vit le petit garçon, barbouillé de chocolat, échevelé et mal attifé, plutôt repoussant, et le dépassa sans un regard, ruminant son bonheur parti en lambeaux ; il en aurait presque souhaité pouvoir retourner chez Kay se faire consoler en silence... Elle n'était jamais si douce avec lui que lorsqu'il était malheureux ; c'était la première chose qui l'avait attiré chez elle.)

Le tumulte du fleuve ne fit que décupler la sensation de soif qui tenaillait Robbie. Il pleura de plus belle en faisant demi-tour, s'éloignant du pont pour retourner à l'endroit où Krystal se cachait. Il vit les buissons trembler. Il continua d'avancer, poussé par la soif ; puis il découvrit une trouée dans une longue haie à sa gauche, au bord du chemin, derrière laquelle il aperçut un terrain de jeux.

Robbie se faufila par le trou et contempla l'immense espace vert, les bosquets de marronniers, les poteaux de foot plantés de part et d'autre du terrain. Robbie savait ce que c'était ; son cousin Dane lui avait appris à taper dans un ballon, au parc. Il n'avait jamais vu autant de vert.

Une femme était en train de traverser le terrain, les bras croisés, la tête basse.

(Samantha était partie au hasard et marchait, marchait sans s'arrêter, n'importe où pourvu que ses pas l'éloignent de Church Row. Elle s'était posé beaucoup de questions et avait trouvé quelques réponses ; elle s'était notamment demandé si elle n'était pas allée trop loin en parlant à Miles de cette lettre idiote, écrite dans le feu de l'ivresse, envoyée dans un moment de colère, et dont elle n'était plus très fière à présent…

Elle leva la tête et son regard croisa celui de Robbie. Les enfants se faufilaient souvent à travers la haie pour venir jouer sur ce terrain, le week-end. Ses filles le faisaient, quand elles étaient petites.

Elle enjamba le petit portail, tourna le dos au fleuve et se dirigea vers le Square. Elle avait beau essayer de fuir, le dégoût la suivait à la trace et ne lui laissait aucun répit.)

Robbie repassa par la trouée dans la haie et marcha un moment derrière la dame qui avançait à grandes foulées nerveuses, mais elle le distança bientôt, et disparut de son champ de vision. La fin de son paquet de Rolo était en train de fondre dans sa main, et il ne voulait pas lâcher ses bonbons, mais il avait soif, tellement soif. Peut-être que Krystal avait fini. Il fit à nouveau demi-tour.

Quand il arriva en vue des buissons près de la rive, il s'aperçut qu'ils ne bougeaient plus ; il pensa donc qu'il pouvait s'approcher sans crainte.

« Krystal », appela-t-il.

Mais il n'y avait personne dans les buissons. Krystal était partie.

Robbie se mit à pleurer et à crier. Il remonta le talus, jeta des regards affolés partout autour de lui, mais ne vit sa sœur nulle part.

« Krystal ! »

Une femme aux cheveux courts et argentés lui lança un regard mauvais en passant à sa hauteur, sur le trottoir d'en face.

Shirley avait laissé Lexie à la Théière en Cuivre, où elle semblait se trouver très bien, mais à peine avait-elle commencé à traverser le Square qu'elle avait aperçu Samantha, la dernière personne qu'elle avait envie de croiser, et elle avait rebroussé chemin pour partir dans la direction opposée.

Les cris et les gémissements du gosse la poursuivirent en écho sur quelques mètres. La main enfoncée dans la poche, Shirley serrait dans son poing l'Epi-Pen d'Andrew. Elle refusait d'être la risée de Pagford. Elle voulait être pure, et elle voulait qu'on la plaigne, comme Mary Fairbrother. Elle éprouvait une rage si colossale, si dangereuse, qu'elle n'arrivait plus à réfléchir de manière cohérente ; elle n'avait plus qu'une seule idée en tête : agir. Punir. En finir.

Juste avant le vieux pont en pierre, à sa gauche, Shirley vit les buissons frémir. Elle tendit le cou, et fut assaillie par la vision furtive d'un spectacle ignoble, répugnant, qui la poussa à poursuivre son chemin, et son but, avec une ardeur redoublée.

13

Sukhvinder marchait dans les rues de Pagford depuis plus longtemps encore que Samantha. Elle avait quitté le Vieux Presbytère peu après que sa mère lui eut ordonné d'aller au travail, et déambulait depuis au hasard, s'aventurant dans les zones invisibles et peu fréquentées autour de Church Row, de Hope Street et du Square.

Elle avait près de cinquante livres en poche – la totalité de ce qu'elle avait gagné au café et lors de la soirée – et sa lame de rasoir. Elle aurait voulu prendre aussi son livret d'épargne, rangé dans un petit classeur à tiroirs dans le bureau de son père, mais Vikram était là quand elle était allée le chercher. Elle avait attendu le bus de Yarvil pendant un moment, mais en voyant arriver Shirley et Lexie Mollison au bout de la rue, elle s'était enfuie.

La trahison de Gaia avait été brutale et inattendue. Choisir Fats Wall… Il laisserait tomber Krystal, maintenant qu'il avait Gaia. N'importe quel garçon aurait laissé tomber n'importe quelle fille pour Gaia, elle le savait. Mais elle ne pouvait pas aller travailler ce matin, et écouter sa seule alliée lui expliquer que Fats était plutôt un type bien, au fond ; c'était au-dessus de ses forces.

Son portable vibra. Gaia lui avait déjà envoyé deux textos.

Komen GT grav Dchiré IR soir !
Tu va O taf ?

Rien sur Fats Wall. Rien sur le fait qu'elle s'était laissé peloter par le bourreau de Sukhvinder. Le nouveau message disait : Tou va bi1 ?

Sukhvinder rangea le portable dans sa poche. Elle pourrait peut-être marcher en direction de Yarvil et grimper dans un bus à la sortie de la bourgade, là où personne ne la verrait. Ses parents ne s'apercevraient pas de son absence avant dix-sept heures trente, l'heure à laquelle elle était censée rentrer du café.

Un plan désespéré commença à prendre forme dans sa tête tandis qu'elle marchait, fatiguée, oppressée par la chaleur : si seulement elle arrivait à trouver un endroit où se poser pour moins de cinquante livres… elle ne voulait qu'une chose : être seule – seule avec sa lame de rasoir…

Elle était maintenant sur la route qui longeait le fleuve ; les flots de l'Orr s'écoulaient à ses pieds. En traversant le pont, elle pourrait rejoindre une petite allée qui la ramènerait à l'entrée de la rocade.

« Robbie ! *Robbie !* T'es où ? »

C'était Krystal Weedon ; elle courait de long en large sur la berge. Fats Wall était là aussi ; cigarette au bec, une main dans la poche, il regardait Krystal courir.

Sukhvinder tourna à droite et s'engagea sur le pont, terrifiée à l'idée que l'un ou l'autre la repèrent. Les hurlements de Krystal se répercutaient en écho dans l'onde tumultueuse.

Du haut du pont, Sukhvinder aperçut quelque chose dans l'eau.

Ses mains étaient déjà posées sur la pierre tiède du garde-fou et, avant même d'avoir réfléchi à ce qu'elle faisait, elle se hissait sur la rambarde du pont ; elle cria : « *Il est dans l'eau, Krys !* », puis se laissa tomber, pieds en avant. Le courant la tira aussitôt vers le fond, où les débris d'un ordinateur cassé lui entaillèrent la jambe.

14

Quand Shirley ouvrit la porte de la chambre, elle ne vit que leurs deux lits vides. Justice ne pourrait être faite que si Howard dormait ; elle allait devoir lui conseiller d'aller se recoucher.

Mais elle n'entendait aucun bruit, ni dans la cuisine, ni dans la salle de bains. Shirley eut peur de l'avoir raté, en faisant ce détour par les bords du fleuve. Il avait dû s'habiller et partir au travail ; il était peut-être déjà avec Maureen en ce moment même, dans l'arrière-boutique, en train de parler d'elle ; du divorce qu'il allait demander pour épouser Maureen, maintenant que les masques étaient tombés, la partie terminée.

Elle alla dans le salon presque au pas de course ; elle avait l'intention d'appeler à la Théière en Cuivre. Howard était allongé sur la moquette, toujours en pyjama.

Son visage était violet, ses yeux exorbités. Un infime sifflement s'échappait de ses lèvres. D'une main sans force, il s'agrippait la poitrine. Le haut de son pyjama était remonté sur son torse. Shirley aperçut la zone de peau irritée, écaillée, où elle avait prévu d'enfoncer l'aiguille.

Leurs regards se croisèrent et, sans un mot, il lui lança un appel au secours désespéré.

Shirley le contempla un moment, horrifiée, puis sortit du salon à toute vitesse. Elle alla d'abord dissimuler l'EpiPen dans la boîte à biscuits ; puis le récupéra aussitôt pour le cacher derrière ses livres de cuisine.

Elle retourna dans le salon en courant, décrocha le téléphone et composa le numéro du Samu.

« Pagford ? Pour le Cottage Orrbank, c'est bien ça ? Oui, une ambulance est déjà en route.

— Oh, merci, merci mon Dieu ! » s'exclama Shirley ; elle était sur le point de raccrocher quand elle se rendit compte de sa méprise, et se mit à hurler : « Non, non, pas le Cottage Orrbank !... »

Mais la standardiste avait raccroché et elle dut recomposer le numéro. Elle était dans un tel état de panique qu'elle lâcha le téléphone. Allongé à ses pieds sur la moquette, les sifflements de Howard étaient de plus en plus faibles.

« Pas le Cottage Orrbank, hurla-t-elle. 36, Evertree Crescent, Pagford – mon mari a une crise cardiaque... »

15

Miles Mollison sortit en trombe de sa maison de Church Row et dévala le trottoir en chaussons jusqu'au Vieux Presbytère, tout en bas de la rue. Il cogna de toutes ses forces sur l'épaisse porte en chêne de la main gauche, tout en composant le numéro de sa femme de la droite.

« Oui ? dit Parminder en lui ouvrant.

— Mon père…, dit Miles d'une voix haletante, un nouvel infarctus… Maman a appelé une ambulance… vous voulez bien venir ? Je vous en supplie, venez ! »

Parminder recula aussitôt dans la maison, prête à courir chercher sa sacoche – mais elle se ravisa soudain.

« Je ne peux pas. Je suis suspendue, Miles. Je n'ai pas le droit d'exercer. Je ne peux pas.

— Ce n'est pas possible, vous plaisantez… s'il vous plaît… l'ambulance ne sera pas là avant…

— Je ne peux pas, Miles », dit-elle.

Il tourna les talons et partit en courant. Il aperçut Samantha qui remontait l'allée de leur maison. Il l'appela d'une voix brisée, et elle se retourna, surprise. Elle crut qu'il était en panique à cause d'elle.

« Papa… effondré… une ambulance arrive… cette salope de Parminder Jawanda refuse de venir…

— Mon Dieu, dit Samantha. Oh, mon Dieu… »

Ils se précipitèrent dans la voiture et partirent à toute vitesse, Miles toujours en chaussons, Samantha dans les sabots qui lui avaient criblé les pieds d'ampoules.

« Miles, écoute – une sirène – ils sont déjà là… »

Mais quand ils arrivèrent à Evertree Crescent, il n'y avait personne, et on n'entendait plus aucune sirène.

Sur une pelouse, à moins de deux kilomètres de là, Sukhvinder Jawanda vomissait l'eau du fleuve sous un saule, tandis qu'une vieille dame l'entourait de couvertures déjà aussi trempées que ses vêtements. Quelques mètres plus loin, l'homme qui avait aperçu Sukhvinder alors qu'il promenait son chien au bord du fleuve, et qui l'avait tirée de l'eau en l'attrapant par les cheveux et le sweat-shirt, était penché sur un petit corps inerte.

Sukhvinder avait cru sentir Robbie se débattre entre ses bras, mais peut-être n'était-ce que le courant cruel qui essayait de le lui reprendre ? Elle nageait bien, mais l'Orr ne cessait de l'entraîner vers le fond, de la secouer en tous sens, au gré des caprices de l'onde. Elle avait dérivé jusqu'au tournant du fleuve, qui l'avait rapprochée de la terre ferme, et elle avait réussi à crier au secours, puis elle avait vu le monsieur qui promenait son chien courir vers elle…

« Non, rien à faire, disait maintenant celui-ci après avoir essayé de ranimer Robbie pendant vingt minutes. C'est fini… »

Sukhvinder se mit à hurler et s'effondra sur la pelouse détrempée, saisie de tremblements violents tandis que le bruit d'une sirène se rapprochait – trop tard.

À Evertree Crescent, les premiers secours avaient beaucoup de mal à déplacer Howard sur un brancard ; Miles et Samantha durent leur prêter main-forte.

« Va avec Papa, on vous suit en voiture », cria Miles à Shirley qui restait pétrifiée sur place, abasourdie, et ne semblait pas vouloir monter dans l'ambulance.

Maureen, qui venait de raccompagner son dernier client à la porte de la Théière en Cuivre, se posta un moment sur le seuil en tendant l'oreille.

« Eh bah, ça y va, les sirènes, aujourd'hui ! lança-t-elle par-dessus son épaule à Andrew qui essuyait les tables, épuisé. Il a dû se passer quelque chose… »

Et elle prit une profonde inspiration, comme pour s'imprégner du parfum de désastre qui flottait dans la chaleur de l'après-midi.

Sixième Partie

Faiblesses des corps volontaires

22.23 … Ces corps ont pour principales faiblesses d'être difficiles à lancer, susceptibles de se désintégrer…:

Charles Arnold-Baker
Administration des conseils locaux,
7ᵉ édition

1

Colin avait souvent, très souvent imaginé le moment où la police débarquerait chez lui. Ce moment arriva, enfin, ce dimanche soir, à la tombée du jour : une femme et un homme frappèrent à la porte – mais ils ne venaient pas arrêter Colin ; ils cherchaient son fils.

Un terrible accident, dont « Stuart, c'est bien cela ? » avait été témoin. « Il est ici ?

— Non, dit Tessa. Oh, mon Dieu... Robbie Weedon... mais il habite dans la cité des Champs... qu'est-ce qu'il faisait là ? »

La femme en uniforme lui expliqua, avec douceur, ce qui avait dû se passer. « Les deux adolescents ont sans doute relâché leur vigilance » – ainsi formulat-elle les choses.

Tessa crut qu'elle allait s'évanouir.

« Vous ne savez pas où se trouve Stuart ? demanda le policier.

— Non, dit Colin, le visage tiré, les yeux cernés. Où a-t-il été vu pour la dernière fois ?

— Quand notre collègue est arrivé sur les lieux, il semblerait que Stuart se soit... euh... enfui en courant...

— Oh ! mon Dieu, répéta Tessa.

— Ça ne répond pas, dit calmement Colin qui avait déjà composé le numéro de Fats sur son portable. Il faut qu'on aille le chercher. »

Colin avait passé sa vie entière à s'entraîner en prévision d'une telle catastrophe. Il était prêt. Il prit son manteau.

« J'essaie de joindre Arf », dit Tessa en se précipitant sur le téléphone.

La nouvelle tragique n'avait pas encore atteint Hilltop House, isolée en surplomb de la petite ville. Le portable d'Andrew sonna dans la cuisine.

« 'lô ? dit-il, un gros morceau de tartine dans la bouche.

— Andy, c'est Tessa Wall. Est-ce que Stuart est avec toi ?

— Non, dit-il. Désolé. »

Mais il n'était pas désolé le moins du monde que Fats ne soit pas là avec lui.

« Il est arrivé quelque chose, Andy. Stu était au bord du fleuve avec Krystal Weedon, et elle avait emmené son petit frère, et le gosse s'est noyé. Stu s'est… s'est enfui quelque part. Tu as une idée de l'endroit où il aurait pu aller ?

— Non », répondit Andrew par réflexe. Il en avait fait le serment avec Fats : ne jamais rien dire aux parents.

Mais l'horreur de ce qu'elle venait de lui annoncer le rattrapa bientôt, envahissant la cuisine comme un banc de brume poisseux. Tout lui paraissait soudain moins clair, moins sûr. Elle était sur le point de raccrocher.

« Attendez, Mrs Wall, dit-il. Peut-être que… il y a un endroit, au bord du fleuve, un peu plus bas…

— Ça m'étonnerait qu'il soit resté près du fleuve »,
dit Tessa.

Quelques secondes passèrent, et Andrew était de
plus en plus persuadé que Fats était allé se réfugier
dans le Pigeonnier.

« C'est le seul endroit qui me vienne à l'esprit, dit-
il.

— Dis-moi où…

— Il faudrait que je vous montre.

— Je suis là dans dix minutes », cria-t-elle.

Colin était déjà parti patrouiller à pied dans les
rues de Pagford. Tessa se précipita au volant de sa
Nissan et prit la route de la colline ; Andrew s'était
posté au coin de la rue, là où il attendait le bus,
d'habitude. Il grimpa dans la voiture et lui indiqua la
direction. Les lumières de la ville étaient pâles dans
le crépuscule.

Ils se garèrent près des arbres où Andrew laissait
en général le vélo de son père. Tessa sortit de la voiture et suivit Andrew sur la rive, perplexe et effrayée.

« Il n'est pas là, dit-elle.

— C'est plus loin, dit Andrew en lui montrant la
falaise noire de la colline de Pargetter, qui se précipitait presque à la verticale dans le fleuve, ne laissant
qu'une minuscule bande de terre pour passer au-
dessus de l'eau tourbillonnante.

— Comment ça, plus loin ? » demanda Tessa, horrifiée.

Andrew avait tout de suite compris qu'elle ne
pourrait pas le suivre, petite et grassouillette comme
elle était.

« Je vais aller voir, dit-il. Attendez-moi là.

— Mais c'est trop dangereux ! » s'écria-t-elle par-dessus le rugissement puissant des eaux torrentielles.

Il l'ignora et se lança à l'assaut de la paroi, calant ses mains et ses pieds sur les prises qu'il connaissait par cœur. Tandis qu'il avançait en crabe sur l'étroit corridor, la même pensée leur vint tous les deux à l'esprit : Fats avait pu tomber, ou sauter, dans le courant furieux du fleuve.

Tessa resta un moment au bord de l'eau, puis, quand Andrew eut disparu de son champ de vision, elle se retourna en s'efforçant de ne pas pleurer ; si Stuart était là, il faudrait qu'elle soit capable de lui parler sans perdre ses moyens. Pour la première fois, elle se demanda où était Krystal. La police ne leur avait rien dit à ce sujet, et la terreur qu'elle éprouvait pour Fats avait oblitéré tout le reste…

Je vous en supplie, mon Dieu, faites qu'on retrouve Stuart, pria-t-elle. *Faites qu'on le retrouve, s'il vous plaît, mon Dieu…*

Puis elle sortit son portable de la poche de son cardigan et appela Kay Bawden.

« Je ne sais pas si vous avez appris ce qui s'est passé, dut-elle crier pour se faire entendre par-dessus le vacarme du fleuve, et elle raconta toute l'histoire à Kay.

— Mais je ne suis plus en charge de leur dossier », dit Kay.

Six mètres plus loin, Andrew avait atteint le Pigeonnier. L'obscurité était totale ; il n'était encore jamais venu là à une heure aussi tardive. Il se hissa à l'intérieur.

« Fats ? »

Il entendit quelque chose bouger au fond de la caverne.

« Fats ? T'es là ?

— T'as du feu, Arf ? dit une voix méconnaissable. J'ai laissé tomber mes putains d'allumettes. »

Andrew songea à appeler Tessa en hurlant, mais elle ne savait pas combien de temps il fallait pour arriver au Pigeonnier ; elle pouvait bien encore attendre un moment.

Il passa son briquet à Fats. À la lueur de la flamme, Andrew s'aperçut que la physionomie de son ami était presque aussi transfigurée que sa voix. Il avait les yeux gonflés, le visage bouffi.

La flamme s'éteignit. Andrew ne voyait plus que le bout incandescent de sa cigarette rougeoyer dans le noir.

« Il est mort ? Son petit frère ? »

Andrew n'avait pas réalisé que Fats ne savait pas encore.

« Oui », dit-il, puis il ajouta : « Enfin je crois. C'est ce que… c'est ce que j'ai entendu dire. »

Un silence. Puis, du fond des ténèbres, une plainte aiguë, entrecoupée de reniflements, comme les grognements d'un petit animal.

« Mrs Wall ! hurla Andrew en passant la tête aussi loin que possible hors de la caverne, afin que le bruit du fleuve couvre les sanglots de Fats. Mrs Wall, il est là ! »

2

La policière avait été douce et gentille, dans le petit cottage près du fleuve, où les couvertures, les chaises en chintz et les tapis élimés étaient maintenant imprégnés d'eau saumâtre. La vieille dame qui habitait là avait apporté une bouteille d'eau chaude et une tasse de thé brûlante, que Sukhvinder, encore en proie à des tremblements incontrôlables, était incapable de soulever. Elle avait réussi à dégorger les quelques renseignements qu'on lui avait demandés : son nom, celui de Krystal, et celui du petit garçon dont on hissait à présent le cadavre à bord d'une ambulance. Le monsieur au petit chien qui l'avait tirée du fleuve était un peu dur d'oreille ; il fit une déclaration à la police dans la pièce voisine, et il raconta sa version des faits en parlant si fort que Sukhvinder en avait la nausée. Son chien, attaché à un saule, juste derrière la fenêtre, n'arrêtait pas de japper.

Puis la police avait appelé ses parents et ils avaient débarqué ; Parminder avait renversé une table et cassé l'un des bibelots de la vieille dame en accourant auprès de sa fille, les bras chargés de vêtements secs. Dans la minuscule salle de bains, l'entaille profonde à la jambe de Sukhvinder apparut quand elle se déshabilla, maculant le tapis de bain de petites taches noirâtres, et quand Parminder vit la blessure, elle cria à Vikram, qui remerciait tout le monde avec effusion dans le couloir, qu'il fallait emmener Sukhvinder à l'hôpital.

Elle s'était remise à vomir dans la voiture, et sa mère, assise à l'arrière à côté d'elle, lui avait épongé le visage ; Parminder et Vikram n'avaient pas arrêté de parler, très vite et très fort, pendant tout le trajet ; son père disait « il lui faut des calmants », « il va falloir suturer cette plaie », tandis que Parminder, à côté d'une Sukhvinder tremblante et révulsée, répétait en boucle : « Tu aurais pu mourir. Tu aurais pu mourir. »

Sukhvinder avait l'impression d'être encore sous l'eau. Incapable de respirer. Elle essayait de les interrompre, de se faire entendre.

« Est-ce que Krystal sait qu'il est mort ? demanda-t-elle, mais elle claquait des dents si fort que sa mère dut lui demander plusieurs fois de répéter sa question.

— Je ne sais pas, finit par lui répondre Parminder. Tu aurais pu mourir, mon pinson. »

À l'hôpital, on lui demanda de se déshabiller à nouveau, mais sa mère resta avec elle, derrière le rideau, et Sukhvinder s'aperçut trop tard de l'erreur fatale qu'elle venait de commettre, en voyant l'expression horrifiée de Parminder.

« Mon Dieu ! s'écria-t-elle en saisissant le bras de sa fille. Mon Dieu. Mais qu'est-ce que tu t'es fait ? »

Sukhvinder, à court de mots, s'effondra en sanglots et se remit à trembler comme une feuille ; Vikram, pendant ce temps, hurlait à tout le monde, y compris à sa femme, de la laisser tranquille – mais aussi qu'ils avaient intérêt à se bouger le cul, et qu'il fallait nettoyer la plaie, et qu'elle avait besoin de points de suture, et de calmants, et d'une radio…

Plus tard, elle se retrouva allongée dans un lit, entourée de ses parents qui lui caressaient les mains. Elle avait chaud et se sentait engourdie ; mais elle n'avait plus mal à la jambe. Derrière les fenêtres, la nuit était tombée.

« Howard Mollison a refait un infarctus, entendit-elle sa mère dire à son père. Miles voulait que je vienne l'aider.

745

« — Manque pas d'air, celui-là », dit Vikram.

Sukhvinder, du fond de sa torpeur, fut étonnée qu'ils ne parlent pas plus de Howard Mollison. Ils continuèrent à lui caresser les mains, et elle s'endormit bientôt.

À l'autre bout de l'hôpital, dans une petite salle aux murs bleus écaillés, Miles et Samantha, assis de part et d'autre de Shirley, attendaient des nouvelles du bloc. Miles était toujours en chaussons.

« Je n'arrive pas à croire que Parminder Jawanda ait refusé de venir », dit-il pour la énième fois, la voix brisée. Samantha se leva, passa devant Shirley et serra Miles dans ses bras, déposant un baiser dans ses cheveux drus, poivre et sel, au parfum si familier.

Shirley dit d'une voix haut perchée, étranglée : « Moi, ça ne me surprend pas qu'elle n'ait pas bougé. Ça ne me surprend pas du tout. C'est absolument révoltant. »

Il ne lui restait plus, pour se raccrocher à son ancienne vie, retrouver ses anciennes convictions, que ce dernier recours : s'en prendre aux vieilles cibles habituelles. Le choc l'avait dépouillée de tout le reste : elle ne savait plus ce qu'elle devait croire, ni même ce qu'elle devait espérer. L'homme qui en ce moment même passait sur le billard n'était pas l'homme qu'elle avait cru épouser. Si seulement elle avait pu remonter le temps, revenir à l'époque heureuse où tout n'était que certitude, et où elle n'avait pas encore lu cet horrible message…

Peut-être devrait-elle condamner le site internet. Effacer le forum dans son intégralité. Elle avait peur que le Fantôme revienne, qu'il répète ses atrocités…

Elle voulait rentrer chez elle, tout de suite, pour démonter le site ; et au passage, détruire également l'EpiPen une bonne fois pour toutes…

Il l'a vu… je sais qu'il l'a vu…

Mais je ne l'aurais jamais fait, je ne serais pas allée jusqu'au bout. Non, je n'aurais jamais fait une chose pareille. J'étais énervée. Je ne l'aurais pas fait…

Et si jamais Howard s'en sortait et qu'à son réveil ses premiers mots étaient : « Elle s'est enfuie de la pièce quand elle m'a vu. Elle n'a pas appelé les secours tout de suite. Elle avait une énorme seringue à la main… » ?

Eh bien je dirai que son cerveau a été endommagé, songea Shirley avec défi.

Et si jamais il mourait…

À côté d'elle, Samantha serrait Miles dans ses bras. Shirley était mécontente ; c'était *elle* qui aurait dû être au centre de l'attention ; c'était son mari à *elle* qui était allongé là-haut, en train de lutter pour sa vie. Elle voulait être comme Mary Fairbrother : admirée, choyée ; une héroïne de tragédie. Ce n'était pas du tout comme ça qu'elle avait imaginé les choses…

« Shirley ? »

Ruth Price, dans sa blouse d'infirmière, accourut dans la salle d'attente, son visage délicat éperdu de compassion.

« Je viens d'apprendre… il fallait que je vienne… Shirley, c'est terrible, je suis tellement désolée.

— Ruth, ma chère, dit Shirley en se levant pour se laisser prendre dans ses bras. C'est si gentil à vous. Si gentil. »

Shirley était ravie de pouvoir présenter à Miles et Samantha son amie du corps médical, et recevoir devant eux toute sa pitié, toute sa bonté. C'était un petit avant-goût de l'idée qu'elle se faisait du veuvage...

Mais Ruth dut bientôt retourner travailler, condamnant Shirley à l'inconfort de sa chaise en plastique et de ses pensées.

« Il va s'en sortir, murmurait Samantha à Miles, qui avait posé la tête sur son épaule. Je suis sûre qu'il va s'en tirer. Comme la dernière fois. »

Shirley regarda les petits poissons brillants comme des néons fuser en tous sens dans l'aquarium de la salle d'attente. C'était le passé qu'elle aurait voulu changer ; le futur n'était qu'un grand néant.

« Quelqu'un a prévenu Mo ? demanda Miles au bout d'un moment en s'essuyant les yeux avec une main tout en s'agrippant de l'autre à la jambe de Samantha. Maman, tu veux que je... ?

— Non, le coupa sèchement Shirley. Attendons... d'en savoir plus. »

Quelques étages plus haut, au bloc, le corps de Howard Mollison débordait de la table d'opération, la poitrine écartelée, béant sur des décombres : ce qu'il restait du travail accompli jadis par Vikram Jawanda. Dix-neuf personnes s'échinaient à réparer les dégâts, tandis que les machines auxquelles Howard était relié émettaient des bruits paisibles et implacables, preuve qu'il était encore en vie.

Et tout en bas, dans les entrailles de l'hôpital, le corps de Robbie Weedon reposait à la morgue, blanc et glacé. Personne ne l'avait accompagné à l'hôpital, et personne n'était venu le voir dans son tiroir en acier.

3

Andrew avait décliné l'offre de Tessa qui avait proposé de le ramener à Hilltop House ; elle était donc seule avec Fats dans la voiture, et Fats dit : « Je ne veux pas rentrer à la maison.

— D'accord », dit Tessa, et elle continua à conduire tout en parlant à Colin au téléphone : « Il est avec moi… C'est Andy qui l'a retrouvé. On arrive bientôt… Oui… Oui, d'accord… »

Le visage de Fats était inondé de larmes ; son corps le trahissait ; comme le jour où un filet d'urine chaude avait coulé le long de son short jusque dans ses chaussettes, quand Simon lui avait hurlé dessus. Des petites perles liquides, chaudes et salées, s'aggloméraient au bout de son menton et tombaient sur sa poitrine comme des gouttes de pluie.

Il n'arrêtait pas d'imaginer l'enterrement. Le cercueil minuscule.

Il n'avait pas voulu faire ça juste à côté du petit garçon.

Passerait-il le restant de ses jours écrasé sous le poids de cet enfant mort ?

« Alors tu t'es enfui », dit Tessa d'un ton glacial tandis qu'il continuait de pleurer.

Elle avait prié pour qu'on le retrouve sain et sauf, mais c'était surtout du dégoût qu'elle éprouvait à présent. Les larmes de Fats ne la touchaient pas. Elle avait l'habitude de voir les hommes pleurer. Une partie d'elle-même avait honte qu'il ne se soit pas jeté à l'eau.

« Krystal a dit à la police que vous étiez ensemble dans les buissons. Vous l'avez laissé tout seul, c'est ça ? »

Fats était incapable de parler. Il n'arrivait pas à croire qu'elle puisse être si cruelle. Ne voyait-elle pas à quel point il était rempli d'horreur et de désolation, touché lui aussi par le drame ?

« Eh bien j'espère au moins que tu l'as bel et bien mise enceinte, dit Tessa. Ça lui donnera une raison de vivre. »

À chaque virage, il pensait qu'elle le ramenait à la maison. Il avait surtout redouté la réaction du Pigeon, mais à présent, il n'y avait plus aucune différence entre ses deux parents. Il aurait voulu sortir de la voiture, mais elle avait verrouillé les portières.

Tout à coup, sans prévenir, elle donna un grand coup de volant et freina brutalement. Fats, agrippé aux côtés de son siège, vit qu'ils s'étaient arrêtés sur une voie d'accotement de la rocade de Yarvil. Il eut soudain peur qu'elle lui ordonne de sortir de la voiture, et tourna vers elle son visage congestionné par les sanglots.

« Ta mère biologique, lui dit-elle en le regardant droit dans les yeux comme jamais auparavant, sans pitié ni gentillesse, avait quatorze ans. Nous avons cru comprendre, à l'époque, que c'était une jeune fille issue de la classe moyenne, une jeune fille tout à fait brillante. Elle a toujours refusé catégoriquement de révéler le nom de ton père. Personne n'a jamais su si elle essayait de protéger un petit ami parce qu'il était mineur, ou pire encore, peut-être… On nous a dit tout ça au cas où tu aurais des problèmes physiques ou psychologiques. Au cas, dit-elle en détachant bien les mots, comme un professeur insistant sur une question que les élèves pouvaient être sûrs de voir sortir au prochain examen, au cas où tu serais l'enfant d'un inceste. »

Il se recroquevilla et tourna la tête pour ne pas la voir. Il aurait encore préféré qu'elle lui tire une balle dans la tête.

« Je mourais d'envie de t'adopter, continua-t-elle. J'en mourais d'envie. Mais Papa était très malade. Il me disait tout le temps : "Je n'y arriverai pas. J'ai peur de faire mal au bébé. Il faut que j'aille mieux avant qu'on se lance là-dedans, et je n'arriverai pas à me soigner et à m'occuper d'un bébé en même temps."

« Mais j'étais tellement décidée à t'avoir, dit Tessa, que je l'ai poussé à mentir, à dire aux services sociaux qu'il était en parfaite santé, à faire semblant d'être heureux et normal. Nous t'avons ramené à la maison, tu étais tout petit, prématuré, et cinq jours plus tard, au beau milieu de la nuit, Papa s'est levé sans faire de bruit, il est allé dans le garage, il a enfoncé un tuyau dans le pot d'échappement de la voiture, et il a essayé de se suicider, parce qu'il était persuadé qu'il allait te faire du mal, t'étouffer dans ton sommeil. Et il a failli mourir.

« Alors maintenant, tu peux m'en vouloir autant que tu veux, continua Tessa, pour la façon dont les choses ont démarré entre toi et Papa, et tu peux m'en vouloir autant que tu veux pour tout ce qui s'est passé depuis. Mais écoute-moi bien, Stuart. Ton père a passé sa vie à assumer des actes qu'il n'a jamais commis. Je ne te demande pas forcément de comprendre le courage particulier que cela exige de lui, jour après jour. Mais sache… (et sa voix, enfin, se brisa, et Fats retrouva la mère qu'il connaissait) sache qu'il t'aime, Stuart. »

Elle n'avait pas pu s'empêcher de terminer sur ce mensonge. Ce soir, pour la première fois, Tessa était convaincue que ce n'était pas vrai ; et que tout ce qu'elle avait accompli dans sa vie, tout ce qu'elle avait fait en se répétant sans cesse que c'était pour le mieux, n'avait jamais été que l'expression d'un égoïsme aveugle qui avait entraîné la confusion et le désastre partout autour d'elle. *Mais qui pouvait tolérer que certaines étoiles soient déjà mortes ?* songea-t-elle en clignant des yeux, la tête levée vers le ciel nocturne ; *et qui aurait pu tolérer qu'elles le soient toutes ?*

Elle redémarra, passa la première d'un geste brusque, et redonna un coup de volant pour repartir sur la rocade.

« Je ne veux pas aller dans la cité, dit Fats, terrorisé.

— On ne va pas dans la cité, dit Tessa. Je te ramène à la maison. »

4

La police avait fini par rattraper Krystal Weedon ; elle courait désespérément le long de la berge à la lisière de Pagford en continuant d'appeler son petit frère d'une voix fêlée. La policière qui s'approcha d'elle l'appela par son nom et essaya de lui annoncer la nouvelle en douceur, mais Krystal tenta de lui échapper en la tapant, et il fallut recourir à la force pour la faire monter dans la voiture. Krystal n'avait pas vu Fats disparaître dans les fourrés ; il n'existait plus pour elle.

La police ramena Krystal chez elle, mais quand ils frappèrent à la porte, Terri refusa d'ouvrir. Elle les avait vus par le fenêtre de sa chambre, à l'étage, et elle était persuadée que Krystal avait commis l'impensable, l'irréparable – qu'elle était allée parler aux flics des sacs d'Obbo remplis de hasch. Elle alla les mettre en sûreté à l'étage tandis que la police continuait de tambouriner à la porte, et n'ouvrit que lorsqu'elle estima ne plus avoir le choix.

« Qu'est-ce que vous voulez ? » hurla-t-elle par l'embrasure de la porte à peine entrouverte.

La policière lui demanda trois fois de les laisser entrer, mais Terri refusa de leur ouvrir tant qu'ils ne lui auraient pas dit ce qui se passait. Quelques voisins commençaient à regarder par leurs fenêtres. Même lorsque la policière lui dit : « C'est à propos de votre fils, Robbie », Terri ne comprit pas.

« Y va bien. Pas d'problème. Y a Krystal qui s'en occupe. »

Mais aussitôt, elle aperçut sa fille, qui avait refusé d'attendre dans la voiture et remontait la petite allée. Terri baissa les yeux, cherchant du regard Robbie qui aurait dû être agrippé à la jambe de sa sœur, effrayé par tous ces gens inconnus.

Elle sortit de la maison comme une furie, toutes griffes en avant, et la policière eut tout juste le temps de l'attraper par la taille avant qu'elle ne se jette sur Krystal pour lui lacérer le visage.

« 'spèce de p'tite salope, sale petite pute, qu'est-ce t'as fait à Robbie ? »

Krystal esquiva les deux femmes immobilisées en plein corps à corps, se faufila à l'intérieur de la maison et referma la porte derrière elle.

« Oh, putain… », marmonna le policier dans sa barbe.

À plusieurs kilomètres de là, dans leur maison de Hope Street, Kay et Gaia Bawden se faisaient face dans le couloir obscur. Ni l'une ni l'autre n'étaient assez grandes pour remplacer l'ampoule qui avait rendu l'âme quelques jours plus tôt, et elles n'avaient pas d'escabeau. Elles avaient passé la journée à se hurler dessus, à se rabibocher, puis à se disputer à nouveau deux fois plus fort. Enfin, au moment où la réconciliation semblait à portée de main, Kay ayant fini par reconnaître qu'elle aussi détestait Pagford, qu'elle avait commis une grave erreur, et qu'elle allait tout faire pour les rapatrier à Londres, son portable avait sonné.

« Le petit frère de Krystal Weedon s'est noyé, mumura Kay à la fin de sa conversation avec Tessa.

— Oh », dit Gaia. Elle savait qu'elle aurait dû exprimer de la compassion, mais elle craignait que leur discussion ne tourne court avant que sa mère ait pris l'engagement solennel de rentrer à Londres ; elle ajouta d'une petite voix tendue : « C'est triste.

— Ça s'est passé à Pagford, dit Kay. Sur les berges. Krystal était avec le fils de Tessa Wall. »

Gaia eut encore plus honte d'avoir laissé Fats Wall l'embrasser. Ce baiser avait été atroce ; il sentait la bière et le tabac, et il avait essayé de la peloter. Elle valait beaucoup mieux que Fats Wall, elle le savait.

Si ç'avait été Andrew Price, elle n'aurait pas eu autant de remords. Sukhvinder n'avait répondu à aucun de ses appels, de toute la journée.

« Elle va être complètement dévastée, dit Kay, le regard perdu dans le vide.

— Mais tu n'y peux rien, *toi*, dit Gaia. Hein ?

— Eh bien…

— Ah non ! Pas *encore* ! cria Gaia. C'est toujours, toujours la même chose ! Ce n'est plus toi qui t'occupes d'elle ! Et *moi* alors ? hurla-t-elle en tapant du pied comme quand elle était petite. *Et moi ?* »

Devant la maison de Foley Road, la police avait déjà alerté les services sociaux. Terri gesticulait, hurlait, essayait de cogner à la porte, derrière laquelle on entendait Krystal déplacer des meubles pour se barricader. Les voisins étaient sortis sur leurs perrons à présent, spectateurs captivés de la crise de nerfs de Terri. La nouvelle qui avait tout déclenché ne tarda pas à se répandre parmi la foule des badauds, reconstituée à partir des cris incohérents de Terri et de l'attitude menaçante de la police.

« Le gosse est mort », se murmuraient-ils les uns aux autres. Personne n'esquissa le moindre geste pour la réconforter, l'apaiser. Terri Weedon n'avait pas d'amis.

« Viens avec moi, supplia Kay devant sa fille furieuse. Je vais aller là-bas voir si je peux faire quelque chose. Je m'entendais bien avec Krystal. Elle n'a personne au monde.

— Je parie qu'elle était en train de baiser avec Fats quand c'est arrivé ! » cria Gaia ; mais ce fut sa dernière protestation ; quelques minutes plus tard, elle bouclait sa ceinture dans la vieille Vauxhall de Kay, heureuse, en dépit de tout le reste, que sa mère lui ait demandé de l'accompagner.

Mais elles venaient à peine d'atteindre la rocade quand Krystal trouva ce qu'elle cherchait : de l'héroïne, planquée dans un placard de la cuisine, derrière la hotte aspirante ; l'un des deux sachets qu'Obbo avait offerts à Terri en guise de paiement pour la montre de Tessa Wall. Krystal s'en empara, prit l'attirail de sa mère, et s'enferma dans la salle de bains – la seule pièce de la maison équipée d'un verrou.

Sa tante Cheryl avait dû apprendre ce qui s'était passé ; Krystal entendit sa voix rauque, reconnaissable entre mille ; ses hurlements, ajoutés à ceux de Terri, lui parvenaient même à travers les deux portes fermées.

« Ouvre, sale petite traînée ! Laisse entrer ta mère ! »

Et les policiers hurlaient eux aussi, pour faire taire les deux femmes.

Krystal ne s'était jamais shootée, mais elle l'avait souvent vu faire. Elle savait ce qu'était un drakkar, elle savait comment fabriquer un volcan miniature – et elle savait comment faire chauffer la cuillère, comment utiliser la petite boule de coton pour absorber le résidu, une fois la poudre dissoute, puis pour filtrer le mélange au moment de remplir la seringue. Elle savait que le pli du coude était l'endroit idéal pour trouver une veine, elle savait qu'il fallait positionner l'aiguille le plus à plat possible contre la peau. Et elle savait, pour l'avoir entendu dire plus d'une fois, qu'au début il ne fallait pas forcer sur la dose comme pouvaient se le permettre les vrais junkies, parce qu'on risquait de ne pas s'en relever. Tant mieux – c'était exactement ce que Krystal voulait.

Robbie était mort, et par sa faute. En voulant le sauver, elle l'avait tué. Des images surgissaient en pagaille dans sa tête pendant que ses mains faisaient les gestes qu'il fallait. Mr Fairbrother, en train de courir le long de la berge du canal en survêtement pour suivre les filles qui ramaient. Le visage de Nana Cath, où se lisait toute la violence du chagrin et de l'amour. Robbie qui l'attendait, le nez collé à la fenêtre de son foyer d'accueil, apprêté comme jamais, et qui sautait d'excitation en la voyant arriver à la porte…

Elle entendit le policier lui parler par la fente de la boîte aux lettres encastrée dans la porte, lui dire de ne pas faire de bêtises, tandis que sa collègue essayait de calmer Terri et Cheryl.

L'aiguille glissa sans la moindre difficulté dans la veine de Krystal. Elle appuya de toutes ses forces sur le piston, pleine d'espoir et sans regrets.

Quand Kay et Gaia arrivèrent, la police avait fini par décider d'enfoncer la porte, mais Krystal avait déjà réussi à atteindre son unique et dernière ambition : rejoindre son frère, là où personne ne pourrait les séparer.

SEPTIÈME PARTIE

Soulagement de la pauvreté...

13.5 Les dons au profit des pauvres [...] sont charitables, et un don accordé aux pauvres est charitable même s'il a pour incidence de profiter aussi aux riches...

Charles Arnold-Baker
Administration des conseils locaux,
7ᵉ édition

Par une belle matinée d'avril, près de trois semaines après que le hurlement des sirènes eut retenti dans les rues de la paisible petite bourgade de Pagford, Shirley Mollison, seule dans sa chambre, plissait les yeux devant son reflet dans le miroir de la penderie. Elle mettait la dernière touche à sa tenue avant de partir pour sa visite quotidienne au South West General. La boucle de sa ceinture s'était resserrée d'un cran en quinze jours, ses cheveux argentés auraient bien eu besoin d'un petit rafraîchissement, et la grimace que forçait sur son visage l'éclatante lumière inondant la chambre aurait pu passer pour la simple expression naturelle de son humeur, ces temps-ci.

Shirley arpentait les couloirs de l'hôpital depuis un an, poussant le chariot de la bibliothèque, transportant ici et là dossiers médicaux et bouquets de fleurs, et pas un seul instant elle n'avait songé qu'elle pourrait un jour devenir l'une de ces pauvres femmes avachies, brisées par le déraillement de leur existence, assises au chevet d'un mari affaibli, fauché par le malheur. Howard ne s'était pas remis sur pied en un éclair comme la dernière fois, sept ans auparavant. Il était toujours branché à tout un tas de machines émettant des petits bips réguliers, il était renfermé, diminué, il avait le teint d'une pâleur effroyable, et il ne pouvait rien faire tout seul, ce qui le rendait grincheux. Parfois, elle faisait semblant d'avoir besoin d'aller aux toilettes afin d'échapper pendant quelques instants à son regard torve.

Quand Miles venait avec elle, elle pouvait lui laisser la parole, et Miles la prenait volontiers, dévidant devant son père un long monologue sur les dernières nouvelles de Pagford. Elle se sentait tellement mieux – à la fois plus visible et protégée – quand Miles traversait avec elle les couloirs glacés de l'hôpital. Il bavardait d'un ton cordial avec les infirmières, lui tenait la main pour l'aider à monter dans la voiture et à en sortir ; grâce à lui, elle avait de nouveau la sensation d'être une créature spéciale, digne d'être dorlotée, entourée de tous les soins. Mais Miles ne pouvait pas venir tous les jours, et il n'arrêtait pas d'envoyer Samantha à sa place, ce qui avait le don d'exaspérer Shirley au plus haut point. Ce n'était pas du tout pareil avec elle, même s'il fallait bien reconnaître que Samantha était l'une des rares personnes capables d'arracher un sourire au visage hagard et congestionné de Howard.

Personne ne semblait prendre la mesure de l'atrocité du silence qui régnait chez elle. Quand les médecins avaient prévenu la famille que Howard mettrait plusieurs mois à récupérer, Shirley avait espéré que Miles lui proposerait de s'installer dans la chambre d'amis de leur grande maison sur Church Row, ou à tout le moins de venir, lui, passer quelques nuits de temps en temps chez elle. Mais non : on l'avait laissée seule, toute seule, sauf pendant les trois jours pénibles où elle avait dû accueillir Pat et Melly.

Je ne l'aurais pas fait, se rassurait-elle de manière automatique, dans le silence de la nuit, quand elle n'arrivait pas à dormir. *Je n'en avais pas vraiment l'intention. J'étais juste énervée. Je n'aurais jamais fait une chose pareille.*

Elle avait enterré l'EpiPen d'Andrew dans la terre meuble du jardin, sous le perchoir aux oiseaux, comme un petit cadavre. Mais sa présence continuait de la tourmenter. Un soir, à la nuit tombée, la veille du ramassage des ordures, elle le déterrerait et le glisserait en douce dans la poubelle d'un voisin.

Howard n'avait pas parlé de la seringue ; ni à elle, ni à personne. Il ne lui avait pas demandé pourquoi elle s'était enfuie en le voyant.

Shirley soulageait sa peine en se lançant régulièrement dans d'interminables logorrhées, pleines d'invectives, adressées à l'encontre de tous ceux qui, selon elle, avaient déclenché la catastrophe qui s'était abattue sur sa famille. En refusant de voler au secours de Howard, la cruelle Parminder Jawanda, bien entendu, s'était offert une place de choix au banc des accusés. Mais il ne fallait pas oublier non plus les deux adolescents pervers, dont le comportement irresponsable avait contraint l'ambulance à un détour qui aurait pu être fatal à Howard.

Ce dernier argument n'était peut-être pas très probant, mais il était de bon ton à Pagford, ces derniers temps, de dénigrer Stuart Wall et Krystal Weedon, et Shirley ne manquait pas d'auditeurs acquis à cette cause dans son entourage immédiat. D'autant que c'était aussi le jeune Wall, avait-on fini par découvrir, qui se cachait depuis le début derrière le masque du Fantôme de Barry Fairbrother. Il avait tout avoué à ses parents, qui avaient appelé une par une les victimes du crime abominable de leur fils afin d'implorer leur pardon. La véritable identité du Fantôme n'avait pas tardé à s'ébruiter, et Stuart, dont tout le monde savait déjà par ailleurs qu'il était en partie responsable de la noyade d'un petit garçon de trois ans, devint bientôt la bête noire de Pagford qui, plus encore qu'un devoir, se fit un authentique plaisir de le vouer aux gémonies de son capitole.

Shirley était sur ce chapitre d'une véhémence sans égal. Elle faisait montre d'une férocité sauvage dans ses accusations, qui lui permettaient d'exorciser la solidarité et l'admiration qu'elle avait pu éprouver à l'égard du Fantôme, et de répudier son ultime ignominie, ce dernier message que personne, à ce jour, n'avait encore admis avoir lu. Les Wall n'avaient pas appelé Shirley pour s'excuser, mais elle était prête à tout moment, si d'aventure le jeune homme décidait d'en parler à ses parents, ou si jamais quelqu'un d'autre évoquait le sujet, à porter le coup de grâce à la réputation de Stuart.

« Oh ! oui, Howard et moi sommes au courant, dirait-elle avec une dignité glaciale, et je suis d'ailleurs persuadée que c'est cela qui a provoqué sa crise cardiaque. »

Elle s'était même entraînée à dire cette réplique à voix haute dans la cuisine.

Quant à savoir si Stuart Wall avait vraiment des informations sur son mari et Maureen, la question importait moins désormais, car Howard, quoi qu'il arrive, n'était physiquement plus en état de la trahir de cette façon – il ne le serait peut-être plus jamais –, et aucune rumeur ne semblait courir à ce sujet. Et si le silence qu'elle infligeait à Howard, chaque fois qu'elle se retrouvait seule avec lui, était lourd de griefs réciproques, elle envisageait maintenant son immobilisation prolongée et son absence de la maison avec plus de sérénité qu'elle ne s'en serait crue capable encore trois semaines auparavant.

La sonnette retentit ; Shirley se précipita pour aller ouvrir. Maureen était vêtue d'un ensemble aigue-marine criard et vulgaire, perchée sur des talons hauts hasardeux qui la faisaient vaciller.

« Bonjour, ma chère, entre, dit Shirley. J'attrape mon sac et on y va. »

Elle préférait encore aller à l'hôpital avec Maureen plutôt que seule. Celle-ci n'était pas déconcertée le moins du monde par le mutisme de Howard, et tandis qu'elle papotait toute seule à son chevet de sa voix rauque, Shirley pouvait rester tranquillement assise dans son coin, sourire de chat aux lèvres, et se détendre un peu. Du reste, comme elle avait repris au pied levé les affaires de Howard, à titre temporaire, les occasions ne manquaient pas d'infliger de cruels petits camouflets à Maureen, afin de conjurer les soupçons qui continuaient de la tarauder, en exprimant par exemple un désaccord systématique avec chacune de ses décisions.

« Tu sais ce qui se passe en ce moment même, là-bas ? demanda Maureen. À St. Michael ? *Les funérailles des deux petits Weedon.*

— *Ici ?* s'écria Shirley, horrifiée.

— Il paraît que les gens se sont cotisés, dit Maureen qui avait pu faire le plein de commérages pendant que Shirley était accaparée par ses constants allers-retours à l'hôpital. Ne me demande pas qui…

Enfin, je trouve ça tout de même un peu étonnant que la famille ait voulu organiser la cérémonie si près du fleuve, non ? »

(Le petit garçon sale et mal élevé, dont peu de gens connaissaient même l'existence et que personne n'aimait particulièrement, à part sa mère et sa sœur, avait été transfiguré dans l'inconscient collectif de Pagford par sa noyade, si bien qu'on ne l'évoquait plus autrement que comme un martyr des eaux, un chérubin, un ange de douceur et de pureté envers qui tout le monde se serait empressé de témoigner amour et compassion, si seulement on avait pu le sauver.

L'aiguille et la flamme, en revanche, n'avaient eu aucun effet rédempteur sur la réputation de Krystal ; bien au contraire, son image n'en était que plus définitivement figée dans les esprits du Vieux Pagford : celle d'une créature sans âme, qui à force de vouloir « s'éclater », comme disaient les anciens, avait causé la mort d'un enfant innocent.)

Shirley enfilait son manteau.

« Tu te rends compte que je les ai vus, ce jour-là ? dit-elle en rosissant des joues. Le gosse qui pleurnichait dans un buisson, tandis que dans un autre, Krystal Weedon et Stuart Wall...

— *Pas possible !* Et ils étaient vraiment en train de... ? demanda Maureen avec avidité.

— Oh ! que oui, dit Shirley. En plein jour. Dehors. Et le petit était tout au bord du fleuve quand je l'ai aperçu. Deux pas en avant, et il tombait dans l'eau. »

Quelque chose dans l'expression de Maureen la piqua au vif.

« J'étais pressée, expliqua Shirley d'un ton pincé, parce que Howard m'avait dit qu'il ne se sentait pas bien, et j'étais morte d'inquiétude. Je ne voulais pas sortir, mais Miles et Samantha nous avaient envoyé Lexie – si tu veux tout savoir, je crois bien qu'ils s'étaient disputés –, et elle avait envie d'aller faire un tour au café ; moi, je n'avais absolument pas la tête à ça, je ne pensais qu'à une chose – *Howard, il faut que je retourne auprès de Howard...* Je n'ai même pas *compris* ce que j'ai vu, sur le moment... et le plus terrible, ajouta Shirley qui, le visage empourpré à présent, entonnait son refrain favori, c'est que si Krystal Weedon n'avait pas laissé ce gosse livré à lui-même pendant qu'elle batifolait dans les fourrés, l'ambulance serait arrivée beaucoup plus tôt chez nous. Parce que, tu comprends, comme il y en avait deux... la situation était très conf...

— Oui, oui, l'interrompit Maureen qui avait déjà entendu cette histoire cent fois, tandis qu'elles se dirigeaient ensemble vers la voiture. Tu sais, décidément, je *n'arrive* pas à concevoir que les funérailles aient lieu ici, à Pagford... »

Elle mourait d'envie de proposer à Shirley de faire un petit détour pour passer devant l'église – elle avait envie de voir à quoi ressemblait la troupe des Weedon réunis au grand complet, et apercevoir, avec un peu de chance, la fameuse mère junkie et dégénérée –, mais ne trouva pas l'occasion ni le moyen de formuler sa requête.

« Tu sais, Shirley, regardons le bon côté des choses, dit-elle tandis qu'elles s'engageaient sur la rocade. On sera bientôt débarrassés de la cité ; c'est comme si c'était fait. Je suis sûre que ça met du baume au cœur à Howard. Il ne pourra peut-être plus présider le Conseil avant un certain temps, mais au moins, il aura réussi ça. »

Andrew Price s'était élancé de Hilltop House et descendait la colline escarpée à toute vitesse, le dos chauffé par le soleil, les cheveux plaqués en arrière par le vent. Son œil au beurre noir, en l'espace d'une semaine, avait viré au jaune verdâtre et avait encore pire allure, si tant est que ce fût possible, que le premier jour, quand il était arrivé à l'école la paupière presque fermée. Aux professeurs qui lui avaient posé des questions, Andrew avait expliqué qu'il avait fait une chute de vélo.

Les vacances de Pâques venaient de commencer, et Gaia avait envoyé un texto, hier soir, pour lui demander s'il comptait aller aux funérailles de Krystal. « Oui », avait-il aussitôt répondu, et il était à présent vêtu, après s'être longuement interrogé devant sa garde-robe, de son plus beau jean et d'une chemise gris foncé ; il ne possédait pas de costume.

Il ne comprenait pas trop pourquoi Gaia allait à l'enterrement, sinon pour être avec Sukhvinder Jawanda, à qui elle semblait témoigner plus d'affection que jamais, maintenant qu'elle s'apprêtait à retourner à Londres avec sa mère.

« Maman dit qu'elle n'aurait jamais dû venir à Pagford, avait-elle annoncé d'un ton joyeux à Andrew et Sukhvinder sur le petit muret à côté du marchand de journaux où ils prenaient leur pause-déjeuner. Elle a compris que Gavin était un gros connard. »

Elle avait donné son numéro de portable à Andrew et lui avait dit qu'ils pourraient se voir quand elle irait rendre visite à son père à Reading ; elle lui avait même laissé entendre, en passant, qu'elle lui montrerait certains de ses coins favoris à Londres, si jamais il venait là-bas. Elle prodiguait mille bienfaits à son entourage, à la manière d'un soldat fou de joie d'être démobilisé, et ces promesses, lancées de façon si légère, rendaient moins douloureuse la perspective du propre déménagement d'Andrew. Quand ses parents lui avaient annoncé qu'ils avaient reçu une offre pour Hilltop House, il avait éprouvé au moins autant d'enthousiasme que de chagrin.

Le virage serré de Church Row, qui lui procurait d'habitude des sensations extatiques, lui donna aujourd'hui un vertige d'une tout autre nature. En apercevant des gens qui s'affairaient dans le cimetière, il se demanda à quoi allaient ressembler ces funérailles, et pour la première fois de sa vie, ce matin, il pensa à Krystal Weedon autrement que de manière abstraite.

Un souvenir lointain, surgi des profondeurs de sa mémoire, lui revint à l'esprit : le jour, dans la cour de récré de St. Thomas, où Fats, poussé par le démon de la curiosité la plus désintéressée, lui avait fait manger une cacahuète à son insu en la dissimulant dans un chamallow... Il se rappelait encore la sensation de brûlure et d'étouffement inexorable à mesure que sa gorge se gonflait. Il se rappelait avoir essayé de crier, ses jambes qui s'étaient dérobées, et les enfants qui avaient fait cercle autour de lui et le regardaient avec une fascination étrange, dénuée d'émotion – puis le cri strident de Krystal.

« Andipraïsse fait une 'akssionlergique ! »

Elle avait couru sur ses petites jambes potelées jusqu'à la salle des enseignants, et le principal l'avait soulevé et s'était précipité en le portant dans ses bras jusqu'au cabinet médical tout proche, où le Dr Crawford lui avait administré une piqûre d'adrénaline. Krystal avait été la seule à se souvenir de ce que la maîtresse leur avait expliqué un jour en classe sur l'allergie potentiellement mortelle dont souffrait Andrew ; la seule à reconnaître les symptômes.

On aurait dû décerner à Krystal la médaille d'or du mérite, ce jour-là, peut-être même le titre d'Élève de la Semaine, pendant le Rassemblement, mais le lendemain (Andrew en avait gardé un souvenir aussi net que de sa crise d'allergie), elle avait donné un violent coup de poing à Lexie Mollison et lui avait cassé deux dents.

Il poussa le vélo avec précaution jusque dans le garage des Wall, puis sonna à la porte avec une réticence qu'il n'avait encore jamais ressentie devant la maison de son ami. Tessa Wall lui ouvrit, vêtue de son plus beau manteau gris. Andrew lui en voulait ; c'était à cause d'elle qu'il avait cet œil au beurre noir.

« Entre, Andy, dit Tessa qui avait l'air tendue. On en a pour une minute. »

Il attendit dans le couloir, où le vitrail au-dessus de la porte projetait des reflets multicolores sur le parquet. Tessa entra d'un pas vif dans la cuisine, et Andrew aperçut Fats dans son costume noir, ratatiné sur sa chaise comme une araignée écrasée, un bras levé au-dessus de la tête comme pour se protéger d'une pluie de coups.

Andrew lui tourna le dos. Ils ne s'étaient pas reparlé depuis qu'Andrew avait conduit Tessa jusqu'au Pigeonnier. Fats n'était pas revenu à l'école pendant deux semaines. Andrew lui avait envoyé deux ou trois textos, mais il n'avait pas répondu. Sa page Facebook n'avait pas bougé depuis le jour de la fête d'anniversaire de Howard Mollison.

Une semaine plus tôt, sans crier gare, Tessa avait appelé les Price pour leur dire que Fats avait avoué être le responsable des messages envoyés par le Fantôme_de_Barry_Fairbrother et leur présenter ses plus sincères excuses pour tout le tort qu'il avait pu leur causer.

« Et comment il savait que j'avais cet ordinateur, hein ? avait rugi Simon en se ruant sur Andrew. Par quel putain de miracle Fats Wall était au courant de ce que je trafiquais en douce à l'imprimerie ? »

Andrew se consolait en se disant que si son père avait su la vérité, il aurait sans doute ignoré les cris de protestation de Ruth et continué à le tabasser jusqu'à ce qu'il perde connaissance.

Pourquoi Fats avait-il décidé d'assumer la responsabilité de tous les messages du Fantôme ? Andrew n'en avait aucune idée. Par prétention, peut-être ; pour devenir à tout prix le mauvais génie absolu, le plus ravageur, le plus redoutable fauteur de troubles possible. Ou peut-être croyait-il faire acte de noblesse en prenant sur lui toute la faute. Quoi qu'il en soit, Fats n'avait pas conscience du mal qu'il avait causé ; il n'avait décidément jamais compris, se disait Andrew en attendant dans le couloir, ce que c'était que de vivre avec un père comme Simon Price, lui qui était bien à l'abri dans son grenier et qui avait des parents raisonnables, civilisés.

Andrew entendait Colin et Tessa Wall discuter à voix basse ; ils n'avaient pas fermé la porte de la cuisine.

« Il faut qu'on parte *maintenant*, disait Tessa. Il a une dette morale, il est hors de question qu'il n'y aille pas.

— Il a été assez puni comme ça, dit le Pigeon.

— Mais je ne lui demande pas d'y aller pour le…

— Ah non ? la coupa le Pigeon d'un ton brusque. Bon sang, Tessa. Tu crois qu'ils ont envie de le voir débarquer ? Vas-y, toi. Stu peut rester là avec moi. »

Une minute plus tard, Tessa sortit de la cuisine et referma la porte d'un coup sec derrière elle.

« Stu ne vient pas, Andy, dit-elle, et il vit qu'elle était furieuse. Je suis désolée.

— Pas de problème », marmonna-t-il. Il était content. Il ne voyait pas ce qu'ils auraient encore eu à se dire. Et puis comme ça, il pourrait s'asseoir à côté de Gaia.

Un peu plus bas sur Church Row, Samantha Mollison, debout devant les fenêtres de son salon, tasse de café à la main, regardait la foule endeuillée passer devant chez elle pour rejoindre l'église St. Michael. Quand elle aperçut Tessa Wall, accompagnée d'un jeune garçon qu'elle prit pour Fats, elle laissa échapper un petit hoquet de sidération.

« Oh, mon Dieu, il y va ! » dit-elle à voix haute, dans le vide.

Puis elle reconnut Andrew, rougit, et s'écarta de la fenêtre d'un geste vif.

Samantha était censée travailler à domicile ; son ordinateur portable était ouvert, posé sur le canapé derrière elle, mais ce matin, elle avait mis une robe noire en se demandant si elle assisterait ou non aux funérailles de Krystal et Robbie Weedon. Il ne lui restait sans doute plus que quelques minutes pour se décider, songea-t-elle.

Elle n'avait jamais eu un mot aimable pour Krystal Weedon ; ne serait-il pas hypocrite de sa part d'aller à son enterrement, uniquement parce qu'elle avait pleuré en lisant l'article consacré à sa mort dans la *Gazette de Yarvil* et qu'elle avait vu le sourire de Krystal sur toutes les photos de classe que Lexie avait rapportées de St. Thomas ?

Sur une impulsion subite, Samantha posa son café, prit le téléphone et appela Miles au travail.

« Salut, chérie », dit-il.

(Elle l'avait serré dans ses bras tandis qu'il sanglotait, soulagé, à côté du lit d'hôpital où Howard était allongé, relié à des machines, mais vivant.)

« Salut, dit-elle. Ça va ?

— Pas mal. Un peu charrette, ce matin. Mais je suis content de t'entendre. Toi, ça va ? »

(Ils avaient fait l'amour hier soir, et elle n'avait pas fermé les yeux pour imaginer qu'elle était dans les bras d'un autre homme.)

« Les funérailles vont bientôt commencer, dit Samantha. Je vois les gens passer… »

Elle s'était gardée d'avouer ce qu'elle avait sur le cœur depuis trois semaines, à cause de Howard, de l'hôpital, et parce qu'elle ne voulait pas rappeler à

Miles leur terrible dispute, mais elle ne pouvait plus se retenir.

« … Miles, *j'ai vu le gosse*. Robbie Weedon. *Je l'ai vu, Miles*, dit-elle d'une voix paniquée, implorante. Je suis passée par le terrain de jeux de St. Thomas, ce matin-là, et je l'ai vu.

— Sur le terrain de jeux ?

— Il devait errer, pendant que les deux ados… Il était tout seul », dit-elle en le revoyant soudain, sale, mal fagoté. Se serait-elle plus inquiétée pour lui s'il n'avait pas eu l'air aussi pouilleux ? se demandait-elle sans cesse depuis. Avait-elle vu dans cette allure dépenaillée, de manière inconsciente, la preuve qu'il était habitué à se débrouiller tout seul dans la rue, qu'il était endurci, que rien ne pouvait lui arriver ? « J'ai pensé qu'il était venu là pour jouer, mais il n'y avait personne avec lui. *Il n'avait que trois ans et demi, Miles*. Pourquoi je ne lui ai pas demandé avec qui il était ?

— Holà, holà », dit Miles d'un ton plein de sagesse et d'autorité qui la soulagea aussitôt : il prenait la situation en main. Samantha sentit les larmes lui monter aux yeux. « Tu n'as rien à te reprocher. Tu ne pouvais pas savoir. Tu t'es sans doute dit que sa mère devait être quelque part dans le coin. »

(Il ne la haïssait donc pas ; il ne pensait pas qu'elle était horrible. Samantha ressentait une grande humilité, ces derniers temps, devant la capacité de son époux à pardonner.)

« Je ne suis pas sûre…, dit-elle d'une voix faible. Miles, si je lui avais parlé…

— Il n'était pas au bord du fleuve quand tu l'as croisé. »

Mais il était au bord de la route, songea Samantha.

Elle éprouvait le désir, de plus en plus puissant au fil de ces trois dernières semaines, de s'immerger dans quelque chose de plus vaste qu'elle-même. Jour après jour, elle s'attendait à ce que ce besoin étrange et inédit disparaisse (*c'est comme ça qu'on devient mystique*, s'était-elle dit pour essayer d'en rire), au lieu de quoi il n'avait cessé de s'intensifier au contraire.

« Miles, dit-elle, tu sais, le Conseil... vu que ton père... et comme Parminder Jawanda va démissionner... vous allez devoir coopter deux nouveaux membres, non ? » Elle connaissait la terminologie ; ça faisait des années qu'elle entendait parler de ces histoires. « Enfin je veux dire... vous n'allez pas organiser une autre élection, après ce qui s'est passé ?

— Ah ça non alors, aucun risque !

— Donc Colin Wall pourrait prendre l'un de ces deux sièges, poursuivit-elle sur un ton pressant, et je me disais... maintenant que j'ai plus de temps... que la boutique ne fonctionne plus qu'en ligne... je me disais que je pourrais occuper l'autre.

— Toi ? dit Miles, sidéré.

— J'ai envie de m'investir », dit Samantha.

Krystal Weedon, morte à seize ans, barricadée à l'intérieur de cette petite maison sordide de Foley Road... Samantha n'avait pas bu une goutte de vin depuis deux semaines. Elle était assez curieuse d'entendre ce qu'avaient à dire les défenseurs de la clinique Bellchapel.

Le téléphone sonnait au 10, Hope Street. Kay et Gaia étaient déjà en retard pour les funérailles de Krystal. Quand Gaia demanda qui était à l'appareil, son visage se durcit, et elle eut soudain l'air beaucoup plus vieille.

« C'est Gavin, dit-elle à sa mère.

— Mais je ne l'ai pas appelé ! murmura Kay en attrapant le combiné, nerveuse comme une petite fille.

— Bonjour, dit Gavin. Comment vas-tu ?

— Je m'apprête à aller à un enterrement, dit Kay sans quitter des yeux sa fille. Les enfants Weedon. Donc pas formidable.

— Oh, fit Gavin. Bon sang, oui, c'est vrai. Je n'avais pas réalisé. »

Il avait reconnu ce nom familier sur la manchette de la *Gazette de Yarvil* et, vaguement intrigué – enfin –, il avait acheté un exemplaire du journal. Il s'était dit en lisant l'article qu'il avait très bien pu passer, ce matin-là, près de l'endroit où se trouvaient les deux adolescents et le petit garçon, mais il n'avait aucun souvenir d'avoir aperçu Robbie.

Gavin avait passé deux semaines étranges. Barry lui manquait terriblement. Il n'y comprenait plus rien : alors qu'il aurait dû se morfondre, malheureux comme les pierres après que Mary l'eut rejeté, sa seule envie aurait été d'aller boire une bière avec l'homme dont il avait voulu prendre l'épouse pour en faire la sienne…

(Il s'était marmonné à lui-même, en sortant de chez elle : « Ça t'apprendra à essayer de voler la vie de ta meilleure amie » – sans se rendre compte de son lapsus…)

776

« Écoute, dit-il, je me demandais si tu avais envie d'aller prendre un verre, plus tard… »

Kay faillit éclater de rire.

« Alors comme ça, elle t'a envoyé paître, hein ? »

Elle tendit le téléphone à Gaia pour la laisser raccrocher. Elles se dépêchèrent de sortir de la maison, descendirent la rue et rejoignirent le Square à petites foulées. Pendant quelques instants, le temps de passer devant le Chanoine Noir, Gaia prit la main de sa mère.

Elles aperçurent les corbillards en arrivant en haut de la rue, et elles entrèrent dans le cimetière en toute hâte tandis que ceux qui porteraient les cercueils sortaient pour attendre sur le trottoir.

(« Éloigne-toi des fenêtres », ordonna Colin Wall à son fils.

Mais Fats, qui devrait passer le restant de ses jours hanté par sa propre lâcheté, s'en approcha au contraire, pour essayer de se prouver qu'il était capable, au moins, de supporter ce spectacle…

Il aperçut les cercueils derrière les vitres teintées des longues voitures ; le premier était rose vif, et il en eut le souffle coupé ; le second était minuscule, d'un blanc éclatant…

Colin s'interposa trop tard entre Fats et la fenêtre pour le protéger de cette vision, mais il ferma quand même les rideaux. Dans le salon lugubre, là où Fats avait avoué à ses parents avoir révélé la maladie de son père à la face du monde, là où il avait avoué tout ce qui lui passait par la tête, dans l'espoir qu'ils le prennent pour un fou furieux, là où il avait tenté de s'attribuer tant de crimes qu'ils finiraient par le tabasser, le poignarder, lui faire tout ce qu'il était persuadé de mériter, Colin posa doucement la main dans le dos de son fils et le poussa vers la cuisine inondée de soleil.)

Devant St. Michael, les porteurs de cercueil accueillaient le convoi funéraire. Parmi eux, Dane Tully, avec sa boucle d'oreille et une toile d'araignée tatouée sur le cou, engoncé dans un gros pardessus noir.

Les Jawanda attendaient avec les Bawden à l'ombre d'un if. Andrew Price leur rôdait autour, et Tessa Wall se tenait un peu à l'écart, pâle, le visage de marbre. Le reste de la foule endeuillée formait une phalange distincte de part et d'autre des portes de l'église. Certains arboraient une expression pincée et dédaigneuse ; d'autres avaient l'air abattus, résignés ; on apercevait quelques costumes noirs mal taillés, mais la plupart étaient en jean ou en survêtement, et une fille portait un T-shirt coupé au niveau du nombril, dévoilant un piercing sur lequel se reflétait un rayon de soleil chaque fois qu'elle bougeait. Les cercueils remontèrent l'allée de l'église, étincelant dans la lumière éclatante.

C'est Sukhvinder Jawanda qui avait choisi le cercueil rose vif pour Krystal ; c'était ce qu'elle aurait voulu, elle en était sûre. C'est Sukhvinder qui avait presque tout fait : organiser, choisir, convaincre. Parminder n'arrêtait pas de jeter des coups d'œil en biais à sa fille et trouvait toutes sortes de prétextes pour la toucher, chassant une mèche qui lui tombait dans les yeux ou remettant son col bien droit.

De même que Robbie était sorti du fleuve purifié et pleuré par tout Pagford, Sukhvinder Jawanda, qui avait risqué sa vie pour sauver le petit garçon, était désormais une héroïne. Entre l'article que lui avait consacré la *Gazette de Yarvil*, Maureen Lowe qui avait réclamé sur tous les toits qu'on lui décerne la médaille spéciale des forces de police, et la directrice de l'école qui avait prononcé son éloge derrière le podium pendant le Rassemblement, Sukhvinder avait éprouvé, pour la première fois de sa vie, ce que cela faisait d'éclipser son frère et sa sœur.

Et elle avait détesté cela, du début à la fin. La nuit, elle sentait encore le poids du petit garçon mort dans ses bras, qui l'entraînait vers le fond ; elle se rappelait la tentation de le lâcher pour sauver sa peau, et se demandait combien de temps encore elle aurait pu tenir. La grosse cicatrice sur sa jambe entaillée la démangeait et la faisait souffrir, qu'elle bouge ou qu'elle reste immobile. La mort de Krystal Weedon l'avait tellement choquée que ses parents avaient pris rendez-vous avec un psychologue, mais elle ne s'était pas automutilée une seule fois depuis qu'elle avait failli se noyer, comme si le drame l'avait purgée de ce besoin.

Puis, le jour où elle était retournée en classe – tandis que Fats Wall, lui, était toujours absent –, sous les regards admiratifs qui la suivaient désormais dans les couloirs de l'école, elle avait entendu dire que Terri Weedon n'avait pas les moyens d'enterrer ses enfants ; qu'ils n'auraient pas de sépulture, et que leurs cercueils seraient le plus bas de gamme possible.

« C'est très triste, mon pinson », avait dit sa mère ce soir-là dans la cuisine où ils dînaient tous ensemble, devant le mur recouvert de photos de famille. Elle était aussi douce que l'avait été la policière ; il n'y avait plus aucune brusquerie désormais dans la voix de Parminder quand elle s'adressait à sa fille.

« Je voudrais demander aux gens de se cotiser », avait dit Sukhvinder.

Parminder et Vikram avaient échangé un regard par-dessus la table. Leur instinct leur disait que demander de l'argent aux habitants de Pagford pour une telle cause n'était pas une bonne idée, mais ni l'un ni l'autre n'avaient essayé d'en dissuader Sukhvinder. Ils avaient un peu peur de la contrarier, depuis qu'ils avaient vu ses avant-bras, et l'ombre du psychologue qu'ils n'étaient pas encore allés voir planait sur chacun de leurs échanges.

« Et, avait continué Sukhvinder avec la même énergie fiévreuse que sa mère, je crois que les funérailles devraient se dérouler ici, à St. Michael. Comme celles de Mr Fairbrother. Krys assistait à toutes les messes quand on allait à St. Thomas. Je parie qu'elle n'a jamais mis les pieds dans une autre église. »

La lumière de Dieu rayonne dans chaque âme, avait songé Parminder, et Vikram avait été surpris de l'entendre répondre de manière abrupte : « Bon, d'accord. Nous verrons ce qu'on peut faire. »

Les frais avaient été payés pour l'essentiel par les Jawanda et les Wall, mais Kay Bawden, Samantha Mollison et les mères de deux ou trois filles de l'équipe d'aviron avaient également apporté leur contribution. Sukhvinder avait ensuite tenu à se rendre elle-même dans la cité pour expliquer à Terri ce qu'ils avaient fait, et pourquoi ; pour lui parler de l'équipe, et des raisons pour lesquelles elle pensait que les funérailles de Krystal et Robbie devaient être organisées à St. Michael.

Parminder était dévorée d'inquiétude à l'idée que sa fille aille toute seule dans la cité des Champs, et pire encore, dans cette maison répugnante, mais Sukhvinder était sûre que tout se passerait bien. Les Weedon et les Tully savaient qu'elle avait essayé de sauver Robbie. Dane Tully ne grognait plus dans son dos pendant les cours, et il avait fait en sorte que ses copains arrêtent aussi de la harceler.

Terri avait donné son assentiment à toutes les suggestions de Sukhvinder. Elle était émaciée, sale, et ne parlait plus que par monosyllabes, prostrée dans la passivité la plus totale. Sukhvinder avait été effrayée par cette femme aux bras criblés d'ecchymoses et à la bouche édentée ; elle avait eu l'impression de parler à un cadavre.

À l'intérieur de l'église, la foule se divisa en deux groupes bien distincts, les habitants des Champs à gauche de la travée et ceux de Pagford à droite. Shane et Cheryl Tully escortèrent Terri jusqu'au premier rang ; vêtue d'un manteau deux fois trop grand pour elle, elle paraissait à peine consciente de ce qui se passait.

Les cercueils étaient posés côte à côte sur des catafalques devant l'autel, ornés de compositions en chrysanthèmes : une rame couleur bronze sur celui de Krystal, et un petit ours blanc sur celui de Robbie.

Kay Bawden repensa à la chambre du gosse, jonchée de quelques jouets en plastique crasseux, et le programme de la cérémonie se mit à trembler entre ses mains. Une enquête avait été diligentée, bien sûr, réclamée par le journal local qui avait fait paraître un article en première page dénonçant les conditions de vie de ce petit garçon abandonné aux soins de deux junkies, dont la mort aurait pu être évitée si les services sociaux, coupables de négligence, l'avaient placé dans un foyer plus sûr. Mattie était repartie en congé maladie, et la manière dont Kay avait géré le dossier en son absence faisait l'objet d'un examen approfondi. Elle se demandait si cela aurait une incidence sur ses chances de trouver un nouveau poste à Londres, en cette période de réduction des effectifs dans les services sociaux à tous les échelons locaux, et comment réagirait Gaia si jamais elles étaient obligées de rester à Pagford… Elle n'avait pas encore eu le courage de discuter de cette éventualité avec elle.

Andrew lança un regard furtif à Gaia et ils échangèrent un petit sourire. À Hilltop House, Ruth triait déjà les affaires en prévision du déménagement. Andrew voyait bien que sa mère, dans son indécrottable optimisme, espérait que le sacrifice de leur maison et de la beauté des collines environnantes leur vaudrait une sorte de renaissance. Attachée pour l'éternité à un portrait idéalisé de Simon dans lequel la violence et la perversité n'avaient aucune part, elle semblait croire que ces traits de caractère disparaîtraient comme par enchantement, tel un carton oublié dans le déménagement… Mais au moins, se disait Andrew, ils allaient se rapprocher de Londres, et Gaia lui avait juré qu'elle ne s'était pas rendu compte de ce qu'elle faisait avec Fats, l'autre soir, qu'elle avait trop bu ; peut-être les inviterait-elle, lui et Sukhvinder, à venir prendre le café chez elle après la cérémonie…

Gaia, qui n'était encore jamais entrée dans l'église St. Michael, n'écoutait qu'à moitié les psalmodies du prêtre, hypnotisée par l'immense voûte étoilée de la nef et les vitraux étincelants comme des bijoux. Pagford, tout compte fait, n'était pas dénué d'un certain charme, qui pourrait bien lui manquer, se disait-elle, maintenant qu'elle était sur le point de quitter la bourgade…

Tessa Wall avait décidé de s'asseoir tout au fond de l'église, seule, sous le regard serein de saint Michel dont le pied restait éternellement posé sur ce démon cornu et gesticulant… Elle était en larmes depuis qu'elle avait aperçu les deux cercueils laqués, et malgré tous ses efforts, elle n'arrivait pas à étouffer ses sanglots. Elle s'était plus ou moins attendue à ce qu'un des membres de la famille Weedon la reconnaisse et lui saute à la gorge, mais il ne s'était rien passé.

(Quant à sa propre famille, elle était sens dessus dessous. Colin était furieux.

« *Tu lui as dit quoi ?*

— Il voulait savoir ce qu'était la vraie vie, se défendit-elle en pleurant, il voulait goûter au côté sordide des choses… Tu ne vois donc pas à quoi rimait cette volonté de tout salir autour de lui ?

— Et donc tu lui as dit qu'il était peut-être le fruit d'un inceste, et que j'ai essayé de me suicider quand il est arrivé dans la famille ? »

Elle avait passé des années à essayer de les réconcilier, et il avait fallu la mort d'un enfant, avec son cortège de culpabilité – sentiment que Colin ne connaissait que trop bien –, pour y arriver… Elle les avait entendus discuter dans la chambre de Fats, hier soir, et s'était immobilisée au pied de l'escalier pour écouter leur conversation.

« … toutes ces… toutes ces histoires que t'a racontées Maman, je veux que tu te les sortes de la tête, disait Colin d'un ton bourru. Tu n'as aucun problème physique ou mental, que je sache, non ? Bon… alors je veux que tu arrêtes de t'inquiéter pour ça. Mais ton psy t'aidera sur toutes ces questions… »)

Tessa sanglotait et hoquetait, le visage enfoui dans un mouchoir trempé, en songeant à Krystal, morte sur le carreau de sa salle de bains, et à la main qu'elle n'avait pas su lui tendre… Elle aurait presque été soulagée de voir saint Michel descendre de son vitrail éblouissant pour abattre son jugement et lui signifier ses torts au vu et au su de tous, dénoncer la part de responsabilité qui lui revenait dans toutes ces morts, toutes ces vies brisées, tout ce chaos… Un petit garçon de la famille Tully qui ne tenait pas en place, de l'autre côté de la travée, sauta tout à coup de son banc, et une femme tatouée tendit un bras puissant pour le rattraper et le forcer à se rasseoir. Un sursaut de stupéfaction vint interrompre les sanglots de Tessa : elle était sûre d'avoir reconnu la montre qu'elle avait perdue au poignet épais de cette femme.

Sukhvinder, qui entendait Tessa pleurer, était désolée pour elle mais n'osait pas se retourner. Parminder était furieuse contre Tessa. Pour expliquer les cicatrices qui lui zébraient les bras, Sukhvinder avait été obligée de parler de Fats Wall. Elle avait supplié sa mère de ne pas appeler les Wall, mais c'est Tessa elle-même qui avait appelé Parminder, pour leur dire que Fats avait reconnu son entière responsabilité dans l'affaire des messages du

Fantôme_de_Barry_Fairbrother sur le site du Conseil paroissial, et Parminder s'était déchaînée contre elle au téléphone ; elles ne s'étaient pas reparlé depuis.

Quel geste étrange, de la part de Fats, de s'accuser de tous ces messages, y compris de celui que Sukhvinder avait elle-même écrit ; elle était presque tentée d'y voir une forme d'excuse. Elle avait toujours eu l'impression qu'il lisait dans ses pensées ; savait-il qu'elle était à l'origine de l'attaque contre sa propre mère ? Sukhvinder se demandait si elle serait capable de dire la vérité à ce nouveau psy en qui ses parents semblaient placer tant d'espoirs, et si elle aurait le cran, un jour, de tout avouer à cette nouvelle Parminder qui n'était que douceur et contrition...

Elle essayait de suivre la cérémonie, mais celle-ci ne l'apaisait pas autant qu'elle l'avait escompté. Elle était contente de la rame et de l'ours en chrysanthèmes, confectionnés par la mère de Lauren ; elle était contente qu'Andrew et Gaia soient là, et les filles de l'équipe d'aviron, mais elle regrettait que les jumelles Fairbrother aient refusé de venir.

(« Maman serait fâchée, lui avait dit Siobhan. Elle trouve que papa consacrait trop de temps à Krystal, tu comprends...

— Oh, avait répondu Sukhvinder, surprise.

— Et puis, avait ajouté Niamh, maman n'aime pas l'idée de devoir passer devant la tombe de Krystal chaque fois qu'on ira sur celle de papa. Elles seront sans doute juste à côté... »

Sukhvinder trouvait ces justifications mesquines et malveillantes, mais c'était presque un sacrilège que de penser en ces termes à Mrs Fairbrother. Les jumelles s'étaient éloignées, collées l'une à l'autre, comme d'habitude ces temps-ci, battant froid à une Sukhvinder qui, à leurs yeux, les avait trahies en se rapprochant de l'intruse, Gaia Bawden.)

Sukhvinder attendait que quelqu'un se lève et prenne la parole pour dire qui était vraiment Krystal, ce qu'elle avait accompli dans sa vie, comme l'avait fait l'oncle de Niamh et Siobhan pour Mr Fairbrother, mais le prêtre s'était pour l'instant contenté de brèves allusions à « la tragédie de ces existences fauchées en pleine jeunesse » ou à « une famille enracinée depuis longtemps à Pagford » – et il semblait bien décidé à passer tout le reste sous silence.

Sukhvinder cessa donc de l'écouter pour se souvenir du jour où l'équipe d'aviron avait disputé la finale du championnat régional contre les filles de St. Anne. Mr Fairbrother les avait emmenées en minibus. Le canal longeait les locaux de l'école privée, et il avait été décidé qu'elles se changeraient dans le gymnase de St. Anne, devant lequel serait donné le départ de la course.

« C'est un peu déloyal, bien sûr, leur avait dit Mr Fairbrother pendant le trajet. Elles auront l'avantage d'être à domicile. J'ai essayé de les convaincre d'organiser les choses autrement, mais ils ont refusé. Ne vous laissez pas intimider, c'est tout, d'accord ?

— Putain, moi j'suis pas int…

— Krys…

— J'ai pas la trouille. »

Mais quand ils étaient arrivés à St. Anne, Sukhvinder, elle, avait soudain eu peur. De grandes pelouses vertes immaculées, un gigantesque bâtiment tout en symétrie, orné de flèches et de mille fenêtres ; elle n'avait jamais rien vu de tel, à part sur des cartes postales.

« On dirait le palais de Buckingham ! » s'était écriée Lauren au fond du minibus, tandis que Krystal en restait bouche bée ; elle pouvait se montrer parfois d'une candeur enfantine et désarmante.

Tous les parents, et l'arrière-grand-mère de Krystal, attendaient sur la ligne d'arrivée, située on ne savait trop où… Sukhvinder était certaine de ne pas être la seule à se sentir toute petite, effrayée et inférieure, en approchant de l'entrée du majestueux édifice.

Une femme en uniforme vint à la rencontre de Mr Fairbrother qui, lui, était arrivé en survêtement…

« Vous devez être Winterdown !

— Bah non, eh, l'autre… est-ce qu'y ressemble à un putain de bâtiment scolaire ? » dit Krystal d'une voix bien forte.

Elles étaient sûres que la prof de St. Anne avait entendu, et Mr Fairbrother se retourna vers Krystal en fronçant les sourcils, mais on voyait bien qu'il trouvait ça assez drôle. Toutes les filles se mirent à pouffer, et leurs gloussements les accompagnèrent jusque dans les vestiaires du gymnase.

« Étirements ! » leur cria Mr Fairbrother avant de les laisser se changer.

Les filles de St. Anne étaient déjà à l'intérieur, avec leur entraîneuse. Les deux équipes se toisèrent d'un banc à l'autre. Sukhvinder était ébahie par les cheveux de leurs adversaires – longs, naturels, brillants ; on aurait dit qu'elles sortaient tout droit d'une pub pour un shampooing. Siobhan et Niamh portaient un bob ; Lauren avait les cheveux courts ; Krystal attachait toujours les siens en queue-de-cheval, très haut sur le crâne ; et ceux de Sukhvinder étaient rêches, épais et plus rebelles qu'une crinière de cheval.

Elle crut voir deux filles de St. Anne échanger des murmures et des sourires entendus, et n'eut plus aucun doute quand Krystal se dressa d'un bond en les fusillant du regard et leur dit : « J'parie que vous chiez des roses, vous, pas vrai ?

— Je vous demande pardon ? s'étrangla leur entraîneuse.

— Non, rien, j'disais ça comme ça », dit Krystal d'une voix douce en leur tournant le dos pour enlever son bas de survêtement.

Une fois de plus, elles ne purent résister à l'envie de glousser, et l'équipe de Winterdown se changea en se tordant de rire du début à la fin. Krystal faisait l'idiote, et quand les filles de St. Anne quittèrent le vestiaire à la queue leu leu, elle leur montra son cul.

« Charmant, dit la dernière à sortir.

— Merci ma poule ! lui cria Krystal tandis que l'autre détalait. J'te laisserai p'têt' le r'nifler d'plus près tout à l'heure, si t'as envie. Allez, c'est bon, j'sais bien qu'vous êtes toutes des gougnasses, hurla-t-elle, enfermées là-d'dans sans jamais voir de mecs ! »

Holly partit d'un tel fou rire qu'elle se plia en deux et se cogna la tête contre la porte de son casier.

« Putain, Hol, fais gaffe ! dit Krystal, ravie des réactions provoquées par son petit numéro. Tu vas en avoir besoin, de ta tête ! »

Quand elles arrivèrent devant le canal, Sukhvinder comprit pourquoi Mr Fairbrother avait voulu que la compétition soit organisée ailleurs. Il n'y avait que lui pour les encourager sur la ligne de départ, alors que les filles de St. Anne étaient soutenues par toute une bande de copines qui criaient, applaudissaient et sautaient sur place ; elles avaient toutes les mêmes cheveux longs et lisses.

« Regardez ! s'exclama Krystal en les pointant du doigt quand elles passèrent devant elles. C'est Lexie Mollison ! Hé, Lex, tu t'souviens le jour où j't'ai pété deux dents ? »

Sukhvinder riait si fort qu'elle en avait mal aux côtes. Elle était heureuse et fière de marcher derrière Krystal, et elle voyait bien que les autres éprouvaient la même chose qu'elle. La manière dont Krystal tenait tête au monde entier les protégeait toutes de l'effet impressionnant des regards braqués sur elles, des fanions claquant dans le vent et de l'édifice somptueux qui se dressait dans leur dos.

Mais elle sentit que Krystal n'était pas moins tendue que les autres, quand elles grimpèrent dans leur bateau. Elle se tourna vers Sukhvinder, qui s'installait toujours derrière elle. Elle avait quelque chose à la main.

« Porte-bonheur », dit-elle en le lui montrant.

C'était un cœur en plastique rouge, accroché à un porte-clé, avec une photo de son petit frère à l'intérieur.

« J'ui ai promis d'lui rapporter une médaille, dit Krystal.

— D'accord, dit Sukhvinder, soudain envahie par un mélange d'espoir et d'appréhension. On va gagner.

— Je veux ! dit Krystal en se retournant vers l'avant et en glissant le porte-clé dans son soutien-gorge. Z'ont rien dans l'bide, ces pouffiasses, dit-elle bien fort pour que l'équipe adverse l'entende. Bande de colleuses de timbres… On va vous niquer ! »

Sukhvinder se souvint du coup de feu du départ, des hurlements de la foule, du rugissement de ses propres muscles. Elle se souvint de l'exaltation qu'elle avait ressentie quand elles avaient trouvé le rythme parfait, du plaisir éprouvé dans l'effort et la concentration après avoir tant ri. Krystal leur avait rapporté la victoire. Elle était allée la chercher sur le terrain de leurs adversaires. Sukhvinder aurait voulu être comme elle : drôle et forte ; inébranlable ; toujours prête à se battre.

Elle avait demandé deux choses à Terri, et avait obtenu gain de cause, car Terri disait toujours oui, à tout le monde. Dans son cercueil, Krystal portait autour du cou la médaille qu'elle avait gagnée, ce jour-là. Quant à la seconde requête de Sukhvinder, elle fut exaucée à la toute fin de la cérémonie, et c'est d'une voix résignée, cette fois, que le prêtre l'annonça.

Petite fille plus si sage –
Troisième prise –
Action.
Pas de nuages dans mes orages…
Balancez la mousson, à moi la gloire en hydravion –
J'plonge avec le Dow Jones…

Terri Weedon remonta la travée de l'église tapissée de bleu roi, à moitié effondrée dans les bras de sa famille, et la foule rassemblée détourna les yeux.